Cathrin Block

Der Fühlweber

Asche des Feindes

© 2022 Cathrin Block
Umschlagillustration: Hermon Kruger
Kartengrafik: Juliane Block
Verantwortlich: Cathrin Block
info@cathrinblock.de

Druck und Distribution
im Auftrag der Autorin:
tredition GmbH, Halenreie 40-44, 22359 Hamburg, Deutschland

	ISBN
Paperback	978-3-384-09345-5
Hardcover	978-3-384-09346-2
E-Book	978-3-384-09347-9

Das Werk, einschließlich seiner Teile, ist urheberrechtlich geschützt. Für die Inhalte ist die Autorin verantwortlich. Jede Verwertung ist ohne ihre Zustimmung unzulässig. Publikation und Verbreitung erfolgen im Auftrag der Autorin, zu erreichen unter:
tredition GmbH, Abteilung „Impressumservice",
Halenreie 40-44, 22359 Hamburg, Deutschland

Für Madelaine, die den Roman von seinen Anfängen an begleitet hat. Leider konnte sie seine Veröffentlichung nicht mehr erleben.

Vorwort

von Andreas Eschbach*

Dieses Buch will Sie in eine ferne Zukunft entführen, nach Nouworld, auf einen Planeten, den Menschen vor langer Zeit besiedelt haben, auf dem es aber schon vorher Leben gab – ein Aufeinandertreffen, das natürlich nicht frei von Konflikten bleibt. Es erwartet Sie eine überaus interessante Welt, wundervoll sinnlich geschildert und bis in die feinsten Details überzeugend, bevölkert von Figuren, die einem im Nu so vertraut werden wie gute alte Freunde – oder Feinde ...

Die Stadt Itelgo, in der alles beginnt, ist so plastisch beschrieben, dass man kaum anders kann als zu argwöhnen, die Autorin habe einen Großteil ihres Lebens dort verbracht und sei nur durch Zauberei in unsere Welt geraten, um davon zu erzählen.

Und wenn man bedenkt, wie Romane entstehen, über wie lange Zeit sie oft reifen und heranwachsen, ist das vielleicht sogar die Wahrheit.

Ich kenne Cathrin Block, seit sie in dem ersten Schreibseminar saß, das ich in Wolfenbüttel abhielt. Nicht, dass sie noch viel zu lernen gehabt hätte. Sie war schon damals eine Autorin, die sich auf ihrem ureigenen Weg befand, die den Umgang mit der Sprache beherrschte, es verstand, Figuren zu zeichnen, Szenen aufzubauen, Dialoge zu schreiben und dabei war, bei all dem ihren eigenen Ton zu entwickeln.

Nichtsdestotrotz nahm sie auch noch an etlichen weiteren meiner Seminare teil und so konnte ich über die Jahre hinweg verfolgen, wie der vorliegende Roman langsam, aber unaufhaltsam heranwuchs auf den verschlungenen Wegen, die solchen Dingen eigen sind.

Und hier ist er nun. Es geht darin unter anderem um die *Fühl-*

weber – besonders begabte Menschen, die imstande sind, die Gefühle ihrer Mitmenschen zu beeinflussen, ja, zu lenken, und die deswegen gefürchtet oder gar verhasst sind. Man kann nicht umhin, das auch metaphorisch zu deuten, denn: Nichts anderes ist es, was Schriftsteller auch tun. Nur werden sie dafür nicht gehasst, sondern geliebt.

Mehr soll an dieser Stelle nicht verraten werden. Blättern Sie weiter und lassen Sie sich ein auf eine Geschichte, wie Sie sie noch nie gelesen haben. Lassen Sie sich in eine ungewöhnliche Welt entführen von einer Autorin, die genau weiß, was sie tut.

Gute Reise.

* Der mehrfach ausgezeichnete Andreas Eschbach gilt als einer der bedeutendsten europäischen Science-Fiction-Autoren. Er schrieb unter anderem Bestseller wie *Das Jesus Video*, *Ausgebrannt*, *Eine Billion Dollar* oder *Herr aller Dinge*.

Karte von Nouworld

(Glossar am Ende des Buches)

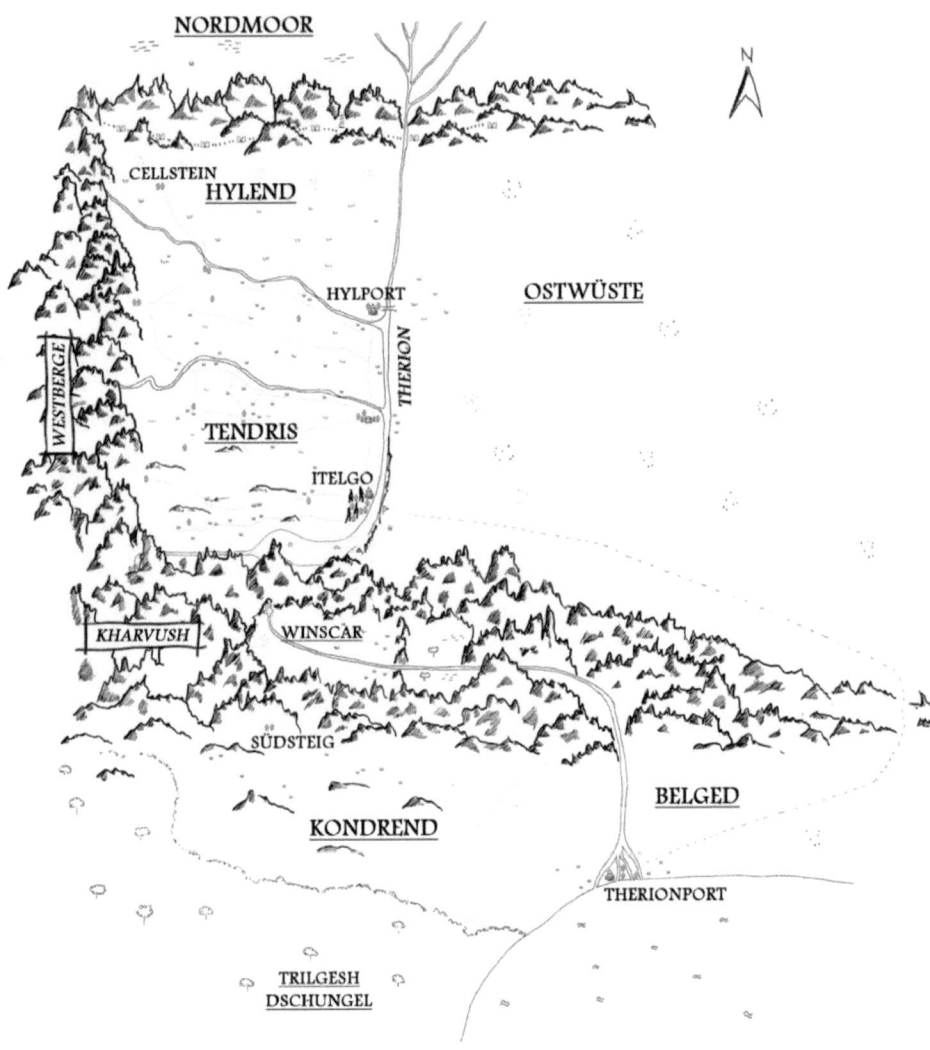

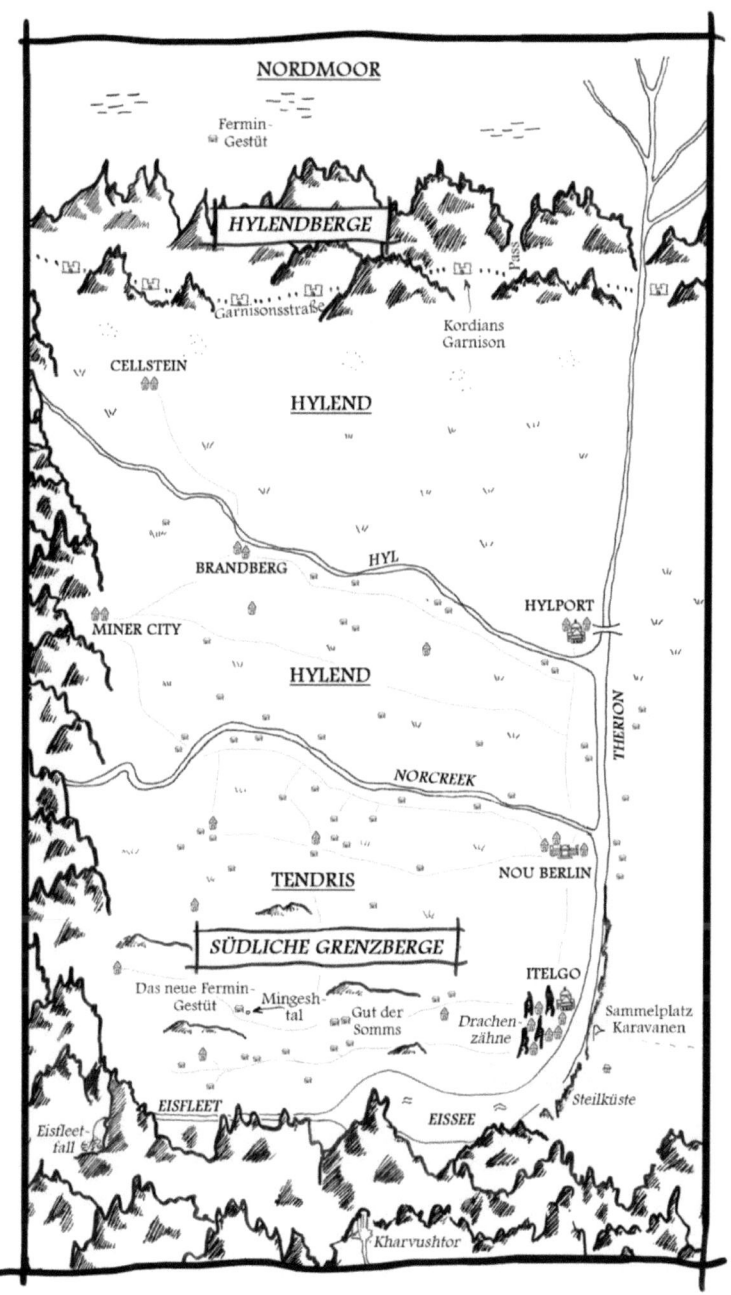

Karte von Itelgo

(Glossar am Ende des Buches)

Dressas Ankunft
27. März 467 n. L.

Was, wenn alle Würmer inzwischen tot waren! So kurz vor dem Ziel! Wie würde Burugiyel ihr Versagen bestrafen?

Verzweifelt starrte Dressa Fermin in den geöffneten Behälter auf ihrem Schoß. Sonnenlicht fiel schattenlos auf die fette, schwarze Erde darin, doch es tat sich nichts. Keine Krume regte sich, keines der daumenlangen, weißen Tiere kroch an die Oberfläche, um Licht zu tanken. Würde der Herr über ihrer aller Leben nur sie, die Schuldige zur Rechenschaft ziehen, oder rächte er sich auch an ihrer Schwester und dem Vater? Oder vielleicht sogar an den Kindern?

Dabei waren die Würmer vor ein paar Tagen in Hylport noch richtig munter gewesen. Vorsorglich hatte sie zu Hause im Nordmoor Süntelwurzeln ausgegraben und die Stücke zu ihnen in die Erde gemischt. So konnten Burugiyels Kreaturen auch hier im feindlichen Süden überleben, wo allein die Luft sie schon umbrachte. Doch das heimatliche Nordmoorwasser, mit dem Dressa den kostbaren Inhalt ihrer Dose befeuchten musste, war inzwischen aufgebraucht.

Sie schaute hinüber zum langsam dahingleitenden Flussufer. Verdammte Flaute! Warum nur hatte sie diesen Lastkahn genommen, der als Antrieb nichts weiter besaß als ein einziges Gaffelsegel? Ausgerechnet jetzt war der immerwährende Wind eingeschlafen und sie trieben schon seit Hylport nur mit der Strömung den Therion stromab. Die Tage verstrichen in quälender Langsamkeit, während die Tiere eines nach dem anderen verendeten.

Wann endlich erreichten sie Itelgo?

Wieder sah Dressa hinunter auf ihren Schoß – und sog tief und erleichtert die Luft ein. Plötzlich war er da, der erste Wurm, schlapp zwar und entsetzlich dünn, aber offenbar reichte die Feuchtigkeit der Erde immer noch, dass die Wurzelstücke ihre Wirkung entfalteten. Zumindest schaffte es das Tier, sein verdicktes vorderes Ende mit den drei schwarzen Punkten auf die Sonne zu richten. Seine Körpersegmente begannen zu pumpen und tranken förmlich das Licht. Und noch besser, zwei weitere Würmer krochen an die Oberfläche. Es lebten noch drei von ihnen! Genug, um Burugiyels Auftrag zu erfüllen und hier im Gebiet des Widersachers ein neues Wurmnest zwischen die Wurzeln eines Süntels zu pflanzen. Sie musste nur endlich ankommen, ihren Neffen finden und sich von ihm zu einem dieser Sträucher führen lassen.

Wenn die Stadt doch nur endlich in Sicht käme.

Der Junge lebte in Itelgo, das hatte Burugiyel herausgefunden. Eine Entdeckung, die den Herrn über das Nordmoor geradezu elektrisierte. Ein bisher unbekanntes Familienmitglied mitten im Feindesland! Ungeahnte Möglichkeiten eröffneten sich, schon allein die Ansiedlung der Würmer würde ein Sieg gegen den ewigen Rivalen bedeuten. Und wenn Dressas Neffe erst gebunden war …

Sie strich über die Seiten der Dose und wünschte, sie wäre Gabenheilerin. Dann könnte sie die Würmer zusätzlich zum Sonnenlicht mit ihren mentalen Kräften stärken. Aber sie war Fühlweberin und verfügte nur über … Doch halt, auch damit konnte sie etwas tun.

Vorsichtig blickte sie sich um, aber hier auf der Taurolle am Bug war sie allein. Mittschiffs scheuerte ein Matrose die Planken, die drei übrigen Passagiere hatten sich achtern in der Nähe des Niedergangs versammelt und über ihnen auf dem Steuerdeck, hinter den Fenstern des Ruderhauses, erkannte sie die Köpfe von Kapitän und Steuermann. Die Gelegenheit war günstig. Sie überlegte, welche Farbzusammenstellung sie mit ihrer Gabe imaginieren sollte, um die Emotionen der Würmer anzuregen. Auf jeden Fall mehrere Stränge Rot, also Kraft, dazu etwas Blau, Zuversicht, und natürlich Grün, Freude.

Aber dann zögerte sie, den Blick nach innen zu kehren und ihren Kanal zu öffnen. Solange sie sich auf ihre Fühlbänder konzentrierte, war es möglich, dass sich jemand unbemerkt näherte. Und unbequemen Fragen musste sie um jeden Preis aus dem Weg gehen. Sie seufzte. Für den Moment musste das Sonnenlicht genügen, später in der Kabine konnte sie ungestört ihre Gabe einsetzen, wenn es denn nötig wurde.

Die Würmer lagen inzwischen bewegungslos auf der Erde, aber sie hatten sich genügend aufgepumpt. Jetzt glichen sie nicht nur in der Länge, sondern auch in der Dicke einem Daumen. Immerhin etwas, dachte Dressa, schloss den Deckel und verstaute die Dose in ihrer Schultertasche. Dann überlegte sie, wo sie mit der Suche nach dem jungen Mann beginnen sollte, wenn sie endlich ankamen.

Am besten war es sicherlich, bei den Hinjetställen anzufangen. Zum einen war ihr lange verschollener Cousin, der Vater des Jungen, von einem Hinjet angefallen und getötet worden, was sich bestimmt unter den Betreibern herumgesprochen hatte. Zum anderen gab es nicht allzu viele von ihnen, weil man für Hinjets ausgebildete Fühlweber brauchte, anders waren diese großen, reizbaren Tiere nicht unter Kontrolle zu bringen. Doch viele scheuten den Umgang mit Dressas Kollegen und sie schätzte, dass man selbst in Itelgo, der größten Stadt auf Nouworld, jede dieser Einrichtungen an nur einem Nachmittag besuchen konnte.

Dressa erinnerte sich noch genau an den Tag, als Barthes' Unfall bekannt wurde. Jahrzehntelang war es so gewesen, als habe der Erdboden ihren Cousin verschluckt. Nicht mal der Herr über ihrer aller Leben, der immer wusste, wo sich jedes Familienmitglied aufhielt, hatte ihn aufspüren können. Doch dann, in der Sekunde des Todes, nahm Burugiyel Barthes auf einmal wieder wahr, ihn und seinen letzten Gedanken. Und dieser galt einem fast erwachsenen Sohn! Weshalb Dressa jetzt hier am Bug des Lastkahns saß und das Ende der Reise herbeisehnte.

Wieder blickte sie zum Flussufer. Das Schiff steuerte gerade auf eine Felsnase zu, die von rechts in die Strömung ragte. Jenseits davon öffnete sich eine weite Wasserfläche, fast schon ein See. Boote in allen Größen schwammen auf den glitzernden Wellen und ein ganzes Stück voraus querten flache Fähren den Fluss. Dahinter unterteilte eine waagerechte, wolkige Linie den Horizont in einen oberen, blauen Teil und einen weißen mit blaugrauen Schatten darunter.

Dressa richtete sich auf. Plötzlich klopfte ihr Herz bis in den Hals hinauf. Der Kharvush? Ihr Vater besaß eine Ansichtskarte aus Itelgo, mit eben diesem Anblick am Horizont. War das dort hinten wirklich das Gebirge, das die Welt in Nord und Süd zerteilte?

Sie beschattete die Augen mit der Hand und spürte, wie sich nicht nur in ihr, sondern auch im Herrn neue Hoffnung regte. Es lebten immer noch drei Würmer! Gespannt beobachtete sie, wie die Felsen rechts von ihr vorbeiglitten. Und dann verschwanden sie nach achtern und gaben den Blick auf die Stadt frei.

Bei – Burugiyels – Glitzern!

Dressa schaute zum Ufer und jede Hoffnung zerplatzte wie ein angestochener Luftballon. Dieser Anblick war ... Sie fand keine Worte dafür.

Von Itelgo selbst konnte man nicht viel erkennen. Ein Stück vom Fluss entfernt wurde die Sicht durch eine hohe, graue Flutmauer aus fest gefügten Granitsteinen versperrt, auf der das letzte Frühjahrshochwasser in halber Höhe eine deutliche Linie hinterlassen hatte. Nur ein Minarett und ein bekanntes Postkartenmotiv, die fünf gelben Sandsteintürme des Königspalastes, ragten über der Mauerkrone auf. Und natürlich die berühmten Drachenzähne, hohe Felsen, die, wie der Vater erzählt hatte, überall in der Stadt aus dem ebenen Schwemmland brachen. Aber schon beim Anblick dessen, was sich am Ufer tat, krampfte sich Dressas Magen schmerzhaft zusammen.

Auf drei Rampen, die sich von der Mauerkrone im weiten Bogen herabschwangen, geriet der dichte Verkehr immer wieder ins Stocken. Pontons, fast lückenlos besetzt mit vertäuten Schiffen, waren durch Stege mit der Uferstraße verbunden und an Land stapelten sich regelrechte Gebirge aus Kisten, Säcken und anderen Waren neben den roh gezimmerten Bürobuden der Speditionsfirmen. Doch was Dressa vor Entsetzen den Atem raubte, waren die vielen Menschen, die überall herumwuselten, und die Korrals voller Esel, Schafe, Ziegen und – Hinjets! Mengen von Hinjets! Niemals würde sie bis zum Abend den richtigen Stall finden können. Alle Würmer würden verendet sein, bevor sie den Jungen aufspürte. Und was würde in dem Fall Burugiyel mit ihr machen? Wie sollte sie dann noch den Herrn über ihrer aller Leben zufriedenstellen?

Eins
28. März 467 n. L.

Obwohl alle drei Fenster offenstanden, roch es wie immer nach Kreidestaub, Bohnerwachs und dem Apfelshampoo von Kelliann Brink, die am Pult vor mir saß. Von draußen drangen Räderrollen, die Rufe der Viehtreiber und das Brüllen eines Hinjets herein. Weiß der Himmel, es gab im Augenblick eine Menge Orte, an denen ich lieber gewesen wäre als in diesem muffigen Klassenzimmer.

Wir hatten Geografie – und nichts war öder. Schleimbeutel Borhan neigte zum Schwafeln. Er sonderte einen endlosen Strom aus Worten ab und die Klasse verfiel in seinen Stunden regelmäßig in eine dösige Starre. Ich machte mich klein hinter dem breiten Rücken von Kelliann Brink und sehnte mich hinaus an den Fähranleger, den meine Großmutter am Ufer vor dem Gasthaus betrieb.

Eigentlich hatte ich vorgehabt zu schwänzen. Ich wollte unten bei den Fähren helfen, dort fehlte immer jemand, der das Geld kassierte oder die Zugfische ins Geschirr spannte, gerade jetzt nach Pas Tod. Doch Mams sechster Sinn, besonders wenn es um mich ging, kehrte leider inzwischen zurück, gut sieben Wochen nach dem schrecklichen Unfall, bei dem mein Vater umgekommen war. Einerseits war ich froh, dass sie wieder an etwas anderes als an ihren Kummer denken konnte, andererseits verlor ich ein paar angenehme Freiheiten. Heute früh jedenfalls hatte sie mich zum Fahrradschuppen begleitet und mir nachgewinkt, als ich wohl oder übel in Richtung Schule davonfuhr. Also saß ich jetzt hier und versuchte, Sor Borhans Blick zu entgehen.

Eine Biene flog durch den weit offenen Fensterflügel. Ich folgte ihr mit den Augen, als sie eine Schleife durch den Klassenraum drehte und bei der Rückkehr an die geschlossene Glasscheibe prallte. Gefangen wie ich. Der Frühling war da und ich bekam wieder Lust, draußen Kricket zu spielen oder Bambusschösslinge zu suchen. Oder man müsste zur Badewiese am Fluss radeln und grillen, am besten zusammen mit Mirana.

Ich blickte nach rechts, wo sie saß und konzentriert in ihre Aufzeichnungen schaute. Zum Schwimmen war es jetzt natürlich noch zu früh, aber sie besaß so einen supertollen, winzigen Bikini. Ich wünschte …

„Gavandon!"

Ich fuhr auf.

Hühnerscheiße! Borhan blickte mir direkt in die Augen. Ich zog den Kopf zwischen die Schultern und versuchte, mich noch tiefer hinter Kellianns Sichtschutzrücken zu ducken. Natürlich vergebens.

Ein lauerndes Lächeln hockte in Borhans Mundwinkeln. Jetzt kam er sogar zu mir nach hinten. „Können Sie mir meine Frage beantworten, Sor Barjenden? Oder sind Ihre Tagträume mal wieder interessanter?", fragte er mit zuckersüßer Stimme. Er stützte seine Fäuste auf mein Pult und beugte sich vor. „Na?"

Ich blinzelte zu ihm hoch. Verdammt, was denn für eine Frage?

„Menschen", zischte Mirana von rechts.

„Danke, Mem Smit", sagte Borhan, ohne mich aus den Augen zu lassen. „Ich kann mich sehr gut selbst wiederholen, wenn ich das möchte. Also?" Sein Gesicht stieß auf mich zu. „Ich warte."

In meinem Kopf begann es zu rattern. Menschen, was hatte Mirana damit sagen wollen? Verzweifelt sah ich nach vorn. Was stand an der Tafel?

Nichts. Nur hellgraue Kreideschlieren auf dem Dunkelgrün. Daneben hing die Erdkarte an der herabgelassenen Haltestange, darauf links der lang gestreckte Doppelkontinent von Amerika, rechts die riesige, eurasisch-afrikanische Landmasse, die sogar Meere umschloss. In das Blau dazwischen war von unten nach oben „Atlantischer Ozean" geschrieben. „Weil wir von der Erde stammen?", sagte ich aufs Geratewohl.

Die Enttäuschung war Sor Borhan anzusehen, als er sich aufrichtete und nach vorn zu seinem Platz zurückkehrte. „Weil wir von der Erde stammen, sind wir Menschen, genau." Mit einem Ruck drehte er sich um und fixierte mich erneut. „Und was unterscheidet uns außerdem von den Wesen hier auf Nouworld?"

Himmel noch mal, nie konnte der Fischfurz einen in Ruhe lassen. Ich zermarterte mir das Hirn. Vier Gliedmaßen gab es hier wie dort. Oder sechs oder acht. Es gab Fell, Schuppen und Exoskelette. Und der Nachwuchs schlüpfte aus Eiern oder wurde geboren. Sogar Beutelbrüter hatte es dem Vernehmen nach auf der Erde gegeben. Was bei allen Wurmlöchern des Universums meinte er?

Schleimbeutel zückte sein Büchlein. Gleich war sie fällig, die Fünf. Wie üblich. „Äähh ..." machte ich unbehaglich.

„Tja, Gavandon, wie immer, nicht wahr?" Borhan zog den Stift aus der Schlaufe am Buchrücken und schlug den Deckel auf. Dann schaute er mich mit einem zufriedenen Lächeln an. „Sicher hat man es in solch illustren Familien wie der Ihren nicht nötig zu lernen, Sor Barjenden, habe ich recht? Wenn man andere nach seinem Willen steuern kann, ist Wissen natürlich überflüssig, oder?"

Zwei Reihen vor mir sagte Martek Gerson so laut, dass es jeder hören konnte: „Kopfbohrer bleiben nun mal Kopfbohrer, und die gehören ausgebrannt."

„Welch eine hässliche Unterstellung, Martek." Borhan drohte mit dem Finger, doch ganz konnte er sein Grinsen nicht unterdrücken.

Mein Schädel hämmerte, als würde ein Schwarm Mingesh von innen dagegen prasseln. *Lasst mich in Ruhe,* dachte ich inbrünstig, *lasst mich endlich in Ruhe.*

Und sah mit heruntergeklappter Kinnlade zu, wie Borhan sein Büchlein wieder schloss, den Stift zurück in die Schlaufe schob und sich der gesamten Klasse zuwandte. „Ich möchte Sie daran erinnern, dass Ihr Graduat näher rückt", sagte er. „Dieses

Wissen sollten Sie für die Abschlussprüfungen parat haben. Wer also weiß, was uns Menschen von den einheimischen Lebewesen unterscheidet?"

Ich starrte ihn an. Was war das denn jetzt? Geografie war das Fach, in dem ich so sicher durchfallen würde, wie der Therion alljährlich Hochwasser führte. Borhan verabscheute mich, damit hatte ich mich längst abgefunden. Andere Lehrer ließen mir in letzter Zeit einiges durchgehen, da ich meinen Vater verloren hatte. Borhan jedoch war das egal. Und ich konnte nichts dagegen tun, weder durch Lernen noch durch Aufmerksamkeit. Für Borhan reichte es, dass mein Bruder ein Fühlweber war. Er hasste Fühlweber, und mich nahm er gleich mit in Sippenhaft.

Doch jetzt hatte er von mir abgelassen. Einfach so. Nicht zu fassen.

„Also, was unterscheidet uns von denen?", wiederholte Borhan.

Zögernd reckte Mirana als Einzige den Finger in die Höhe. Borhan nickte ihr zu. „Dass sie ein Drittauge haben?", sagte sie.

Das Klingeln schrillte in Borhans Antwort und allgemeine Unruhe beendete die Stunde, ohne dass die letzte Frage endgültig geklärt wurde. Ich schnappte meine Tasche und machte, dass ich aus dem Klassenraum kam.

„Warte!", rief Mirana hinter mir her. Ich drehte mich um.

„Borhan ist so ein mieser Fischfurz", sagte sie, als sie mich eingeholt hatte. „Ich hasse Geografie."

„Wieso? Dich lässt er doch in Ruhe." Ich schulterte meine Tasche und ließ mich neben ihr mit den anderen auf die Treppe zutreiben. Dass sie mir nachgelaufen war, versöhnte mich mit den letzten paar Minuten. Ich wusste, dass ich eigentlich noch trauern müsste, aber Mirana mit ihren langen, dunklen Haaren, bei dem die Strähnen an ihren Schläfen im Rhythmus der Schritte schwangen – ebenso wie ihre runden Brüste ... Schnell schaute ich woanders hin.

„Wo triffst du Torbin?", wollte sie wissen.

Na klar. Sie war schon eine ganze Weile in meinen Freund

verknallt, ohne dass Torbin, der Holzkopf, etwas davon merkte. Der Gedanke stach in meiner Brust. „Er wartet unten", sagte ich.

Ein Stoß traf mich an der linken Schulter, dass ich zwei Schritte nach vorn stolperte. „Hallo, Blondie", flötete Martek. Er wusste genau, wie sehr ich es hasste, wenn man mich so nannte, oder aber Krauskopf oder Schlacks. Doch ich hielt meinen Ärger unter Verschluss. Pa hatte mir schon vor langer Zeit gezeigt, wie man bei solchen Provokationen ruhig blieb. Ich schluckte nur den unwillkommenen Kloß hinunter, der bei dieser Erinnerung in meiner Kehle auftauchte.

Martek baute sich vor mir auf und äffte grinsend Sor Borhan nach: „Tja, Gavandon Barjenden, eine glatte Sechs." Cal und Joski, wie immer in seinem Schlepptau, feixten.

Heute legte er es also darauf an. Die Nummer vorhin im Unterricht war wohl nicht genug gewesen. Ich schloss kurz die Augen und wappnete mich. Das Schlimme war, dass man bei Martek niemals sagen konnte, was er als Nächstes tat. Er konnte einen so kneifen, dass man tagelang einen blauen Fleck behielt. Oder er trat einem in die Knie, dass man hinfiel. Oder er verletzte so mit Worten, dass der Rest des Tages verdorben war. „Lass mich in Ruhe", murmelte ich durch meine zusammengebissenen Zähne. Ich würde nicht die Beherrschung verlieren, das hatte ich nicht nötig.

„Lass mich in Ruhe, lass mich in Ruhe." Cal und Joski tänzelten um Martek und mich herum.

Mirana war ein Stück weiter stehen geblieben. „Mensch, Martek", sagte sie. „Musst du immer rumstänkern?"

Er ging zu ihr und legte ihr den Arm um die Schulter. „Aber, Süße", schnurrte er und strich ihr mit dem Finger über die Wange. „Willst du mich etwa anmachen? Sei lieber lieb zu mir, dann lasse ich deinen Freund da vielleicht gehen." Er knetete ihre Brust und grinste mich an. „Obwohl er ein gruseliger, fühlwebender Kopfbohrer ist."

Mirana schlug seine Hand fort. „Ist er nicht. Und nimm deine dreckigen Finger von mir, Martek Gerson." Sie trat ihm vors

Schienbein.

"Aua." Martek ließ sie los. "Cal, Joski, die Zicke beißt."

Plötzlich hielt ich es nicht mehr aus. Mein Schädel brummte und Mirana wurde von dem Kerl belästigt. Ich versuchte, mich zu beruhigen, wie Pa es mir gezeigt hatte. "Du musst dich nicht prügeln, das hast du nicht nötig", murmelte ich mit geballten Fäusten. "Die Borhans und Marteks dieser Welt können dir nichts anhaben. Du bist zu bedeutend. Du erbst das beste Gasthaus von Nouworld." Doch diesmal half es nichts. Meine Beherrschung platzte auf wie eine reife Springfrucht. Plötzlich sah ich die Welt wie durch einen roten Schleier. Ich sprintete zu Mirana und schubste Martek von ihr weg. "Hau endlich ab", zischte ich ihn an. "Lasst mich verdammt noch mal endlich in Ruhe." Meine Fäuste waren ohne mein Zutun bereit zuzuschlagen. "Nimm deine beiden Hampelmänner und verschwinde, wenn dir dein Leben lieb ist."

Zu meiner Überraschung stahl sich so etwas wie Furcht in Marteks Augen. "Kommt", sagte er zu Cal und Joski. "Der ist es nicht wert." Sie drehten sich um und gingen.

Ich starrte ihnen nach. Schon wieder? Erst Borhan und jetzt Martek? Was sagte man dazu?

Fast war ich enttäuscht, eine Prügelei hätte mir jetzt gutgetan. Langsam löste sich das Adrenalin in meinem Blut auf und die Farben um mich herum wurden wieder normal.

"Alles in Ordnung?" Besorgt blickte Mirana mich an.

Ich zuckte mit den Schultern. "Heute ist wohl mein Glückstag. Hast du das gesehen? Das muss ich in meinem Kalender anstreichen, so viel ist sicher."

"Glückstag?", fragte Mirana ungläubig. "Nach der Nummer von Schleimwühler Borhan? Was ist denn in dich gefahren? Sogar Martek behandelt er besser als dich."

"Stimmt." Ich sah sie an. "Nur heute ..."

Doch Mirana hörte nicht zu. Stattdessen legte sie tröstend die Hand auf meinen Arm. Meine Haut prickelte unter ihrer Berührung. "Aber du weißt ja, warum er dich so behandelt, oder? Das hat nichts mit dir zu tun", sagte sie. „Er kann Begabte nun mal nicht leiden. Du selbst bist gar nicht gemeint."

Sie jetzt also auch! Heftig schüttelte ich ihre Hand ab. „Ich bin nicht begabt, verdammt noch mal." Das Grollen in meiner Stimme beunruhigte selbst mich. Ich holte tief Luft. „Überleg doch mal", sagte ich ruhiger. „Ich wäre wohl kaum hier, wenn ich die Gabe besäße, oder? Seit ich fünf war, wurde ich wie alle anderen jedes Jahr getestet. Wenn die Gilde bei mir etwas entdeckt hätte, wäre ich längst drüben in ihrem Internat und würde dort mein Graduat machen. Bei niemandem wird etwas gefunden, sobald er durch die Pubertät durch ist, das weißt du genau."

„Sei doch nicht so empfindlich", sagte sie und wandte sich zum Gehen.

Ich folgte ihr rasch. „Ist doch wahr. Borhan schikaniert mich, wo er nur kann. Und Martek nennt mich einen Kopfbohrer. Ich habe es so satt!"

„Wie würde es dir wohl gehen, wenn deine Eltern vor deinen Augen zu hirnlosen Hüllen gemacht worden wären, so wie die von Borhan. Du weißt doch, wie die Fühlweber damals während des Begabtenkriegs gewütet haben. Ich glaube, wenn dein Bruder Heiler oder Seher wäre, würde er dich in Ruhe lassen. Aber er ist Fühlweber, Gavandon, genau wie die, die seine Kindheit zerstört haben. Und vergiss Martek, der ist einfach nur ein Idiot."

„Ich bin ich, verdammt noch mal, nicht mein Bruder. Wieso interessiert das keinen?"

Mirana begann, die Stufen hinabzusteigen. „Du bist mit einem Fühlweber in der Familie aufgewachsen", sagte sie.

Ich folgte ihr. „Du weißt genau, dass ich Kordian kaum kenne. All die Jahre war er im Gildeninternat. Und jetzt schützt er oben in den Hylendbergen die Nordgrenze vor den Trilgeshüberfällen."

„Aber dein Bruder ist ein Fühlweber."

„Na und? Seit die Gilde die Einhaltung der Regeln überwacht, ist kein Unbegabter mehr zu Schaden gekommen. Das sollte auch Sor Borhan wissen."

„Sicher weiß er das." Doch ich konnte ihrer Stimme anhören, dass auch sie beim Gedanken an Fühlweber ein leichtes Unbehagen verspürte. So war es immer und ich hasste es.

Wir waren mittlerweile im Hof angekommen und ich schaute mich nach Torbin um. An zwei Seiten wurde das Grundstück von den fensterreichen Ziegelmauern des Schulgebäudes begrenzt, die dritte bildete der Fuß eines Drachenzahns. Dort hinein hatte man vor Urzeiten Räume geschnitten, gleich nach der Landung des Raumschiffs. Damals hatte es noch Geräte gegeben, die so etwas konnten. Heute dienten diese Kammern als Lagerräume und zum Unterstellen der Fahrräder, aber damals, als der erste Wintersturm fast die gesamte Ausrüstung der Siedler vernichtet hatte, suchten die Menschen hier Schutz. Die Schule war sehr stolz auf den historischen Boden, auf dem sie erbaut worden war, und jede Schulklasse wurde in Siedlungskunde wenigstens einmal in den Drachenzahn geführt.

Torbin wartete neben seinem Fahrrad an der vierten Seite des Hofes, wo hinter dem Zaun die Straße entlanglief.

Ich schaute zu Mirana. Tatsächlich, sie wurde rot und langsamer. Dann ging sie plötzlich einen halben Schritt hinter mir. Ich wünschte, sie wäre einmal mir gegenüber so schüchtern. „Hallo, Torbin", sagte sie, als wir bei ihm stehen blieben.

Mein Freund war zwar ein Jahr älter, aber einen halben Kopf kleiner als ich. Beides hatte sich früher bei unseren zahlreichen Rangeleien gegenseitig ausgeglichen, doch jetzt würde ich keine Rauferei mehr mit ihm anfangen. Im vergangenen Jahr waren seine Schultern breit und seine Arme sehnig geworden. Seit seinem Graduat letzten Sommer musste er in Grannas Ställen arbeiten, sein Vater bestand darauf. Crem Grohan hatte vor sieben Wochen, nach Pas Unfall, das Amt des Stallmeisters übernommen – und das Ziel seiner Träume erreicht. Er wünschte sich nichts mehr, als dass sein Sohn in seine Fußstapfen trat. Doch Torbin hasste diese Arbeit und sehnte sich danach, die Welt zu erkunden. Fast täglich gab es deswegen Streit zwischen den beiden.

Auch heute stand eine steile Falte zwischen Torbins Brauen und sein dunkles Haar sah aus, als wäre er zigmal mit beiden Händen hindurchgefahren.

„Wieder Krach mit deinem Vater?", fragte ich.

Torbins Augen schossen Blitze. „Heute bin ich rüber zu den Karawanen am Ostufer und habe nach einer Mitfahrgelegenheit gesucht, schon ganz früh, als alle noch schliefen. Und was macht Vater? Er schickt Naurian Brock hinter mir her. Sonst will Pa mit Fühlwebern nichts zu tun haben, aber wenn es ihm passt, sind sie plötzlich gut genug. Brock hat natürlich nicht lange gebraucht, um mich in der Menge aufzuspüren. Er sagt, meine Geistflamme blitzt ab und zu, was immer das heißen mag. Jedenfalls hat er mich nullkommanix gefunden. Und jetzt bewachen sie alle den Fähranleger, damit ich nicht wieder abhaue." Seine finstere Miene entspannte sich und er grinste. „Vater wird toben, wenn er merkt, dass ich trotzdem wieder weg bin. Geschieht ihm recht."

„Abhauen? Einfach so? Ohne mir Bescheid zu sagen?" Ich merkte, wie ich sauer wurde.

Torbin zuckte mit den Schultern. „Ich habe einen Brief für dich in die Hauspost gelegt. Ich wollte nicht riskieren, dass etwas durchsickert."

„Du willst wirklich weg?", fragte Mirana leise.

Ich hörte, wie matt ihre Stimme klang, und schaute zu ihr hinunter. Sie hatte das Gesicht Torbin zugewandt, doch ich konnte sehen, wie sie sich auf die Lippe biss und dass es in ihren Augen verdächtig schimmerte.

Wenn sie doch nur mich lieben könnte.

Torbin, der Stoffel, registrierte erst jetzt, dass sie bei uns stand. „Tschuldige, Mira", sagte er. „Habe dich gar nicht gesehen."

Am liebsten hätte ich ihm eine verpasst. Wieso merkte der nichts? *Ich* hätte Mirana längst in den Arm genommen und getröstet. Und *ich* würde nicht einfach so abhauen, ohne mich zu verabschieden. Ich würde überhaupt nicht abhauen, weil meine Zukunft vom Gasthof bestimmt wurde. Das wusste ich, seit meine Großmutter mich offiziell als Erben eingesetzt hatte.

„Du willst weg?", fragte Mirana noch einmal.

Auf der Straße hinter dem Zaun kam ein Wagen voller Keramikrohre vorbei. Zwei Hinjets zogen ihn, riesige Tiere mit hohem Widerrist und stark abfallender Rückenpartie. Die nach unten ragenden, abgesägten Hörner hatte man an den Enden sorgfältig mit Bast umwickelt. Aber die furchigen Stirnschilde waren stumpf und hätten eine Abreibung mit Rapsöl vertragen. Und unter den Bäuchen der Tiere baumelten Dreckklumpen im langen, grauen Fell. Eines der beiden schnaubte und keilte aus, das andere warf brüllend den Kopf in die Luft. Auf dem Bock stemmte sich der Kutscher mit aller Kraft in die Zügel, aber der unvermeidliche Fühlweber neben ihm schien eher zu schlafen, als dass er mit geschlossenen Augen die Hinjets kontrollierte.

„Hey!", brüllte der Kutscher, und der Fühlweber schrak zusammen. Sofort wurde sein Blick glasig und gleich darauf gingen die Tiere wieder ruhig im Geschirr. Der Wagen verschwand um die Straßenbiegung.

Torbin hatte sich umgedreht und die Szene ebenfalls beobachtet. „Natürlich will ich weg", sagte er und schaute sehnsüchtig dem Wagen nach, „das wisst ihr doch. Immer nur hierzubleiben ist so langweilig. Itelgo ist toll, klar, aber es gibt noch mehr. Ich will alles von der Welt sehen, nicht immer nur diese Stadt oder den Rest von Tendris."

„Ja, ich weiß", sagte Mirana. Ich hatte ihr irgendwann von Torbins Träumen erzählt.

Tröstend legte ich ihr den Arm um die Schulter. „Dazu muss er seinem Vater erst mal entwischen", raunte ich ihr ins Ohr und spürte, wie sie ein wenig lockerer wurde.

Sie sah mich an und lächelte. Das ließ mich meinen Kopfschmerz fast vergessen.

„Manchmal wünschte ich, Torbin wäre wie du", raunte sie ebenso leise zurück.

Dann liebe mich statt ihn, dachte ich inbrünstig und wandte den

Blick nicht von ihr. Ihre Lider wurden weit und ihr Lächeln verschwand. Ihre Augen waren blau mit kleinen goldenen Punkten darin, und aus ihren Haaren stieg der warme Duft nach Hafer. Ihr Gesicht kam näher und unsere Blicke verbanden uns.

„Wisst ihr was?" Torbin drehte sich wieder zu uns um. „Lassen wir doch meinen Vater noch ein bisschen schmoren. Geschieht ihm recht, wenn er noch mal das ganze Ostufer nach mir absucht. Was meint ihr, gehen wir etwas trinken?"

Ich sah ihn an – und der Moment war vorüber. Mirana bewegte ihre Schulter und ich nahm meine Hand zurück. „Ich weiß nicht", sagte ich. „Pa ist noch keine zwei Monate tot. Und heute Abend ist der Saal vermietet. Granna wird wütend sein, wenn ich nicht pünktlich zu Hause bin." Obwohl, der Gedanke an ein kühles Bier war verlockend, trotz meines Brummschädels.

„Ach, Gavi." Torbin boxte gegen meine Schulter. „Sei doch kein Spielverderber. Deine Großmutter wird sich schon wieder einkriegen. Du bist ihr Prinz, sie reißt dir doch niemals den Kopf ab. Und im *Landungsstein* haben sie frisch gebraut. Die ganze Straße dort riecht danach. Kommt schon, holt eure Räder."

Ich war hin und hergerissen. Einerseits befand sich meine Laune auf dem Tiefpunkt, andererseits hatte sich eben etwas zwischen mir und Mirana ereignet, das ich noch nicht einordnen konnte. „Kommst du auch mit?", fragte ich sie.

Sie nickte.

Das gab den Ausschlag. Wahrscheinlich würde ich es bereuen, falls sie Torbin weiter anhimmelte, aber ich stellte meine Büchertasche ab. „Wartet hier, ich hole die Fahrräder", sagte ich.

Wenn ich ein besserer Mensch gewesen wäre, würde ich jetzt nach Hause fahren. Torbin müsste dann allein mit ihr gehen, alles andere wäre unhöflich. Ich versuchte, mir einzureden, dass ich Mirana diese Gelegenheit nicht versauen sollte. Aber es ging nicht. Nach dem, was gerade zwischen ihr und mir passiert war, bekam ich jetzt meine Chance.

wei

28. März 467 n. L.

Das Gasthaus *Zum Landungsstein* war weithin berühmt für seinen Biergarten. Gester Lion, der Wirt, hatte dem Stadtrat die Genehmigung abgeschwatzt, ein Grundstück am Rand des Landungsparks zu planieren und zu pflastern. Er hatte das Buschwerk gerodet, das den Blick auf den Gedenkobelisken behinderte, hatte ein paar Schirmbäume gepflanzt, die Schatten spendeten, Lampions in die Zweige gehängt und ansonsten darauf vertraut, dass sein Bierrezept die Leute anlocken würde. Und das Publikum strömte. Sobald im Frühjahr die Abende lau wurden, waren die Tische und Bänke auf seiner Terrasse wohl gefüllt, Kellner und Kellnerinnen in langen Lederschürzen schleppten Krüge und Teller, auf einem Podium nahe der Hauswand spielte eine Kapelle und vom Holzkohlegrill duftete es allabendlich nach Lammkoteletts, Eselwürsten und Fisch. Granna hasste Gester Lion wegen seines Erfolgs auf das Herzlichste.

Jetzt, am Nachmittag mitten in der Woche, waren allerdings noch keine anderen Gäste da. Die Stühle lehnten größtenteils schräg an den Tischen und eine Kellnerin begann gerade erst, sie aufzurichten und mit bunten Kissen zu polstern. Zwei Köche feuerten den Grill an und die Musikinstrumente standen noch verpackt auf der überdachten Bühne. Die Kellnerin kam sofort, nachdem wir uns gesetzt hatten, und nahm die Bestellung auf. Und sie kehrte unverzüglich mit drei schäumenden Krügen zurück.

Ich nahm einen tiefen Zug. Da ich seit dem Frühstück nichts mehr gegessen hatte, hoffte ich, dass der Alkohol reichte, um den Tag ein bisschen freundlicher zu gestalten.

„Ah, tut das gut", sagte Torbin und wischte sich die Oberlippe. Dann beugte er sich vor. „Und glaubt ja nicht, dass ich es aufgebe."

Ich sah ihn an. „Was denn?"

Mirana schwieg und nippte an ihrem Bier.

Torbin schnaubte. „Herrje, was habe ich denn vorhin erzählt? Wo bist du mit deinen Gedanken, Gavi?" Er machte eine ausladende Handbewegung hinaus auf die weite Fläche des Landungsparks. Der kurz geschorene Rasen folgte seit fast vierhundertsiebzig Jahren den Konturen des Raumschiffs von der Erde. Und dort, wo die Menschen zum ersten Mal diese neue Welt betreten hatten, stand der Landungsstein, der Obelisk mit den eingemeißelten Namen der ersten Siedler. Ein paar Kinder benutzten die Säule gerade als Pfosten für ihr Tor und kickten einen Ball über das Gras.

„Was siehst du?", fragte Torbin.

Ich zuckte mit den Schultern. „Kinder, die Fußball spielen."

Er verdrehte die Augen. „Und was noch?"

Was sollte das? „Keine Ahnung", sagte ich und nahm einen Schluck. Langsam stellte sich ein leicht wattiges Gefühl ein. Gut.

„Herrje, Gavi, heute bist du begriffsstutzig wie ein Watvogel." Torbin wedelte wieder mit der Hand in Richtung Rasenfläche. „Das ist der Landungspark. Hier sind unsere Vorfahren angekommen, nachdem sie das halbe Universum durchquert haben. Gavi, die Menschen damals haben sich aufgemacht, um etwas Neues zu suchen. Sie sind zwar nicht dort gelandet, wo sie es geplant hatten, aber sie sind nicht ihr Leben lang an ein und demselben Fleck geblieben, sie nicht." Er nahm einen Schluck. „Und ich, so viel ist sicher, will das auch nicht."

„Ach so, das meinst du." Ich grinste ihn an, weil ich nicht zeigen wollte, wie genervt ich war. „Allerdings halte ich Belged und Kondrend für nicht so aufregend wie eine neue Welt." Ich hätte doch nach Hause fahren sollen. Heute reichten mir meine eigenen Probleme.

Ich schaute zu Mirana, aber die nahm die Augen nicht von Torbin. So viel also zu dem Moment auf dem Schulhof, dachte ich und trank noch einen großen Schluck. Jetzt wollte ich so schnell wie möglich verschwinden. War sowieso besser, so wie Mirana Torbin mit ihren Blicken verschlang.

Der merkte immer noch nichts. „Wenigstens liegen Belged und Kondrend auf der anderen Seite des Kharvush, das ist doch schon was", sagte er. „Ich will die Palmen und das Meer und die Salzschilffelder an Belgeds Stränden sehen. Und ich will in Kondrend Baumwolle, Indigo und die Seide der Twangshi-Käfer ernten. Doch Vater will mich ja in eurem Stall versauern lassen. Er glaubt, das wäre das Beste für mich. Das ist so öde!"

„Ach ja?", murmelte ich in meinen Krug. Was bitte war öde an unserem Gasthaus? Von Frühjahr bis Herbst kamen Reisende von überall her und füllten die Gaststube mit ihren Geschichten, in den Ställen wurden sämtliche Tiere untergebracht, die man sich denken konnte, einheimische und irdische, von Schafen, Ziegen und Eseln bis hin zu Rennechsen und Hinjets. Wir hatten eine eigene Turbine im Fluss, die auch dann Strom lieferte, wenn die Windräder im Herbst wegen der Winterstürme abgebaut werden mussten. Wir hatten Fischteiche, eine Biogasanlage und sogar eine eigene Apfelplantage. Öde, was? Torbin war so bescheuert. Er wollte nur nicht, dass ich eines Tages sein Boss wurde. Und Mirana gegenüber war er ...

„... und natürlich nach Winscar."

„Was?" Ich schreckte auf und sah meinen Freund an. „Was hast du gesagt?"

„Herrje, Torbin, sei still", zischte Mirana und wandte beunruhigt den Kopf in die Runde. Doch niemand achtete auf uns, wir waren immer noch die einzigen Gäste.

Torbins Kinn schob sich vor. „Und warum sollte ich nicht?"

„Weil ..." Ich beugte mich über den Tisch und raunte: „Mensch, Torbin, das weißt du doch."

„Ja, ja, weil", knurrte Torbin. „Immer gibt es ein Weil. Niemand weiß, was hinter der Ostwüste liegt, eben *weil* niemand Durst und Sandstürme lange genug überleben würde. Die Hylendberge kann man nicht überqueren, *weil* dann sofort die Trilgesh angreifen, und jenseits der Westberge war auch noch niemand, *weil* dort nichts wächst, was Menschen essen können und sogar das Wasser giftig ist. Ich habe es so satt, dieses Weil! Warum, bitte schön, soll ich nicht wenigstens versuchen, nach Winscar ...

„Hör auf." Auch Mirana saß jetzt angespannt nach vorn gebeugt und funkelte ihn an. „Bist du völlig von der Rolle, Torbin? Winscar, was? Wenn dich jemand hört, bist du schneller in Schutzhaft, als du bis drei zählen kannst. Und vielleicht ist dein Vater ja nur besorgt um dich. Hast du daran mal gedacht?"

Torbins Miene wechselte von angriffslustig zu verdrossen. „Ach, verdammt", murmelte er in seinen Krug. Dann warf auch er einen Blick in die Runde, ein bisschen spät, wie ich fand, doch immer noch achtete niemand auf uns. Draußen im Park johlten die Kinder, die Köche waren nach wie vor am Grill beschäftigt und die Kellnerin bereitete jetzt am anderen Ende der Terrasse weitere Tische für den Gästeansturm vor.

Mirana legte Torbin die Hand auf den Arm. „Bitte, sei nicht ungeduldig, das wird schon."

Wenn ich nur nicht so genau die Angst in ihrer Stimme hören könnte.

„Bitte, Torbin, mach keine Dummheiten", sagte sie zu meinem holzköpfigen Freund. „Das würde ich nicht aushalten."

Dieses Elend wollte ich mir nicht länger anschauen und schob meinen Krug weg. „Machts gut. Ich hau ab", sagte ich. Vielleicht war der Alkohol schuld, dass ich mich jetzt noch mieser fühlte als vorhin. Mein Schädel brummte wieder. *Ach, Mirana*, dachte ich sehnsüchtig, *liebe mich statt ihn und ich tue alles für dich.*

Sie sah mich an. Wieder, wie auf dem Schulhof, verband uns dieser Blick. Und auf einmal bekam alles um mich herum etwas Rosenfarbenes, nicht nur ihre Wangen. Hastig nahm sie die Hand von Torbins Arm, dann senkte sie verwirrt den Blick.

Torbin starrte weiter in sein Bier, Miranas Gefühlen gegenüber immer noch so blind und taub wie ein Höhlenwurm. Am liebsten hätte ich ihn geschüttelt und ihm gesagt, dass er überhaupt nichts begriff. Aber das durfte ich nicht. Mirana würde mich umbringen.

Ich schob den Stuhl zurück. „Ich muss los. Ihr wisst ja, wir haben heute den Saal voll und egal, was du denkst, Torbin, Granna *reißt* mir den Kopf ab, wenn ich noch länger bleibe." Ich stand auf.

Genau in diesem Moment, als ich nicht mehr saß, aber auch noch nicht stand, bekam ich einen Schlag in den Rücken. Ich verlor das Gleichgewicht, knallte mit dem Ellbogen an die Tischkante und mit dem Knie auf die Steinfliesen. Auf allen vieren hockte ich da und wartete, dass der erste Schmerz abklang.

„He!" Torbins Stuhl scharrte über das Pflaster. „Was sollte das denn, Freundchen? Hiergeblieben!"

Als ich mich umdrehte und mühsam wieder auf die Beine kam, hielt Torbin einen ältlichen Mann in fleckiger Hose und ausgefranster Jacke hinten am Kragen fest. Der Mann wand sich, aber Torbins Griff blieb hart. *Jetzt zahlt sich das Heuschaufeln in Grannas Ställen aus,* dachte ich. Blöder Gedanke.

Auch Mirana war aufgesprungen. Sie kam um den Tisch herum und berührte vorsichtig meinen Arm. „Ist es schlimm?"

Ich rieb mir den Ellbogen. Meine Finger waren ganz taub von dem Schlag, aber der Schmerz wurde langsam schwächer. Dann machte ich einen humpelnden Schritt und ließ mich wieder auf den Stuhl fallen. Meine Hose hatte am Knie ein Loch und die Haut darunter war aufgeschürft. „Sie blöder Fischfurz", fauchte ich den Mann an. „Wieso haben Sie mich geschubst? Ich kenne Sie doch gar nicht."

Der Mann hatte den Kampf gegen Torbins Griff aufgegeben. „Bänner Mnschn, schlech, schlech", nuschelte er.

„Was?"

Doch der Mann sagte nichts mehr. Sein Blick schoss herum wie ein verängstigter Vogel im Käfig. Immer, wenn er auf mich traf, wurde er finster.

Torbin zog ihm den Kragen zusammen und der Mann begann

zu japsen. „Rede, du Trottel", sagte Torbin scharf und ruckte an der Jacke. „Wieso hast du Gavandon umgestoßen? Was hat er dir getan?" Dann wurden seine Augen groß. „Was ist das denn?" Ohne seinen Griff zu lockern, schob er mit der anderen Hand die Nackenhaare des Mannes hoch und starrte auf eine kahle Stelle oberhalb des Haaransatzes.

„Bänner", krächzte der Mann und fuchtelte mit den Armen. „Bänner. Schlech. Nich schlagn."

Mit flatternder Schürze kam der Wirt durch die Tischreihen herbeigelaufen. „Mikel, verdammt noch mal!", herrschte er den Mann an.

Der zog den Kopf zwischen die Schultern. „Bänner Mnschn schlech", nuschelte er wieder.

Sor Lion zog ein Taschentuch aus seiner Schürze und wischte sich die Stirn. „Bitte verzeihen Sie, meine Herrschaften. Dies ist der Bruder meiner Frau und ich habe ihn aus Barmherzigkeit bei mir aufgenommen. Sie sehen ja, dass er ..." Der Wirt zuckte mit den Schultern. Dann beugte er sich zu mir herunter. „Ist Ihnen ... der junge Barjenden! Himmel noch mal, dann tut es mir besonders leid. Was wird Ihre Großmutter dazu sagen? Oder Ihre liebe Mutter?" Er richtete sich wieder auf und wollte Torbin den Kragenzipfel aus der Hand nehmen.

Doch Torbin zeigte auf die kahle Narbe. „Was ist das, Sor Lion?"

Der Wirt löste energisch Torbins Griff. „Nichts. Als Junge hat er sich dort verbrannt, das ist alles." Er packte seinen Schwager genauso hart, wie Torbin es getan hatte, und auch er ruckte am Kragen, dass der bedauernswerte Mikel husten musste. „Was fällt dir eigentlich ein? Du weißt genau, dass du bei den Gästen nichts zu suchen hast." Ohne den Griff zu lockern, zerrte er Mikel hinter sich her auf das Haus zu. „Bitte warten Sie, meine Herrschaften, ich bin gleich zurück", rief er über die Schulter und steuerte zielstrebig durch die Tischreihen. Die Köche und die Kellnerin sahen ihnen nach.

„Verbrannt, dass ich nicht lache. Das ist ein Ausgebrannter", zischte Torbin.

Wir blickten zum Haus, aber Sor Lion war schon mit dem Mann verschwunden. „Wieso glaubst du das?", fragte Mirana. „Ich habe gehört, das Ausgebrannte allein gar nichts mehr tun können. Aber der Kerl ist doch noch ganz gut beieinander."

Torbin griff nach seinem Krug. „Manchmal haben sie Glück und können danach noch das eine oder andere. Nein, ich bin sicher, ich habe schon mal eine solche Narbe gesehen." Dann schob er sein Bier angewidert beiseite. „Ich sage euch, dieser Kerl ist ein Ausgebrannter und in so einem Lokal sollte man nichts trinken. Fühlweber sind schlimm genug, doch Fühlweber, die Menschen beeinflussen, sind das Letzte."

Ich stand so heftig auf, dass der Stuhl umstürzte. Mein lädiertes Knie protestierte, aber ich beachtete es nicht. Ich hatte einfach genug. Ich biss die Zähne zusammen und schulterte meinen Rucksack. „Bis dann", knurrte ich.

„Was ist denn jetzt los?" Torbin sah mich erstaunt an.

„Wir hatten Geografie bei Borhan", sagte Mirana. „Und das, was du eben gesagt hast, war nicht nett. Gavandons Bruder ..."

„Ups." Torbin hatte wenigstens so viel Anstand, zerknirscht zu gucken. „Tut mir leid, Gavi, an den habe ich gar nicht gedacht." Er stand auf und drückte mich an sich, wie er es immer tat, wenn er sich bei mir entschuldigen wollte.

Aber ich bückte mich diesmal aus seiner Umarmung heraus. „Lass mich einfach in Ruhe. Mir reichts. Ich habe die Nase so voll davon, dass alle immer gegen die Fühlweber hetzen. Und Mirana will sowieso, dass ich abhaue, damit sie mit dir allein sein kann." Ich schaute Torbin an. „Weißt du eigentlich, was du für ein Volltrottel bist?"

Mirana stöhnte leise und bekam dunkelrote Wangen. Egal, jetzt konnte ich es nicht mehr zurücknehmen.

Torbin blickte zwischen ihr und mir hin und her. „Wie meinst du das, Gavi?"

Ich versuchte, meinen Fauxpas wieder gutzumachen. „Das musst du schon selbst herausfinden. Torbin, du solltest mal an etwas anderes denken als daran, wie du deinem Vater entkommen kannst, mehr sage ich nicht." Entschuldigend winkte ich Mirana zu, schob den Rucksack höher auf die Schulter und wandte mich zum Gehen.

Der Wirt kam wieder durch die Tischreihen gelaufen. „Sor Barjenden!", rief er. „Sie wollen uns doch nicht schon verlassen! Bitte bleiben Sie!"

Ich schüttelte den Kopf. „Kann ich nicht. Was schulde ich Ihnen?"

„Aber nicht doch. Das Bier geht natürlich aufs Haus." Sor Lion drehte sich zum Tisch um. „Das gilt für Sie alle drei." Sein Blick fiel auf mein Knie. „Ach du Schreck, Mikel hat Sie verletzt. Soll ich Ihnen Verbandszeug holen?"

„Nicht nötig."

„Aber Ihre Hose ist zerrissen. Ich werde den Schaden natürlich bezahlen. Bringen Sie mir die Rechnung, sobald Sie eine neue haben."

„Ja, ja." Ich machte mich auf den Weg zum Ausgang, wo wir vorhin die Fahrräder abgestellt hatten.

Sor Lion folgte mir. Verdammt, konnte der Blödmann keine Ruhe geben? Ich ahnte, was er auf dem Herzen hatte. Ich sollte niemandem erzählen, dass hier ein Ausgebrannter lebte. Das würde sich schlecht aufs Geschäft auswirken. Aber sein Geschäft war mir so was von egal.

„Bitte", raunte Sor Lion, „bitte, sagen Sie ..."

„... nichts zu Ihrer Großmutter", vollendete ich genervt den Satz. „Warum sollte ich das nicht tun? Ich habe ein aufgestoßenes Knie und eine kaputte Hose."

Der Wirt schob sich trotz seines dicken Bauches so schnell um mich herum, dass ich keine Chance hatte. Da es hier rechts und links vom Weg niedrige, beschnittene Hecken gab, konnte ich nicht mehr an ihm vorbei.

„Mikel hat nichts Böses getan", sagte Sor Lion. „Wirklich nicht. Er ist kein schlechter Mensch."

„Er hat mich gerade umgestoßen."

Sor Lion hob unbehaglich die Schultern. „Ich weiß auch nicht, was in ihn gefahren ist. So habe ich ihn noch nie erlebt. Bitte, Sor Barjenden, Gavandon, bitte sagen Sie niemandem etwas."

„Und wie wollen Sie Mirana und Torbin zum Schweigen bringen?"

„Ich weiß noch nicht, ich werde gleich auch mit ihnen reden. Bitte, ich kann Sie nur anflehen, auch im Namen von meiner Frau und Mikel."

„Meine Großmutter würde es freuen, wenn das bekannt wird", sagte ich, aber meine Wut verrauchte bereits.

„Ihre Mutter auch?" Der Wirt hielt meine Augen mit seinem Blick fest.

Ich starrte zurück. Sor Lion kannte meine Familie offenbar ziemlich gut. „Ich werde mir die teuerste Hose kaufen, die ich finden kann", sagte ich.

Sor Lions Schultern entspannten sich. „Selbst, wenn Sie sich eine maßschneidern lassen, geht das in Ordnung. Bringen Sie mir einfach die Rechnung. Und danke, Sor Barjenden, danke für Ihre Großzügigkeit." Er gab den Weg frei. „Und wenn Sie wieder Lust auf ein Bier bei uns verspüren, lassen Sie es mich wissen. Ich stehe in Ihrer Schuld und werde es nicht vergessen."

Ich nickte. „Ich bringe Ihnen die Rechnung."

Als ich mein Fahrrad aufschloss, sah ich, wie er zurück zu Mirana und Torbin eilte.

Drei
28. März 467 n. L.

Ich fuhr nicht nach Hause. Meine Kopfschmerzen waren zwar nach dem letzten Anfall im Biergarten verflogen, doch ich hatte jetzt einfach keinen Nerv für diese Idioten von der Heimwärtsbewegung. Die versammelten sich heute zu ihrem Jahrestreffen in unserem Gasthaus und das bedeutete jedes Mal Schwerstarbeit. Nicht nur, dass man eine Menge Bierkrüge und Essensportionen schleppen durfte, man musste auch Reden ertragen, in denen die blödsinnigsten Theorien aufgestellt wurden. Zum Beispiel behaupteten die Trottel, dass man nur ein Raumschiff bauen müsse, um zur Erde zurückzukehren. Dabei übersahen sie beharrlich, dass es auf Nouworld niemals genug Metall gab, um so ein Schiff auf Kiel zu legen. Und die Tatsache, dass vor vierhundertsiebenundsechzig Jahren ein Wurmloch das Siedlerschiff getroffen und am anderen Ende des Universums ausgespuckt hatte, wurde unter der Rubrik *Kleingeistige Bedenken* einsortiert. Doch Tatsache war nun mal, dass die Erde in unerreichbarer Ferne lag und unsere Heimatgalaxie nur noch von Astronomen mit ihren Teleskopen aufgespürt werden konnte. Die Heimwärtsbewegung ignorierte das alles und ich war heute einfach nicht in der Stimmung dafür.

Stattdessen wollte ich zu Pop und Muri, die wie immer den Sommer über in ihrem Wohnwagen am Therionufer lebten. Beide betrachtete ich als meine Großeltern, obwohl sie es genau genommen gar nicht waren. Mam hatte in erster Ehe Gostian Werman geheiratet, Pops und Muris Sohn. Er war Händler gewesen, einer von denen, die auf dem Therion durch Winscar hindurch zu den Ländern jenseits des Kharvush segelten. Doch vor dreißig Jahren, in der dunklen Zeit, als die Fühlweber die Macht an sich gerissen hatten, wurde jegliche Reisetätigkeit unterbunden. Mam hatte erzählt, dass mein Stiefvater sich in jenen Jahren gefühlt hatte wie ein eingesperrter Wanderfalke. Aber eines Tages war die Schreckensherrschaft vorbei und sofort, noch vor Beginn der Winterstürme, brach er wieder auf – und kehrte nie zurück. Inzwischen glaubten wir, dass er während irgendwelcher Ereignisse in Winscar ums Leben gekommen sein musste, denn seither verschluckte das Land alles, ließ nichts mehr heraus. Man nannte es inzwischen *Das schwarze Loch*. Händler und Reisende mussten sich neue Wege suchen und zogen heute mit Karawanen um den Kharvush herum. Und Gostian Werman erfuhr nie, dass er außer seinem Sohn – Kordian war damals knapp drei Jahre alt gewesen – noch eine Tochter bekommen hatte, meine Schwester Orfis. Neben allem anderen machte dieser Umstand Pop und Muri bis heute zu schaffen.

Um auf dem Weg zu ihnen nicht gesehen zu werden, radelte ich unten am Flussufer entlang. Natürlich wäre das Fahren auf der Straße oben in der Stadt einfacher gewesen, doch ich wollte mich nicht dabei erwischen lassen, wie ich fröhlich auf der Rampe am Gasthaus die Flutmauer überquerte. Es war niemals gut, Granna zu verärgern. Also holperte ich lieber über bucklige Schotterstrecken und durch Schlammpfützen, die vom Frühjahrshochwasser übrig geblieben waren. Langsam hob sich meine Laune. Nach mehreren Tagen Flaute wehte der Westwind wieder und kräuselte die weite Wasserfläche des Therion. Enten gründelten am seichten Ufer und ein paar Watvögel flogen kreischend flussaufwärts. Keiner Menschenseele begegnete ich. Der Hafenbezirk lag am anderen Ende der Stadt und die Fischer würden erst in ein paar Stunden zurückkehren. Das Gras spross dicht und grün, an der Flutmauer standen die Herkulien bereits mannshoch, entfalteten die ersten Blüten und in den Lücken leuchteten Steinkrautpolster blau aus den Mauerritzen. Die Luft war erfüllt vom modrigen Geruch des Flusses, der sich mit dem herben Duft der Pflanzen mischte, und dort, wo Netze auf ihren Gestellen trockneten, roch es nach Fisch. Das hier war allemal besser als die Arbeit im Gasthaus.

Inzwischen freute ich mich richtig auf den Wohnwagen. Ich brauchte jetzt jemanden zum Reden. Pa fehlte mir. Mit ihm hätte ich über die Geografiestunde und Mirana sprechen können, auch über die Sache im *Landungsstein*. Und er hätte gesagt: „Weißt du, Gavi, mögen die anderen mit dir umspringen, wie sie wollen, wichtig ist nur, was du selbst über dich weißt." Es war gut, sich daran zu erinnern, es rückte die Dinge gerade. Wieder musste ich einen Kloß hinunterschlucken. Ich vermisste meinen Vater so sehr. Doch zum Glück hatte ich ja noch Pop. Der beleuchtete nicht wie Pa ein Problem von allen Seiten und schlug dann etwas vor, stattdessen erzählte er Geschichten, aus denen man etwas lernen konnte. Genau das brauchte ich jetzt.

Ich besuchte ihn oft in seinem Sommerdomizil. Im Frühjahr folgte Pop seiner Frau bereitwillig in die spartanische Abgeschiedenheit am Flussufer. Muri wartete jedes Jahr ungeduldig darauf, dass das Hochwasser zurückging und der Wohnwagen wieder auf seinen Stellplatz konnte. Sie brauchte Abstand zu den Menschen, hatte Pop mir erklärt. Sie war Fühlweberin, doch nach dem Begabtenkrieg ließ sie sich wie andere auch aus Scham blockieren. Trotzdem spürte sie bis heute das Misstrauen der Unbegabten, und je mehr Menschen um sie herum waren, desto schlimmer wurde es für sie.

Ich umrundete eine leichte Kurve und sah, wie eine unserer beiden Fähren gerade die Brücke hochzog. Am Bug trug sie ein blaues Gesicht, das aus runden Wangen Sturm blies, die *Hurrikan*. Das bedeutete, Ria Gravned stand auf der Brücke. Mist. Ria war Grannas beste Freundin und würde petzen, wenn sie mich entdeckte. Besser, ich schob mein Fahrrad zwischen die Herkulien und versteckte mich hinter den wagenradgroßen Blättern, bis die Fähre weit genug draußen auf dem Fluss schwamm. Torbin hätte mich jetzt ausgelacht, aber ich besaß nun mal einen Heidenrespekt vor Granna. Zumindest ihren Zorn wollte ich nicht unnötig herausfordern.

Die Fähre nahm gerade erst Fahrt auf, als schon wieder neue

Passagiere die Mauerrampe herunterkamen. Im Augenblick machten wir ein gutes Geschäft mit dem Übersetzen. Eine Frau blieb allerdings nicht am Anleger stehen, sondern kam weiter am Flussufer entlang auf mich zu. Sie breitete eine Hand über ihre große Schultertasche, in der anderen trug sie eine Jacke mit Fellbesatz. Als Kordian letztes Jahr auf Urlaub zu Hause gewesen war, hatte er Mam genauso eine aus Hylend mitgebracht.

Die Frau wandte ein oder zweimal den Kopf nach hinten, um nachzuschauen, ob man ihr folgte. Aber mich hinter der Herkulie entdeckte sie offenbar nicht. Ganz in der Nähe lagen ein paar umgedrehte Fischerboote am Ufer, daneben trockneten Netze. Die Frau schlüpfte dazwischen.

Ich konnte sie durch die Netze nur noch undeutlich erkennen, aber ich sah, wie sie etwas aus ihrer Tasche nahm, einen schweren Behälter, wie es schien. Sie öffnete ihn und starrte hinein. Minutenlang.

Die Fähre war bereits weit genug weg, doch jetzt wurde ich neugierig.

Die Frau fing an, mit spitzen Fingern im Inhalt des Behälters herumzugraben. Und sie wurde fündig. Sie zog etwas ans Licht und starrte es an. Dann warf sie es mit weitem Schwung hinaus ins Wasser. Zwei weitere Male wiederholte sich das Ganze. Zum Schluss leerte sie den Inhalt der Dose auf den Boden und machte sich auf den Rückweg Richtung Fähranleger.

Als sie weg war, ging ich neugierig dorthin, wo sie gestanden hatte. Ein Häufchen fetter, schwarzer Erde lag dort. Mit dem Fuß stocherte ich darin herum, doch es war nur Erde mit ein paar zerschnittenen Wurzelresten, sonst nichts. Ich zuckte mit den Schultern. Manchmal sahen Dinge aufregender aus, als sie sich am Ende herausstellten.

Der Wohnwagen stand verlassen, als ich hinkam. Schade. Muri half wahrscheinlich oben im Gasthaus, wie immer, wenn es viel zu tun gab. Und Pop saß bestimmt mit seiner Angel vorn auf dem Versorgungssteg für die Fischgehege. Ich stibitzte ein paar Kekse aus Muris Dose und steckte einen leicht schrumpeligen

Winterapfel aus der Schale auf dem Tisch ein. Dann ging ich zum Steg.

In den Gehegen zwischen ihm und dem Fähranleger brodelte das Wasser. Die Zugfische reckten ihre breiten Köpfe in die Luft. Ich mochte sie. Sie hatten dicke, graue Leiber, runde Mäuler mit Barthaaren und einige trugen noch das Geschirr, mit dem sie vor die Fähre gespannt wurden. Die Fische dachten, ich würde ihnen Futter bringen. Sie keckerten schrill und spritzten kleine Fontänen aus dem Atemloch oben auf der Stirn. Ihre Drittaugen darunter öffneten und schlossen sich.

Pop saß wie vermutet auf seinem Klappstuhl am vordersten Ende und schaute hinaus auf das Wasser. Seine Angel steckte in einer Halterung, die er an einem der Pfähle angebracht hatte.

„Hallo, Pop", sagte ich.

Er drehte sich um. „Junge! Schön, dich zu sehen."

Ich wünschte wie immer, er würde mich Gavandon nennen, aber ich sagte nichts. Für heute war mein Bedarf an Streit gedeckt.

Thom Werman sah genauso aus wie Kordian, sein Enkel, nur älter. Er hatte dieselben dichten Augenbrauen, allerdings in Silbergrau, anstatt in Schwarz, und dieselbe Nase mit dem knubbeligen, gespaltenen Ende. Poponase, sagte Kordian immer. Und ich war sicher, dass mein Bruder sich später einen ebensolchen Kranz tiefer Fältchen um die Augen zulegen würde wie sein Großvater. Dann musste er sich nur noch einen Kinnbart wachsen lassen, um dessen Abziehbild zu werden.

Pop drehte sich wieder zum Wasser, rückte seine Schirmmütze zurecht und beobachtete, wie sich die *Hurrikan* mit unserer zweiten Fähre, der *Zephir*, in der Mitte des Flusses traf.

Ich setzte mich neben seinen Stuhl auf den Steg und ließ die Beine über dem Wasser baumeln.

„Na?", sagte Pop und zog Tabaksbeutel und Pfeife hervor. „Hast du deine auch mitgebracht?"

Ich schüttelte den Kopf. „War noch gar nicht oben. Die Heimwärtsbewegung, du weißt ja."

Er lachte. „Immerhin bringen sie Geld ins Haus."

Ich sagte nichts, sondern zog den Apfel aus der Tasche.

Pop begann, seine Pfeife zu stopfen. „Und? Wo drückt der Schuh?", fragte er.

Ich biss in den Apfel und suchte nach den richtigen Worten. Klickend ließ er sein Feuerzeug aufspringen und sog die Flamme ein paar Mal in den Pfeifenkopf. „Lass mich raten. Du hattest wieder Ärger in der Schule, stimmts?", sagte er undeutlich, während er paffte.

Ich nickte. „Wir hatten heute Geografie."

„Oha." Pop stieß ein paar dicke Rauchwolken aus. „Kein Wunder, dass du so miesepetrig ausschaust."

Ich zog die Beine auf den Steg und lehnte mich gegen einen der Pfähle, damit ich ihn besser ansehen konnte. „Das ist es nicht. Borhan ist eine miese Sacklaus, richtig, aber daran habe ich mich gewöhnt. Doch heute hat er mich gehen lassen."

Erstaunt sah Pop mich an. „Hast du etwa diesmal die richtige Antwort gewusst? Das wäre ja mal was Neues."

„Ob richtig oder nicht, war bislang immer egal." Mein Apfel bestand inzwischen nur noch aus dem Kerngehäuse und ich hob den Arm, um ihn ins Wasser zu werfen.

„Lass das, du verscheuchst sonst die Fische", sagte Pop scharf. Dann reichte er mir sein Taschentuch. „Nimm lieber das."

„Tschuldigung." Ich wickelte die Reste ein und steckte sie in meine Hosentasche.

Pop sah mir zu. Dann fragte er: „Bedeutet das etwa, Borhan hat dir heute keine schlechte Note verpasst?"

„Nein, hat er nicht", sagte ich gedrückt. „Und genauso hat Martek mich in Ruhe gelassen."

„Martek? Ist das der, dem du möglichst aus dem Weg gehst?"

Ich zuckte mit den Schultern. „Wenn ich kann."

„Aber heute hast du ihm endlich was auf die Nase gegeben, oder? Vermutlich hättest du das längst tun sollen."

Ich schüttelte den Kopf. „Das ist es nicht. Ich habe ihn nur ein bisschen geschubst, weil er Mirana angegrabscht hat. Und trotzdem ist er plötzlich abgehauen."

Mit seinem Stopfer drückte Pop die Glut in der Pfeife fest. „Was beunruhigt dich daran? Du bist ein großer, starker Kerl. Wenn du wütend wirst, kann man schon mal Angst vor dir bekommen. Warst du wütend?"

Ich starrte hinaus aufs Wasser. Es stimmte, ich war zornig gewesen, aber bisher hatte das nie etwas genützt. „Ich weiß nicht", sagte ich. „Irgendwie war heute alles anders. So was habe ich noch nie erlebt. Und dann passiert es gleich zweimal hintereinander."

Pop ließ die Pfeife sinken. „Weißt du, Junge, du bist ein seltsamer Vogel. Andere sind unglücklich, wenn sie ständig getriezt werden. Dich bringt es durcheinander, wenn das Gegenteil passiert."

Ich sah ihn an. „Du weißt genau, wie viel es mir früher ausgemacht hat, aber jetzt bin ich älter und kann damit umgehen."

„Ach was, rede doch keinen Schwachsinn." Er machte eine wegwerfende Handbewegung. „Es kränkt dich nach wie vor. Alles andere wäre unnatürlich."

Einen Moment schwieg ich und pulte einen Holzspan aus der Planke. „Na ja, vielleicht ein bisschen", gab ich zu. „Aber Pa hat gesagt, dass ich nicht auf das Niveau von solchen Fischfurzen wie Borhan und Martek sinken darf. Und außerdem …" Ich zuckte mit den Schultern.

„Tatsächlich, dein Pa war ein weiser Mann. Und du bist der Erbe von alldem hier." Pop lachte sein gurgelndes Lachen und ließ den Arm weit kreisen. Dann klopfte er seine Pfeife aus. „Hoffentlich reicht es."

„Wie meinst du das?"

Doch er antwortete nicht, sondern verstaute nur umständlich seine Pfeife.

„Wie meinst du das?", wiederholte ich.

Pop schob seinen Stuhl so zurecht, dass er mich ansehen konnte, ohne sich den Hals zu verrenken. „Also gut, Junge", sagte er, „ich habe eine Anekdote für dich. Magst du sie hören?"

Jetzt kam sie also, Pops Geschichte. Ich nickte.

Er nahm seine Schirmmütze ab, strich sich das schüttere Haar nach hinten und setzte die Mütze wieder auf. „Habe ich schon mal von Mistress Klarun gesprochen?"

Natürlich hatte er, doch ich schüttelte den Kopf. Egal, was er erzählen mochte, eine seiner Geschichten war jetzt das Beste, das ich kriegen konnte.

„Also gut", sagte er. „Weißt du, Meister Klarun, ihr Mann, war in den frühen Jahren einer der großen Seher gewesen. Er hat die Kurzschrift entwickelt, die die Adlaten bis heute für die Mitschriften verwenden, wenn ihr Seher in Trance fällt." Pops Steckenpferd war der Werdegang der Gilden.

„Das habe ich schon mal gehört." Ich zog die Knie hoch und legte die Arme darum. „Was war mit den beiden?"

Pop sah mich an. „Du kennst die Geschichte also schon?"

„Nein", log ich. „Wir haben die Gilden irgendwann in der Schule durchgenommen."

„Ach so." Er nickte zufrieden. „Also dann", fuhr er fort, „es fing nämlich damit an, dass sich der gute Klarun eines Tages eine neue Adlatin nahm, eine seiner Schülerinnen, die seine Enkelin hätte sein können."

Genau, ich erinnerte mich. Bis zu diesem Zeitpunkt hatte seine Frau, ebenfalls Seherin, dreißig Jahre lang diese Funktion ausgeübt, genau wie Klarun bei ihr. Damals taten sich immer zwei fertig ausgebildete Seher zusammen und wechselten die Rollen je nach Bedarf.

„Wie sich herausstellte, faszinierte den Alten, mit welcher Verehrung das Mädchen an seinen Lippen hing", erzählte Pop und holte dabei wieder Pfeife und Tabaksbeutel hervor. „Du musst nämlich wissen, besonders alte Männer sind für so etwas empfänglich." Er sah mich schräg an. „Aber besser, du sagst Muri nichts davon."

„Verlass dich darauf." Ich grinste und spürte, wie sich meine Laune hob.

„Schön", fuhr er fort. „Der gute Meister Klarun also verguckte sich in das Mädchen und bei der Gilde zerriss man sich das Maul. Der Alte holte die Kleine sogar zu sich ins Haus und man ahnte, warum."

„Und was hat seine Frau gemacht?"

Er zwinkerte mir zu. „Ich muss schon sagen, du stellst die richtigen Fragen." Mit dem Daumen stopfte er Tabak in die Pfeife und drückte ihn fest. „Kommen wir also zum Kern des Ganzen. Du musst wissen, Junge, dass Mistress Klarun hochgeachtet war. Sie hatte ein großes Haus, Ansehen und Reichtum und um ein Haar hätte man nicht ihren Mann, sondern sie zur Zunftmeisterin der Seher gewählt. Sie glaubte, ihr könne nichts passieren, doch von einem Tag zum anderen verlor sie alles, weil ihr Mann sich in ein hübsches Lärvchen verliebt hatte. Sie versuchte nämlich, das Mädchen aus dem Haus zu ekeln, doch mittlerweile besaß die Kleine das Ohr des Alten und am Ende musste die Mistress gehen. Sie kam, soweit man weiß, bei einer ihrer Töchter unter, aber da sie sich mit ihrem Schwiegersohn nicht besonders verstand, wird das nicht die reine Freude gewesen sein. Und Klarun als Zunftmeister der Seher setzte alles daran, dass ihr Ruf am Ende völlig ruiniert war."

„Und du glaubst, mir könnte es genauso gehen?" Ich sah Pop an.

Er steckte die gestopfte, kalte Pfeife wieder ein. „Möglich. Lass dir gesagt sein, Junge, das da", er deutete hinauf zum Gasthaus, „ist nichts." Er beugte sich vor und tippte mir gegen die Stirn. „Dort drinnen ist alles, was dich ausmacht."

Genau in diesem Augenblick fing die Angel an zu rucklen und die kleine Glocke an ihrer Spitze klingelte. Pop holte sie rasch aus der Halterung und wartete noch einen Moment. Die Glocke klingelte ein zweites Mal. Pop zog und begann, die Schnur einzuholen. „Hilf mir bitte." Er deutete mit dem Kopf auf den Kescher, der an einem Pfahl lehnte.

Die Sonne verschwand hinter dem Drachenzahn, der unser Gasthaus vor den Stürmen schützte. Plötzlich herrschte nur noch

Zwielicht. Gegenüber dem Therion erhob sich Prim, der erste Mond, riesig und golden aus den weißen Dünen der Ostwüste und rechts am Horizont glühten die Schneegipfel des Kharvush im Abendrot.

Leider zog Pop nur einen dicken, perlmuttfarbenen Glanzbarsch aus dem Wasser und war sichtlich enttäuscht. Er hoffte immer auf einen Wels oder einen Hecht, die hier längst heimisch waren. Allerdings fing er meistens Echslinge oder Radfische, die nur zum Verfüttern taugten. Doch von einem Glanzbarsch konnte man wenigstens die Schuppen verkaufen. Die Juweliere rissen sich darum. Oder man brachte ihn zur Gilde, denn dort durften besonders ausgebildete Heiler Barschöl daraus kochen, ein ausgezeichnetes Einreibemittel gegen Prellungen und andere Verletzungen. In der Regel wurde es von unbegabten Kräuterheilern angewendet, denn es wirkte fast so gut, als wenn ein Gabenheiler die Wunden mit der Kraft seiner Fingerspitzen behandelte.

Pop löste den Barsch vom Haken und warf ihn in seinen Eimer. „Und jetzt lass uns gehen und schauen, ob Muri schon zurück ist. Ich habe Hunger." Er holte den Rest der Angelschnur ein und klappte seinen Stuhl zusammen.

Später, als ich im Bett lag, hielten mich Pops Worte noch eine Weile wach. Nichts, hatte er gesagt. Das Gasthaus, die Fähren, und all das hier bedeutete überhaupt nichts. Das Wort wälzte sich in meinem Kopf hin und her. Nur, wie konnte das sein? Wir waren weithin berühmt. Wir waren immer gut ausgebucht, obwohl eine Übernachtung bei uns mehr kostete als in den meisten anderen Häusern. Und das alles sollte nichts sein?

Trotzdem, irgendwie spürte ich, dass an Pops Worten etwas dran war – und der Gedanke beunruhigte mich.

Aber vielleicht lag es doch nur am knurrenden Magen, dass ich nicht einschlafen konnte. Muri war noch nicht zurück gewesen und im Wohnwagen gab es nur die paar Kekse und die restlichen Äpfel. Pop begleitete mich deshalb zum Gasthaus. In der großen Hauptküche bekam man immer etwas, aber ich fand es klüger, ohne Umweg nach oben in unsere Wohnung zu gehen. Doch jetzt fühlte sich mein Bauch an wie ein tiefes, schwarzes Loch. Ich würde warten müssen, bis unten Ruhe einkehrte. Erst dann konnte ich mich noch mal hinunterschleichen.

Doch zum Glück war das nicht nötig, denn Mam rettete mich. Ich hörte, wie sie leise in mein dunkles Zimmer kam. „Bist du wach, Sohn?", flüsterte sie.

Ich richtete mich auf und mein Magen gab deutliche Töne von sich.

Mam schaltete das Licht an. Ihre Augen wurden immer noch von tiefen Schatten umrandet und seit Pas Tod trug sie diese schrecklichen, dunklen Pullover. Aber immerhin lächelte sie wieder, wenigstens ab und zu. „Habe ich es mir doch gedacht", sagte sie und stellte einen Teller mit belegten Broten und ein Glas Ziegenmilch auf den Tisch neben meinem Bett.

Wirklich, sie war die Beste. Das erste Stück Brot verschwand so schnell, dass ich Schluckauf bekam. „Danke", nuschelte ich mit vollem Mund.

Sie setzte sich auf die Bettkante. „Du warst also heute Abend bei Pop", stellte sie fest.

„Hat er etwa gepetzt?"

„Natürlich nicht. Er hat mir nur gesagt, dass du hier oben bist und noch nichts zu essen hattest. Aber ich konnte nicht eher kommen."

„Schon in Ordnung." Ich verschlang inzwischen die dritte Brotscheibe.

„Und dass du nicht vergisst, danach noch mal die Zähne zu putzen, Gavi, hast du gehört?"

Also, das ging entschieden zu weit. „Mam!" Ich stieß sie an.

„Tschuldigung." Ihre Mundwinkel zuckten.

Es tat gut, das zu sehen. Und sie fragte sogar: „War irgendetwas los heute?" Inzwischen bemerkte sie außer ihrem eigenen Kummer auch wieder andere Dinge.

Trotzdem schüttelte ich den Kopf. Meine Probleme konnte ich

allein lösen. „Nichts Schlimmes", sagte ich und spülte den letzten Rest mit einem Schluck Milch hinunter. „Jetzt ist mir wohler."

„Ich mein' ja nur. Sonst bist du doch immer da, wenn man dich braucht."

„Hat Granna was gesagt?"

Sie stellte Milchglas und Teller zusammen und stand auf. „Ich glaube nicht, dass sie was gemerkt hat, es war ziemlich hektisch heute. Und dann ist auch noch Orfis gekommen."

„Orfis? Wo ist sie?"

Ich wollte schon die Decke zurückschlagen, doch Mam schüttelte den Kopf. „Du siehst sie morgen, wir haben sie früh zu Bett geschickt." Plötzlich strahlte ihr Gesicht, wie ich es seit Pas Tod nicht mehr gesehen hatte. „Du wirst Onkel, weißt du? Sie ist gekommen, um uns das zu erzählen." Sie kicherte – das Schönste, was ich seit Langem gehört hatte. „Granna war gar nicht begeistert", sagte sie grinsend. „Urgroßmutter. An den Gedanken muss sie sich erst mal gewöhnen."

Wir prusteten beide los. Und ich glaube, wir beide genossen diesen Moment, der sich anfühlte wie früher, vor Pas Unfall.

„Du siehst also, Granna hatte anderes im Kopf, als auf dich zu achten." Mam stand auf und wandte sich zum Gehen. „Ab ins Bad jetzt und dann gute Nacht. Du hast morgen wieder Schule."

Seufzend schwang ich meine Beine aus dem Bett. Mütter blieben immer gleich, egal, ob man erwachsen wurde oder nicht.

Schlafen konnte ich danach trotzdem nicht sofort. Ich wünschte, ich hätte Pop auch von Mirana erzählt. Ich konnte wahrhaft jemanden gebrauchen, der mir ein bisschen Mut zusprach. Und ich überlegte, was er wohl zu der Sache im *Landungsstein* gesagt hätte.

Bänner, Mnschn, schlech.

Aber ich hatte ja versprochen, nichts darüber verlauten zu lassen. Wenn jemand wegen dem Loch in der Hose fragte, würde ich sagen, ich sei mit dem Fahrrad gestürzt.

Bänner, Mnschn, schlech.

Die Worte verfolgten mich in den Schlaf.

Vier
35. März 467 n. L.

Ein paar Tage später weckten mich wieder diese Kopfschmerzen, dieses Gefühl, als würde ein Schwarm Mingesh von innen gegen mein Schädeldach prasseln. Das war jetzt schon das zweite Mal. Vielleicht sollte ich einen Heiler aufsuchen.

Ich stand auf und ließ mir im Bad kaltes Wasser über den Kopf laufen. Das half ein bisschen, aber schlafen konnte ich danach nicht mehr.

Ich seufzte und setzte mich an meinen Schreibtisch. Draußen begann es gerade zu dämmern. Der abnehmende Prim war in der vergangenen Woche zum Halbmond geworden, doch er schien noch hell genug, um eine silbrige Lichtbahn in mein Zimmer zu werfen. Ich schaltete die Schreibtischlampe an und holte mein Xenobuch aus der Tasche. Würde ich die Zeit eben nutzen und noch ein bisschen lernen.

Die nächste Graduatklausur schrieben wir erst in der kommenden Woche, aber Xenobiologie mochte ich nicht. Allerdings musste ich eine gute Note schreiben, um die sichere Fünf in Geografie auszugleichen. Widerstrebend schlug ich das Kapitel über die Drittaugen auf.

So bezeichnete man das besondere Organ, das es nur bei den eingeborenen Nouworldwesen gab. Als Kind hatte es bei mir schreckliche Albträume verursacht: ich allein vor einer Phalanx aus Trilgesh, die mich mit einem furchterregenden, lidlosen Auge auf der Stirn anstarrten. Dabei glichen die Drittaugen eher einem Schließmuskel in einem haarlosen Mal über der Nasenwurzel. Man hatte tote Tiere und auch ein paar Trilgesh seziert.

Das Innere des Organs, las ich, besteht je nach Spezies aus einer mehr oder weniger verästelten Röhre, die in Nervenbahnen ausläuft. Die genaue Funktionsweise konnte bisher nicht untersucht werden. Man nimmt aber an, dass Drittaugen für die Ausübung der Gabe zuständig sind, denn sie öffnen sich, sobald diese eingesetzt wird. Leider gelang es nicht, von den einheimischen Trilgesh weitere Informationen zu bekommen, da jeder Kontakt zu uns Menschen abgelehnt wird.

Als ich an dieser Stelle des Textes angekommen war, merkte ich, dass ich nur noch halb mitbekam, was ich gerade las. Meine Gedanken wanderten schon wieder hierhin und dorthin. Seufzend klappte ich das Buch zu und schaute hinaus in den anbrechenden Morgen.

Martek war erstaunlich friedlich gewesen in den letzten Tagen. Fast konnte man meinen, dass er und seine beiden Freunde mir absichtlich aus dem Weg gingen. Und auch Torbin hatte ich seit unserem Besuch im *Landungsstein* nicht mehr gesehen.

Ich runzelte die Stirn. Nicht mal beim Essen? Um sicherzugehen, ließ ich die vergangenen Tage Revue passieren, aber nein, ich hatte ihn tatsächlich nicht getroffen, weder bei den Mahlzeiten unten in der großen Küche noch sonst irgendwo. Seltsam.

Kurz kam mir der Gedanke, dass er vielleicht seinen Plan durchgeführt hatte. Vielleicht zog er längst mit den Karawanen durch die Ostwüste. Doch dies verwarf ich sofort wieder, davon hätte ich gehört.

Draußen wurde es inzwischen immer heller. Prim konnte ich gerade noch dicht über dem Horizont neben unserem Drachenzahn erkennen, doch er schimmerte nur noch blass. Dafür strahlte von der anderen Seite des Gasthauses die aufgehende Sonne über ihm ein paar dünne Wolkenschleier an, was ein interessantes Farbspiel ergab.

Ich verstaute das Buch wieder in der Tasche. Man konnte sich mit Lernen auch verrückt machen. Wahrscheinlich kamen meine Kopfschmerzen daher. Ich ging also noch einmal unter die Dusche und der Schmerz verschwand endlich unter dem heißen Wasser. Aber der Gedanke an Torbin ließ mich nicht in Ruhe. Irgendwie waren wir uns in der vergangenen Woche einfach nicht über den Weg gelaufen, dabei hatte ich ihn eigentlich fragen wollen, was im *Landungsstein* nach meinem Weggang passiert war. Ich stellte das Wasser ab und griff nach dem Handtuch. Plötzlich stoppte ich. Auch Mirana hatte ich seither nicht mehr gesehen. Hatte ich mich so sehr in meine Bücher vergraben, dass mir nicht mal das aufgefallen war? Ich beschloss, der Sache auf den Grund zu gehen, und machte, dass ich hinunter zum Frühstück kam. Doch auch heute glänzte Torbin in der großen Küche durch Abwesenheit. Ich musste also auf den Nachmittag warten, ehe ich ihn suchen konnte.

In der Schule roch es wie immer nach Kreidestaub und Bohnerwachs. Alle hasteten zwischen der ersten und zweiten Stunde in ihren neuen Klassenraum. Ich hatte mir einen strategisch günstigen Platz im ersten Stock, in der Nähe der großen Treppe gesucht, um Ausschau nach Mirana zu halten, doch ich konnte sie nirgends entdecken. Als Kelliann Brink an mir vorbeikam, hielt ich sie an und fragte. Sie und Mirana hatten einige Stunden zusammen.

Kelliann zuckte mit den Schultern. „Sie ist jetzt wie ich in Mathe."

Also folgte ich ihr zu dem Klassenraum und wartete.

Mirana kam erst im letzten Moment. Es hatte bereits geläutet und eigentlich hätte ich längst in Siedlungskunde sitzen müssen, aber irgendetwas war offenbar passiert und ich musste wissen, was.

„Warte." Ich versperrte ihr den Weg.

„Lass mich durch", sagte sie, ohne mich anzusehen. So, wie sie die Schultern hob, schien es ihr unangenehm zu sein, dass sie mich hier traf.

„Gavandon Barjenden!"

Ich schrak zusammen und drehte mich um.

Hinter mir stand Mem Perryn, wie immer die Haare im Nacken zum Knoten gedreht. „Was machen Sie noch hier?", fragte sie streng. „Ab mit Ihnen in Ihre Klasse."

Ich zog den Kopf ein. Wir alle fürchteten die Mathematiklehrerin. „Bitte entschuldigen Sie", antwortete ich, „aber ich muss dringend mit Mirana reden." Und wunderte mich selbst über meine Kühnheit.

Sie funkelte mich über den Rand ihrer Lesebrille an, die wie üblich auf ihrer Nasenspitze balancierte. „Welche Stunde haben Sie jetzt?"

„Siedlungskunde."

„Sie wollen doch sicher Ihr Graduat bestehen, habe ich recht?"

Ich schaute mich um, aber Mirana war schon verschwunden.

„Sie", Mem Perryn stach mit ihrem Zeigefinger nach meiner Brust, „machen sofort, dass Sie in Ihre Klasse kommen. Nichts ist so dringend, als dass es nicht Zeit bis zur nächsten Pause hätte. Ist das klar?" Ihr Blick wurde eine Spur härter, als ich immer noch keine Anstalten machte zu gehen. „Wirds bald, Sor Barjenden?"

„Schon gut", murmelte ich und machte mich widerstrebend auf den Weg den Gang hinunter. Hinter mir hörte ich, wie sich die Klassenzimmertür schloss.

Kaum war ich um die nächste Ecke gebogen, blieb ich an einem der Flurfenster stehen und schaute hinaus auf den leeren Pausenhof. Siedlungskunde war mir gerade so was von egal. Mich interessierte nur, was verdammt noch mal hier passierte. Was hatte ich Mirana getan? War alles, was neulich geschehen war, vergessen? Himmel, Mirana! Wütend schloss ich die Augen und lehnte die Stirn gegen die kühle Fensterscheibe.

Plötzlich wurde es mir so klar wie Flusswasser: Sie musste mir schon die ganze Woche aus dem Weg gegangen sein. Genauso, wie Martek und Torbin? Wenn ich zurückdachte, hatte sie sogar Geografie bei Borhan geschwänzt. Die Streberin hatte geschwänzt! Oder war sie einfach nur krank gewesen? Jedenfalls erinnerte ich mich nicht, sie in der Stunde gesehen zu haben. Und offenbar hatte ich das Erlebnis im *Landungsstein* so sehr verdrängt, dass es mir jetzt erst auffiel. Wie konnte mir das passieren? Mirana war doch für mich ...

Meine Gedanken stockten. Was war sie denn? Erstaunt bemerkte ich, dass mir ihr Verhalten gerade eben viel weniger ausgemacht hatte als erwartet. In erster Linie war ich sauer, weil sie offenbar einen Bogen um mich machte und ich keine Ahnung hatte, warum. Was fiel ihr ein, so ohne Vorwarnung oder Erklärung? Und genauso den anderen? Was steckte dahinter?

Inzwischen war es im Gebäude still geworden. Durch die geschlossenen Türen drang nur noch Murmeln aus den Klassenräumen. Jetzt machte es keinen Sinn mehr, in meinen Unterricht zu gehen. Am besten, ich schwänzte gleich den Rest des Tages und suchte nach Torbin. Der war mir jetzt ein paar Antworten schuldig und die würde ich einfordern.

Eine Stunde später fand ich ihn ein Stück entfernt vom Gasthaus bei unseren Forellenteichen. Er schob eine Karre mit Fässern über die schmalen Dämme und verteilte Futter mit einer Schaufel. Dort, wo die Brocken auf die Wasseroberfläche trafen, begann der Teich zu kochen. Die Setzlinge hatten den Winter offenbar gut überstanden.

„Hier bist du also", sagte ich.

„Oh, du bist es, Gavandon." Er holte die nächste Schaufel Futter aus dem Fass und warf sie mit weitem Schwung hinaus aufs Wasser.

Gavandon? Nicht Gavi? Er tatsächlich auch, genau wie Mirana? Etwas, von dem ich nichts wusste, *musste* neulich im *Landungsstein* passiert sein, eine andere Erklärung gab es nicht.

Die Mingesh prasselten wieder.

Torbin fuhr zu mir herum. „Hör gefälligst auf damit!"

„Womit denn?" Ich sah ihn an.

Die Zornfalte zwischen Torbins Brauen vertiefte sich. „Das weißt du genau." Er machte sich auf den Weg zum nächsten Teich.

Ich rannte ihm nach und hielt die Karre fest. „Was ist eigentlich los, verdammt noch mal", knurrte ich. „Nun rede schon. Warum gehen du und Mirana mir seit einer Woche aus dem Weg?

Was habe ich euch getan?"

„Lass es einfach", sagte Torbin, ruckte die Karre aus meinem Griff und schob sie weiter.

Ich folgte ihm. „Und was bitte soll ich lassen?"

Er schwieg und warf die nächste Schaufel Futter.

„Himmel noch mal, Torbin!"

„Verschwinde endlich!" Dann hob auch er abwehrend die Schultern, genau wie Mirana.

Nicht schon wieder! Ich griff nach seinem Arm. „Du sagst mir jetzt sofort, was hier los ist, oder ..."

Er fuhr herum. „Oder was! Beeinflusst du mich dann mit deinen Fühlbändern? Genau wie Mirana? Lässt du mich wie ein Kaninchen herumhoppeln? Oder einen Buckel machen wie ein Hinjet? Du willst mich ja wohl nicht in dich verliebt machen, hoffe ich."

„Wie bitte?!" Meine Hand fiel von seinem Arm.

„Herrje, Gavi, erzähl mir nicht, dass du es nicht bemerkt hast."

„Was denn?" Die Mingesh prasselten.

„Verdammt, hör endlich auf damit!", schrie Torbin, dann fuhr er ruhiger fort: „Du weißt genau, dass ich auch die Gabe besitze. Nur nicht genug, dass man mich ausbilden will. Aber ich merke, wenn du etwas bei mir versuchst, besonders seit die Lions mich vor dir gewarnt haben. Ich kann sowas spüren, wenn ich darauf achte. Also lass es einfach. Und melde dich endlich bei der Gilde, klar?"

„Warte mal, warte mal." Die Mingesh gaben Ruhe. „Behauptest du etwa, ich würde fühlweben?"

„Genau. Offenbar ist deine Gabe jetzt erst erwacht."

„Quatsch. Das geht doch gar nicht. Ich habe die Pubertät längst hinter mir."

„Bei dir ist es aber so. Und deshalb habe ich keine Lust mehr, mit dir zusammen zu sein. Wie soll ich wissen, was du gerade mit mir anstellst. Deine Wut kann ich spüren, die ist stark. Aber ich merke es eher nicht, wenn du subtiler vorgehst. Tu mir also den Gefallen und bleib mir vom Leib. Und wenn du dich nicht selbst bei der Gilde meldest, tue ich es, verstanden? Du weißt, wilde Fühlweber werden nicht geduldet." Damit schob er die Karre zum nächsten Teich.

Ich sah ihm nach. Der Mingesh-Schwarm beruhigte sich wieder. Ich machte einen Schritt hinter Torbin her, aber dann blieb ich stehen. Sein Rücken signalisierte so deutlich, dass ich Abstand halten sollte, dass ich nicht anders konnte. Obwohl er mein bester Freund war. Und ich ihn jetzt brauchte.

Verdammt noch mal!

Wütend trat ich nach einem Grasbüschel. Es löste sich unter der Wucht und platschte zusammen mit einem Klumpen Erde in den nächsten Teich. Ich zog die Schultern hoch, drehte mich um und ging den Weg zurück, den ich gekommen war. Noch zwei weitere Klumpen flogen in die Teiche. Torbin war so ein Fischfurz! Ich hätte ihn erwürgen können. Ich und Fühlweber, was redete er da? Man sollte ihn ... man müsste ... Leider fiel mir nicht ein, was man müsste. Ich konnte nur hoffen, dass er sich irgendwann wieder beruhigte.

Kurz darauf hatte ich mein Fahrrad erreicht und klappte den Ständer ein. Irgendwas geriet hier ganz gehörig aus den Fugen und ich hatte keine Ahnung, was. Eines wusste ich allerdings: Ich besaß keine Gabe, nie und nimmer. Wer so etwas behauptete, redete irre. Und ich musste herausfinden, woher dieser ganze Mist kam.

Ich schaute hoch zum Himmel. Es war noch nicht Mittag, die Sonne hatte den Zenit noch nicht erreicht. Ein kühler Wind wehte und kräuselte das Wasser der Forellenteiche. Vielleicht sollte ich mal wieder zum Versteck hochsteigen.

Bei dem Gedanken fühlte ich mich gleich besser. War lange her, seit ich das letzte Mal auf unseren Drachenzahn geklettert war. Er ragte auf der Westseite unseres Grundstücks auf und schützte das Gasthaus vor den Winterstürmen. Eines Tages hatte ich beschlossen, seinen Gipfel zu erkunden. Der Aufstieg gestaltete sich nicht allzu schwierig, denn es gab eine Bambusleiter, damit die Windräder auf der Spitze gewartet werden konnten. Oben, knapp unterhalb des Gipfels, fand ich dann das Versteck, eine kleine Höhle, eher ein Unterstand. Sie besaß vor ihrem Eingang eine ebene Fläche, ähnlich wie ein Balkon, und sogar gesichert mit einem Geländer. Die Leiter endete dort, danach musste man den Vorplatz überqueren und auf der anderen Seite das letzte Stück in Angriff nehmen. Die Arbeiter nutzten die Höhle zum Lagern ihrer Werkzeuge. An der Rückwand stand schon damals eine Kiste mit einem Vorhängeschloss. Nach und nach schleppte ich dann meine eigenen Sachen, eine zweite Kiste, eine Decke, Geschirr und ein paar Bücher hinauf. Am Anfang bildete ich mir ein, dass ich mich dort oben tatsächlich vor allen verstecken konnte. Später begriff ich, dass jeder wusste, wo ich war, wenn man mich nirgends fand. Aber man ließ mir die Vorstellung und lange Zeit betrachtete ich das Versteck als mein Refugium. Jetzt war es zum Nachdenken genau der richtige Ort.

Ich fuhr zurück zum Gasthaus. Um diese Stunde, hoffte ich, saßen alle beim zweiten Frühstück in der Küche. Wenn Mam davon Wind bekam, dass ich die Schule schwänzte, würde sie womöglich unangenehme Fragen stellen. Zum Glück standen auf dem Wirtschaftshof zwischen Drachenzahn und der Rückseite des Gasthauses einige Wagen, abgestellt von unseren Gästen. Die nutzte ich als Deckung. Ungesehen kam ich zum Fahrradschuppen und auch wieder zurück zum Fuß des Felsens. Rasch stieg ich die Bambusleiter hoch, inzwischen begierig nach der Abgeschiedenheit dort oben.

Ich und fühlweben, so ein Quatsch!

Bei der Höhle angekommen empfing mich der wohlbekannte, grandiose Ausblick. Rechts wellten sich die Südlichen Grenzberge bis zum blau verschleierten Horizont, dahinter erhob sich der Kharvush mit seinen wolkenumhüllten Gipfeln. Geradeaus glitzerte die weite Wasserfläche des Therion in der Sonne, dahinter leuchteten die weißen Dünen der Ostwüste, und links stapelten sich die gelben Sandsteinetagen des Königspalastes, gestützt durch die Flanke des benachbarten Drachenzahns.

Man hatte bereits den Winterdreck aus der Höhle gefegt. Ich zog meine Kiste heraus in die Sonne und breitete meine Decke darüber. Sie roch muffig, kein Wunder nach der langen Zeit, aber das störte mich nicht. Ich setzte mich und ließ das Panorama auf mich wirken. Die Sonne wärmte meine rechte Seite und Sek, der zweite Mond, stand ihr als blasser, rötlicher Fleck im Norden gegenüber. Unter mir sprenkelten jede Menge Boote die Wasserfläche und unsere Fähren begegneten sich gerade in der Mitte. Dahinter stand eine Staubwolke in der Luft, die von den Händlertrecks am jenseitigen Ufer aufgewirbelt wurde.

Wider Erwarten kehrte meine Gelassenheit nicht zurück. Was lief hier bloß schief?

Eines war sicher, die Sache mit dem Fühlweben konnte es nicht sein. Schließlich saß ich hier und wurde nicht auf der anderen Seite der Stadt im Gildeninternat ausgebildet, oder? Also, woher kam dieser Mist?

Dann wurde es mir auf einmal klar: Die Lions setzten diese Gerüchte in die Welt. *Bänner, Mnschn, schlech.* Genau. Seit unserem Besuch im *Landungsstein* mieden mich Torbin und Mirana. Vermutlich wollte der Wirt mit diesem Gerede meine Glaubwürdigkeit zerstören. Ich hatte den Bruder seiner Frau gesehen und mein Wort besaß in der Szene Gewicht, seit ich vor drei Jahren von der Gilde als unbegabt eingestuft worden war und Granna mich als Erben eingesetzt hatte. Aber wenn man mich für einen wilden Fühlweber hielt, war es das mit meiner Glaubwürdigkeit. Und gleichzeitig, als Bonbon obendrauf sozusagen, konnte er Grannas Ruf empfindlich beschädigen und ihr den letzten Erben nehmen. Fühlweber durften nun mal nicht über andere Leute bestimmen. Ich war als Einziger aus der Familie übrig, um das Gasthaus zu übernehmen. Mein Bruder besaß die Gabe und meine Schwester hatte genug zu tun mit ihren Pflichten als Gutsherrin in den Südlichen Grenzbergen. Gester Lion wusste, wie hart ein derartiges Gerücht unsere Familie treffen musste, deshalb hatte er die Ohren meiner Freunde mit diesem Mist vollgeträufelt. Obwohl das alles gelogen war. Die Gilde hatte all die Jahre nichts bei mir gefunden, verdammt noch mal!

Aber ganz befriedigte mich diese Erklärung nicht, ein Rest Zweifel blieb. Der Ausgebrannte hatte mich geschubst. *Bänner, Mnschn, schlech.* Und Borhan und Martek hatten mich in Ruhe gelassen, als ich es wollte. Und zwischen Mirana und mir war etwas passiert, obwohl sie Torbin liebte.

Nein, verdammt, ich durfte mich nicht verrückt machen. Entschlossen schüttelte ich den Kopf. Ich konnte kein Fühlweber sein, auf keinen Fall. Ich war so unbegabt wie alle anderen. Das neulich war einfach nur Zufall gewesen. Ganz sicher, die Lions setzten diese Gerüchte in die Welt, um uns zu schaden, und ich musste unbedingt herausfinden, was genau sie behaupteten. Diese Idioten waren mir sowieso noch eine Hose schuldig.

ünf

35. März 467 n. L.

Ich stieg erst wieder den Drachenzahn hinunter, als mich der Hunger an Karvas Kochtöpfe trieb. Ganz abgesehen davon, dass es unklug gewesen wäre, zu früh unter Mams Augen zu treten, wollte ich dort oben warten, bis ich mich wieder beruhigt hatte. Nach und nach tat der Frieden in meinem Versteck sein Werk. Ich beobachtete die Mingesh, die im Zickzackkurs über unserem Wirtschaftshof hin und her schossen und Insekten aus der Luft schnappten. Draußen auf dem Wasser hatten ein paar Fischerboote einen Netzkreis ausgelegt, den sie jetzt immer enger zusammenzogen, bis es im Inneren kochte und man den Inhalt nur noch herausfischen musste. Die *Zephir* und die *Hurrikan* pendelten hin und her und die Wolkenfahnen über den Kharvushgipfeln bildeten die absonderlichsten Formen.

Ich begriff, dass meine Beziehung zu Mirana – wenn es denn je eine gewesen war – ihren Höhepunkt neulich im *Landungsstein* überschritten hatte. Doch seltsamerweise fühlte ich nichts weiter als leises Bedauern. Eigentlich hatte ich meine Liebe für stärker gehalten, aber nun gut, es war, wie es war. Viel mehr beschäftigte mich der Bruch mit Torbin, doch ich mochte einfach nicht an seine Endgültigkeit glauben. Ich musste ihm nur irgendwie beweisen, dass ich die Gabe nicht besaß, dann wurde sicher alles wieder gut. Dieser Gedanke tröstete mich und irgendwann legte sich der ganze Ärger.

Der Schatten unseres Drachenzahns hatte schon den Königspalast zu meiner Linken passiert, als mein Magen so vernehmlich knurrte, dass es mich wieder hinuntertrieb. Ich betrat das Haus durch die Tür, die vom Hof direkt in die Küche führte. Empfangen wurde ich von dem üblichen Nachmittagslärm, dem Klappern der Töpfe, den Rufen der Köche und dem Zischen der

Pfannen. Die feuchte Hitze war erfüllt mit dem Duft von bratendem Fleisch, jeder Menge Kräuteraromen und dem Zitronengeruch des Putzmittels, das Karva bevorzugte.

Die Chefköchin stand, wo auch sonst, an dem riesigen Kessel, in dem ihr berühmter Kanincheneintopf simmerte. Rund und rosig, in einen knielangen, weißen Kittel gehüllt, das Haar unter einem weißen Tuch versteckt, rührte sie mit einem armlangen Holzlöffel in der dicken, braunen Suppe. Ich nahm mir einen Probierlöffel und schlich von hinten an sie heran, um mir ein wenig zu stibitzen. Doch Karva hatte wie immer Augen am Hinterkopf. Kaum, dass sich meine Hand an ihr vorbeischob, kassierte ich schon einen Klaps. „Nichts da, Jungchen", sagte sie, ohne auch nur einen Moment das Rühren zu unterbrechen. „Du wirst wie alle anderen warten müssen, bis er fertig ist." Dann träufelte sie ein wenig Suppe auf eine Untertasse, pustete ein paar Mal darüber und schlürfte, schmatzte, runzelte die Stirn. Sie griff in eine der bereitstehenden Gewürzschalen und streute eine gute Prise von etwas Rotem in den Topf. Und schon kreiste wieder der Löffel.

„Weg mit dir, du kriegst schon noch deinen Teil", sagte sie und wedelte mit der freien Hand. „Dahinten gibt es ein paar fertige Lammfrikadellen, davon kannst du eine oder zwei haben." Sie deutete auf den großen Esstisch, an dem wir, die Familie und das Personal, unsere Mahlzeiten einnahmen. Jetzt wurde er noch zum Schneiden der Zutaten und zum Abstellen der fertigen Platten benutzt.

Das ließ ich mir nicht zweimal sagen. Karvas Frikadellen standen dem Kanincheneintopf kaum nach. Ich belud mir einen Teller und verzog mich zur Essensausgabe an der Tür zum Restaurant. Hier war im Moment noch der ruhigste Platz.

Allerdings nicht lange. Ich hatte gerade erst eine Frikadelle und ein paar gebratene Bambusscheiben verputzt, als Granna durch die Tür kam. „Habe ich es mir doch gedacht, dass du hier steckst. Ihr Jungs müsst immer essen. Wo lässt du das alles, Söhnchen?" Aber sie lächelte, was ihren Worten die Schärfe nahm.

Granna war eine große Frau, größer als Mam, die mehr ihrem Vater ähnelte. So jedenfalls hatte man es mir erzählt. Ich kannte den Großvater nur von Fotos, doch ich wusste, dass Granna ihn ein Stück überragt hatte.

Sie war immer noch schlank – und sehr stolz darauf. Jeden Morgen lief sie in der Frühe ein Stück am Fluss entlang, das halte sie jung, sagte sie. Und tatsächlich gab es kaum Falten in ihrem Gesicht, doch sie wurde durch ihre Hände verraten. Dicke, blaue Adern schlängelten sich unter der dünnen Haut entlang, die übersät war mit kleinen braunen Flecken. Außerdem wusste ich, dass sie ihr graues Haar mit dem Braun ihrer Jugend überfärbte.

„Schön, dass du hier bist, Gavi", sagte sie. „Wie war es in der Schule?"

Ich nickte, machte mit vollem Mund „Mhm, mhm" und versuchte, den Teller in Windeseile zu leeren, denn ich ahnte, was jetzt kam.

„Rebecca ist krank", sagte Granna, „und uns fehlt jemand an der Rezeption. Kannst du bitte aushelfen?"

Ich schob den letzten Bissen in den Mund und nickte.

„Beeil dich, aber wasch dir vorher die Hände und kämm dich", sagte Granna. „Und vergiss nicht die Uniform." Damit drehte sie sich um und verschwand wieder durch die Tür.

Ich grinste hinter ihr her. Meine Großmutter war noch nie eine Freundin überflüssiger Worte gewesen, jedenfalls dann nicht, wenn sie Höflichkeit für unnötig hielt. Bei unseren Gästen konnte sie die Liebenswürdigkeit in Person sein, bei uns jedoch gehörte Geduld nicht zu ihren Stärken und es war besser, ihre Aufträge sofort auszuführen. Also stieg ich hinauf unters Dach, wo sich unsere Wohnräume befanden, wusch mich und zog das weiße Hemd, die schwarze Hose und die grün gemusterte Weste an.

An der Rezeption in der großen Eingangshalle stand heute nur Mam, auch sie in weißer Bluse, schwarzer Hose und grüner Weste, was ihr wesentlich besser stand als ihre ewigen dunklen

Pullover. Vor dem Tresen hatte sich bereits eine Schlange gebildet. Jetzt am späten Nachmittag checkten etliche neue Gäste ein. Dazu kamen die, die eine Auskunft benötigten.

Ich nickte Mam zu, die erleichtert zurücklächelte. „Bitte, was kann ich für Sie tun", fragte ich die Frau hinter dem Paar, das von Mam bedient wurde.

Sie kam mir irgendwie bekannt vor, eine Fühlweberin, wie ihr Schläfenzopf sie auswies. Sie reiste mit leichtem Gepäck, nur mit einem Rucksack und einer großen Schultertasche, auf die sie eine Jacke mit Fellbesatz geschnallt hatte. Und da fiel es mir wieder ein, das war die Frau, die ich vor einer Woche am Flussufer beobachtet hatte, wie sie eine Dose mit Erde leerte.

Sie kam an den Tresen und starrte mich an. Eigenartig. Dennoch, der Gast hatte immer recht. Ich lächelte zurück. „Wie kann ich Ihnen helfen", wiederholte ich.

Sie kniff die Augen zusammen und legte den Kopf schief. „Kennen Sie einen Barthes Fermin?", fragte sie.

Neben mir hustete Mam einmal kurz, aber als ich zu ihr hinübersah, bediente sie immer noch aufmerksam einen älteren Mann.

Ich wandte mich wieder der Frau zu und schüttelte bedauernd den Kopf. „Tut mir leid, aber so jemand ist mir nicht bekannt."

„Ich hätte schwören können...", sagte sie. „Sie sehen ihm sehr ähnlich, wissen Sie? Ich suche schon so lange nach ihm, mehr als eine Woche. Fast ganz Itelgo, die Gasthäuser und die öffentlichen Ställe habe ich abgeklappert, und viele sind jetzt nicht mehr übrig."

Mam hatte ihren Kunden abgefertigt und kam zu mir. „Das übernehme ich", sagte sie und schob mich zur Seite. „Kümmerst du dich bitte um die Dame dort?"

Mir blieb nichts anderes übrig, als mich der älteren Touristin zuzuwenden, die wissen wollte, wie sie zum Landungspark kam. Mit einem Ohr versuchte ich trotzdem, das Gespräch zwischen Mam und der Frau zu verfolgen, doch leider sprachen die beiden zu leise und die Touristin schien etwas schwerhörig zu sein. Jedenfalls übertönte sie locker jeden Gesprächsfetzen von meiner linken Seite und ein paar meiner Erklärungen musste ich laut wiederholen. Ich beschloss, später, wenn wieder etwas mehr Luft war, Mam zu fragen, was die Frau gewollt hatte und was dieser Name bedeutete. Wie hieß der Mann noch gleich, den sie suchte? Ja genau, Barthes Fermin. Als sie sich nach ihm erkundigt hatte, war Mam aufmerksam geworden.

Doch fragen konnte ich sie nicht mehr. Kaum hatte sich die Schlange vor der Rezeption aufgelöst, kam ein Paar durch die Drehtür von der Straße herein. Beide schleppten einen schweren Rucksack auf dem Rücken, ihre Kleidung war zerknittert und man sah ihnen an, dass sie einen weiten Weg hinter sich hatten.

Mam erblickte sie und der Stift, den sie in der Hand gehalten hatte, fiel herunter. Dann rannte sie um den Tresen herum. „Kordian, du bist endlich hier!", rief sie, warf sich meinem Bruder in die Arme und vergrub ihr Gesicht in seiner Jacke.

Granna hatte uns immer eingebläut, dass wir vor den Gästen niemals ein solch privates Verhalten zeigen durften, und es war mir peinlich, Mam dabei zuzusehen. Allerdings konnte ich sie auch verstehen. Auf die Nachricht von Pas Tod hatte Kordian bisher noch nichts von sich hören lassen. Was allerdings nicht ungewöhnlich war. Er tat seinen Dienst oben an der Nordgrenze und dort bekam man seine Post gelegentlich erst nach Wochen. Trotzdem, früher hätte Mam sich niemals so gehen lassen. Sie war nicht mehr die Alte, obwohl sie tagtäglich so tat.

Auch Kordian schaute sich unruhig um, aber zum Glück war der Gästestrom im Moment abgeebbt. Außer uns befand sich gerade niemand in der Eingangshalle. Also schlang er seine Arme fester um Mam und drückte sie. „Tut mir leid, dass wir erst jetzt kommen", sagte er. „Wir haben uns sofort auf den Weg gemacht, als ich euren Brief erhalten habe. Und zuerst konnte ich es gar nicht glauben. Wieso musste es ausgerechnet ein Hinjet sein? Pa konnte mit Tieren doch richtig gut umgehen."

„Ich weiß es auch nicht", heulte Mam in Kordians Jacke. Dann richtete sie sich auf und wischte mit der Hand auf seiner Brust herum. „Entschuldige bitte, ich habe dich ganz nass gemacht."

Die Seherin neben meinem Bruder, kenntlich an ihrer grünen Armbinde und den weißen Baumwollhandschuhen, trat neben ihn und nahm seine Hand. „Mem Barjenden, besser, *wir* entschuldigen uns, weil wir es nicht rechtzeitig zur Beerdigung geschafft haben", sagte sie.

Kordian drückte noch einmal unsere Mutter, machte sich dann los, legte seiner Begleiterin den Arm um die Schulter und schob sie nach vorn. „Mam, darf ich dir Hanide Ulevin vorstellen?"

Energisch wischte Mam sich über das Gesicht und wurde wieder zur professionellen Gasthauswirtin. „Willkommen, Mem Ulevin", begrüßte sie lächelnd die Seherin. Dann wandte sie sich zu mir um. „Gavi, sieh mal nach, welches Zimmer noch ..."

Kordian unterbrach sie grinsend. „Nicht nötig, Hanide schläft bei mir." Er drückte die Schulter der Frau. „Und zwar oben in unserer Wohnung."

Mam sah ihn mit großen Augen an, dann schaute sie zu Mem Ulevin und wieder zurück zu meinem Bruder. „Ist nicht wahr", sagte sie und wollte die Hände der Frau nehmen, ließ es dann aber. Berührungen konnten bei Sehern dazu führen, dass sie in Trance fielen. Deshalb sagte sie nur: „Dann ist es eine noch größere Freude, Sie hier willkommen zu heißen. Kordian, stell dir vor, Orfis ist schwanger und jetzt kommst du auch noch mit einer solch wunderbaren Nachricht. Ich kann es noch gar nicht fassen."

Da es immer noch ruhig in der Eingangshalle war, kam ich jetzt auch hinter dem Tresen hervor und nickte der Seherin zu. „Ich bin Gavandon, Kordians Bruder", stellte ich mich vor.

Die Seherin lächelte. „Ich weiß. Kordian hat mir viel von Ihnen erzählt. Ich glaube, ich würde Sie überall an diesem blonden Krauskopf erkennen."

Ich wurde rot – was mir wie immer entsetzlich peinlich war. „Ach, Hani." Kordian grinste und verdrehte die Augen.

„Oh je, tut mir leid", die Seherin schlug sich die Hand vor den Mund. „Manchmal plappere ich drauflos, Berufskrankheit, fürchte ich. Bitte seien Sie mir nicht böse, Sor Barjenden. Und nennen Sie mich Hanide, oder Hani, wie Kordian es tut." Sie nickte Mam zu. „Und ich würde mich freuen, wenn auch Sie mich duzen."

„Aber gerne." Mam ähnelte einer Breitmaulechse. „Und ich bin Gerdis, in Ordnung?" Dann stupste sie mich unauffällig an, weil ich lieber schwieg, als Begeisterung zu heucheln.

Natürlich war es schön, dass Kordian jemanden gefunden hatte. Fühlwebern gelang dies nicht so einfach und ich gönnte ihm sein Glück von Herzen. Aber ich mochte nun mal keine Menschen, die mir das Gefühl gaben, zu jung, zu blond, zu kraushaarig, zu blauäugig, zu hoch aufgeschossen, zu dünn oder was auch immer zu sein. Trotzdem, Mam hatte recht. „Und ich bin Gavandon", sagte ich, nickte und ging zurück hinter den Tresen.

Kordian sah sich kurz um. „Nichts los im Moment", meinte er. „Mam, kannst du Hani schon mal das Bad zeigen? Und ich begrüße erst mal richtig meinen kleinen Bruder, in Ordnung?" Er tauschte mit der Seherin einen Blick, den ich nicht deuten konnte.

Sie nickte. „Ein Bad wäre wunderbar", meinte sie sehnsüchtig.

„Na, dann kommen Sie mal ... dann komm, Hanide." Mam ging voraus und beide verschwanden in Richtung Treppe.

Kordian kam zu mir hinter den Tresen. „Sei ihr nicht böse und gib ihr eine Chance, ja?", sagte er. „Sie war so aufgeregt, euch alle zu treffen. Normalerweise plappert sie nicht so drauflos. Weißt du, ich kenne sie schon seit meiner Schulzeit und jetzt ... na ja." Er schaute noch einmal zur Treppe, wo Mam und die Seherin verschwunden waren.

Solch einen Gesichtsausdruck kannte ich bei ihm gar nicht, und ich merkte, wie mein Zorn verrauchte. „Also gut", sagte ich gnädig, „ich werde es vergessen. Aber sie sollte das nicht wiederholen."

Er knuffte mich am Arm. „Danke. Und nun erzähl, Gavi, was gibts Neues?"

Ich begann, die Anmeldebögen zu sortieren. „Nichts", sagte ich. Schließlich ging ihn der ganze Ärger der letzten Woche nichts an. Kordian war zwar immer mein Held gewesen, aber ich kannte ihn doch kaum. Er war elf Jahre älter als ich und hatte nur die Sommerferien im Gasthaus verbracht. Dass er mein großer Bruder war, gab ihm noch lange nicht das Recht, mich auszufragen.

„Nichts also." Er nahm seinen Rucksack ab und schwang sich auf das halbhohe Regal an der Rückwand der Rezeption. Dort ließ er die Beine vor den Ordnern mit den Gästedaten baumeln und sah mich an.

Ich wandte ihm den Rücken zu und heftete die Anmeldebögen ab. Sein Blick in meinem Nacken machte mich nervös. „Willst du nicht auch duschen gehen?", fragte ich über die Schulter.

„Mach ich gleich."

Ich klappte den Ordner zu. „Wieso habt ihr kein Tele geschickt? Mam hätte doch was vorbereitet, wenn sie gewusst hätte, dass ihr kommt." Dann drehte ich mich zu ihm um und bat: „Rück mal ein Stück."

Kordian rutschte vom Regal.

„Danke." Ich schob den Ordner an seinen Platz. „Also, warum habt ihr euren Besuch nicht angekündigt?"

„Keine Zeit." Er begann, in seinem Rucksack zu kramen. „Da oben an der Grenze gibt es keine Telestation. Die nächste ist in Brandberg, aber das ist von unserer Garnison aus eine ganze Tagesreise nach Westen, also in die falsche Richtung. In derselben Zeit waren wir schon halb in Hylport."

„Und warum hattet ihr es so eilig?"

„Was glaubst du denn? Pa war auch mein Vater. Und ..." Kordian zog einen zerknitterten Brief aus seinem Rucksack und hielt ihn hoch. „Vor allem deswegen."

Ich wollte danach greifen, aber er hielt ihn außer Reichweite.

„Nicht so schnell. Erst muss ich dir etwas erklären. Aber", er warf einen Blick durch die Halle, „hier ist nicht der richtige Ort. Können wir ins Büro gehen?"

Ich schüttelte den Kopf. „Granna reißt mir den Kopf ab, wenn die Rezeption unbesetzt ist."

Er nickte. „Dann sag mir bitte Bescheid, wenn du frei bist. Hani und ich müssen unbedingt mit dir reden und sie wird dir auch prophezeien. Es ist wirklich wichtig."

Oha. Ich sah ihn an. „Hat das was mit ..."

Doch er hob die Hand. „Später", sagte er und deutete mit dem Kinn zum Eingang, wo gerade eine Familie durch die Drehtür kam.

Ich nickte, obwohl ich jetzt richtig neugierig war. Doch er hatte recht, vor den Gästen durften wir keine privaten Dinge diskutieren.

Kordian schulterte wieder seinen Rucksack. „Also bis nachher. Und vergiss es nicht, hörst du?" Dann machte er sich ebenfalls auf den Weg zur Treppe.

Ich sah ihm nach, bis die Familie an den Tresen trat und meine Aufmerksamkeit forderte.

Sechs

1. April 467 n. L.

Doch das Gespräch mit Kordian fiel aus. Rebecca war nicht nur krank, sondern hatte auch zwei unserer Kellner angesteckt. Granna bestand darauf, dass ich einsprang, und ich fiel erst gegen Mitternacht halb tot ins Bett.

Dennoch stand ich am nächsten Morgen so früh auf wie immer, offiziell, weil ich zur Schule musste, inoffiziell, weil ich wissen wollte, was im *Landungsstein* passiert war.

Gestern, leider erst viel zu spät beim Zähneputzen, war mir eingefallen, dass ich Granna von all dem hätte berichten müssen. Jetzt am Morgen allerdings war ich froh, dass ich es nicht getan hatte. Es konnte sein, dass wir deswegen unseren Anwalt einschalteten, und ich sollte besser zuerst die Ursache des Ganzen herausfinden, ehe ich eine solche Lawine lostrat.

Als ich am *Landungsstein* ankam, war noch alles verschlossen. Also fuhr ich weiter in den Landungspark und stapfte ungeniert durch das Staudenbeet vor der Terrasse der Lions. Auf der Fahrt hierher hatte ich mich in eine wütende Entschlossenheit hineingesteigert. Die Lions hatten mich nicht nur verleumdet, sondern auch einen Keil zwischen mich und meinen besten Freund getrieben. Inzwischen war ich so in Rage, dass mir jeder Sinn für Höflichkeit abging. Ich würde Gester Lion sogar eins auf die Nase geben, wenn er mich genug provozierte. Wie konnte der Fischfurz es wagen, mich so zu behandeln?

Mit beiden Fäusten hämmerte ich gegen die zweiflügelige Tür, die ins Haus führte. Ich wusste zwar, dass Wirte in der Regel um diese Zeit noch schliefen, doch es war mir egal. Immer wieder schlug ich an die Tür, bis im ersten Stock ein Fenster geöffnet wurde.

Ärgerlich schaute Gester Lion zu mir herunter. Sein Haar

stand wirr vom Kopf ab und er trug ein knitteriges Hemd. „Was soll das?", rief er gereizt.

Ich trat einen Schritt zurück und blickte nach oben. „Ich muss mit Ihnen reden."

„Sor Barjenden!" Lion zog seinen Kopf zurück. „Weck Mikel!", hörte ich ihn rufen, dann schaute er wieder heraus und wedelte mit der Hand. „Setzen Sie sich und warten Sie einen Augenblick." Mit einem Knall wurde das Fenster geschlossen.

Mir war nicht nach Sitzen zumute. Heute blies ein kalter, feuchter Wind und am Himmel trieben dicke, graue Wolken ostwärts. Einer der seltenen Regentage, gut für die neue Saat, schlecht für diesen Biergarten. Um warm zu bleiben, ging ich vor der Tür auf und ab.

Als der Wirt zu mir herauskam, trug er ein frisch gebügeltes Hemd und seine Haare waren feucht. Doch Zeit zum Rasieren hatte er sich nicht genommen, graue Stoppeln bedeckten seine runden Wangen und das Doppelkinn.

Hinter ihm trat seine Frau in die Tür, nicht weniger füllig als ihr Gatte. Sie hatte ihr rotes Haar rasch und unordentlich im Nacken zusammengenommen und nur einen Kittel übergeworfen. Und eine Bewegung hinter ihrem Rücken, in der Dunkelheit des Hausflurs, sagte mir, dass auch Mikel erschienen war. Alle drei? Nur, weil ich in schamloser Frühe geklopft hatte?

Meine Wut verrauchte und es kribbelte in meiner Magengegend. „Tut mir leid, dass ich Sie so früh geweckt habe, Sor Lion", sagte ich. „Aber ich muss Sie etwas fragen."

Als Antwort machte der Wirt eine einladende Handbewegung ins Haus hinein. Was das Magenkribbeln verstärkte. Fast wartete ich auf den Kopfschmerz, der mich in der letzten Zeit in solchen Situationen geplagt hatte, aber diesmal blieb er aus.

Mem Lion trat zur Seite und ich ging vor dem Wirt hinein. Wie vermutet stand der Ausgebrannte mit dem Rücken zur Wand und starrte mich dümmlich an.

Sor Lion umrundete mich und ging voraus in die Gaststube. Sie war relativ klein, keine zehn Tische, und bis zur halben Höhe holzgetäfelt. Die Wände darüber hatte man gekalkt und überall hingen gemalte Ansichten von Itelgo: der Königspalast, der Landungspark mit dem Gedenkobelisken, eine Straßenszene mit Omnibus und jeder Menge Fahrradfahrern, das Gasthaus selbst. Ein langer, dunkler Tresen nahm die Wand in der Nähe des Eingangs ein. Über ihm hingen Gläser unter einem Regal mit Flaschen und eine ganze Batterie Barhocker steckte mit zwei Beinen hinter der Fußstütze aus Bambus. Drei gedrechselte Griffe aus weinrotem Schirmbaumholz ragten über der polierten Tresenplatte auf und zeigten, wo sich die Zapfanlage befand. Es roch nach Lampenöl, Scheuermittel und Holzpolitur.

Und still war es. Keiner von uns redete. Von draußen drang Räderrollen und Vogelgesang herein, dazu das Schnattern von ein paar Enten, die in Richtung Therion flogen.

Wortlos rückte mir Sor Lion an einem Sechsertisch einen Stuhl zurecht. Er, seine Frau und Mikel setzten sich mir gegenüber. Ich kam mir vor wie auf der Anklagebank. Mein Mund wurde trocken. Gern hätte ich eine Limonade oder wenigstens ein Glas Wasser gehabt, aber ich mochte nicht fragen. Diese Blöße wollte ich mir nicht geben.

Ich schwieg.

Die Lions auch.

Schließlich hielt ich es nicht mehr aus. Ich räusperte mich. „Wegen der Hose ...", sagte ich.

Sor Lion streckte die Hand aus. „Haben Sie die Rechnung?"

Seine Frau griff nach seinem Arm und zog ihn zurück. „Gester", sagte sie sanft. „Glaubst du, dass das jetzt noch nötig ist?" Dann sah sie mich an, ihre Augen waren blau, ihre Wimpern weiß, und ich hatte das Gefühl, sie würde mich durchbohren.

„Kann ich ...", ich räusperte mich wieder, „kann ich ein Glas Wasser haben, bitte?" Jetzt brauchte ich es unbedingt.

Der Wirt stand auf, ging hinter den Tresen, Wasser rauschte. Gleich darauf stellte er ein halb volles Glas vor mich hin und setzte sich wieder.

Dankbar nahm ich einen Schluck. „Ich bin hier, weil ich Sie

fragen muss, was Sie neulich zu meinen Freunden gesagt haben." Himmel, wo war meine Wut geblieben? Jetzt hätte ich sie gebraucht.

„Und Sie?" Mem Lions Stimme war scharf. „Haben Sie sich inzwischen bei der Gilde gemeldet?"

„Wieso denn?" Ich blickte ihr voll ins Gesicht. Langsam kehrte meine Selbstsicherheit zurück. Ich war ein Barjenden, verdammt noch mal! „Ist es das, was Sie meinen Freunden weisgemacht haben? Dass ich ein Fühlweber bin?" Ich deutete auf Mikel. „Und alles nur, weil Sie Ihren missratenen Bruder geheim halten wollen? Ich habe doch versprochen, dass ich nichts von ihm erzähle, und daran habe ich mich gehalten." Ich machte eine kleine Pause. „Bis jetzt", sagte ich. Drohen konnte ich auch.

Mem Lion erwiderte nichts. „Mikel", sagte sie stattdessen.

„Bänner", nuschelte der Ausgebrannte. „Heut nich."

Mem Lion sah ihren Bruder erstaunt an.

„Sehen Sie", ich gewann zunehmend den Boden unter meinen Füßen zurück. „Der da", ich zeigte wieder auf Mikel, „hat sich neulich was eingebildet. Und Sie nehmen das als bare Münze." Ich stand auf. „Ich gehe jetzt eine Hose kaufen. Und wehe, ich bekomme das Geld nicht erstattet. Sie haben es mir zugesagt. Und ich erwarte, dass Sie das Ganze bei meinen Freunden richtigstellen, ist das klar?" Meine Wut war wieder da – und fühlte sich gut an.

Sor Lion stand ebenfalls auf. „Bitte setzen Sie sich, Gavandon. Ich darf Sie doch so nennen?"

Automatisch nickte ich – und ärgerte mich darüber. Eine solche Vertraulichkeit konnte ich im Moment nicht gebrauchen.

Der Wirt setzte sich wieder und wies auf meinen Stuhl. „Bitte."

Ich war sicher, dass ich jetzt gehen sollte. Unbedingt. Auf der Stelle. Doch mein Leben lang hatte man mich Höflichkeit gelehrt. Unschlüssig machte ich einen Schritt auf die Tür zu, hin und hergerissen zwischen dem dringenden Wunsch, dieses Tribunal zu verlassen, und dem Respekt vor der Autorität der Erwachsenen.

„Nun kommen Sie schon, Gavandon", sagte Sor Lion.
Die Höflichkeit siegte. Ich setzte mich wieder – und ärgerte mich über mich selbst.
„Danke." Sor Lion faltete die Hände vor sich auf dem Tisch. „Also, junger Mann, ich sehe das so: Es ist wahr, Mikel hat einen Schaden an Ihrer Hose verursacht und Sie verletzt. Dafür schulden wir Ihnen eine Entschädigung."
Mem Lion gab einen Laut von sich, doch ihr Mann brachte sie mit einer Handbewegung zum Schweigen.
„Andererseits", fuhr er fort, „haben Sie und Ihr Freund den Bruder meiner Frau geschlagen und übel behandelt. Auch das muss irgendwie entschädigt werden."
Ich richtete mich auf. „Aber ..."
Dieselbe Handbewegung in meine Richtung. „Nein!" Sor Lions Stimme verlor auch die letzte Verbindlichkeit, „Sor Barjenden, Sie hatten nicht das Recht, auf diese Weise mit Mikel umzugehen. Wie ich Ihnen bereits sagte, Mikel ist ein guter Mensch, ganz gleich, was in der Vergangenheit passiert ist. Er lügt nicht und er ist nicht aggressiv, sondern hilfsbereit und freundlich."
„Er hat mich geschlagen und umgestoßen."
„Weil Sie ihm einen Grund dafür gaben. Weil Sie ..."
Ich sprang auf. Der Stuhl polterte hinter mir zu Boden. „Ich – bin – kein – Fühlweber! Hören Sie endlich auf mit diesem Schwachsinn." Ich beugte mich halb über den Tisch. „Und wenn Sie mich weiter verleumden, werden wir Sie wegen übler Nachrede verklagen. Das verspreche ich Ihnen."
Der Wirt schoss ebenfalls in die Höhe, ebenso Mem Lion. Ihr Bruder sah einen Augenblick von einem zum anderen und stand dann auch auf.
Sor Lion lehnte sich vor, bis sein Gesicht dicht vor meinem hing. „Mikel, und das ist gewiss, junger Barjenden, Mikel ist kein Lügner. Sie haben Fühlbänder benutzt. Sie haben das Mädchen eingewickelt, sagt Mikel. Sie haben ein schweres Verbrechen begangen. Und *wir* sind es, die Sie anzeigen werden. Wegen Beeinflussung von Menschen."

„Bänner, Mnschn, schlech", nuschelte Mikel. „Heut Bänner nich."

Ich richtete mich auf. „Das lasse ich mir nicht gefallen. Ich gehe jetzt zu meiner Großmutter und werde ihr alles erzählen." Mir fiel etwas ein. „Und ich werde zum Tagesspiegel gehen und denen von Ihren Machenschaften berichten. Sie", ich stach meinen Zeigefinger in Sor Lions Richtung, „werden Ärger kriegen, großen Ärger. Niemand legt sich mit der Familie Barjenden an." Es tat gut, das zu sagen – obwohl meine Knie anfingen, sich in Pudding zu verwandeln.

Ich drehte mich um und marschierte auf die Tür zu. Nichts wie raus hier.

Mem Lion war richtig schnell. Ehe ich den Tresen auch nur zur Hälfte passiert hatte, war sie an mir vorbei und baute sich vor der Tür nach draußen auf. „Nichts da. Sie gehen nirgends hin, junger Mann. Sie warten, bis die Gilde hier ist."

Der Mingesh-Schwarm prasselte gegen mein Schädeldach.

In meinen Augenwinkeln wurde es rot.

„Bänner, Bänner, jetz", kreischte der Ausgebrannte.

Mem Lions Gesicht verzerrte sich, ihre Hände fuhren hoch und pressten sich an ihren Kopf. Dann sackte sie mit verdrehten Augen ohnmächtig zusammen. Ein Faden Blut rann aus ihrer Nase.

Hinter mir polterte ein Stuhl. „Was tun Sie da?", brüllte Sor Lion.

Ich starrte auf die Wirtin hinunter. Das Rot in meinen Augenwinkeln verschwand.

„Bänner, Bänner", heulte Mikel.

Sor Lions Hand fiel auf meine Schulter. Ich schüttelte sie ab, sprang über den schlaffen Körper der Wirtin und floh.

Sieben
1. April 467 n. L.

Ich hastete die Bambusleiter hoch zum Versteck. Inzwischen war die Luft erfüllt mit winzigen Tropfen, die vom Wind herumgewirbelt wurden. Kurz hatte ich daran gedacht, mich in unserer Wohnung zu verkriechen, aber nach den Gästezimmern putzten die Stubenleute regelmäßig dort oben. Blieb nur das Versteck. Ich musste so lange von der Bildfläche verschwinden, bis ich wusste, was ich tun sollte.

Ich war ein Fühlweber!

Und ich hatte einen Menschen verletzt. Wie damals die Fühlweber während des Krieges. Oh mein Gott, oh mein Gott.

Ich verkroch mich in die hinterste Ecke der Höhle, hockte mich hin, zog die Knie an, legte die Arme darum, versuchte, mich so klein wie möglich zu machen, wäre am liebsten verschwunden. Ich war einer von denen, einer von der schlimmen Sorte, ein Kopfbohrer. Martek hatte recht gehabt.

Mit der Stirn auf den Knien hockte ich da. Es schüttelte mich am ganzen Körper. Ich war ein Fühlweber, nicht der Erbe des Gasthauses. Alles, was ich über mich und meine Zukunft wusste, explodierte. Es fühlte sich an, als fiele ich durch schwarze Leere, um mich herum die Scherben meiner Vergangenheit. Nichts würde bleiben. Was sollte ich tun? Was um Himmels willen konnte ich tun? Ich wollte nicht enden wie Mikel. Doch selbst das wäre eine Gnade. Er konnte noch laufen, denken, reden, doch die meisten Ausgebrannten vegetierten nur noch dahin. Scharfe, kalte Angst kroch mir den Rücken hoch und schlang Knoten in meine Eingeweide. Ausgebrannt. Unfähig, meinen Körper zu kontrollieren. Für den Rest meines Lebens angewiesen auf fremde Hilfe. Ich würde alles verlieren, was ich besaß, nicht nur das Gasthaus, die Fähren, die Fischzucht, den Apfelhain. Sie nahmen mir auch den Verstand. *Alles ist nichts*, hatte Pop gesagt. *Es zählt nur, was in dir steckt.* Als ob er es gewusst hätte. Als ob er ein Seher wäre. Aber auch das in mir drin würde ich verlieren. Ich hämmerte mit den Fäusten auf meinen Kopf. Ich hatte einen Menschen umgebracht. Mem Lions verdrehte Augen starrten mich an. Bestimmt war sie tot. Weil ich Fühlweber war. Fühlweber!!!

„He, ist ja gut, ist ja gut, Junge."

Plötzlich wurde es ganz still in mir. Sie hatten mich gefunden. Jetzt schon.

Ich presste die Stirn fester auf die Knie und vergrub den Kopf unter meinen Armen. Ich konnte mich ihnen noch nicht stellen, noch nicht jetzt.

„Was für ein Bändergewitter", sagte die Stimme. „Mein Silbernetz hat kaum standgehalten." Eine Frau.

Gleich würden sie mich mit der Starre lähmen und mich packen. Ich lauschte auf die Schritte und machte mich steif.

Plötzlich sah ich eine goldene Flamme – mit geschlossenen Augen. Etwas Grünblaues wehte von dort in meine Richtung. Die Knoten in meinen Eingeweiden klumpten etwas weniger.

„So ist es schon besser, nicht wahr?", sagte die Frauenstimme. „Nun komm schon, Junge, ich tu dir doch nichts." Schritte, dann knarrte meine alte Truhe. „Wovor hast du solche Angst?"

War sie etwa allein? Gildenagenten kamen doch immer zu zweit. Und auch die Starre hatte sie nicht um mich gelegt. Ich hob den Kopf.

Auf der Truhe saß die Fühlweberin, die gestern nach diesem Barthes Fermin gefragt hatte. Ihr Schläfenzopf wies sie aus, aber sie trug keine schwarze Uniform. Stattdessen sah sie mich freundlich an und lächelte, noch etwas, das sie von den Agenten unterschied.

Langsam richtete ich mich auf. „Guten Tag", sagte ich vorsichtig.

„So ist es schon viel besser, oder?" Kurz wurde ihr Blick glasig, dann sah sie mich wieder an. „Vielleicht sollte ich mich zuerst vorstellen. Wir haben uns gestern schon kennengelernt. Mein Name ist Dressa Fermin. Ich stamme von einem Gestüt im äußersten Norden von Hylend und bin die Cousine von Barthes Fermin, der, davon bin ich überzeugt, dein Vater ist – oder vielmehr war. Sein Tod tut mir sehr leid."

„Gavandon Barjenden", antwortete ich automatisch. Und wunderte mich, wie normal ich auf einmal mit dieser Frau reden konnte, obwohl ich doch gerade ...

„Ganz ruhig, mein Junge, ganz ruhig." Ihr Blick wurde wieder glasig.

Ich holte tief Luft. Dann schüttelte ich den Kopf. „Ich habe Ihnen gestern schon gesagt, ich kenne diesen Namen nicht. Mein Vater hieß Yorn Gartwin."

Sie nickte. „Das weiß ich inzwischen. So hat er sich offenbar hier genannt, aber ich bin sicher, er war mein Cousin Barthes. Nur bei dir stimmen alle Punkte überein." Sie hob die Hand und zählte an den Fingern ab: „Du bist fast erwachsen, du hast ihn durch einen Unfall mit einem durchgehenden Hinjet verloren und er war sechsundvierzig Jahre alt. Ich habe mich nach ihm erkundigt." Sie lächelte mich an. „Außerdem siehst du ihm unglaublich ähnlich. Es gibt Fotos und auch eine Zeichnung von ihm und seinen Geschwistern. Kein Zweifel, du bist sein Sohn."

Ich schwieg und beäugte sie. Pa besaß eine Familie? Ich hatte immer geglaubt, er sei ein Waisenkind. Bei uns wurde nie über seine Vergangenheit gesprochen. Mam erzählte, dass er mit sechzehn eines Tages ganz allein und völlig abgerissen bei uns nach Arbeit gefragt hatte. Das war in dem Jahr gewesen, in dem Kordian geboren wurde. Mam hatte den Jungen gleich gemocht, doch Granna wollte ihn nicht einstellen, weil Pa sich über seine Herkunft ausschwieg. Aber Mam überredete sie und irgendwann gab Granna nach. Zehn Jahre später dann war Pa zum Stallmeister aufgestiegen und heiratete Mam, sieben Jahre nach dem Verschwinden von Kordians Vater.

Augenblick mal! Warum dachte ich ausgerechnet jetzt an diese alten Geschichten? Das alles war im Moment doch völlig unwichtig. Was war los mit mir? Ich kniff die Augen zusammen und schüttelte den Kopf.

Und entdeckte wieder diese goldene Flamme, von der grüne und blaue Schleier auf mich zuwehten. War das eine Geistflamme? Irgendwann hatte ich Kordian und Pa davon reden hören. Ich blickte zu der Frau, die immer noch auf der Kiste saß. Ihre Augen starrten glasig in die Ferne. Verdammt noch mal, war sie dafür verantwortlich? Beeinflusste sie mich?

„Beruhigen Sie mich etwa mit Ihren Fühlbändern?", fragte ich aufgebracht.

Sie grinste. „Es hat gewirkt, nicht wahr? Dir geht es schon viel besser."

„Aber Sie können mich doch nicht ..."

„So, wie du den Äther mit deiner Angst verpestet hast, blieb mir nichts anderes übrig." Sie sah mich amüsiert an. „Und ich glaube kaum, dass du mich bei der Gilde anzeigen wirst. Aber jetzt solltest du besser deinen Kanal schließen, dann kann ich auch meine Fühlbänder wegnehmen."

„Was?"

„Deinen Kanal. Schließe ihn! Man lässt seine Umgebung nicht teilhaben, wenn man emotional übersprudelt. Hat man dich denn gar nichts gelehrt?"

Ich schwieg. Was hätte ich sagen sollen?

„Wirds bald?"

„Ich kann nicht", gab ich kleinlaut zu.

Sie riss die Augen auf und sah mich erstaunt an. „Wie bitte? Ich dachte, du ... hm ..." Sie schüttelte den Kopf. Dann tippte sie sich nachdenklich mit dem Finger an die Lippen, starrte mich dabei unverwandt an und murmelte etwas vor sich hin. „... würde ja bedeuten ... wenn die Gilde ... ich könnte ihn ..." glaubte ich zu verstehen, aber wahrscheinlich täuschte ich mich. Woher sollte sie etwas über meine Schwierigkeiten wissen? Was tat sie eigentlich hier oben? Dies war unser Grundstück, verdammt noch mal. Was hatte sie hier zu ...

„Du steckst ziemlich in der Klemme, nicht wahr?", sagte sie so plötzlich, das ich zusammenzuckte. „Aber keine Sorge, ich kann ..."

„Was geht Sie das an!", fauchte ich.

Sie lachte. „Dass du Probleme hast? Das ist doch offensichtlich. Du bist Fühlweber, und zwar ein so starker, wie ich noch nie einen erlebt habe. Aber du trägst keinen Schläfenzopf und besuchst eine normale Schule. Kein Zweifel, du ..."

„Woher wissen Sie das? Kommen Sie etwa doch von der Gilde?" Plötzlich wurde mir kalt. Jetzt war alles zu Ende. Oh – mein – Gott!

„Himmel, Kleiner, unterbrich mich doch nicht ständig." Wieder wurde ihr Blick abwesend und meine Angst verschwand. Aber diesmal sagte ich nichts. Was hätte es genützt?

„Ich habe mich nicht nur nach deinem Vater erkundigt", fuhr sie fort. „Und ich versichere dir, dass ich mit der Gilde nichts zu tun habe. Ich wurde von ihr ausgebildet, das ja, aber seit meinem Graduat bin ich dort nie mehr gewesen und habe auch nie mehr irgendwelche Gildenagenten getroffen. Beruhigt dich das?"

Ich nickte stumm, was blieb mir anderes übrig.

„Gut", fuhr sie fort. „Hör zu, Gavandon, ich bin deinetwegen nach Itelgo gekommen, ich wollte dich kennenlernen. Erst vor Kurzem haben wir von dir erfahren, deshalb hat man mich hergeschickt. Du weißt bereits, dass deine Familie im Norden lebt, dort hast du eine Großmutter, Tanten und Onkel, Cousinen und Cousins. Aber bevor wir dich zu uns einladen, müssen wir wissen, wer du bist. Kein Fremder darf unser Gestüt besuchen, weißt du ..."

Ich blickte auf. Irgendwas störte mich plötzlich an ihren Worten. Doch ich unterbrach sie nicht.

„... aber jetzt sehe ich, dass du dringend meinen Beistand brauchst", redete sie weiter, ohne mein Frösteln zu bemerken. „Ich verspreche dir, dass ich dich nicht mit deinem Problem allein lasse."

Erstaunt sah ich sie an. Hatte sie mir gerade ihre Hilfe angeboten? Und das komische Gefühl war verschwunden. Meinte sie es wirklich ernst? Hatte sie eine Idee, was ich tun konnte? Aber sie war doch Fühlweberin und verpflichtet, mich zu melden. „Sie wissen doch gar nicht, was ich getan habe", sagte ich mutlos.

Lächelnd klopfte sie auf die zweite Kiste. „Dann setz dich hierher und berichte, was heute früh passiert ist."

„Woher wissen Sie ..." Ich sprang aus der Ecke auf, in der ich bis jetzt gehockt hatte. „Das geht Sie doch gar nichts an! Und helfen können Sie mir sowieso nicht." Ich drehte ihr den Rücken zu und starrte hinaus in den Regen. Niemals hatte ich Pa mehr gebraucht als in diesem Moment. Ich vermisste so sehr seinen Rat. Mit zusammengebissenen Zähnen schluckte ich den Kloß in meiner Kehle hinunter.

„So schlimm?", fragte sie sanft. „Also schön, dann lass es mich versuchen." Sie lehnte sich zurück. „Fassen wir zusammen: Du hast keine Ahnung, wie man seinen Kanal schließt, obwohl jedes Kind im Internat dies als Erstes lernt. Daraus folgere ich, dass du nie ein Gildeninternat von innen gesehen hast, richtig?"

Ich schwieg und starrte weiter hinaus in den Regen.

Sie stand auf, kam zu mir und berührte meine Schulter. „Du musst mir schon vertrauen, wenn ich dir helfen soll, Gavandon."

Ich schüttelte ihre Hand ab. „Aber ich kenne Sie doch gar nicht."

„Ich bin deine Tante."

„Das behaupten Sie."

„Na schön." Sie verschränkte die Arme. „Besaß dein Vater eine wulstige Narbe am Kinn? Als kleiner Junge ist er nämlich auf einen Rechen gefallen. Man hat mir oft erzählt, wie aufgelöst Nan damals gewesen war. Das ist Barthes' Mutter, deine Großmutter. Sie musste selbst die Wunde nähen, weil es viel zu lange bis zu einem Heiler gedauert hätte. Deshalb ist mehr als eine feine Linie zurückgeblieben." Sie sah mich an. „Weißt du davon?"

Ich starrte zurück. Sie kannte die Narbe? Pa trug immer einen

Kinnbart, um sie zu verbergen. Er behauptete, er schäme sich dafür, dass er früher viel zu arm für einen Heiler gewesen war.

Zufrieden nickte sie. „Ich sehe, du weißt Bescheid." Dann packte sie mich an beiden Schultern. „Gavandon, vertrau mir endlich, ich bin mit dir verwandt. Und ich verspreche hoch und heilig, ich werde dich nicht im Stich lassen. Nichts ist so schlimm, als dass wir beide es nicht gemeinsam geradebiegen können, Ehrenwort."

Oh Mann, wenn das bloß wahr wäre! Ich musterte sie. Sie war etwa so groß wie Pa und ich, doch ihr Haar kräuselte sich nicht wie bei uns beiden in blonden Löckchen, sondern lag in goldbraunen Wellen um ihren Kopf. Sie trug ihren Schläfenzopf links und hatte den Rest ziemlich kurz geschnitten. Aber sie besaß unsere vollen Lippen und ebenso das breite, gespaltene Kinn. Es gab also Ähnlichkeiten.

Und gestern hatte Mam bei dem Namen Barthes Fermin seltsam reagiert.

Sie lächelte. „Vertraust du mir endlich?"

Bedrückt trat ich einen Schritt zurück. „Es ist nett, dass Sie mir helfen wollen, aber was ich getan habe, kann niemand in Ordnung bringen."

Sie zuckte mit den Schultern. „Das weißt du doch erst, wenn du mir alles beichtest."

Ich schüttelte stumm den Kopf. So was Schreckliches konnte ich niemandem erzählen.

Sie verschränkte wieder die Arme. „Na gut, Gavandon, dann sage ich dir, was ich vermute. Du stürzt vorhin völlig aufgelöst an mir vorbei auf euer Grundstück, schmeißt dein Fahrrad auf den Boden und kraxelst hier hinauf, als würde dich eine Beutelschlange jagen. Und du hast nie ein Gildeninternat von innen gesehen. Da der Tag noch nicht besonders alt ist, kann nur alles miteinander zusammenhängen. Ich vermute, deine Gabe ist erst vor Kurzem erwacht und heute hast du aus Versehen einen Menschen..."

„DAS GEHT SIE VERDAMMT NOCH MAL NICHTS AN!"

Ich stieß sie mit beiden Händen, dass ihr Kopf fast gegen die Felswand gestoßen wäre.

Sie grinste. „Volltreffer." Dann schob sie mich zu den Kisten. „Setz dich dahin und erzähl mir alles, verstanden? Noch mal, ich kann dich retten. Versteh doch, ich beschütze dich vor der Gilde und all dem, was sie mit dir anstellen wollen. Du musst es nur zulassen."

Plötzlich fiel mein Misstrauen in sich zusammen wie eine angestochene Knallkapsel. Pa war nicht hier, um mir zu helfen, aber diese Frau, die behauptete, meine Tante zu sein. Ich sank auf die Kiste. „Was schlagen Sie denn vor? Und ich sage Ihnen gleich, die Wildnis ist nichts für mich. Ich bin ein Stadtkind, ich kann noch nicht mal eine Schlehenbeere von einer Speitraube unterscheiden. Den Sommer überstehe ich vielleicht noch, aber niemals den Winter. Wenn *das* also Ihre Idee ist, kann ich dabei nicht mitmachen."

Sie setzte sich neben mich. „Wer würde denn so was von dir verlangen?"

„Aber dann bleiben mir nur die Karawanen. Wenn Sie mir helfen, ungesehen über den Fluss zu kommen, kann ich mich ihnen anschließen. Bis man im Süden von mir erfährt, ist hoffentlich genug Gras über die Sache gewachsen."

Sie legte den Kopf schief. „Das heißt also, du würdest alles verlassen, um der Gilde zu entkommen?", fragte sie.

Unglücklich sah ich sie an. „Immerhin habe ich eine Frau umgebracht. Wie sollte ich da bleiben?"

„Oh, du glaubst also, du hast jemanden getötet. Mhm, mhm. Mit deiner Gabe, vermute ich?" Nicht einmal dies schien sie aus der Fassung zu bringen.

Ich nickte unglücklich.

Sie beugte sich vor und sagte langsam: „Gavandon, ich denke nicht, dass jemand wie du so etwas schaffen kann. Und jetzt los, was ist passiert."

„Ich weiß genau, sie ist tot", sagte ich und knüllte mit beiden Händen meinen Hemdsaum zusammen. Da sie schon das meiste wusste, machte es keinen Sinn mehr, irgendetwas geheim zu halten.

„Wer ist tot?"

„Mem Lion, die Wirtin vom *Landungsstein.*"

„In Ordnung, eins nach dem anderen. Wie ist es dazu gekommen?"

Plötzlich war ich froh, alles berichten zu dürfen. Ich erzählte, wie mich neulich dieser Mikel geschubst hatte, und von dem Streit mit Torbin, von Miranas Abwehr und wie Mem Lion vorhin mit verdrehten Augen zusammengebrochen war.

Sie schwieg, als ich endete. „Also schön", sagte sie schließlich, „ich weiß zwar nicht, wieso deine Gabe all die Jahre nicht entdeckt worden ist, aber ich glaube dir. Und eins muss ich noch wissen: Hat diese Wirtin geblutet, als du weggerannt bist?"

Ich nickte unglücklich.

„Aus dem Ohr oder aus der Nase?"

„Ich glaube, aus der Nase."

Sie lehnte sich wieder zurück. „Wie ich vermutet habe. Hör zu, mach dir keine Sorgen um diese Frau. Der geht es bestens. Sie hat wahrscheinlich einen Brummschädel, mehr nicht. Und jetzt zu dir. Du hast recht, du musst hier verschwinden, und zwar möglichst schnell. Aber vergiss die Karawanen. Auch im Süden bist du nicht vollkommen sicher vor der Gilde. Deshalb hör dir jetzt meinen Vorschlag an: Du begleitest mich nach Norden zu unserem Gestüt. Dort ..."

„Was? Da würde die Gilde mich doch sofort ..."

„Du sollst mich nicht immer unterbrechen, Gavandon."

„Entschuldigung."

Sie kniff die Augen zu Schlitzen zusammen. „Glaubst du im Ernst, ich würde dir etwas anbieten, bei dem du nicht vollkommen sicher bist? Die Gilde kommt nie bis zu uns, das schwöre ich. Ich habe dir doch gesagt, dass ich seit meinem Graduat keine Agenten mehr gesehen habe, in all den Jahren nicht."

Ich sah sie an. „Wie ist das möglich."

Sie breitete die Hände aus. „Wir leben sehr, sehr abgeschieden. Ich bezweifle, dass jemand das Gestüt finden würde, der den Weg nicht kennt. Und wir haben keine Lust, daran etwas zu ändern. Was glaubst du wohl, warum ich dich erst in Augenschein nehmen sollte, ehe du zu uns kommen darfst."

Wieder verursachten ihre letzten Worte dieses unangenehme Gefühl, aber ich wischte es beiseite. Denn wenn das stimmte, was sie sagte ...

„Hatte ich schon erzählt, dass wir Esel züchten?", berichtete sie weiter. „Es sind die Besten von ganz Nouworld, musst du wissen. Wenn man herausfände, wo wir leben, würde man uns nur die wertvollen Hengste und Stuten stehlen. Also sei unbesorgt, vor der Gilde brauchst du bei uns keine Angst zu haben."

Sollte das tatsächlich wahr sein? Hatte ich wirklich so viel Glück, dass ausgerechnet jetzt ein verschollener Teil meiner Familie auftauchte, der dazu noch auf einem geheimen Gestüt lebte? Jeder kannte Gerüchte über versteckte Zuchten, deren Brandzeichen regelmäßig auf den Viehauktionen in Kerbach oder Cellstein auftauchten. Die besten Tiere kamen von diesen geheimnisvollen Ranches, aber niemand wusste, wo sie lagen. Und jetzt behauptete diese Fühlweberin, sie lebe auf so einem Gestüt. Wenn das der Fall war, kannte sie tatsächlich einen sicheren Platz für mich. Oh Mann!

Nur, warum war mein Vater von dort weggelaufen? Hatte er sich mit der Familie zerstritten und war abgehauen? Oder wollte er einfach mehr von der Welt sehen, so wie Torbin, oder alles zusammen? „Und warum hat Pa euch verlassen?", fragte ich.

Für einen winzigen Moment bekam ihr Gesicht einen verkniffenen Ausdruck. „Das musst du deine Großmutter fragen. Sie ist wohl die Einzige, die es weiß. Burugiyel glaubt allerdings ..." Sie machte eine ungeduldige Handbewegung. „Frag einfach Nan", beschied sie mich.

„Wer ist Burugiyel?"

Sie lächelte. „Keine Sorge, du wirst ihn kennenlernen, allerdings nur, wenn du mitkommst. Noch mal, ich verspreche, bei uns bist du sicher. Und du bist mehr als willkommen. Also, wie ist es, machst du uns die Freude?"

Wieder wurden ihre Worte von einem komischen Gefühl begleitet, allerdings nur schwach, und ich ignorierte es. Sie bot mir einen Ausweg. Erwartungsvoll sah ich meine Tante an. „Wann können wir aufbrechen? Und wie kommen wir ungesehen dorthin?"

„Du begleitest mich also?" Sie strahlte und wirkte auf einmal viel lockerer. „Das ist gut, das ist wirklich sehr gut. Dann kann ich tatsächlich meinen Auftrag erfüllen."

„Welchen Auftrag?"

Sie grinste mich an. „Dich zu deiner Familie zu bringen, natürlich."

Wieder dieses Gefühl. Aber egal, es gab Hoffnung, dass ich heil aus der Sache rauskam. „Ich freue mich schon auf alle", sagte ich.

Acht
1. April 467 n. L.

Es dauerte, bis wir aufbrechen konnten. Mem Fermin bestand darauf, dass ich meine Fühlbänder verbarg, die nach wie vor ungehindert aus mir herausströmten. Trotz aller Bemühungen schaffte ich es nicht, diesen Kanal zu schließen, von dem sie sprach. Und ich konnte nicht ewig herumprobieren, so viel Zeit hatten wir nicht.

Plötzlich erinnerte ich mich, dass ein Silbernetz ebenfalls das Aussenden von Bändern blockierte. Das hatte ich irgendwann aufgeschnappt, weil ich Kordian früher jeden Sommer nachgelaufen war wie ein Entenküken seiner Mutter. Natürlich wollte mein großer, fast erwachsener Bruder sich nicht mit mir abgeben, aber ich versteckte mich immer in seiner Nähe und beobachtete ihn. Und eines Tages hatte er mit Pa darüber gesprochen.

„Zeigen Sie mir, wie man ein Silbernetz aufspannt", bat ich Mem Fermin, als sie langsam ungeduldig wurde.

Und diesmal hatte ich Erfolg. Nach kurzer Zeit konnte ich mir vorstellen, wie sich ein silbrig schimmerndes Netz um mich legte. Es schützte mich vor den Fühlbändern meiner Tante und blockierte auch die, die ungehindert aus mir herausströmten.

Doch das war nicht alles. Überraschenderweise besaß mein Netz eine weitere Eigenschaft: Es ließ die goldene Farbe meiner Geistflamme zum Grau der Unbegabten erlöschen. Dreimal verlangte Mem Fermin, dass ich das Netz auflöste und neu um mich legte. Dann erst war sie überzeugt. Andere Fühlweber konnten so etwas nicht, versicherte sie mir, aber sie erkannte sofort den Nutzen dieser Funktion. Die Gildenagenten fahndeten nach einem Fühlweber mit goldener Geistflamme, nicht nach einem normalen Menschen.

„Und wenn du es irgendwann schaffst, Fühlbänder hineinzuweben, wird sich dein Netz auch nicht mehr nach so kurzer Zeit auflösen", erklärte sie mir. „Bis dahin musst du es ständig erneuern."

Es war bereits später Vormittag, die Zeit des zweiten Frühstücks, als wir uns trennten. Meine Tante wollte einen Platz auf dem nächsten Radschiff reservieren und ich musste ein paar Sachen packen und vor allem Geld besorgen, damit wir die Passage bezahlen konnten. Mem Fermin besaß kaum noch etwas, hatte sie mir mitgeteilt.

Ich kletterte ungesehen über meinen Geheimweg ins Haus, von der Pergola neben der Küchentür, die die Mülltonnen beschattete, auf den Steg, der rings um das Dach herumlief und zur Wartung der Sonnenkollektoren für das Warmwasser diente. Von dort aus war es ein Kinderspiel, durch das Fenster in mein Zimmer zu steigen.

Mem Fermin hatte auf leichtem Gepäck bestanden. Also stopfte ich nur ein bisschen Wäsche, meine Zahnbürste, eine Hose und zwei Shirts in meinen Rucksack. Dann fiel mein Blick auf ein Foto an der Wand, auf dem die ganze Familie abgebildet war, ich zwischen Granna, Pop und Muri, Mam und Pa, Kordian und Orfis. Wieder saß ein Kloß in meiner Kehle. Ich schluckte. Wann würde ich sie je wiedersehen? Und würden sie mich hassen, weil ich die Barjendens in Verruf brachte? Rasch riss ich das Bild von seinem Nagel und steckte es zu den anderen Sachen.

Als Nächstes musste ich Geld besorgen. Ich holte meine Börse hervor und zählte den Inhalt. Dreiundzwanzig Esdro und sechsundsiebzig Cent. Das reichte gerade, um mich ein paar Tage zu ernähren, wenn ich sparsam damit umging. Aber für das, was ich vorhatte, brauchte ich mehr, eine ganze Menge mehr. Ich musste also runter ins Büro und ein paar Hunderter aus dem Safe holen. Und ich musste mich beeilen, zwanzig Minuten der Stunde, die ich mit meiner Tante abgemacht hatte, waren bereits verstrichen.

Allerdings würde Mam es im Moment nicht verkraften, wenn

ich ohne ein Wort verschwand. Und Granna würde einen Riesenwirbel machen, wenn plötzlich Geld fehlte. Es half nichts, ich musste einen Abschiedsbrief hinterlassen, auch wenn Mem Fermin mir eingeschärft hatte, allen aus dem Weg zu gehen. Also setzte ich mich und schrieb:

Liebe Mam, liebe Granna, das Geld ..., ich kaute auf dem Stift herum. Wie viel würde ich brauchen? Eine Passage nach Hylport kostete mindestens hundertzwanzig Esdro, das hatte Torbin mal herausgefunden. Dazu kamen Verpflegung und Unterkunft.

Ich beugte mich wieder über das Blatt. *..., die vierhundert Esdro, habe ich genommen. Ihr könnt euch sicher denken, warum. Ich tauche erst einmal unter, bis ich weiß, wie es weitergeht. Und ich versichere euch, ich habe das Ganze nicht geplant. Ich verschwinde nur, weil die Gilde mir niemals glauben würde. Wenn ihr Gelegenheit habt, sagt bitte den Lions, dass es mir unendlich leidtut. Ich melde mich, sobald ich kann, G.*

Ich faltete den Zettel zusammen und steckte ihn in meine Jackentasche. Unten im Büro würde ich ihn auf den Schreibtisch legen.

Auf dem Weg hinunter begegnete ich zum Glück nur ein paar Gästen. Alle im Haus waren im Moment mit der Mittagsmahlzeit beschäftigt. Was mir in Erinnerung rief, dass auch mein Magen einem großen Loch glich. Doch dazu war jetzt keine Zeit. Vielleicht konnte ich mir auf dem Weg zum Hafen eine Tüte Fisch und Chips kaufen.

Die Tür, die zum Büro führte, mündete in einen Flur, der rechtwinklig zur Rezeption verlief. Ich lugte um die Ecke, doch wie erwartet stand nur Rebecca hinter dem Tresen und übertrug Anmeldebögen ins Gästebuch. Gut. Wenn ich leise war, konnte ich durchkommen.

Ich schlüpfte in den Vorraum vor dem Büro. In den Regalen konnten Gäste ihr Gepäck für kurze Zeit abstellen. Ich deponierte meinen Rucksack, durchquerte den Raum und öffnete die gegenüberliegende Tür so leise wie möglich.

Am Schreibtisch unter dem Fenster saß Kordian und schrieb.

Mist, verdammter! Ich versuchte, die Tür schnell und geräuschlos wieder ins Schloss zu drücken. Doch mein Bruder hatte mich gehört und schaute auf.

„Gavi", sagte er. „Was machst du denn hier?"

„Nichts. Bin schon wieder weg." Ich schloss die Tür.

Aber ich war nicht einmal halb durch den Gepäckraum, als sie wieder aufging. „Warte", sagte Kordian.

Ich blieb stehen, verstärkte das Silbernetz und atmete einmal tief durch.

„Bitte, komm rein", sagte Kordian. „Ich muss endlich mit dir reden."

„Ich habe jetzt keine Zeit." In einer guten halben Stunde musste ich am Hafen sein, und selbst wenn ich mich beeilte, brauchte ich fünfzehn Minuten dorthin.

„Nun komm schon", sagte Kordian. „Es ist wichtig."

Verdammt, ohne Geld brauchte ich mich gar nicht erst auf den Weg zu machen. Also tat ich, was er wollte, und folgte ihm ins Büro.

„Setz dich", sagte mein Bruder und deutete auf Grannas Sofa, das die Wand gegenüber dem Schreibtisch einnahm. Er schloss die Tür zum Gepäckraum, dann die, die in den Rezeptionsbereich führte. Die Uhr neben dem Fenster tickte. Ich schielte zum Safe, der darunter stand, und wünschte, ich wüsste, was jetzt zu tun war.

Kordian ließ sich auf der Schreibtischkante nieder. Er sah mich an, dass ich anfing, mich innerlich zu winden. Der Sekundenzeiger beendete eine weitere Umdrehung.

Ich räusperte mich. „Was denn nun?", fragte ich ungeduldig.

„Ich weiß nicht, wie ich anfangen soll." Kordian griff in seine Hemdtasche und zog einen Umschlag heraus. „Erinnerst du dich? Ich wollte schon gestern Abend mit dir darüber reden."

Ach ja, der Brief. Den hatte ich völlig vergessen. Ich streckte die Hand aus. „Wenn er für mich ist, gib ihn her." Ich musste meinen Bruder so schnell wie möglich aus dem Raum bekommen. Ich konnte doch kein Geld aus dem Safe holen, solange er da war.

„Nicht so schnell", sagte er. „Erst muss ich dir was …"

Draußen vor der Tür zur Rezeption wurden Stimmen laut. „Sie sollten uns nicht behindern, junge Dame", sagte ein Mann. Darauf eine gemurmelte Antwort, wahrscheinlich von Rebecca. „Sie wissen aber schon, wer wir sind, oder?", sagte der Mann.

Kordian rutschte von der Schreibtischkante. „Was ist denn da los?" Er legte den Brief auf die Tischplatte. „Warte hier", sagte er und öffnete die Tür. „Wie kann ich behilflich sein?", hörte ich ihn fragen, als er hinaus hinter den Tresen trat.

Das war meine Chance. Mit zwei Schritten war ich beim Safe, stellte in Windeseile die Kombination ein, holte ein paar Scheine heraus und legte die Nachricht an Mam und Granna hinein. Jetzt musste ich nur noch ungesehen wegkommen.

Ach ja, der Brief! Ich schnappte mir den Umschlag und machte, dass ich aus dem Büro kam.

Nachdem ich meinen Rucksack umgeschnallt hatte, öffnete ich leise die Tür zum Flur. Es war immer gut, keinen Lärm zu machen, wenn man verschwinden wollte.

„In der Schule waren wir schon. Dort hat man ihn heute noch nicht gesehen", sagte die Männerstimme, die ich bereits gehört hatte.

Ich erstarrte. Die Gilde? Jetzt schon?

Und Kordian hatte mich gesehen!

Er würde mich verraten, er als Fühlweber musste es tun. Alles andere hätte empfindliche Strafen nach sich gezogen. Sie würden sofort wissen, wenn er sich nicht an die Wahrheit hielt. Gildenagenten trainierten das Erkennen von Lügenwellen.

„Tut mir leid", sagte Kordian, „ich bin mir nicht sicher, wo er sich im Augenblick aufhält."

Fast hätte ich einen Laut von mir gegeben. Ich konnte mich gerade noch beherrschen. Kordian log! Vor der Gilde! Oder hatte er nur eine geschickte Formulierung benutzt? Aber wieso hatte er mich nicht einfach herausgerufen? Jeder andere hätte es getan.

„Wir müssen das Haus durchsuchen, das verstehen Sie doch,

oder?" Das kam jetzt von einer Frauenstimme.

„Nur zu", wieder Kordian. „Aber ich mache Sie schon jetzt darauf aufmerksam, dass es hier mehrere Begabte gibt. Da bin einmal ich, dann meine Verlobte, eine Seherin, und – Augenblick – ein Heiler und ein Fühlweber, die gerade bei uns logieren. Ach nein, der Heiler ist im Moment außer Haus, hier hängt der Schlüssel. Und es könnte sein, dass meine Großmutter in der Küche hilft. Sie ist eine Blockierte. Allerdings weiß ich nicht, wer gerade im Restaurant ..."

„Schon gut", unterbrach der Gildenagent Kordians Redefluss, doch ich hatte schon verstanden. Mein Bruder versuchte, Zeit zu gewinnen, damit ich verschwinden konnte. Nicht zu fassen. Ich verstärkte das Silbernetz und machte mich so schnell und leise wie möglich auf den Rückweg zu meinem Zimmer. Von dort aus konnte ich das Haus ungesehen verlassen.

Zehn Minuten später hockte ich atemlos ein ganzes Stück flussabwärts zwischen unseren Biogastanks. Ich wünschte, ich hätte mein Rad schnappen können. Dann wäre ich jetzt schon fast am Hafen. Aber als ich gerade aus meinem Fenster klettern wollte, entdeckte ich die Agenten im Hof, wie sie in jeden Winkel spähten. Kordian stand an der Tür zur Küche und beobachtete sie. Und mein Fahrrad lehnte inzwischen ordentlich an der Wand. Aber dorthin gelangen konnte ich im Moment nicht. Also stieg ich auf der anderen Seite des Hauses aus Mams Schlafzimmerfenster und verschwand über das Dach des Hühnerstalls. Die Biogastanks hielt ich für ein gutes Versteck, weil sie vermutlich nicht bis hierher sondierten. Und wenn doch, würden sie meine graue Geistflamme hoffentlich für einen Arbeiter halten.

Konnte ich überhaupt noch zum Hafen? Dort würden sie doch als Erstes suchen, oder? Und so schnell, wie die beiden Agenten im Gasthaus aufgetaucht waren, gab es wahrscheinlich mehrere Suchtrupps. Mir wurde ganz flau bei dem Gedanken. Was, wenn sie schon überall waren? Hatten sie Mem Fermin bereits aufgespürt? Und wann würde das nächste Schiff Itelgo verlassen? Vielleicht erst morgen oder übermorgen. Wenn ich Gildenagent wäre, würde ich jedes Ablegen von Schiffen unterbinden, mit denen ein Übeltäter fliehen konnte.

Verdammt, verdammt.

Vielleicht sollte ich mich doch den Karawanen anschließen. Aber wenn sie auch dort schon ermittelten? Himmel, was sollte ich tun?

Verzweifelt hieb ich auf meinen Rucksack. Es knisterte. Mir fiel der Brief ein, den ich vorhin in die Seitentasche gestopft hatte. Ich zog ihn hervor. Der Umschlag war an Kordian adressiert, doch ich nahm ohne Zögern das Schreiben heraus. Soweit ich wusste, ging es mich ebenso an wie meinen Bruder.

Als Erstes erkannte ich Pas Handschrift. Wie gut, dass ich allein war, denn sofort zog sich meine Kehle wieder zusammen. Ich schluckte und begann zu lesen.

Lieber Kordian, stand da, *ich schreibe Dir, weil ich dringend Deine Hilfe brauche, sollte die Prophezeiung eintreffen, die ich heute früh erhalten habe. Deine Mutter weiß nicht, dass ich regelmäßig einen Seher aufsuche. Ich trage schon mein ganzes Leben lang ein Geheimnis mit mir herum, von dem ich niemandem erzählen darf. Deshalb muss ich immer wissen, was mir die Zukunft bringt. Doch Du sollst jetzt das meiste davon erfahren, aber nicht durch einen Brief. Zu leicht könnte der in falsche Hände geraten. Also hoffe ich, dass Du bald kommen kannst, damit ich Dir alles unter vier Augen erklären kann.*

Vor allem aber schreibe ich Dir wegen einer Sache, die unsere ganze Familie betrifft. In die muss ich Dich sofort einweihen, weil ich nicht weiß, wie viel Zeit mir noch bleibt. Und ich hoffe inständig, dass Dich dieser Brief rechtzeitig erreicht oder dass nicht das eintritt, was mir heute früh geweissagt wurde. Der Seher sagte mir nämlich, dass ich einen Unfall erleiden werde, einen tödlichen Unfall mit einem Hinjet.

Ich schloss die Augen und stöhnte. Pa hatte gewusst, dass er sterben würde. Ich schaute auf das Datum des Briefes. 9. März 467, zwei Tage vor seinem Tod. Oh Himmel, wie musste er sich in diesen beiden Tagen gefühlt haben. Verdammt noch mal, Pa!

Tränen liefen mir über die Wangen – und ich schämte mich nicht dafür. Doch dann wischte ich mir mit dem Ärmel übers Gesicht. Ich musste wissen, was er zu sagen hatte, gerade jetzt. Herr im Himmel, wie sehr ich seinen Rat vermisste.

Du weißt, dass man manchmal sein Schicksal ändern kann, las ich weiter, *und ich hoffe, dass es mir gelingt. Aber wenn nicht, brauche ich unbedingt Deine Hilfe. Es geht um Gavandon.*

Um mich also. Steckte vielleicht Pa hinter all dem? Ich umklammerte das Papier.

Doch zunächst sollte ich noch etwas vorausschicken. Du musst wissen, ich bin ein Fühlweber, ein recht guter sogar, nur habe ich vor vielen Jahren entschieden, mich und meine Gabe vor der Welt zu verbergen. Der Grund dafür gehört zu meinem Geheimnis, von dem Du, wenn alles gut geht, erfahren wirst. Jetzt sage ich nur so viel: Diese Entscheidung hängt mit meiner Familie zusammen, die hoch im Norden in den Hylendbergen lebt.

Pa war Fühlweber? Und er besaß wirklich eine Familie, wie Mem Fermin gesagt hatte!

Aber nicht nur ich besitze die Gabe, schrieb Pa, *sondern Gavandon auch.*

Er hatte es also gewusst?!? Und es verschwiegen? Warum, verdammt?

Ich habe nun etwas getan, las ich fassungslos weiter, *das vielleicht nicht nötig gewesen wäre und womit ich mir mit Sicherheit den Zorn der Gilde zuziehen werde. Du musst wissen, dass ich aus bestimmten Gründen ein besonderes Silbernetz entwickelt habe. Ich kann es so weben, dass meine Geistflamme nicht mehr golden, sondern wie bei Unbegabten grau erscheint. Das habe ich all die Jahre genutzt, um mich und Gavandon vor der Gilde zu verstecken.*

Ein besonderes Silbernetz? Rasch verstärkte ich es. Und wieso konnte ich es genauso weben wie Pa?

Es ist mir gelungen, schrieb er weiter, *die Gilde hat nie herausgefunden, welch starker Fühlweber dein Bruder ist.*

Wütend knüllte ich den Brief zusammen. Verdammt noch mal, mein Vater hatte mich bewusst in diese Falle laufen lassen. Weshalb? Ohne das alles hätte ich Mem Lion doch nie verletzt.

Ich glättete das Papier und studierte die Zeilen auf der Suche nach einem Hinweis.

Vielleicht verstehst du jetzt, in welchem Dilemma ich stecke, schrieb Pa. *Ich wollte Gavandon nach dem Graduat alles erzählen. Vorher war er noch zu jung für all das, was auf mir lastet, aber nicht nur auf mir, sondern durch Gavandons Gabe unglücklicherweise auch auf Deinem kleinen Bruder. Ich wollte ihm alles erklären. Und ich wollte ihn natürlich schulen, damit er seine Gabe beherrscht. Doch dafür werde ich jetzt möglicherweise dich brauchen.*

Bitte komm so rasch, wie du es bewerkstelligen kannst. Ich muss mich jemandem anvertrauen, jemandem, der meinen Sohn schützen kann. Leider kenne ich nicht den genauen Tag meines Unfalls – einen so guten Seher kann ich mir nicht leisten –, aber ich weiß, dass er innerhalb der nächsten vier bis fünf Wochen kommen wird.

Oh gut, vielleicht waren die letzten beiden Tage für Pa doch nicht so schrecklich gewesen, wie ich geglaubt hatte. Ich las:

Zum Glück habe ich einen Weg gefunden, mein Silbernetz sehr dauerhaft zu machen. Man muss es nur mit den richtigen Fühlbändern mischen. Aber auch damit hält es nicht ewig.

Ich hoffe sehr, Kordian, mein Großer, dass Du hier sein kannst, ehe ich meinem Schicksal begegne. Es gibt so viel zu berichten. Doch falls es nicht gelingt, was der Himmel verhüten möge, lass mich Dir sagen, dass nicht nur Gavandon, sondern auch Du und Orfis immer meine Kinder gewesen seid. Küsse Deine Schwester von mir und tröste Gerdis, wenn sie tatsächlich um mich trauern muss.

Aber am wichtigsten ist: Steh Gavandon bei, besonders gegen meine Familie, sollte die bei Euch auftauchen. Ich fürchte, jemand wird das Gasthaus finden, sobald ich nicht mehr bin. Niemals darf Dein Bruder mit einem von denen in Kontakt kommen. Und hilf ihm im schlimmsten Fall auch gegen die Gilde, darum bitte ich Dich inständig. Kordian, bitte, beschütze meinen Jungen, das ist mein einziger Wunsch.

In Liebe
Yorn

Ich ließ die Blätter sinken. Dann faltete ich sie sorgfältig, schob sie wieder in den Umschlag und verstaute diesen in der Innentasche meiner Jacke, wo auch schon die Geldscheine aus dem Safe steckten. Es war Pas letzter Brief und ich würde ihn nie mehr herausgeben.

Außerdem enthielt er den Ratschlag, den ich so sehr vermisst hatte. *Schütze Gavandon vor meiner Familie, mit der er nie in Kontakt kommen darf.* Nach Pas Meinung war ich im Begriff, eine Riesendummheit zu begehen. Ich durfte Mem Fermin nicht wiedersehen, ich durfte sie nicht in die Sicherheit dieses Gestüts begleiten. Doch dann konnte ich mich nur noch den Karawanen anschließen, eine andere Möglichkeit gab es nicht. Selbst wenn die Gilde schon auf dem Ostufer nach mir fahndete, irgendwie musste ich an den Agenten vorbeikommen. Die Karawanen brachen bereits auf, das konnte helfen. Es musste mir gelingen, mich als blinder Passagier in eine Ladung zu schmuggeln. Alles Weitere würde sich finden.

Ich schulterte meinen Rucksack, warf vorsichtshalber noch einen Blick in die Runde und machte mich auf den Weg.

Neun
1. April 467 n. L.

Hinunter zum Fähranleger zu kommen war leicht. Die Biogastanks lagen direkt an der Brüstung der Flutmauer und ein Zirbelbaum war an dieser Stelle, unbehelligt von den Winterstürmen, vom Flussufer bis zu ihnen hinaufgewachsen. An seinem Stamm kletterte ich ungesehen nach unten und verschwand dort zwischen den Herkulien. Zum Glück mochte Granna diese übermannshohen Pflanzen mit ihren radgroßen, silbergrünen Blättern und den gelbrot geflammten Blütentellern. Sie ließ sie an unserem Abschnitt der Mauer ungehindert wuchern, bis der gesamte Bogen der Südrampe ausgefüllt war, der Verlängerung einer der drei großen Straßenachsen der Stadt. Auf diese Weise musste sich niemand um die hässlichen Hinterlassenschaften der alljährlichen Frühjahrsflut kümmern, weil die Herkulien sie vollkommen unter sich begruben – genauso wie jetzt mich. Im Dämmerlicht zwischen ihren Stängeln musste ich nur darauf achten, nicht über das Geröll am Boden zu stolpern, um ohne Probleme zu unserem Fähranleger am Fuß der Rampe zu kommen.

Von meinem Versteck aus sondierte ich den Wartebereich des Anlegers. Rechts, bei der großen Bodenwaage, stand der verwitterte Räderkarren, der uns als Kassenhäuschen diente, und die rot-weiße Schranke verschloss noch immer den Zugang zum Steg. Drei Wagen warteten schon wieder auf die Ankunft der *Zephir*, die bereits die Flussmitte passiert hatte, und Räderrollen über mir auf der Rampe kündigte weitere Kundschaft an. Sejon, einer unserer Kassierer, dirigierte gerade das erste Fuhrwerk auf die Waage, las den Wert ab, nahm das Geld entgegen und winkte den Kutscher hinüber zur Schranke. Die beiden anderen Gespanne rückten auf und von der Rampe schloss sich ein Eselskarren an, der mit Heu beladen war.

Sein Heck hielt genau vor meinem Beobachtungsposten und diese Gelegenheit durfte ich mir nicht entgehen lassen. Sofort schlüpfte ich in die Ladung, obwohl das Heu in meiner Nase kitzelte und ich ein Niesen kaum unterdrücken konnte. Aber es duftete und war wunderbar warm und weich. Zufrieden kuschelte ich mich hinein und alle Anspannung fiel von mir ab.

Leider machte sich dadurch meine Erschöpfung bemerkbar, was ziemlich schnell zum Problem wurde, denn es fiel mir immer schwerer, die Augen offenzuhalten. Doch gerade, als ich beschloss, mir ein anderes Versteck zu suchen, entdeckte ich zwei Fahrradfahrer, die die Rampe herunterkamen. Der Heuwagen stand inzwischen an der Spitze der Schlange, sodass ich sie genau erkennen konnte. Der Mann fuhr ein Tandem mit einem Käfig über dem hinteren Sattel und die Frau saß auf einem einfachen Rad. Und beide trugen die schwarze Uniform der Gilde! Gnädiges Wurmloch!

Immerhin, jetzt war ich wieder hellwach.

Und verdammt, ich durfte das Silbernetz nicht vergessen. Rasch zog ich es wieder eng um mich, doch dann fiel mir ein, dass sie vielleicht sondieren wollten und dadurch meine graue Flamme im Heu entdeckten. Himmel, was sollte ich jetzt tun?

Wie erstarrt beobachtete ich die Agenten, die an der Wagenschlange vorbeiradelten und direkt neben dem Karren anhielten. Ich wagte kaum noch zu atmen und hatte trotzdem das Gefühl, dass man das Wummern meines Herzens auch außerhalb der Heuladung hören konnte.

Zum Glück holte die Agentin nur etwas aus der Brusttasche und zeigte es unserem Kassierer. „Sagen Sie mir, haben Sie in letzter Zeit diesen jungen Mann hier gesehen?", fragte sie und tippte auf das Foto in Sejons Hand.

Der nickte. Oh nein, hatte er mich etwa entdeckt? „Natürlich", sagte er. „Das ist der Enkel der Chefin. Der ist öfter mal hier. Was wollen Sie denn von ihm?"

Die Agentin winkte ab. „Unwichtig. Wann war er zuletzt ier?"

Sejon zuckte mit den Schultern. „Vor zwei oder drei Tagen,

Mem, so genau weiß ich das nicht mehr."

Vor Erleichterung schloss ich kurz die Augen.

„Heute also nicht?", fragte die Agentin.

Sejon schüttelte den Kopf. „Nö, heute noch nicht. Wenn, dann kommt er immer erst später, um diese Zeit ist er noch in der Schule."

Der Kollege der Agentin nickte. „In Ordnung. Und wenn er erscheint, geben Sie uns bitte umgehend Bescheid, verstanden?"

„Gut, Chef, mach ich", sagte Sejon. „Was hat er den ausgefressen, der Junge?"

„Wir haben es bereits gesagt, das geht Sie nichts an." Unbewegt registrierte der Agent, wie Sejon bei seinem Ton zusammenzuckte. Dann schob er unserem Kassierer das Käfigtandem hin. „Und jetzt verwahren Sie das bitte, bis wir zurückkommen. Drüben am anderen Ufer können wir die Räder nicht gebrauchen."

„Sehr wohl, Chef", sagte Sejon, plötzlich sehr unterwürfig. Er nahm das Tandem entgegen und verschwand damit hinter dem Kassenhäuschen.

Als er weg war, raunte die Frau: „Sei doch nicht immer so barsch."

„Nettigkeit hilft in der Regel auch nicht weiter", erwiderte ihr Kollege. „Was meinst du, sollen wir schon mal sondieren?"

Doch die Agentin schüttelte den Kopf. „Lohnt sich wahrscheinlich nicht. Oben im Haus ist er nicht gesehen worden, keiner weiß, wo er steckt, und solche Überprüfungen machen die Leute unruhig. Ich wette, Harjon und Gerfried stöbern ihn am Hafen auf. Ab nach Norden ist doch das Erste, was diesen Kopfbohrern einfällt."

Sejon kam zurück und nahm das zweite Rad entgegen. Gleichzeitig winkte er den Heuwagen auf die Waage. Danach sah und hörte ich nichts mehr von den beiden. Dennoch blieb ich angespannt. Sie waren in der Nähe. Und sie hatten mein Foto.

Die Überfahrt verlief ruhig. Die *Zephir* war wie die *Hurrikan* ein breiter, flacher Holzprahm mit zwei Führerhäuschen vorn und hinten an der Steuerbordseite. Darin, je nach gefahrener Richtung, standen Henner Gravned, der Kapitän und Ehemann von Ria, die die *Hurrikan* befehligte, und Junis Fradin, die Fühlweberin für die Zugfische.

Ich schaffte es, während der Überfahrt wach zu bleiben. Und schließlich zeigte ein Rumpeln das Anlegen am anderen Ufer an. Niemand hatte mich bis jetzt behelligt und mit ganz viel Glück fuhr der Karren auch noch das Steilufer hinauf zu den Karawanen. Ich vermutete allerdings, dass die recht kleine Ladung eher für die Esel bestimmt war, die in den Schmieden unten am Ufer die Blasebälge bedienten. Egal, dort fand ich sicher ein besseres Versteck als diesen Heuhaufen. Und dort würden die Agenten mich kaum suchen. Hoffte ich.

Aber nicht mal jetzt verließ mich mein Schutzgeist. Der Karren erklomm nicht nur die Serpentine, sondern fuhr auch immer weiter durch den gesamten Sammelplatz. Gespannt spähte ich auf der Suche nach einer geeigneten Mitfahrgelegenheit durch die Halme. Natürlich hätte ich lieber in Ruhe die Möglichkeiten ausspioniert, doch solange die Agenten sich hier herumtrieben, war die Fahrt im Heu das Beste, was mir passieren konnte.

Man sah, dass der Aufbruch bereits im vollen Gange war. Unter den Heuduft mischte sich der Gestank nach Tierdung und kalten Feuerstellen, viele Gehege lagen inzwischen verlassen, die Sandschlitten hatten tiefe Furchen in den Boden gegraben und die Erde in einem breiten Streifen Richtung Osten aufgewühlt.

Der Wagen hielt an einem Korral, in dem sich eine Herde Schafe zusammendrängte. Das Gefährt wackelte bedenklich, als der Fahrer abstieg und sich auf die Suche nach dem Hirten machte. Das war meine Gelegenheit. Ich schaute noch einmal nach allen Seiten, schlüpfte aus dem Heu – und entdeckte die beiden Gildenagenten, wie sie neben der zertrampelten Fahrspur in meine Richtung stapften. Oh, verdammt!

Wie der Blitz verschwand ich hinter dem Karren. Doch als ich noch einmal um die Ecke lugte, sah ich erleichtert, dass sie mich nicht bemerkt hatten. Sie zeigten gerade mein Bild einer Frau, die damit beschäftigt war, Gepäck auf einer Rutsche zu verstauen. Sie schüttelte den Kopf, dann ging sie nach vorn zu dem Zugesel und prüfte den Sitz der Rutschenholme. Die Agenten wandten sich ab und machten sich auf den Rückweg Richtung Fluss. Vermutlich konnten sie sich nicht vorstellen, dass ich sie bereits ungesehen überholt hatte, dem Heuwagen sei Dank. Bestimmt planten sie, mich abzufangen, wenn ich von einer der nächsten Fähren stieg. Ich grinste. Falsch gedacht.

Ein Sandschlitten kam an dem Eselskarren vorbei, ein mächtiges Gefährt mit nicht weniger als sieben Kufen und einem riesigen, buckligen Berg Ladung unter einer festgezurrten Plane. Da war sie, meine Mitfahrgelegenheit. Ich blickte noch einmal den Gildenagenten hinterher, aber sie waren schon verschwunden. Trotzdem nutzte ich den Heukarren als Deckung, sprang auf die Kufen und schlüpfte unter die Plane. Dann kroch ich grenzenlos erleichtert in einen engen Hohlraum zwischen ein paar Getreidesäcken und einer Rolle Stahldraht. Ich war ihnen entkommen, dem Himmel sei Dank. Die Anspannung fiel von mir ab und ich war so erschöpft, dass ich sofort einschlief.

Ich wachte auf, weil mein Magen knurrte und das Schaukeln des Schlittens aufgehört hatte. Vorsichtig hob ich den Kopf – und schon diese kleine Bewegung ließ mich aufstöhnen. Mir tat alles weh, kein Wunder, so verdreht, wie ich in diesem Loch gelegen hatte.

„Was ist da denn los?", hörte ich eine Stimme von draußen. Hühnerscheiße! Ich drückte mich in meinen Unterschlupf und wünschte mir, unsichtbar zu sein, als jemand die Verschnürung der Ladung löste. Was bloß sollte ich sagen, wenn man mich entdeckte?

Die Plane wurde zur Seite geschlagen und ein wirrer Bart erschien in der Lücke nach draußen. Eine heruntergebrannte Zigarre ragte aus dem rot-grauen Gestrüpp und unter buschigen Brauen spähten zwei Augen zu mir herein. „Was haben wir denn da?", knurrte eine tiefe Stimme, ohne dass sich der Bart merklich bewegte. Die Zigarre zitterte nur leicht. Ihr Qualm wehte bis zu mir und ich musste husten.

Eine fleischige Hand wurde in mein Sichtfeld gehoben und die Zigarre verschwand. „Sieh da, ein blinder Passagier", knurrte die Stimme. „Auf der Flucht vor deinem Dienstherrn? Oder deinem Pa? Raus da, Bürschchen, aber fix." Der Bart gab den Ausgang frei.

Mir blieb nichts anderes übrig, als meine schmerzenden Glieder aus dem Spalt zu zwängen. Als ich wieder auf dem Boden stand, packte mich der Mann am Arm und zerrte mich ohne ein weiteres Wort zur Vorderseite des Schlittens. Die Sonne war inzwischen untergegangen. Kein Wunder, dass mir alles wehtat. Ich musste eine ganze Weile in dem Loch geschlafen haben.

Die Schlittenmannschaft lagerte ein wenig abseits von einer ganzen Reihe anderer Händler in einer Senke zwischen zwei Dünen. Vier Hinjets standen angepflockt in der Nähe und schnoberten in den Heuhaufen herum, die man ihnen vorgeworfen hatte. Die abgeschirrte Schlittendeichsel war nach oben geklappt und zwischen dem überdachten Kutschbock und der Ladung klemmte ein Holzkasten mit einer Tür und einem winzigen Fenster, sicher während der Reise die Unterkunft des Händlers. Sein Firmenzeichen, die ineinander verschlungenen Buchstaben H und W, waren in roter Farbe darauf gemalt, darum herum kreisförmig in Blau: „Fernspedition, Hauptsitz Itelgo, Tendris, Niederlassung Therionport, Belged".

Unterhalb der Kastentür flackerte in einem Steinkreis ein kleines Feuer unter einem Dreibein, an dem ein großer Topf hing und vor sich hin simmerte. Zwei Männer mit Bierflaschen in der Hand lümmelten sich auf Klappstühlen und starrten in die Flammen. Der eine war der übliche Fühlweber, ein großer, hagerer Mann mittleren Alters mit grauen Fäden im schwarzen Haar, der andere ein muskulöser Kerl mit kahl geschorenem Schädel. Das musste der Packer sein. Er rührte mit einem Löffel im Topf.

Mein Magen knurrte laut.

Beide Männer schauten auf, kniffen die Augen zusammen, als

sie mich entdeckten, und begannen zu grinsen. „Was hast du denn da für einen halb verhungerten Hüpfer aufgelesen, Boss?", fragte der Muskelbepackte.

Der Bärtige hinter mir drückte mich neben dem Feuer zu Boden und ließ sich auf den dritten Klappstuhl fallen. „Blinder Passagier", grollte er und spuckte aus. Dann warf er den Zigarrenstummel ins Feuer. „Steckte hinten in der Ladung. Dabei fällt mir ein, du musst die Plane wieder festmachen, Pitter."

Der Muskelbepackte nickte. „Mach ich gleich. Aber erst sollten wir dem Kleinen füttern, meinst du nicht auch, Boss?"

Noch gestern wäre ich sofort hochgegangen, wenn man mich „Kleiner" genannt hätte, doch inzwischen war es mir egal. Ich hatte wirklich andere Sorgen.

Der Bärtige nickte. Im Feuerschein konnte ich jetzt ein wenig mehr von ihm sehen als vorhin. Er besaß nicht nur das wilde Gestrüpp in seinem Gesicht, sondern es lugte auch unter seiner Wollmütze hervor. Ebenso bedeckte dichter Pelz seine nackten, feisten Arme und unter dem kurzärmeligen Shirt wölbte sich ein mächtiger Bauch. Breitbeinig lehnte er in seinem Stuhl und beobachtete mich. „Also, Bürschchen", grummelte er mit seinem Bass, „was machst du hinten in meiner Ladung?"

Ich schluckte. Eine Duftwolke aus dem Topf wehte in meine Richtung und sorgte dafür, dass mein Magen wieder Töne von sich gab. Der Muskelbepackte lachte und füllte zwei Kellen Eintopf in eine Schale. „Sei nett, Boss, lass ihn erst essen", sagte er und reichte mir die Suppe, zusammen mit einem Löffel.

Ich wartete nicht auf Erlaubnis, dazu war ich zu ausgehungert. In Windeseile war der Teller leer und ich hatte einen Schluckauf.

Der Muskelbepackte grinste wieder, stand auf und sagte: „Setz ihm nicht zu sehr zu, Boss, hörst du? Denk daran, wie du mich damals gefunden hast." Dann ging er nach hinten, vermutlich, um die Plane wieder festzuzurren.

Der Fühlweber hatte während der ganzen Zeit reglos ins Feuer gestiert. Jetzt nahm er einen Schluck aus seiner Flasche, und ich schloss das Silbernetz fester um mich.

Der Boss griff in einen Eimer, holte auch für sich eine Flasche heraus und hieb den Kronkorken an der Armlehne seines Stuhls ab. Das erklärte die zahlreichen Kerben im Holz. „Und jetzt rede", grollte er.

Zum Glück hatte ich inzwischen Zeit gehabt, mir eine Geschichte zurechtzulegen. Ich räusperte mich. „Also", begann ich, „ich heiße Torbin." Mehr sagte ich nicht. Wenn ich Glück hatte, reichte das.

„Und weiter", grollte der Boss.

Ich schüttelte den Kopf. „Mein Pa soll mich nicht finden. Deshalb ..." Ich zuckte mit den Schultern.

Der Boss sah den Fühlweber an. „Was meinst du, Kurat?"

Der Hagere rührte sich nicht. „Schwer zu sagen", meinte er. „Er ist nicht begabt. Und Lügenwellen kann ich nicht erkennen, ich bin kein Gildenagent." Er nahm wieder einen Schluck, dann lehnte er sich zurück und schwieg.

Erleichtert sah ich ihn an. Vielleicht hatte ich ja schon bestanden, dem Silbernetz sei Dank. Rasch verstärkte ich es wieder.

Der Boss wartete, ob noch etwas kam. Dann öffnete er sich eine weitere Flasche. „Manchmal bist du verdammt einsilbig, Kurat", grummelte er.

Pitter kam zurück. „Na, Boss, hast du was aus dem Hüpfer rausgekriegt?" Er setzte sich wieder und begann, den Eintopf auszuteilen. Auch ich bekam einen Nachschlag, den ich dankbar in mich hineinschaufelte.

„Er heißt Torbin und rennt vor seinem Pa weg. Mehr sagt er nicht", knurrte der Boss zwischen zwei Happen.

Pitter grinste mich an. „Schlaues Kerlchen." Dann widmete auch er sich seiner Suppe.

Erst nachdem er alle Schalen wieder eingesammelt hatte, stellte er die Frage, die mich am meisten interessierte. „Was ist nun, Boss, behalten wir den Kleinen?"

Ich blieb ganz still auf meinem Platz hocken und tat so, als hätte ich nichts gehört.

Der haarige Dickwanst schwieg lange, dann holte er eine neue Zigarre aus einer Box neben seinem Stuhl, biss die Spitze ab, spuckte sie ins Feuer und zündete sie mit einem brennenden Zweig an. Er paffte ein, zwei Qualmwolken heraus. „Muss ich wohl", grollte er schließlich zu meiner grenzenlosen Erleichterung. „Wir können nicht mehr umdrehen und allein kann ich ihn auch nicht zurückschicken, dazu sind wir schon zu weit gekommen."

Plötzlich liebte ich diesen Mann. Mir polterte ein Stein vom Herzen, so groß wie ein Drachenzahn. „Vielen Dank, Sor", ich sah den Boss an, „vielen, vielen Dank, Sie werden es nicht bereuen, das verspreche ich."

„Nenn mich Boss, wie die anderen auch", grummelte der Dicke. Dann stand er auf. „Ich geh jetzt schlafen. Sauft nicht mehr so viel." Damit drehte er sich um und kletterte die Leiter zu seinem Holzkasten hoch.

Pitter zog den leeren Stuhl neben seinen und klopfte auf den Sitz. „Komm her, Kleiner", sagte er, „hier ist es viel bequemer. Deine Beine müssen inzwischen eingeschlafen sein."

Waren sie tatsächlich, weil ich nicht gewagt hatte, mich zu rühren, solange der Boss neben mir saß. Ich hatte Mühe hochzukommen und ließ mich dankbar in den Stuhl fallen. Meine Unterschenkel kribbelten schmerzhaft, bis sie wieder ganz zu mir gehörten. „Danke für Ihre Hilfe, Sor", sagte ich.

Pitter hatte gerade die Flasche angesetzt und verschluckte sich fast. Ein Strahl Bier sprühte in die Flammen. „Sor", kicherte er, als er wieder sprechen konnte. „Aus was fürm Stall kommst du denn, Junge?"

„Er heißt Torbin", sagte der Fühlweber und stand auf. „Ich geh auch schlafen." Damit verschwand er auf der anderen Seite des Schlittens.

Ich sah ihm nach. Wie würde ich sein, wenn ich mal so alt war? Genauso teilnahmslos und wortkarg? Wurde man so als Fühlweber?

Immer noch besser, als ausgebrannt zu sein. Ich schluckte.

Und zog wieder einmal das Silbernetz zusammen.

Pitter holte eine Flasche aus dem Eimer und warf sie mir zu. „Mach dir nichts aus Kurat", sagte er, „der war schon immer so. Mich hat er ganz schön erschreckt, als man mich damals aus der Ladung gezogen hat. Aber ich habe schnell gemerkt, dass Kurat ganz umgänglich ist, nur ein bisschen maulfaul. Nun komm schon, Kleiner, lass uns auf die Verstärkung unserer Mannschaft anstoßen. Mach die Flasche auf und dann Prost." Pitter hob sein Bier und nickte mir aufmunternd zu.

„Er heißt nicht Kleiner, du Klotz, er heißt Torbin!", kam Kurats Stimme dumpf von der anderen Seite des Schlittens.

„Ruhe da draußen", donnerte es von oben aus dem Kasten.

Ich grinste und drückte den Kronkorken an der Armlehne ab, wie ich es vorhin beim Boss gesehen hatte. Ich hätte es wahrhaftig schlimmer treffen können.

ehn
1. April 467 n. L.

Pitter redete gern. Er teilte mir mit, dass die Spedition Halmand & Woronzo hieß, dass der Boss das W im Firmenzeichen war und dass seinen Vornamen niemand kannte. Dem anderen, Halmand, hatte ein Sandschlitten vor ein paar Jahren mitten in der Ostwüste die Beine abgetrennt. Bis sie wieder unter Menschen waren und einen Heiler fanden, war nichts mehr zu machen. Seither saß Halmand im Rollstuhl und holte von Itelgo aus Aufträge aus der Nordhälfte, aus Tendris und Hylend ein. „Aber der Boss ist nicht so sesshaft wie Halmand", erzählte Pitter in seinem weichen Südhälftensingsang. „Darum bezahlt er lieber einen Agenten, der Belged und Kondrend beackert, als dass er auf das Reisen verzichtet."

Es war eine schöne Nacht. Die Wolken von heute Vormittag hatten sich verzogen und der halbe Prim leuchtete silbern zwischen unzähligen Sternen, während der rote Sek gerade über dem nördlichen Horizont aufging. Das Bier schmeckte, auch wenn es nicht richtig kalt war. Ich wünschte nur, ich hätte meine Pfeife eingesteckt. Ich mochte es, mit Pop vorne auf den Versorgungssteg zu sitzen und zu rauchen, und hier, an dem herunterbrennenden Feuer, war die Stimmung ähnlich.

„Wie lange reist der Boss schon um den Kharvush?", fragte ich.

Pitter stocherte mit einem der letzten Zweige in der Glut herum und warf ihn dann hinein. „Weiß nicht, lange schon", sagte er. Die aufflackernden Flammen ließen Lichter über sein Gesicht tanzen. Er nahm einen Schluck. „Schon die Mutter vom Boss hatte die Spedition. Die konnte ihre Waren noch auf dem Therion nach Belged verschiffen. Der Boss ist während so einer Reise geboren worden, vielleicht hält es ihn deshalb nie an einem

Ort. Jedenfalls hat er sich sofort den ersten Schlitten gekauft, als der Therion dann gesperrt wurde."

Langsam wurde es kühl und ich zog die Jacke enger um mich. „Mein Stiefvater war auch Händler. Als Winscar verschwand, kam er nicht mehr zurück."

Pitters Miene verdüsterte sich. „Klar, Winscar", sagte er leise. Dann sah er mich an. „Glaubst du, er lebt noch?"

„Keine Ahnung. Meine Mam hat jedenfalls wieder geheiratet, meinen Pa." Oh verdammt, ich redete zu viel.

Doch Pitter ging nicht darauf ein, sondern starrte wieder ins Feuer. „Tja", sagte er schließlich, „es sind so viele verschwunden. Und keiner traut sich jetzt näher an Winscar ran als einen Stundenmarsch. Weißt du, ich hab es von Belged aus versucht." Er nahm einen weiteren Schluck. „Mein Bruder ist damals nicht zurückgekommen. Und als vor ein paar Jahren der Therion versiegte, bin ich durch das Flussbett gegangen. Weit bin ich allerdings nicht gekommen. Irgendwann musste ich umkehren, ich konnte nicht anders. Also bin ich nach Tendris, um es von da aus zu versuchen. Das war, als ich hinten beim Boss in der Ladung steckte, so wie du heute. Aber auch in Tendris war im Kharvushtor Schluss, da, wo der Therion unter dem Berg hindurch nach Winscar fließt. Ich hab's einfach nicht geschafft weiterzugehen. Es war, als ob ich gegen eine Wand renne. Dasselbe wie in Belged."

„Ich habe mal von welchen gehört, die es abseits des Flusses versucht haben", sagte ich. Hin und wieder übernachteten Expeditionsgruppen bei uns, die einen anderen Weg über den Kharvush suchen wollten, aber bis jetzt war noch niemand weiter als bis zu den ersten Tälern gekommen. Im Gebirge herrschten Eis, Schnee, Lawinen und tückische Winde. Viele waren für immer dortgeblieben.

„Und?", fragte Pitter. „Hatten sie Erfolg?"

„Nicht, dass ich wüsste." Ich schielte zum Eimer und überlegte, ob ich mir noch ein Bier nehmen durfte, aber Pitter hielt die letzte Flasche schon in der Hand. Also rückte ich nur näher ans

Feuer, weil es immer kühler wurde. „Warum bist du nicht nach Belged zurück?", fragte ich.

Pitter prostete mir zu. „Ganz einfach, nur so kann man zwei Frauen haben." Mein Blick brachte ihn zum Lachen. „Nein, nein, ich bin kein Bigamist, keine Sorge. Meine Frauen wissen voneinander und akzeptieren das. Himmel, Kleiner, wie sonst soll man den Winter überstehen, wenn man kein warmes Fleisch hat zum Bettwärmen. Den einen Winter bin ich bei Sabi in Nou Berlin, den anderen bei Terven in meinem Heimatdorf unten in Belged. Hast du eine Freundin?"

Das kam so plötzlich, dass ich rot wurde – und froh war, dass das Feuer inzwischen mehr Schatten als Licht gab. „Nein", sagte ich.

„Komm schon. Du bist doch ein leckeres Kerlchen." Pitter stand auf und holte einen braunen, trockenen Fladen aus einem der Eimer, die an der Flanke des Schlittens baumelten. „Ab jetzt nur noch Hinjetdung", sagte er, „es sei denn, wir finden unterwegs trockenes Gestrüpp." Er warf den Klumpen auf das rote Glosen. Im Steinkreis begann es zu knacken, dann sprang eine Flamme in die Höhe und ein warmer Geruch nach Stall und Tier verbreitete sich.

Pitter setzte sich wieder. „Also, Kleiner, erzähl von deinem Mädchen."

„Ich hab's doch gesagt, es gibt keines." Mirana war schließlich nie meine Freundin gewesen.

„Hast du ein Weib wenigstens schon mal unter dir gehabt?" Pitter nahm einen Schluck.

Ich hielt es für besser, nicht zu antworten, und wünschte, es gäbe noch ein Bier.

Grinsend lehnte sich Pitter zurück und ließ mich nicht aus den Augen. „Wohl nicht, was? Wirds dafür nicht langsam Zeit? Sollen wir vielleicht einen Termin bei den Mädels da drüben machen?"

Ich schaute zu den anderen Schlitten, die ein Stück entfernt lagerten. Einer von ihnen hatte statt einer Ladung einen bunt bemalten, hölzernen Aufbau. Daneben brannte ein helles Feuer, an dem sich die meisten Fahrer versammelt hatten. Gelächter und Gesang wehten herüber. „Warum sind wir eigentlich nicht bei denen?", fragte ich.

Pitter zuckte mit den Schultern. „Kurat ist es da zu laut und der Boss bleibt auch lieber für sich. Also, was meinst du, sollen wir noch rübergehen?"

Ich schüttelte den Kopf. „Morgen vielleicht." Mir reichte das, was ich heute erlebt hatte.

Er grinste mich an. „Schüchtern? Erzähl mal, magst du lieber magere Frauen oder eher die runden, die richtig was zum Anfassen haben?"

Also, das wurde jetzt peinlich. Hastig stand ich auf. „Bitte, können wir das verschieben?" Ich gähnte ausgiebig. „Wo soll ich eigentlich schlafen?"

Sein Grinsen wurde breiter. „Wirst du etwa rot, Jungchen?"

„Wo kann ich schlafen", wiederholte ich, ohne darauf einzugehen. Und ich hasste die Hitze, die mir den Hals hochstieg.

Pitter deutete auf meinen Rucksack, der ein Stück entfernt am Boden lag, dort, wo ich ihn vorhin hatte fallen lassen. „Hast du einen Schlafsack oder eine Decke?"

Ich schüttelte den Kopf.

„Hmm", machte er und kratzte sich den kahlen Schädel. Dann deutete er zum Kutschbock hinauf. „Da oben liegt eine, auf der sitzen der Boss und Kurat, wenn wir fahren. Ist vielleicht nicht die Beste, wie die da schon reingefurzt haben, aber was anderes gibt es im Moment nicht. Nimm sie und such dir eine weiche Sandkuhle, die findest du hier überall. Geh aber nicht zu weit weg, sonst kriegst du nicht mit, wenn wir morgen früh aufbrechen. Dann bleibst du allein in der Wüste zurück und verdurstest."

Ich nickte. „Gute Nacht", sagte ich, obwohl ich nicht wirklich müde war. Immerhin hatte ich den Nachmittag über hinten in der Ladung geschlafen. Doch mein Liebesleben ging niemanden etwas an. Ich sah zu dem Hurenschlitten hinüber. Vielleicht sollte ich es tatsächlich versuchen, nur nicht jetzt. Ich war sicher, dass Pitter mich in den nächsten Tagen auch ohne ein solches Abenteuer gehörig aufziehen würde.

Ich kletterte zum Kutschbock hinauf und holte mir die Decke. Sie war kratzig und roch nach allem Möglichen. Zigarrenqualm konnte ich identifizieren, vielleicht auch ein bisschen Hinjetdung. Besser, ich forschte nicht so genau nach. Mittlerweile war es richtig kalt und ich brauchte etwas, das mich wärmte.

Die passende Sandkuhle fand ich ein Stück in der Richtung, aus der wir gekommen waren. Im Licht der Monde schimmerten die beiden Dünen, zwischen denen wir lagerten, und der Feuerschein ließ den Schlitten und die ruhenden Hinjets aussehen wie schwarze Felsen, die man dazwischengeworfen hatte. Gelegentlich klirrte eines der Geschirre, wenn sich die Tiere bewegten, und vom großen Feuer kam immer noch Gesang.

Ich legte mich in die Sandkuhle, stopfte den Rucksack als Kissen unter meinen Kopf, schubberte ein paar Mal hin und her, bis sich der Sand an meinen Körper angepasst hatte und ich bequem lag. Es war ungewohnt, im Freien zu schlafen, über mir nichts als die Tiefe des Weltraums. Ich suchte nach dem Sternbild, in dem sich die Milchstraße verbarg. So weit weg und doch war jetzt nichts mehr zwischen mir und der alten Heimat. Komisches Gefühl.

Meine Gedanken begannen zu wandern. Wie sollte es jetzt weitergehen? Der Gilde war ich immerhin entwischt. Und ich würde Belged sehen, so viel war sicher. Torbin würde vor Eifersucht platzen, wenn er das erfuhr. Geschah ihm recht. Allerdings durfte ich nicht den Anschluss an diese Mannschaft verlieren. Vielleicht änderte sich das, wenn ich mich ordentlich nützlich machte, doch bis man mir vertraute, blieb ich besser in der Nähe vom Boss.

Und die Gabe? Nein, darüber sprach ich besser nicht. Rasch schloss ich das Silbernetz wieder eng um mich. Mir blieb nichts anderes übrig, als meine neue Rolle zu akzeptieren, doch hier hielt ich sie besser geheim, zumindest solange, bis ich gelernt hatte, meine neuen Fähigkeiten zu beherrschen. So etwas wie mit Mem Lion durfte nie wieder passieren, niemals. Wieder bohrten sich ihre verdrehten Augen in mein Bewusstsein und ich hoffte nur, dass Mem Fermin recht behielt und sie wohlauf war. Trotzdem, wenn ich nicht noch einmal so einen Fehler begehen wollte, musste ich üben, üben, üben.

Nur wie? Ich versagte ja schon beim Schließen des Kanals. Vielleicht konnte ich Kurat dabei beobachten, wie er es anstellte. Doch dazu musste ich mein Silbernetz auflösen. Und dann würde der Fühlweber meine goldene Geistflamme bemerken. Mist, verdammter! Ich wünschte, ich hätte eine Ahnung, wie ich vorgehen sollte. Aber noch während ich das Problem hin und her wälzte, schlief ich ein.

Ich saß festgebunden auf einem Stuhl und konnte mich nicht rühren. Pitter schob eine dralle, leicht bekleidete Frau mit dem Gesicht von Mem Lion auf mich zu. Darüber flatterten ein paar Trilgesh mit schnellen Flügelschlägen hin und her. Ihre Drittaugen starrten mich lidlos an. Blaue und grüne Bänder wehten zu mir herüber. Dahinter stand Mem Fermin. „Wehre dich nicht", sagte sie. Zwei Gildenagenten, ein Fühlweber und eine Seherin mit grüner Armbinde stülpten mir einen Käfig über. Pa schwebte heran, eingehüllt in ein Netz aus Silberfäden. Er bewegte seinen Mund, aber durch die engen Maschen konnte man nichts hören. „Pa", schrie ich und streckte meine Hand durch die Gitterstäbe, um ihn festzuhalten. „Ist ja gut", raunte Mem Fermin.

Eine Hand legte sich über mein Gesicht.

Ich fuhr hoch.

Jemand hinter meinem Kopf krallte sich schmerzhaft in meine Haare. Ich öffnete den Mund, um zu protestieren, und plötzlich steckte ein Knebel zwischen meinen Zähnen. Ich versuchte, ihn auszuspucken, aber er saß fest. Himmel, was war hier los?

Mein Angreifer ließ mir keine Zeit zum Wachwerden. Er richtete sich auf und zerrte mich mit sich. Es fühlte sich an, als würde ich gleich ein Stück meiner Kopfhaut verlieren. Ich schlug nach ihm. Mit dem Erfolg, dass auch meine Handfesseln gepackt und zusammengedreht wurden. Das Seil schnitt mir tief in die Handgelenke und meine Finger schwollen an. Dann bewegte sich der Angreifer Schritt für Schritt rückwärts und zog mich mit sich. Und nichts weiter als ein leises Keuchen war von ihm zu hören. Wer bei allen Wurmlöchern des Universums war das?

Es fühlte sich an, als würde ich im nächsten Moment skalpiert und meine Hände abgerissen. Ich konnte nicht anders, ich musste dem unbarmherzigen Zug nachgeben. Also trat ich mit den Füßen in den Sand, um meinem Angreifer zu folgen. Und immerhin ließ der Schmerz ein wenig nach, doch jetzt kratzte mein Hosenbund über den Wüstenboden und sammelte Sandkörner ein, die Decke rutschte nach unten weg und gab meine nackte Mitte der Nachtkühle preis. Und ohne Gnade ging es weiter bis zu einem Felsblock, hinter dem es trocken raschelte.

Hatten mich etwa die Gildenagenten gefunden? Plötzlich wurde mir trotz der Kälte glühend heiß.

Ich versuchte, mich zu drehen, um etwas zu erkennen, doch es gelang mir nicht.

„Halt still, sonst lähme ich dich mit der Starre", zischte mein Angreifer und machte sich an meinen Knöcheln zu schaffen. Eine Frau?

Sie packte wieder meine Handgelenke und zerrte mich auf die Füße. „Himmel, Gavandon, warum machst du es mir so schwer", knurrte sie leise. „Wir hatten eine Verabredung, schon vergessen?" Dann nahm sie mir den Knebel aus dem Mund. „Und versuche ja nicht zu schreien. „Sie hören dich sowieso nicht mehr."

Was hatte sie gesagt? Eine Verabredung? Ich versuchte, sie zu erkennen, doch hier hinter dem Felsblock gab es nicht mal mehr den Widerschein der Lagerfeuer. Nur die Sterne leuchteten vom Himmel. Trotzdem, zu den Gildenagenten konnte sie nicht gehören, oder? Mit denen hatte ich noch nicht einmal gesprochen.

Dann plötzlich wusste ich, wer das sein musste. Mem Fermin!

Aber warum war sie hier? Warum hatte sie sich die Mühe gemacht und mich hier aufgespürt? Und wieso zerrte sie mich so brutal von meinem Schlafplatz weg? Sie hätte doch nur etwas sagen müssen.

Oder wusste sie, dass ich ihr nach Pas Brief absichtlich aus dem Weg ging? Und weshalb war sie so scharf drauf, dass ich mit ihr kam? Ich kannte sie doch kaum.

Ich beschloss, erst mal mitzuspielen, um sie in Sicherheit zu wiegen. Dann konnte ich vielleicht bei der ersten Gelegenheit verschwinden. „Sie können mich losmachen, ich laufe schon nicht weg", sagte ich.

Sie lachte trocken. „Du lügst." Aber zumindest lockerte sie den Griff um meine Handfesseln.

Sofort riss ich mich los, setzte zum Sprint an – und stürzte in den Sand.

Sie kicherte, hockte sich neben mich und drehte mich auf den Rücken. „Vergiss es. Erstens komme ich von einem Gestüt und bin durchaus in der Lage, Fußfesseln so anzulegen, dass man imstande ist zu laufen, aber nicht wegzulaufen. Und zweitens kann ich dich immer noch mit der Starre belegen, wenn du weiterhin so widerspenstig bleibst." Dann richtete sie sich auf und ihr Schläfenzopf flatterte in der schwachen Nachtbrise. „War nicht leicht, dich zu finden, mein Lieber. Ich musste sogar eine Rennechse stehlen, um schnell genug zu sein. Also versuch gar nicht erst zu entkommen. Aber wenigstens warst du schon hier beim zweiten Treck. Und du solltest wirklich lernen, deinen Kanal geschlossen zu halten."

Oh Himmel, das Silbernetz! Rasch legte ich es wieder um mich. „Was wollen Sie eigentlich von mir?", fragte ich wütend.

„Du bist nicht zum Hafen gekommen", erwiderte sie anklagend. „Stattdessen zeigten mir zwei Gildenagenten dein Bild und wollten wissen, ob ich dich gesehen habe. Natürlich hab ich nichts verraten. Dann meinten sie, dass du wahrscheinlich mit den Karawanen fliehst, doch da würden dich bestimmt die Kollegen aufspüren. Kaum waren sie weg, bin ich zum Gasthaus und dann rüber zum anderen Ufer. Weißt du, wie viele Trecks gestern aufgebrochen sind? Sieben! Ich habe nicht damit gerechnet, dich vor morgen Abend zu finden."

Ich schwieg. *Niemals darf Dein Bruder mit einem von denen in Kontakt kommen,* hatte Pa geschrieben. Und jetzt war Mem Fermin wieder da. Und ich konnte offenbar nicht so einfach weg. „Welch ein Glück, dass Sie mich so schnell entdeckt haben", sagte ich sarkastisch. „Warum haben Sie mich gefesselt?"

„Glaubst du, ich will jetzt noch scheitern?", konterte sie. Sie zog an meinen verschnürten Unterarmen, sodass ich wieder auf die Beine kam. „Ich hätte dich auch mit der Starre lähmen können, das wäre aufs Selbe rausgekommen, doch dann hätte ich dich tragen müssen. So kannst du allein gehen."

„Aber ich habe es mir anders überlegt. Ich möchte nicht mehr mitkommen zu Ihrem Gestüt."

„Das habe ich schon kapiert. Nur, es geht nicht anders, mein Auftrag ..." Mit einer Handbewegung wischte sie den Rest des Satzes beiseite und baute sich vor mir auf, die Hände in die Seiten gestemmt. „Hör zu, Gavandon, wie ich dir bereits sagte, sind wir begierig, dich kennenzulernen. Soll ich etwa deiner Großmutter erzählen, dass du einen Besuch bei ihr ablehnst? Und abgesehen davon: Du bist bei uns sicher. Sicherer kannst du nirgends sein, nicht bei den Karawanen, nicht in Belged und nicht im hintersten Tal von Kondrend. Begreif das endlich. Ich will dich beschützen, weil du mein Neffe bist. Warum machst du es mir so schwer? Ich möchte dich nicht zu deinem Glück zwingen müssen, aber du lässt mir keine Wahl."

Als Antwort hielt ich ihr die Arme hin. „Dann binde mich los, es drückt."

„Versprich, dass du mit mir kommst."

„Ich verspreche es", log ich.

Sie betrachtete mich noch einen Moment, dann seufzte sie. „Die Fesseln bleiben. Ich kann Lügenwellen spüren, ich bin darauf trainiert. Und nun rauf mit dir."

Sie schob mich auf die lang gestreckte Silhouette einer

Rennechse zu. Das trockene Rascheln, das ich vorhin gehört hatte, war von deren Schuppen gekommen. Sie hatte sich auf die Fersen niedergelassen und kaute an ihren Fußfesseln. Ihr Schwanz war nicht locker eingerollt, sondern streckte sich nach hinten und pendelte von rechts nach links, die Kammstacheln am Hals standen aufgerichtet. Sie war nervös, kein Wunder. Rennechsen verbanden sich eng mit ihrem Reiter und ließen kaum zu, dass jemand anderes sie berührte. Noch ein Grund, warum Mem Fermin mich nicht mit der Starre lähmte. Sie brauchte ihre Gabe zum Bändigen des Tieres.

„Hoch mit dir", sagte meine Tante und packte mich um die Hüfte.

Das war mein Moment. Ich schlug mit meinem Kopf nach hinten, sodass er mit ihrem zusammenknallte.

„Au, verdammt!" Sie ließ mich los.

So schnell es meine gebundenen Füße erlaubten, hoppelte ich fort von ihr. Ich hoffte, sie war so benommen, dass ich einen Vorsprung bekam und mich solange in der Dunkelheit verstecken konnte, bis ich die Fesseln loswurde. Aber auf halber Strecke um den Felsbrocken herum stolperte ich und stürzte.

Sie war schneller da, als ich mich aufrappeln konnte. „Tu das nie wieder", zischte sie an meinem Ohr. Plötzlich konnte ich keinen Muskel mehr rühren. Sie zerrte mich zurück zur Echse und warf mich unsanft quer über den Widerrist. „Das hast du jetzt davon", knurrte sie. „Hinten im Passagiersessel hättest du es viel bequemer gehabt, aber du hast es ja nicht anders gewollt. Jetzt kannst du schon froh sein, dass ich dich nicht unter der Starre lasse."

Tatsächlich verschwand die Lähmung wieder, aber trotzdem hing ich hilflos über dem Rücken des Tieres. Mem Fermin löste seine Fesseln, schwang sich hinauf in den Sattel und ließ die Echse erst vorn und dann hinten aufstehen, sodass ich plötzlich hoch über dem Boden hing, Kopf und Arme vor ihrem einen Bein, die Füße vor ihrem anderen. Die buckeligen Rückenschuppen drückten mir auf den Brustkorb und in den Bauch. Dann begann das Schaukeln, als die Echse sich in Bewegung setzte. Sandkörner scheuerten auf meiner Haut. Ich stöhnte.

„Stell dich nicht so an", sagte Mem Fermin. „Ein bisschen Strafe muss sein."

Elf
2. April 467 n. L.

Ich weigerte mich, klein beizugeben. Mochte der Sand in meinen Kleidern die Haut aufschmirgeln, mochten die Stöße der Echsenschuppen meinen Körper grün und blau schlagen, ich hing stur über dem Rist und bot Mem Fermin nichts als meinen schaukelnden Rücken.
    Schütze Gavandon vor dem Kontakt zu meiner Familie. Leider war es dafür zu spät.
    Wir ritten schnell. Wer eine Rennechse besaß, konnte an einem Tag ganz Tendris durchqueren, vom Kharvush bis zum Grenzfluss Norcreek, der bei Nou Berlin in den Therion mündete. Die Tiere sprangen mehr, als dass sie den Boden berührten, und Mem Fermin trieb unseres an. Das Geröll der Wüste strömte unter den langen, sehnigen Beinen nur so dahin. Mir war übel vom Schaukeln, von dem Blut, das sich in meinem herunterhängenden Kopf sammelte, und von den ständigen Schlägen in meiner Magengegend. Ich schloss die Augen, missachtete die Geistfunken der Nachttiere und die beiden Flammen von Mem Fermin und der Echse und konzentrierte mich darauf, locker mit den Bewegungen des Tieres mitzugehen. Nach und nach wurden die Schmerzen erträglicher – oder mein Körper allmählich taub. Auf jeden Fall musste ich nicht um Gnade winseln. Wenigstens etwas.
    Als ich schließlich die Augen wieder öffnete, huschte bereits die erste dürre Vegetation unter uns vorbei. Dass Mem Fermin zurück zum Therion wollte, konnte ich mir denken. Unglaublich, wie schnell wir den Weg zurückgelegt hatten. Der Sandschlitten hatte für dieselbe Strecke einen halben Tag gebraucht, doch wir konnten noch nicht länger als eine Stunde unterwegs sein.

Tatsächlich war es immer noch dunkel, als wir die Betonplatten eines Erntewegs erreichten. Die verliefen überall durch die Felder entlang der Steilkante am Fluss. So nah am Therion gab es genug Feuchtigkeit, dass man auch auf dieser Seite noch etwas anbauen konnte, allerdings nur Gummisträucher und Zuckerranken. Mem Fermin ritt eine Weile längs der Äcker nach Norden, dann hielt sie an. Ohne die Echse zum Niederlegen zu zwingen, rutschte sie aus dem Sattel.

Und ich würde ganz gewiss nicht hier oben warten, bis sie mich herunterholte. Ich durfte keine Möglichkeit zur Flucht versäumen. Pa hatte mich gewarnt vor diesen Leuten aus dem Norden. Ich begann, mich zu drehen und zu winden.

„Warte, du Idiot", sagte Mem Fermin. Die Echse brummte missmutig.

Es gelang mir, mit den Füßen voran hinabzugleiten. Doch der Fall war so tief, dass ich unten unsanft auf meinem Allerwertesten landete. Die blauen Flecken auf meiner Brust und die aufgeschürften Hautstellen protestierten. Ich stöhnte.

Mem Fermin kniete an den Vorderläufen und verknotete das Seil, das der Echse nur kleine Schritte erlaubte. Grinsend schaute sie zu mir herüber. „Ich habe doch gesagt, dass du warten sollst." Sie richtete sich auf und gab dem Tier einen Klaps. Trippelnd entfernte es sich und begann, neben der Straße zu grasen. Sie sah ihm nach. „Gut", sagte sie, „langsam gewöhnt sie sich an mich."

Dann drehte sie sich zu mir um, packte mich an den zusammengebundenen Unterarmen und zog mich hoch. Aus ihrem Gepäck holte sie ein Cremetöpfchen und hielt es mir hin. „Hier, für deine wunden Stellen. Ist eigentlich für meinen Esel, aber bei Menschen hilft sie auch", sagte sie.

Ich presse die Kiefer aufeinander, dass meine Zähne knirschten. „Und was, bitte, soll ich damit machen?", knurrte ich. „Du musst mich schon losbinden." Ich streckte ihr wieder die Arme hin.

Sie nahm die Creme zurück. „Na schön", sagte sie und trat näher.

Hoppelnd wich ich ein ganzes Stück zurück. „Fass mich nie wieder an", wütete ich und hob die verschränkten, gebundenen Arme. Sollte sie mich doch angreifen!

Sie blieb stehen und grinste. „Herrje, Gavandon, wenn du nicht bald vernünftig wirst, kann ich dich nie losbinden." Kopfschüttelnd ging sie zurück zu ihrem Gepäck und schleppte es in den Windschatten der Sturmhecke, die man auf der gegenüberliegenden Seite des Erntewegs zum Schutz der Felder angepflanzt hatte. Wie eine schwarze Wand ragte sie vor dem Sternenhimmel auf. Prim stand schon im Westen und sein silbernes Licht erreichte die Schatten vor der Hecke nicht mehr, aber Sek hatte auf seinem Weg nach Süden gerade erst den Zenit überschritten und ließ die abgestorbenen Blätter und das dürre Gras dort rötlich schimmern.

Mit den Füßen fegte Mem Fermin einen Platz frei und breitete eine ihrer beiden Decken aus. Dann legte sie sich darauf und rollte sich in die andere. An mich verschwendete sie offenbar keinen Gedanken mehr.

Ich sah ihr zu und versuchte, einen Ausweg zu finden. Die Mingesh prasselten. Und dann starrten mich plötzlich Mem Lions verdrehte Augen an. Rasch schloss ich das Silbernetz fester um mich und atmete tief ein und aus, bis der rote Schimmer der Welt verschwand und die Mingesh Ruhe gaben. Himmel noch mal, ich durfte niemals mehr in Rage geraten, selbst wenn Mem Fermin diese schreckliche Wut immer wieder aufs Neue herausforderte. Noch mal verstärkte ich das Silbernetz. So etwas wie mit Mem Lion durfte mir nie wieder passieren.

Himmel, das war noch nicht mal einen ganzen Tag her. Mir kam es vor wie aus einem anderen Leben.

Bleib ruhig, Gavandon.

War gar nicht so leicht, wenn man gefesselt durch die Gegend gezerrt und am Ende einfach stehen gelassen wurde.

Doch die frühmorgendliche Kälte, die nach und nach in mich hineinkroch, half dabei, meinen Zorn zu unterdrücken. Wenn ich noch länger hier stehen blieb, wurde ich zum Eiszapfen.

Außerdem musste ich pinkeln.

Ich trippelte zu Mem Fermin hinüber und stieß sie mit der Fußspitze an. So ruhig wie möglich fragte ich: „Warum geben Sie sich eigentlich die ganze Mühe, wenn Sie mich dann erfrieren lassen?"

Sie drehte sich auf den Rücken und grinste zu mir hoch. „Kommst du also endlich zur Vernunft?" Offenbar hatte sie genau darauf gewartet.

Ich streckte ihr wieder die Arme hin. „Machen Sie mich endlich los, bitte!"

Sie drehte sich auf die Seite und stützte sich auf den angewinkelten Arm. „Und? Was dann? Dann bist du morgen weg, stimmt's?"

„Nein", log ich. „Meine Blase ist voll."

Sie zwinkerte zu mir hoch. „Natürlich bist du weg. Ich habe bereits gesagt, dass ich Lügenwellen erkennen kann. Und ich wünschte, du würdest mich endlich duzen. Ich bin deine Tante und heiße Dressa, schon vergessen?"

Ich schwieg und sah sie an.

Sie zuckte mit den Schultern und rollte sich flach auf den Rücken. „Wo willst du eigentlich hin, wenn ich dich losbinde?", fragte sie die Sterne.

Daran hatte ich überhaupt noch nicht gedacht. Nur weg von ihr. *Schütze Gavandon vor meiner Familie.* Am liebsten wollte ich nach Hause, aber dort durfte ich mich für lange Zeit nicht mehr blicken lassen. „Ich werde schon einen Ort finden", knurrte ich. *Ruhig bleiben.*

„Und wo?" Sie sah mich an. „Du hast selbst gesagt, dass du nicht zum Buschläufer taugst. Und zurück zur Karawane kannst du auch nicht mehr. Also ..." Sie breitete die Hände aus.

„Ich werde einen Ort finden", wiederholte ich störrisch.

Sie kam auf die Füße und baute sich vor mir auf. „Noch mal, mein Junge, im Moment gibt es für dich nur einen sicheren Platz auf dieser Welt, nämlich bei uns auf dem Gestüt. Warum nur sträubst du dich so sehr. Ich habe dir nichts getan, im Gegenteil.

Und du behandelst mich, als würde ich ... Ach, ich weiß auch nicht." Frustriert warf sie die Hände in die Luft und drehte mir den Rücken zu.

„Binde mich los, ich muss dringend pinkeln", sagte ich. Wortlos kam sie zu mir und löste die Fesseln um meine Arme. Die an den Füßen ließ sie, wo sie waren. Leider hatte ich nicht mehr genügend Zeit, mich selbst darum zu kümmern. So schnell ich konnte, trippelte ich in den Schatten der Sturmhecke. Aber als der Strahl endlich versiegte, stand sie schon wieder hinter mir. Ich hatte kaum meinen Reißverschluss hochgezogen, als ich mich plötzlich nicht mehr rühren konnte. Erneut zog ich das Silbernetz enger um mich, aber gegen die Starre zeigte es keine Wirkung.

„Ich sagte bereits, wenn es sein muss, werde ich dich zu deinem Glück zwingen", murmelte Mem Fermin wütend. Dann band sie meine Hände hinter meinem Rücken, schlang ein weiteres, langes Seil um meine Taille und verknotete das andere Ende an ihrem Handgelenk. Erst danach verschwand die Lähmung.

Atme Gavandon! Denk an Mem Lion!

Sie führte mich zurück zu den Decken. „Und jetzt leg dich hin", befahl sie und streckte sich wieder aus. Sie klopfte auf den Platz neben sich. „Hierher."

Ich ging in die Knie und rollte mich in den Sitz. So konnte ich besser mit ihr reden. „Was wollen Sie eigentlich von mir?", fragte ich.

Sie verdrehte die Augen. „Das solltest du doch inzwischen wissen. Ich bin deine Tante! Ich beschütze dich vor der Gilde, und wie es aussieht, auch vor dir selbst. Warum nur hast du solche Angst, deine Familie kennenzulernen? Nan, deine Großmutter, hat es nie verwunden, dass dein Vater abgehauen ist. Was wird sie wohl denken, wenn ich ihr berichte, dass auch du sie nicht sehen magst?"

Ich antwortete nicht, sondern sah sie nur an.

Nachdem wir uns eine Weile angeschwiegen hatten, drehte

sie sich frustriert auf die Seite und deckte sich wieder zu. „Ach, mach doch, was du willst", sagte sie wütend.

Wieder kratzte ich meine Selbstbeherrschung zusammen, um ihr nicht meine gebundenen Füße in den Rücken zu rammen. Ich war der Erbe des besten Gasthauses dieser Welt, verdammt noch mal. So ein bisschen fesseln konnte mir doch nichts anhaben. Das glitt an mir ab wie …

Ich war nicht mehr der Erbe, ich war ein Fühlweber. Und die Gilde jagte mich. Und ich saß hier in der Nachtkälte und meine Hände und Füße wurden langsam gefühllos.

Außerdem, welche Wahl hatte ich denn? Sie hatte recht, mit allem. Sie hatte behauptet, auf einem geheimen Gestüt zu leben. Wenn das stimmte, bot sie mir wirklich das perfekte Versteck an. Dort müsste ich nicht allein für mich sorgen, sondern bekäme ein Dach über dem Kopf, Kleidung und Essen. Dort lebte Pas Familie, meine Familie, …

Vor der mein Vater geflohen war. Warum, um Himmels Willen? Welches Geheimnis war so schlimm, dass er es nicht mal einem Brief anvertrauen mochte?

Die absurdesten Gründe fielen mir ein. Man hatte ihn geschlagen (War das wirklich ausreichend?). Jemand dort war ein Kinderschänder (Echt jetzt?). Er hatte wie ich seine Gabe missbraucht.

Moment, er hatte sie missbraucht? Genau, das konnte es sein, das ergab Sinn. So ein Geheimnis verriet man nicht. Und Pa hatte seine Gabe all die Jahre versteckt. Genau, so musste es sein. Pa war geflohen, weil er irgendwem etwas angetan hatte.

Ich schaute auf Mem Fermins Rücken. „Wen hat Pa mit seiner Gabe verletzt?", fragte ich.

Sie drehte sich um. „Was?"

„Der Grund, warum mein Vater von euch abgehauen ist. Hat er jemanden mit seiner Gabe verletzt?"

Sie runzelte die Stirn. „Wie kommst du denn auf sowas?", fragte sie. Dann richtete sie sich auf.

Ich ließ sie nicht aus den Augen. „Ist das nicht offensichtlich?

Warum hätte Pa sonst vor euch weglaufen sollen?"

Ausdruckslos sah sie mich an. „Also hast du es herausgefunden", meinte sie schließlich. Und ich wünschte, ich wüsste, was genau sie damit sagen wollte. Irgendwie schwang da etwas mit, das ich nicht fassen konnte. Lügenwellen? Aber wieso?

Unschlüssig, was ich antworten sollte, hob ich nur die Schultern.

Sie legte den Kopf schief und ihre Mundwinkel zuckten. „Du bist offenbar ein ziemlich schlaues Kerlchen, was?" Dann hob sie die Decke. „Und jetzt komm endlich, ehe du völlig steifgefroren bist."

Ich holte tief Luft und traf eine Entscheidung. Pa wollte nicht, dass etwas über seine Tat bekannt wurde. Deshalb hatte er vor den Fermins gewarnt. Aber ich hatte es herausgefunden. Und Mem Fermin bot mir Sicherheit, die beste, die ich bekommen konnte. „Also gut, ich verspreche, ich begleite Sie", sagte ich, diesmal aufrichtig. Dann streckte ich ihr wieder die Füße hin. „Und nun binden Sie mich endlich los, bitte."

Sie schüttelte den Kopf. „Würde ich ja gerne, aber lass es mich so ausdrücken: Ich vertraue dir noch nicht genug nach all dem. Schauen wir mal, wie du dich weiter aufführst. Vielleicht solltest du damit anfangen, mich endlich wie eine Tante zu behandeln. Noch mal, ich heiße Dressa und würde mich freuen, wenn du mich so nennst. Und wenn ich dann sehe, dass du es ernst meinst, verschwinden deine Fesseln, versprochen. Nun komm, es war ein langer Tag und ich bin todmüde." Sie stand auf, half mir auf die Beine und in eine einigermaßen bequeme Liegeposition. Dann streckte sie sich neben mir aus, deckte uns beide zu und war kurz darauf eingeschlafen.

Ich dagegen lag wach. Hände und Füße tauten auf und schmerzten, ebenso Schulter und Hüfte, die auf den harten Boden drückten. Ich rutschte hin und her in dem vergeblichen Versuch, eine bessere Stellung zu finden, erreichte aber nur, dass sich zwischen Decke und Boden ein Spalt auftat, der die kalte Nachtluft wieder an mich heranließ.

Hier lag ich nun also, gefesselt neben einer Frau, die ich kaum kannte. Tat ich wirklich das Richtige? Pa hatte in seinem Brief ... Heiliges Wurmloch, Pas Brief!

Erst jetzt fiel mir auf, dass ich nur noch das besaß, was ich am Leibe trug. Mein Rucksack war verschwunden. So wie es aussah, hatte Mem Fermin ihn einfach zurückgelassen. Nur der Brief und das Geld steckten noch in der Brusttasche meiner Jacke. Erleichtert schloss ich die Augen. Wenigstens war ich nicht mittellos. Ich konnte mir die Dinge, die ich verloren hatte, wiederbeschaffen.

Allerdings verflog meine Dankbarkeit sofort, als ich überlegte, wo ich denn Wäsche, Seife und Zahnpasta besorgen sollte. Wahrscheinlich kannte inzwischen jeder mein Gesicht. So schnell, wie die Gilde gestern gewesen war, hingen Fahndungsplakate sicher schon überall. Und bestimmt ließen sich auch die Zeitungen solch eine Geschichte nicht entgehen.

Himmel noch mal, so etwas war Gift für das Gasthaus. Und ich ganz allein hatte die Barjendens in Verruf gebracht!

Dieser Gedanke hielt mich lange wach, obwohl bereits die ersten Vögel sangen. Ich zermarterte mir das Hirn, wie ich den Schaden von Mam und Granna fernhalten konnte, doch mir fiel nichts ein. Nur eines wurde mir klar: Wenn wir unbeschadet in die Hylendberge entkommen wollten, musste ich etwas mit meinem Aussehen anstellen. Die Fahndungsbilder würden einen blonden, krausköpfigen Jungen zeigen, den man überall leicht erkennen konnte. Ich musste etwas mit meinen Haaren machen und mir vielleicht auch einen Bart stehen lassen.

Und wieder kehrten meine Gedanken zu dem Problem zurück, woher ich Färbesteine und Rasierklingen beschaffen sollte. Die gab es nur dort, wo Fahndungsplakate hingen. Wie also sollte ich ..., wie konnte ich ...

Während sich meine Gedanken ständig im Kreis drehten, schlief ich ein.

Als ich aufwachte, hallte ein seltsamer Traum in mir nach. Ein Trilgesh mit weißem Fell hatte heftig mit einem grünen Wesen diskutiert, weil er von mir irgendeinen Bericht haben wollte. Völlig verrückt! Ich schüttelte den Kopf und vergaß das Ganze sofort wieder. Viel wichtiger war jetzt das, was ich tun musste.

Mem Fermin schlief noch, obwohl die Sonne sich schon ein ganzes Stück vom östlichen Horizont gelöst hatte. Hier im Windschatten der Sturmhecke wärmten ihre Strahlen bereits. Ich rollte mich unter der Decke heraus, weil ich als Erstes diese blöden Fesseln loswerden wollte. Leider spannte sich dadurch das Seil, das mich mit ihrem Handgelenk verband. Sie wachte auf.

Einen Moment sah sie mich verschlafen an, dann richtete sie sich auf. „Na, Neffe, wieder auf der Flucht?"

„Nein." Ich setzte mich auch ohne Unterstützung der Arme auf und wandte ihr den Rücken zu. Dann hob ich meine Hände an und bat: „Binden Sie mich los. Ich schwöre, dass ich nicht abhaue."

„Warum sollte ich dir inzwischen trauen? Du siezt mich immer noch." Ich hörte, wie sie hinter mir aufstand und die Decke ausschlug.

„Ich bin doch hier", sagte ich. „Und ich habe mir was überlegt. Wenn wir zu Ihrem ... zu deinem Gestüt kommen wollen, ohne aufzufliegen, muss ich mich maskieren. Jeder würde mich sonst erkennen."

„Netter Versuch."

„Nein, wirklich, ich meine es ernst. Mein Foto hängt bestimmt schon überall. Ich muss mir diese auffälligen Haare abrasieren, mir einen Bart stehen lassen und ihn dunkel färben. Das müsste doch reichen, oder?" Ich schaute über die Schulter, um zu sehen, ob sie damit einverstanden war.

Mem Fermin faltete die Decken und rollte sie dann zusammen. „Du meinst also, ich soll dich allein lassen und ein paar Sachen einkaufen, richtig?"

Ich nickte. „Sie haben ..."

Ihr Blick erinnerte mich daran, dass sie meine Tante war. „Entschuldigung, Dressa. Ich muss mich erst daran gewöhnen. Also, was ich sagen will: Du hast meinen Rucksack liegen lassen.

Ich besitze nur noch das, was ich anhabe. Deshalb brauche ich Seife, Zahnpasta, ein paar Sachen zum Wechseln und wenn wir länger unterwegs sind, auch eine Liegematte und eine Decke."

„Sonst noch was?" Sie schlang einen Lederriemen um die Deckenrolle.

„Welche Vorräte gibt es?"

Sie warf die Rolle neben ihr übriges Gepäck. „Du wirst mit dem vorliebnehmen müssen, was da ist, rote Linsen und ein bisschen Räucherspeck. Was anderes gibt es nicht."

Ich verzog das Gesicht. Sehnsüchtig dachte ich an Karvas Kanincheneintopf und ihre Lammfrikadellen. „Besorg bitte auch Brot, Käse und etwas Obst, ja? Und eine Tageszeitung. Ich will wissen, was über mich geschrieben wird."

Sie stemmte die Hände in die Hüften. „Sag mal, spinnst du? Erstens lasse ich dich noch nicht allein und zweitens habe ich keinen Esdro mehr. Das weißt du. Majestät wird sich also bescheiden müssen."

„Ich habe Geld", sagte ich.

„Was?"

„Na ja, du hast doch gesagt, ich soll etwas besorgen. Das habe ich gemacht."

Sie ließ sich vor mir in den Schneidersitz fallen. „Wie viel?"

„Genug für was Besseres als rote Linsen und auch für alles andere. Ich wollte doch zwei Schiffspassagen kaufen."

Sie kniff die Augen zusammen. „Und du willst nicht abhauen mit so viel Reichtum?"

Ich schüttelte den Kopf. „Wie denn? Wir sind hier auf dem Ostufer des Therion. Hier gibt es nichts. Und nach Itelgo kann ich nicht zurück, wie du weißt."

„Schon gut."

„Ich schwöre es, Mem Fermin, Dressa, ich werde mitkommen. Du weißt, dass dies nicht gelogen ist."

Sie starrte mich an, dann nickte sie. „Na schön." Sie erhob sich und trat hinter mich. Gleich darauf gehörten meine Hände wieder mir.

„Danke", sagte ich aus tiefstem Herzen. Dann löste ich die Fußfesseln, stand ebenfalls auf und nickte ihr zu. „Ganz ehrlich, du hast mich überzeugt, Tante. Das Gestüt scheint der einzige Ort zu sein, an dem ich sicher bin. Ich werde hier sein, wenn du zurückkehrst, versprochen."

wölf
2. April 467 n. L.

Dressa machte sich tatsächlich allein auf die Suche nach einem Laden. Da ich mich in Tendris besser auskannte als sie, schickte ich sie nach Süden. In der Nähe von Itelgo gab es auch auf dem Ostufer ein paar Gehöfte und, soweit ich wusste, einen Gemischtwarenhändler. Unsere Fähren brachten ab und zu Warenlieferungen hinüber.

Allerdings vertraute sie mir nicht genug, dass sie mir einen Teil des Geldes ließ. „Damit du nicht doch noch auf dumme Gedanken kommst", sagte sie, als sie die Scheine einsteckte. Dann stieg sie auf die Echse und machte sich auf den Weg.

Ich sah ihr nach. Hoffentlich kam sie nicht allzu schnell zurück. Ich musste unbedingt noch einmal Pas Brief lesen und mir überlegen, wie ich meine Gabe unter Kontrolle bringen konnte. Bestimmt würde sie mir dabei helfen, wenn ich sie bat, aber zuerst wollte ich es allein versuchen.

Doch das Wichtigste war, einen Weg hinunter zum Fluss zu finden. Ich kramte Dressas Seife, ein Handtuch und die Creme aus ihrem Gepäck und schnappte mir die beiden Wasserkanister. Den Rest ihres Inhalts hatte Dressa verbraucht, um die Echse zu tränken und ein paar rote Linsen einzuweichen. Die briet sie dann auf ihrem kleinen Gaskocher zusammen mit dem Speck. Ich hätte als Frühstück lieber eine von Karvas Semmeln gehabt, doch die Linsen füllten immerhin den Magen.

Ein Stück weiter fand ich eine Lücke in der Sturmhecke und dahinter eine Treppe, die am Steilufer hinunterführte. Man hatte Stufen in den Sandstein geschlagen und hielt eine Schneise im Gestrüpp frei, das die Abbruchkante überwucherte. Überall entdeckte ich frische Schnitte an den Ranken.

Der Grund wurde unten am Wasser deutlich. Die Treppe

mündete auf einen schmalen Sandstreifen mit tiefen Rillen, wo man Boote auf das Ufer gezogen hatte. Anscheinend wurde dieser Weg genutzt, um die Felder zu kontrollieren. Für schwere Erntemaschinen oder Hinjets war er ungeeignet.

Ich hockte mich hinter einen großen Felsbrocken, der aus dem Sand ragte, und beobachtete das Treiben auf dem Strom. Hier war der Therion schon wesentlich schmaler als in Itelgo, aber immer noch breit genug, dass drei bis vier Schiffe bequem nebeneinander fahren konnten. Auf der gegenüberliegenden Seite mündete ein Fluss. Ich überlegte, welcher es sein mochte, aber da ich nicht wusste, wie weit wir in der Nacht nach Norden vorangekommen waren, kamen mehrere infrage. Auch von dem kleinen Hafen und den Pfahlbauten, die sich zu beiden Seiten der Mündung in den Windschatten der Abhänge schmiegten, bekam ich keinen Hinweis. Solche Ortschaften gab es überall, wo ein schiffbarer Fluss sich mit dem Therion vereinigte.

Ich wartete, bis ein Erzfrachter vorübergesegelt war, dann zog ich mich rasch aus und tauchte in das Wasser. Ah, tat das gut. Die Kühle linderte den Schmerz dort, wo meine Haut rot und aufgeschürft war. Und den juckenden Sand aus meinen Haaren zu spülen war die reine Wonne.

Ich wünschte, ich könnte den ganzen Tag im Wasser bleiben, doch ich hatte noch etwas zu tun. Also beendete ich widerstrebend das Bad, versorgte die wunden Stellen mit der Salbe, schüttelte meine Kleider sorgfältig aus und zog mich wieder an. Dann hockte ich mich erneut hinter den Felsbrocken und holte Pas Brief aus der Jackentasche. Ich war begierig, ihn noch mal zu lesen. Was hatte er über sein Silbernetz geschrieben? Ich brauchte einen Hinweis, wie ich meines dauerhafter machen konnte. Ständig war ich damit beschäftigt, es zu verstärken, und wenn ich schlief, löste es sich auf. Da ich nicht wusste, was uns erwartete, musste ich das abstellen, so wie Pa das gekonnt hatte.

Den betreffenden Absatz in seinem Brief fand ich sofort. Zum Glück habe ich einen Weg gefunden, mein Silbernetz sehr dauerhaft zu machen. Man muss es nur mit den richtigen Fühlbändern mischen. Aber auch damit hält es nicht ewig, schrieb Pa. Natürlich musste mein Netz nicht so lange halten wie seines, mir reichte es schon, wenn ich nur ein paar Stunden oder einen halben Tag hinkriegte. Und wie es schien, war es nicht mal schwer, das zu erreichen. Ich musste nur lernen, Fühlbänder zu erzeugen.

Jetzt wünschte ich, Dressa wäre geblieben. Sie hätte mir zeigen können, wie es ging. Vielleicht sollte ich auf sie warten.

Nein, dazu war ich zu ungeduldig. Was wusste ich eigentlich über Fühlbänder? Ja, genau, man stellte sie sich in den sechs Regenbogenfarben vor, aus denen man Stränge in bestimmten Zusammensetzungen wob, je nachdem, was man bei einem Tier erreichen wollte. Ich hatte im Gasthaus das eine oder andere Gespräch aufgeschnappt, in denen es um die richtigen Farbrezepturen ging. Gut, das also musste ich versuchen.

Aus der Deckung hinter dem Felsen heraus blickte ich mich nach einem geeigneten Objekt um. Im seichten Uferwasser stakten zwei Watvögel durch ein Lotosfeld. Ihre silbrigen Pelze flatterten in der Brise und hin und wieder breiteten sie die ledrigen Flügel aus, um das Wasser zu beschatten. Dann stießen sie plötzlich mit ihren Löffelschnäbeln zu und kleine Fische oder anderes Getier verschwanden in ihrem Schlund.

Ich senkte das Silbernetz, um auszuprobieren, ob ich ihre Geistflammen überhaupt erreichen konnte. Mem Lion hatte ich gestern mit meinem Zorn erwischt, aber schaffte ich es auch, wenn ich es bewusst versuchte?

Um mich in die richtige Stimmung zu versetzen, dachte ich an die Schule, Sor Borhan und Martek Gerson. Schon nach kurzer Zeit prasselten die Mingesh und es wurde rot in meinen Augenwinkeln. Ich schloss die Lider, stellte mir vor, wie ich das Rot sammelte und zu den Geistflammen der Tiere schleuderte.

Die Vögel kreischten, hackten aufeinander ein, dann fielen sie um. Der eine trieb mit der Strömung davon, der andere verfing sich im Lotos.

Heiliges Wurmloch! Hatte ich sie etwa getötet?

Rasch schlüpfte ich wieder aus der Hose und watete zu dem Körper, der schlaff in den Wellen schaukelte. Er war leichter als gedacht. Der lange Hals und die dünnen Beine baumelten herunter, als ich ihn ans Ufer trug. Wie stellte man fest, ob jemand lebte oder nicht?

Ich schloss wieder die Augen. Die Geistflamme des Vogels glomm nur noch, aber sie war nicht erloschen. Vielleicht reichte es, sie zu stärken. Nur wie?

Am gegenüberliegenden Ufer zog ein Radschiff vorbei. Zum Glück war es so weit entfernt, dass ich keine Gesichter erkennen konnte, nur das Hinjet, das erhöht in der Mitte des Schiffes ein Laufband trat und damit die Welle für die Schaufelräder antrieb. Was aber, wenn ein Schiff auf meiner Flussseite diesen Abschnitt passierte? Noch hatte ich mein Aussehen nicht verändert. Besser, ich kletterte wieder hinauf hinter den Sichtschutz der Sturmhecke.

Ich füllte die beiden Wasserkanister, zog meine Hose wieder an, klemmte mir den Watvogel unter den Arm und kehrte zurück zu unserem Lagerplatz. Dort angekommen legte ich den Vogel auf den Boden. Schwach spürte ich seinen Puls, als ich die Hand auf seinen Hals legte, doch sein Geist glich immer noch einem blassen Funken, anstatt wie eine Flamme zu lodern. Wenn ich für ihn etwas tun wollte, sollte ich besser Fühlbänder benutzen, oder? Was hatte Kordian mit Pa besprochen, wenn ich mich wieder einmal in einer dunklen Ecke versteckt hatte und lauschte?

Tatsächlich tauchte etwas aus den Tiefen meiner Erinnerung auf. Irgendwann hatte ich das Wort Bänderwolke aufgeschnappt. Bänder in den Farben des Regenbogens und Bänderwolke, das gehörte sicher zusammen.

Wieder schloss ich die Augen und stellte mir so eine Wolke vor. Die Farben standen für Gefühle, das wusste ich. Rot bedeutete Zorn und mit Blau und Grün hatte Dressa mich auf dem Drachenzahn beruhigt, doch was repräsentierten Orange, Gelb und

Violett?

Egal, ich musste dem Vogel helfen. Ich musste ihm Kraft spenden, damit seine Geistflamme wieder loderte. Ich überlegte, ob man dies ebenfalls mit Rot erreichen konnte. Irgendwie hatte ich bei den anderen Farben nicht das Gefühl, dass sie für diese Aufgabe geeignet waren. Also verwob ich Rot mit Blau und Grün und hoffte, dass ich damit den Vogel nicht endgültig tötete. Dann sandte ich den Strang zu der glimmenden Flamme.

Er löste sich auf, bevor er sein Ziel erreichte. Sofort startete ich einen zweiten Versuch – mit demselben Ergebnis. Verdammt, wieso kam ich jetzt nicht an das Tier heran? Vorhin mit dem ungebremsten Zorn hatte es doch geklappt.

Ich versuchte, die Stränge anders zu weben, ich schleuderte sie mit ganzer Kraft, ich schickte sie sanft auf die Geistflamme zu. Nichts half. Irgendetwas machte ich immer noch falsch. Mist, verdammter. Ich musste also doch auf Dressa warten. Hoffentlich überlebte der Watvogel lange genug.

Blieb das Problem mit dem Silbernetz. Man müsse Fühlbänder hineinweben, um es zu stabilisieren, hatte Dressa gestern gesagt. Die konnte ich mir jetzt vorstellen, Zeit für einen weiteren Versuch. Und tatsächlich, es klappte. Plötzlich hielt mein Netz eine Weile, ehe es sich aufzulösen begann. Als Nächstes wob ich mehr Bänder in den Regenbogenfarben hinein, doch die größere Anzahl bewirkte zu meiner Enttäuschung nichts. Wie vorher wurde das Netz nach etwa zehn Minuten fadenscheinig. Aber bei Pa hatte es fast zwei Monate gehalten.

Noch einmal las ich den Absatz in seinem Brief. Man muss es nur mit den richtigen Fühlbändern mischen. Aber auch damit hält es nicht ewig.

Mit den richtigen Fühlbändern! Waren die sechs Regenbogenfarben denn falsch? Ich schloss die Augen und stellte mir andere Schattierungen vor, ein helles Rosa, das Grüngelb der Willasblume, ein fast schwarzes Violett, und flocht sie versuchsweise zu den sechs anderen Farben in die Netzmaschen.

Tatsächlich, es schien zu wirken. Es kam mir so vor, als ob die

Auflösung ein kleines Bisschen später begann. Also machte ich weiter, wob Farbe um Farbe hinein, alle, die ich mir vorstellen konnte, das Blau des Himmels an einem dunstigen Tag und die dunklere Variante, wenn die Sicht so klar war, dass man die Geröllfelder an den Abhängen des Kharvush erkennen konnte, mehrere Grünschattierungen, Orange in allen möglichen Helligkeitsstufen. Seltsamerweise begann ich, zu jeder Farbnuance ein bestimmtes Gefühl zu entwickeln. Ein zartes Vanillegelb machte mich heiter, ein rötliches Violett neugierig. Am Ende hatte ich so viele Farben in mein Netz geflochten, dass von den Silberfäden kaum noch etwas zu sehen war. Und es hielt. Eine ganze Weile wartete ich mit geschlossenen Augen, doch die Barriere blieb. Das also hatte Pa gemeint, als er von „den richtigen Farbbändern" sprach.

Meine Experimente wurden erst beendet, als zwei helle Geistflammen näherkamen. Ich öffnete die Augen.

Dressa glitt vom Rücken der Echse. „Du bist also noch da", sagte sie.

Ich stand auf und nahm ihr den Packen ab, den sie vom Passagiersessel hinter dem Sattel losschnallte, und untersuchte den Inhalt. Eingeschlagen war er in eine große Plane mit Ösen an den Kanten, die uns sicher noch gute Dienste leisten würde. Aber auch der Rest war vorhanden, Toilettenartikel und Proviant. Ich schnappte mir sofort Zahncreme und Bürste und vertrieb den schlechten Geschmack aus meinem Mund, dann belegte ich mir ein Stück Brot dick mit Käse. Die Gabe anzuwenden machte offenbar hungrig.

„Du hast Wasser geholt. Das ist gut", sagte Dressa. Sie schüttete etwas in die silbrige Dose, die ich schon mal gesehen hatte, und stellte sie vor der Echse auf den Boden. Das Tier senkte den breiten Kopf und trank.

„Was ist das denn?", fragte meine Tante und deutete auf dem leblosen Watvogel.

„Hab's mit der Gabe versucht", nuschelte ich mit vollem Mund und schluckte den Bissen Käsebrot hinunter. „Ich wollte das arme Viech nicht halb tot unten am Ufer liegen lassen, wo es jeder Raubzahn erwischen kann. Aber jetzt weiß ich nicht, was ich tun soll. Kannst du ihn wieder aufwecken? Irgendwas habe ich falsch gemacht."

Sie beäugte mich mit gerunzelter Stirn. „Du hast deine Gabe ausprobiert? Aber du bist nicht ausgebildet. Du weißt doch gar nicht, was du tun musst."

Ich zuckte mit den Schultern. „Früher habe ich oft meinen Bruder belauscht, der Fühlweber ist. Der hat mit Pa immer über solche Sachen gesprochen. Und an das eine oder andere konnte ich mich erinnern, also habe ich es versucht."

„Du hast einen Bruder, der Fühlweber ist?"

„Halbbruder", verbesserte ich. „Mam war vorher schon einmal verheiratet."

„Ach so." Sie goss sich Wasser in einen Becher und trank. „Und jetzt erzähl mal. Was hast du gemacht?"

Also berichtete ich, wie ich zuerst Rot auf die Watvögel geschossen hatte.

Sie nickte. „Die Wutlanze. Recht einfach zu handhaben, aber verpönt. Doch sie ist wirkungsvoll, wenn man schnell einen Angreifer stoppen muss. Das solltest du unbedingt üben."

Als Nächstes erzählte ich von meinen vergeblichen Versuchen mit den Fühlbändern.

Sie kniff die Augen zusammen. „Echt jetzt, Junge? Du behauptest ernsthaft, du kannst eine Bänderwolke generieren? Und hast mit ihr dann auch noch Stränge gewebt?"

Ich nickte. „Aber was habe ich falsch gemacht?"

„Mann!", sagte sie erstaunt. „Weißt du nicht, dass andere dafür mehrere Jahre brauchen? Und du hast es an einem Vormittag geschafft. Ohne Anleitung! So was habe ich noch nie gehört. Himmel, Neffe, du bist ein Naturtalent, weißt du das? Etwas ganz Außergewöhnliches."

Ich wurde rot. „Aber den Watvogel habe ich nicht wiederbeleben können", sagte ich.

„Natürlich nicht, aber du hast nur zwei Kleinigkeiten außer

Acht gelassen. Erstens braucht jede Bänderwolke einen Stützkern und zweitens musst du die richtige Farbzusammenstellung für den Strang kennen. Los, probiere es mal aus. Ein Stützkern sieht aus wie ein Knäuel aus einem dunklen, fast schwarzen Rot. Du darfst nicht die zarten Farbschleier nehmen, sondern musst dir richtige Seile vorstellen. Versuch's mal."

Um mich besser zu konzentrieren, schloss ich wieder die Augen. Dann löste ich mein Silbernetz auf und stellte mir Taue vor wie die, die wir auf den Fähren benutzten, nur in Dunkelrot.

„Fertig?", fragte Dressa gespannt. „Dann lege jetzt die Bänderwolke darum."

Ich nickte.

„So, und nun webe einen Strang aus zweimal Rot, zweimal Grün, einmal Orange und einmal Violett. Hast du das?"

Ich nickte wieder.

„Dann los damit."

Ich schickte den Strang zu dem Vogel. Er erreichte die Flamme, sie loderte auf. Als ich die Augen öffnete, schlug das Tier mit den Flügeln, rappelte sich hoch und warf sich kreischend in die Luft.

„Wahnsinn", sagte Dressa.

Schnell wob ich wieder mein Silbernetz, um meine eigenen Emotionen zurückzuhalten. „War das die Rezeptur für eine Wiederbelebung?", fragte ich. „Zweimal Rot, zweimal Grün und je einmal Violett und Orange?"

Sie schüttelte den Kopf und schien es immer noch nicht fassen zu können. „Nein, es ist komplizierter", sagte sie geistesabwesend. „Das war nur die Rezeptur zur Wiederbelebung eines Watvogels, der von einer Wutlanze getroffen wurde, und der wegfliegen soll." Sie blickte mir in die Augen. „Wir müssen unbedingt üben, weißt du? Du musst so schnell wie möglich lernen, wie man damit umgeht. Sonst wird deine Gabe am Ende gefährlich, nicht nur für andere, sondern auch für dich selbst."

Ich nickte. „Natürlich. Aber ich habe ebenfalls herausgefunden, wie ich mein Silbernetz mit Fühlbändern stabilisieren kann."

„Das auch noch? In dieser kurzen Zeit?" Sie sah mich mit so etwas wie Hochachtung an. „Und wie hast du das entdeckt?"

„Na, durch ..." Nein, Pas Brief sollte ich wohl besser für mich behalten. Darin stand nichts Gutes über die Fermins. „Durch dich", sagte ich rasch. „Erinnerst du dich? Gestern auf dem Drachenzahn hast du davon gesprochen."

Sie stand auf und wischte sich die Hände an den Hosenbeinen ab. „Ganz ehrlich, ich bin sprachlos. Und was ist mit deinem Kanal? Kannst du ihn jetzt schließen?"

Verlegen schüttelte ich den Kopf. „Das leider nicht, ich habe es nicht versucht. Ist mein Silbernetz denn nicht genug? Du hast selbst gesagt, es lässt nichts heraus."

Wieder betrachtete sie mich ungläubig. „Webt ein stabiles Silbernetz und kann seinen Kanal nicht schließen. Das glaubt mir keiner, wenn ich so was erzähle. Aber egal, wie lange, denkst du, steht dein Netz jetzt?"

Ich antwortete nicht sofort. Besser, ich hielt die zahlreichen Farbschattierungen noch geheim. „Etwa zehn Minuten", sagte ich.

„Gut, die normale Dauer. Damit können wir durchkommen, wenn du nicht vergisst, es regelmäßig zu erneuern. Du bist wirklich erstaunlich, Gavandon, weißt du das? Aber jetzt los, lass uns machen, dass wir nach Hause kommen."

„Ich habe die Zeitung noch gar nicht gesehen, die du mitbringen wolltest", sagte ich.

„Ach ja, die Zeitung." Sie ging zu ihrer Satteltasche, holte eine Papierrolle heraus und warf sie mir zu. „Es wird dir nicht gefallen, was drinsteht."

Ich zog das Gummiband ab. Mein Bild nahm die Hälfte der ersten Seite ein. „Heimtückischer Angriff auf Konkurrenten", stand in großen Lettern darüber und dann etwas kleiner: „Der Erbe der renommierten Herberge *Zur Überfahrt* erweist sich als wilder Fühlweber und verletzt mit seiner Gabe die Wirtin des Gasthauses *Zum Landungsstein*." Etwas darunter schauten die beiden Lions ernst in die Kamera. Mem Lion sah angeschlagen aus, aber sie war am Leben und, wie es schien, auch bei Gesundheit.

„Das ist doch gut", sagte ich und spürte, wie ich freier atmen konnte. „Mem Lion ist nicht ernsthaft verletzt." Ich sah Dressa an. „Das ist fantastisch!"

Sie zuckte mit den Schultern und fuhr fort, die Einkäufe zu verstauen. „Das hatte ich dir ja bereits gesagt. Lies den Text."

Voller Unbehagen begann ich, den Artikel zu studieren. Darin wurde von Entsetzen geredet und von sofortigen Maßnahmen, die die Gilde getroffen hatte. Auf der zweiten Seite fand ich kleine Fotos von Torbin und Mirana. Torbin immerhin hatte jede Aussage verweigert, aber Miranas Bericht von den Ereignissen im *Landungsstein* schmückte der Schreiber gehörig aus. Mikel allerdings wurde nicht erwähnt, den konnten die Lions offenbar aus der ganzen Sache heraushalten. Mirana erklärte nur, ein zufällig anwesender Fühlweber hätte bemerkt, wie ich sie in mich verliebt machen wollte.

Und dann fand ich das, was Dressa gemeint haben musste. Im letzten Absatz äußerte sich Granna zu der ganzen Angelegenheit. Dort stand: *„Die Familie verurteilt das Geschehen auf das Schärfste. Wir sind tief entsetzt von den Vorkommnissen",* erklärte die *Besitzerin des Gasthauses, Jendra Barjenden, gegenüber dem Tagesspiegel. „Hätten wir gewusst, dass mein Enkel eine solche Gefahr darstellt, hätten wir ihn längst gemeldet. Zum Glück ist kein ernsthafter Schaden entstanden und wir möchten uns bei Mem Lion auf das Herzlichste entschuldigen für das, was ein fehlgeleitetes Mitglied unseres Hauses ihr angetan hat. Natürlich sagen wir uns von dem jungen Mann los. Gavandon Barjenden ist nicht länger der Erbe dieses Gasthauses. Und er ist auch nicht länger Teil dieser Familie. Wir wollen mit so jemandem wie ihm nichts zu tun haben."*

Wie betäubt ließ ich die Zeitung sinken. Granna scheute sich offenbar nicht, alles für unseren Betrieb zu tun. Aber dass sie so weit ging ... Ich hoffte nur, dass sie log, dass ihre Worte lediglich die Reporter beschwichtigen sollten. Jemand wie ich war nun mal schädlich für den Ruf, für das Geschäft, für die Familie. Aber meinte sie es wirklich so? Oder hatte sie tatsächlich die Wahrheit gesagt?

Heftig knüllte ich die Zeitung zusammen und schleuderte sie in das Feld neben dem Plattenweg. Die Echse hob den Kopf und schnaubte. Eine Wolke von Insekten stob auf und flitterte in der Sonne wie Goldkonfetti.

„Ich hatte dich ja gewarnt", sagte Dressa. In ihren Augen stand Mitgefühl. Sie kam zu mir und legte mir die Hand auf die Schulter.

Doch ich schlug sie beiseite und sprang auf. „Lass mich in Ruhe." Ich drehte mich um und rannte ein Stück.

Was, wenn Granna tatsächlich meinte, was sie sagte?

Nach einer Weile machte der Weg eine Biegung. Ich wurde langsamer und ließ mich neben einem Sterndornbusch zu Boden fallen. Einen Augenblick dachte ich an gar nichts, versuchte nur, wieder zu Atem zu kommen. Die Luft war geschwängert vom Duft der violetten Blütendolden an den Zweigen des Strauches. Bienen summten darin und eine kleine Lederechse sonnte sich auf einem Stein. Doch nichts davon beruhigte mich.

Wir wollen mit so jemandem wie ihm nichts zu tun haben, hatte Granna erklärt, *wir!* Schloss das etwa auch Mam ein? Und alle anderen?

Ich hieb mit der Faust auf den Boden, dass die Lederechse vor Schreck unter den Stein huschte. „Heilige Scheiße noch mal!", brüllte ich hinter ihr her und schleuderte ihr meinen Zorn nach, meine Wutlanze. Sie zersplitterte am Silbernetz, das immer noch fest meine Emotionen einschloss. Und das brachte mich zur Besinnung.

Nach und nach löste sich die Wut auf. Nein, natürlich hatte Granna so etwas sagen müssen, redete ich mir ein. Schließlich kannte ich sie gut genug, um das zu wissen. Aber ich konnte mich nicht überzeugen. Ein nagender Zweifel blieb.

Eines allerdings war klar: Egal, ob sie so dachte oder nicht, ich konnte nicht mehr zurück nach Hause. Nie mehr. Wenn ich mich nicht längst für das Gestüt entschieden hätte, wäre dies der richtige Moment gewesen.

„Ach hier bist du." Dressa kam um den Sterndorn herum und hockte sich neben mich. „Du *besitzt* eine Familie", sagte sie sanft. „Du hast mich und Sheb und Shali. Das sind mein Vater und meine Schwester, für dich Onkel und Tante. Und du hast Nan, deine Großmutter. Wir alle freuen uns so sehr auf dich. Du bist nicht allein auf dieser Welt."

Ich sah sie an und nickte. „Danke", sagte ich und stand auf. Natürlich hatte sie recht.

Dressa erhob sich ebenfalls. „Komm jetzt, ich habe schon zusammengepackt."

Ich folgte ihr zurück zur Echse. Langsam wurde ich neugierig auf diese neue Familie. Neugierig wie rötliches Violett. Auch wenn mich der Kummer fest im Griff hielt. Die Gedanken an Mam und Kordian und Granna und alle anderen waren getränkt von einem schlammigen Grünbraun – und würden es sicher noch eine ganze Weile bleiben.

reizehn

3. April 467 n. L.

Am nächsten Morgen wachte ich in einer üblen Nebelsuppe auf. Ich hatte wieder von diesem weißen Trilgesh und dem grünen Wesen geträumt. Diesmal hatten die beiden gestritten. Es ging darum, ob man mich binden dürfe oder nicht. Was auch immer das bedeuten mochte.

Als ich die Augen aufschlug, saß Dressa am Feuer und rührte in einem Topf. Die Welt hüllte sich in einen dicken, feuchten Dunst, die Echse war nirgends zu sehen, aber ich hörte, wie sie irgendwo in der Nähe Blätter von den Sträuchern riss und dabei zufrieden schnaubte.

Gestern Abend hatten wir nach einem anstrengenden Tag die Macchia erreicht, das dichte Gestrüpp, das überall dort das Ostufer bedeckte, wo niemand sich die Mühe machte, es zu roden. Unterwegs hatten wir den ganzen Tag mit meinen Fühlbändern geübt. Dressa zeigte mir wichtige Farbrezepturen und ließ sie mich immer wieder ausprobieren. Unseren Weg säumten leblose Mäuse und Kaninchen. Einen Dornrücken, den wir aus seinem Bau aufgescheucht hatten, schlug ich erfolgreich in die Flucht und am Ende gelang es mir sogar, eine Ente so heranzulocken, dass Dressa sie packen und ihr den Hals umdrehen konnte. Nur mein Kanal blieb zu ihrem Ärger weit offen, doch als wir endlich im Schutz der übermannshohen Macchia-Sträucher unser Lager aufschlugen, gab es als Lohn für all die Mühen Entenbraten, dem leider ein wenig Gewürz fehlte, der aber trotzdem das Beste des ganzen Tages war. Ich hatte noch den Geschmack im Mund, als ich die Decke von mir schlug und mich aufrichtete.

„Bist du also endlich aufgewacht?" Dressa rührte, ohne aufzuschauen, in einem Topf über dem Feuer. Ein eigenartiger Geruch wehte zu mir herüber.

„Was kochst du denn da?", wollte ich wissen.

Sie hob mit dem Löffel einen undefinierbaren Klumpen hoch.

„Das ist Braunrinde. Sie ergibt einen tollen Sud, um deine helle Haut dunkel zu färben. Heute Nachmittag erreichen wir Hylport und dort musst du ..."

„Was? Bist du völlig verrückt geworden?" Ich sprang auf. „In Hylport gibts ein Gildeninternat. Da wimmelt es nur so von Fühlwebern und die werden mich ..."

Sie lachte. „Nichts wird man. Ich kenne die Stadt. Man hat mich dort ausgebildet."

„Dann weißt du ja, dass ich mich dort nicht blicken lassen darf."

Sie stand auf und kam zu mir. „Hast du etwa Angst?"

„Natürlich habe ich die. Jeder Fühlweber wird mich sofort melden."

Sie tätschelte meine Schulter. „Keine Sorge, mein Junge, wenn ich mit dir fertig bin, erkennt dich niemand mehr, versprochen. Und wenn du dein Silbernetz geschlossen hältst, kommen wir unbeschadet durch." Sie ging zurück zum Feuer und rührte erneut.

„Aber ...", versuchte ich es noch mal.

Doch sie schnitt mir mit einer Handbewegung das Wort ab. „Nein, Gavandon, wir müssen dorthin, unbedingt. Erstens kann ich die Echse nur über die Hylport-Brücke zum anderen Ufer bringen und zweitens wartet Lywa in der Stadt auf mich."

„Wer ist Lywa?"

„Meine Eselin. Ich lasse sie nicht dort, auch nicht deinetwegen. Sie ist etwas Besonderes, weißt du? Ich habe sie selbst mit der Flasche aufgezogen." Sie grinste mich an. „Sei nicht solch ein Schisser, Junge. Niemand wird dich erkennen, darauf gebe ich dir mein Wort."

Ich drehte mich um und fing an, in unserem Gepäck zu kramen, nur, um irgendwas zu tun. Hylport, verdammt noch mal. War sie denn noch bei Verstand? Es war *meine* Haut, die wir dort zu Markte trugen, nicht ihre.

Plötzlich machte mich ein Gedanke ganz schwach: Vielleicht hatte man ja eine Belohnung auf mich ausgesetzt. Was, wenn sie beim Einkaufen davon erfahren hatte und das Geld jetzt kassieren wollte? Wie sollte ich mich verhalten? Sollte ich gleich verschwinden oder erst, wenn wir in der Stadt waren und sie die Echse zur Gilde lenkte? Wie würde ich überhaupt merken, wenn sie mich hinterging? Ich wünschte, ich könnte Lügenwellen erkennen wie sie.

Ihre warme Hand legte sich auf meinen Rücken. „Du denkst jetzt sicher, ich habe etwas mit dir vor, stimmt's?"

Ich schnellte zu ihr herum. „Woher weißt du das?"

Sie lächelte. „Ich kenne dich inzwischen ein bisschen. Und ich an deiner Stelle wäre genauso misstrauisch. Aber ich versichere dir, es ist alles so, wie ich gesagt habe. Ich verspreche, wir werden nur zu dem Mietstall reiten, wo ich Lywa untergestellt habe, und dann so schnell wie möglich die Stadt wieder verlassen."

Ich sah ihr aufmerksam ins Gesicht, während sie sprach, aber ich konnte kein Anzeichen einer Lüge entdecken. „Also gut", sagte ich schließlich. Doch wohl war mir nicht dabei.

Bald darauf hatte Dressa meine Haare geschoren und die Bartstoppeln gefärbt. Sogar meine Wimpern und Brauen waren jetzt dunkel und der Rinden-Sud ließ mich aussehen, als wäre ich ein Landarbeiter auf den Feldern. Als ich in Dressas kleinen Handspiegel schaute, erkannte ich mich kaum selbst mit dem kahlen Kopf, der dunklen Haut und dem schwarzen Bartflaum. Kurz darauf saßen wir wieder auf der Echse und setzten unseren Weg nach Norden fort.

Der Hyl war der nördlichste und größte Fluss, der das Schmelzwasser von den Westbergen herunter zum Therion brachte. Jenseits davon gab es bis zu den Hylendbergen nur noch die Einöde, eine flache, baumlose Steppe mit kargen Böden, die kaum Erhebungen als Windschutz bot. So hatten sich in den vergangenen Jahrhunderten dort nur ein paar Hinjetgestüte angesiedelt.

Hylport selbst breitete sich im Winkel zwischen Hyl und Therion aus. Die eigentliche Stadt wurde genau wie Itelgo mit einer Mauer vor den Frühjahrsfluten geschützt, aber hier gab es zusätzlich jede Menge Pfahlbauten zwischen ihr und den Flussufern. Die Stadt sprengte längst den engen Raum zwischen der Mauer und den Windschatten spendenden Hügeln im Westen. Trotzdem erschien sie mir viel zu klein für eine Hauptstadt. Es gab nur ein oder zwei Kirchtürme und die Kuppel eines einzigen Tempels. Beherrscht wurde Hylport nur durch das Gildeninternat, einem Gebäude, das über der Stadt auf einer Erhebung thronte wie eine Glucke über ihren Eiern. Schon von Weitem war kein Zweifel möglich, man hatte die Abzeichen der Fakultäten deutlich sichtbar auf die gelben Mauern gemalt.

Das zweite Bauwerk war natürlich die berühmte Hylport-Brücke. Da der Hyl hier beinahe so mächtig war wie der Therion, verband sie oberhalb der Mündung die beiden Flussufer. Dort war der große Strom plötzlich nur noch ein gewöhnlicher Fluss, den eine Brücke ohne Probleme überspannen konnte. Sie war die einzige ihrer Art, weiter flussaufwärts lohnte sich kein zweiter Übergang und südlich des Hyl überquerte man den Therion wegen seiner Breite besser mit Booten und Fähren.

Die Sonne stand bereits im Westen, als wir die Brücke erreichten. Wir ritten schon eine ganze Weile wieder auf befestigten Straßen und inzwischen auch auf einer Höhe mit dem Flussufer. Die steile Abbruchkante hatten wir am Mittag hinter uns gelassen und uns in die Niederung von Hylend vorgewagt. Das Ostufer war hier fruchtbar und von zahllosen Bewässerungsgräben durchzogen, die der Therion speiste. Dörfer und Gehöfte lagen eingestreut in ordentliche Gemüsegärten und Kornfelder, auf denen die grüne Wintersaat im Wind wogte. Überall sahen wir Pflüge und Sämaschinen auf den Äckern, anderswo streuten Arbeitskolonnen Stroh unter Erdbeerpflanzen oder banden Weinranken auf. Am Anfang war ich nervös und wünschte mir eine Mütze, um mein Gesicht zu verdecken, doch nie traf mich mehr als ein gleichgültiger Blick, und so entspannte ich mich langsam.

Von der Brücke hatte ich natürlich schon Fotos gesehen, aber in der Realität war das Bauwerk viel beeindruckender. Zwei mächtige Pfeiler aus armiertem Beton zerschnitten die Strömung und trugen die berühmten, himmelhohen Gittertürme aus Bambus und rot gestrichenem Stahl. Daran hatte man elegante Fächer aus Seilen befestigt, die die Fahrbahn hielten.

Wir bogen nach links ab und reihten uns in den dichten Verkehr auf der Brücke ein. Ich saß hinter Dressa auf dem Passagiersessel und hatte ein mulmiges Gefühl bei dem Gedanken, dass wir jetzt den festen Boden verließen. Unter uns befand sich nur noch die Fahrbahn, sonst nichts. Aber viel wahrscheinlicher war mir unwohl wegen der Stadt mit dem bedrohlichen Gildeninternat auf der anderen Seite. Doch ich hatte keine Wahl, ich konnte mich nur auf meine Maskierung verlassen.

Es schien, als habe hier vor Kurzem ein Fest stattgefunden. Überall flatterten Fahnen und die Brücke wurde durch bunte Wimpelgirlanden geschmückt, genauso wie die Straße, die zur Flutmauerrampe führte. Den Grund erfuhr ich durch ein Banner, das von welkenden Blumen bekränzt wurde. „Willkommen, Königliche Hoheit" stand da. Daneben prangte ein Bild von Geldon, dem Thronfolger von Tendris. Was tat denn der Sohn meiner Königin hier? Vorgestern war von einem Staatsbesuch noch nichts bekannt gewesen. Die Reise musste sehr kurzfristig beschlossen worden sein. Und natürlich bekam Geldon hier einen großen Empfang. Hylend selbst besaß kein Königshaus, umso berühmter war die Fürstenfamilie aus Itelgo.

Und noch etwas lenkte mich von meiner Angst ab. Ein vertrautes Stadtaroma wehte uns entgegen, eine Mischung aus Rauch, Tierdung und Staub. Dadurch gelang es mir recht gut, meine Nervosität unter Kontrolle zu halten. Ich beobachtete nur mit geschärften Sinnen meine Umgebung.

Dann begegneten wir der ersten Gruppe Fühlweber. Sofort kontrollierte ich mein Silbernetz, doch es war stabil. Wir passierten die jungen Leute, ohne dass sich auch nur ein Kopf zu uns umdrehte. Gleich dahinter entdeckte ich das erste Plakat mit meinem Konterfei. Von dem Augenblick an sah ich sie überall, in den Schaufenstern und an Plakatwänden. Nur die Zeitungen in den Verkaufsgestellen zeigten heute einen anderen Aufmacher. Fette Titelzeilen über dem Foto des Thronfolgers fragten *„Wo ist der Prinz?", oder* erregten Aufmerksamkeit mit einem plakativen *„Verschwunden!"* Aber mich interessierten die Schlagzeilen nicht, denn überall grinste mir der Junge mit dem krausen blonden Haar entgegen, der ich bis gestern gewesen war. Und die Angst, dass Dressa mich ausliefern wollte, hielt mich fest im Griff.

Das Gildenhaus thronte über Hylports Straßen. Die drei Zunftembleme, das bunte Bänderknäuel der Fühlweber, die Hand im Dreieck für die Heiler und der Kreis mit dem Seherauge tauchten immer wieder zwischen den Hausdächern auf. Und wir ritten auf einem breiten Boulevard genau darauf zu. Alles in mir spannte sich an. Sollte ich beim nächsten Halt von der Echse springen? In der Menge untertauchen? Ohne Gepäck? Und das Geld hatte Dressa auch noch nicht zurückgegeben. An einer großen Kreuzung regelte ein Polizist den Verkehr. Wir mussten anhalten. Jetzt ...

Doch plötzlich sah ich einen Wegweiser mit den drei Emblemen. Er zeigte nach rechts. Die Echse aber stand in der Spur, die nach links führte. Dem Himmel sei Dank! Der Polizist gab den Verkehr frei und wir bogen ab zum Hafen am Hyl. Doch bevor wir wieder die Flutmauer überquerten, änderte Dressa erneut die Richtung und wir schwenkten in die Straße ein, die entlang der Mauer verlief.

Ich lockerte die Hände, die ich um die Armlehnen des Passagiersessels gekrampft hatte. Halb und halb erwartete ich eine Bemerkung, doch Dressa konzentrierte sich auf den Verkehr. Auch hier war er dicht und unübersichtlich und wir hatten immer wieder Mühe, voranzukommen. Aber endlich erreichten wir Hylports westliches Ende und Dressa lenkte die Echse durch eine Einfahrt.

Der Hof, in dem wir hielten, war ein lang gestrecktes Rechteck aus festgestampfter Erde. Eine der Schmalseiten, an der sich auch die Einfahrt befand, wurde von einem Ziegelhaus gebildet, das sowohl Wohnhaus als auch Büro sein musste. Gegenüber begrenzte eine offene Remise den Hof, unter deren Dach man zwei Kutschen und allerhand Gerätschaften erkennen konnte, und die eigentlichen Ställe lagen an den beiden langen Seiten.

Dressa zwang die Echse zum Niederknien und wir stiegen ab. Zunächst war ich versucht, im Sattel sitzen zu bleiben – ich wollte so schnell wie möglich wieder aus der Stadt hinaus –, aber dann sagte ich mir, dass das auffallen würde. Ich ließ mich also wie Dressa zu Boden gleiten.

„Hallo?", rief sie, als sich niemand zeigte.

Ich blieb neben der Echse stehen und sah mich um. Wo war der Fühlweber? In allen Mietställen gab es mindestens einen. Doch niemand war zu sehen. Beobachteten sie mich bereits aus der sicheren Deckung heraus? Hatten sie schon einen Boten losgeschickt, um die Gildenagenten zu alarmieren? Wieso ließ sich niemand blicken?

Bei den meisten Boxen hatte man die oberen Hälften der Türen aufgeklappt. Man hörte Schnauben und gedämpftes Hufetrappeln. Auch ein unverkennbares Brummen kam von links, wo hinter ein paar geschlossenen, besonders breiten und stabilen Türen die Hinjetställe liegen mussten. Ansonsten sah man jede Menge Eselköpfe, kleine, struppige, graue, aber auch ein paar glatte, braune mit einem hellen Mähnensaum entlang des Halses, Kennzeichen der edlen Reitesel, die man im Norden züchtete. Es roch sehr vertraut nach Dung und tierischen Ausdünstungen.

Dressa ging die Reihe der Ställe ab und spähte auch in die geschlossenen Boxen. „Hallo?", rief sie wieder. „Ist hier jemand?"

Eine Gardine im Haus bewegte sich. Es war also jemand da.

„Lywa!", rief Dressa. „Wo bist du?"

Keiner der Esel antwortete.

„Lywa!"

Die Tür zum Haus ging auf. Ein Mann mit einer abgeknickten Flinte über dem Arm zeigte sich auf der Schwelle, ein Unbegabter. „Was suchen Sie hier?", fragte er drohend.

Dressa hatte ihre Runde um den Hof fast beendet und ging jetzt rasch auf ihn zu. „Wo ist Sor Millen? Ich möchte meinen Esel abholen."

„Haben Sie einen Einlieferungsschein?"

Dressa zog ein Papier aus ihrer Tasche und reichte es dem Mann.

Der studierte es, dann sah er Dressa an. „Und Sie behaupten, diese Mem Fermin zu sein?"

Dressa runzelte die Stirn. „Wie bitte? Natürlich bin ich das."

„Da kann ja jeder kommen", sagte der Mann.

Plötzlich wogte etwas Schmutziges zu mir herüber. Selbst unter meinem Silbernetz konnte ich es spüren. Und ich hatte so etwas schon mal erlebt, nur viel schwächer. Dieses Gefühl hatte auch Dressas Geschichten über ihre Familie begleitet.

Mit schmalen Augen starrte meine Tante den Mann an. „Sie lügen, ich weiß es", sagte sie scharf. „Geben Sie mir sofort meinen Esel?"

So also fühlten sich Lügenwellen an? Und ich konnte sie erkennen? Einfach so? Dressa hatte doch gesagt, dass man darauf trainiert sein musste. Und sie hatte mir gestern nicht die ganze Wahrheit erzählt. Besser ich blieb vorsichtig.

„Für wen halten Sie sich, meine Dame?", herrschte der Mann Dressa an. „Ich und lügen, so eine Unverschämtheit!"

Die Wellen verpesteten den Äther.

„Ich bin trainiert ...", begann Dressa wütend.

Der Mann zerknüllte das Papier, warf es zu Boden und trat es in den Staub. „Einen derartigen Esel gibt es hier nicht. Und wenn wir einen hätten, würden Sie ihn nicht bekommen. *Sie* lügen, nicht ich. Und jetzt verschwinden Sie gefälligst." Er machte mit der Flinte eine Geste zur Einfahrt hinüber.

„Was?"

Der Mann ließ den Lauf einrasten, lud durch und zielte genau auf Dressa. „Ihr Esel ist nicht hier, verstanden? Und jetzt machen Sie, dass Sie vom Hof kommen. Habe ich mich deutlich ausgedrückt? Scheißfühlweberpack!"

Dressa stand stocksteif – und ich ebenso. Da ich genau hinter ihr war, zeigte der Lauf auch in meine Richtung.

„Dressa, komm!", rief ich und setzte meinen Fuß schon wieder auf das gebeugte Knie der Echse, ohne den Mann aus den Augen zu lassen.

Sie antwortete nicht. Was sie stattdessen tat, bemerkte ich erst, als ich mich wieder in den Passagiersessel ziehen wollte. Der Mann blinzelte, dann lief sein Gesicht rot an. Er rührte sich nicht mehr, schwankte nur leicht.

Ich ahnte, was das bedeutete. „Dressa, nein!", rief ich.

Aber natürlich hörte sie nicht auf mich. Sie sprang vor, entwand dem Mann das Gewehr und richtete es auf ihn. „Wo – ist – mein – Esel?", brüllte sie.

Daraufhin geschah zweierlei. Die Echse kam erschrocken auf die Füße, was mich zu Boden warf. Und aus der Tür stürmten zwei weitere Männer, einer davon ein Fühlweber. Die beiden nahmen Dressa in die Zange, der Fühlweber entriss ihr die Waffe und sicherte sie wieder. Gleichzeitig nahm der Unbegabte Dressa in den Schwitzkasten und drückte sie nach unten, wodurch beim ersten Mann die Starre verschwand. Er blinzelte und fuhr sich mit der Hand durch die Haare.

„Alles gut, Chef", sagte der Fühlweber und hing die abgeknickte Flinte über seinen Arm. „Die Frau ist jetzt unter Kontrolle. Und das Mädchen haben wir auch schon zur Gilde geschickt."

Die Agenten kamen schneller, als ich es für möglich gehalten hätte. Ich hatte mich gerade erst aufgerappelt, mir den Staub aus den Kleidern geklopft und die Echse beruhigt, als sie schon mit ihren Eseln auf den Hof galoppierten und absprangen. Als Erstes kehrte einer der drei den Blick nach innen und Dressa ihrerseits rührte sich nicht mehr. Die Männer vom Mietstall ließen sie erleichtert los und traten ein paar Schritte beiseite.

Als Nächstes kamen die beiden anderen Agenten auf mich zu. Ich versuchte, gleichmütig auszusehen, obwohl meine Gedanken rasten. Kordian hatte die Gildenagenten in Itelgo täuschen können. Wie log man ohne Lügenwellen? Die Wahrheit sagen? Sich einreden, die Wahrheit zu sagen? Und immerhin hatte der Fühlweber bei der Karawane meine Lügenwellen nicht lesen können. Andererseits, dies hier waren Gildenagenten. Half mein Silbernetz auch bei ihnen? Und was, wenn nicht?

„Wer sind Sie?", fragte der eine Agent. Eine Narbe spaltete seine Augenbraue.

Ich zog mein Netz fest zusammen. *Die Wahrheit sagen, ich sage die Wahrheit.* „Barthes Fermin." *Die Wahrheit.* „Und das da ist meine Tante Dressa."

Zu meiner grenzenlosen Erleichterung runzelte Narbenbraue *nicht* die Stirn.

„Er lügt!", rief der Chef des Mietstalles und kam näher.

„Sie bleiben, wo Sie sind, Sor Grumyn", sagte der andere Agent, ein dünner Typ, kaum älter als ich.

Grumyn blieb stehen. „Aber die da", er deutete auf Dressa, „kann nicht diese Mem Fermin sein. Die wurde schon vor einer Woche erwartet. Sie muss bei den Unruhen in Itelgo umgekommen sein. Dorthin wollte sie nämlich."

Diesmal runzelte Narbenbraue die Stirn und fixierte den Mann. „Ach, tatsächlich?"

Auch ich spürte sie wieder, diese Lügenwellen.

Narbenbraue wandte sich erneut mir zu. „Kommen Sie aus Itelgo, Sor Fermin?"

Die Wahrheit. „Nicht direkt. Meine Tante war dort, ja. Und auf dem Rückweg haben wir uns getroffen, um gemeinsam zurück zu unserem Gestüt zu reisen."

„Sie ist also nicht bei den Unruhen umgekommen?"

„Unruhen? Was denn für Unruhen?"

„Haben Sie nichts davon gehört? Man hat Fühlweber erschlagen, nachdem einer eine Frau angegriffen hat", sagte der dünne Agent.

Ich starrte ihn an. Gnädiges Wurmloch! Krampfhaft versuchte ich, meinen Geist so unbeteiligt wie möglich zu halten.

„Was beunruhigt Sie?", fragte der Dünne.

Ich zuckte mit den Schultern. „Sie haben meine Tante in Gewahrsam. Und wir wollten heute noch ein ganzes Stück vorankommen. Wie Sie gehört haben, alles hat länger gedauert als geplant. Und jetzt ist offenbar die Eselstute weg, die meine Tante hier untergestellt hatte." Genau, Angriff. Das war die beste Verteidigung. Und es lenkte von mir ab. „Offenbar hat der Betrüger da", ich zeigte auf Grumyn, „das wertvolle Tier lieber verkauft, anstatt auf die Rückkehr seiner Besitzerin zu warten." Dressas Eselin als wertvoll zu bezeichnen war ein Schuss ins Blaue, aber er zeigte Wirkung.

„Er lügt, er lügt", rief Grumyn – und die Wellen, die von ihm ausgingen, verseuchten den Äther. Diesmal runzelten alle drei Agenten die Stirn, auch der, der Dressa unter der Starre hielt.

Welchen Namen hatte sie vorhin genannt? „Wo ist eigentlich Sor Millen, der Besitzer des Stalles?", fragte ich.

Offenbar fand Narbenbraue die Frage berechtigt. Er sah Grumyn auffordernd an.

Der zuckte mit den Achseln. „Mein Schwager liegt im Krankenhaus. Er hatte einen kleinen Unfall", – Wellen begleiteten das Wort –, „und hat mir die Leitung übertragen, bis er wieder gesund ist."

Ruhig bleiben, Gavi, redete ich mir gut zu, *du bist unschuldig und du sagst die Wahrheit, nichts als die Wahrheit.* Es wirkte. „Die Eselin meiner Tante ist jedenfalls weg", sagte ich ruhig und deutete auf das zerknüllte Papier am Boden. „Ich bin sicher, man will uns betrügen. Das dort war der Einlieferungsschein und Sie sehen ja, was er damit gemacht hat." Hoffentlich war das bald zu Ende, lange konnte ich diese Gelassenheit nicht mehr vortäuschen.

Narbenbraue und der Dünne blickten zu dem Mann. Schweißperlen bildeten sich auf dessen Stirn. „Ich bin kein Betrüger. Das da kann nicht Mem Fermin sein." Er klang deutlich weniger aggressiv. Und ihm galt jetzt alle Aufmerksamkeit.

Erleichtert entspannte ich mich ein wenig. Bis jetzt hatte man mich nicht erkannt. Und wie es schien, konnte ich genauso gut lügen wie mein Bruder vorgestern, als man mich im Gasthaus suchte.

„Sie wissen doch, wir können spüren, wenn jemand nicht die Wahrheit sagt. Nicht wahr, Sor Grumyn?" Die Stimme des Dünnen klang freundlich.

Im Stillen dankte ich Kordian für sein Beispiel. Ohne das hätte ich es nicht mal versucht.

„Ja, und?", fragte Grumyn schon viel weniger aufsässig.

„Sie, werter Herr, Sie lügen."

Der Mann ließ die Schultern sinken und schwieg.

„Sie haben also den Esel dieser Fühlweberin in betrügerischer Absicht verkauft?"

„Ich brauchte doch das Geld", sagte Grumyn leise. „Und als dann dieser vornehme Herr kam ..." Er verstummte.

Der Dünne blieb freundlich. „Da haben Sie also beschlossen, das Geschäft zu machen, stimmt's? Und damit Sie das tun konnten, haben Sie Ihren Schwager diesen Unfall erleiden lassen, richtig?"

Grumyn nickte.

„Haben Sie noch andere Tiere verkauft?"

Grumyn schüttelte heftig den Kopf. „Nur das eine. Eine wirklich schöne Stute. Ich habe sie hier gesehen und in der Kneipe davon erzählt. Und dann ..." Er zuckte mit den Schultern.

„Wann war das?" Die Stimme des Dünnen wurde eine Spur schärfer.

Grumyn verschränkte die Arme. „Ich sage nichts mehr."

„Leg ihm Fesseln an", befahl Narbenbraue dem Dünnen. „Wir bringen ihn nachher zur Polizei." Dann wandte er sich der anderen Gruppe zu, dem Fühlweber, der Dressa unter Kontrolle hielt, und den Angestellten des Mietstalles. „Und jetzt zu Ihnen, Mem Fermin", sagte Narbenbraue. Er schien der Anführer zu sein, denn er gab dem Agenten einen Wink.

Dressas Oberkörper schnellte in die Höhe. „Er hat meine Lywa verkauft", schnaubte sie. Eine Träne rann ihr über die Wange. „Du Fischfurz, sag mir, wo sie ist! Spuck's aus, du ..."

Die beiden Gildenagenten packten ihre Oberarme.

„Halten Sie den Mund." Narbenbraue erhob nicht die Stimme, aber Dressa verstummte.

„Sie haben einen Unbegabten angegriffen", sagte Narbenbraue. „Sie wissen genau, was das bedeutet, oder? Sie kommen vor das Gildengericht und dann werden Sie ausgebrannt."

„Aber es war doch nur die Starre, als der da auf mich zielte. Und als die beiden anderen mich im Schwitzkasten hielten, habe ich mich nicht gewehrt. Ich weiß doch, dass ..."

„Nein!" Narbenbraue stand inzwischen dicht vor ihr und beugte sich vor. Kaum eine Handbreit blieb zwischen seinem und ihrem Gesicht. „Nichts, Mem Fermin, absolut nichts rechtfertigt, was Sie getan haben. Das wissen Sie genau. Sie sind keine wilde Fühlweberin wie dieser irregeleitete Junge in Itelgo. Wollen Sie etwa, dass hier dasselbe passiert wie in Tendris? In dieser Stadt leben Unbegabte und Fühlweber friedlich miteinander. Und die Gilde sorgt dafür, dass es so bleibt, besonders jetzt, wo der Thronfolger von Tendris in unseren Mauern weilt, verstanden?"

Oder geweilt hat, dachte ich, als mir die Schlagzeilen einfielen. Kurz fragte ich mich, was Geldon hier gewollt haben mochte. Egal, es gab Wichtigeres.

Dressa wand sich im Griff der Gildenagenten. „Aber ich hatte doch keine Wahl."

„Sie halten den Mund, Mem Fermin, verstanden?" Die Echse hinter mir zuckte bei dem Ton, den Narbenbraue plötzlich anschlug. Ein Speicheltropfen flog von seinem Mund auf Dressas Wange.

Ich sah, wie sie langsam begriff, in was sie sich da hineingeritten hatte. Die Gilde hatte sie geschnappt. Furcht kroch in ihre Augen. Über die Schulter von Narbenbraue blickte sie mich an.

Was erwartete sie von mir?

Ihr Blick wanderte zum Kopf der Echse. Sie schloss die Augen.

Oh nein.

Unter meinem Silbernetz konnte ich es nicht sehen, doch ich

wusste, sie sandte Fühlbänder zu der Echse. Ich packte den Sattelgurt und zog mich, so rasch es ging, in den Passagiersitz.

Die Echse bäumte sich auf, dass ich mich gerade noch festklammern konnte. Dann stürmte sie auf die Gruppe um Dressa zu. Die drei Fühlweber und die Angestellten des Mietstalles stoben zur Seite. Grumyn mit seinen gefesselten Händen wurde unsanft in den Staub gestoßen. Dressa packte den Halsriemen der Echse und schwang sich mit einem artistischen Kunststück auf den schuppigen Nacken des Tieres. Dann stürmten wir auch schon durch die Einfahrt hinaus auf die Straße.

Ich sah mich um. Folgten sie uns?

Doch offenbar brauchten sie einen Moment, um den Schock zu verdauen. Wir passierten bereits die letzten Häuser von Hylport, als ich sah, wie sie aus der Hofeinfahrt kamen. Sie trieben ihre Esel an, aber gegen die Echse hatten sie keine Chance. Wir erreichten die Anhöhe hinter der Stadt und Dressa erhöhte noch einmal das Tempo. Keine fünf Minuten später verschwand Hyl port hinter einer Wegbiegung.

Vierzehn
3. April 467 n. L.

Ich kriegte das Rot in meinen Augenwinkeln einfach nicht weg. Immer wieder aufs Neue sagte ich mir, dass ich Fühlweber war, dass ich die Pflicht hatte, meine Emotionen unter Kontrolle zu halten, dass ich mich niemals wieder gehen lassen durfte. Es half nichts. Das Rot blieb, auch als ich versuchte, langsam und tief Ruhe in mich hineinzuatmen. Meine Wut war stärker und ich war froh, dass das Silbernetz als sichere Barriere zwischen mir und Dressa stand. Niemals wieder wollte ich jemanden so verletzen wie Mem Lion, auch Dressa Fermin nicht. Skrupellos. Das war das einzige Wort, das mir einfiel. Sie war so skrupellos.

Gut, dass sie bei mir ihre Gabe eingesetzt hatte, konnte ich entschuldigen. Das war notwendig gewesen und nach der Sache mit Mem Lion durfte ich mich nicht darüber beschweren. Aber was sie mit dem Mann im Mietstall gemacht hatte, war unverzeihlich. Menschen zu beeinflussen war nur Agenten erlaubt, zum Beispiel, um Delinquenten mit Starre und Geistblockade zu lähmen. Doch alle anderen durften ihren Willen ausschließlich Tieren aufzwingen. Dressa musste das wissen, sie war ordnungsgemäß ausgebildet worden. Trotzdem hatte sie, ohne zu zögern, sich das Recht eines Agenten angemaßt, einfach so. Wie es die Fühlweber damals vor meiner Geburt getan hatten. Ein schrecklicher Krieg war ausgebrochen, um sie aufzuhalten, und die Schlimmsten von ihnen wurden ausgebrannt oder sogar hingerichtet. Nur, weil man für die mentale Kontrolle von Hinjets und anderen Tieren geschulte Fühlweber brauchte, verschonte man die übrigen. Doch seither war ihnen jede Machtausübung außerhalb ihrer Aufgaben verboten und sie wurden von der Gilde ständig überwacht.

Aber Dressa schien das alles nicht zu kümmern. Bedenkenlos

hatte sie nicht nur sich selbst, sondern auch mich in Gefahr gebracht. Die Gildenagenten hätten mich erkennen oder meine Lügen spüren können. Aber das war ihr völlig egal gewesen.

Atme, Gavandon, atme. Doch das Rot in meinen Augenwinkeln blieb.

Wir jagten im Höllentempo durch die Nacht nach Norden. Meine Augen tränten vom Fahrtwind, der uns den staubigen Geruch der Einöde entgegen blies, ab und an vermischt mit dem scharfen Aroma von Hinjetdung. Niemals hätte ich mich getraut, die Echse in der Dunkelheit dermaßen anzutreiben, doch Dressa genügte offenbar das schwache Licht, das Prim spendete. Zum Glück war das Gelände eben und nur mit dürrem, fadenscheinigem Gras bedeckt. Und hier und da wurzelten dornige Sträucher im Schotter. Anzeichen von Menschen gab es praktisch keine, nur ein einziges Mal während der Nacht sah ich in der Ferne Lichter vorüberziehen, wahrscheinlich von einem der Hinjetgestüte. Dressa scherte sich nicht darum, sondern ließ die Echse rennen.

Wir schwiegen beide und ich war froh darüber. Ich wäre explodiert, hätte sie mich angesprochen. Doch so starrte ich nur auf ihren schaukelnden Rücken, klammerte meine Hände fest um die Armlehnen des Passagiersessels und konzentrierte mich darauf, nicht in die Luft zu gehen.

Gegen Morgen erreichten wir ein Wasserloch, einen Tümpel, dessen Ufer aus zertrampeltem Schlamm bestand. Ein dünner Wasserstrahl rann aus einem Bambusrohr stetig hinein, daneben ratterte ein Windrad, das die Pumpe antrieb. Im Augenblick lag der Tümpel verlassen, doch im zunehmenden Frühlicht entdeckte ich die Silhouetten zahlreicher grasender Hinjets. Dressa allerdings schien deren Anblick nicht nervös zu machen. Sie ließ die Echse langsamer werden. „Zeit für eine kurze Rast", sagte sie und sprang ab, ohne die Echse zum Niederknien zu zwingen. Sie beugte sich zu dem Wasserstrahl hinunter und trank, die Echse soff aus dem Tümpel. Ich blieb, wo ich war.

„Bist du gar nicht durstig?", fragte Dressa, als sie die beiden

Wasserkanister holte. „Du solltest dir auch die Beine vertreten. Wir werden noch den ganzen Tag reiten." Sie sah zu mir hoch und runzelte die Stirn. „Was ist los?"

Ich hätte absteigen sollen. Dann hätte ich sie jetzt schütteln können. Was los war, wollte sie wissen, was los war. „Nichts, gar nichts", knurrte ich mit zusammengebissenen Zähnen. „Nur, dass die Gilde hinter uns her ist. Alles bestens."

„Hast du etwa Angst?" Sie ging zurück zur Pumpe und hielt den ersten Kanister unter den Wasserstrahl.

Hatte ich Angst? Einen Augenblick dachte ich darüber nach, während ich die Hinjets beobachtete und nach Anzeichen von Feindseligkeit suchte.

Ja, hatte ich. Ich sorgte mich wegen der bulligen Tiere dort hinten. Und ich fürchtete mich vor dem Ausbrennen und davor, irgendwann so zu werden wie Dressa. Doch meine Wut überdeckte alles, besonders die Wut auf mich selbst. Warum hatte ich Pas Warnung in den Wind geschlagen? Nur weil Dressa mir Sicherheit versprach, hatte ich ihr vertraut. Und leider kam diese Einsicht viel zu spät. Inzwischen war ich auf sie angewiesen. Allein konnte ich in dieser menschenleeren Einöde niemals zurechtkommen. Ich ballte die Fäuste und wünschte, ich könnte die Zeit um ein paar Tage zurückdrehen.

Dressa schnallte die gefüllten Kanister wieder an den Sattel. „Was beschäftigt dich so?", fragte sie, als sie wieder auf die Echse kletterte. „Ist es das, was der Gildenagent in Hylport gesagt hat? Das über die Unruhen in Itelgo? Mach dir darüber keine Gedanken. Solche Meldungen werden gerne aufgebauscht." Damit ließ sie die Echse wieder antraben.

Bald darauf rasten wir erneut nach Norden, während die Sonne aufging und die Einöde zum Leben erwachte. Mingesh begannen, im Zickzack durch die Luft zu zischen und Jagd auf Insekten zu machen, an den Dornbüschen entfalteten sich winzige Blüten in Rosa, Gelb und Weiß, die jede Menge Schraubflügler anlockten, und hin und wieder zertrat die Echse einen Kugelpilz, der seine Sporen wie grauen Rauch in die Luft schoss.

Nach und nach bekam ich meine Wut unter Kontrolle, doch die Angst blieb. Dressas Worte hatten mich an die Geschehnisse in Itelgo erinnert. Unruhen, und ich war der Auslöser gewesen. Bilder suchten mich heim: die Lions, wie sie einen Mob zu unserem Gasthaus führten, Granna und Mam, die sich ihnen entgegenstellten, und natürlich Kordian. Fühlweber waren erschlagen worden, hatte der Gildenagent gesagt. War damit mein Bruder gemeint?

Meine Augen tränten, ob vom Fahrtwind oder nicht, wollte ich gar nicht wissen. Mit aller Macht kämpfte ich um meine Beherrschung und nach und nach fand ich tatsächlich eine brüchige Gelassenheit. Doch als wir am Abend das Bergland erreichten, war ich völlig erschöpft.

Man konnte die Hylendberge nur als lieblich bezeichnen, ganz anders als die Einöde, die wir durchquert hatten. Es gab Wasserläufe, die über rund geschliffene Kiesel schäumten, und überall Bäume und Sträucher. Kordian hatte von der Schönheit dieser Gegend erzählt, und er hatte nicht übertrieben.

In einem sanften Tal, durch das ein Bach murmelte, hielt Dressa die Echse an. Die Ufer wurden von Bambushainen und Birken mit schlanken, weißfleckigen Stämmen gesäumt, den Boden bedeckte Gras und altes Laub. Doch ich hatte keinen Blick dafür. Am liebsten wäre ich einfach dort niedergesunken, wo ich stand, so ausgelaugt war ich.

Dressa holte das Gepäck von der Echse und band sie mit einem langen Zügel an einen Birkenstamm. Dann entrollte sie die Plane, in die wir unsere Habseligkeiten eingewickelt hatten. „Hilf mir, sie aufzuspannen", sagte sie.

Ich antwortete nicht, sondern starrte nur auf den Gepäckhaufen am Boden. Es gab mehrere Seile, den kleinen Gaskocher mit der Kartusche, einen Wasserkessel und eine Pfanne. Meinen Waschbeutel mit Seife, Zahnbürste und Zahncreme hatte ich gestern zuletzt benutzt. Vielleicht sollte ich mal wieder ...

Dressa stieß mich an. „Träum nicht, Junge, hilf mir endlich."

Und plötzlich explodierte ich doch noch. Ich wirbelte zu ihr herum und schlug ihre Hand weg. „Du hast mir gar nichts zu sagen", fauchte ich. „Mach deinen Scheiß alleine. Ich verschwinde." Meine Müdigkeit war verflogen. Ich kniete mich hin und kramte nach meinen Sachen. Alles war jetzt besser, als noch länger mit dieser ... dieser ... Einen Augenblick überlegte ich, welcher Schimpfname am besten zu ihr passte.

Das nutzte sie, um mich hochzuzerren und mir eine schallende Ohrfeige zu versetzen. „Du bleibst da, Freundchen", zischte sie. „Ich erlaube nicht, dass du jetzt noch meinen Auftrag sabotierst, verstanden?"

Ich kniff die Augen zusammen. „Welchen Auftrag?"

Sie hob die Hände. „Bitte, es tut mir leid, ich wollte dich nicht schlagen, aber ..."

„Welchen Auftrag?", wiederholte ich.

Sie schaute zur Seite. Ich sah, dass sie nach Worten suchte. „Dich zu deiner Großmutter zu bringen natürlich", sagte sie nach kleinem Zögern.

Ich spürte ihre Lügenwellen, wenn auch nur schwach.

Sie bückte sich und hob die Plane auf. „Hilf mir jetzt bitte. Zu zweit ist es einfacher, sie aufzuspannen, und es fängt gleich an zu regnen."

„Nein", sagte ich. Sie verheimlichte etwas, doch im Moment war mir das egal. Meine Erschöpfung kehrte mit aller Macht zurück und ich wollte jetzt nur noch eines: schlafen.

Mit einem Schulterzucken reichte sie mir meine Decke und sagte: „Gut, dann wirst du eben nass." Sie begann, eine Ecke der Plane unten an einen Birkenstamm zu binden.

Ich ging ein Stück weiter. Doch kaum hatte ich mich eingewickelt, wurde ihre Prophezeiung wahr. Zunächst begann der Regen sacht und ich glaubte, ich könnte es aushalten, aber schon bald fielen die Tropfen stetig und die Feuchtigkeit durchdrang alles. Seufzend rappelte ich mich auf und kehrte zurück zum Lagerplatz.

Sie hatte die Plane mittlerweile dicht über dem Boden zwi-

schen zwei Stämme gespannt und unsere Habseligkeiten darunter verstaut. Aber weiter war sie noch nicht gekommen. Erfolglos angelte sie gerade nach herabhängenden Birkenzweigen.
„Woher hast du das mit dem Regen gewusst?", knurrte ich.
Sie grinste. „Ich bin hier zu Hause, schon vergessen?" Sie erwischte einen der dünnen Peitschenzweige, doch als sie versuchte, die Plane daran zu knoten, entschlüpfte er ihr wieder. „Wurmdreck", fluchte sie. Wieder angelte sie danach. „Nun hilf mir endlich", fauchte sie gereizt.
Plötzlich begriff ich, dass sie ebenso fertig sein musste wie ich. Sie hatte eine Nacht und einen Tag hindurch die Echse mit ihren Fühlbändern angetrieben. Das war selbst für einen geübten Fühlweber eine beachtliche Leistung. Ich nahm ihr den Zweig aus der Hand und zog ihn herab, damit sie die Plane befestigen konnte. Bald darauf hatten wir ein schräg abfallendes Dach, unsere Sachen lagen ordentlich aufgeschichtet dort, wo die Plane auf den Boden traf, und der Wasserkessel summte auf dem Gaskocher. Ich jedoch war zu müde, um etwas zu essen. Ich hörte noch, wie Dressa Tee aufgoss, dann war ich auch schon eingeschlafen.

Wieder träumte ich von dem weißen Trilgesh und dem nebelhaften grünen Geschöpf, das ein bisschen so aussah wie ein Frettchen. „Ich bin nach wie vor dagegen, ihn zu binden, er ist einer von den Fremden. Doch ohne deine Bindung ist das Risiko viel zu groß", sagte es.
„Wenn du mich nicht die ganze Zeit davon abgehalten hättest, gäbe es keine Gefahr mehr. Und jetzt, so nah an der Grenze, ist es zu spät. Aber trotzdem, wir brauchen diese Informationen", antwortete der Trilgesh.
„Dann fällt auch er in die Hände des Feindes, so wie schon die anderen."
„Unsinn, dieser Mensch ist stark, er wird sich wehren. Und wir haben ihn markiert und können jederzeit eingreifen, auch drüben, jenseits der Grenze."
„Das glaubst du? Ich denke vielmehr, du spielst dem Feind

eine weitere Waffe zu, eine viel gefährlichere, wenn man bedenkt, welches Potenzial dieser Mensch hat."

„Genau, du hättest die Bindung eben nicht verhindern dürfen."

Ich wachte auf, weil der Regen auf die Plane trommelte. Einen Augenblick wusste ich nicht, wo ich war. Dressa lag neben mir, flach unter ihrer Decke ausgestreckt. Trockene Birkenblätter hatten sich in ihrem Haar verfangen und auf ihrer Wange zeichnete sich ein Muster aus kleinen Zweigen ab, die hier den Boden bedeckten. Sie musste sich gerade erst auf den Rücken gedreht haben. Ihre geschlossenen Lider zuckten.

Leise stand ich auf, besser, ich störte sie nicht. Ich musste endlich eine Entscheidung treffen. Gestern war ich viel zu müde gewesen, doch jetzt hatte ich die Nacht hindurch und sogar ein ganzes Stück in den Morgen hinein geschlafen. Der Zeitpunkt war gekommen, um herauszufinden, wie es weitergehen sollte.

Um unser trockenes Lager herum glänzte alles vor Nässe und das Wasser rauschte immer noch stetig und sacht hernieder. Rinnsale plätscherten durch das Gras dem Bach entgegen und der leichte Wind schüttelte immer wieder Schauer aus den Bäumen.

Plötzlich warf Dressa den Kopf herum. „Ja, Herr", sagte sie klar und deutlich. Ich sah zu ihr hinüber. Redete sie etwa mit mir?

Nein, ihre Augen waren geschlossen. „Aber, Herr, ich habe ihn stattdessen mitgebracht", sagte sie.

Träumte sie etwa? Ich hatte noch nie erlebt, dass jemand im Schlaf so deutlich sprach. Andererseits, sollte sie doch. Leise zog ich meinen Waschbeutel und den Proviant aus dem Gepäckstapel und legte gegen den Regen meine Decke um mich.

„Es ging nicht anders, Herr", sagte Dressa, als ich mich davonschlich.

Die Echse war ebenfalls bereits wach und hatte das Gras um ihren Birkenstamm herum kreisförmig abgeweidet. Dabei hatte sie nach und nach den Zügel um den Baum gewickelt und jetzt stand sie mit gesenktem Kopf eng am Stamm und versuchte, ein Büschel Löwenzahn zu erreichen. An ihrem Schwanz erkannte ich, dass sie zunehmend ärgerlich wurde. Die Spitze peitschte bereits hin und her, auch wenn sie ihn noch nicht ganz ausgerollt hatte.

Ich ging zu ihr. Sie war ein gutes Tier. Selten hatte ich erlebt, dass sich eine Echse so rasch auf einen neuen Reiter einstellte wie sie. Ich wünschte, ich hätte Dressa gefragt, wie man sie lenkte, doch über meine Versuche mit all den Mäusen und Kaninchen am Therionufer hatte ich das völlig vergessen. Jetzt verwünschte ich meine Nachlässigkeit. Die Echse würde es einfacher machen, Dressa zu verlassen. Mit ihr konnte ich leicht in den Hylendbergen verschwinden und wäre auch nicht allein in der Wildnis.

Ich ging neben dem Tier in die Hocke und sog seinen Geruch ein, dieses typische, herbe Aroma, eine Mischung all der Kräuter, von denen es sich ernährte. Der Regen hatte den Staub von den olivgrünen Schuppen gewaschen, dass sie wieder schimmerten und die feine, kupferfarbene Äderung erkennbar wurde.

Plötzlich war ich überzeugt, dass ich in den Hylendbergen auch allein überleben würde. Kordian hatte erzählt, wie gut man hier jagen konnte. Es gab Kaninchen und wilde Ziegen, die niemand so dicht an der Grenze zum Nordmoor einfangen mochte. Doch ich mit meinen Fühlbändern war dazu jetzt in der Lage. Und es gab hier überall Kräuter und Früchte. Vielleicht war dies der geeignete Ort, um mich zu verstecken. Dann brauchte ich nicht zu den Fermins, vor denen Pa so eindringlich gewarnt hatte.

Vorsichtig legte ich meine Hand auf die lange Echsenschnauze und ließ den warmen Atem über meine Finger wehen. „Psst, bist ein gutes Mädchen", murmelte ich und streichelte sanft die Nüstern. Pa hatte mir gezeigt, wie man Echsen beruhigte, und tatsächlich, sie rollte ihre Schwanzspitze wieder ein. Behutsam löste ich den Zügel, damit sie wieder frei grasen konnte. Dann hob ich die beiden Beutel auf und suchte mir eine einigermaßen trockene Stelle unter einem Schirmbaum, der ein

Stück bachaufwärts wuchs.

Schon während ich mich wusch, begann ich, Pläne zu schmieden. Vielleicht sollte ich noch eine Weile bei Dressa bleiben und herausfinden, wie man eine Echse lenkte. Zurück am Felsbrocken unter dem Baum riss ich ein Stück von unserem Brotlaib, bohrte mit dem Finger einen Schlitz hinein und füllte ihn mit einer Lammwurst. Während ich kaute, kam ich jedoch sehr schnell zu dem Schluss, dass ich das Tier besser zurückließ. Eine Echse war auffällig und ich wollte unsichtbar werden. Außerdem wäre es schwieriger, für uns beide eine passende Höhle zu finden als für mich allein. Blieb also nur, das Gepäck zu teilen, sodass ...

„Gavandon?"

Ich verdrehte die Augen. Hätte sie nicht noch ein bisschen länger schlafen können?

„Gavandon!"

Klang das etwa panisch? Grinsend biss ich in mein Wurstbrot. Geschah ihr recht.

„GA-VAN-DON!"

Obwohl es natürlich kindisch war, nicht zu antworten. „Ich bin hier", gab ich zurück.

Dressa umrundete das Bambusdickicht, das mich vor ihr verborgen hatte. „Warum bist du nicht am Lagerplatz?", herrschte sie mich an.

„Ich wollte allein sein."

Sie sah mitgenommen aus. Laub und Zweige hingen in ihrem Haar, sie war blass und hatte Ränder unter den Augen. Kein Wunder nach dem Gewaltritt gestern. Auch der Regen förderte sicher nicht ihr Wohlbefinden.

„Gibst du ihn mir?" Sie deutete auf den Proviantbeutel und ließ sich neben mir auf dem Felsbrocken nieder.

Ich rückte ein Stück von ihr ab.

„Bitte, Gavandon", sagte sie, „wie lange willst du noch schmollen?"

Ich schluckte den Rest meines Wurstbrots – und mit ihm die Worte, die ich gern gesagt hätte.

Sie stand auf, ging um mich herum und holte sich den Beutel selbst. „Mach dich doch nicht verrückt wegen dem, was gestern passiert ist", sagte sie, als sie sich wieder setzte.

Ich sprang auf. „Ich mache mich also verrückt, ja? Du bist doch die Irre. Wieso haben sie dich nicht längst ausgebrannt? Fühlbänder gegen Menschen! Wie kannst du nur dasitzen und so tun, als wäre nichts."

Sie sah mich an. „Es war doch nur die Starre."

„Trotzdem." Ich zog die Decke fester um mich und starrte in den Regen.

Sie öffnete den Beutel und holte ein Stück Brot heraus. „Versteh doch", sagte sie, „Ich musste es tun. Der Kerl wollte schießen. Aber hier sind wir im Moment sicher vor der Gilde, keine Angst." Genau wie ich steckte sie eine Wurst in ihr Brot und biss ab.

„Woher willst du das wissen?", fragte ich.

„Himmel, Gavandon, ich kenne mich hier aus. Ich bin hier zu Hause. Natürlich dürfen wir nicht in diesem Tal bleiben. Aber so schnell, wie wir gestern geritten sind, brauchen sie sicher noch eine Weile, um uns einzuholen. Bis dahin sind wir längst jenseits der ... na ja, dort, wohin sie uns nicht mehr folgen."

Jenseits von was, dachte ich. Schon wieder etwas, das sie vor mir verheimlichte.

„Du wirst sehen", redete sie weiter, „es ist wunderschön bei uns, ähnlich wie hier, besonders, wenn die Sonne scheint. Und die Wiesen sind voll mit den prächtigsten Eseln, die du dir vorstellen kannst. Wir züchten sie, weißt du?" Sie biss ab, unterbrach aber nicht ihren Redefluss. „Bis nach Belged wurden unsere Tiere schon verkauft. Broder, Cord, Jono und ich bringen sie jedes Jahr nach Cellstein am Hyl. Früher war auch Shali mit dabei. Shali ist meine Zwillingsschwester, weißt du? Aber jetzt, wo die Kinder da sind, kann sie nicht mehr mitkommen, was sie sehr schade findet. In Cellstein ist es lustig während der Viehauktionen. Du hast sicher schon davon gehört. Unsere Esel erzielen da jedes Mal Höchstpreise, das kann ich dir versichern. Deshalb ist es so wichtig, dass du niemandem erzählst, wo unsere Ranch liegt."

Himmel, so viel hatte Dressa noch nie am Stück geredet. Das also hatte sie mit „Jenseits von irgendwas" gemeint. Das Gestüt musste hinter etwas liegen, das es vor dem Rest der Welt verbarg. So wie Dressa es versprochen hatte, ein sicheres Versteck vor der Gilde. Ich war erleichtert, dass sich wenigstens dieses Geheimnis aufgeklärt hatte. Und sie klang so begeistert, wenn sie erzählte. Wenn ich ehrlich war, hätte ich mir das alles gerne angeschaut. Ranches, auf denen diese wunderschönen Reitesel heranwuchsen, gab es selten.

„Wer weiß, vielleicht bekommst du von Sheb ja auch ein Fohlen, das du aufziehen kannst", sagte sie. „So wie ich meine Lywa." Sie sah mich an. Plötzlich schimmerten ihre Augen verdächtig. „Was, glaubst du, ist aus Lywa geworden?"

Ich setzte mich wieder. „Wer sind Broder und ...", ich runzelte die Stirn, so viele Namen, „... und all die anderen?"

Dressa wischte sich mit dem Ärmel über das Gesicht. „Deine Verwandten natürlich. Du hast eine große Familie. Broder ist der Bruder deines Vaters und Cord hat deine Tante Jertis geheiratet. Jertis und Broder sind, wie dein Vater auch, die Kinder von meiner Tante Dilis, deiner Großmutter. Wir alle nennen sie nur Nan." Bei diesem letzten Namen verlor Dressas Stimme ein wenig Glanz. „Jertis hat drei Kinder", fuhr sie fort. „Sitara und Vern sind beide in deinem Alter. Und dann ist da noch Moren, der ist aber erst fünf und spielt lieber mit Shalis Zwillingen. Shali hat Jono geheiratet, weißt du? Und dann ist da noch ..."

„Stopp, stopp, stopp." Mir schwirrte der Kopf. „Wie viele seid ihr eigentlich?"

Sie lächelte. „Lass mich überlegen. Da sind Sheb – das ist mein Vater –, Shali und ich", sie zählte an ihren Fingern ab, „dann Jono, Shalis Mann, und ihre Kinder Sylvus, Jorlan und Hiri." Sie strahlte mich an. „Die ist so süß, erst drei Monate alt. Jedenfalls macht das auf meiner Seite sieben. Und bei Nan, also Tante Dilis, deiner Großmutter", wieder eigentümlich matt, „sind es, warte, acht mit Nan. Sie hatte drei Kinder, deinen Vater und Jertis und Broder. Dein Vater ist tot, aber Jertis lebt mit Cord, ihrem Mann, und ihren drei Kindern auf dem Gestüt. Das sind sechs. Und weil Broder und seine Frau Blana noch keinen Nachwuchs haben, kommen auf Nans Seite der Familie noch zwei hinzu. Macht acht, neun mit dir. Und alle zusammen sind wir dann sechzehn. Außerdem ist Blana schwanger, dann wären es also siebzehn."

Großer Tornado! Ich sah Dressa an. „Also, wenn ich das richtig verstanden habe, sind das doch zwei Familien, oder? Du sagst, du gehörst zu ... wie heißt er gleich? Sheb?"

Sie nickte.

„Und ich gehöre zu, äh, Dilis? Aber dann sind wir doch gar nicht verwandt."

Sie grinste. „Doch, doch. Nan war die Frau von Koron und das war der Bruder von meiner Mutter Orla. Onkel Koron ist vor zwei Jahren gestorben und meine Mutter ..." Sie stand auf. „Ach weißt du, das lernst du schon noch. So schwer ist das gar nicht. Lass uns erst mal da sein, dann hast du das alles im Nullkommanix begriffen. So, und nun komm, ich will heute Abend zu Hause sein."

Als wir zurück zum Lagerplatz gingen, versuchte ich immer noch, die ganzen Namen auseinanderzuhalten, doch ich hatte nur verstanden, dass ich eine Großmutter besaß, die Dilis hieß und Nan genannt wurde, dass Dressa sie nicht mochte und dass es Cousinen und Cousins gab. Na, jedenfalls würde ich nicht allein unter lauter alten Leuten sein.

Plötzlich ging mir auf, dass Dressa es schon wieder geschafft hatte. Mit dem ganzen Gerede über das Gestüt und die Familie hatte sie mich so neugierig gemacht, dass ich den Plan, es auf eigene Faust zu versuchen, wieder mal verschob. Ich hasste sie.

Am Lagerplatz angekommen hatte sich die Echse wieder um den Stamm gewickelt. Dressa deutete auf sie und lachte. „Die Arme. Mach sie los, ja? Und pack schon mal zusammen. Am besten schlägst du alles wieder in die Plane ein. Ich geh mich waschen, bin gleich zurück." Sie ließ ihre Decke und die Jacke fallen, schnappte sich eine Rolle Toilettenpapier und verschwand bachabwärts zwischen den Büschen.

Irgendwie schien es mir angebracht, wenigstens das Gepäck zu teilen, auch wenn ich Dressa jetzt zum Gestüt begleiten wollte. Ich suchte nach einem der beiden Messer, zerschnitt die Plane in zwei Hälften und schnürte zwei Bündel. In das eine tat ich neben meinen persönlichen Sachen den Proviantbeutel und den Gaskocher mit dem Kochgeschirr. Dressas Bündel bekam den Rest, den ich nicht brauchen konnte. Dann trug ich alles zu der Echse und schnallte es fest. Und bevor ich Dressas Jacke hinauf in den vorderen Sattel warf, zog ich noch rasch das Geld aus der Brusttasche und steckte es ein. Besser war besser.

Doch dann hob ich die Hand, um mein Bündel wieder loszubinden. Pa hatte mich gewarnt. Und ich musste nur eine Höhle finden, um zu überleben.

Aber Dressa wäre schneller mit der Echse als ich zu Fuß. Sie würde mich in Windeseile einholen. Und ich besaß Cousinen und Cousins, die ich nicht kannte. Und eine Großmutter. Meine Hand blieb bewegungslos auf meinem Packen liegen. Wie sie wohl war? Herrisch und furchteinflößend wie Granna? Oder verschrumpelt und zurückhaltend wie Muri? Oder so wie Pa?

Ich zögerte immer noch, als Dressa zurückkam. „Steig auf", sagte sie. Und ich kletterte tatsächlich in den Passagiersessel. Ich konnte ja verschwinden, wenn ich herausgefunden hatte, weshalb Pa seine Familie so sehr verabscheute.

Fünfzehn
4. April 467 n. L.

Diesmal konnte ich erkennen, dass der weiße Trilgesh weiblich sein musste. Er, nein, sie schwebte vor mir und auf ihrem Bauch konnte ich deutlich die feine Linie eines Beutelrandes erkennen. Trotzdem glich sie noch viel weniger einem Wesen aus Fleisch und Blut als bisher. Ihre Flügel überspannten das Erdrund von West nach Ost, doch ihre Konturen zerfaserten und trieben in Fetzen davon. Das andere Nebelwesen, das grüne Frettchen, hockte diesmal auf ihrer Schulter und schlang ihr den langen Schwanz um den Hals.

Die Trilgesh sah mich mit Augen an, die schwarzen Seen glichen. Ihre Tütenohren hielt sie auf mich gerichtet. „Ich bin hier, um dich zu warnen. Achte auf diesen Feind", sagte sie. Ihre Stimme tönte diesmal durch mich hindurch wie eine Glocke, drang bis in meine hintersten Winkel und ließ meine Knochen vibrieren.

Wieso denn warnen?, dachte ich. Irgendeine Saite schlug bei diesem Wort an, aber ich konnte die Erinnerung nicht greifen.

Vor der Trilgesh und dem Frettchen erschien eine dritte Wolke, formlos, schwarz, glitzernd und viel durchscheinender als die beiden Nebelwesen. „Das ist Burugiyel, der Feind", tönte es glockengleich durch mich hindurch.

Welch ein seltsamer Traum, dachte ich.

„Hüte dich vor ihm", tönte die Trilgesh. „Und hüte dich vor der Wurmasche. Mit ihr kann er dich binden und Macht über dich erlangen. Wenn die Frau einen Wurm verbrennt, achte darauf, dass sie dir die Asche nicht ins Gesicht bläst. Denn wenn sie dir in Augen, Mund und Nase dringt, hat der Feind gewonnen. Beherzige die Warnung. Da ich dich nicht binden konnte, bist du in Gefahr." Die Stimme wurde dünner und die Trilgesh fadenscheinig. Die schwarz glitzernde Wolke verschwand. „Doch wenn du erst mein Klish bekommen hast, wirst du gefeit sein", sagte die Trilgesh nur noch wie aus weiter Ferne. Dann waren sie und das Frettchen verschwunden. Zurück blieb leere Schwärze.

Ich schreckte auf. Ich musste eingenickt sein. Der Regen fiel immer noch stetig. Inzwischen hatte er meine Decke so sehr durchfeuchtet, dass sie schwer um mich hing und an den Schultern auch meine Jacke tränkte. Trotzdem hatte ich Mühe, in die Wirklichkeit zurückzufinden. Die Glockenstimme hallte immer noch nach. Wirklich, ein eigenartiger Traum, dachte ich.

Mittlerweile hatte sich die Landschaft von lieblich in schroff verwandelt. Steile Felsabbrüche mit Geröllfeldern zu ihren Füßen säumten das Tal, dem wir folgten. Wir ritten immer noch nach Norden, wenn ich den Wuchs der Weiden richtig deutete. Ihr Leben lang von Westwinden gepeitscht lehnten sie sich deutlich nach Osten. Aber wichtiger war, dass annähernd Mittag sein musste, jedenfalls meinem Magen nach zu urteilen. Ich tippte Dressa auf die Schulter. „Ich habe Hunger, lass uns bitte anhalten."

„Noch nicht." Sie deutete nach vorn auf einen schmalen Einschnitt zwischen wild erodierten, rostroten Felsformationen. „Siehst du den Pass dort hinten am Ende des Tals? Auf der anderen Seite kenne ich eine gute Stelle, dort machen wir Rast."

Lügenwellen? Schlagartig war ich hellwach. Plötzlich ahnte ich Schlimmes. Ich musste abspringen, sofort!

Bei diesem Tempo? Und mir alle Knochen brechen?

Aber irgendwann musste sie langsamer werden!

Doch dann entspannte ich mich wieder. Kein Wunder, dass ich nach diesem Traum merkwürdige Dinge vermutete. Schwarz glitzernde Wolken als Feind und Wurmasche, die ich nicht an mich heranlassen sollte. Klar doch. Dressa kannte einfach nur einen guten Rastplatz.

Wir folgten immer noch einem Bach, dessen Wasser uns über die Steine in seinem Bett entgegensprudelte. Das Gelände wurde schwieriger und mehr und mehr verdrängten einheimische Sterndorndickichte die irdischen Bambus-, Birken- und Weidenhaine. Irgendwann mussten wir direkt im Bachbett reiten, weil die Sterndorne ein Durchkommen an den Ufern unmöglich machten.

Ich dachte darüber nach, was Dressa vorhin erzählt hatte. Sechzehn Familienmitglieder! Und jeder von ihnen war mit mir verwandt oder verschwägert. Doch warum wollte Pa, dass ich sie nicht traf? Hatte er wirklich wie ich einen Menschen mit seiner Gabe verletzt? Und hatte er Angst davor gehabt, dass ich davon erfuhr?

Ein beißender Geruch holte mich aus meinen Gedanken. Wir hatten die Sterndornbüsche noch nicht passiert, doch rechts und links des Baches gab es jetzt nur noch verkohlte Gerippe. Der Regen spülte Rinnsale mit schwarzer Asche von ihren Zweigen in den Bach. Dann blieben die Sterndorne hinter uns zurück und vor uns erstreckte sich über die gesamte Breite des Tales ein Streifen verbranntes Land bis hin zu dem Pass, den Dressa mir vorhin gezeigt hatte. Der Gestank ließ mich niesen. „Was war hier denn los?", fragte ich.

Grinsend drehte Dressa sich zu mir um. „Grenzerfeuer. Wir sind gleich da."

Ich runzelte die Stirn. Grenzer?

Von Kordian wusste ich, dass die Hauptaufgabe der Truppen darin bestand, immer wieder ganze Täler mit Flammenwerfern zu säubern. Trilgesh verseuchten sie regelmäßig mit irgendwelchen Würmern, die nur im Nordmoor auf der anderen Seite des Bergkamms gediehen. Soweit man wusste, wollten sie dadurch die Grenze zwischen Hylend und dem Nordmoor nach Süden verschieben. Zwischen dem ehemaligen Grenzfluss am Nordrand der Hylendberge und dem Bergkamm, dem jetzigen Grenzverlauf, war ihnen das vor etwa fünfzig Jahren sogar gelungen. Deshalb wurden die Garnisonen gegründet, die das weitere Vordringen stoppen sollten. Natürlich hatte man versucht, mit den Trilgesh ein Abkommen auszuhandeln, doch ohne Erfolg. Heute glich die Grenzsicherung einem Ritual, hatte Kordian erzählt. Trilgesh überquerten nachts den Bergkamm und setzten die Würmer aus, Suchtrupps, ausgerüstet mit besonders abgerichteten Spürfrettchen, fanden diese nach ein oder zwei Tagen und Reinigungstrupps mit Atemmasken und Flammenwerfern verbrannten das verseuchte Areal zu Asche. Immer und immer wieder. Inzwischen war das alles so selbstverständlich, dass niemand mehr einen Gedanken daran verschwendete.

Aber das konnte doch nicht hier passiert sein, oder?

Nein, nein, Dressa trieb die Echse unbeirrt nach Norden. Wir konnten die Grenze noch nicht erreicht haben. Sie kannte sich hier aus, das hatte sie selbst gesagt. Also wusste sie besser als jeder andere, dass ein Überschreiten des Bergkamms lebensgefährlich war. Auch wenn die Trilgesh immer wieder in das Gebiet der Menschen eindrangen, sie mochten es gar nicht, wenn man sich die gleichen Freiheiten bei ihnen erlaubte. Und da sie Flieger waren, konnten sie fast jede Auseinandersetzung zu ihren Gunsten entscheiden. Irgendwann blieb nur noch die Flucht. Und wenn man verletzt liegen blieb, kehrte man niemals mehr zurück. Das wusste Dressa bestimmt genauso gut wie jeder Grenzer, der hier stationiert war.

„Schade, dass es regnet", sagte sie so plötzlich, dass ich zusammenzuckte. Immer noch bestand der Himmel aus einer einzigen grauen Masse, aus der es sacht und stetig auf uns herabrann. „Bei Sonnenschein müsste ich jetzt nicht nach ihnen suchen", sagte Dressa.

Ich runzelte die Stirn. „Nach wem denn suchen? Nach den Grenzern? Warum das denn?"

Sie drehte sich zu mir um und grinste. „Nicht die Grenzer, du Dummkopf."

„Nach was denn dann?"

„Wart's ab." Sie schaute wieder nach vorn und schnalzte mit der Zunge. „Lauf, mein Mädchen", rief sie laut, obwohl die Echse nur auf Fühlbänder reagierte.

Tja, jetzt hatte sich das Verschwinden wohl erledigt. Bei diesem Höllentempo war Abspringen völlig unmöglich. Ich klammerte mich an meinen Sitz. Was führte Dressa im Schilde? Was lag hinter diesem Pass dort? Welchen Grund hatte Pas Warnung?

Und auch die von der Trilgesh! *Hüte dich vor der Wurmasche,* hatte sie gesagt.

Wurmasche!
Würmer!
Grenzerfeuer!
Schwarze Asche!
Wurmasche!

Himmel noch mal! Dressa wollte ins Nordmoor. Ohne zu zögern!

„Halt an!", schrie ich.

Sie reagierte nicht.

Ich rüttelte an ihrer Schulter. „Halt an!"

„Lauf, mein Mädchen!", rief sie.

„Dressa, verdammt!"

Sie schnalzte mit der Zunge. Die Echse jagte über das schwarz verbrannte Land, dann über das Geröllfeld unterhalb der Klippen. Ich klammerte mich an meinen Sitz. Der Fahrtwind stopfte jedes weitere Wort zurück in meinen Hals. Dann erreichten wir den Einschnitt und preschten hindurch. Dahinter senkte sich das Gelände wieder. Wir hatten den Bergkamm überschritten, wir waren im Nordmoor, im Trilgeshgebiet. Oh – mein – Gott!

Dressa verringerte das Tempo kaum, als wir in das neue Tal hinunterrasten. Sie ahnte wohl, dass ich dann sofort abspringen würde. Oder wollte sie nur schnell finden, was sie suchte? Auf jeden Fall machte es keinen Sinn, sie weiter zur Umkehr zu bewegen. Genauso gut hätte ich einen Holzklotz anschreien können.

Wir hielten auf einen weiteren Bach zu, der von den Felsen zu unserer Linken stürzte. Sein Lauf zerteilte das Buschwerk am Talgrund durch eine gewundene Schneise, deutlich zu erkennen, während wir immer weiter von der Passhöhe hinuntergaloppierten. Selbst am Bachufer wurden wir nicht langsamer. Das Buschwerk ließ genügend Raum, sodass die Echse zu meinem Leidwesen auch hier rennen konnte. Immer weiter nach Norden, in die Richtung, in die jetzt auch das Wasser floss, der Beweis, dass wir uns auf der anderen Seite der Grenze befanden.

Als Dressa endlich langsamer wurde, war der rettende Pass kaum noch zu erkennen zwischen all den Felsklippen hinter uns. Vor uns jedoch öffnete sich das Tal und gab den Blick auf eine weite, grasbewachsene Ebene frei, die zum Horizont hin in den grauen Regenschleiern verschwamm. Offenbar fiel hier das Bergland gleich hinter dem Kamm steil ab. Silbergrau sprenkelten Wasserläufe und Tümpel das Grün der Ebene und an einigen Stellen konnte man, wie Inseln im Grasmeer, Ansammlungen von violetten Schirmbaumkronen erkennen, umgeben von dunkelgrünen Sturmsträuchern. Das also war es, das Nordmoor. Trotz meiner Angst vor den Trilgesh faszinierte mich der Anblick. Und Torbin würde vor Neid platzen, wenn ich ihm davon erzählte.

Der Gedanke erzeugte ein stechendes Gefühl in meiner Brust. Meinen Freund hatte ich genauso verloren wie mein Zuhause in Itelgo. Aber hierher gehörte ich noch viel weniger. Allein der Geruch! So schrecklich fremd! Ich konnte nicht sagen, woher er kam, ich wusste nur, hier waren Menschen unerwünscht. Ich war hier unerwünscht.

Unruhig starrte ich zum Himmel hinauf. Griffen sie vielleicht schon an oder erst, wenn es dunkel wurde und sie aus ihren Schlupflöchern kamen?

Kurz darauf hielt Dressa am Bachufer an und drehte sich zu mir um. Die Echse senkte sofort ihren Kopf hinunter zum Wasser. „Oh Mann, Gavandon, entspann dich", sagte Dressa, als sie mein Gesicht sah. „Ich habe dir versprochen, dass die Gilde uns nicht folgen wird." Sie breitete die Arme aus. „Wie du siehst, habe ich nicht gelogen." Sie deutete hinaus auf die Ebene. „Und bald sind wir zu Hause."

Es dauerte ein paar Sekunden, bis ich begriff. „Moment, Moment", sagte ich ungläubig. „Behauptest du etwa, ihr *lebt* im Nordmoor? Hier, auf dieser Seite der Berge? Im Trilgeshgebiet?"

Sie zuckte mit den Schultern. „Man kann mit ihnen reden, wenn man will. Und die Wiesen hier sind fetter als irgendwo sonst. Was glaubst du wohl, warum niemand solche Esel wie wir züchten kann. Mein Großvater, dein Urgroßvater", sie zeigte auf meine Brust, „hat diesen Platz gefunden und Frieden geschlossen, als die Grenze nach Süden verschoben wurde. Ihm haben wir es zu verdanken, dass die Esel vom Gestüt Fermin die Besten der Welt sind. So, und nun entspann dich. Niemand wird uns etwas tun. Vertrau mir." Sie zwang die Echse auf die Knie und ließ sich zu Boden gleiten. „Komm runter, hier rasten wir."

„Warum?" Ich verschränkte die Arme und wünschte, ich könnte die Echse steuern.

Sie schaute zu mir hoch. „Du wolltest doch eine Pause, schon vergessen?" Sie lockerte die Sattelgurte, um auch der Echse ein wenig Erleichterung zu verschaffen. Dann blickte sie mich an. „Du bleibst besser hier, verstanden? Sie beobachten dich, selbst bei diesem Wetter, klar?" Dann drehte sie sich um und machte sich auf den Weg den Bach entlang.

Lügenwellen? „Warte!", rief ich und beeilte mich, von der Echse herunterzukommen. Der Passagiersessel war mit den lockeren Gurten genauso wenig sicher wie der Sattel. Und plötzlich fühlte ich mich oben auf dem Tier furchtbar ungeschützt. „Wo sind sie?", fragte ich.

Sie deutete vage gen Himmel. Ein paar schwarze Flecken kreisten dort dicht unter den Wolken. Ich duckte mich unwillkürlich.

„Keine Angst", sagte Dressa, „sie werden dir nichts tun, solange du in der Nähe bleibst. Also, vertritt dir die Beine. Aber du solltest noch nichts trinken. Das Wasser ist für dich noch nicht genießbar. Und machst du nur einen Schritt zu weit, sind wir hinter dir her, die da oben und ich mit der Echse, verstanden?"

Unbehaglich schaute ich wieder hoch. Trilgesh waren fantastische Werfer, hatte Kordian erzählt. Selbst aus großen Höhen konnten sie Steine und Messer treffsicher ins Ziel bringen. Mehr als alles andere wünschte ich mir Helm und Schild, wie die Grenzer sie benutzten. Auch wenn das da oben vielleicht gar keine Trilgesh waren.

Dressa grinste. „Schisser", sagte sie. „Und schön hierbleiben, klar?" Damit verschwand sie bachabwärts hinter einem Busch, wie ich ihn noch nie zuvor gesehen hatte. Aus dem nackten, schwarzen Boden sprossen unterarmdicke Äste in alle Richtungen, knickten dann plötzlich scharf ab und änderten kurz darauf wieder ihren Wuchs. An jedem Knick trugen sie ein Büschel aus dünnen Zweigen, die in silbergrünen, gefiederten Blättern endeten. Und an Stellen, an denen sich zwei Äste berührten, verschmolzen sie zu einem einzigen, der sich ein Stück weiter wieder teilte. Vielleicht kam der fremde Geruch ja von diesem merkwürdigen Strauch. Ich musste unbedingt weg von hier.

Doch schon wieder zögerte ich. Eigentlich war dies ein guter Zeitpunkt zu verschwinden. Aber ich schaute nur mit hochgezogenen Schultern zu den schwarzen Punkten am Himmel und traute mich nicht. Stattdessen hockte ich mich an den Bachlauf und verfluchte meine Unentschlossenheit. Gleich hinter Hylport hätte ich abhauen sollen. Ich war ein Feigling, ein verdammter Schisser, genau wie Dressa sagte. Wenn ich doch nur auf Pa gehört hätte! Ich war solch ein Riesenblödmann! Und ein verdammter Angsthase.

„Gavandon! Kommst du bitte?"

Ich sah auf. Dressa schien direkt hinter diesem seltsamen Busch zu stehen. Und sie kommandierte mich schon wieder. Wollte sie etwa, dass ich ihr den Hintern abwischte?

Sie kam um den Strauch herum. In der Hand hielt sie etwas, das aussah wie ein geschlossenes Teesieb an einem Stiel. Wo hatte sie das denn hergezaubert? „Himmel, Junge", sagte sie ärgerlich, als sie mich neben der Echse hocken sah, „warum antwortest du nicht?"

„Darum", knurrte ich.

Sie wechselte die Tonart. „Nun komm schon", lockte sie, „ich muss dir etwas zeigen. Du wirst dich freuen." Damit verschwand sie wieder hinter dem Busch.

Verdammt noch mal, wie schaffte sie das immer wieder? *Du wirst dich freuen!* Und schon hatte sie meine Neugier angefacht. Genau wie mit diesem ganzen Gerede über Prachtesel und Großmütter und Cousins. Und weg konnte ich auch nicht mit den fliegenden Wächtern dort oben. Wütend auf mich selbst stand ich auf und sagte laut: „Wenn es denn unbedingt sein muss." Dann folgte ich ihr hinter den Busch.

Was ich besser nicht getan hätte.

Sie stand neben einem winzigen, rauchenden Feuerchen, nur zwei oder drei Zweige und ein bisschen trockenes Laub, das im Schutz von ein paar überhängenden Ästen brannte. In der Hand hielt sie die Stange mit dem Teesieb. Etwas wand sich darin, etwas Weißes, Daumendickes mit drei schwarzen Punkten an einem Ende.

Ein Wurm! *Hüte dich vor der Wurmasche.* Ich drehte auf dem Absatz um und sprintete los.

Dressa war schneller. Sie erwischte mich am Jackenkragen, dass es mich würgte, und zerrte mich zurück zum Feuer. „Hiergeblieben!", fauchte sie. Ohne ihren Griff zu lösen, schwenkte sie das Sieb durch die Flammen und ehe ich mich befreien konnte, zischte es und qualmte. Dann, bevor sich der Rauch ganz verzogen hatte, hielt sie mir das Sieb vor das Gesicht.

Wurmasche! Die Stimme der Trilgesh tönte durch mich hindurch.

Dressa blies. Gerade noch rechtzeitig kniff ich die Lider zusammen und presste meine Hand auf Mund und Nase. Ich riss mich los und schlug mit dem anderen Arm blind nach dem Sieb.

Sie boxte mir heftig auf den Solarplexus.

Mein angehaltener Atem explodierte aus mir hinaus und trieb die Staubwolke in ihre Richtung. Ich klappte zusammen wie ein Taschenmesser und fiel auf die Knie. Dann *musste* ich Luft holen, ob ich wollte oder nicht.

Lass die Asche nicht in Augen, Mund und Nase ... Ich hatte keine Chance. Der Staub kratzte in meiner Kehle, ich hustete. Meine Augen begannen zu brennen, dann waberten nur noch bunte Schlieren. *Wurmasche* war das Letzte, was ich dachte, ehe es um mich herum schwarz wurde. Schwarz und glitzernd.

Sechzehn
4. April 467 n. L.

Es fühlte sich an, als stecke ich in einem Fass mit Obsidiansplittern, die jemand zu glitzernden Wirbeln rührte. Ich wollte sie fortschieben, um besser sehen zu können – doch ich besaß keine Hände mehr. Ich wollte einen Schritt zur Seite treten, um aus der Wolke herauszukommen, doch auch meine Füße waren verschwunden. Ich besaß überhaupt keinen Körper mehr, ich war nur noch ich, ohne die Hülle meiner Haut, meiner Gliedmaßen, meiner Knochen, meiner Organe. Ich fühlte mich so nackt wie nie zuvor. Allerdings stach deutlich ein Stein oder etwas anderes in meinen Rücken, ein tröstliches Gefühl, aber nicht tröstlich genug, da ich es nur wie durch Nebel wahrnahm. Dennoch beruhigend, ich spürte meinen Körper, auch wenn er mich nicht mehr umgab.

Neben mir loderte eine goldene Flamme auf. Ich zuckte zurück. Die Obsidianwirbel verloren ihren Glanz, die Schwärze wurde dick und erstickend.

„Ganz ruhig, Gavandon", sagte die Flamme. „Erkennst du mich? Ich bin es, Dressa."

Dann kam die Stimme. Sie war in mir und um mich herum, sie drang bis in den hintersten Winkel meines Seins. Ich wurde an die weiße Trilgesh erinnert, doch wo sie glockengleich und warm getönt hatte, donnerte es jetzt. Ich wünschte, ich hätte noch Ohren und Hände, um sie darauf zu pressen.

„Er ist nicht geschult!", donnerte die Stimme. Sie machte mir Angst, mehr Angst, als ich jemals verspürt hatte.

„Verzeiht, Burugiyel, Herr", auch Dressa klang zittrig, „aber eine Schulung habe ich noch nie geleitet. Ich dachte, Ihr ..."

„Du missachtest meine Befehle."

Dressa schrie auf, als ob sie von Schmerz gepeinigt wurde. „Herr, er wollte fliehen. Mir blieb keine Wahl", keuchte sie.

Doch die Obsidianwolke donnerte: „Er besitzt die Gabe nicht! Er ist grau!"

Augenblick mal, wirkte mein Silbernetz etwa auch hier?

Meine Tante versuchte es jetzt ruhiger. „Ich weiß, Herr, die ganze Zeit schon. Aber ich selbst sah seine Fühlbänder. Er ist der Sohn von Barthes, das schwöre ich. Wie Ihr wisst, fand ich ihn viel zu spät. Eure Würmer waren längst verendet. Deshalb brachte ich ihn ins Nordmoor."

„Lüg mich nicht an, Nacktläuferfrau!"

Bekam Dressas goldene Geistflamme gerade grüne Schatten? „Warum hört Ihr mir nicht zu, Herr? Wenn Ihr ihn bindet, werdet Ihr feststellen ..." Plötzlich klang sie verzweifelt.

„ER IST NUTZLOS! ICH ARBEITE NICHT MIT UNBEGABTEN!", schnitt das Donnern ihr jedes Wort ab.

Plötzlich wurde mir speiübel. Der Stein stach heftiger in meinen Rücken und ich hörte wieder das Murmeln des Baches. Ich schlug die Augen auf – und konnte gerade noch den Kopf zur Seite drehen, dann übergab ich mich.

Ich war wieder im Tal. Die Schwärze war fort und ich zurück in meinem Körper.

Stöhnend richtete ich mich auf. Mein Kopf hämmerte. So also war das. Diesen Plan hatte Dressa die ganze Zeit verfolgt. Sie hatte mich hierher geschleppt, damit mich dieses glitzernde Schwarz an sich fesselte. Burugiyel, der Feind! Das hatte die Trilgesh gesagt. Plötzlich war ich sicher, dass die Begegnung mit ihr kein Traum, sondern eine Vision gewesen sein musste. Warum sonst standen mir immer noch alle Einzelheiten vor Augen. Doch darüber konnte ich später nachdenken.

Dressa lag nach wie vor bewusstlos neben dem Feuerchen, das jetzt nur noch qualmte. Das gestielte Teesieb war ihr aus der Hand gefallen, ihre Glieder zuckten. Angeekelt stand ich auf und ging zum Bachufer. Ich musste die Reste dieser widerlichen Wurmasche wegbekommen und den sauren Geschmack aus meinem Mund spülen. Ich kniete nieder und wusch mich lange und gründlich. Dass Dressa mich vor dem Wasser gewarnt hatte, kam mir erst in den Sinn, als ich wieder einigermaßen klar denken konnte. Doch meine Übelkeit war verflogen und kehrte nicht zurück. Nur ein leichter Kopfschmerz blieb. Ich schaufelte weiter Wasser in mein Gesicht, bis die Knochen in Wangen und Händen vor Kälte schmerzten. Erst dann fühlte ich mich in der Lage, mich dem zu stellen, was gerade passiert war.

Ich hatte meinen Körper verlassen. Und war wieder zurückgekehrt. Wurmasche war eine Droge, die so etwas bewirkte. *Sie gibt dem Feind Macht über dich,* hatte die Trilgesh gewarnt. Besaß die Obsidianwolke jetzt diese Macht?

Unwichtig, Gavandon, völlig unwichtig. Das konnte ich später herausfinden, jetzt wollte ich nur noch weg, weit weg. Ich blickte zu Dressa. Mit schmerzverzerrtem Gesicht warf sie den Kopf hin und her und ihre Glieder schlugen in alle Richtungen aus. „Er ist Barthes' Sohn, das schwöre ich", wimmerte sie mit geschlossenen Augen. Es schien ihr nicht gut zu gehen, aber ich hoffte nur, dass sie nicht so schnell wieder zu sich kam.

Hastig rannte ich zu unseren Sachen und verwünschte meine Feigheit. Jetzt war es fast zu spät. Wenn die Wächter dort unter den Wolken mich erwischten ... Doch alles war besser als das hier.

Die Echse schnob, als ich erfolglos an meinem Bündel zerrte. Mehr denn je wünschte ich, dass ich sie lenken könnte. Doch dafür müsste ich mein Silbernetz lüften. Und wenn ich meine Tarnung aufgab, würde man es merken, da war ich sicher. Hier im Nordmoor beherrschte die Obsidianwolke alles, so viel hatte ich begriffen. Nur wenn ich grau blieb, besaß ich überhaupt eine Chance, heil nach Hylend zurückzukehren.

Immer noch kreisten die schwarzen Punkte über uns. Aber hatte Dressa vorhin nicht Lügenwellen ausgesandt, als sie sie als Wächter bezeichnete? Immerhin regnete es und man wusste, dass Trilgesh dieses Wetter verabscheuten. Wahrscheinlich waren das dort oben nur Geier oder Raubsegler.

Ungeduldig zerschnitt ich die Sattelgurte, um an meinen Packen zu kommen. Dadurch krachte alles zu Boden, das gesamte

Sattelzeug. Vor Schreck schrie die Echse auf, streckte ihren Schwanz aus, preschte durch den Bach und verschwand zwischen den Büschen am anderen Ufer.

„Ja, lauf!", rief ich ihr nach. Jetzt würde es dauern, bis Dressa mir folgen konnte.

Ich schnappte mein Bündel und drückte mich in das übermannshohe Gebüsch. Wenn ich ganz viel Glück hatte, reichte dieser Sichtschutz zusammen mit meinem Silbernetz. Entschlossen machte ich mich auf den Weg nach Süden auf den Pass zu.

Es war schwierig, durch das verfilzte Gestrüpp zu kommen, besonders mit dem sperrigen Packen. Immer wieder musste ich Stellen umgehen, durch die es kein Durchkommen gab. Aber ich fand auch Lücken im Blätterdach, die mir einen Blick hinauf zu den Wolken erlaubten. Inzwischen zogen ein paar hellere Flecken von West nach Ost und lieferten mir die nötige Orientierung. Und ich entdeckte keine schwarzen Punkte mehr. Je weiter ich vorankam, desto sicherer wurde ich, dass Dressa bezüglich der Wächter gelogen hatte.

Doch mehr und mehr schmerzten meine Arme vom Umklammern des unhandlichen Bündels. Also hielt ich irgendwann an, nahm die nasse Decke von meinen Schultern und wrang sie aus, so gut ich konnte. Dann verteilte ich all die kleinen Dinge auf die Taschen in meiner Kleidung, die Streichhölzer, das Messer und all die anderen Sachen. Mit meiner Wäsche stopfte ich mein nasses Hemd aus und den Proviant hängte ich mir um den Hals. Übrig blieben die Kochutensilien, die ich Dressa abgenommen hatte. Die wickelte ich wieder in die Plane und anschließend in die feuchte Decke, dann band ich mir das Ganze wie einen Rucksack auf den Rücken. Dadurch kam ich jetzt viel besser voran.

Mittlerweile bewegte ich mich dicht unterhalb der Felsen, die das Tal im Osten begrenzten. Ich war froh, dass ich einigermaßen rasch vorankam. Hier am Talrand standen die Sträucher weiter auseinander, auch wenn ihre Kronen immer noch ein geschlossenes Dach bildeten. Und wenn ich nur immer der Felswand folgte, würde ich ganz sicher irgendwann den Pass erreichen.

Ich war bereits wieder ein ganzes Stück gegangen, als ich außer meinen Schritten, den Tropfen, die von den Blättern fielen, und dem gelegentlichen Rascheln im toten Laub etwas Neues hörte, ein vielstimmiges Summen. Dann kam der Gestank.

Ich hielt an und sah mich um, aber im Zwielicht unter dem Blätterdach konnte ich nichts entdecken. Dafür erblickte ich durch eine Lücke ein Stück entfernt den Wasserfall, der den Bach speiste. Ich musste das Ende des Tales schon fast erreicht haben. Vorsichtig ging ich weiter, immer auf das Geräusch zu. Am liebsten hätte ich einen Bogen darum gemacht, aber den Schwanz eingekniffen hatte ich lange genug, verdammt noch mal. Es war besser, ich fand heraus, was dort vor mir summte und stank.

Die Ursache entdeckte ich, als sich eine kleine Lichtung auftat. Eine riesige Wolke von Schmeißfliegen kreiste über etwas, das vom hohen Gras verborgen wurde. Ich hielt meinen Ärmel vor Mund und Nase und warf wieder einen Blick nach oben, doch auch jetzt konnte ich keine schwarzen Punkte entdecken. Also lief ich rasch hinaus auf die Lichtung, um nachzusehen, was dort lag.

Es war ein Esel, einer von den teuren, großen, glatten Reiteseln mit einer außergewöhnlichen Blesse auf der Stirn. Sie sah aus wie ein weißer, ungleichmäßig geformter Ring. Und auf seiner Kruppe prangte im braunen Fell ein verschnörkeltes Brandzeichen, ein Buchstabe, der sowohl ein T als auch ein F sein konnte. Getötet hatte ihn ein Stein oder ein anderes Wurfgeschoss. Direkt über der Blesse gab es eine hässliche, blutverkrustete Delle, dazu war der Kadaver übersät von Messerschnitten und Abschürfungen, und zwei seiner Beine knickten unnatürlich ab. Schwarze Fliegen krabbelten überall auf ihm herum und bildeten dort, wo das rohe Fleisch zu sehen war, regelrechte Klumpen. Der Kadaver musste schon eine Weile hier liegen, so wie er stank, trotzdem trug er noch sein Geschirr, ein Zaumzeug aus honigfarbenem Leder, reich verziert mit Glanzbarschschuppen, und einen wunderschön punzierten Ledersattel. Weinranken hatte der Künstler hineingeprägt, die ein Wappenschild umkränzten. Es zeigte ein Raumschiff und den Landungsstein auf der einen Seite, auf der anderen die Wellenlinien, die den Therion symbolisierten.

Das Wappen von Itelgo! Üblicherweise wurde es vom Königshaus in Tendris benutzt. Was hatte das hier zu suchen? Wer ritt mit einen solchen Sattel durch das Nordmoor?

Dann fiel mir Hylport ein. Die Stadt lag nur drei Tage entfernt und eine Delegation aus Tendris hatte sich dort aufgehalten. Hing das hier vielleicht damit zusammen?

Wie auch immer, ich dachte keine Sekunde daran, dass es für mich gefährlich werden konnte, jemanden aus meiner Heimatstadt zu treffen. Hier war einer in derselben Lage wie ich. Oder noch schlimmer dran. Ich zumindest war unverletzt.

Rasch suchte ich den Boden nach Spuren ab, aber der Regen hatte alles fortgespült. Doch dann entdeckte ich einen Zweig, der nur noch an seiner Rinde baumelte. Sofort tauchte ich an der Stelle wieder in die Büsche ein.

Ich fand ihn ein Stück weiter. Und erkannte ihn sofort. Er trug eine weinrote Jacke, eine lederne Kniehose und schwarze Stiefel. Die Jacke wies etliche Risse auf, dort, wo ihn ein Wurfmesser getroffen haben musste, und er war völlig durchnässt. Sein dunkles, glattes Haar klebte ihm in Strähnen an der Wange, sodass ich sein Gesicht nicht erkennen konnte. Doch ich wusste, wer er war. Vor mir lag Geldon, der Thronfolger von Tendris, ohne Gefolge und mutterseelenallein.

Was, um alles in der Welt, hatte er hier zu suchen? Dann erinnerte ich mich an die Schlagzeilen in Hylport. War er etwa auf eigene Faust in den Hylendbergen unterwegs gewesen und hatte sich verirrt? Wie auch immer, vor mir lag der Sohn meiner Königin, verletzt, völlig verdreckt und nass bis auf die Haut.

Ich kniete mich neben ihn in den Schlamm und suchte an seinem Hals nach dem Puls. Er lebte noch, aber seine Haut war trotz des Regens heiß und der Herzschlag schnell. Ich strich ihm das Haar aus dem Gesicht. Eine aufgeschürfte, blutunterlaufene

Stelle an seiner Schläfe erklärte, warum er sich nicht rührte. Ein Wunder, dass er es nach diesem Schlag noch bis in den Schutz der Sträucher geschafft hatte. Keine Ahnung, seit wann er hier schon so lag, doch sicher zu lange, nach dem Zustand des Esels zu urteilen.

„Sor", sagte ich und rüttelte sanft an seiner Schulter.

Er hustete und seine Lider flatterten.

„Sor, Sie können hier nicht liegen bleiben." Ich drehte ihn vorsichtig auf den Rücken. „Sor", sagte ich wieder, „können Sie aufstehen? Bis zum Pass ist es nicht mehr weit."

„Ham'ch verlorn, aber du has''ch 'funden", murmelte er undeutlich. Dann blinzelte er und runzelte die Stirn. „Jorg'n? Bissu das?"

„Nein, Sor, tut mir leid. Mein Name ist …" Himmel, ich konnte ihm unmöglich sagen, wer ich war. „… mein Name ist Barthes Fermin." Geldon hatte höchstens von einem Yorn Gartwin gehört, wenn überhaupt.

„Was's passiert?", nuschelte er. Offenbar kam er langsam zu sich.

Ich überlegte, ob ich ihn besser mit Hoheit anreden sollte, aber dann entschied ich mich dagegen. Wenn ich ihn korrekt ansprach, wusste er, dass ich ihn erkannte. Ich war jetzt Barthes Fermin, ein einfacher Viehzüchter aus dem Norden von Hylend. Die Königsfamilie von Tendris war mir völlig unbekannt. „Kommen Sie, Sor", sagte ich. „Können Sie sich aufrichten? Hier können Sie nicht bleiben. Wir müssen weg, ehe die Trilgesh …"

Bei diesem Wort schlug er die Arme über dem Kopf zusammen und keuchte, plötzlich klar vor Angst: „Wo sind sie? Wo sind sie? Bringen sie uns jetzt um?"

„Keine Sorge", sagte ich ruhiger, als ich mich fühlte. „Hier bin nur ich. Und ich werde Sie jetzt zurück über die Grenze bringen. Stehen Sie auf, Sor, damit wir von hier verschwinden können."

Stöhnend stemmte er sich zum Sitzen auf. „Mir ist schlecht."

Ich versuchte, ihn zu beruhigen. „Das ist kein Wunder nach einem solchen Schlag."

„Wo ist mein Esel?", fragte er.
„Leider tot."
Das hatte zur Folge, dass er sich zur Seite beugte und sich übergab. Wahrscheinlich eine schwere Gehirnerschütterung, wenn nichts Schlimmeres. Dennoch, wir mussten hier weg.
„Können Sie laufen?", fragte ich.
Als er keine Anstalten machte aufzustehen, griff ich seine beiden Hände und zog ihn auf die Füße. Doch es war hoffnungslos. Ich konnte ihm gerade noch unter die Achseln greifen und verhindern, dass er wieder zu Boden stürzte. Seine Knie knickten ein und sein Kopf kippte nach hinten. Er war wieder bewusstlos.
Möglicherweise hätte ich ihn einfach liegen lassen sollen. Entweder erholte er sich irgendwann so weit, dass er es aus eigener Kraft schaffte. Oder aber, viel wahrscheinlicher, starb er an Unterkühlung, an seiner Schädelverletzung oder weil die Trilgesh ihm doch noch den Rest gaben. Es war dieser Gedanke, der mich dazu brachte, ihm zu helfen. Und die Tatsache, dass er der Sohn meiner Königin war.
Zuerst schnürte ich mein Bündel auf. Es tat mir leid, das Kochgeschirr zurückzulassen, aber das konnte ich nicht auch noch schleppen. Ich wickelte die Plane und die Decke um Geldon und band ihn, so gut es ging, auf meinem Rücken fest. Zum Glück war er eher zierlich, aber trotzdem schaffte ich es kaum, mit dem zusätzlichen Gewicht wieder auf die Beine zu kommen.
Als ich endlich stand, wurde es leichter. Sein Kopf lag mit der gesunden Seite auf meiner linken Schulter, sein rechter Arm baumelte vor meiner Brust, seine linke Hand neben meinem Oberschenkel. Ich hatte meine Arme unter seinen Knien durchgeschoben und vor der Brust verschränkt. Als ich wieder losging, hoffte ich nur, dass es tatsächlich nicht mehr allzu weit zum Pass war.
Nach kurzer Zeit fühlten sich die Muskeln in meinen Oberschenkeln an, als habe jemand mit einem Hammer darauf geschlagen. Nicht lange danach war das Buschwerk zu Ende und ich stapfte über das Geröllfeld unterhalb des Passes. Nicht einmal schaute ich nach oben – mittlerweile waren mir die Trilgesh

egal –, sondern hielt den Blick starr auf die Lücke zwischen den Felsen gerichtet. Meine Wirklichkeit waren nur noch der schwere, heiße Körper auf meinen Schultern und die beiden rostroten Klippen, die die Grenze markierten. Geldon musste gerettet werden, er war der Thronfolger. Ich musste es schaffen, ihn auf die andere Seite zu bringen. Ich tat einen Schritt nach dem anderen. Ich musste ihn über die Grenze bringen. Geldons Arme baumelten vor und zurück. Über die Grenze bringen. Der nächste Schritt, Arme vor und zurück, Grenze, Schritt.

Ohne Vorwarnung schlugen sie zu.

Zuerst rauschten Flügel, dann zuckte Geldon und stöhnte. Der nächste Stein traf mich am Oberschenkel, dass ich einknickte unter meiner schweren Last. Dann stöhnte Geldon ein zweites Mal. Ich schrie. Ein neuer Stein traf mich an der Schläfe. Danach wusste ich nichts mehr.

Siebzehn
4. April 467 n. L.

Krch-krch, krch-krch.
Es war dieses leise Geräusch, das mich zurück ins Bewusstsein brachte. Und der Druck der Fesseln. Sie hatten meine Knöchel hinter meinem Rücken an die Handgelenke gebunden. Das harte, bucklige Geröll unter mir stach mir in Schulter und Hüfte, mein Oberschenkel schmerzte dort, wo mich der Stein getroffen hatte, ebenso meine Schläfe. Mein Kopf dröhnte.
Krch-krch, krch-krch.
Warum hatten sie uns nicht getötet? Das taten sie doch immer, wenn jemand in ihr Gebiet eindrang.
Vorsichtig blinzelte ich unter meinen Lidern hervor. Geldon lag neben mir, genauso verschnürt wie ich. Sein entsetzlich blasses Gesicht war mir zugewandt und die Verletzung an seiner Schläfe, mit der ich ihn gefunden hatte, schillerte in allen Farben. Ich suchte nach seiner Geistflamme und fand sie zum Glück. Aber sie flackerte nur noch. Natürlich war sie grau. Jemand wie er durfte nicht mal den Anflug von Gabe besitzen.
Und es gab vier kupferne Flammen. Trilgesh. Krch-krch, krch-krch. Trotzdem lebten wir noch.
Ich spannte meine Muskeln, um die Fesseln zu prüfen, doch leider schienen Trilgesh geübt zu sein im Verschnüren von Menschen. Es gab keinen Weg, mich zu befreien. Riemen schnitten in meine Hand- und Fußgelenke, umso stärker, je mehr ich sie abstreifen wollte. Und das Seil zwischen Händen und Füßen war so straff gespannt, dass größere Bewegungen unmöglich wurden.
Aber wenigstens schien ich nicht ernsthaft verletzt zu sein. Mein ganzer Körper schmerzte zwar, doch das war nur ein gewaltiger Muskelkater von der Schlepperei. Bis auf die dicke

Beule an der Schläfe und den Bluterguss am Oberschenkel fehlte mir nichts. Mir war nicht mal übel, nur mein Kopf hämmerte, aber das war kein Wunder.

Krch-krch, krch-krch.

Ich blinzelte, um nachzusehen, was sie taten. Zwei hingen kopfüber unter einem Felsvorsprung. Mit ihren Füßen krallten sie sich in die Schrunden des Steins. Ihre graubraunen, ledrigen Flügel hatten sie ausgefahren und um sich geschlagen. Sie sahen aus wie zwei längliche Klumpen, kaum größer als Säuglinge, die im Wind leicht hin und herschwangen. Wenn sie dabei aneinander rieben, kam dieses Geräusch: krch-krch.

Die anderen beiden konnte ich nicht entdecken, doch sie waren ganz in der Nähe. Ihr Geruch verriet sie, fischig, erdig, scharf, einfach fremd. Wahrscheinlich hockten sie direkt hinter mir.

Geldon stöhnte. Er warf den Kopf herum. „Nein", schrie er, „nicht da lang, nicht da lang, du blödes Vieh!"

Bei den beiden Trilgesh über uns klappten die Tütenohren schlagartig nach hinten. Und hinter mir klackerte Geröll. Einer der Trilgesh unter dem Felsvorsprung richtete sein Gesicht mit der vorspringenden Schnauze auf uns. Seine Augen verbarg eine knöcherne Schlitzbrille, doch ich sah, wie sich darüber auf seiner Stirn das Drittauge öffnete. Ein gekräuselter Hautlappen verdickte sich zu einem hufeisenförmigen Wulst und der haarlose, graubraune Schließmuskel darunter wurde weit. Geldon begann zu zucken und ich spürte etwas wie ... wie ..., ja, als ob jemand an meiner Seele zupfte. Anders konnte ich es nicht beschreiben. Fühlbänder?

Geldons Glieder zuckten.

Himmel, ich musste etwas tun, er war mein Thronfolger. Kordian, das wusste ich, formte für solche Fälle einen Schild aus seinem Silbernetz, wenn er mit den Suchtrupps an der Grenze unterwegs war. Ich überlegte nicht, wie ich es anfangen sollte, ich zog einfach einen Faden aus meinem Netz und dehnte es aus, bis es auch die graue, blasse Flamme des Thronfolgers umschloss. Rot, Braun und Gelb umwaberten sie, so grell, dass es auch mich traf. Mein ganzer Körper verkrampfte sich.

Und genau in diesem Augenblick hörte ich es. Gut, *hören* war nicht der richtige Ausdruck. Ich *dachte* die Worte eher: *„Wir haben Befehl, nicht zu töten."* Sehr bestimmt.

Die Farben verschwanden und meine Muskeln entspannten sich.

„Aber dieser Nacktläufer hat geschrien." Das kam von einem anderen der vier, das konnte ich spüren.

Die erste „Stimme" wieder: „Wir müssen beide am Leben lassen, bis die Frau sagt, welches der Richtige ist."

Ein Dritter: „Sie ist ein Nacktläufer. Sie hat nicht zu bestimmen."

Der Vierte: „Das entscheidest nicht du. Burugiyel hat es befohlen. Es ist sein Wille."

Der Zweite: „Burugiyel sind Nacktläufer gleichgültig, das weißt du. Außerdem sind die da beide grau und wertlos."

Der Vierte: „Eben sah ich den einen golden aufblitzen. Was ist, wenn ..."

Ach du Schreck! Rasch wob ich den Silberfaden wieder in die Lücke. Die Stimmen verschwanden.

Man kann sich mit ihnen verständigen, hatte Dressa gesagt. War *das* damit gemeint, Telepathie? Und wenn das stimmte, würde man auch mir zuhören? Der Thronfolger musste unbedingt zu einer Garnison gebracht werden, wo man sich um ihn kümmern konnte. Ließen die Trilgesh uns gehen, wenn ich ihnen alles erklärte? Wenigstens wollten sie warten, bis meine Tante entschied, wer von uns beiden entbehrlich war.

Himmel noch mal, das würde Geldon sein. Ihn würden sie umbringen, sobald Dressa hier eintraf. Besser, ich tat gleich etwas.

Nur, dafür musste ich mein Silbernetz öffnen. Und dann brauchte niemand mehr die Entscheidung meiner Tante.

Wo überhaupt befanden wir uns genau. Noch immer im Tal, da war ich sicher, aber wo? Ich lauschte, um einen Anhaltspunkt zu finden. Ein paar Insekten summten und der Wind raschelte im alten Laub. Es regnete nicht mehr. Und dann hörte ich im Hintergrund den Wasserfall rauschen. Offenbar lagen wir immer noch dort, wo sie uns erwischt hatten, ganz in der Nähe des Passes. Ich würde Geldon und mich im Nullkommanix nach Hylend in Sicherheit bringen können, wenn ich nur wüsste, wie.

Besaßen die Trilgesh überhaupt so etwas wie Mitgefühl? *Wir haben Befehl, nicht zu töten.* Das war immerhin ein Anfang.

Gerade wollte ich mein Silbernetz auflösen und mich zu erkennen geben, als ein paar Steine kullerten. Schritte kamen den Abhang herauf. „Da ist er ja", murmelte Dressa halblaut.

Na toll!

Sie blieb hinter mir stehen. Einen Augenblick waren nur Hintergrundgeräusche zu hören. Selbst das Krch-krch war verstummt. Dann schlugen Flügel und entfernten sich.

Dressa stieß mich mit dem Fuß an. „Was macht der junge Mann hier, Gavandon?", murmelte sie. Offenbar wusste sie genau, dass ich wach war.

Ich drehte mich, so gut es ging, zu ihr um. Sie stand zwischen den beiden zurückgebliebenen Trilgesh, die ihr kaum bis zum Knie reichten. Bei diesen beiden waren keine Flügel zu sehen, sie hatten sie in die Hauttaschen entlang ihrer Körperseiten gefaltet. Wie zwei braunpelzige Bodenläufer standen sie neben Dressa. Ihre Beine waren kurz und stämmig mit großen, flachen, fünfzehigen Füßen. Drei davon zeigten nach vorn, zwei nach hinten. Ihr Brustkorb, fast haarlos, wölbte sich kräftig vor und war mindestens doppelt so breit wie die Hüfte. Die langen, flügellosen Arme baumelten zu beiden Seiten herunter. Fast streiften die dreifingrigen Hände den Boden.

Auch diese beiden schützten ihre lichtempfindlichen Augen mit Schlitzbrillen. Dazu hatten sie gekreuzte Ledergurte mit jeder Menge Ösen stramm um ihre Brust geschnallt und mit allerlei Gerätschaften behängt. Unterscheiden konnte ich sie nur durch die schwarzen Tätowierungen über dem Gurtkreuz auf der hellen Brust, verschlungene Zeichen, die bei dem einen eher kreisförmig angeordnet waren, bei dem anderen quadratisch.

Und ihr Fell oben auf dem Kopf zwischen den Ohren war zu Mustern rasiert worden. Der links von Dressa hatte es zusätzlich gebleicht, dass es aussah, als trüge er ein silbernes Netz auf dem Kopf, der andere schmückte sich mit kreuz und quer verlaufenden Wellenlinien.

Dressa deutete auf Geldon. „Was macht der hier?", wiederholte sie halblaut. Trotzdem klang sie drohend.

Geldon warf den Kopf herum und stöhnte. Ich wandte mich wieder dem Thronfolger zu, da meine Fesseln schmerzten. „Ich habe ihn weiter unten im Tal gefunden", sagte ich.

Dressa kam um mich herum, griff nach Geldons Kinn und betrachtete ihn. „Oh!", machte sie. Dann packte sie mich an der Jacke und zerrte mich auf die Knie. Durch meine Handgelenke und Fußknöchel fuhr ein spitzer Schmerz. „Au verdammt!", schrie ich.

Die Ohren der beiden Trilgesh klappten nach hinten, ihre Arme fuhren nach oben und klatschten um ihre Köpfe. Dabei fiepten sie so hoch, dass ich es gerade noch wahrnehmen konnte.

Dressa hieb mir die andere Hand über den Mund. „Sei gefälligst still", zischte sie.

Oha, so war das also. Diese fliegenden Idioten konnten unsere Geräusche nicht ertragen.

„Nicht da lang, du blödes Vieh", keuchte Geldon und warf wieder den Kopf herum.

Die Trilgesh fiepten.

„Wo, verdammt noch mal, kommt der her?", murmelte Dressa. Trotzdem platzte ihr die Wut aus jeder Pore.

Ich zuckte mit den Schultern. Mehr konnte ich nicht tun, weil ihre Hand mich knebelte. Das Geröll stach in meine Kniescheiben, die Fesseln zerrten an Händen und Füßen. Ich begann, mich zu winden.

Offenbar merkte Dressa, warum. „Halt die Klappe, verstanden?", sagte sie. Erst als ich nickte, nahm sie die Hand fort. Dann legte sie mich wieder hin und zerschnitt den Riemen zwischen Händen und Füßen.

Erleichtert streckte ich die Beine aus, drehte mich auf den Rücken und schaffte es, in den Sitz zu kommen. Schon besser. Als Gegenleistung war es nur gerecht, wenn ich Dressas Frage beantwortete. „Ich hab ihn gefunden und muss ihn nach Hylend zu einem Heiler bringen", sagte ich halblaut. „Er muss dringend behandelt werden, das siehst du ja."

„Kennst du ihn?"

Ich schüttelte den Kopf.

„Du lügst!" Wieder packte sie mich an der Brust.

Hühnerscheiße, sie war ja trainiert wie ein Gildenagent, das hatte ich vergessen. Aber sie durfte nicht wissen, über wen ich gestolpert war. Ich sah ihr gerade in die Augen. „Er gehört nicht zu den Leuten, mit denen ich bekannt bin." So ausgedrückt stimmte es. Man konnte lügen, man musste nur die Wahrheit sagen.

Mit einem Schubs ließ sie meine Jacke los. Ich konnte gerade noch einen unsanften Aufprall verhindern. Erneut warf Geldon den Kopf herum. „Nicht da lang, du blödes Vieh!" Sein Traum bestand anscheinend aus einer Endlosschleife.

„Schneid auch ihm Hände und Füße auseinander, ja?", bat ich. „Er wird schon nicht weglaufen."

Mittlerweile gab es große Lücken zwischen den Wolken, doch die Sonne stand bereits hinter den Bergspitzen im Westen und beschien nur noch die Felswand rechts über uns. Ich fröstelte und Geldon in seinen nassen Kleidern nieste. Die Trilgesh wichen noch ein Stück zurück.

„Wo ist dieses Reittier, von dem er da redet?", fragte Dressa.

Ich deutete mit dem Kinn. „Weiter da unten. Dadurch habe ich ihn gefunden. Der Esel stank schon gewaltig."

„Ein Esel?" Plötzlich gab es eine Spur von Interesse in ihrem Blick. Natürlich, die Züchterin. „Was für einer denn?", fragte sie.

Verdammt, wollte sie mit mir jetzt über Esel diskutieren? „Irgendeiner eben", sagte ich. „Hilfst du mir, den Mann zu einem Heiler zu bringen?"

Sie blickte zu Geldon. „Wozu?"

„Wie bitte? Willst du ihn etwa verrecken lassen?" Ihre Kaltschnäuzigkeit verschlug mir den Atem.

Sie zerrte mich in den Stand. „Sei gefälligst nicht so laut. Es ist doch seine Schuld, wenn er ins Nordmoor reitet. Jeder weiß, dass die Trilgesh ..."

„Ja, ja, und ihr habt eure ganze Farm hier."

„Das ist etwas anderes."

„Klar doch."

„Nicht da lang, du blödes Vieh", jammerte Geldon.

„Da hörst du es", sagte ich, „er wollte gar nicht hierher, sondern der Esel. Also hilfst du mir jetzt?"

Doch Dressa hörte nicht mehr zu. Sie hatte sich zu den Trilgesh umgedreht, die inzwischen ein ganzes Stück weiter unten warteten. „Nein, Himmel, nein", keuchte sie plötzlich. Dann fuhr sie zu mir herum, so blass, dass ihre Haut schon grünlich schimmerte. Sie schloss die Augen und schluckte. „Beschreibe mir den Esel, bitte", flüsterte sie.

Was sollte das denn jetzt?

Sie knetete ihre Hände und funkelte mich an. „Beschreib ihn. Sofort!"

Ich schüttelte den Kopf. „Tut mir leid, das werde ich nicht." Schließlich wollte sie mir ja auch nicht helfen.

Sie warf die Hände in die Luft. „Verdammt, Gavandon, nun mach schon!"

„Erst wenn du versprichst, den Mann da zu einem Heiler zu schaffen."

Sie nickte. „Ja, ja."

„Wie? Du machst es?"

„Ja doch. Wie sah der Esel aus?"

„Schwörst du, das zu tun?"

„Das habe ich doch gesagt. Und jetzt raus mit der Sprache. Hatte er eine ringförmige Blesse? Und ein F als Brandzeichen?" Tränen sammelten sich in ihren Augen.

Ich nickte. „Wieso fragst du, wenn du es schon weißt."

Das führte dazu, dass sie zu Boden sank. „Lywa", flüsterte sie.

„Oh Himmel, meine Lywa." Sie schlug die Hände vors Gesicht. Ihre Schultern zuckten.

Das da unten war also ihre Eselin gewesen? Hatte dieser Typ in dem Mietstall das Tier an Geldon verkauft? Ich blickte zu dem Thronfolger hinunter. Möglich war es. Jeder wusste, dass er Reittiere liebte. Die Ställe im Palast beherbergten eine ganze Reihe von Rennechsen und Eseln, alle von ausgesuchter Qualität, sagte man.

Geldon warf sich wieder herum. „Nicht da lang, nicht da lang, nicht."

So langsam begann ich, mir die Geschichte zusammenzureimen. In Hylport musste er ein Auge auf Dressas Esel geworfen haben. Dann hatte dieser Typ den Besitzer des Mietstalles ins Krankenhaus geschickt und das Tier an den hohen Gast der Stadt verkauft. Und Geldon hatte sich damit zum Jagen in die Hylendberge abgesetzt. Möglich, dass er dabei in das Tal mit dem verbrannten Sterndorndickicht geraten war, das auch Dressa und ich passiert hatten. Esel konnten ziemlich stur werden, wenn sie den Weg nach Hause erkannten. Genau, so musste es gewesen sein.

Ich blickte wieder zu Dressa. „Tut mir sehr, sehr leid", sagte ich tröstend. Ich brauchte sie jetzt, um Geldon zu retten. „Und nun lass uns gehen. Nimm mir die Fesseln ab, dann können wir ihn tragen." Sie hatte es immerhin geschworen.

Genau in diesem Augenblick tauchte die Echse hinter meiner Tante auf, wieder ordentlich aufgezäumt. Lederflicken verschlossen meine Schnitte am Sattelzeug. Darüber schwebten vier Trilgesh, die das Tier zu lenken schienen. So viel also zu meinem Versuch, Dressa am Vorankommen zu hindern. Doch die Echse kam mir gelegen. Jetzt mussten wir Geldon nicht selbst tragen und unsere Chancen stiegen, ihn rechtzeitig in medizinische Behandlung zu geben. „Unser Transportmittel ist da", sagte ich zu Dressa.

Die beiden Trilgesh, die bei uns geblieben waren, entfalteten ihre Flügel, nahmen kurz Anlauf und sprangen in die Luft. Jetzt kreisten alle sechs über uns. Die Echse schnaubte, den Schwanz eingerollt, und trabte zu uns heran. Wie gesagt, ein gutes Tier. Es tat mir leid, dass ich sie heute Nachmittag so erschreckt hatte.

Dressa jedoch hockte immer noch wie ein Häufchen Elend neben mir und rührte sich auch nicht, als die Echse an ihr herumschnoberte. Ich stieß meine Tante sanft mit dem Fuß an. „Komm schon", sagte ich, „vielleicht ist es ja gar nicht deine Lywa. Und du hast versprochen, Gel…, den Mann hier zu einem Heiler zu bringen. Wir haben nicht mehr viel Zeit. Oder willst du dich für seinen Tod verantworten?"

Das drang offenbar zu ihr durch. Sie tätschelte die Nüstern der Echse, dann sah sie mich mit gerunzelter Stirn an. Minutenlang.

„Verdammt, Dressa, du hast es geschworen. Mach mich endlich los, damit wir ihn auf die Echse hieven können." Ich wünschte, ich könnte das Silbernetz fahren lassen. Ich wünschte, ich könnte Dressa mit meinen Fühlbändern dazu bringen …

Erschrocken über den Gedanken senkte ich als Erster den Blick. „Bitte. Ich tue alles, was du willst, versprochen, aber lass uns den Mann so schnell wie möglich zu einem Heiler schaffen. Bitte."

Jetzt schaute sie von mir zu Geldon und zurück. Endlich nickte sie und sagte: „Also gut."

Vor Erleichterung atmete ich tief ein. „Danke, Dressa, wirklich, ich danke dir."

Sie löste meine Fesseln, zog mich zur Echse und half mir in den Passagiersessel. „Bleib da sitzen", befahl sie.

Natürlich tat ich, was sie wollte. Das Wichtigste im Augenblick war, Geldon zu einem Heiler zu bringen. Über Flucht konnte ich später nachdenken.

Dressa befreite auch den Thronfolger und hob ihn zu mir hoch. Als Nächstes suchte sie die Habseligkeiten zusammen und befestigte sie wieder am Geschirr. „Also los", sagte sie, kletterte auf ihren Sattel und ließ die Echse antraben.

Wir hielten auf den Wasserfall zu. Links davon schälte sich

der Einschnitt aus der zunehmenden Dunkelheit. Bald würden wir nach Hylend zurückkehren. Die Trilgesh stiegen höher und verschwanden. Wir erreichten den Bach. Gleich hatten wir es geschafft, dem Himmel sei Dank.

Doch plötzlich schwenkte Dressa die Echse nach rechts, nicht nach links, nicht zum Pass.

„Was machst du da?", keuchte ich erschrocken.

„Ich habe dir einen Heiler versprochen und den wirst du bekommen", sagte sie und trieb die Echse an, am Bach entlang, nach Norden, hinein ins Nordmoor.

„Er muss nach Hylend!", brüllte ich, dass Geldon in meinen Armen stöhnte.

Doch Dressa schwieg und ließ die Echse rennen.

Achtzehn
5. April 467 n. L.

Ich wachte auf, weil irgendein Vogel sein Lied vor meinem Fenster schmetterte. Zuerst kehrten die Schmerzen zurück, allerdings nur noch dumpf, dann registrierte ich eine trübe Helligkeit. Es musste früher Morgen sein, oder Abend, dem Licht nach zu urteilen. Und ich befand mich auf dem Gestüt, daran konnte ich mich erinnern. Zum ersten Mal seit vier Tagen hatte ich wieder in einem Bett geschlafen.

Dressas Plan war aufgegangen. Mit dem bewusstlosen Thronfolger auf meinem Schoß hatte ich nichts tun können. Und als wir endlich auf dem Gestüt ankamen, war ich so erschöpft, dass die Welt wie unter einem Nebel lag. An einem Weiher hatten Gänse geschnattert, viele Leute waren gekommen und eine Frau im Rollstuhl hatte sich mit einem Mann um mich gestritten. Dann hatte man mich zu ihrem Haus gebracht, gewaschen und ins Bett gesteckt. Jedenfalls nahm ich das an. Ich fühlte mich sauber zwischen den Laken.

Ruckartig richtete ich mich auf. Der Thronfolger! Dann fasste ich stöhnend an meinen Kopf und sank zurück in das Kissen. Jemand hatte etwas auf die Beule gelegt und einen Verband darum gewickelt. Rasch untersuchte ich auch meine übrigen Verletzungen. Meine Handgelenke mit den Abschürfungen von den Fesseln waren verbunden und als ich die Bettdecke anhob, sah ich, dass auch mein Oberschenkel und meine Fußknöchel behandelt worden waren. Ich schnupperte an dem Verband. Er roch fischig. Sie hatten Barschöl darauf gestrichen. Gab es hier etwa einen Kräuterheiler?

Ich richtete mich wieder auf, diesmal vorsichtiger. Und es ging. Bis auf die Kopfschmerzen und ein wenig Zwicken an den

Abschürfungen schien ich in Ordnung zu sein. Übel war mir jedenfalls nicht. Aber wohin hatten sie Geldon gebracht? Das Zimmer bot gerade genug Platz für ein schmales Bett und einen Stuhl unter dem Fenster. Ich war allein. Wo um Himmels willen steckte der Thronfolger?

In diesem Augenblick ging die Tür leise auf. Ein Kopf schob sich durch den Spalt und als das Mädchen sah, dass ich wach war, kam sie herein. „Gut geschlafen?", fragte sie lächelnd. Dann legte sie einen Stapel Kleider auf den Stuhl und machte sich auf den Rückweg. Ihr langer Zopf schlug dabei auf ihrem Rücken hin und her. In der Tür drehte sie sich noch einmal um. „Wenn du Hunger hast, sollst du nach vorn in die Küche kommen, sagt Nan. Und das Bad ist gegenüber." Damit verschwand sie und schloss die Tür hinter sich.

„Warte!", rief ich ihr nach, doch die Tür blieb zu. Mist, jetzt konnte ich allein nach Geldon suchen. Ich schwang die Beine aus dem Bett. Es war besser, wenn ich ihn so schnell wie möglich fand. Gestern Nacht war er noch bewusstlos gewesen und vielleicht war er inzwischen ja gestorben. Dieser Gedanke machte mich ganz schwach.

Doch dann blickte ich auf die Verbände an meinen Handgelenken. Es gab hier tatsächlich einen ausgebildeten Kräuterheiler. Ohne Ausbildung durfte niemand Barschöl verwenden, da ein unsachgemäßer Umgang Leben gefährden konnte. Doch gelehrt wurde dies nur in den Gildeninternaten bei der Heilerzunft. Ein Stein fiel mir vom Herzen. Kräuterheiler erzielten mit dem Öl fast dieselbe Wirkung wie ein Gabenheiler durch die Kraft seiner Finger. Geldon wurde hier nicht nur mit feuchten Tüchern auf der Stirn behandelt. Er würde gesund werden, alles sprach dafür.

Andererseits bestand die Gefahr, dass er den Leuten hier zu viel erzählte, wenn er aufwachte. Mein Bauchgefühl sagte mir, dass niemand erfahren durfte, wer er war. Das hieß jedoch, dass ich ihm unbedingt ein paar Dinge erklären sollte. Auch wenn er mich möglicherweise erkannte, musste ich dringend zu ihm. Ich konnte nur hoffen, dass es noch nicht zu spät war.

Als ich durch das Fenster schaute, blickte ich auf einen dicht bewachsenen, steilen Abhang, der vor Nässe glänzte. Das erklärte das trübe Licht. Vom Himmel war nichts zu sehen und außerdem schien es schon wieder zu regnen.

Rasch untersuchte ich den Kleiderstapel. Es waren tatsächlich meine Sachen, frisch gewaschen und gebügelt. Und im Bad gegenüber fand ich mein Waschzeug. Zehn Minuten später war ich geduscht und rasiert. Ohne den Bart fühlte ich mich besser. Und auch die ersten Stoppeln zeigten sich schon wieder auf meinem Kopf.

Das Zimmer und das Bad lagen am Ende eines Flurs mit einem Fenster an der Stirnseite. Draußen begrenzte links der Abhang einen Küchengarten mit einer ganzen Reihe von gepflegten Beeten. Es gab Beerensträucher und Spalierobst und auf den säuberlich geharkten Reihen wuchsen überall grüne Pflänzchen. Rechts ging der Garten in eine blühende Streuobstwiese über, durch deren Stämme das Wasser des Weihers schimmerte, und geradeaus, hinter den Spalierbäumen, erhoben sich Ziegelmauern und das Grüngold von Salzschilfdächern. Noch mehr Häuser, in denen ich suchen musste.

Ich überlegte, ob ich kurzerhand aus dem Fenster klettern sollte. Noch wollte ich den Menschen hier nicht gegenübertreten. Obwohl, an dem Mädchen eben war nichts Bedrohliches gewesen. Doch ich hatte schon einmal Pas Worte in den Wind geschlagen. *Schütze Gavandon vor meiner Familie.*

Heiliges Wurmloch, Pas Brief!

Ich fuhr mit der Hand in die Brusttasche der Jacke. Er war weg, zusammen mit dem Geld, verdammter Mist. Sie hatten ihn bestimmt gelesen und wussten jetzt, wie Pa über sie dachte. Und wahrscheinlich vermuteten sie, dass ich derselben Meinung war.

Das entschied es. Ich schob das Fenster hoch und kletterte nach draußen. Der Familie konnte ich mich später stellen, zuerst musste ich Geldon finden.

Es nieselte und ich schlug den Kragen hoch. Dann trat ich aus dem Rosenbeet, das die Hauswand in ganzer Breite schmückte.

Hoffentlich entdeckte mich niemand von dort drüben. Eine Gaube in den Dächern hinter dem Garten erlaubte freie Sicht auf dieses Flurfenster. Wenn ich ungesehen bleiben wollte, ging ich besser in Deckung.

Um mich zu orientieren, spähte ich vorsichtig um die Hausecke. Das Fenster, aus dem ich geklettert war, befand sich an der Stirnseite eines einstöckigen Anbaus. Das zweigeschossige Haupthaus schloss sich quer dazu an, sodass sich ein L ergab. Mit der langen Seite, dem Licht nach zu urteilen im Westen, schmiegte es sich an den dicht bewachsenen Abhang, der offensichtlich das gesamte Gelände vor den Winterstürmen schützte. Im Süden, hinter dem Dachfirst des Haupthauses, ragte das Panorama der Hylendberge auf, doch im Moment verbargen sich die Gipfel in den tief hängenden Wolken. Kein Wunder, dass es hier keine Sturmhecken, dafür aber jede Menge Bäume gab. Dies war der perfekte Platz zum Siedeln, fruchtbar und geschützt.

Und dann entdeckte ich auf der anderen Seite des Hauses noch ein Dach, diesmal aus Ziegeln. Verdammt, ein dritter Ort, an dem ich suchen musste.

Doch zunächst würde ich es bei den Häusern jenseits des Gartens probieren, beschloss ich. Nach rechts zum Ziegeldach musste ich an Fenstern vorbei, durch die man mich entdecken konnte. Ich rannte also zu der Streuobstwiese, deren Stämme Sichtschutz boten, und fand auf der anderen Seite einen Weg, der zwischen den Apfelbäumen und dem Weiher entlanglief. Jetzt konnten mich nur noch die Gänse beobachten, die auf dem Teich schwammen. Und anders als letzte Nacht blieben sie diesmal, wo sie waren.

Der Weg, am Anfang breit und gepflastert, wurde hinter dem Gänsestall zu einem schmalen Trampelpfad, der dicht bei den Häusern mit den Salzschilfdächern in eine geschotterte Straße mit Räderspuren mündete. Die Häuser selbst gruppierten sich um einen sauberen Innenhof, der sich zum Weiher hin öffnete. Links stand das Wohnhaus mit einer überdachten Veranda, die beiden anderen Seiten bestanden aus Ställen und Remisen, ebenfalls aus roten Ziegeln errichtet und gedeckt mit dem grüngoldenen, unverwüstlichen Salzschilf. Das Ganze machte einen wohlhabenden und gepflegten Eindruck.

Und wo war nun Geldon?

Die Haustür auf der Veranda krachte auf und zwei kleine Jungen stürmten heraus. Ich duckte mich hinter einen beschnittenen Busch. Die beiden glichen sich wie ein Ei dem anderen. Mit ihren kurzen, dicken Kleinkinderbeinen begannen sie, die Stufen von der Veranda herabzuklettern, doch ehe sie die letzte erreicht hatten, kam eine Frau hinter ihnen her. „Sylvus, Jorlan, hiergeblieben", herrschte sie die beiden an. Dressa!

Doch dann schaute ich genauer hin. Sie hatte ihr Haar im Nacken zusammengebunden, Dressa dagegen trug ihres kurz geschnitten. Und auch das Fühlweberzöpfchen fehlte bei der Frau. Dies war nicht meine Tante, sie glich ihr nur. Dressa hatte von einer Zwillingsschwester gesprochen, daran erinnerte ich mich.

Die Frau packte jeden der beiden Jungen im Rücken an den Hosenträgern und trug sie wie zwei Henkeltaschen zurück ins Haus. „Verdammt, ihr kleinen Biester", schimpfte sie. „Ich hatte gesagt, ihr sollt die Hände waschen, nicht schon wieder nach draußen ..." Die Tür schlug zu.

Wenn das Dressas Schwester gewesen war, lebte auch Dressa hier. Hatten sie Geldon bei sich behalten? War diese Frau eine Kräuterheilerin?

Plötzlich fiel eine Hand auf meine Schulter. „Da bist du ja, Junge", sagte eine Bassstimme. Ich fuhr herum.

Der Mann hinter mir lächelte, aber das konnte man kaum erkennen unter dem gewaltigen, grauen Schnauzbart. Was dort auf der Oberlippe an Haaren spross, fehlte oben auf seinem Kopf und er versuchte, seine Glatze mit langen Strähnen von den Seiten zu bedecken. Er war ein ganzes Stück kleiner als ich, sein Bauch in dem karierten Hemd wölbte sich aus der braunen Lederjacke und seine Jeans steckten in kniehohen Reitstiefeln. „Willkommen", sagte er und streckte mir die Hand entgegen.

„Ich bin Sheb, dein Großonkel."

Ich ergriff die Hand. „Guten Tag, Sor." Alles andere wäre unhöflich gewesen.

Er hakte mich unter. „Schön, dass du endlich da bist. Komm mit ins Haus, dann lernst du den Rest von uns kennen. Dressa hat schon so viel von dir erzählt. Hast du Hunger? Haben die da drüben dir etwas zu essen gegeben?" Mit sanftem Druck steuerte er mich auf die Veranda zu.

Ich befreite mich aus seinem Griff. „Eigentlich bin ich auf der Suche nach dem jungen Mann, der mit Dressa und mir gekommen ist, nach dem Verletzten. Können Sie mir sagen, wo ich ihn finde, Sor?"

„Sag doch nicht Sor zu mir, mein lieber Junge. Ich bin Sheb, so nennen mich alle hier." Diesmal legte er den Arm um meine Schulter, auch wenn er sich dafür ganz schön recken musste.

„Bitte, Sor – Sheb." Ich trat einen Schritt zur Seite, um seinem Arm zu entkommen. „Sagen Sie mir, wo ich meinen Freund finde."

„Also kennst du ihn?"

„Nein."

Sheb legte den Kopf schief. „Wirklich nicht?"

„Na gut, nicht direkt", gab ich zu. „Er stammt auch aus Itelgo, so wie ich, und ich habe ihn dort ein paar Mal gesehen. Bitte, ich möchte wissen, wie es ihm geht."

Er nickte. „Oh, ganz gut, glaube ich. Er ist drüben bei Blana in guten Händen. Mach dir keine Sorgen. Und jetzt komm rein, alle sind schon ganz gespannt auf dich." Wieder wollte er nach mir greifen, aber ich machte noch einen Schritt von ihm weg.

„Blana?", fragte ich.

„Unsere Heilerin. Sie wohnt da hinten." Er wies zur anderen Seite des Weihers.

Oh, gut. Ein Stein fiel mir vom Herzen. Der Thronfolger war nicht bei Dressa. „Wohnt Blana in dem ersten oder in dem zweiten Haus dort drüben?", fragte ich.

„Warum willst du das wissen? Gib dich doch mit denen nicht

ab, Junge." Sheb machte eine einladende Handbewegung. „Hier bei uns bist du richtig. Komm bitte mit rein, Shali hat zu deinen Ehren ihren fantastischen Schinkenbraten gemacht. Riechst du es nicht? Er ist köstlich. Und wir alle möchten dich so gerne kennenlernen." Immerhin machte er nicht mehr den Versuch, mich anzufassen. Doch er stand so, dass ich nicht an ihm vorbeikam.

„Bitte, Sor – Sheb." Ich wollte nicht ins Haus. Ich wollte Dressa nicht schon wieder treffen. „Später komme ich bestimmt. Ich will ja auch alle kennenlernen, versprochen. Bitte, ich muss zu dem Verletzten."

„Komm schon, Schwiegervater, lass ihn gehen." Das kam von einem Mann, der jetzt über uns an der Brüstung der Veranda lehnte. Er war deutlich jünger als Sheb, jedoch ein ganzes Stück älter als ich. Er trug ein Baby auf dem Arm, das das Gesicht in seine Halsbeuge kuschelte und schlief. Sacht schaukelte er den kleinen Körper auf und ab.

„Halt dich da raus, Jono", sagte Sheb.

„Warum bedrängst du den Jungen so?" Nicht eine Sekunde hörte der Mann auf, das Kind zu schaukeln. „Er will nun mal zuerst nach dem Verletzten sehen. Lass ihn doch. Wir haben für all das noch genug Zeit. Er ist jetzt hier und kann uns nicht mehr weglaufen."

Mit zusammengekniffenen Augen starrte Sheb zu dem Jüngeren hoch. Dann zuckte er mit den Schultern und trat einen Schritt beiseite. „Also schön, Junge, wir werden dein Essen warm stellen. Komm, sobald du nach deinem Freund gesehen hast, hörst du?"

Ich nickte. „Danke", sagte ich und machte, dass ich wegkam.

Ich hatte schon wieder den Gänsestall passiert und die Obstbäume am anderen Ende des Weihers erreicht, als ich in das Mädchen hineinlief, das mir vorhin die Kleider gebracht hatte. Der Weg nahm eine Kurve um die Bäume herum, so sah ich sie erst im letzten Moment. „Da bist du ja", sagte sie. Dann schaute sie an mir vorbei den Weg entlang und runzelte die Stirn. „Was hast du denn bei denen da drüben gemacht?"

Schon wieder „die da drüben". „Ich habe nach dem Verletzten gesucht, der mit Dressa und mir gekommen ist", sagte ich.

„Der ist doch nicht bei denen."

Das kam so voller Verachtung, dass ich sie erstaunt ansah. „Ich dachte, ihr seid alle eine Familie."

Sie verzog das Gesicht. „Schon. Aber die da machen nichts, das nicht von Buru..." Sie verstummte erschrocken.

„Das nicht von Burugiyel abgesegnet ist? Macht hier denn nicht jeder, was er will?" *Schütze Gavandon vor meiner Familie.*

In ihre Augen trat ein solcher Hass, dass ich froh war, nicht das Ziel zu sein. „Nur, wenn wir müssen", sagte sie. „Wir hier auf dieser Seite..." Sie schlug sich die Hand vor den Mund. „Oh Himmel, woher weißt du von Burugiyel?"

Die Erinnerung an die schwarze Obsidianwolke verursachte bei mir immer noch Übelkeit. „Dressa hat mir gestern irgendeine Asche ins Gesicht geblasen. War keine schöne Erfahrung", sagte ich.

Sie machte einen Schritt rückwärts. „Du bist schon gebunden? Und wer hat dich geschult?" Diesmal galt der Hass in ihrem Blick eindeutig mir. „Warum bist du nicht gleich bei denen geblieben? Dahin gehörst du doch jetzt." Sie drehte sich um und stapfte zurück in Richtung Haus.

„Warte!" Ich lief ihr nach und packte sie am Oberarm.

Sie schlug auf meine Hand. „Geh zu deinen Freunden, Weichbirne."

Ich ließ ihren Arm nicht los. „Burugiyel wollte mich nicht, das hat er gesagt. Und was ist diese Schulung? Davon hat auch Dressa gesprochen."

Sie blieb stehen und starrte mich an. „Du hattest keine Schulung? Und warst trotzdem bei Burugiyel?"

Ich zuckte mit den Schultern. „Da ich nicht weiß, was das alles bedeutet, kann ich darauf nicht antworten."

Sie verschränkte die Arme vor der Brust. „Glaub mir, wenn du so was erlebt hättest, wüsstet du, was ich meine."

„Vielleicht ging alles nur viel zu schnell. Kaum steckte ich in dieser schwarzen Wolke, war ich schon wieder zurück in meinem Körper. So jedenfalls fühlte es sich an. Dressa war viel länger da drin."

„Er hat dich nicht gebunden? Wieso? Du bist Fühlweber, das sagen alle. Die bindet er immer." Sie kniff die Augen zusammen. „Und wo ist dein Zöpfchen?"

„Das ist kompliziert", sagte ich. „Wie heißt du eigentlich?"

„Sitara", antwortete sie automatisch. „Meine Mam ist die Schwester von deinem Pa. Wieso hat er dich nicht gebunden?"

„Ich bin unbegabt", log ich. Schütze Gavandon vor meiner Familie.

„Was?" Diesmal lag Entsetzen in ihrer Stimme. „Aber ..." Abrupt drehte sie sich um und starrte auf die Berge. „Verdammt, verdammt", murmelte sie halblaut.

„Hör zu, ich verstehe das alles nicht." Wieder griff ich nach ihrem Arm. „Bitte erkläre mir endlich, um was es hier geht. Erst bist du wütend, weil ich Burugiyel kennenlernen musste. Und jetzt stört es dich, dass diese Begegnung nur kurz gedauert hat. Was ist hier los, verdammt noch mal?"

Mit einem heftigen Ruck befreite sie sich. „Das ist doch egal!" Dann rannte sie davon, dass ihr langer, brauner Zopf hinter ihr herflatterte.

„Warte! Wohnt Blana bei euch oder in dem Haus dort hinten?", rief ich ihr nach.

Doch Sitara blieb nicht stehen. Sie sprang die Stufen zu ihrer Veranda hinauf und knallte die Tür unüberhörbar ins Schloss.

Na toll, immer noch keiner, der mich zum Thronfolger brachte. Ärgerlich ging ich den Plattenweg entlang auf das dritte Wohnhaus zu. Ich wünschte, ich wäre Dressa nie begegnet.

Neunzehn
5. April 467 n. L.

Ich kam nicht weit. Kaum hatte ich das L-förmige Haus passiert, rief mir jemand nach: „Wohin willst du, Junge?"

Ich blieb stehen, drehte mich um – und erblickte oben an den Stufen zur Veranda meinen Pa. Jedenfalls, wenn Pa eine weißhaarige Frau in einem Rollstuhl gewesen wäre.

Einen Augenblick konnte ich nichts weiter tun, als sie anzustarren. Die Begegnung war so überraschend, dass mir sofort der altvertraute Kloß in die Kehle stieg. Ich schluckte. „Guten Tag, Mem", sagte ich und war froh, dass meine Stimme einigermaßen normal klang. Ich nickte höflich und wandte mich wieder zum Gehen. Wer sie war und warum sie im Rollstuhl saß, obwohl Lähmungen von befähigten Gabenheilern ohne weiteres beseitigt werden konnten, würde ich später herausfinden. Jetzt hatte ich etwas zu tun.

„Nichts da, Gavandon, du kommst sofort zurück."

Diesen Ton kannte ich. Granna verstand es wie kein Zweiter, jemanden zu stoppen, und offenbar konnte diese Frau das auch. Seufzend blieb ich stehen und drehte mich zu ihr um.

„Wohin willst du?", wiederholte sie.

„Ich muss zu dem Thr..., zu dem Verletzten." Verdammt, jetzt hätte ich mich schon wieder fast verplappert.

Sie machte eine wegwerfende Handbewegung. „Nichts da, der Prinz ist in Ordnung. Bei Blana ist er in guten Händen. Komm rauf, sofort, wir müssen reden."

Prinz? Sie wussten, wer er war?

Sie winkte ungeduldig. „Steh da nicht rum wie angewurzelt."

„Aber ..."

„Kein ‚Aber'. Muss ich dich erst holen?" An der Seite der Veranda führte eine Rampe nach unten, sodass sie ihre Drohung wahr machen konnte. „Himmel, Gavandon, nun komm endlich, ich beiße nicht." Sie winkte wieder.

Also schön. Ich stieg die Stufen zu ihr hoch. Einen Augenblick wurde ihr Blick weich, als ich vor ihr stand. Doch dann bildete sich wieder eine Falte zwischen ihren Brauen. Die kannte ich von Pa, die bekam er immer, wenn er ärgerlich wurde. Aber was hatte ich dieser Frau getan? „Wer sind Sie, Mem?", fragte ich.

„Nenn mich Nan. Ich bin deine Großmutter." Sie machte eine Handbewegung hin zur Eingangstür. „Wir müssen dringend reden, mein Junge. Was hast du dir dabei gedacht, als du den Prinzen hierhergebracht hast?"

„Wie bitte? Aber ..."

„Nicht hier draußen." Sie rollte voraus und hielt mir die Tür auf. „Und Hunger hast du sicher auch."

Das allerdings stimmte, seit gestern hatte ich nichts mehr gegessen.

Sie führte mich durch einen Flur, vorbei an der Treppe zum Obergeschoss bis zu einer Tür auf der linken Seite. Gegenüber mündete der Gang, der zum Anbau gehörte. An dessen Ende erkannte ich das Fenster, durch das ich geklettert war.

Wir betraten eine geräumige Küche mit einem tollen Blick auf das Bergpanorama. In der Mitte des Raumes stand ein großer Tisch mit einer gescheuerten Holzplatte, darauf ein tiefer Teller, Besteck und ein Laib Brot auf einem Holzbrett. Entlang der Wände gab es jede Menge Schränke, eine aufgeräumte Spüle unter dem linken Fenster und in der rechten Ecke einen Gasherd, auf dem ein großer Topf vor sich hinsimmerte. Es duftete verführerisch.

Die Frau deutete auf den Teller. „Nimm dir aus dem Topf dahinten", sagte sie. „Jertis kocht fantastisch, es wird dir schmecken." Wer Jertis war, fügte sie nicht hinzu.

Im Moment interessierte ich mich auch nicht dafür. „Was war falsch daran, dass ich den Thronfolger retten wollte?", fragte ich.

„Erst essen." Sie rollte zum Tisch und begann, einen ordentlichen Kanten vom Brot abzuschneiden. Ich gehorchte und holte mir einen Teller Eintopf. Sie sagte nichts, bis ich den letzten Rest Suppe mit dem Brot auswischte.

Während der ganzen Zeit hatte ich sie verstohlen beobachtet. Sie sah wirklich aus wie Pa, die gleichen, krausen Haare, der gleiche volle Mund. Nur dass ihre Haare weiß, straff zurückgekämmt und hinten zusammengenommen waren, anstatt wie eine kurz geschnittene Haube ihren Kopf zu bedecken. Lediglich ein paar Löckchen kringelten sich am Haaransatz.

Sie nestelte in ihrer Strickjacke herum, zog ein Taschentuch heraus und drückte es sich an die Augen. „Entschuldige", sagte sie mit rauer Stimme, „ich könnte glauben, dass mein Barthes zurückgekehrt ist. So hat er ausgesehen, als er verschwand. Du musst mir unbedingt von ihm erzählen, hörst du?"

Ich runzelte die Stirn. Jetzt plötzlich sollte ich von Pa erzählen? „Ich denke, Sie wollen über den Thronfolger reden", sagte ich.

Sie tupfte sich noch einmal die Augen. „Genau." Ihr Blick wurde wieder hart und sie steckte das Tuch weg. „Wieso hast du ihn hierhergebracht. Konntest du dir nicht denken, dass ..." Sie stockte. „Nein, besser du erzählst mir, was passiert ist. Und lass nichts aus, hörst du?"

„Woher wissen Sie, wer er ist?"

„Na hör mal. Wir mögen ja abgeschieden leben, aber bestimmt nicht jenseits von Prim. Immer, wenn jemand rüber nach Hylend reitet, bringt er Zeitungen mit. Und Geldon ist Sitaras Prinz Charming. Sie liest alles, was sie über ihn in die Finger kriegt, sie hat sogar ein Poster von ihm in ihrem Zimmer. Hast du ernsthaft geglaubt, du könntest verheimlichen, wer er ist?"

Ich zuckte mit den Schultern und sah auf den Tisch hinunter.

Sie legte die Hand über meine Fäuste. „Und jetzt berichte", sagte sie sanft.

Also schön, es gab kein Inkognito. Wahrscheinlich hatte sogar Dressa sofort gewusst, wer er war. Außerdem kam mir diese neue Großmutter nicht wirklich bedrohlich vor, auch wenn es vielleicht nur daran lag, dass sie Pa so ähnlich sah.

Ich holte tief Luft, zog meine Hände aus ihrem Griff und begann zu erzählen, von den Ereignissen in Hylport, von Dressas totem Esel und wie ich den Thronfolger gefunden hatte, von meiner Vermutung, dass der Esel einfach nur nach Hause wollte, als Geldon in das Tal mit den verbrannten Sterndornen kam. Meine neue Großmutter unterbrach mich auch nicht, als ich von den Trilgesh berichtete, wie ich Dressa das Versprechen abgerungen hatte, den Thronfolger zu einem Heiler zu bringen, und von meinem Entsetzen, als sie die Echse wider Erwarten nach Norden lenkte anstatt zurück nach Hylend. Von der Wurmasche allerdings erzählte ich nichts, die Erinnerung daran war zu unangenehm.

„Also so war das", sagte sie, nachdem ich geendet hatte.

In diesem Moment krachte die Tür auf und Sitara stürmte herein. „Sag ihm bloß nichts, Nan", rief sie. „Er gehört schon zu denen. Dressa hat ..."

„Schrei nicht so vor unserem Gast!" Hinter dem Mädchen betrat eine weitere Frau die Küche, eine ältere Ausgabe von Sitara. Moment, wenn das ihre Mutter war, dann musste die Frau Pas Schwester sein, also meine Tante. Sitara hatte so etwas erwähnt. Allerdings sah die Frau Pa nicht so ähnlich wie meine neue Großmutter, statt der krausen, hellen Löckchen besaß sie wie ihre Tochter glattes, braunes Haar, nur kurz geschnitten und versehen mit etlichen grauen Strähnen, und ihr fülliger Körper steckte in einem weiten, dunklen Pullover über einer ausgeblichenen Jeans. „Guten Tag und willkommen, Gavandon, ich bin deine Tante Jertis", sagte sie. Deutlich hörte ich eine gewisse Reserviertheit in ihrer Stimme.

Ich stand auf und streckte ihr die Hand hin. „Guten Tag, Mem, ich freue mich, Sie kennenzulernen." Sie war die Erste, die nicht von Anfang an so tat, als gehöre ich seit Jahren zur Familie.

Sie schüttelte mir die Hand und deutete auf den leeren Teller, dann zum Topf auf dem Herd. „Ich sehe, Sie haben schon gegessen. Möchten Sie noch? Ich kann Ihnen gerne noch etwas auftun."

Sitara verdrehte die Augen. „Mam! Hör auf damit! Er hatte schon das Wurmpulver!"

Meine neue Großmutter sah mich entsetzt an. „Du bist bereits gebunden? Und auch geschult? Warum hast du das verschwiegen?"

Sitara kniete sich neben den Rollstuhl. „Nan, du weißt doch, dass Dressa Würmer mitgenommen hat."

Mem Fermin runzelte die Stirn und blickte zu mir. „Ich glaube nicht, dass sie bis ..."

Doch Sitara hörte nicht zu. „Allerdings behauptet er, dass er die Gabe nicht besitzt und Burugiyel ihn nicht haben wollte", sagte sie.

Daraufhin wurde es für einen Moment totenstill. Nur ein Tropfen Wasser fiel aus dem Hahn ins Becken und draußen sang eine Amsel.

Auf der Stirn meiner Großmutter erschien wieder die tiefe Falte. „So, so", sagte sie und mir wurde unbehaglich unter ihrem Blick. „Du verschweigst also immer noch etwas, stimmt's?" Eine Feststellung, keine Frage.

Ich machte mich auf den Weg zur Tür. „Tut mir leid, Mem Fermin, Mem Fermin, Sitara", ich nickte jeder der drei Frauen zu, „ich muss jetzt wirklich zu Geldon. Bis später, ich ..."

„Nichts da, du bleibst", befahl meine Großmutter im Granna-Ton.

Himmel noch mal! Ich drehte mich um.

Alle drei Frauen sahen mich an, Sitara wütend, ihre Mutter entsetzt und Großmutter mit der Pa-Falte zwischen den Brauen. Sie deutete auf den Stuhl. „Komm her und setz dich gefälligst wieder." Granna-Ton.

Sitara stemmte sich aus der Hocke hoch. „Aber Nan ..."

„Und du hältst den Mund." Der Ton wirkte auch bei ihr. Sie verstummte.

„Kommst du jetzt, Gavandon, oder muss ich dich holen?" Großmutter drehte ihren Rollstuhl vom Tisch weg, bereit, mir nachzukommen, sollte ich ihren Befehl ignorieren.

Sitaras Mutter ging zum Herd und drehte das Gas aus. „Besser, du gehorchst", sagte sie über die Schulter. Dann nahm sie einen großen Kochlöffel, rührte den Eintopf um und legte den Deckel auf.

Ich kehrte wie befohlen zum Tisch zurück.

„Wir wollen dir nichts Böses, wirklich nicht", sagte Großmutter, als ich vor ihr stehen blieb, „doch du musst endlich ehrlich zu uns sein. Dressa hat dir das Wurmpulver gegeben, richtig?"

Ich nickte.

„Wann und wo?"

„Gestern, kurz nachdem wir auf dieser Seite der Grenze angekommen sind. Mem, es tut mir leid ..."

Sie ließ mich nicht ausreden. „Bist du schon gebunden, Junge? Lüg nicht."

Ich zuckte mit den Schultern. „Keine Ahnung. Jedenfalls hat diese schwarze Wolke mich sofort wieder zurück in meinen Körper gestoßen. Dressa war viel länger bei ..."

„Glaub ihm nicht, Nan", fauchte Sitara.

„Halt den Mund!" Mem Fermin wandte sich wieder mir zu. „Was genau hat Burugiyel gesagt?"

Ich setzte mich. „Dass er mich nicht brauchen kann, weil ich grau bin." Ich beugte mich vor. „Tut mir leid, Mem, dass Ihnen das so viel Kummer bereitet, aber können wir nicht später darüber sprechen? Ich möchte jetzt wirklich zu ..."

Sie schnitt mir wieder das Wort ab. „Nenn mich Nan, wie alle hier. Und hör auf, mich zu siezen. Erzähl mir genau, was passiert ist."

Also berichtete ich in allen Einzelheiten auch noch von der Begegnung mit Burugiyel.

„Und er glaubt, du bist unbegabt? Tatsächlich?" Mem Fermins – oder vielmehr Nans Blick bei diesen Worten konnte ich nicht deuten. „Was geschah dann?", bohrte sie weiter.

Wieso klang sie jetzt aufgeregt? Egal, je eher ich zu ihrer Zufriedenheit antwortete, desto schneller konnte ich gehen. „Danach bin ich abgehauen und habe den Thronfolger gefunden", sagte ich.

Sie schwieg einen Moment. Dann fing sie an, in ihrer Jacke zu graben. „Verdammt, Gavandon, du erzählst uns immer noch nicht alles." Sie zog einen verknitterten Umschlag hervor.

Pas Brief! Da war er.

„Was ist das?", fragte Sitara und wollte nach dem Umschlag greifen.

Doch Nan zog ihn aus ihrer Reichweite. Sie warf ihn vor mir auf den Tisch und schlug mit der Hand darauf. „Ich verlange die ganze Wahrheit, Gavandon, verstanden? Ich kann zwar nicht wie Dressa Lügenwellen spüren, aber ich bin auch nicht dumm. Warum willst du uns weismachen, dass du nicht begabt bist?"

„Er ist begabt? Und Burugiyel hat ihn nicht haben wollen?", fragte Sitaras Mutter erstaunt. Inzwischen lehnte sie mit verschränkten Armen an der Spüle.

Sitara stellte sich neben sie. „Siehst du, Nan, er lügt, wie alle von denen da drüben. Wahrscheinlich sagt er das mit Burugiyel nur, weil er uns ausspionieren soll, ist doch klar. Ich habe ihn draußen gefunden, gerade, als er von drüben kam. Vermutlich hat er sich von denen da Anweisungen ..."

„Halt den Mund, Sitara." Nan wies zur Tür. „Wenn du dich nicht zusammennehmen kannst, solltest du jetzt besser gehen."

Beleidigt verschränkte auch meine Cousine die Arme.

Nan schaute mich wieder an. „Ich gebe zu, ich bin überrascht, dass du das Wurmpulver schon bekommen hast, und noch mehr, dass Burugiyel nichts von dir wissen wollte. Obwohl ...", sie strich gedankenverloren über den Brief. „Nein, das ist jetzt nicht wichtig. Zuerst muss ich dich etwas fragen. Es gab nämlich einen Behälter voller Würmer, als Dressa aufbrach, um dich zu suchen. Aber in Itelgo hast du ihn nicht gesehen, oder?"

Plötzlich fiel mir die erste Begegnung mit Dressa ein. „Vielleicht doch", sagte ich. „Möglicherweise kenne ich die Dose. Dressa hat etwas daraus in den Therion geworfen und den Rest dann auf den Boden gekippt. Es war Erde, ich habe nachgeschaut."

Nan kicherte. „Sheb ist so ein Idiot. Er hätte wissen müssen, dass Würmer drüben auf der anderen Seite nicht lange genug durchhalten." Dann wurde sie wieder ernst. „Obwohl, Dressa hatte noch welche, als sie nach Itelgo kam." Sie winkte ab. „Aber egal, zum Glück ist der Plan nicht aufgegangen. Sag mir, wie konnte sie dich ins Nordmoor locken, ohne einen Wurm zu Asche zu verbrennen?"

„Und warum hat sie es getan?", fragte Sitaras Mutter von der Spüle her. „Es war doch nie geplant, ihn hierher zu bringen."

„Mam!" Sitara verdrehte die Augen. „Ohne Würmer hatte sie doch keine Wahl. Du weißt, wie die da drüben springen, sobald Burugiyel..."

„Danke, Sitara", schnitt Nan ihr das Wort ab. Sie sah mich wieder an. „Wieso bist du mitgekommen?"

Also musste ich auch den Rest der Geschichte preisgeben. Ich erzählte, dass Dressa mir nach der Sache mit Mem Lion Hilfe angeboten hatte, dass ich aber lieber zu den Karawanen geflohen war. „Und da hat sie mich dann aufgestöbert und einfach mitgeschleppt", schloss ich meinen Bericht. „Ich hatte keine Chance, weil sie diese Echse..."

„Ja, richtig, die Echse. Wieso hat ihr Sheb eigentlich so viel Geld mitgegeben?", fragte meine Tante.

Ich drehte mich zu ihr um. „Sie hat sie nicht gekauft, sondern geklaut."

Keine der Frauen schien sonderlich überrascht. „War ja klar", murmelte Sitara.

„Also schön, ich fasse zusammen", sagte Nan, „du musstest aus Itelgo fliehen, weil dir dieses Missgeschick mit der Wirtin passiert ist. Und genau in diesem Augenblick taucht Dressa auf und nimmt dich mit nach Norden, richtig?"

Ich nickte. „So in etwa."

„Und kaum seid ihr über die Grenze, verbrennt sie einen Wurm und..."

Wieder krachte die Tür auf. „Dem Himmel sei Dank, ihr seid hier", keuchte eine Frau völlig außer Atem. „Ich brauche euch, sofort."

Sie war klein, zierlich und unübersehbar schwanger. Ihr schwarzes Haar hatte sie unordentlich im Nacken zusammengenommen, ein paar lange Strähnen hatten sich aus dem Gummi gelöst und eine riesige Brille ließ ihre Augen groß wie die von Trilgesh erscheinen. „Kommt schon!" Sie winkte und wandte sich bereits wieder zum Gehen. „Er randaliert. Ich musste ihn einschließen, aber er macht mir noch alle Essenzen kaputt, wenn wir ihn nicht stoppen."

Sitara wurde blass. „Oh nein!", rief sie und war wie der Blitz zur Tür hinaus.

Meine Tante jedoch blickte unschlüssig von der Schwangeren zu Nan und mir.

„Mach schon, Jertis", herrschte Nan sie an, „ich brauche dich nicht, Blana schon. Sagt ihm, dass wir bald alles erklären. Und jetzt verschwinde, die Essenzen sind wichtig."

Jertis nickte und lief hinter der Schwangeren her.

Ich war ebenfalls aufgestanden. „Das war also eure Heilerin? Ich muss sofort ..."

„Nichts da. Die drei schaffen das schon." Nan packte meinen Arm und drückte mich wieder auf den Stuhl. „Jetzt, wo wir allein sind, können wir endlich offen reden." Sie nahm Pas Brief. „Lässt du ihn mir für eine Weile?"

Ich schüttelte den Kopf und wollte danach greifen.

„Bitte", sagte sie, „er war doch mein Sohn. Er war jünger als du, als ich ihn das letzte Mal gesehen habe."

Plötzlich standen Tränen in ihren Augen und ich begriff, dass es ihr nicht anders ging als Muri. Deren Sohn, Mams erster Mann, war ebenfalls verschollen. Bei Muri spürte man immer diese Traurigkeit, die zu ihr gehörte wie der Duft nach Lavendel.

„Nur eine Weile", bat Nan. „Ich gebe ihn dir zurück, versprochen."

Trotzdem streckte ich die Hand nach dem Umschlag aus. „Ich habe sonst nichts von meinem Pa", sagte ich und meine Kehle wurde wieder eng. „Dressa hat meinen Rucksack bei den Karawanen liegen lassen. Der Brief ist die einzige Erinnerung an zu Hause. Bitte."

Sie sah mich an. „Und was ist, wenn ich dir etwas anderes gebe", fragte sie, „etwas von Barthes, das viel besser ist als das hier?"

„Etwas von Pa?" Ich kniff die Augen zusammen.

Einen Moment musterte sie mich, dann plötzlich fragte sie: „Erscheinst du grau, weil du dein Silbernetz um dich gelegt hast?"

Vor Überraschung nickte ich, ehe ich mich beherrschen konnte.

Plötzlich lachte sie laut und schlug sich mit der Hand auf den Oberschenkel, dass mir ganz warm ums Herz wurde. „Das ist ja besser, als ich gehofft habe. Himmel, du bist deinem Vater so ähnlich. Grau wegen dem Silbernetz, halleluja! Wenn ich das den anderen..." Sie winkte ab. „Aber alles zu seiner Zeit. Komm, ich habe etwas für dich, das du brauchen wirst." Schon rollte sie aus der Tür und winkte. „Komm schon."

Natürlich folgte ich ihr hinaus in den Flur. Was war es, das sie mir geben wollte? Und sie musste mir endlich sagen, was hier vor sich ging. Diese neue Großmutter schuldete mir ein paar Antworten.

wanzig
5. April 467 n. L.

Nan führte mich in den Anbau zu einem Zimmer auf der rechten Seite, schräg gegenüber von dem, in dem ich aufgewacht war. Beherrscht wurde es von einem Bett mit geblümter Tagesdecke, das zwischen den beiden Fenstern mit dem Kopfende an der Wand stand. Ein Galgen mit einer Haltestange ragte darüber auf, ansonsten gab es nur wenige Möbel, auf der rechten Seite einen Sekretär ohne Stuhl und mehrere Kommoden entlang der übrigen Wände. Es duftete nach Talkum-Puder und Hyazinthen. Auf beiden Fensterbänken standen deren Zwiebeln, aufgereiht in blauen und grünen Gläsern, einige abgedeckt mit bunten Pappkegeln, andere mit schweren rosafarbenen und weißen Blüten.

„Komm her", sagte Nan. Sie deutete auf ein Bild, das gegenüber dem Fußende des Bettes an der Wand hing. Drei Köpfe waren zu sehen, gezeichnet mit Rötel und Kohle. „Erkennst du deinen Vater?", fragte sie.

Normalerweise hätte ich das Bild sofort betrachtet. Jetzt jedoch wollte ich Antworten. „Nan", sagte ich, „ich muss wissen …"

Doch sie achtete nicht darauf. „Er ist dein Spiegelbild, findest du nicht? Und das Mädchen rechts neben ihm ist deine Tante Jertis. So hat sie mit dreizehn ausgesehen. Der Kleine vor den beiden ist Broder, dein Onkel. Der war damals erst zehn." Sie sah mich an. „Verstehst du jetzt, warum ich so glücklich bin? Du bist wie Barthes, ganz genau so." Sie öffnete die Arme.

Zärtlichkeiten war ich nicht gewohnt. Zu Hause drückte mich nur Mam ab und zu, was mir jedes Mal peinlich war. Trotzdem beugte ich mich unbeholfen zu ihr hinunter und ließ zu, dass sie meinen Hals umschlang. Ich wollte, dass sie mir vertraute. Vorhin in der Küche hatte sie alles aus mir herausgeholt. Jetzt war ich dran.

Sie gab mir einen Kuss auf die Wange und ließ mich wieder los. Tränen standen in ihren Augen, aber sie kicherte: „Genau wie Barthes. Dein Pa wurde auch ganz steif, wenn man ihn in den Arm nehmen wollte."

Ich lächelte verlegen. „Nan, was geht hier vor?", versuchte ich es noch einmal.

Doch sie hatte sich schon wieder abgewandt. „Jertis hat so viel Talent, findest du nicht?" Sie deutete auf die Kinderporträts. „Dies hier wurde nach einem Foto gemalt. Alle Bilder im Haus sind von ihr. Aber es gibt nur dieses von deinem Vater. Kurz danach ist er ..." Sie verknotete die Hände im Schoß. Dann deutete sie auf das Bett. „Und nun setz dich dorthin, ich habe etwas für dich."

„Nan, ich muss endlich wissen ..."

„Ja, ja, gleich. Setz dich, bitte."

Seufzend tat ich, was sie verlangte.

Sie rollte zum Sekretär und zog die Schublade auf. Als sie sich wieder zu mir umdrehte, hielt sie das Geld in der Hand, das zusammen mit Pas Brief aus meiner Jacke verschwunden war. „Sicher willst du das wiederhaben." Sie reichte mir die Scheine. „Ich habe sie für dich verwahrt."

„Danke." Immerhin bekam ich sie freiwillig zurück, nicht wie bei Dressa, die sie einfach hatte stecken lassen. Doch jetzt konnte ich nicht länger warten. „Was, verdammt noch mal, ist hier los, Nan? Weshalb ist Pa abgehauen? Und warum habt ihr mir diese Wurmasche gegeben? Wer ist Burugiyel und was bedeutet dieses Schulen und Binden, von dem ihr immerzu redet?"

Nan richtete sich steil auf. „Pass auf, was du sagst." In ihrer Stimme lag derselbe Hass wie vorhin bei Sitara. „Du solltest uns niemals, nie-mals, mit denen da drüben verwechseln, verstanden? Wir hier haben absolut kein Interesse, dich Burugiyel vorzustellen."

Erschrocken schwieg ich.

Nan beugte sich vor und tätschelte mein Knie. „Tut mir leid.

Du kannst nicht wissen, wie es bei uns zugeht. Und ich wünschte deinetwegen, Dressa hätte dich nicht hierhergebracht. Obwohl ich dich dann nie kennengelernt hätte."

Gereizt stand ich auf, trat ans Fenster und stopfte die Geldscheine in die Tasche. Himmel noch mal, wieso wich sie mir ständig aus? Was war so schlimm, dass sie darum herumschlich, wie eine Opalechse um die Sauermilch? Ich hätte zu Hause bleiben sollen. Dann wären mir Dinge wie Obsidianwolken oder Wurmasche erspart geblieben. Und mit Pas Brief hätte ich die Gilde bestimmt von meiner Harmlosigkeit überzeugen können.

Nur, die Gilde brannte jeden aus, den sie für gefährlich hielt.

„Verdammt!", brüllte ich und hieb mit der Faust auf das Fensterbrett. Ein Hyazinthenglas fiel um, das Wasser ergoss sich über das gewachste Holz und tropfte hinunter auf die Dielen, die Zwiebel mit ihren grünen Blattspitzen und weißen Wurzeltentakeln rollte zusammen mit dem Pappkegel unter das Bett.

„Oh nein", sagte ich und versuchte, das Wasser mit beiden Händen am Hinabrinnen zu hindern.

Meine Großmutter war bereits zu einer der Kommoden gerollt und holte ein Tuch. Lächelnd reichte sie es mir „Keine Sorge, ist nicht schlimm."

So gut es ging, wischte ich das Wasser auf und wrang es durch den engen Hals zurück in das Glas. Dann angelte ich unter dem Bett nach der Zwiebel und dem Hütchen. „Ehrlich, es tut mir leid", sagte ich, als alles wieder an seinem Platz stand.

Mit einer Handbewegung wischte Nan das Missgeschick beiseite. „Meine Schuld. Natürlich willst du eine Erklärung. Und ich plappere über Barthes und die Bilder von Jertis. Aber es ist ungeheuer schwer, wie du gleich verstehen wirst." Sie holte tief Luft. „Also schön, was hat Dressa dir erzählt?"

„Nichts, das ist es ja." Ich versuchte, ihre Miene zu deuten, aber bis auf eine gewisse Anspannung gab sie nichts preis. Deshalb fragte ich: „Was ist gestern passiert? Was macht diese Wurmasche mit einem?"

„Das ist nicht leicht zu erklären." Sie schaute für einen Moment auf ihre Hände, dann sah sie mich entschlossen an. „Und du solltest jetzt genau zuhören. Da du Burugiyel bereits erlebt hast, darf ich dir die Wahrheit sagen. Diese Welt ist nicht so, wie du sie kennst. Aber du musst versprechen, darüber Stillschweigen zu bewahren." Die Pa-Falte erschien über ihrer Nasenwurzel. „Versprich es", wiederholte sie. Granna-Ton.

Offenbar meinte sie es ernst. „In Ordnung, ich behalte es für mich", sagte ich. Was jetzt wohl kam?

„Gut." Die Pa-Falte verschwand. „Ich kann mir denken, wie bizarr dir gestern die ganze Sache vorgekommen sein muss. Aber eigentlich sind Wurmpulver und andere Drogen auf dieser Welt völlig normal. Trilgesh benutzen sie zu bestimmten Gelegenheiten, um ihrem Astralwesen zu begegnen. Nur uns Menschen gegenüber macht man daraus ein großes Geheimnis."

Ich runzelte die Stirn. „Astralwesen?"

„Burugiyel. Dem gehört das Nordmoor und Chingistiril das Gebiet auf der anderen Seite der Berge."

„Es gibt noch mehr von denen?"

Nan nickte. „Sie sind sogar recht zahlreich. Die ganze Welt wurde unter ihnen aufgeteilt. Jedes Astralwesen beherrscht ein bestimmtes Gebiet, nämlich das, in dem ihr ganz besonderes Tier existiert." Sie schwieg und ließ ihre Worte wirken.

Plötzlich standen mir eine weiße Trilgesh und ein grünes Frettchen vor Augen. Aber wie passte das alles zusammen? „Keine Ahnung, über was du da redest", sagte ich frustriert.

Sie lächelte. „Kann ich mir denken. Deshalb hör einfach weiter zu, auch wenn du alles für Märchen hältst. Ich versichere dir, es ist wahr, jedes Wort. Wir hier auf dem Gestüt kennen dies alles schon seit Jahren, weil Burugiyel sich in unser Leben gedrängt hat. Jeder von uns wird irgendwann ..." Sie schüttelte den Kopf und machte eine abwehrende Handbewegung. „Nein, das ist jetzt nicht wichtig. Versuche einfach, die Dinge so zu glauben, wie ich sie berichte."

Und dann erzählte sie mir die erstaunlichste Geschichte, die ich je gehört hatte.

Seit Jahrhunderten betrachteten wir Menschen die Trilgesh als einzige andere Zivilisation, aber das war falsch. In Wahrheit lebten diese Fledermäuse in einer Art Symbiose mit ihren Hütern, wie die Astralwesen sich selbst bezeichneten. Jeder Trilgesh-Clan wählte einen Anführer, Alter Weiser genannt, der dann an den Hüter gebunden wurde. Dazu brauchte man hier im Nordmoor zum Beispiel die Wurmasche. Ein Astralwesen herrschte dort, wo sein ganz besonderes Tier die Droge lieferte, die einen zu seinem Geist leitete.

„Und auf der anderen Seite der Berge gibt es diese Würmer nicht?", fragte ich.

„Nein", sagte Nan, „und das sollte besser so bleiben. Aber lass mich zuerst die Bindung erklären."

„Hängt sie mit diesen Schulungen zusammen? Ein paar Mal habt ihr beides gemeinsam erwähnt."

Nans Miene verschloss sich wie eine Muschel. „Über Schulungen kann ich nicht sprechen", sagte sie mit einer Stimme wie Schmirgelpapier. „Aber du solltest denen da drüben unbedingt aus dem Weg gehen, solange du hier bist. Mehr sage ich nicht dazu."

„Dann erkläre mir diese Bindung", bat ich rasch, um sie nicht noch mehr zu verärgern.

Sie nickte und entspannte sich wieder. „Nicht jeder bekommt sie. Nur Dressa, ihr Vater und ihre Schwester wurden zu Burugiyels Alten Weisen gemacht. Bei Shali zeigt das Ganze allerdings wenig Wirkung, wahrscheinlich, weil ihre Gabe kaum ausgeprägt ist. Burugiyel gibt sich nicht gern mit tauben Geistern ab, wie er es nennt. Deshalb hat er sich zum Glück auch nie mit einen von uns Unbegabten verknüpft. Sonst wären wir ihm alle hörig, so wie Dressa und ihr Vater."

„Aber wie wird man gebunden?"

„Mithilfe dieser Droge. Wenn du sie genommen hast, begegnet dein Geist dem des Astralwesens. Das hast du bereits erlebt. Und wenn du dort bist, kann Burugiyel ein Stück von dir gegen eines von sich selbst tauschen. Danach bist du so eng verknüpft mit ihm, dass du spürst, was er will. Und irgendwann wird sein Wille zu deinem eigenen."

„Aber muss man diesen Alten Weisen denn immer Folge leisten?", fragte ich.

Nan lächelte bitter. „Alte Weise sind so was wie die Gliedmaßen eines Astralwesens. Wenn man sich ihnen verweigert, bekommt man es zu spüren. Burugiyel und seine Artgenossen können das Wetter und viele andere Dinge beeinflussen. Dein Großvater zum Beispiel wurde geblendet, weil er nicht länger deinen Vater suchen wollte."

„Er wurde blind?", fragte ich fassungslos.

„Von einem Tag auf den anderen. In Hylend und Tendris herrschte damals bereits Krieg und das Umherreisen wurde gefährlich. Aber Burugiyel wollte davon nichts hören."

„Also habt ihr nach Pa gesucht?"

Nan nickte. „Burugiyel hatte Pläne mit ihm. Deshalb ist Barthes geflohen. Und als er verschwunden blieb, wurden wir bestraft. Zum Glück hat dein Vater davon nichts mehr mitbekommen. Vor seiner Flucht waren die Dinge hier erträglicher, aber danach mussten wir schlimme Dürren und total verregnete Sommer überstehen. Nur Orla konnte von denen da drüben jeden Schaden abwenden, weil sie versprach, gleich nach dem Krieg Barthes' Aufgabe zu übernehmen."

„Wer ist Orla?"

„Die Mutter von Dressa und Shali. Sie ist ebenfalls verschollen, aber anders als dein Vater war sie gebunden. Und sie ließ ihre beiden Kinder zurück. Niemand glaubte an eine Flucht und Burugiyel schickte niemanden aus, sie zu suchen."

Ich schwieg. Was hätte ich sagen sollen?

Nan tätschelte wieder mein Knie. „Du musst verstehen, wir alle, auch ihr drüben in Chingistirils Gebiet, sind wie diese Hyazinthenzwiebeln", sagte sie. „Du hast das Glas umgestoßen und die Zwiebel wäre vertrocknet, wenn du sie liegengelassen hättest. Aber du hast dafür gesorgt, dass sie weiterleben darf. Und genau dasselbe tun die Astralwesen. Wenn sie zum Beispiel jemanden nicht in ihrem Territorium dulden, vergiften sie für ihn Luft und Wasser. Aus diesem Grund können wir Menschen nicht die Westberge überqueren oder in den Dschungel unterhalb von Kondrend vordringen. Und die Stürme draußen auf dem Meer halten unsere Schiffe seit Jahrhunderten dicht an der Küste von Belged."

Ich schwieg, weil ich das alles erst verdauen musste. Und Nan ließ mir die Zeit. Schließlich fragte ich: „Aber wieso merkt man in Hylend und Tendris nichts davon? Ich meine, es würde doch sicher auffallen, wenn jemand Befehle erhält und dann zu Schaden kommt, weil er sie nicht ausführt."

Nan nahm meine Hand. „Chingistiril ist nicht wie Burugiyel. Sie hält sich daran, die Existenz der Astralwesen geheim zu halten. Und ich glaube auch, dass sie insgesamt freundlicher auftritt."

Ich machte mich los und stand auf. „Ist diese Ching..., Chingis..."

„Chingistiril", ergänzte Nan.

Ungeduldig winkte ich ab. „Sieht sie vielleicht aus wie eine riesige, weiße Trilgeshfrau?"

Nan richtete sich steil auf. „Du weißt davon? Woher?"

„Ich hatte auf dem Weg hierher ein paar seltsame Träume, vielleicht sogar Visionen. Was genau sind diese Astralwesen? Gibt es nicht nur Männer und Frauen, sondern auch Kinder? Und sehen alle unterschiedlich aus oder gibt es auch welche, die sich ähneln, wie aus einer Familie zum Beispiel?"

„Visionen", murmelte Nan. Dann sah sie mich an. „Barthes senior, dein Urgroßvater, hat einiges darüber herausbekommen. Damals gab es noch so etwas wie Freundschaft zwischen uns und den Trilgesh. Daher wissen wir, dass die Hüter nicht wirklich weiblich oder männlich sind. Sie werden nicht geboren und sie sterben nicht, es sei denn, irgendein Unglück beendet ihre Existenz. Ihr Geschlecht und ihr Erscheinungsbild wählen sie selbst, um ihren Schützlingen, den Trilgesh, besser begegnen zu können. Fühlende Wesen aus Fleisch und Blut, so wie wir, brauchen das, weil andere Lebensformen uns leicht verwirren können. In Wahrheit sind sie jedoch nichts weiter als geistige Energie."

„Und sie bestimmen, was in ihrem Gebiet passiert? So wie die Götter, von denen sie immer in den Moscheen, Kirchen und Tempeln erzählen?"

Nan nickte. „So jedenfalls hat es uns Barthes senior erklärt. Astralwesen können fast alles machen. Trotzdem hoffen wir, dass ihr dort drüben jenseits der Hylendberge nicht dieselben Erfahrungen wie wir hier machen müsst. Deshalb sind wir nicht nur froh, dass du jetzt hier bist, wir haben auch Angst."

„Warum?"

Nan sah mich an. „Sheb hat einen Weg gefunden, Würmer bis nach Itelgo zu bringen. Denk an die Dose, die du bei Dressa gesehen hast." Sie beugte sich vor. „Weißt du, was ein Süntelstrauch ist?"

Ich zuckte mit den Schultern. „Keine Ahnung. Wie sieht er aus? Vielleicht habe ich in Xenobiologie davon gehört."

„Er kommt aus der Erde wir ein Bündel armdicker Äste, die immer wieder in eine neue Richtung abknicken. Und er hat längliche Blätter, ähnlich denen einer Weide, nur eher silbern als grün."

„So einen habe ich gesehen, gestern, als Dressa mir die Wurmasche ins Gesicht blies."

„Also hier im Nordmoor."

Ich nickte.

„Und bei euch wachsen keine?"

„Nicht, dass ich wüsste. Warum? Was ist mit ihnen?"

„Würmer lieben Süntelsträucher. Zwischen ihren Wurzeln gedeihen sie besonders gut. Und Broder hat neulich etwas aufgeschnappt. Möglicherweise kann ein Süntel Burugiyels Würmer sogar auf der anderen Seite überleben lassen."

Ich nickte. „Die Erde war vermischt mit lauter Wurzelstücken."

„Und du kennst dich aus in Tendris. Ich bin sicher, man wollte dich binden, damit du Süntel für die Würmer findest."

„Aber warum?"

„Das ist doch offensichtlich. Schon seit Jahren kann Burugiyel die Grenze in den Hylendbergen nicht mehr nach Süden verschieben, das verhindern die Garnisonen auf der anderen Seite. Dabei will er seit Ewigkeiten das Gebiet jenseits der Berge besitzen. Und wenn er Würmer dort aussetzen kann, wo niemand besonders gut aufpasst, dann ist er seinem Ziel ein ganzes Stück näher gekommen. Dort, wo diese Viecher leben, gehört ihm das Land, das habe ich bereits erzählt."

„Aber wir sind jetzt hier. Und es gibt keine Süntel in Tendris."

Nans Miene war ausdruckslos. „Genau. Das bedeutet jedoch nur eine kleine Planänderung. Süntel kann man anpflanzen. Und falls es mit dir genauso wenig klappt, wie mit deinem Vater oder Dressas Mutter, haben sie ja immer noch den Prinzen. Er kann Dinge tun, für die andere Erklärungen liefern müssten. Warum bloß hast du ihn hergebracht?"

Ich kniff die Augen zusammen. „Was hat er damit zu tun?"

„Burugiyel kann ihn binden."

„Aber vorhin meintest du, er mag keine ... Wie hast du es ausgedrückt? Er mag keine tauben Geister. Und der vom Thronfolger ist so taub wie kaum ein anderer. Sonst dürfte er nicht König werden."

„Lassen wir das Thema", sagte Nan und rollte zurück zu ihrem Schreibtisch. „Ich hatte dir etwas als Gegenleistung für den Brief versprochen." Sie griff in die offene Schublade. Etwas klickte und ein Fach daneben schwang auf.

„Bitte, Nan, weich mir nicht schon wieder aus", sagte ich.

Sie drehte sich zu mir. „Tut mir leid, aber uns allen fällt es schwer, über so was zu reden. Wenn man von Burugiyel geschult wurde ..." Sie brach ab.

Ich stand auf. „Gut, dann ist es wohl am besten, wenn ich mich gleich morgen auf den Weg mache. Wenn es stimmt, was du erzählst, und keine Sorge, ich glaube dir, wenn also alles stimmt, sollte ich schnell von hier verschwinden, meinst du nicht? Und ich verspreche, den Thronfolger nehme ich mit. In Hyland gibt es Gabenheiler, die können sich um ihn kümmern."

„Was?" Die Pa-Falte erschien zwischen ihren Brauen. „Nein, das geht nicht. Morgen noch nicht."

„Aber du hast selbst gesagt, ich sollte ..."

Sie rollte auf mich zu und gab mir einen Schubs, dass ich mich wieder setzte. „Du kannst noch nicht weg", sagte sie versöhnlicher. „Erst muss ..." Kurz sah sie an mir vorbei. „Erst muss der Prinz reisefähig sein." Sie nickte, als ob ihr ein Gedanke gekommen war. „Blana kann zwar mit Kräutern umgehen, wie du wahrscheinlich schon bemerkt hast, aber der Prinz braucht noch ein paar Tage, bis er wieder reiten kann."

Lügenwellen! Sie sagte über Geldons Gesundheit nicht die Wahrheit. Warum?

„Keine Sorge", fuhr sie fort, „ein paar Tage können wir euch durchaus von denen da drüben fernhalten. Bitte tu nichts Unüberlegtes, bis der Prinz dich begleiten kann."

Und dann zog sie etwas aus dem Geheimfach in ihrem Schreibtisch, das alles andere vergessen ließ. „Hier, Gavandon", sie legte mir ein Buch in den Schoß, „das wollte ich dir geben. Meinst du nicht, dass es eine bessere Erinnerung an deinen Pa ist als dieser Brief? Und es wird dir eine Menge Fragen beantworten, da bin ich sicher. Du findest darin ganz viel über die Gabe, über Astralwesen und über alles hier. Lies es, am besten gleich."

Das Buch war dick und besaß einen grauen Umschlag mit abgestoßenen Kanten. Aus dem Stoffrücken lösten sich Fäden, ein ausgefranstes Lesebändchen ragte unten aus den Seiten und auf den Deckel hatte jemand in Druckbuchstaben „Tagebuch von Barthes Fermin" geschrieben. Ich sah Nan an.

Sie lächelte und nickte. „Schlag es auf."

Ich öffnete es beim Lesebändchen. Pas Tagebuch. Das war wirklich besser als sein Brief. Ich erkannte die Handschrift sofort, nicht die erwachsene Version, doch bereits hier hatte er in winzigen Buchstaben geschrieben. Ein Absatz war leicht verwischt, als ob jemand öfter darüber gestrichen hatte. *14. Dezember 436, las ich, geschafft!!! Vater hat ein ganz komisches Gesicht gemacht, als meine Flamme grau wurde. Also ließ ich das Silbernetz schnell wieder verschwinden. Halleluja! Jetzt kann Burugiyel mich mal! Jetzt kann er sich die Bindung sonst wohin stecken! Meine Geistflamme findet er niemals mehr.*

Ich sah Nan an. „Dressa hat mich glauben lassen, er hätte seine Gabe missbraucht und wäre deshalb untergetaucht."

Nan verzog das Gesicht. „Typisch. Sie hielt es wohl für nützlich, dir das einzureden."

„Es war zumindest eine Erklärung. Die Wahrheit hätte ich mir nicht mal im Traum vorstellen können."

Dann blätterte ich die Seiten durch. Pa hatte verschiedenfarbige Stifte verwendet und Zeichnungen eingefügt. Ich entdeckte Beschreibungen über die Familie, über Versuche mit Bänderwolken und Silbernetzen und vieles andere.

„Lies es", wiederholte Nan. „Ich denke, du wirst es brauchbar finden. Aber halte es geheim, es stehen Dinge darin, die Dressa und Sheb niemals erfahren dürfen. Versprich, dass du dich vorsiehst."

Ich nickte. „Versprochen."

Ich zog mich nach dem Abendessen früh zurück und begann, in der Abgeschiedenheit meines Zimmers zu lesen. Besonders interessierten mich Pas Notizen über den Gebrauch der Gabe. Die hätte ich am liebsten sofort ausprobiert, doch das musste warten. Als Erstes wollte ich herausfinden, was Nan verschwieg.

Ganz vorn im Buch fand ich einen Stammbaum der Fermins. Kein Wunder, dass ich die Gabe besaß, ich entstammte einer Familie aus Fühlwebern. Den Anfang machte Barthes senior, mein Urgroßvater, der Gründer des Gestüts. Damals, lange vor dem Begabtenkrieg, wurde das Leben von Fühlwebern noch nicht so reglementiert wie heute. Niemand verwehrte ihm den Aufbau eines eigenen Betriebs. Urgroßvater vererbte dann die Gabe an seine beiden Kinder, an Koron, meinen Großvater, und an Orla,

Dressas Mutter. Und in der nächsten Generation folgten mein Vater und Dressa mit ihrer Zwillingsschwester.

Als Nächstes fand ich eine Abhandlung über Astralwesen. Sie beherrschten alles, das hatte Nan bereits gesagt, und sie zogen uns Menschen Grenzen. Niemand hatte bisher Belgeds Küstengewässer hinter sich gelassen oder war weiter vorgedrungen als bis zu den Westbergen oder dem Rand des Dschungels im Süden. Doch mir wurde erst jetzt bewusst, wie sehr man dafür unseren Entdeckerdrang dämpfte. Wir stellten diese Grenzen nicht infrage, obwohl wir daheim in der Milchstraße sogar die unwirtlichsten Welten von Pol zu Pol und rund um den Äquator erforscht hatten. So jedenfalls lernten wir es in der Schule. Aber hier auf Nouworld akzeptierten wir, dass uns der größte Teil des Planeten verschlossen blieb. War dieses andere Astralwesen dafür verantwortlich, diese Chin..., diese weiße Trilgeshfrau?

Immerhin hatte Nan im Zusammenhang mit den Astralwesen die Wahrheit gesagt. Warum log sie dann beim Gesundheitszustand des Thronfolgers? Sie hatte doch erklärt, dass ich Burugiyel und seiner Bindung aus dem Weg gehen musste. War es da nicht besser, so schnell wie möglich zu verschwinden? Andererseits hatte sie behauptet, dass man Dressa und Sheb ein paar Tage fernhalten konnte. Wollte sie mich also nur besser kennenlernen? War das der Grund? Warum bat sie mich dann nicht, einfach zu bleiben? Ich wollte schließlich selbst so viel wie möglich über Pas Zuhause erfahren. Doch vielleicht hielt sie die Geschichte über Geldons Verletzungen für sicherer, um mich hier festzuhalten. Nun gut, wenn es sie beruhigte, würde ich eben mitspielen.

Mir fiel ein, wie die Heilerin vorhin in der Küche gesagt hatte, der Thronfolger würde randalieren. Erstaunlich eigentlich so kurz nach seinen Kopfverletzungen. Geldon musste eine robuste Natur besitzen. Und hoffentlich bedeutete das nicht, dass er mich am Ende der Gilde auslieferte. Aber damit konnte ich mich befassen, wenn es so weit war. Jetzt musste ich erst mal herausfinden, wie ich am besten zurück über die Grenze kam.

Ich studierte die eng beschriebenen Seiten, fand aber nur einen weiteren Grund für Pas Flucht. Mein Vater hatte das Lebensgefühl auf der anderen Seite der Berge schätzen gelernt, als er in Hylport das Gildeninternat besuchte. Und er wollte unbedingt verhindern, dass es sich in die Unfreiheit des Nordmoors verwandelte. Dort fühle man sich als Geisel, schrieb er. Man durfte zwar das Gestüt verlassen, für die Ausbildung zum Beispiel, oder um Esel auf Auktionen zu verkaufen, aber immer blieben Familienmitglieder zurück, die einem etwas bedeuteten. Und jeder wusste, was mit ihnen geschah, sollte man nicht wiederkommen.

Dadurch endlich verstand ich diese Schulungen, über die Nan sich so beharrlich ausschwieg. Allerdings machte auch Pa nur Andeutungen, aber ich begriff, dass sie schrecklich sein mussten. Sie traumatisierten einen bis ins Mark und danach gehorchte man der schwarzen Obsidianwolke. Trotzdem hatte Pa die Flucht gewagt, obwohl das bedeutete, dass er seinen Geist für den Rest seines Lebens vor Burugiyel verbergen musste. Und er wusste, seine Eltern würden für sein Verschwinden büßen.

Pa hatte die Flucht gewagt. Plötzlich ging mir auf, weshalb ich in dieser Situation steckte. Mein Vater war mutig gewesen, ich nicht. Ich hatte mich wie immer weggeduckt, war Dressa sogar freiwillig gefolgt aus Angst, mich allein der Wildnis zu stellen. So machte ich es immer, in der Schule, wenn Martek oder Sor Borhan mich schlecht behandelten, oder bei Mem Lion, als ich einfach weggerannt war. Und jetzt hatte mich meine Feigheit hierhergebracht. Das musste aufhören. Ich konnte nicht länger so tun, als wenn alles auch ohne meine Mithilfe wieder in Ordnung kam. Der Thronfolger musste hier weg und ich ebenfalls. Ich glaubte Nans Geschichte, nicht nur, weil sie die Wahrheit sagte oder wegen Pas Aufzeichnungen, sondern wegen der Dinge, die ich selbst erlebt hatte. Die nächsten Tage hier auf dem Gestüt wollte ich mir noch gönnen, damit ich irgendwann Mam darüber berichten konnte. Aber danach würde ich so mutig handeln wie mein Pa.

Einundzwanzig
9. April 467 n. L.

Man ließ mich nicht zum Thronfolger und mit klammheimlichem Vergnügen nahm ich die Manöver hin, mit denen man mich von ihm fernhielt. Und ich ließ mich von meinem Cousin Vern jeden Tag herumführen.

Er war nur zwei Jahre jünger als ich, ein schmaler Junge mit dem gleichen braunen Haar wie seine Schwester. Offenbar hatte er das Nordmoor noch nie verlassen, weshalb er mich mit Fragen über Itelgo, über Telestationen, Fahrräder und Hinjets löcherte, während er mir jeden Winkel des Gestüts zeigte. Allerdings ließen wir dabei den Teil auf der anderen Seite des Weihers aus. Sheb und seiner Familie wollten wir beide nicht begegnen. Außerdem erklärte mein Cousin, dass es neben den Gebäuden dort drüben nichts weiter gab als ein paar Viehweiden und das Schilfbecken zum Klären der Abwässer. Alle wichtigen Orte lägen auf dieser Seite des Sees, sagte er. Er zeigte mir die Trinkwasserzisternen oben auf dem Abhang hinter den Häusern, die Gatter mit Schafen und Ziegen, den Hühnerhof, die Stallungen und Scheunen, eine Biogasanlage und die Stromturbine, für die man den Weiher aufgestaut hatte. Der Rest des Geländes bestand aus Feldern und vielen fetten Weiden, auf denen die prächtigen Fermin-Esel standen. Doch das Beste waren die unzähligen Obstbäume, die um die Häuser herum wuchsen. Es gab Äpfel, Birnen, Zwetschen und Pfirsiche. Hier im Windschatten gediehen sie ungestört von den Winterstürmen. Es fehlte den Fermins tatsächlich an nichts. Ich verstand inzwischen, warum mein Urgroßvater diesen Ort nicht aufgeben wollte, als Burugiyel sein Gebiet vom ehemaligen Grenzfluss im Norden bis hin zum Kamm der Berge ausdehnte. Einen idealeren Platz zum Siedeln gab es nirgends – wenn man von dem Astralwesen und seinen Würmern absah.

Vern erzählte, dass Barthes senior zum ersten Mal bei einem Jagdausflug auf dieses Land gestoßen war, damals, als alles noch zu Hylend gehörte. Alle Warnungen wegen des nahen Nordmoors hatte er in den Wind geschlagen und zusammen mit Urgroßmutter Gine genau hier das Gestüt aufgebaut. Ich fand es faszinierend, noch eine Familiengeschichte zu besitzen. Bisher kannte ich bloß die der Barjendens, doch diese hier war genauso interessant. Und irgendwann musste ich sie Mam erzählen, das schwor ich mir.

Pas Buch allerdings konnte ich in diesen Tagen kaum benutzen. Am Anfang nahm ich es noch mit bei unseren Erkundungen, weil ich auf eine Gelegenheit für Versuche mit den Fühlbändern hoffte. Doch Vern wich mir die ganze Zeit nicht von der Seite, sodass ich es wieder aufgab. Wegen der Geheimhaltung blieb mir nur mein Zimmer, um Pas Aufzeichnungen zu studieren. Aber praktische Übungen waren dort unmöglich, weil es dafür im Haus keine geeigneten Objekte gab.

Andererseits blieb mir dadurch genug Zeit, um unsere Rückkehr zu planen. Am meisten Chancen, glaubte ich, hatten wir mit der Echse. Sie war schnell und der Thronfolger und ich würden gemeinsam darauf reiten. Dadurch konnte ich leicht mein Silbernetz über uns beide spannen. Obwohl ich nicht genau wusste, wie man das Tier steuerte, beschloss ich, sie zu stehlen, wenn die Zeit gekommen war. Und zusammen mit Vern traf ich weitere Vorbereitungen. Ich wusste, dass Grenzer Rüstungen trugen wegen der Wurfgeschosse von den Trilgesh. Also suchte ich mit meinem Cousin nach etwas Ähnlichem und fand in einer Scheune zwei große Tafeln aus Muchinholz, leicht, aber sehr fest, an denen wir Ledergurte als Armschlingen befestigten, dazu zwei Kessel in genau der richtigen Größe für unsere Köpfe. Damit würden wir albern aussehen, aber Schild und Helm waren besser als nichts. Ergänzen wollte ich das Ganze mit meiner Wutlanze und dem Silbernetz. Ich wünschte mir nur Gelegenheit zum Üben, doch Vern klebte an mir wie eine Flügelklette. Und auch an die Echse kam ich im Moment nicht heran. Sie stand außerhalb meiner Reichweite in den Ställen drüben bei Dressa und Sheb.

Dafür wusste ich inzwischen, wie es auf der anderen Seite der Berge weitergehen sollte. Leider hatte ich keine Ahnung, wie sehr sich der Thronfolger dem Gesetz verpflichtet fühlte. Vielleicht wollte er mich trotz allem, was ich für ihn tat, bei der Gilde melden. Deshalb beschloss ich schweren Herzens, Gewalt anzuwenden, wenn ich ihn nicht anders verlassen konnte, allerdings nur in der Nähe einer Garnison, sodass man ihn schnell fand. Anschließend würde ich mit der Echse nach Miner City reiten und in den Bergwerken unter falschem Namen nach Arbeit suchen. Immerhin hatte Pa jahrzehntelang so gelebt. Oder ich versuchte, in einer geeigneten Höhle zu überwintern. Dann konnte ich mich im Frühjahr einer Karawane in den Süden anschließen. Aber wofür auch immer ich mich entschied, ich musste mich für den Rest meines Lebens maskieren, das war mir klar. Doch mit Färbestein und Rasierzeug kannte ich mich inzwischen aus.

Ich war froh, dass wenigstens dieser Plan stand, auch wenn ich fürchtete, meine Gabe nicht genug zu beherrschen. Und dann zeigte mir Vern gestern Abend den besten Ort von allen. Man gelangte zu dem abgeschiedenen Talkessel, indem man hinter dem Haus von Blana, der Heilerin, und meinem Onkel Broder einen Hügel erklomm. Oben führte ein Trampelpfad zu einer engen Schlucht, die in den Tobel mündete. Erdbeeren, Heidelbeeren und Preiselbeeren bedeckten den Boden und am hinteren Ende breiteten sich Sterndornbüsche aus. Doch das Tollste war ein riesiger, alter Walnussbaum mit einer verwitterten Holzplattform in der untersten Astgabel. Ich wusste, hier war der richtige Platz für meine Versuche. Auf der Plattform konnte man sich ähnlich gut verstecken wie auf meinem Drachenzahn in Itelgo. Man überblickte das ganze Tal, ohne sofort entdeckt zu werden, und wenn jemand durch die Schlucht kam, bemerkte man ihn rechtzeitig genug, um sich unsichtbar zu machen.

Leider war es gestern Abend schon zu spät gewesen und ich

hatte Pas Buch nicht dabei gehabt. Deshalb war ich heute bereits im Morgengrauen aufgestanden. Ich hatte ohnehin schlecht geschlafen, so begierig war ich, Pas Aufzeichnungen endlich in die Tat umzusetzen. Leise stahl ich mich aus dem Haus, als gerade das erste Licht den Himmel grau färbte. Alle anderen schliefen noch, was mich diesmal vor jeglicher Gesellschaft bewahrte.

Inzwischen vergoldete die Sonne die Bergspitzen und ich saß bequem auf der Plattform, den Rücken gegen die rissige Borke des Baums gelehnt. Ich hatte schon zwei Butterfliegen gegeneinander kämpfen und eine Amsel mehrmals auf meiner Schulter landen lassen. Allerdings gab es in Pas Buch nirgends einen Hinweis, wie sehr die Arbeit mit den Fühlbändern einen erschöpfte. Und auch neulich, als ich während des Ritts nach Hylport mit ihnen geübt hatte, war ich niemals so fertig gewesen wie jetzt. Möglich, dass es an zu wenig Schlaf lag, aber viel wahrscheinlicher kam es daher, weil ich zwei Dinge gleichzeitig tun musste. Ich konzentrierte mich die ganze Zeit darauf, das Silbernetz geweitet wie eine Glocke zu halten, um unter ihr gleichzeitig den Stützkern und die Fühlbänderwolke zu imaginieren. Niemals würde ich hier im Nordmoor meinen Schild gegen Burugiyel aufgeben und mich als begabt sichtbar machen. Doch beides zusammen laugte mich so sehr aus, dass mir jedes Mal nach kurzer Zeit die Augen zufielen.

Trotzdem wollte ich jetzt einen Schritt weitergehen. Unter mir suchte ein Kaninchen zwischen den Beerensträuchern nach Nahrung. An ihm wollte ich noch mal meine Wutlanze und die anschließende Wiederbelebung erproben, diesmal ohne die Rückversicherung durch Dressa. Ich sammelte also ein wohldosiertes Rot und ließ es auf die kleine Geistflamme los. Sofort fiel das Kaninchen ins Kraut, doch wie gehofft glomm seine Flamme noch. Neulich während des Ritts hatte ich genügend Mäusen und Kaninchen das Lebenslicht vollkommen ausgeblasen, doch inzwischen konnte ich die Wutlanze einigermaßen steuern.

Ich hielt die Silbernetzglocke gerade jenseits des schlaffen Körpers und stellte mir den Stützkern vor, dieses Knäuel aus dunkelroten, fast schwarzen Seilen. Darum herum imaginierte ich die Wolke aus zarten, farbigen Gazefahnen, aber diesmal erzeugte ich nicht nur die Regenbogenfarben, wie Dressa es mir gezeigt hatte, sondern alle Schattierungen, die mir einfielen. Pa hatte diese Übung ebenfalls durchgeführt und beschrieben, wie er einen bestimmten Rotton und ein grünliches Blau zur Wiederherstellung des Kaninchens verwendete. Ich versuchte es damit und es gelang. Doch ehe das Tier meine Schildglocke verlassen konnte, schickte ich es wieder in die Bewusstlosigkeit. Ich wollte versuchen, das Ganze noch einfacher zu gestalten. Rot und Blaugrün waren immer noch zwei Farben, die man miteinander verweben musste. Aber ich hatte mir schon Gazefahnen vorgestellt, die ganz genau ein bestimmtes Gefühl ausdrückten. Ich erzeugte also in mir eine Mischung aus Selbstbewusstsein, Kraft und Zufriedenheit, und fand ein leuchtendes, warmes Braun, das ich zu der kleinen Geistflamme schickte. Und tatsächlich, das Kaninchen regte sich auch unter diesem einzigen Band. Es rappelte sich auf, drehte sich einmal um sich selbst und hoppelte durch das Kraut davon. Ich dagegen fiel wie gefällt auf die Planken des Hochsitzes und versank in tiefen Schlaf.

„Endlich bist du allein. Welche Informationen kannst du uns geben?", tönte glockengleich die weiße Trilgesh. Diesmal saß nicht nur das grüne Frettchen auf ihrer linken Schulter und schlang den Schwanz um ihren Hals, auf ihrer rechten hockte auch ein lilafarbener Sackfisch, der seine Tentakeln um den Kopf der Trilgesh wand. Es fühlte sich an wie die Vision vor ein paar Tagen. War das Ching…? Chingis…?

„Ich bin Chingistiril", tönte die weiße Nebelgestalt. „Und bei mir sind Pettilinas", das grüne Frettchen neigte seinen Kopf, „und Nimonigan", der lila Sackfisch wedelte mit seinen Tentakeln. „Es ist inzwischen sehr schwer, dich zu erreichen, trotz der Markierung, deshalb unterstützen mich meine Nachbarn", fuhr die Trilgesh fort. „Und jetzt sag, wie viele Menschen sind an den Feind gebunden?"

Oh Mann, war das hier etwa so eine Erfahrung wie neulich mit Burugiyel? Aber ich hatte doch nichts genommen.

„Nein, Mensch, dies ist eine Vision. Du warst dein Leben lang meinem Klish ausgesetzt und ich habe dich zusätzlich markiert. Daher erreiche ich dich auch im Gebiet meines Widersachers. Aber es erfordert Kraft. Deshalb antworte schnell: Wie viele Menschen sind an den Feind gebunden?"

Doch ich zögerte. Was würde passieren, wenn ich solch ein Geheimnis preisgab? Andererseits hielt Nan dieses Astralwesen für weit weniger unangenehm als Burugiyel. „Es gibt drei, einen Mann und seine beiden Töchter, alles Fühlweber", dachte ich also zu den Nebelgestalten hin.

„Wie sehr sind sie dem Feind hörig?", wollte die Trilgesh wissen.

„Sheb und Dressa folgen Burugiyel in allem, was er verlangt. Aber Shalis Gabe ist kaum ausgeprägt und die Bindung zeigt bei ihr wenig Wirkung, sagt man."

„Wer von ihnen ist am stärksten?", wollte die Trilgesh wissen.

„Vermutlich Dressa, die, die mich hergebracht hat. Aber ihr Vater leitete bisher alle Schulungen."

„Schulungen? Was bedeutet das?", tönte die Trilgesh.

„Genaues weiß ich nicht, aber sie scheinen schrecklich zu sein. Anscheinend muss sie jeder hier ertragen."

„Wir haben gewusst, dass Burugiyels Methoden zweifelhaft sind", bemerkte das Frettchen. Es klang weniger voll als die Trilgesh, eher wie das Klingeln einer kleineren Glocke.

„Wurdest du geschult?", fragte der lila Sackfisch.

„Nein, obwohl ich bereits die Wurmasche bekam und Burugiyel begegnet bin."

Die Reaktion der Astralwesen auf diese Mitteilung erschütterte mich bis in die Tiefen meines Selbst. Plötzlich fühlte es sich an, als stünde ich auf einem Glockenturm – während des Läutens.

„Du bekamst bereits die Wurmasche?", tönte die Trilgesh.

„Wir haben es prophezeit!", gongten die beiden anderen im

Chor. Dann begannen sie zu zerfließen.

„Kommt zurück!", rief die Trilgesh. „Der Feind ist nicht hier, wie ihr wisst."

Unterstützt wurde sie durch eine goldene Schärpe, die plötzlich schräg über ihrer Brust auftauchte. Der Neuankömmling richtete seine Stielaugen auf mich. „Habt keine Angst, Burugiyel ist nicht bei ihm", sagte er, eine vierte Stimme im Geläut.

Das Frettchen und der Sackfisch verfestigten sich wieder.

„Willkommen, Lisitanis", sagte die Trilgesh. Dann wurde es still. Alle vier beäugten mich, als warteten sie auf etwas.

„Ich kann es erklären", dachte ich in ihre Richtung. „Burugiyel will mich nicht. Er hat gesagt, ohne Gabe sei ich nutzlos für ihn." Dann zeigte ich ihnen meine Erinnerung an die Begegnung mit der Obsidianwolke.

„Eine graue Geistflamme!" Die Trilgesh klang beeindruckt.

„Er wäre eine sehr mächtige Waffe", gab die goldene Schärpe zu bedenken.

Die Trilgesh sah mich an. „Das ist wahr. Daher sollte er so schnell wie möglich an mich gebunden werden. Gavandon, du musst unbedingt das Klish, das die Heilerin …"

Wieder brach Tumult los. „Einen Außenweltler binden? Das lassen wir nicht zu. Das verstößt gegen die Abmachung!"

„Es muss sein! Der Feind tat es auch."

„Wir haben dich gewarnt, Chingistiril. Wenn du zu weit gehst, werden wir die Fremdlinge unwiderruflich …"

Unvermittelt verschwanden die Gestalten. Ich blinzelte und richtete mich auf. Ein Wort hallte in mir nach: Klish. „Was, verdammt noch mal, ist das?", murmelte ich.

Halb und halb erwartete ich die Rückkehr der Astralwesen, doch weiß leuchteten jetzt nur noch die Blüten der Erdbeerstauden unten am Boden, grün die Kätzchen und jungen Blattspitzen des Walnussbaums, lila das Sterndorndickicht am hinteren Ende des Tales und golden das Licht, das die Sonne ausstrahlte und damit einen satten Duft nach Erde und Gedeihen in die Luft zauberte. Ich befand mich wieder im Hier und Jetzt. Und offenbar war in letzter Zeit so viel passiert, dass mich diese neue Begegnung nicht mehr sonderlich erschütterte. Obwohl man mich als Spion betrachtete.

Plötzlich ging mir auf, was das bedeutete. Himmel noch mal, irgendwie war ich mitten zwischen die Fronten geraten. Eines der Astralwesen wollte mit meiner Hilfe dem anderen Land abjagen und das andere mich in diesem Streit als Informant benutzen. Dabei konnte ich nur verlieren. Mal abgesehen davon, dass dieser ganze Mist nicht zu mir passte. Astralwesen, Visionen, Bindungen, das war nicht meine Welt. Und das hieß, ich musste endlich hier weg. Schon kommende Nacht musste ich die Echse stehlen und heute noch den Thronfolger aufsuchen, um ihn vorzubereiten, egal, was Nan und die anderen dazu sagten.

Gerade wollte ich mich auf den Rückweg machen, als Stimmen aus dem Hohlweg kamen und mich auf der Plattform festhielten. Oh nein, bitte nicht Vern! Doch es waren zwei Frauen, Sitara und die schwangere Heilerin. Beide trugen Körbe, als sie durch die Felsspalte kamen. Nur, den beiden wollte ich auch nicht begegnen. Auf Sitaras Feindseligkeit konnte ich gut verzichten. Also ließ ich mich so leise wie möglich flach auf die Holzplanken gleiten. Jetzt konnte ich sie nicht mehr sehen, aber ich hörte, wie sie näher kamen und genau unter mir anhielten. Na toll! Mein Magen knurrte. Zum Frühstück hatte ich nur von den reifen Erdbeeren dort unten gekostet und es war bald Mittag, der Sonne nach zu urteilen. Auch der Thronfolger musste jetzt noch warten.

„Hat Nan es ihm schon gesagt?" Die Stimme trug weit zwischen den Felswänden ringsum und ich verstand sie klar und deutlich.

„Noch nicht", sagte die andere mit vollem Mund.

„Lass das!", die erste Stimme. „Ich dachte, es wären schon mehr Beeren reif. Wenn du zu viele isst, haben wir nicht genug für ihn und seinen verwöhnten Gaumen."

Einen Moment blieb es still, dann fauchte die Zweite: „Sprich nicht so über den Prinzen!" Den Ton erkannte ich. Sitara!

Laub raschelte und die andere stöhnte. „Langsam werde ich zu fett für so eine Arbeit", sagte sie. „Es ist höchste Zeit, dass wir rüber nach Hylend kommen. Wenn das Kleine erst da ist, wird Sheb mit dem Wurmpulver nicht länger warten. Wie ist es nun, hat Nan schon mit ihm gesprochen?"

Etwas scharrte über den Boden. „Sie will, dass wir ihn noch hinhalten", sagte Sitara. „So lange, bis die Vorbereitungen abgeschlossen sind. Aber es ist bald soweit, morgen oder übermorgen." Sie schnaubte. „Heute haben wir schon geglaubt, er wäre ohne uns abgehauen. Aber es fehlt kein Esel und seine Sachen sind auch noch da. Ich nehme an, er wollte nur Vern entkommen. Der nervt ganz schön, wenn er einen ständig vollquatscht."

„Du solltest deinem Bruder dankbar sein", sagte die Heilerin. „Stell dir vor, was sonst passiert wäre. Nicht auszudenken, wenn Gavandon herausgefunden hätte, dass der Prinz längst wieder gesund ist."

Himmel, die beiden redeten über mich! Und sie glaubten tatsächlich, sie hätten mich an der Nase herumgeführt. Ich drückte mich flacher auf die Plattform.

„Hältst du es wirklich für richtig, wenn wir auf ihn setzen?", fragte Sitara. „Ich meine, er ist völlig unerfahren. Er hat nie ein Gildenhaus von innen gesehen."

Die Heilerin antwortete mit vollem Mund: „Welche Wahl haben wir denn? Er ist unsere einzige Chance, wie du weißt. Und zumindest hat er ein Silbernetz, das Burugiyel täuscht. Außerdem meint Broder, dass er es hinkriegen müsste, wenn er nur halb so begabt ist wie sein Vater." Wieder raschelte es und die Heilerin ächzte. „Mist, ich komme nicht an die beiden Beeren da drüben. Pflückst du sie bitte?"

„Ich weiß nicht", grummelte Sitara. „Ich meine, was ist, wenn er versagt? Und am Ende kundschaftet er doch für Sheb und Dressa."

„Sei friedlich, Kleines." Man konnte hören, dass die Heilerin lächelte. „Laut Vern wollte er die ganze Zeit nie zu denen gehen. Und vergiss nicht, immerhin hat er deinen Prinzen gerettet."

„Himmel, Blana, das gefährdet Geldon doch mehr als alles andere. Wenn Dressa und Sheb ihn in die Finger kriegen ..."

„Woher sollte er das denn wissen? Und wäre es dir lieber gewesen, er hätte den Prinzen zum Sterben liegengelassen? Dann könntest du jetzt nur noch das Bild an deiner Zimmerwand anschmachten. Ohne Gavandon hättest du deinen Herzallerliebsten niemals kennengelernt."

„Ich schmachte nicht!", fauchte Sitara. „Außerdem, was habe ich denn davon? Geldon wird mich vergessen, sobald er dies alles hinter sich lässt."

„Das stimmt nicht." Wieder lächelte Blana hörbar. „Hast du noch nicht bemerkt, wie sehr er jeden Morgen auf dich wartet? Von dir lässt er sich beruhigen und nur deinetwegen hat er sich nicht längst auf eigene Faust auf den Weg gemacht, so viel ist sicher."

„Was?" Sitara klang erschrocken. „Das würde er doch nie überleben."

„Glaubst du im Ernst, das könnte man ihm klarmachen?" Blana lachte freudlos. „Erinnere dich, wie lange ich gebraucht habe, mich damit abzufinden. Und ich *wollte* bei Broder sein. Der Prinz dagegen ist unfreiwillig hier."

„Verdammter Burugiyel!" Es hörte sich an, als ob Sitara nach etwas trat. „Ich wünschte, *dein* Silbernetz hätte uns längst über die Grenze gebracht."

„Ich auch, Schätzchen, glaube mir, ich auch." Blanas Stimme klang müde. „Aber wie du weißt, braucht man dafür besondere Fähigkeiten und die besitze ich nun mal nicht. Das haben wir doch schon so oft diskutiert."

Was? Blana besaß die Gabe? Plötzlich wurde mir alles klar. Der Thronfolger war längst wieder auf dem Posten und eine einfache Kräuterheilerin hätte das niemals so schnell hingekriegt. Nicht bei diesen Verletzungen. Ich spürte, wie Wut in mir zu kochen begann. Und der Großteil meiner Sympathie für Nan und ihre Familie löste sich in Luft auf. Was hielt man noch vor mir geheim?

„Zum Glück ist Gavandon gerade zur rechten Zeit aufgetaucht", sagte Blana. „Und wenn alles gut geht, sind wir bald drüben auf der anderen Seite. Komm jetzt, Sitara, wir haben genug Beeren gepflückt."

Also so war das! Nicht nur die Astralwesen, auch die Fermins wollten mich benutzen. Ich nahm nur noch am Rande wahr, wie die beiden Frauen sich wieder auf den Rückweg machten. Man erwartete offenbar, dass ich alle nach Hylend brachte, nicht nur den Thronfolger. Waren die denn völlig verrückt geworden? Ich überschlug, um wie viele es sich handeln mochte. Ungefähr zehn Personen, wenn man Sheb und die da drüben außer acht ließ! Hatten Nan und die anderen den Verstand verloren? Wie sollte ich so was schaffen, wo ich doch schon die Übungen kaum durchhielt.

Ich rollte mich fassungslos auf den Rücken und starrte hinauf in die Baumkrone. Bei allen Wurmlöchern des Universums, zehn Personen! Wer bloß war auf diese hirnrissige Idee gekommen?

„Was ist los?", fragte Nan, als mich am späten Nachmittag der Hunger ins Haus zurücktrieb.

„Nichts", sagte ich und wollte an ihr vorbei in mein Zimmer.

Sie stellte sich mir in den Weg und packte mein Handgelenk. „Hier hinein. Sofort." Granna-Ton. Energisch bugsierte sie mich in ihren Raum und stellte ihren Stuhl zwischen mich und die Tür. Dann deutete sie auf das Bett. „Setz dich", befahl sie. „Und dann sagst du mir sofort, was los ist."

Erst wollte ich nach Ausflüchten suchen, doch dann ließ ich es. „Ich weiß jetzt, was ihr von mir wollt. Ihr seid doch völlig bescheuert", fauchte ich.

Sie schloss die Augen und atmete tief ein und aus. „Wer hat es dir gesagt? Etwa Vern?" Ihre Wangenmuskeln mahlten und die Pa-Falte stand zwischen ihren Brauen.

Wütend lachte ich auf. „Hätte er doch nur. Aber ich habe es von Blana und Sitara, ich habe sie belauscht, als sie vorhin Erdbeeren pflückten."

Nans Miene entspannte sich. „Also schön, jetzt weißt du es. Und morgen können wir endlich aufbrechen. Alles ist bereit und es wird regnen, ideal, um die Trilgesh ein wenig abzuhalten."

„Vergiss es", sagte ich und wollte an ihr vorbei.

Sie packte wieder nach meinem Handgelenk und umklammerte es wie ein Schraubstock. „Du bleibst", befahl sie.

Ich riss mich los, doch sie war schneller. Mit ihrem Stuhl versperrte sie die Tür. „Beruhige dich, Jungchen, auf der Stelle, verstanden?" Granna-Ton. Er wirkte, meine Wut verpuffte.

Sie deutete auf das Bett. „Und jetzt setz dich, bitte."

Ich ließ mich auf der Bettkante nieder.

„Hör zu, Gavandon", sagte sie bedeutend friedlicher. „Vielleicht hätte ich es dir wirklich eher sagen sollen, aber ich wollte dich nicht unnötig aufregen. Ich weiß doch, welche Verantwortung wir dir damit aufladen, aber wir haben keine Wahl. Du hast selbst erlebt, wie es hier zugeht. Blana darf ihr Kind auf keinen Fall hier gebären. Denn wenn Burugiyel sie bindet ..."

Ich verschränkte die Arme vor der Brust. „Und wieso ist sie das nicht längst? Ich meine, jeder kann ihre goldene Flamme sehen, wenn er danach sucht. Und jeder hier bekommt die Wurmasche, das hast du selbst gesagt."

„Sie nicht. Sie war schon guter Hoffnung, als Broder sie mitbrachte. Und Schwangere sind für jedes Astralwesen heilig. Deshalb durfte sie zunächst auch ohne Schulung hierbleiben. Wir mussten während der letzten Monate nur dafür sorgen, dass sie nicht denen da drüben begegnet. Bis jetzt haben wir es hingekriegt. Aber die Geburt ist schon bald und gleich danach wird sie geschult und gebunden. Willst du etwa, dass Broder seine Frau verliert? Und dass auch Vern und Moren geschult werden?"

Ich kniff die Augen zusammen. „Aber wie kommt ihr darauf, dass ausgerechnet ich euch helfen kann? Ihr wisst doch gar nicht, wie anstrengend so was ist. Außerdem habe ich keinen blassen Schimmer, wie ich es anstellen muss."

Nan rollte näher zu mir. „Hör zu, Gavandon, du denkst doch, dass du den Prinzen heil zur Grenze bringen kannst, nicht wahr?

Warum dann nicht uns alle?" Jetzt klang sie fast flehend. „Hast du denn nicht geübt, wie ich dich gebeten habe?"
„Ich lachte bitter. „Wie denn? Ich hatte einen Aufpasser, wie du sehr genau weißt. In Verns Gegenwart konnte ich wohl kaum Pas Buch hervorholen."
„Oh", machte sie.
„Ja, oh", sagte ich. „Und außerdem weiß ich noch nicht mal, ob ich es mit Geldon schaffen kann. Aber mit ihm muss ich es versuchen, er ist mein Prinz. Und auf der Echse sitzen wir dicht beieinander, was das Ganze erleichtert, soviel immerhin habe ich herausgefunden."
„Aber kannst du dann nicht auch Blana und die Jungs ..."
„Nein, Nan, vergiss es. Die Echse kann nur zwei oder drei tragen, wie du weißt. Wen würdet ihr also auswählen. Einen der Jungs, der dann ohne seine Eltern wäre? Oder die Heilerin, die ihren Mann zurücklassen müsste? Begreif doch, Nan, ich kann euch nicht helfen. Ihr müsst es auf eigene Faust versuchen, tut mir leid." Damit umrundete ich sie und verließ den Raum.

Morgen würde es regnen, hatte sie gesagt. Perfekt. Jetzt gleich wollte ich den Thronfolger aufsuchen. Und es war die richtige Entscheidung, nur ihn mitzunehmen. Ich konnte unmöglich alle vor den Angriffen der Trilgesh schützen.

Nur, warum hatte ich dann solch ein schlechtes Gewissen?

Zweiundzwanzig
9. April 467 n. L.

Doch ich kam nicht mal aus dem Haus. Als ich an der Küche vorbeiging, drang ein ungemein verführerischer Duft heraus. Hungrig, wie ich war, musste Geldon eben noch ein wenig warten.

Der Tisch war bereits fürs Abendessen gedeckt und bis auf Nan hatten sich alle versammelt. „Du kommst gerade rechtzeitig. Setz dich", sagte Jertis und deutete auf einen Stuhl.

„Bitte, kann ich nur ein Brot haben?", fragte ich. Normalerweise mochte ich diese Mahlzeiten. Zum einen aß Sitara jeden Tag bei Blana und Broder und ihre scharfe Zunge konnte meiner Stimmung nichts anhaben, zum anderen erinnerte mich das gemeinsame Essen an mein Zuhause, wo wir uns auch immer um den großen Tisch in Karvas Küche versammelten. Doch im Moment wollte ich kein Beisammensein mit der Familie, nicht nach dem, was ich herausgefunden hatte.

„Unsinn, Junge." Cord, der Vater von Sitara, Vern und Moren, ein bedächtiger Mann mit Backenbart, reinigte am Abfalleimer gerade die Pfeife, die sonst immer in seinem Mundwinkel hing. Er deutete mit dem Stiel zum Tisch. „Wir brauchen jeden. Sitara ist mal wieder abtrünnig und wir Übriggebliebenen müssen uns anstrengen, diesen leckeren Eintopf zu vernichten." Er grinste mich an und steckte die Pfeife ein.

In diesem Augenblick kam Nan herein. „Also bist du noch hier", sagte sie, als sie mich sah.

Jertis klopfte Vern auf die Finger, der sich mit seinem Löffel schon einen Happen aus der Terrine auf dem Tisch stibitzte. „Was denn?", beschwerte er sich. „Du hast Pa doch eben gehört."

Sie ging nicht darauf ein. „Setzt euch endlich, es wird kalt", befahl sie.

Nan drängte mich wortlos zum Tisch und ich konnte nicht

anders, als Platz zu nehmen. Aber länger hierbleiben, als unbedingt nötig, würde ich nicht. Sofort nach dem „Guten Appetit" begann ich, den Eintopf in mich hineinzuschaufeln.

Ich war mit meiner Portion noch nicht ganz fertig, als es klopfte und ein Mann die Küche betrat, der mir vage bekannt vorkam. Jertis ließ ihren Löffel sinken. „Heiliges Wurmloch", flüsterte sie und Cord legte ihr beruhigend die Hand auf den Arm.

Nan war die Erste, die ihre Fassung wiederfand. Sie drehte ihren Stuhl vom Tisch weg. „Was hast du denn hier zu suchen, Jono?", herrschte sie den Neuankömmling an.

Der Mann ließ sich von der Feindseligkeit nicht beirren, sondern nickte in die Runde. „Guten Abend", sagte er fröhlich. Jetzt erkannte ich ihn. Als Sheb mich vor ein paar Tagen in sein Haus lotsen wollte, hatte er auf der Veranda gestanden und das Baby geschaukelt. Das musste der sein, der mit Dressas Schwester verheiratet war. Er gehörte zu denen da drüben. „Entschuldigt bitte die Störung", sagte er.

Alle schwiegen, nur Jertis nickte knapp. Dann stand sie auf und zog Vern und Moren von ihren Stühlen. „Kommt mit", befahl sie ihren Söhnen und schob sie zur Küchentür hinaus. Nicht mal Vern protestierte.

Jono setzte sich unaufgefordert auf einen der frei gewordenen Plätze. „Tut mir leid, dass ich euch so überfalle", sagte er. „Das riecht köstlich. Aber könnte ich vielleicht nur ein Glas Wasser bekommen?"

Niemand machte Anstalten, ihm seine Bitte zu erfüllen. Stattdessen wiederholte Cord Nans Frage: „Was willst du hier?"

Jono lächelte in die Runde, dann sah er mich an. „Gavandon einladen, natürlich. Ihr nehmt ihn schon die ganze Zeit in Beschlag, doch wir durften ihn bisher nur kurz treffen. Jetzt sind wir mal dran. Shali wird morgen ihm zu Ehren ihr Ragout kochen. Ihr wisst, wie lecker das ist."

Irgendetwas stimmte nicht mit seinen Worten. Zwar sandte er

keine direkten Lügenwellen aus, aber er war auch nicht ganz aufrichtig.

Er ließ mich nicht aus den Augen. „Gavandon, ich möchte dich bitten, morgen Mittag unser Gast zu sein. Und versprich, dass du uns diesmal nicht versetzt. Kommst du?" Er streckte mir die Hand hin und wartete, dass ich einschlug.

Ich blickte zu Nan und Cord, aber die beiden saßen wie versteinert da. Dann fiel mir ein, dass ich ja morgen Mittag längst weg sein würde, wenn alles nach Plan verlief. Also nickte ich und ergriff die Hand. „Danke für die Einladung", sagte ich unverbindlich.

Jono stand auf. „Komm so um eins, ja? Dann hat Shali unsere beiden Racker und die Kleine hingelegt und wir haben Ruhe, uns besser kennenzulernen. Bitte sei pünktlich. Shalis Ragout sollte man auf keinen Fall kalt werden lassen." Er nickte in die Runde. „Dilis, Cord, das war's schon. Ihr könnt euch wieder entspannen." Damit verschwand er.

Nan stieß den angehaltenen Atem aus, kaum dass er die Tür hinter sich geschlossen hatte. „Du gehst natürlich nicht dahin!", schnaubte sie.

Cord legte seine Serviette auf den Tisch. „Du weißt, was das bedeutet, Dilis, oder? Es ist so weit."

Nan nickte. „Natürlich weiß ich das. Und ich bin froh, dass es so lange gedauert hat." Sie sah mich an und die Pa-Falte zwischen ihren Brauen glich einer tiefen, schwarzen Schlucht. „Leider lehnt es Gavandon ab, uns zu helfen."

„Wie bitte?" Cord richtete sich steil auf. „Aber Dilis, du warst dir doch so sicher."

„War ich auch, doch er hat Nein gesagt", wiederholte Nan und nagelte mich mit ihrem Blick fest.

Ich sprang auf, dass der Stuhl umstürzte. „Vergesst es, verdammt noch mal! Ich würde es ja tun, wenn ich könnte, aber ich kann nicht. Mit mir wärt ihr nicht besser dran, als wenn ihr es auf eigene Faust versucht, begreift das doch endlich." Ich schmiss

meine Serviette auf den Tisch, dass sie in den Essensresten landete, und stürzte zu Tür.
Doch Nan mit ihrem Stuhl war wieder mal schneller. „Bleib gefälligst und setz dich wieder!", befahl sie. Granna-Ton.
Cord hatte mittlerweile seine kalte Pfeife in den Mundwinkel gesteckt. „Hör zu, Gavandon, es muss wirklich sein", sagte er entschieden.
Ich versuchte, an Nan vorbeizukommen, aber sie stand unverrückbar vor der Tür. „Wieso kapiert ihr das nicht?", fauchte ich sie an. „Ich bin kein ausgebildeter Fühlweber und schon gar kein Grenzer wie mein Bruder. Er könnte euch vielleicht helfen, aber …" Ich stockte, weil mir eine Idee kam. „Das Einzige, was ich für euch tun kann, ist, dass ich Grenzer herschicke, die euch holen. Mehr ist nicht möglich, tut mir leid."
Nan ging nicht darauf ein. „Setz dich wieder, Gavandon", befahl sie erneut. Sie packte mein Handgelenk und schob mich wieder auf den Tisch zu. Unsanft stieß sie mich auf einen der freien Stühle. „Sag es ihm, Cord", befahl sie, immer noch im Granna-Ton.
„Vergesst es!" Ich sprang wieder auf und war diesmal schneller als Nan.
Cord rief hinter mir her: „Warte! Junge, du musst uns unbedingt hinausbringen, sonst wird Burugiyel uns alle …"
Aber was die Obsidianwolke mit ihnen tun wollte, erfuhr ich nicht mehr. Ich donnerte die Tür ins Schloss und schnitt damit den Rest von Cords Worten ab. Dann machte ich mich auf den Weg zum Thronfolger.

Natürlich hatten sie Geldon längst meinen richtigen Namen verraten. Als ich in Blanas Küche platzte, so wie Jono vorhin bei Nan, rief er: „Gavandon Barjenden! Da bist du ja endlich!"
Sitara sprang auf, wie von der Moorviper gebissen. „Was suchst du denn hier?", zischte sie.
Geldon erhob sich ebenfalls, legte ihr die Hände auf die Schultern und streichelte sie sanft. „Liebling, es ist gut, dass er hier ist.

Ich muss unbedingt mit ihm reden, das weißt du."

„Aber er ..."

„Nein, wirklich", sagte der Thronfolger. „Würdet ihr uns bitte allein lassen?"

„Gehen Sie doch mit ihm in Ihr Zimmer", schlug mein Onkel Broder vor und beugte sich wieder über seinen Teller. Er glich eher seiner Schwester Jertis, Sitaras Mutter, als meinem Vater. Bisher hatte ich noch nicht viel mit ihm zu tun gehabt, aber mich beeindruckte, dass er sich von dem Thronfolger nicht herumkommandieren ließ.

„Natürlich", sagte Geldon, „daran hätte ich denken sollen. Lasst euch bitte nicht beim Essen stören."

„Das ist nett von Ihnen." Blana stand auf und zog auch ihren Mann vom Stuhl.

Der Prinz nickte und schob mich zur Tür. Sitara wollte uns folgen, doch er hielt sie zurück. „Nein, Schatz, ich sagte, allein. Beruhige dich bitte, es ist alles in Ordnung."

„Aber ..."

Doch der Thronfolger achtete nicht mehr auf sie, sondern schloss die Tür hinter uns.

In seinem Zimmer angekommen, einer ähnlich engen Kammer wie die, die man mir bei Nan gegeben hatte, schubste er mich auf die Bettkante. „Du bist also der Mistkerl, der mir diesen ganzen Schlamassel eingebrockt hat", knurrte er. „Und glaub ja nicht, dass du dasselbe mit mir versuchen kannst wie mit dieser Wirtin in Itelgo. Man hat mich gelehrt, Fühlweberangriffen zu widerstehen." Er stemmte die Hände in die Seiten. „Was bloß hat dich geritten, diese Frau anzugreifen? Deinetwegen hat mich meine Mutter nach Hylend geschickt." Er bohrte seinen Finger in meine Schulter. „Deinetwegen musste ich mir langweilige Reden anhören und dieses jämmerliche Hylport bewundern. Nur weil du deine Gabe nicht im Zaum halten konntest." Er funkelte mich an.

Also deshalb hielt er sich im Norden auf. Jeder kannte die übergroße Vorsicht von Königin Elnoris. „Hoheit, was ist in

Itelgo passiert?", fragte ich. „Ich weiß, dass Fühlweber bei Unruhen umgekommen sind."

Der Thronfolger machte eine wegwerfende Handbewegung. „Es gab ein paar Schreihälse, mehr nicht. Und Steine sind geflogen. Ein Fühlweber, der Enkelsohn der Barjendens ..." Er stockte und sah mich an. „Das muss dein Bruder gewesen sein. Jedenfalls hat er einen ziemlichen Brocken abgekriegt."

„Er ist also wirklich tot?", flüsterte ich und spürte, wie sich etwas in mir zusammenzog. Dressa hatte falschgelegen. Die Meldungen über die Unruhen hatten nicht übertrieben. Kordian war umgekommen, meinetwegen, oh – mein – Gott.

„Unsinn, dem fehlt nichts", sagte der Thronfolger zu meiner grenzenlosen Erleichterung. „Ein Heiler hat das schnell wieder hingekriegt. Und trotzdem hielt meine hasenfüßige Mutter die Stadt plötzlich für zu gefährlich und hat mich weggeschickt. Deine Schuld." Wieder ein Stoß gegen meine Schulter.

Ich sah ihn an. „Glauben Sie mir, Hoheit, ich wünschte, das alles wäre nicht passiert. Ich wünschte ..."

„Willst du etwa behaupten, du hättest deine Gabe aus Versehen benutzt?"

Ich nickte. „Mein Vater hat mich von der Gilde ferngehalten. Dass ich Fühlweber bin, weiß ich erst seit jenem Tag."

Erstaunt ließ er sich neben mir auf das Bett sinken. „Wie ist denn so was möglich?"

Ich hob die Schultern. „Das ist kompliziert. Und ich hoffe, ich kann Ihnen irgendwann die ganze Geschichte erzählen und Ihnen ein Schreiben zeigen, das meine Unschuld beweist. Aber jetzt ist dafür keine Zeit. Ich bin hergekommen, um Ihnen mitzuteilen, dass wir heute Nacht von hier verschwinden werden."

Er kniff die Augen zusammen. „Also ist es endlich soweit? Und du willst mich wirklich mitnehmen, obwohl drüben auf der anderen Seite die Gilde auf dich wartet? Warum?"

„Hoheit, was hat man Ihnen über die Verhältnisse hier im Nordmoor erzählt?", fragte ich. „Wissen Sie, dass es hier nicht sicher ist, ganz besonders nicht für Sie?"

„Aber man sagte mir doch, dass die Trilgesh dieses Gestüt nicht angreifen."

„Leider geht es nicht nur um die Trilgesh. Es geht um ..." Doch ich stockte. Die Astralwesen machten solch ein Geheimnis um ihre Existenz. Und ich hatte mit ihnen schon genug Ärger am Hals.

„Es geht um was?", fragte der Thronfolger.

Ich schüttelte den Kopf. „Sie werden es zur rechten Zeit erfahren, Hoheit, ich verspreche es. Wie ist es nun, treffen Sie mich im Morgengrauen an der letzten eingezäunten Weide?"

Er legte den Kopf schief. „Und ich muss dich nicht dazu zwingen? Du hast keine Angst, dass ich dich der Gilde ausliefere, wenn du mich zurückbringst?"

Ich sah ihn an. „Doch, habe ich. Und ich hoffe, Sie werden es nicht tun. Immerhin verdanken Sie mir Ihr Leben."

„Das ist allerdings wahr. Aber wahr ist auch, dass die Menschen vor jemandem wie dir geschützt werden müssen."

„Hoheit, ich schwöre, ich habe inzwischen geübt. So etwas wie neulich wird mir nie wieder passieren, das versichere ich. Es war ein Versehen, bitte glauben Sie mir. Und wie ich inzwischen weiß, wurde Mem Lion nicht ernsthaft verletzt. Niemand ist darüber mehr erleichtert als ich. Bitte, Hoheit, ich bringe Sie zu einer Garnison und gehe dann, wenn Sie mich lassen." Er war unbegabt und konnte niemals feststellen, dass das Letzte nicht ganz der Wahrheit entsprach. Ich würde auch ohne seine Zustimmung verschwinden.

Er sah mich eine Weile mit zusammengezogenen Brauen an. „Was wird aus den anderen?", fragte er schließlich.

„Es tut mir leid, aber ich kann nur Sie mitnehmen. Ich bin ziemlich sicher, dass ich es schaffe, Sie zu schützen. Das ist mir schon einmal gelungen, neulich am Pass, als Sie bewusstlos waren. Aber zusammen mit den anderen wären wir zu viele. Dafür reichen meine Fähigkeiten nicht. Sie, Hoheit, müssen die Grenzer herschicken, um sie zu holen."

„Ich gehe nicht ohne Sitara", erklärte er entschieden.

„Sitara?" Ich schaute ihn erstaunt an.

Er grinste. „Guck nicht so. Ich habe beschlossen, dass deine Cousine deine nächste Königin sein wird." Er verzog das Gesicht. „Ich muss nur noch sie und meine Mutter überzeugen." Dann knuffte er mich wieder. „Also, bist du bereit, sie ebenfalls mitzunehmen?"

Nun ja, natürlich konnte man sich auch zu zweit auf den Passagiersessel drängen. „Es wird für Sie ganz schön unbequem werden", sagte ich.

„Das lass man meine Sorge sein." Er stand auf. „Und ich verspreche nichts, verstanden? Vielleicht lasse ich dich laufen, vielleicht auch nicht. Das wird die Zeit zeigen." Er entließ mich mit einer Handbewegung. „Und jetzt geh und triff deine Vorbereitungen. Wir sehen uns im Morgengrauen an der letzten Weide."

Ich verfluchte den Streit mit Nan und dem Rest der Familie. Zu gerne hätte ich in der Wärme meines Zimmers auf den richtigen Zeitpunkt gewartet, aber ich war nur noch einmal zurück ins Haus geschlichen, um meine Sachen zu holen. Niemand sah oder hörte mich, alle hatten sich in der Küche versammelt und diskutierten heftig. In Windeseile packte ich meinen Beutel und kletterte wieder aus dem Fenster am Ende des Flurs. Irgendwie tat es mir sogar leid, dass ich mich nicht von Nan und Jertis verabschieden konnte. Ich hoffte nur, dass ich sie wiedersah, wenn die Grenzer sie nach Hylend gebracht hatten.

Die Echse zu finden war leicht. Shebs Gehöft bildete ein U, dessen einer Flügel aus dem Wohnhaus bestand, der andere aus den Stallungen. Beide wurden am hinteren Ende des Innenhofs durch eine offene Remise mit Pflügen, Eggen und anderen Gerätschaften verbunden. Ich konnte in der zunehmenden Dunkelheit ohne Probleme daran vorbeischleichen und entdeckte an der abgewandten Seite des Stalls mehrere Türen, die zu den nördlichen Weiden in der Nähe des Klärbeckens führten. Gleich hinter der ersten stand die Echse in einer geräumigen Box, die eigentlich als Unterkunft für Stuten mit ihren Fohlen gedacht war. Davor in der Stallgasse lagen ihr Sattel und auch der Passagiersessel. Und um mein Glück vollkommen zu machen, hing ein Flaschenzug an einer Schiene unter dem Dach, um beides in die Höhe zu hieven. Besser ging es nicht. Sobald alle Lichter gelöscht waren, konnte ich ganz leicht die Echse aufschirren und dann ungesehen durch das Tor verschwinden. Zufrieden zog ich mich auf den Abhang über dem Gehöft zurück, um dort auf das Löschen der Lichter zu warten.

Allerdings hatte ich nicht damit gerechnet, wie lang sich Zeit dehnen konnte. Und auch die Nacht wurde immer kälter und feuchter. Es würde regnen, hatte Nan prophezeit, was gut war wegen der Trilgesh. Aber als es zu nieseln begann, wünschte ich mir den vergangenen, wolkenlosen Tag zurück. Jetzt konnte ich mich nur noch in den Schutz von ein paar Büschen verkriechen, wo es immerhin so trocken war, dass ich einnickte.

„Hast du das Klish bei dir?", fragte die weiße Trilgesh streng. Sie wurde wieder von ihren Kumpanen begleitet. Das Frettchen, der Sackfisch und die Schärpe beäugten mich stumm.

„Wenn ich wüsste, was das ist, hätte ich es geholt", behauptete ich.

„Meine Droge", tönte die Trilgesh. „Das Öl des Glanzbarsches. Beschaff es, sofort. Die Heilerin besitzt es."

„Und dann?"

„Du verbrennst es und atmest den Rauch ein. Oder du gurgelst damit. Nur tu es jetzt."

„Damit du mich binden kannst? Warum auf einmal? Ich erinnere mich, dass deine Freunde dagegen sind."

„Streite nicht mit mir, tu es. Für das, was dir bevorsteht, brauchst du meinen Schutz."

Ein Regentropfen zerplatzte auf meiner Wange und beendete die Vision. Diesmal war ich sofort hellwach, anders als heute früh.

Echt jetzt? Klish war dieses hochgiftige Barschöl? Nur extra ausgebildete Heiler durften damit umgehen, und auch nur, weil es kein besseres Einreibemittel gegen Prellungen und andere Verletzungen gab. Und ich sollte damit gurgeln? Ich fasste es nicht. Hielt diese Trilgesh mich für lebensmüde?

Fröstelnd richtete ich mich auf und blickte hinunter auf Shebs Gehöft. Alles lag inzwischen im Dunkeln. Aber die Nacht war nicht mehr so schwarz, wie sie sein sollte. Ich hatte zu lange geschlafen. Wenn ich rechtzeitig zu unserem Treffpunkt kommen wollte, musste ich mich beeilen.

Barschöl, also wirklich, dachte ich, als ich zurück in den Regen kroch. Zum Glück nahm mir der zunehmend heller werdende Himmel die Entscheidung ab. Ich hatte weder Zeit noch Lust, zu Blanas Haus zurückzukehren und nach diesem Klish zu suchen. Mal abgesehen davon, dass eine Bindung das Letzte war, was ich wollte. Diese Trilgesh konnte mich mal, beschloss ich und machte mich auf den Weg hinunter zum Stall.

Nichts hatte sich inzwischen verändert. Niemand hatte einen Riegel vorgelegt, die Schlösser und Angeln waren gut gefettet und die Echse schnoberte zufrieden hinter der Boxentür. Ich zog den Flaschenzug heran und hakte ihn an den Passagiersessel. Auch das funktionierte nahezu geräuschlos. Man wartete alles gut in diesem Teil des Gestüts.

Die erste Schwierigkeit tauchte auf, als ich die Boxentür öffnete. Die Echse hob ruckartig den Kopf und ihre Schwanzspitze begann zu zucken. „Ist ja gut, mein Mädchen", murmelte ich leise. Dann ging ich langsam und vorsichtig zu ihr und begann, ihre Nüstern zu streicheln. Das beruhigte sie wieder, aber ich spürte, dass sie sich nach all den Tagen nicht mehr an mich erinnerte. Wachsam stand sie auf, dass ihr Kopf jetzt über meinem hing, und wartete ab, was als Nächstes kam. Ich kraulte unentwegt ihre Nüstern, bis mir der Arm wehtat, und wünschte, ich könnte sie mit meinen Fühlbändern entspannen. Aber das wagte ich nicht, nicht hier in Shebs Stall. Als ich im Walnussbaum mein Silbernetz ausgeweitet und gleichzeitig das Kaninchen beeinflusst hatte, war ich danach bewusstlos geworden. Das durfte mir hier nicht passieren.

Endlich, nach einer gefühlten Ewigkeit, begann die Echse, mir wieder zu vertrauen. Vorsichtig nahm ich die Hand herunter und sah erleichtert, dass ihr Schwanz eingerollt blieb, auch als ich wieder in die Boxengasse zurückkehrte, um den Passagiersessel vorzubereiten. Geldon und Sitara würden längst auf mich warten und ich musste mich richtig beeilen.

Den schweren Sessel anzuheben war mit dem Flaschenzug ein Kinderspiel. Nachdem ich ihn hochgezogen hatte, befestigte ich das Seil hastig an einem Haken an der Wand und ging, um die Echse aus der Box zu holen und sie in die richtige Position zu dirigieren. Doch in der Eile hatte ich das Seil offenbar nicht richtig festgeknotet. Als ich unser Reittier gerade in die Stallgasse führte, krachte der Sessel unvermittelt zu Boden. Blitzartig entrollte die Echse ihren Schwanz und warf den Kopf in die Luft, dass mir das Halfter entglitt. Sie brüllte auf und donnerte mit ihren Hinterbeinen gegen die Boxenwand, dass sie zersplitterte. Der Schwanz peitschte hin und her. Und dann krachte er mir mit voller Wucht in den Nacken. Ich stürzte ins Stroh. *Oh verdammt, nicht so laut,* war mein letzter Gedanke, ehe es schwarz um mich wurde.

Dreiundzwanzig
10. April 467 n. L.

„Wen haben wir denn hier?", zischte Dressa.
Mein Kopf hämmerte, als würde er einen Schwarm Bohrspechte beherbergen. Ich stöhnte und versuchte mich aufzurichten, aber es ging nicht. Dressa hatte mich mit der Starre belegt. Es fühlte sich an, als sei ich vollkommen gelähmt, trotzdem spürte ich noch meine Arme und Beine. Dem Himmel sei Dank. Nicht selbstverständlich nach dem Schlag, den ich abbekommen hatte. Bis auf die Kopfschmerzen schien mir wie durch ein Wunder nichts passiert zu sein. Sofort versuchte ich, die Starre abzustreifen. *Nicht länger wegducken, Gavandon! Sei mutig wie Pa.* Ich durfte nicht untätig auf den nächsten Zug von Dressa warten.

Die Starre blieb.

Dressa boxte auf meine Schulter, dass es knackte. „So, mein Freund, jetzt kannst du dich nicht mehr wehren." Sie grinste böse. „Was bist du nur für ein Mensch, Gavandon? Stiehlst, lügst, hältst keine Versprechen, demolierst fremder Leute Eigentum!" Sie deutete auf die zerstörte Boxenwand.

Ich wünschte, ich könnte ihr auch ein paar Nettigkeiten an den Kopf werfen. Aber meine Gesichtsmuskeln gehorchten mir ebenso wenig wie der Rest meines Körpers. Und dann entdeckte ich das Morgenlicht, das durch die offene Stalltür drang.

Geldon, verdammt! Ich konnte nur hoffen, dass er von selbst zu Blana zurückkehrte. Die hier durften unter keinen Umständen herausfinden, dass er längst gesund war.

Dressa schlug wieder schmerzhaft gegen meine Schulter. „Glaub mir, das wird Folgen haben, Freundchen", zischte sie. „Wenn du gleich ..." Sie brach ab und schaute auf, als Sheb mit der Echse am Halfter in mein Sichtfeld kam. „Wo war sie denn?", fragte sie.

Sheb antwortete nicht. Sein Blick war glasig nach innen gekehrt, trotzdem bewegte er sich sicher in der Stallgasse. Er öffnete die Boxentür gegenüber der, die die Echse zertrümmert hatte, und schob das Tier hindurch. Erst, als er den Riegel vorgelegt hatte, sah er seine Tochter an. „Fessele ihn lieber", sagte er und deutete mit dem Kinn auf mich. Er holte ein Seil von irgendwoher und reichte es Dressa. Kurz darauf hatte man mich erneut verschnürt, so wie neulich am Pass.

In der Box trommelte der Echsenschwanz gegen die Bretterwände. Doch lange nicht mehr so wild wie vorhin.

„Du mieses Stück Hühnerscheiße!", wütete ich, als die Starre verschwand.

„Knebele ihn." Sheb reichte seiner Tochter ein Tuch aus seiner Hosentasche.

Ich wand mich, aber natürlich hatte ich keine Chance. Der Knebel schmeckte eklig, das Seil schnitt mir in Hand- und Fußgelenke. Ich verlegte mich aufs Bitten, nutzlos mit dem Tuch im Mund. Dressa und Sheb hakten nur je einen Arm unter meine Achseln, zerrten mich unsanft hoch und schleiften mich hinaus auf den Innenhof des Gehöfts.

„Wir sollten ihn in den Kellerraum bringen, Pa", sagte Dressa, als meine zusammengebundenen Füße draußen den Kies harkten. „Bei diesem Regen reicht das Licht noch nicht für die Würmer. Im Keller ist er sicher, bis es hell genug wird."

Würmer! Das hätte ich mir denken können. Sie wollten mich binden, hier und jetzt! Und da Sheb diesmal dabei war, verpasste man mir bestimmt auch eine dieser Schulungen. Ich begann wieder, mich zu winden.

Ohne Erfolg. Und Sheb schwenkte nicht nach rechts in Richtung Haus, sondern nach links. „Am Weiher gibt es genug Licht", sagte er. „Ich will nicht mehr warten. Man hat uns lange genug hingehalten."

Dressa nickte und sie zerrten mich zum Wasser. Am Ufer warfen sie mich ins nasse Gras, ohne sich darum zu kümmern, dass überall Gänsekot herumlag und sich einige spitze Steine in meine

Seite bohrten. „Geh und grabe einen Wurm aus", befahl Sheb. Ohne Widerworte verschwand Dressa zwischen den Bäumen. Er sah ihr nach und ich versuchte sofort, das auszunutzen. *Sei mutig wie Pa!* Ich musste ein Versteck finden. Also rollte ich zurück in Richtung Haus. Vielleicht konnte ich hinter einem Busch meine Fesseln loswerden. Und wo blieb die weiße Trilgesh mit ihren Kumpanen? Jetzt hätte ich sie gebraucht. Oder ging das nur, wenn ich bewusstlos war oder schlief?

Ich rollte, dass mir schwindelig wurde. Bei jeder Drehung schmerzte mein Kopf und Steine stachen mich.

Dann stoppte mich ein Fuß.

„Nicht so eilig, mein Junge", sagte Sheb, kehrte den Blick nach innen und die Starre hielt mich wieder fest im Griff. Oh – mein – Gott! Wo blieben die weiße Trilgesh und ihre Freunde? Ich versuchte, Weiß, Grün, Lila und Gold zu imaginieren, um sie herbeizulocken. Vergeblich. Der Regen durchtränkte mich, der Wind rauschte in den Bäumen am Seeufer. *Sei mutig wie Pa!* Nur, was konnte ich jetzt tun?

Nach einer Weile kehrte Dressa mit dem gestielten Teesieb zurück, das ich bereits kannte. Und auch diesmal wand sich ein dicker, weißer Wurm darin.

„Ist er genügend aufgepumpt?", fragte Sheb, während er unter einem Baum ein paar trockene Zweige und ein wenig Laub zusammenschob und anzündete.

Weiß, Grün, Lila, Gold! Ohne Astralwesen war ich Sheb und Dressa schutzlos ausgeliefert.

Kurz loderten ein paar Flammen auf, obwohl es auch unter dem Baum inzwischen nass war. Gleich darauf zischte es und ohne weitere Umstände blies mir Dressa die Asche ins Gesicht. Ich versuchte, Augen und Mund zuzupressen, aber es ging nicht unter der Starre. Und das Atmen konnte ich auch nicht stoppen. Es wurde schwarz um mich herum. Schwarz und glitzernd.

Jetzt wünschte ich mir einen spitzen Stein, um meinen Körper nicht ganz zu verlieren. Hektisch verstärkte ich mein Silbernetz, auch wenn es vermutlich nichts mehr nützte.

Burugiyel schwieg, aber trotzdem spürte ich ihn um mich herum. Er wartete und beobachtete. Dann erschienen zwei goldene Flammen in der Schwärze, Dressa und Sheb.

„Er ist wirklich grau unter seinem Netz, sogar hier", sagte Sheb erstaunt.

Dressas Flamme bekam zornrote Schatten. „Und er hat mich ganz schön damit blamiert."

„Lasst mich gehen, sofort!", brüllte ich, endlich wieder fähig dazu.

Sie achteten nicht darauf. „Du hättest es nur auffräsen müssen", sagte Sheb. „Schau zu und mach es mir nach." Seine Flamme dehnte sich zu einem Kreis.

„Stoppt das auf der Stelle, ich habe Freunde!", brüllte ich, erneut ohne Erfolg. Ich schwebte vor den beiden in Burugiyels Schwärze, wie ein Lamm, dachte ich, bereit zum Schlachten.

Sei, verdammt noch mal, so mutig wie Pa! Die beiden waren sogar in dieser Situation fähig zu handeln. Was also konnte *ich* tun? Oder hielt mich die Starre immer noch gefangen?

Als Nächstes formte sich auch Dressas Flamme zum Kreis, verschmolz mit der ihres Vaters. Beide begannen sich zu drehen, bekamen Zähne, eine flammende Kreissäge.

„Wehre dich nicht, Gavandon", befahl Sheb. Dann plötzlich setzte Schmerz mich in Brand, als ob Messer Streifen aus meiner Haut schnitten.

Mutig bleiben, Gavandon, das sind Trugbilder! Du besitzt hier keinen Körper. Ich versuchte, mich zu entspannen und den Schmerz auszuhalten.

Die Zähne der Säge rissen Fleisch aus mir heraus.

Trugbilder!

Ein dumpfer Schlag. Feuerlanzen schossen meinen Arm herauf, ich roch Blut. Kaltes Eisen nahm Maß, ein zweiter Schlag, eine zweite Feuerlanze. Ich wollte die Hand wegreißen.

Trugbilder! Deine Arme sind nicht hier!

In den Stümpfen meiner Finger schrillte der Schmerz. Sie verstümmelten mich. *Trugbilder!* Doch die Gewissheit schwand.

Sei mutig wie Pa! Ich schaffte es, nicht zu schreien, obwohl sie jeden Finger einzeln abhackten, jede einzelne Zehe, die Hände, die Füße, die Arme, die Beine, Stück um Stück. Ich würgte jeden Laut zurück.

„Er ist zäher, als ich dachte", knurrte Sheb.

Sie schnitten weiter meine Haut in Streifen. Mein Körper brannte lichterloh. Aber ich blieb stumm, konzentrierte mich auf mein Netz, verstärkte die Silberfäden, flocht Farben hinein. Plötzlich gab es Weiß, Grün, Lila und Gold im Überfluss. Die anderen Astralwesen oder nur ich selbst?

Aber es war nicht genug. Sie säbelten meine Brustwarzen ab. Das Weiß entglitt. Ich versuchte, es einzufangen. *Sei mutig wie Pa!* Sie bissen in mein Geschlecht und rissen daran. Das Weiß löste sich auf. Wie ein angestochener Luftballon schnellte mein Silbernetz zu einem Ball zusammen und verschwand.

„Herr, ich habe Euch nicht getäuscht. Er ist golden", sagte Dressa zufrieden.

„Er ist golden", donnerte Burugiyel. „Er hat mich belogen. Schule ihn, Sheb. Nie wieder darf er gegen mich aufbegehren." Die Schwärze wurde dick und erstickend.

Verzweifelt versuchte ich, neue Silberfäden zu weben, aber es ging nicht. Ich versuchte, Fühlbänder zu imaginieren, doch das Schwarz nahm mir den Atem.

„Wehre dich nicht", befahl Sheb.

„Dies hat er seiner Familie angetan", donnerte Burugiyel. Es roch nach Holzrauch.

Unvermittelt loderte Feuer auf, in dem sich Gestalten bewegten. Ich spürte die Hitze. Ich hörte das Fauchen und Knacken. „Beobachte und lerne, Dressa", sagte Sheb.

Trugbilder, Trugbilder! Sei mutig, lass dich nicht einfangen!

Kordian taumelte aus der Lohe auf mich zu, streckte schwarz verkohlte Arme nach mir aus. Er fiel auf die Knie, seine Haut platzte zischend auf. In den Holzrauch mischte sich der Geruch nach bratendem Fleisch. Dann kroch Mam auf meinen Bruder zu. Ihr Haar war verschwunden, ihr schwarz verbrannter Arm brach wie Holzkohle, als sie versuchte, sich darauf zu stützen. Sie sank über Kordian zusammen.

Mam, um Himmels Willen! Mein Widerstand zerbrach. Plötzlich wusste ich, dass alles echt war. Ich wusste es, ich wusste es!

„Sieh, was deine Familie durch deine Schuld erlitt", herrschte Sheb mich an.

Grannas Gesicht erschien strafend in den Flammen, umgeben von einem feurigen Glorienschein. „Du bist schuld!" Granna-Ton mit Shebs Stimme. Dann stürzte sie. Es roch nach Holzrauch und bratendem Fleisch. Und ich wusste, dass sie meinetwegen starben. Weil ich Mem Lion verletzt hatte. Weil ich ein Lügner war. Sie brannten und ich war schuld.

„Man belügt mich nicht!", donnerte Burugiyel. „Tu es noch einmal und auch die anderen werden umkommen." Vor der Lohe tauchten meine Schwester Orfis und Pop und Muri auf. Weinend lagen sie sich in den Armen.

Obsidiansplitter drangen in mich ein und zerrten an mir. Ich ließ es geschehen. Sonst würde Orfis brennen. Ein Loch entstand in mir, das gefüllt wurde. Ich war schuld, ich war schuld.

Plötzlich hüllten mich Weiß, Grün, Lila und Gold ein. „Zurück! Er gehört mir!", tönte eine Stimme. Feuer und Rauch und auch der Schmerz verschwanden.

„DU!", donnerte Burugiyel.

„Er gehört mir!", tönte das strahlende Weiß. „Du machst ihn nicht gefügig."

„Er ist an mich gebunden!", donnerte Burugiyel.

„Noch nicht endgültig", tönte das Weiß.

Ich verlor das Bewusstsein.

„Jetzt ist es passiert! Wir hätten viel früher eingreifen müssen. Jetzt ist der Mensch gebunden und wird zu Burugiyels Werkzeug." Die Stimme des grünen Frettchens klang, als ob seine Glocke einen Riss bekommen hätte.

„Noch gibt es keine Verflechtungen zwischen dem Feind und dem Geist des Menschen", beruhigte die goldene Schärpe. „Wir haben Zeit, unsere Entscheidung zu treffen."

Der lila Sackfisch gongte: „Aber es wird beginnen, sobald er erwacht. Und gerade haben wir mitansehen müssen, wozu er fähig ist. Burugiyel wird begeistert sein von seiner neuen Waffe. Chingistiril, dein Spielzeug muss getötet werden, ehe der Feind Schaden mit ihm anrichtet."

„Nicht so voreilig." Die Trilgesh klang ungehalten. „Wollt ihr wirklich eine solche Gelegenheit ungenutzt lassen? Diese Bindung kann unschädlich gemacht werden, das wisst ihr, und dann können wir selbst den Menschen verwenden. Wir müssen nur Zeit gewinnen."

„Wie willst du das erreichen?", protestierte das Frettchen. „Er hält sich im Nordmoor auf und seine Bindung hat bereits begonnen. Ihre Vollendung kannst du nur auf deiner Seite der Grenze stoppen. Aber Burugiyel wird seine Rückkehr nicht zulassen. Und wenn der Mensch es trotzdem schafft, kannst du diese Bindung zwar zerschneiden, aber dich niemals mehr selbst mit ihm verknüpfen. Dafür müsste der Feind ihn freiwillig aufgeben, und das wird er nicht tun."

Die goldene Schärpe warf ein: „Dennoch stimme ich Chingistiril zu. Wir müssen zunächst Zeit gewinnen. Der Mensch ist stark und Wehrfunken können ihm helfen, den Verflechtungen zu widerstehen, zumindest für eine Weile."

„Nicht lange genug. Er ist ein Fremder und der Feind hat ihn bereits in seiner Gewalt", erklangen Frettchen und Sackfisch im Chor.

„Die Menschen besitzen eine Eigenart, die uns ebenfalls hilft", hielt die Trilgesh dagegen. „Ich habe sie gründlich studiert und herausgefunden, dass sie sich durch Gerüche leiten lassen. Besonders ihr Schutzinstinkt spricht darauf an und verleiht ihnen ungeahnte Kräfte. Im Nordmoor gibt es ein neugeborenes Kind, das so einen Instinkt wecken kann. Die Wehrfunken verschaffen uns genug Zeit, bis sein Duft übernimmt. Der Mensch wird fähig sein, in mein Gebiet zurückzukehren. Ich weiß es. Und dann hat der Feind ihn verloren."

Sackfisch und Frettchen riefen gemeinsam: „Gerüche! Wie seltsam!"

„Und ich werde ihm unser Schildnetz leihen, damit er Burugiyels Menschen mitnehmen kann. Auch sie dürfen nicht im Nordmoor bleiben", fügte die Trilgesh hinzu.

„Ein Schildnetz!", gongten diesmal alle drei, und das Frettchen ergänzte: „Das ist zu riskant. Wir werden keinen Zugriff haben, solange er es aufspannt."

„Ich werde es dennoch tun, es ist der beste Weg. Und wenn nötig, können wir immer noch Luft und Wasser ungenießbar machen. Aber das ist das letzte Mittel und wir werden es nicht brauchen. Ihr wisst, ich kenne die nächste Zukunft."

Einen Moment schwiegen alle vier, dann gab die Schärpe bekannt: „Ich stimme zu. Diese Fremden sind interessanter als erwartet. Und der Feind muss unbedingt geschwächt werden."

„Aber das Schildnetz darf er nicht behalten", verlangte der Sackfisch. „Nur dann bin ich dabei."

„Ich ebenfalls", erklärte das Frettchen.

Ich stöhnte, als ich wieder zu mir kam. Alles schmerzte und ich fühlte mich, als habe man mich von innen nach außen und wieder zurückgewendet. Hastig flogen meine Hände über meinen Körper, doch alles befand sich genau dort, wo es hingehörte. Nur in mir drin herrschte Chaos.

Ich setzte mich auf und sah mich um. Man hatte mich in einen holzgetäfelten Kellerraum gebracht. Ein schmales Fenster oben an einer Wand spendete Licht, auf dem Boden lag ein Teppich und neben der Liege stand ein Tischchen mit einem Krug Wasser und einem Glas. Ich warf die Decke von mir, schenkte mir ein und trank durstig. Doch dann wusste ich nicht weiter. Wo war ich? Und wie konnte ich hier herauskommen? Die Vision war deutlich gewesen. Ich musste das Nordmoor so schnell wie möglich verlassen.

Sei mutig wie Pa!

Etwas Schwarzes pulsierte in einem Winkel meines Geistes,

glitzernd wie Obsidianfunken und übersät mit weißen, grünen, lilafarbenen und goldenen Sternen. Burugiyels Fragment, bedeckt mit diesen Wehrfunken. Ich versuchte, mir zusätzlich ein Gewebe vorzustellen, dass das Ganze eindämmte. Zeit gewinnen, hatte die Trilgesh verlangt.

Plötzlich überfluteten mich Bilder, ein Feuer, Mam und Kordian mit verkohlten Gliedmaßen, Grannas Gesicht in der Lohe. *Du bist schuld, du bist schuld.* Nur meinetwegen waren sie verbrannt. Und auch Orfis würde umkommen, wenn ich Burugiyel nicht gehorchte.

Sei mutig wie Pa. Entkommen ist wichtig, nicht das Leben meiner Familie. Und wer kannte sich schon mit Trugbildern aus?

In mir krümmte sich alles, aber ich brachte als zusätzliche Barriere eine fadenscheinige Hülle um das pulsierende Burugiyel-Fragment zustande. Doch etliche Sterne zerplatzten, während ich den Rauch roch und verkohlte Arme brechen sah. Also ließ ich die Hülle wieder fahren und versuchte stattdessen, die grausamen Bilder zu verbannen. Einatmen, ausatmen. Es war fast unmöglich, aber schließlich leuchteten die Wehrfunken weiter und nur ein paar von ihnen flackerten noch.

Als Nächstes probierte ich die Tür, die selbstverständlich verschlossen war. Und das Fenster oben unter der Zimmerdecke hatte man fest eingemauert. Daneben befanden sich nur ein paar Lüftungsschlitze. Gab es überhaupt eine Chance zur Flucht? Und sperrten sie mich ein, damit Zeit die Bindung vollendete?

Ich überlegte, an der Klinke zu rütteln und zu rufen. Aber dann würden sie wissen, dass ich wach war. Lieber nicht. Womit konnte ich mich also beschäftigen? Ich musste mich ablenken, damit die schrecklichen Gewissheiten der Schulung meinen Widerstand nicht auffraßen.

Vor allem brauchte ich eine Waffe. Ich schaute mich um, aber nur ein Tischbein konnte als Schlagstock dienen. Ich probierte, eins herauszureißen, aber keines saß locker genug. Als Nächstes versuchte ich es bei der Täfelung. Sie war fest gefügt und selbst an den Nut- und Federlinien fanden meine Finger keine Angriffspunkte. Ich wollte schon die Polsterung der Liege aufreißen, um dort nach einer Keule oder einem Strick zu suchen, aber dann fiel mein Blick auf den Wasserkrug. Glas, das man brechen konnte. Um keinen Lärm zu machen, schlug ich den Krug in eine Ecke des Teppichs ein und stampfte so lange mit den Fuß darauf, bis er zerbrach. Dann band ich das Knebeltuch ab, das zum Glück immer noch um meinen Hals hing, wählte einen langen, schmalen Splitter und umwickelte das untere Ende. Jetzt besaß ich immerhin so was wie ein Messer. Wenn sie mich holen kamen, konnte ich mit seiner Hilfe vielleicht fliehen.

Und was jetzt? Ich sah mich um. Was konnte ich als Nächstes tun? Es gab hier nichts außer der Liege, dem Tisch und dem Teppich. Und einschlafen durfte ich nicht, das ahnte ich, denn dann verlor ich die Kontrolle und vermutlich auch die Wehrfunken. Das wollte ich nicht riskieren, da sie womöglich nicht erneuert werden konnten. Ich musste unbedingt eine Beschäftigung finden, um den schrecklichen Bildern vom Brand zu entgehen.

Es wurde ein Kraftakt. Nan hatte bereits angedeutet, wie mächtig Schulungen sein konnten. Jetzt erfuhr ich es am eigenen Leib. Zuerst rekapitulierte ich aus dem Gedächtnis xenobiologischen Schulstoff. Als das nicht mehr funktionierte, zählte ich die Nut- und Federlinien in der Vertäfelung, fünfmal, bis die letzten beiden Versuche übereinstimmten. Und schließlich übte ich, die verschlungenen Linien auf dem Teppich ohne Übertretungen entlangzulaufen, immer und immer wieder. Am Ende war ich erschöpfter, als ich es je für möglich gehalten hätte. Aber ich hatte in der ganzen Zeit nur wenige Wehrfunken verloren.

Als es endlich am Türschloss kratzte, wusste ich nicht, ob ich erleichtert sein sollte oder nicht. Wieder zerplatzten ein paar der bunten Sterne. Einatmen, ausatmen. Ich packte die Glasscherbe fester und stellte mich kampfbereit an die Wand neben dem Ausgang.

Wieder kratzte es, dann ein Klicken. Die Tür schwang einen Spaltbreit auf. Ein Gewehrlauf erschien. Ich packte ihn und zog ruckartig daran, bereit zuzustechen. Cord stolperte in den Raum. Ich konnte den Messerstoß gerade noch abfangen.

„He, was soll das?" Trotz seiner Überraschung flüsterte mein Onkel fast.

Vern kam wie der Blitz hinter seinem Vater durch die Tür, in der Hand ein langes Messer.

Cord drückte seinen Arm hinunter. Dann riss er das Gewehr aus meinem Griff und richtete es wieder auf mich. „Du bist also geschult und gebunden. Sonst wärst du wohl nicht hier, oder?", knurrte er.

Ich nickte.

„Und das da tust du besser weg." Er deutete mit dem Kinn auf den Splitter in meiner Hand. „Wir bringen dich jetzt zu Nan. Sie will dich vorher unbedingt noch sehen. Also komm jetzt. Und wenn du damit was versuchst, bist du schneller tot, als du zustoßen kannst, verstanden?"

„Nan will mich sehen?" Ich ließ den Splitter sinken. Wieder flackerte ein Stern. Ich konzentrierte mich darauf, zu atmen.

Cord funkelte mich an. „Genau. Bevor sie stirbt." Er winkte mit dem Lauf. „Nun mach schon. Und sei gefälligst leise. Oben sitzen sie beim Mittagessen."

Entsetzt blickte ich meinen Onkel an und ließ die Scherbe fallen. „Sie stirbt?" Sterne zerplatzten. Einatmen, ausatmen.

„Jawohl. Und zwar deinetwegen, wie es aussieht. Los, Vern, schaff ihn hier raus."

Mein Cousin packte meine Hand und zog mich mit sich. Sie dirigierten mich durch den Kellerflur zu einem Ausgang. „Wir müssen unsichtbar bleiben", flüsterte Cord. „Also rennen wir auf kürzestem Weg über den Hof zwischen die Büsche, klar?" Er stieß mich mit dem Lauf die Treppe hoch.

Am oberen Ende befand sich ein gepflasterter Platz mit einer Feuerstelle und Bänken darum herum. Dahinter wuchsen wilde Sträucher, ein Buschwerk, das sich entlang des ganzen Abhangs zog. Wir verschwanden ungesehen darin und eilten zu Nans

Haus auf der anderen Seite des Gemüsegartens. Niemand verfolgte uns. Ich war frei, zumindest so lange, wie ich die Wehrfunken halten konnte. Einatmen, ausatmen.

Cord merkte offenbar, dass ich, anders als erwartet, bereitwillig mitkam. Er ließ den Gewehrlauf sinken, aber er blieb wachsam. Als wir vor Nans Zimmertür ankamen, hielt er mich an. „Bist du wirklich gebunden?", fragte er.

Ich nickte. „Sie haben mich gezwungen. Aber es ist etwas passiert. Die Bindung wurde nicht vollendet." Einatmen, ausatmen.

„Nicht vollendet? Was ist geschehen?"

„Das ist kompliziert."

„Pa, Nan hat nicht mehr viel Zeit", unterbrach uns Vern.

Cord nickte. „Also schön. Du gehst jetzt da rein und redest mit ihr. Und wenn du eine falsche Bewegung machst, war das deine letzte, verstanden? Keine Sorge, wir merken es, wenn Burugiyel dich übernimmt. Los jetzt." Er stieß mich mit dem Gewehrlauf an.

Ich runzelte die Stirn. „Wenn Burugiyel mich übernimmt? Das verstehe ich nicht."

Aber er griff nur an mir vorbei und öffnete die Tür. „Dafür ist jetzt keine Zeit. Burugiyel quält Nan schon seit dem Morgengrauen. Sie sagt, weil deine Bindung misslungen ist. Deshalb rächt er sich an ihr."

Oh Himmel, du bist schuld, du bist schuld. Einatmen, ausatmen. Ich stolperte in Nans Schlafzimmer.

Die ganze Familie war versammelt. Sogar Moren kauerte unter dem Schreibtisch. Beide Fenster standen offen, trotzdem war die Luft im Raum zum Schneiden. Die Hyazinthen dufteten unangenehm.

Cord ließ mich nicht aus den Augen und hielt weiter das Gewehr im Anschlag.

Ich hob die Hände. „Ich verspreche, ich tue nichts. Ich bin nur froh, entkommen zu sein." Einatmen, ausatmen.

„Lüg gefälligst nicht, Weichbirne!", zischte Sitara. Geldon

legte ihr den Arm um die Schulter. Aber auch er hielt eine gezückte Waffe, eine kleine, gespannte Pistolenarmbrust, mit der er auf mich zielte. Ein weiterer Stern flackerte. Einatmen, ausatmen. Auf dem Bett lag Nan und krümmte sich in den zerwühlten Laken. Links von ihr saß Jertis und tupfte ihr den Schweiß von der Stirn. Broder kniete auf der anderen Seite und massierte vergeblich gegen die Krämpfe an, die den Körper seiner Mutter schüttelten, und am Kopfende hockte Blana, hatte ihre Hände auf Nans Schläfen gelegt und die Augen geschlossen. Schweißperlen rannen ihr über das Gesicht.

„Daran bist nur du schuld!", fauchte Sitara. Geldon drückte sie beruhigend an sich.

Wieder flackerte ein Stern und explodierte in einem Funkenregen. *Konzentriere dich, Gavandon, atme.*

Nan schrie auf und wölbte ihren Rücken. „Ist er da?", keuchte sie.

Doch Cord stellte sich mir in den Weg. „Dilis, er ist tatsächlich gebunden. Willst du wirklich ..."

„Ich habe es gewusst", keuchte Nan. „Warum sonst sollte Burugiyel ..." Sie bog den Rücken durch und stöhnte. „Hierher, Junge!", krächzte sie.

Cord schob mich auf die Bettseite zu, wo Jertis saß. Sie machte mir widerwillig Platz.

Mit verzerrtem Gesicht krallte Nan ihre Finger in den Aufschlag meiner Jacke. „Barthes", flüsterte sie und zog mich zu sich. „Alles gut, mein Sohn?"

Ich nickte. Drei Sterne zerstoben.

Nan schrie wieder auf, krampfte ihre Hand um mein Revers und kniff die Lider zusammen. Schweiß quoll auf ihrer Stirn in dicken Perlen hervor. Dann entspannte sie sich wieder. „Du bist nicht richtig gebunden, nicht wahr?", keuchte sie. „Burugiyel nimmt zuerst an mir Rache. Aber es ist gut. Ich wäre nur hinderlich bei eurer ..." Ein neuer Krampf verwandelte ihre Worte in ein lang gezogenes Stöhnen.

Jertis versuchte, mich beiseitezuschieben, doch Nan klammerte sich zu fest an mich. Als sie wieder sprechen konnte, krächzte sie: „Alle hier werden die Nächsten ... Du musst sie ... in Sicherheit ... versprich ..." Das letzte Wort war kaum noch zu verstehen.

Ich versuchte, mich aufzurichten. „Nan, ich kann doch nicht ..." Aber dann fiel mir das Schildnetz ein, über das die Astralwesen während der Vision gesprochen hatten.

Nan zog mich mit erstaunlicher Kraft näher zu sich. Mein Gesicht berührte beinahe ihres. Inzwischen rann der Schweiß über ihre Stirn und Blana stöhnte. Trotzdem befahl meine Großmutter: „Schwöre es. Du musst es tun. Du musst sie alle retten. Für mich."

Einatmen, ausatmen. Ich nickte und sagte: „Ich versuch's."

Nan bäumte sich wieder auf und ächzte. Aber ihr Klammergriff löste sich nicht. „Und verstecke Blana!", befahl sie erstaunlich klar. „Sie werden sie suchen ... goldene Flammen. Du musst ... sofort!" Das letzte Wort geriet zum Schrei. Ihre gelähmten Beine schlugen, ihr Rücken bog sich. Dann war ich plötzlich frei und richtete mich auf.

Nan fiel schlaff zurück, ihr Kopf rollte zur Seite. Ihre Augen verdrehten sich.

Jertis stieß mich fort und tastete nach ihrem Puls.

Blana presste ihre Fingerspitzen an Nans Schläfen. Nans Lider flatterten. „Auf der Stelle, hörst du? Jetzt gleich." Granna-Ton. Sie sah mich an.

„Ich verspreche es", sagte ich. *Du bist schuld.* Vielleicht konnte ich etwas zurückzahlen.

Nan schloss die Augen. Ihr Gesicht fiel ein.

Jertis schrie auf. „Bleib bei uns, Mam, bleib bei uns!"

Noch einmal bäumte sich Nans Körper auf, dann zischte ihr letzter Atem durch zusammengebissene Zähne. Schlaff wie ein luftleerer Ballon sank sie in die Decken. Ihre Gesichtszüge entspannten sich. Plötzlich sah sie friedlich aus.

Blana riss ihre Hände fort und rieb sich die Fingerspitzen. Ihre

Augen füllten sich mit Tränen.

Jertis, die Finger immer noch an Nans Handgelenk, schaute Broder an, der daraufhin nach ihrer Halsschlagader tastete und den Kopf schüttelte. Jertis schluchzte auf, ihre Stirn sank auf die Brust ihrer Mutter, ihre Schultern zuckten und Broder tätschelte hilflos den Arm seiner Schwester.

„Das ist deine Schuld! Nur deine Schuld", kreischte Sitara und begann, mit den Fäusten auf meinen Rücken einzuschlagen.

Wieder eine Handvoll Sterne, die schwarzes Glitzern freigaben. Einatmen, ausatmen.

Dazu also war Burugiyel fähig. Und ich hoffte, dass ich die Wehrfunken lange genug halten konnte. Sie mussten alle hier weg, das war mir noch nie so klar gewesen wie jetzt. Einatmen, ausatmen. „Wann können wir reiten?", fragte ich.

Vierundzwanzig
10. April 467 n. L.

Sie hatten Blana, Geldon und mich in eine Höhle oberhalb der Ostweiden gebracht. Es handelte sich eher um eine tiefe Nische hinter einem Vorhang aus Pfefferranken, doch es gab Platz genug für uns und unsere Esel. Und irgendein Mineral, sagten sie, würde uns hier zuverlässig abschirmen, sollten Dressa und Sheb nach unseren Geistflammen suchen.

Natürlich hatte ich zum sofortigen Aufbruch gedrängt, aber alle wollten Nan zuerst würdig begraben. Nichts, was ich vorbrachte, konnte sie umstimmen. Einatmen, ausatmen. Inzwischen waren kaum noch Wehrfunken übrig, und es wurden immer weniger. Mehrere Male hatte ich bereits mit dem Gedanken gespielt, sofort loszureiten, nur mit Geldon und Blana. Aber ich zögerte immer noch, der Plan lautete anders. Nur das Neugeborene, das mir versprochen worden war, wünschte ich mittlerweile sehnlichst herbei.

Der Thronfolger saß auf einem Stein vorn am Eingang der Höhle, direkt am Rankenvorhang, spielte mit seiner Armbrust und spähte wachsam hinaus. Blana und ich hockten weiter im Inneren, Blana auf einem Felsbrocken, der aus der Wand ragte, und ich genau dort, wo ich von meinem Esel gestiegen war. Inzwischen war ich so erschöpft, dass ich alles Unnötige vermied. Selbst das Anbinden meines Esels hinten an der Rückwand hatte jemand anderes übernommen. Einatmen, ausatmen.

„Ich jedenfalls hätte dir vorhin nicht vertraut, Gavandon", sagte der Thronfolger in die Stille.

Ich reagierte nicht, sondern konzentrierte mich aufs Atmen.

„Hältst du antworten etwa für überflüssig?" Geldon schubste mich leicht an der Schulter.

„Bitte, Hoheit", sagte Blana, „lassen Sie ihn in Ruhe. Er hat es im Augenblick schwer genug."

Ich drehte mich zu ihr um. Woher wusste sie das? Und wo blieb das versprochene Neugeborene? Ich brauchte es jetzt!

„Wieso behauptest du, dass Gavandon es schwer hat?", fragte der Thronfolger.

Sie zuckte mit den Schultern. „Da war ein Traum heute Nacht, sehr klar und deutlich." Sie zog eine Flasche aus ihrer Jackentasche. „Seither trage ich die bei mir. Das ist Barschöl. Und ein weißer Trilgesh sagte, dass wir Gavandon beistehen sollen. Können Sie nicht sehen, wie sehr er zu kämpfen hat?"

Giftig hin oder her, ich hätte mit dem Öl gurgeln sollen, dachte ich.

Geldon war schon wieder abgelenkt. Er richtete sich auf und spähte nach draußen. „Die haben sich aber beeilt", murmelte er. Dann winkte er mit der Hand. „Seid still, es kommt jemand."

„Wie bitte, jetzt schon?" Alarmiert reckte Blana den Hals nach vorn.

Nun hörte ich es auch. Hufe. Konnten wir endlich los? Ich sprang auf.

Geldon blickte besorgt zu den Eseln hinten in der Höhle und flüsterte: „Ich hoffe nur, sie haben uns Tiere gegeben, die nicht bei der ersten Gelegenheit losschreien."

Das Hufetrappeln draußen hielt direkt unter uns an. „Bist du da, Gavandon?", rief jemand.

Geldon zischte mich an: „Wehe, du gibst einen Mucks von dir." Dann erstarrten wir alle drei zur Salzsäule, doch leider ohne Erfolg. Einer der Esel verriet uns. Er warf den Kopf herum, dass das Zaumzeug klirrte, und scharrte unüberhörbar auf dem felsigen Untergrund. Sofort legte Geldon einen Bolzen in die Armbrust.

„Verdammt, Gavandon, ich höre doch, dass du dich da oben versteckst", rief die Stimme. „Sag etwas. Hier ist Jono und ich bin allein." Wie aufs Stichwort begann ein Baby zu weinen.

Oh Himmel, ein Neugeborenes! Ich wollte durch die Ranken stürmen, doch Geldon packte mein Handgelenk und legte auf mich an.

„Na ja, nicht so ganz!", rief Jono herauf. „Ich habe meine Kinder dabei. Aber Shali und die anderen suchen dich woanders, dafür habe ich gesorgt. Ich brauche deine Hilfe."

„Stimmt das? Ist er allein?", flüsterte Blana.

Ich spähte durch die Ritzen zwischen den Blättern und nickte, Geldon ebenfalls. Der Esel scharrte wieder, das Zaumzeug klirrte.

„Himmel, Gavandon, komm jetzt endlich oder muss ich dich holen." Zwei weitere Kinder begannen zu plärren. „Schscht! Nicht weinen, hört ihr?", beruhigte er sie. „Hier, mein Sohn, schaukele Hiri ein bisschen. Pa ist gleich wieder bei euch." Das Geschrei verstummte tatsächlich, dann hörte man Steine kullern, als Jono begann, den Abhang heraufzukommen.

„Besser, du sprichst doch mit ihm, bevor er auch Blana und mich entdeckt", flüsterte Geldon.

Das ließ ich mir nicht zweimal sagen und schoss durch den Rankenvorhang.

„Habe ich doch richtig geraten", sagte Jono befriedigt und streckte mir die Hand hin.

Ich schlug nicht ein. "Was willst du?"

Er musterte mich. „Ganz einfach, du sollst auch meine Kinder mitnehmen, darum bin ich hier. Ich wusste, dass du dich hier versteckst, weil du nicht beim Begräbnis warst."

Von oben kam ein unterdrückter Laut und ich hoffte nur, dass Jono ihn nicht gehört hatte. Wieder zerplatzten Sterne. Einatmen, ausatmen. „Woher weißt du, was ich vorhabe?", fragte ich.

Jono stöhnte gereizt. „Kannst du dir das nicht denken? Dressa schwört, du seist ein starker Fühlweber, und wir haben dich natürlich beobachtet. Gestern zum Beispiel saß ich unter Nans Fenster, als du mit ihr gestritten hast. Und glaub mir, ich kann absolut verstehen, dass ihr abhauen wollt. Von mir habt ihr nichts zu befürchten. Schon heute früh hätte ich euch die drei da unten gebracht, aber du musstest ja unbedingt diese Echse klauen und jetzt…" Er zuckte mit den Schultern. „Zum Glück ist die Bindung schief gegangen, sonst wärst du jetzt nicht hier, oder? Und das mit Nan tut mir entsetzlich leid."

Ich nickte. Einatmen, ausatmen. Wortlos umrundete ich Jono und rannte die Böschung hinunter. Verdammt noch mal, ich brauchte dieses Baby!

Auf dem Pfad unterhalb des Abhangs standen zwei Esel, ein Wallach und eine Stute. Der Wallach trug keinen Sattel, sondern an jeder Seite einen großen Korb. In einem schlief ein Junge und nuckelte am Daumen, in dem anderen umklammerte sein Bruder das wunderbare Kind. Sofort nahm ich es hoch und drückte es an meine Brust. Und tatsächlich, es wirkte, wie die weiße Trilgesh versprochen hatte! Dieser unvergleichlich warme Duft! Tief sog ich das Aroma in mich ein, gerade noch rechtzeitig. Ein unglaubliches Glücksgefühl durchströmte mich und gab mir Kraft. Keine Gedanken mehr an Mam und Kordian. Und sogar das schwarze Glitzern hörte auf zu pulsieren, wurde dunkel wie ein Stein. Unendlich dankbar schloss ich meine Arme fest um das kleine Bündel und legte meine Lippen auf das dünne, weiße Mützchen. Das Baby schlief an meiner Brust und so würde es bleiben, bis die Gefahr vorüber war.

Jono war mir hinterhergekommen und beobachtete mich lächelnd. Dann holte er ein rucksackähnliches Geschirr von der Kruppe des Esels. „Sie heißt Hiri", sagte er rau, steckte die Beine seiner Tochter in die Vorrichtung, schob Gurte über meine Schultern und verschloss alles in meinem Rücken, während ich die Kleine nicht eine Sekunde losließ.

„Du bist ja ganz vernarrt in sie. Hat mich mein Gefühl also nicht getrogen", sagte er. „Weißt du, ich habe geträumt, dass du die Kinder mitnehmen musst. Für sie ist es das Beste, das weiß ich einfach."

Noch so ein Traum, bei ihm auch. Hatte etwa die Trilgesh damit zu tun?

Jono packte den Wallach am Zaumzeug. „Alles, was ihr braucht, liegt in den Körben. Außerdem haben die Kinder Schlafwurz bekommen, das wirkt inzwischen, wie du siehst. Und es hält sie lange genug ruhig. Und noch eine Bitte: Richte Jertis und Cord aus, sie sollen ein oder zwei Wochen lang Suchanzeigen in den Zeitungen schalten. Wenn Shali und ich es auch schaffen, können wir sie dadurch finden. Hast du verstanden? Und jetzt bring sie rauf in die Höhle, sonst entdecken euch noch Dressa und Sheb."

Ich nickte und nahm Jono den Zügel aus der Hand. „Keine Sorge, ich gebe es weiter", versprach ich. Plötzlich ging mir auf, dass ich jetzt drei Menschen mehr aus dem Nordmoor geleiten musste. Doch irgendwie beunruhigte mich das nicht länger. Immerhin hatte man mir dieses Schildnetz gegeben.

Jono holte tief Luft. „Also schön." Er beugte sich zu dem Köpfchen an meiner Brust. „Hab' keine Angst, mein Sternchen, Pa ist bald wieder bei dir." Er drückte ihr die Lippen auf den Scheitel, dann ging er zum Wallach und küsste auch seine Zwillinge. Einen Moment betrachtete er sie mit hochgezogenen Schultern. „Ich hoffe, sie werden es verstehen", murmelte er, zog zwei hölzerne Schilde, die am Geschirr bereithingen, über die Körbe und wandte sich wieder zu mir. „Und wenn Shali und ich doch nicht kommen können ..." Er schluckte.

„Ich weiß", sagte ich. „Keine Sorge, es wird ihnen gut gehen, versprochen."

Mit zusammengebissenen Zähnen streichelte er noch einmal das Baby. „Ich muss los, sonst sucht noch einer nach mir." Dann ließ er seine Hand auf meine Schulter fallen und drückte schmerzhaft zu. „Vergiss nicht, du bist für sie verantwortlich. Wenn ihnen irgendwas passiert ..." Er ließ den Satz unbeendet, schwang sich in seinen Sattel und sah auf mich herunter. „Und denk daran, ewig kann ich die anderen nicht davon abhalten, hier zu suchen. Sorg dafür, dass ihr weg seid, ehe sie kommen." Dann schnalzte er mit der Zunge und verschwand Richtung Gestüt.

Ich sah ihm nicht nach, sondern zog den Wallach den Abhang hinauf und atmete dabei tief den Duft der kleinen Hiri ein. Ich musste unbedingt dieses Schildnetz erforschen. Ich musste wissen, zu was es fähig war.

Geldon zeigte auf mich. „Er ist dafür verantwortlich."
Mit gerunzelter Stirn betrachtete Broder die Zwillinge in ihren Körben. „Na ja, wenigstens schlafen sie", murmelte er.
Die Fermins waren kurz nach Jonos Verschwinden eingetroffen. Während Jertis und Cord mit ihren Kindern schon vorausritten, war Broder heraufgekommen, um uns abzuholen. Er drängte uns, den anderen so schnell wie möglich zu folgen. Doch jetzt, mit dem kleinen Köpfchen unter meinem Kinn, wäre ich gern noch länger in der Höhle geblieben.
Das Schildnetz war einfach großartig. Leider konnte ich in der kurzen Zeit nur einen Teil seiner Möglichkeiten erforschen. Ich wusste inzwischen, dass es sich sehr eng um mich schloss, dass es mir keinerlei Kraft abverlangte und dass es sich trotzdem viel sicherer anfühlte als alles, was ich bisher kennengelernt hatte.
„Jono will, dass wir die Kinder mitnehmen", sagte ich. „Und er lenkt die anderen so lange ab, wie er kann."
Broder nickte. „Dann soll es so sein. Und jetzt kommt, wir sind ohnehin schon spät dran."
Natürlich hatte er recht. Ich nahm den Zügel meines Esels und führte ihn auf den Rankenvorhang zu.
„Halt, nicht so schnell." Broder hielt mich am Arm fest. „Vergiss bitte nicht dein Silbernetz. Es ist besser, wenn du es sofort aufspannst. Die Trilgesh dürften bereits alarmiert sein. Wir sollten nicht länger nur Sheb und Dressa fürchten." Er spähte durch die Ranken hinauf zum Himmel.
„In Ordnung." Zum ersten Mal weitete ich das Schildnetz wie eine Glocke. Nicht ganz unerwartet ließ es sich so leicht dehnen, als wolle man eine Staubflocke fortblasen. Offenbar konnte ich alle mühelos damit umschließen. Doch gerade, als ich mir gratulieren wollte, zog die Kuppel sich wieder zusammen. Ich stemmte mich mit aller Kraft dagegen, aber sie kehrte unerbittlich zu mir zurück. Dann passierte ihre Wand die Flammen von

Geldon und Blana, die am weitesten von mir entfernt standen. Zwei Fragmente lösten sich und schlossen sich fest um die beiden. Dasselbe geschah bei Broder, bei dem Esel, den ich am Zügel hielt, und bei dem Baby an meiner Brust. Zuletzt lag die Hülle wieder eng um mich.

„Wow", machte ich beeindruckt. Dann kehrte ich meinen Blick nach innen, um zu prüfen, was gerade geschehen war. Und entdeckte, dass unsere Geistflammen fehlten. Es gab nur noch die der Zwillinge und der Esel an der Rückwand! „Holla", sagte ich fassungslos.

„Was ist?", fragte der Thronfolger.

„Moment noch." Erneut weitete ich den Schild, alle Fragmente vereinigten sich wieder mit ihm und die Geistflammen leuchteten auf. Ich ließ ihn wieder zusammenschnellen und sie verschwanden. „Wahnsinn!", murmelte ich.

Broder hatte inzwischen die Zügel der anderen Esel genommen. „Was ist passiert?", fragte er.

Ich stellte meinen Blick wieder klar. „Ich bin jetzt sicher, dass ich euch alle hinausbringen kann." Ich grinste.

„Na, dann los", sagte Broder. „Die anderen warten."

Wir holten sie dort ein, wo ich mich mit Geldon verabredet hatte, am Gatter der letzten Weide. Alle hatten sich wie wir Holzschilde an die Sättel gehängt, alle trugen provisorische Helme, Jertis und Cord zum Beispiel Kochtöpfe, die sie sich mit Lederriemen unterm Kinn festgebunden hatten. Sie sahen lächerlich aus, doch niemand lachte. Als wir uns im Galopp näherten, sprangen sie in ihre Sättel. „Wo bleibt ihr bloß so lange", beschwerte sich Cord. Und ich weitete noch einmal den Schild und nahm auch ihre Geistflammen in seine Obhut. Dann verließen wir endgültig das Gestüt.

Der Weg verlief zunächst entlang der Berge nach Osten. Unbehelligt und im schnellen Trab kamen wir voran. Es regnete unaufhörlich. Verfolger und schwarze Punkte unter den Wolken konnten wir nicht entdecken. Ab und zu dehnte ich unseren

Schild und überprüfte die Fragmente. Doch alles blieb dicht und stabil und ich begann darüber nachzudenken, ob ich dieses wunderbare Netz nicht einfach behalten sollte.

Mit meiner Jacke schützte ich die kleine Hiri vor dem Regen, während ich neben Vern ritt, der seinen Bruder Moren vor sich auf dem Sattel festhielt. Vorhin hatte Jertis mir das Baby abnehmen wollen, aber natürlich ließ ich das nicht zu. Erst wenn Chingistiril dieses furchtbare Burugiyel-Fragment unschädlich gemacht hatte, würde ich sie hergeben, so viel war sicher. Tief sog ich den Duft der Kleinen ein.

Ohne Zwischenfall erreichten wir die Kehre, wo sich der Weg nach Süden wandte, in die Berge hinein. Doch plötzlich rauschte etwas anderes als der Regen und über unseren Köpfen tauchten dunkle Schatten auf. Sie hatten uns gefunden.

„Schreit!", rief Cord und gab seinem Hengst die Sporen.

„Schilde hoch!", brüllte Broder von hinten. Gleichzeitig riss er das Gewehr aus dem Halfter an seinem Sattel. Geldon hielt bereits die Armbrust in der Hand. Alle anderen fingen an zu lärmen, so laut sie konnten.

Der erste Stein traf den Esel mit den Zwillingen an der Kruppe. Cord wendete, warf sich von seinem Hengst und zog die zwei Schilde über den Jungen zurecht. Die Zwillinge wachten auf und verstärkten den Lärm mit ihrem Geschrei. Auch die kleine Hiri an meiner Brust begann zu plärren. Broders Gewehrschüsse peitschten hinter mir durch die Luft. Steine prasselten auf uns hernieder. Ich wurde von einem Wurfgeschoss an der Wade getroffen, Blana kreischte auf, dann Sitara. Dann blieben die Esel plötzlich stocksteif stehen, dass Sitara über den Hals ihrer Stute geschleudert wurde. Sofort war Geldon neben ihr und schützte sie mit seinem Schild.

Am Schild riss es, schlimmer als neulich am Pass. Ich riskierte einen Blick nach oben. Ein ganzer Schwarm umkreiste uns und ich vermutete, dass jeder Einzelne sein Drittauge weit geöffnet hatte. Heiliges Wurmloch! Konnte irgendein Netz so etwas abfangen? Was geschah mit uns, wenn sie durchbrachen? Ich durfte das nicht zulassen, ich musste Hiri schützen.

Tiefes Rot sammelte sich in meinen Augenwinkeln. Ohne nachzudenken schoss ich es hinauf zu den kupfernen Geistflammen. Immer und immer wieder. Jede Flamme, die ich traf, verblasste, eine nach der anderen. Dunkle Körper schlugen neben uns am Boden auf. Dann endlich verebbte der Steinhagel.

„Und jetzt die Esel", keuchte Blana, kaum dass der letzte Trilgesh leblos am Boden lag.

Erst da kam mir zu Bewusstsein, was gerade geschehen war. Das Rot hatte das Schildnetz durchdrungen, die Angriffe von außen dagegen nicht.

„Die Esel!", rief Blana. „Ehe sie durchgehen!"

Die Tiere standen immer noch stocksteif und mit rollenden Augen da. Rasch weitete ich den Schild und sandte weiches Blau zu den Flammen darin, ehe er zu mir zurückkehrte. Die Kinder hörten sofort auf zu weinen, die Esel entspannten sich. Beruhigend tätschelte ich meiner Stute den Hals, aber das hätte es nicht mehr gebraucht. Ihre Ohren standen nicht mehr steil in die Höhe.

Sitara erhob sich stöhnend, rieb sich die Hüfte, und Geldon stützte sie, als sie zurück zu ihrem Reittier humpelte.

Cord löste den Wallach mit den Zwillingen von seinem Sattel und drückte das Halfter Jertis in die Hand, zusätzlich zu dem Packesel. „Beim nächsten Angriff machst du, dass du wegkommst", sagte er.

Blana war von ihrer Stute gestiegen und untersuchte Sitaras Hüfte. Sie streckte die Hand aus, zögerte und blickte stirnrunzelnd auf mich. Dann ließ sie unsicher ihre Finger über die Verletzung gleiten. Sitaras schmerzverzerrte Züge entspannten sich und sie sprang leichtfüßig zurück in den Sattel. Erstaunt blickte Blana auf ihre Hände, dann wieder zu mir. „Noch jemand?", rief sie mit einem Grinsen.

„Dazu haben wir keine Zeit", knurrte Broder. „Wir müssen hier weg." Kurz darauf trabten wir wieder nach Süden.

Blana schickte Vern nach hinten zu Broder und schob sich an meine Seite. „Was ist da gerade passiert?", fragte sie leise.

„Was meinst du?" Dankbar registrierte ich, dass Hiri wieder eingeschlafen war.

Die Heilerin blickte auf ihre Hand. „Ich spüre doch dieses Netz um mich herum. Trotzdem konnte ich Sitara helfen. Und du hast die Trilgesh vom Himmel geholt. Wie ist so was möglich?"

Ich sah sie an. „Keine Ahnung. Ich hatte solche Angst um die Kleine hier und dann habe ich ohne nachzudenken meine Wutlanzen hinausgeschossen." Vorsichtig drückte ich meine Lippen auf das Köpfchen und sog tief den Duft ein. Das schwarze Loch lag in mir still wie ein Stein.

Blana runzelte die Stirn. „Aber im Internat hat man uns doch gelehrt, dass so etwas nicht möglich ist. Niemand kann ein Netz aufspannen und gleichzeitig seine Gabe benutzen."

„Das weiß ich selbst." Mehr denn je war ich entschlossen, diesen wunderbaren Schild nicht mehr herzugeben.

„Du musst mir unbedingt erklären, wie du es gewoben hast", verlangte Blana.

Von hinten knurrte Broder: „Verdammt, Schatz, dafür haben wir jetzt keine Zeit!"

Sie drehte sich zu ihm um und nickte. „Natürlich. Aber dieses Netz ist so ... egal. Gavandon, lass uns später darüber reden, ja?" Dann ließ sie sich zurückfallen und machte wieder Platz für Vern.

Mittlerweile lag nur noch ein steiler Abhang zwischen uns und dem Tal, in dem ich Geldon gefunden hatte. An dieser Stelle glichen die Hylendberge eher einem Abbruch als einem langsam abfallenden Bergland. Neben einer Reihe von kleinen Katarakten kraxelten wir in Serpentinen zu dem Einschnitt empor, durch den ich neulich zum ersten Mal das Nordmoor erblickt hatte. Dies musste derselbe Ort sein. Vern hatte mir anvertraut, dass vor uns der einzige Pass weit und breit lag.

Bald darauf galoppierten wir über den Grasstreifen entlang des Baches. Und als wir den Süntelstrauch passierten, bei dem mir Dressa die Wurmasche ins Gesicht geblasen hatte, wusste ich endgültig, dass wir auf dem richtigen Weg waren.

Doch der nächste Angriff kam. Wir preschten bereits über das Geröllfeld hinauf zu der Klamm, hinter der Hylend auf uns wartete, als Broder plötzlich aufschrie und nach vorn sackte. Der Knall folgte dem Schuss mit einer kleinen Verzögerung.

„Broder!", kreischte Blana.

Wieder begann es, am Netz zu reißen. „Schilde!", schrie ich gerade noch rechtzeitig, ehe die ersten Steine flogen. Diesmal schoss ich sofort Rot zu den Kupferflammen. Es waren neun. Ich erledigte sie.

„Über die Grenze!", brüllte Cord und hieb Jertis' Stute auf die Kruppe. Sie, der Wallach der Zwillinge und der Packesel streckten ihre Hälse und flogen dahin.

„Helft mir! Broder ist verletzt!", rief Blana.

Als der Steinhagel verebbte, wendete Cord seinen Hengst und galoppierte zurück zu uns. Noch im Laufen sprang er zu Boden, griff nach Broders Zügeln und drückte Blana die des Hengstes in die Hand. Dann schwang er sich hinter den Sattel seines Schwagers und gab der Stute die Sporen.

Ich war damit beschäftigt, den Schild zu weiten und Blau zu den Eseln zu senden. Sie stürmten weiter auf den rettenden Pass zu.

Geldon ließ sich zurückfallen und hielt wieder seine Armbrust in der Hand. Ein weiterer Schuss bellte, doch diesmal pfiff die Kugel an uns vorbei. Dann sirrte der Bolzen des Thronfolgers und ich hörte hinter uns jemanden aufstöhnen.

Wieder Reißen am Netz. Vier Trilgesh diesmal. Ich holte sie vom Himmel, ehe ein Stein fiel.

Drei Geistflammen hinter uns, die rasch aufholten. „Die Echse und zwei Menschen!", rief ich Cord zu.

Ein weiterer Bolzen sirrte von Geldons Armbrust. Wieder ein Schrei.

„Folge deiner Mutter, Vern!", brüllte Cord und hielt bereits Broders Gewehr in der Hand.

Vern gab seiner Stute die Sporen.

„Du auch, Blana!" Cord schlug auf die Kruppe ihres Esels.

Blana preschte Vern nach auf den Ausgang des Tales zu, gefolgt von Sitara und Cords Hengst.

Schildnetz weit, Blau zu den Eseln. Ich konnte es weiter dehnen, als ich gedacht hatte.

Wieder Trilgesh, fünf diesmal. Schnell erledigt.

„Ihr Verräter!", brüllte Sheb. Dann war die Echse heran.

Ich blickte mich aus vollem Galopp nach hinten um. Dressa saß im Sattel und umklammerte ihre linke Schulter. Aber sie war noch fähig, die Echse zu lenken.

Sheb hinter ihr im Passagiersessel legte an. Mündungsfeuer blitzte auf. Die Kugel durchschlug meinen Arm und streifte Hiris Schulter. Blut sprudelte warm hervor, meines und ihres. Der Schmerz kam Sekunden später.

Sie hatten Hiri angeschossen! Die Kleine schrie.

Rot überschwemmte mein Gesichtsfeld. Ich schleuderte es nach hinten. Sheb zuckte wild, dann sackte er in sich zusammen.

Cord legte an. Die Kugel streifte die Echse und prallte seitlich von ihren Schuppen ab. Sein zweiter Schuss traf erneut Dressas linke Schulter. Sie stöhnte auf und klammerte sich mit dem unverletzten Arm an das Sattelhorn.

Der Schwanz der Echse streckte sich steil nach hinten. Sie brüllte und bäumte sich auf. Dressa konnte sich gerade noch halten. Der bewusstlose Sheb jedoch stürzte zu Boden. Die Echse schlug einen Haken, fort von uns. Dressa schrie, als das Tier ihr entglitt. Sein Vorderfuß traf Sheb und riss ihm mit der Kralle die Halsschlagader auf. Eine Blutfontäne schoss empor. Dann zermalmte der Hinterfuß Shebs Brustkorb. Knochen knackten mit einem hässlichen Geräusch, die Blutfontäne versiegte, als Shebs Herz stehen blieb. „Pa!", kreischte Dressa. Dann verschwanden sie und die Echse Richtung Nordmoor im Buschwerk. Rasch verloren sich in der Ferne Dressas Geheul und das Krachen und Rauschen, mit dem das Tier durch die Zweige brach.

„Weg hier!", rief Cord und trieb uns auf den Einschnitt zu. Gleich darauf passierten wir die Grenze nach Hylend.

Fünfundzwanzig
10. April 467 n. L.

Auf der anderen Seite galoppierten wir durch den verbrannten Teil des Tales und fielen erst in den Schritt, als wir hintereinander im Bachlauf das Sterndorndickicht passierten. Broder hing bewusstlos in Cords Armen. Blana beschwor meinen Onkel anzuhalten, damit sie ihm helfen konnte. Doch Cord weigerte sich. „Noch zu dicht dran", sagte er nur und trieb uns weiter.

Verzweifelt presste ich meine Finger auf Hiris Wunde, um die Blutung zu stoppen. Meine eigene Verletzung kümmerte mich nicht. Doch irgendwann machte sich auch bei mir der Blutverlust bemerkbar. Ich versuchte, Kraft zu gewinnen, indem ich den Schild von allen anderen nahm – ohne nennenswerte Wirkung. Nur mein Fragment ließ ich stehen, um ihn nicht ganz zu verlieren.

Als Cord uns endlich am anderen Ende des Tales anhalten ließ, hing ich nur noch im Sattel und musste von Geldon und Sitara heruntergehoben werden.

Blana beugte sich bereits über Broder. Sitara wollte mir das Baby abnehmen, aber ich klammerte mich so fest an die Kleine, wie ich konnte. Dann wurde ich ohnmächtig.

Als ich wieder zu mir kam, hielt ich immer noch meinen gesunden Arm fest um Hiri geschlungen. Sofort tastete ich nach ihrer Schulter, aber ich fand nichts weiter als eine lange Narbe. Auch mein Arm schmerzte nicht mehr. Blana musste ganze Arbeit geleistet haben.

Sie schlief zwischen mir und Broder unter einer aufgespannten Plane. Inzwischen hatte der Regen aufgehört und die Sonne blinzelte golden durch die Wolken, aber aus den Birken hier am Lagerplatz tropfte immer noch ein unrhythmisches Tok-tok auf unser Dach. Und Hiri auf meiner Brust stank. Rasch vergrub ich meine Nase in ihrem Scheitel. Das weckte sie auf, sie begann zu strampeln und erst leise, dann immer lauter zu jammern.

Bei einem umgestürzten Baum in der Nähe hatten die anderen ein Feuer entzündet und das eine oder andere Kleidungsstück über Büschen zum Trocknen ausgebreitet. Sitara blickte auf, als sie das Babygeschrei hörte, und kam herüber. „Gib sie mir", befahl sie.

„Nein", sagte ich und schlang meinen Arm fester um die Kleine. Wo blieb die weiße Trilgesh, die mich vor Burugiyel bewahren wollte? Dem Licht nach rasteten wir schon eine Weile, genug Zeit für eine Vision.

Blana schlief weiter, nur Broder blinzelte mich verwirrt an.

Sitara bückte sich und zerrte an Hiri.

Ich rollte mich von ihr weg und stemmte mich, immer noch benommen, auf die Beine. Der Blutverlust, vermutete ich.

Jertis kam ebenfalls herüber. „Gavandon, bitte", sagte sie. „Wir müssen sie wickeln und füttern. Danach bekommst du sie ja wieder."

Ich schüttelte den Kopf. „Nein!" Wo blieb diese Chingis..., Chingistiril?

Hinter mir machte sich Sitara an den Schnallen des Tragtuchs zu schaffen. Ich wollte mich wegdrehen, doch sie war schneller. Plötzlich lösten sich die Gurte. Sitara kam um mich herum und riss das Baby aus meinen Armen. „Weichbirne!", zischte sie. Dann ließen Jertis und sie mich stehen und nahmen Hiri mit zum Feuer.

Himmel noch mal! Ich rannte ihnen nach. Das schwarze Glitzern pulsierte auf. Wo, verdammt, blieb Chingistiril? Einatmen, ausatmen.

Aus den Augenwinkeln bemerkte ich, wie Blana sich ruckartig aufrichtete und im Gepäck zu wühlen begann. Broder sah sie erstaunt an. Dann explodierte das Burugiyel-Fragment. Abgehackte Gliedmaßen ... Feuer ... Arme brachen wie Holzkohle ... zischendes Fleisch. Meine Schuld, meine Schuld! Und auch ...

Rot, das ich zu Sheb schoss ... eine Blutfontäne unter dem Echsenfuß. Glitzerndes Schwarz donnerte: „Du hast ihn getötet!"
Zorn!
Rachsucht!
Die Kleine muss sterben!
Ein kläglicher Rest meines Verstandes genügte. Ich rannte los. Adrenalin vertrieb die Schwäche aus meinen Knochen. Ich musste verschwinden, weg von Hiri, weg von allen. Dieses Kind würde leben!
Ich rannte, ich wusste nicht, wohin. Ich schlug Haken, suchte einen Weg. Nur weg! Aber wohin? Blutfontänen überall, Feuer überall.
Schließlich ging ich ausgepumpt auf der Kiesbank an einem Bach in die Knie. Ich war schuld, ich war schuld. Aber niemals durfte Hiri sterben.
Ich dachte an den Schild, aber Burugiyel pulsierte in mir drin. Auch mein Silbernetz wäre vollkommen nutzlos. Wo blieb Chingistiril?
Atme, Gavandon, atme.
Ich hockte da und stierte auf das klare Wasser, wie es über rund geschliffene Steine sprudelte. Einatmen, ausatmen. Blockaden weben gegen das Glitzern. Muskeln lockern. Feuerbilder verdrängen. Wieder begann leichter Regen zu fallen, ich merkte es kaum. Das Glitzern pulsierte. Meine fadenscheinige Barriere hüllte es ein. *Du bist schuld,* donnerte Burugiyel.
Kies knirschte. „Ach hier bist du", sagte Vern.
Oh Himmel, verschwinde! Ich wollte aufspringen und wieder wegrennen, aber ich konnte mich nicht mehr rühren. Einatmen, ausatmen. Das fadenscheinige Etwas hielt kaum das schwarze Glitzern.
Vern setzte sich auf ein Stück Schwemmholz neben mir. „Warum bist du weggerannt?"
Ich starrte auf das wirbelnde Wasser. *Vern ist weit weg, jawohl, weit weg.* Einatmen, ausatmen. Verzweifelt wob ich an der Hülle gegen Burugiyels Wüten.

„Mam, ich habe ihn gefunden!", rief Vern in Richtung des Buschwerks, das hinter uns den Bach begleitete. „Wir sind hier am Ufer!" Er stand auf. „Was hast du denn, Gavandon? Los, komm schon, sie haben auch die anderen Planen aufgespannt. Dort können wir im Trockenen sitzen."

Ich ballte die Fäuste und wollte aufspringen. Ich musste weg, nur weg. Aber ich konnte nicht. Es war, als würden meine Beine Wurzeln ins Erdreich treiben. Die Schwärze brandete gegen meine Barriere. Wortlos, reglos stierte ich auf das wirbelnde Wasser. *Vern, mach, dass du wegkommst!* Einatmen, ausatmen. Ich spürte, wie Schweißperlen mir den Rücken hinabrannen.

Vern setzte sich wieder, zog die Füße auf das Schwemmholz und schlang seine Arme um die Knie. „Na schön, wenn du nicht willst. Findest du es nicht toll, was Blana geschafft hat? Dass deine Wunde verschwunden ist, hast du sicher schon gemerkt. Und das, obwohl du die Kleine partout nicht hergeben wolltest. Und Broder ist gerettet, dabei hat die Kugel tief in seiner Lunge gesteckt." Er stieß mich an. „Mensch, Gavandon, warum sagst du nichts?"

Ich stierte in das Wasser. Lauf, Vern, so weit, wie du kannst!

Burugiyels Zorn brandete gegen meine Blockade. *Sheb ist tot! Du bist schuld, Gavandon!* Einatmen. *Du und Vern!* Ausatmen.

Moren kam durch das Gebüsch und rief: „Essen ist fertig."

Meine viel zu schwache Hülle riss. *Sheb ist tot! Vern muss bezahlen!*

Verzweifelt versuchte ich, gegen das Auflösen anzuweben, vergeblich. Die Barriere ging in Fetzen und verschwand. Schwarzes Glitzern überschwemmte mich, jeden Winkel meines Selbst. Gavandon verblasste. Ich war Burugiyel. Voller Genugtuung sprang ich auf, stieß meinen Cousin auf den Kies und presste meine Hände um seinen Hals. „Ihr werdet mich kennenlernen. Du bist der Erste!", dröhnte ich.

„Was ...", krächzte Vern, dann: „Moren, hol sofort Pa!"

Ich drückte zu, er verstummte. Seine Augen traten aus den Höhlen, krampfhaft rang er nach Luft, lief dunkelrot an.

Endlich bekam ich meine Rache. „Du musst bezahlen! Man belügt mich nicht!", verkündete ich.

Verns Augen verdrehten sich und er wurde schlaff.

Grob riss man mich von ihm fort, drehte schmerzhaft meine Arme auf den Rücken. „Du würgst meinen Sohn nicht!" Cords Ton war schneidend, hatte jegliche Wärme verloren.

Obsidian, schwarz glitzernder Obsidian. Ich wand mich, trat um mich, donnerte: „ES IST MEIN RECHT! ICH WERDE EUCH ALLE ..." Aber der Zwang in meiner Stimme schien nicht zu wirken. Noch nicht! Ich brauchte mehr Zeit! Ohne genügende Verflechtungen war diese Bindung nur die Hälfte wert.

„Nichts wirst du." Cords Hände umschlossen meine Arme wie Schraubstöcke, schnitten die Blutzirkulation ab. Wie konnte er es wagen?

Ich aktivierte seine Schulung, ohne Wirkung! Wir befanden uns im Gebiet des Feindes.

Jertis brach durch das Buschwerk und warf sich neben ihrem bewusstlosen Sohn auf die Knie.

„Lebt er noch?", fragte Cord.

Sie legte die Hand an Verns Hals und nickte.

Geldon stürmte durch die Büsche, gefolgt von Sitara. „Was ist passiert?", rief er.

Jertis blickte Sitara an. „Hol Blana, sofort!"

„Was ist passiert?", wiederholte der Thronfolger.

„Der hier hat versucht, meinen Sohn umzubringen", knurrte Cord. „Die Bindung existiert und ist wirksam."

„Aber ihr habt doch gesagt ..."

Ich trat wieder um mich und erwischte Cord am Schienbein. „LASS MICH GEFÄLLIGST LOS, DU MENSCH!", donnerte ich. Nutzlos!

„Bitte helfen Sie mir, Hoheit", keuchte Cord. „Wir müssen ihn fesseln."

Doch der Thronfolger hatte schon selbst gesehen, was nötig war. Er zog seinen Gürtel aus den Hosenschlaufen, kniete sich vor mich hin und versuchte, meine Knöchel einzufangen.

Ich trat nach seinem Gesicht. Er konnte gerade noch ausweichen. Cord warf mich bäuchlings auf den Boden. Dabei lockerte sich der Schraubstockgriff um meine Arme. Ich bekam eine Hand frei und stemmte mich mit aller Kraft in die Seitenlage. Mein Fuß traf etwas, Geldon stöhnte. Cord sprang auf mich und drehte mir beide Arme schmerzhaft hoch auf den Rücken. Zugleich kniete er auf meinen Oberschenkeln. „Jetzt, Hoheit", keuchte er. Ich spürte, wie der Thronfolger meine Knöchel packte und fest mit dem Gürtel zusammenband.

„Macht mich auf der Stelle los!", donnerte ich. „Ich bin euer Herr! Ihr seid nichts! Ihr habt nicht das Recht!" Ich hätte es mir sparen können.

„Und jetzt die Hände, Hoheit", keuchte Cord. „Nehmen Sie meinen Gürtel."

Kurz darauf lag ich fest verschnürt auf dem Boden. Ich wand mich und trat, doch alle konnten nun genügend Abstand halten. „MACHT MICH SOFORT LOS!", donnerte ich.

„Soll ich ihm auch noch das Maul stopfen?", fragte der Thronfolger.

Cord rieb sich das Schienbein. „Besser ist es. Irgendwann kann man diesem Zwang nicht mehr widerstehen."

Sie steckten ein Taschentuch in meinen Mund. Rot glitzerte in meinen Augenwinkeln. Ich sammelte es.

Blana und Sitara stürzten durch die Büsche. „Hierher!", rief Jertis. „Vern ist verletzt!"

Doch Blana rannte zu mir. Ich schleuderte ihr das geballte Rot entgegen. Es prallte an ihrer Geistflamme ab und verschwand. Der weiße Halo, der sie umgab, leuchtete wie ein Schild. Die Feindin selbst war hier! Ich sammelte einen zweiten Schuss.

„Lass das, mein Lieber!"

Sie zwang mich – MICH! – mithilfe dieser Frau. Ich weigerte mich, ihren Namen auch nur zu denken. Irgendwann würde ich es ihr heimzahlen. Aber leider befanden wir uns in ihrem Territorium. Und ihre Bindung schien vollendet. Die Feindin hatte sich endlich selbst mit einem Menschen verknüpft, beim Weltenschöpfer!

Die Frau ließ sich neben mir auf die Knie fallen, zog den Stopfen aus einer Flasche und hielt sie mir vor das Gesicht. Ein traniger Geruch drang mir in die Nase.

Ich drehte den Kopf zur Seite. „TU DAS WEG, SOFORT!", donnerte ich. Durch den Knebel wirkte der Zwang noch weniger.

„Helft mir!", rief die Frau. „Haltet seinen Kopf!"

Sofort war Cord da. Und ließ mich nicht entkommen. Ich musste, eingespannt in seine Hände, diesen widerlichen Gestank einatmen. Ich musste den Jungen freigeben.

Das Rot in meinen Augenwinkeln verschwand.

„So ist es gut", murmelte Blana.

Das glitzernde Schwarz in mir zog sich wieder zu einem Ball zusammen.

„Und jetzt löse das Schildnetz auf", befahl sie.

Was? Nein! Ich schüttelte den Kopf, soweit es mir Cords Hände erlaubten. Nicht diesen wunderbaren Schild!

„Löse es auf, sofort! Ich muss dich erreichen können", zwang sie mich.

Der tranige Ölgeruch hielt den Obsidianklumpen in Schach. Ich sah Blana an. Der Halo umgab ihre Geistflamme wie ein breiter, leuchtender Ring.

„AUF DER STELLE!", wiederholte sie mit dieser unglaublichen Macht in der Stimme. „ODER WIR MÜSSEN DICH TÖTEN." Ihr Blick war unerbittlich.

Töten? Hatten die Astralwesen nicht während der Vision davon gesprochen? Dann fiel es mir ein. Sie wollten nicht, dass ich den Schild behielt. Töten, also wirklich! Bedauernd schloss ich die Augen und ließ ihn verschwinden.

Als er fort war, drang sofort leuchtendes Weiß entlang des Trangeruchs in mich ein, glitt durch mein Selbst auf der Suche nach Resten von Obsidian. Dann legte es sich um den schwarzen Klumpen, kapselte ihn ein, so wie vorhin meine schwächliche Barriere. Ich spürte, wie das Burugiyel-Fragment sich wehrte.

Aber das Weiß verwob sich ungehindert zu einem festen Kokon. Diesmal blieb das schwarze Wüten erfolglos.

Währenddessen ließ Blana mich nicht aus den Augen. Als alles Weiß sich in der Kapsel versammelt hatte, sagte sie zufrieden: „Lass dir gesagt sein, alter Feind, hier herrsche ich. Du hast mir schon genug Land weggenommen, mehr bekommst du nicht, und zwar bis in alle Ewigkeit." Wieder lag diese unglaubliche Macht in ihrer Stimme.

Sie nahm die Flasche fort. Das Schwarz pulsierte, doch der Kokon hielt. Und ich lag still und hoffte inständig, dass sich daran nie wieder etwas änderte.

Blana nickte Cord zu, stand auf und ging zu Vern hinüber. Kurz darauf hustete er und Jertis half ihm, sich aufzusetzen. Danach fiel die Heilerin bewusstlos auf den Kies.

Cord nahm seine Hände von mir und hockte sich so hin, dass er mir ins Gesicht sehen konnte. „Vergiss nie, wir lassen dich nur deshalb am Leben, weil wir in deiner Schuld stehen. Aber wir wissen jetzt, wie sehr Nan sich geirrt hat. Sie ist völlig umsonst gestorben, und zwar deinetwegen." Er kniff sich mit Daumen und Zeigefinger in die Nasenwurzel, dann erhob er sich. „So was passiert nie wieder, lass dir das gesagt sein, Junge."

Ich sah ihn nur an. *Du bist schuld, du bist schuld.* Feuerbilder quälten mich. Ich roch sogar den Rauch.

Als von mir keine Reaktion kam, nickte Cord. „Na schön, wie du willst. Dann wird Blana eben erklären, was gerade passiert ist. Und damit wir uns verstehen: Wir töten dich zwar nicht, aber solltest du noch einmal so etwas versuchen, bleibst du hier zurück, gefesselt, geknebelt und eine Beute für jedes wilde Tier, verstanden?"

Diesmal nickte ich heftig.

Ohne weiteres Wort drehte er sich um und ging zu den anderen. Blana stand inzwischen wieder benommen aufrecht, gestützt von Sitara und Geldon. Cord und Jertis nahmen Vern in ihre Mitte und alle verschwanden durch die Büsche.

Ich blieb allein am Flussufer zurück. Die Schwärze pulsierte, aber sie wurde fest umschlossen von der weißen Kapsel. Sacht fiel der Regen und durchtränkte alles. Und mich schüttelte abgrundtiefe, verzweifelte Scham. Feuerbilder und Blutfontänen peinigten mich, Nans gekrümmter Rücken, Verns hervortretende Augen. Ich glitt in einen Dämmerzustand, der einen gnädigen Nebel über alles legte.

Gegen Abend rissen die Wolken endgültig auf. Inzwischen saßen die anderen am Feuer. Zusätzlich zu dem Baumstamm hatten sie ein paar Felsbrocken herbeigeschafft, sodass es genug Sitzgelegenheiten gab. Jertis rührte in einem Topf und Cord briet Fleisch auf heißen Steinen neben der Glut. Vern mit roten Würgemalen am Hals spielte mit Moren und den Zwillingen Händeabklatschen, Sitara lehnte sich an Geldon und Broder hatte seinen Arm um Blanas Schulter gelegt und streichelte gedankenverloren ihren vorgewölbten Bauch.

Wahrscheinlich redeten sie über mich, aber das war egal. Vielleicht planten sie, mich der Gilde zu übergeben, vielleicht, mich zu töten, alles gleichgültig. Ich war eine Gefahr. Burugiyel beherrschte mich und ich benutzte meine Gabe gegen Menschen. Sheb war deswegen umgekommen, ich hatte Rot und Blau zu allen möglichen Geistflammen geschickt, nicht nur zu Eseln und Trilgesh, und auch Mem Lions verdrehte Augen starrten mich wieder an. Das, was im Gasthaus *Zum Landungsstein* begonnen hatte, fand jetzt seinen hässlichen Abschluss. Ich verdiente, ausgebrannt zu werden.

Wieder verstärkte ich mein Silbernetz. Wenigstens damit konnte ich etwas Gutes tun. Die Fermins freuten sich so sehr über die gelungene Flucht, das wollte ich ihnen nicht verderben. Ohne Netz würde meine Verzweiflung in alle Himmelsrichtungen strömen, da ich meinen Kanal immer noch nicht schließen konnte.

Vor einer ganzen Weile schon hatten Cord und Geldon mich aus dem Regen geholt und zu einer der aufgespannten Planen geschleift. Die Fesseln und den Knebel jedoch hatten sie mir nicht abgenommen, aber immerhin konnte mir der Regen hier nichts mehr anhaben. Sogar eine Decke hatten sie über meine nassen Kleider gebreitet. Ich lehnte inzwischen einigermaßen bequem an einem Gepäckstapel, aber drückte auch mit meinem ganzen Gewicht auf die gebundenen Arme. Schon längst spürte ich sie nicht mehr, genauso wenig, wie meine Füße, denen Geldons Gürtel das Blut abschnürte.

Und dann trieb ein Windstoß eine Wolke von Grillrauch in meine Richtung. Feuer! Mam! Kordian! Bratendes Fleisch! Ich spürte, wie bittere Galle in meiner Kehle aufstieg. Und mein Magen knurrte. Beides gleichzeitig, widerlich und appetitanregend. Ich würgte und wandte den Kopf, um dem Geruch zu entkommen.

Das Murmeln am Feuer wurde lauter. Blana schob Broder zur Seite und stemmte sich in die Höhe. „Und ich sage, ihr dürft das nicht!", rief sie. „Glaubt mir doch endlich, ich weiß es! Er …"

Broder griff nach ihrem Arm. „Komm, Schatz, lass es gut sein", sagte er begütigend und zog sie zurück auf den Baumstamm. Dann wurde ihre Unterhaltung wieder unverständlich.

Ich wünschte, Shebs Schuss hätte mein Herz oder meinen Kopf getroffen, anstatt nur meinen Arm.

Blana stand wieder auf, einen gefüllten Teller in der Hand. „Ich gehe jetzt zu ihm", sagte sie trotzig. Niemand hielt sie auf.

Sie kam herüber und setzte sich neben mich. „Wie geht es dir?", fragte sie.

„Mhm", machte ich, der Knebel verhinderte mehr.

Sie nahm ihn mir ab. „Und jetzt beuge dich vor", befahl sie, dann löste sie auch meine Handfesseln. „Besser?"

Ich nickte, obwohl ein schmerzhaftes Kribbeln die Taubheit aus meinen Armen fegte und meine Hände sich anfühlten, als wären sie gelartige Tentakel ohne Kraft. Es dauerte, bis ich wieder das Gefühl bekam, sie gehörten zu mir. Währenddessen lockerte Blana auch den Gürtel an den Füßen und sandte kurz ihre Gabe in meine Knöchel. „Lass die anderen nicht sehen, dass ich die Fesseln abgenommen habe. Halte deine Hände schön unter der Decke", befahl sie.

Ich nickte wieder und rieb im Schutz des Überwurfs gegen das Kribbeln an.

„Und du bist einverstanden, dass ich dich füttere?", fragte sie.

Ich sah sie an. „Tu, was immer du willst. Ohne dich wäre ich jetzt ..." Ich zuckte mit den Schultern.

Sie lächelte. „Seltsam, nicht? Und wenn dir irgendeine gute Erklärung einfällt, halte sie nicht zurück. Ich würde unheimlich gern verstehen, was vorhin passiert ist."

„Verstehen?" Kurz richtete ich meinen Blick nach innen und entdeckte den weißen Halo um ihre Geistflamme, diesmal schmal und nicht so leuchtend. Der Obsidianklumpen tobte in seinem Kokon. „Weißt du es denn nicht?", fragte ich.

„Nicht wirklich. Ich habe geträumt, dann habe ich etwas genommen und dann war ich plötzlich nicht mehr ich selbst." Sie nahm den Teller, spießte ein Stück Fleisch auf die Gabel und hielt es mir hin.

Bratendes Fleisch! Ich drehte den Kopf weg, kniff Mund und Augen zu und versuchte, nicht zu atmen.

Der Halo um ihre Geistflamme leuchtete auf und wurde breit. „ISS!", befahl sie mit dieser Stimme, die keine Gegenwehr erlaubte. Ich sah sie an und sie schob mir den Bissen zwischen die Zähne. Ich begann zu kauen.

Sie schwankte und ließ die Hand sinken. „Dasselbe wie vorhin", flüsterte sie mit geweiteten Augen. „Was geschieht bloß mit mir?"

Erstaunlicherweise kam mir das Fleisch nicht hoch, als ich es schluckte. „Hat Nan es dir denn nicht erklärt?", fragte ich. „Ich glaube, du wurdest gebunden. Hast du eine weiße Trilgesh gesehen?"

„Gebunden?" Furcht lag in ihren Augen.

Ich nickte. „Sieht so aus."

„Oh nein. Was soll ich bloß tun?" Sie schaute zum Feuer hinüber, doch niemand achtete auf uns.

„Immerhin brauchst du dir jetzt keine Sorgen mehr wegen

Burugiyel zu machen", versuchte ich, sie zu beruhigen – was mehr Kraft erforderte, als ich erübrigen konnte. Doch sie hatte es verdient. Daher fügte ich hinzu: „Auch ich sollte mit deinem Barschöl gurgeln, habe es aber nicht getan. Nur deshalb ist das alles passiert."

Diesmal musste ich auf den nächsten Bissen warten. Endlich sagte sie: „Aber es war doch nur ein Traum. Diese weiße Trilgesh …"

Ich schüttelte den Kopf. „Es war eine Vision."

Schweigend fütterte sie mich weiter. Als der Teller endlich leer war, sagte ich „Danke" und wollte mich erschöpft wieder in meinen bequemen Dämmerzustand zurückziehen.

Aber sie blieb. „Du solltest Burugiyel vergessen. Du hast viel Übles erlebt in den letzten Stunden, doch das ist vorbei. Sieh nach vorn", sagte sie, diesmal mit normaler Stimme. Nur ihr Halo leuchtete so breit wie ein Rad, als ich die Augen schloss.

Das Burugiyel-Fragment tobte in seinem Kokon.

Blana schwankte, dann rieb sie sich die Augen. „Daran werde ich mich nie gewöhnen", murmelte sie bitter. „Wie kann sie so tun, als gehöre ihr mein Körper?"

Ich hätte es ihr erklären können. Ganz leicht, hätte ich gesagt. Wieder lag Vern mit hervorquellenden Augen unter mir und Burugiyels Rachsucht pulsierte durch meinen Geist.

Sie knetete ihre Hände und schaute mich nicht an. „Und woher wusstest du, dass ich mit Barschöl gegurgelt habe? Ausgerechnet mit Barschöl! Niemand darf das je erfahren, versprich mir das, sonst entzieht man mir die Zulassung als Heilerin." Unglücklich hob sie den Kopf. „Gavandon, schwöre, dass du das für dich behältst."

Ich nahm mich wieder zusammen und nickte.

Aber sie rieb weiter nervös mit ihrem Daumen auf der Handfläche herum. „Ich weiß noch nicht mal, warum ich das Öl überhaupt besitze. Ich bin doch Gabenheilerin!" Sie sah mich an. „Broder wollte unbedingt, dass ich es mitnehme zum Gestüt. Nur deshalb habe ich den Kurs besucht und ein paar Flaschen eingepackt. Und damit gegurgelt! Gegurgelt! Dadurch ist jetzt irgendwas Fremdes in mir drin. Klingt verrückt, nicht wahr?"

Ich schüttelte den Kopf. „Bei mir ist es ähnlich, nur mit Burugiyel. Du kannst von Glück sagen, dass dich stattdessen die weiße Trilgesh gebunden hat."

Sie hob den Kopf. „Selbst wenn sie sich in meinem Körper breitmacht?"

„Immerhin hast du niemanden gewürgt." Ich schloss die Augen und hoffte, sie würde endlich gehen.

Doch sie rührte sich nicht von der Stelle. „Das warst nicht du, nicht wahr? Ich habe es irgendwie geahnt, aber auch daran gezweifelt. Erinnerst du dich immer noch an alles, was du getan hast?"

Ich nickte. „Tust du ja auch."

Sie runzelte die Stirn. „Und was hat dieses Schildnetz damit zu tun?"

„Ich wollte es nicht wieder hergeben." Unter der Decke ballten sich meine Hände zu Fäusten. „Chingistiril hätte sonst den Angriff auf Vern verhindert."

Schweigend saßen Blana und ich eine Weile nebeneinander und ich wünschte, dass mein Verhör jetzt zu Ende war. Doch sie schien immer noch nicht zufrieden. „Wie fühlt sich der Feind an?", wollte sie wissen.

Ich zuckte mit den Schultern. „Wie ein schwarzer Klumpen, wütend und rachsüchtig."

„Und er kann jetzt keinen Schaden mehr anrichten?"

Wieder nahm ich meine ganze Kraft zusammen und sah sie an. „Nein, und dafür muss ich dir danken, dir und Chingistiril."

„Chingis...?"

„Die weiße Trilgesh."

Sie nickte. „Trotzdem haben sie beschlossen, dich der Gilde zu übergeben", sagte sie bedauernd. „Ich habe versucht, sie zu überreden ..." Sie brach ab und ihr Halo leuchtete erneut auf. „Keine Sorge, wir werden nicht zulassen, dass man dich ausbrennt. Du wirst noch gebraucht, Mensch. Und mach dir nicht länger Vorwürfe. Niemand hätte mehr erreichen können als du. Stolz solltest du sein, nicht verzweifelt. Unser Dank und unsere Hochachtung gehören dir."

Blana kniff die Augen zusammen und schwankte wieder. „Hört das denn niemals auf", murmelte sie frustriert. Dann sah sie mich wieder an. „Pass auf, Gavandon, schnapp dir am besten einen Esel und verschwinde. Ich kann dir einen satteln und deine Sachen festmachen, wenn du willst. Sei weg, bevor wir in der Frühe aufbrechen."

Ich lächelte vage. „Danke, aber heute nicht." Dann ließ ich mich zu Boden gleiten und rollte mich in die Decke.

Seufzend stand sie auf. „Wie du willst." Sie nahm den Teller und sah noch einmal zu mir herunter. „Ich hoffe nur, dass es dir morgen wieder besser geht." Dann drehte sie sich um und kehrte zum Feuer zurück. Und um mich herum versank die Welt.

Sechsundzwanzig
11. April 467 n. L.

Doch auch am nächsten Tag hatte sich nichts an meinem Zustand geändert. Die Nacht war erfüllt gewesen von Feuer, Blutfontänen und hervorquellenden Augen, begleitet von Grannas strafendem Gesicht in der Lohe. *Du bist schuld, du bist schuld.* Ich brauchte diesen Dämmerzustand, um das alles zu ertragen.

Am Morgen hatte Cord das Fehlen meiner Fesseln entdeckt. Aber er sagte nichts, hob nur die Brauen, nahm die beiden Gürtel und überließ mich wieder mir selbst. Vielleicht war Blana noch einmal für mich eingetreten, doch es war mir egal. Man gab mir etwas von dem frühen, schnellen Frühstück und ich aß es. Dann stieg ich wie die anderen in den Sattel und folgte ihnen nach Süden. Sie ignorierten es, nur Geldon war offenbar gebeten worden, mich zu bewachen. Er ritt schweigend an meiner Seite, die Armbrust immer in der Hand.

Mittlerweile umgaben uns statt der Berge nur noch sanfte Hügel. Bäche murmelten durch weite Täler, wilde Bambushaine lösten mehr und mehr die Sterndorndickichte ab und an geschützten Stellen wuchsen immer öfter Birken und Haselnusssträucher. Ich hatte keinen Blick für all diese Schönheit, doch als Blana sich zu Geldon und mir gesellte, spürte ich immerhin eine atmosphärische Veränderung. Wir ritten zwar nach wie vor schweigend, doch sie summte leise vor sich hin. Ihre Verwirrung von gestern Abend schien sie überwunden zu haben. „Es ist jetzt alles in Ordnung", raunte sie mir irgendwann zu, „ich hatte letzte Nacht eine ausgiebige Vision."

Gegen Mittag hob Cord die Hand. Moren, die Zwillinge und das Baby jammerten schon seit einer Weile, also stiegen wir alle ab. Cord, Broder und Vern sammelten Feuerholz, Jertis und Sitara suchten nach Kräutern und Wurzeln, Blana beschäftigte in einer Sandkuhle die drei kleinen Jungen und schaukelte Hiri auf den Knien.

Ich dagegen hatte schon Mühe, mir einen Felsbrocken zum Sitzen zu suchen. Leider blieb ich dort nicht allein. Der Thronfolger kam mir hinterher. „Rück ein Stück", bat er. Also machte ich Platz, zu erschöpft, um unhöflich zu sein oder eine neue Sitzgelegenheit zu suchen.

„Du musst mir etwas erklären", verlangte Geldon. „Was steckt hinter dem Durcheinander der letzten Tage?"

Ich wollte nicht antworten. Ich hätte wegen des Geheimnisses um die Astralwesen nach Ausflüchten suchen müssen, doch das wurde mir im Moment zu viel. Also hob ich nur die Schultern, ohne ihn anzusehen.

Er schnaubte. „Gavandon, ich lasse mich nicht länger hinhalten. Ich muss wissen, was hinter dem plötzlichen Tod von Sitaras Großmutter steckt. Und was hatte dein entsetzlicher Auftritt gestern an diesem Bach zu bedeuten? Die ganze Wahrheit bitte, ich habe es satt, dass man mir ständig ausweicht."

Ich starrte nur vor mich hin.

Der Thronfolger stieß mich unsanft an. „Weißt du nicht, dass auch Schweigen als Insubordination aufgefasst wird?"

Ich hob wieder die Schultern.

Zum Glück besaß Blana ein gutes Gehör. Sie legte das Baby in Morens Schoß, kam zu uns herüber und setzte sich vor uns ins Gras. Ihr breiter Halo leuchtete, doch ihre Stimme dröhnte nicht. „Hoheit, Gäste lässt man nicht an seinen Geheimnissen teilhaben", sagte sie.

Die Falte zwischen Geldons Brauen vertiefte sich. „Gäste? Wie meinst du das?"

Sie lächelte ihn an. „Ihr Menschen, ihr seid Besucher auf unserer Welt."

Geldon richtete sich auf. „Besucher?" Er schaute sie an und in ihm begann es sichtbar zu arbeiten. „Meinst du etwa, wir gehören nicht hierher? Nouworld ist doch längst unser Zuhause."

Blana legte den Kopf schief. „Aber auch eure Heimat? Ich

glaube nicht." Dann sah sie mich an. „Erzähl ihm, was du weißt, Gavandon. Er muss die Gefahr kennen, jetzt, da Burugiyel von ihm erfahren hat. Wir haben beschlossen, dass er eingeweiht werden darf."

Viel zu viel Mühe. Ich starrte geradeaus.

Die Macht kehrte in ihre Stimme zurück. „ERZÄHLE ES IHM!", befahl sie.

Plötzlich saß Geldon sehr aufrecht da, angespannt bis in die Zehen. Seine Kiefern mahlten.

„Verzeihen Sie, Hoheit, aber ich weiß nicht, wie ich sonst zu Gavandon durchdringen kann", sagte Blana wieder mit normaler Stimme. „Sie sehen ja selbst, dass er die Schrecken seiner Bindung noch nicht überwunden hat."

„Bindung?" Der Thronfolger beugte sich vor. „Also gibt es wirklich etwas, von dem ich nichts weiß?"

Blana nickte. „Aus gutem Grund. Und bevor Sie eingeweiht werden, muss ich Sie schwören lassen, nichts von alldem weiterzutragen."

„Die Fermins hüten ein Geheimnis?" Geldon runzelte die Stirn. „Warum hat Sitara nichts davon erwähnt?"

Blana stand auf. „Nicht die Fermins. Wir, die Hüter. Schwören Sie."

Der Thronfolger erhob sich ebenfalls. „Aber ..."

„Legen Sie den Eid ab!"

Sofort hob er drei Finger und sagte: „Ich schwöre." Dann ließ er die Hand sinken und fauchte: „Mach so etwas nie wieder mit mir, verstanden? Ich mag dich, Blana, aber wenn du mir gegenüber noch einmal einen solchen Ton anschlägst, wirst du es büßen."

„Gerade spricht nicht die Heilerin zu Ihnen", sagte Blana.

Verwirrt ließ sich Geldon wieder auf den Stein sinken. „Und wer tut es dann?"

Sie lächelte. „JETZT BIST DU DRAN, GAVANDON", befahl sie.

Die Macht in ihrer Stimme riss mich aus meiner Apathie. Ich

richtete mich auf und sagte: „Im Augenblick spricht Chingistiril zu Ihnen, Hoheit, das Astralwesen, das hier herrscht."
Er starrte mich an. „Wie bitte? Wer ist dieser Ching..., dieses ... was?"
„Ich bin Chingistiril, eine Hüterin. Astralwesen nennen mich nur die Menschen." Diesmal lag kein Befehl in Blanas Stimme. Sie sank vor uns wieder in den Schneidersitz und sah mich an. „Gavandon, vergiss deine Verzweiflung. Berichte ihm alles. Er muss die Wahrheit kennen, um sich vor Burugiyel in acht zu nehmen. Verschweige nichts."

Also riss ich mich zusammen. Vermutlich konnte ich die Verhältnisse auf Nouworld verständlicher erklären, weil ich selbst bis vor Kurzem nichts von alldem gewusst hatte. Ich begann daher bei meinem Gespräch mit Nan, redete über Hyazinthenzwiebeln, Erscheinungsbilder, Dressas Besuch in Itelgo, meine Bindung und endete mit der Einkapselung des Burugiyel-Fragments. Danach fühlte ich mich so leer wie eine Talsperre nach der sommerlichen Dürre.

Geldon hatte die ganze Zeit wortlos zugehört. Doch offenbar hatte ich seine erste Frage nicht ausreichend beantwortet. „Wie können wir Besucher sein? Wir leben doch schon seit Jahrhunderten hier und sind längst Teil dieser Welt", griff er sie wieder auf.

„Seid ihr das wirklich?" Blanas Halo leuchtete breit und weiß. „Wie erklären Sie dann, Hoheit, dass ihr Menschen euch immer noch an eure Herkunft klammert? Bis heute möchtet ihr zurückkehren, obwohl ihr genau wisst, dass dies unmöglich ist. Und ihr lehrt eure Kinder mehr über die alte Heimat als über diese Welt."

Der Thronfolger pflückte eine Grasrispe neben dem Stein und drehte sie gedankenverloren zwischen den Fingern. „Wenn man es so betrachtet ...", murmelte er.

Aber noch etwas anderes beschäftigte ihn. „Und ein Astralwesen kann uns übernehmen, einfach so? Ohne dass wir uns dagegen wehren können?", fragte er.

Blana lächelte. „Wir benutzen nur hin und wieder die Körper

der Alten Weisen. Und keiner von uns Hütern ist wie Burugiyel. Ein respektloser Umgang mit unseren Schützlingen liegt nicht in unserer Natur."

„Alte Weise?"

„Die, die an uns Hüter gebunden sind. Nur ein Alter Weiser kann uns seinen Körper leihen, so wie Blana dies gerade für mich tut. Sie, Hoheit, wurden jedoch nicht gebunden. Und wenn Sie sich vor dem Wurmpulver in Acht nehmen, bleibt Ihnen dies auch in Zukunft erspart."

„Man kann mich also nicht übernehmen? Das ist gut. Ein König muss immer aus freiem Willen handeln können." Geldon stand auf und begann, hin und herzulaufen. „Doch was passiert, wenn jemand dieses Wurmpulver bis nach Tendris bringt. Laut Gavandon ist dies bereits geschehen."

Blana verfolgte seine Wanderung. „Keine Sorge, Hoheit, Dressas Versuch wird der letzte gewesen sein", versuchte sie, ihn zu beschwichtigen. „Beim ersten Mal hielten wir es noch für eine Störung im Gefüge, doch diesmal war es eindeutig. Wir wissen jetzt, was wir zu tun haben."

Geldon blieb stehen. „Es ist also schon öfter passiert."

„Nur ein einziges Mal, vor vielen Jahren. Und es verschwand, ehe wir die Ursache entdecken konnten." Blana erhob sich.

Geldon sah sie an. „Ich sollte trotzdem meiner Mutter und der Regierung davon berichten. Immerhin geht es um die Sicherheit des Königshauses und deshalb um die Sicherheit von Tendris."

Sofort dröhnte sie: „NEIN! DU HAST GESCHWOREN!" Doch dann holte sie tief Luft. „Verzeiht, Hoheit, aber ich sagte bereits, dass unsere Existenz geheim bleiben muss. Sonst könnte es sein, dass wir ..." Sie brach ab und schüttelte leicht den Kopf.

„Was passiert sonst?", hakte der Thronfolger nach.

Blana lächelte. „Nichts. Sie dürfen nur Ihren Schwur nicht vergessen."

„Ihr wollt also nicht, dass eure Existenz allgemein bekannt wird. Warum diese Geheimniskrämerei?"

Blana legte den Kopf schief. „Hoheit, wie lange hat es gedauert, bis ihr Menschen die Kraft des Geistes annehmen konntet? Jahrhunderte. Und bis heute gibt es viele unter euch, die sie fürchten. Was würde geschehen, wenn ihr von uns Hütern erfahrt? Ich behaupte, die Folgen wären unabsehbar."

Das brachte Geldon dazu, seine Wanderung wieder aufzunehmen. Schließlich blieb er stehen. „Also schön, ich binde mich an diesen Eid. Zufrieden? Und jetzt muss ich wissen, wie Dressa gestoppt werden kann. Sie darf nicht mehr ..."

Doch Blana unterbrach ihn mit einer Handbewegung und deutete auf mich. „Für solche Pläne ist jetzt nicht die richtige Zeit. Gavandons Bindung wurde unschädlich gemacht, aber mit ihr spionieren kann der Feind immer noch. Das sollten Sie wissen."

Wütend rannte Burugiyel gegen sein Gefängnis an.

Blana schaute hinüber zu der Sandkuhle. „Dort drüben bahnt sich etwas an, Hoheit. Ich fürchte, ich muss unser Gespräch beenden." Doch ihr Halo blieb breit. „Vorher allerdings möchte ich Sie noch um etwas bitten. Gleich werden Leute erscheinen, die nach Ihnen suchen. Verhindern Sie, dass man Gavandon verhaftet."

„Woher weißt du das?" Geldon blickte sie erstaunt an. Dann schüttelte er den Kopf. „Aber wenn sie ihn festnehmen, kann ich nichts dagegen tun. Nicht mal ich darf das Gesetz missachten."

„Bitte Hoheit, er wird noch gebraucht. Und Sie sind ihm etwas schuldig, nämlich Ihr Leben."

„Mhm, wenn man es so sieht ..."

Einer der Zwillinge kreischte, als ihm sein Bruder Sand ins Gesicht warf. Blana schwankte, ihr Halo wurde schmal. „Ich danke Ihnen." Sie lächelte dem Thronfolger zu und ging zurück zu der Sandkuhle.

Burugiyel tobte in seinem Gefängnis. Doch ich war froh, dass jetzt wieder Ruhe einkehrte.

Geldon sah ihr nach, dann plötzlich hob er die Hand und beschirmte seine Augen. Da ich zufällig in dieselbe Richtung blickte, entdeckte auch ich die Reiter, die hinter einem Dickicht aus Sturmsträuchern auftauchten. Kaum dass sie uns bemerkten, änderten sie die Richtung und galoppierten auf uns zu. Es waren Grenzer, den Uniformen nach zu urteilen. Angeführt wurden sie von einer Frau in den Vierzigern mit zwei Sternen am Kragenspiegel, hinter der sechs Soldaten trotz des Tempos in geordneten Zweierreihen ritten, zwei Frauen und vier Männer, einer davon ein Fühlweber. Am Ende folgte noch ein achter Reiter ohne Uniform, ein drahtiger Mann mit grauen Schläfen in Lederjacke, Jeans und Stiefeln. Über seiner Schulter ragte der Schaft eines Gewehrs auf und sein Sattel war punziert mit dem Wappen des Königshauses.

Die Offizierin hob die Hand, zügelte ihren Esel und ließ den Trupp vor Geldon und mir anhalten. „Guten Tag", sagte sie und nickte uns zu. „Mein Name ist Leftent Ludma Darbon. Wie gut, dass wir Sie hier antreffen. Wir sind auf der Suche nach ..."

Weiter kam sie nicht. Der Mann mit dem Gewehr stieß einen Schrei aus: „Hoheit!", sprang von seinem Esel und rannte auf uns zu. „Sie sind unversehrt, mein Prinz! Dem Himmel sei Dank!"

„Jorgen!" Geldon ging lächelnd auf den Mann zu und umarmte ihn. „Hast du mich endlich doch gefunden?"

Jorgen schob Geldon ein Stück von sich und betrachtete ihn von allen Seiten. „Mehr als eine Woche, Sor! Wo sind Sie bloß gewesen? Inzwischen müssen wir die gesamten Hylendberge nach Ihnen durchkämmt haben. Sechs Suchtrupps sind unterwegs, aber ..."

„Schon gut, mein Lieber." Geldon hakte sich bei dem Älteren ein. „Du wirst später alles erfahren. Und du wirst nicht glauben, was ich für ein Abenteuer erlebt habe. Aber jetzt bin ich erst einmal froh, zurück in der Zivilisation zu sein. Ich brauche eine ordentliche Dusche und etwas Anständiges zu essen, in dieser Reihenfolge. Weißt du, wie weit es noch bis dorthin ist?"

Doch Jorgen antwortete nicht. Stattdessen blickte er finster in die Runde. „Wer sind diese Leute, Hoheit?" Ungeniert deutete er mit dem Finger. „Haben die Ihnen etwas angetan? Wenn ja, werde ich sie sofort festnehmen lassen."

Geldon knuffte ihn grinsend. „Immer der alte Schwarzseher, was? Lass sie in Ruhe, sie sind in Ordnung." Rasch warf er einen Seitenblick zu Blana, die mit Hiri auf dem Arm nähergekommen war. Sie nickte.

Die Soldaten waren ebenfalls abgestiegen und alle salutierten. „Hoheit", sagte Leftent Darbon, „wir sind sehr erleichtert, Sie gesund und munter vorzufinden. Ihre Mutter macht sich sehr große Sorgen. Erlauben Sie, dass ich einen meiner Leute losschicke, damit sofort eine Nachricht nach Itelgo gesandt wird?"

„Natürlich." Geldon nickte flüchtig und wandte sich sofort wieder seinem Begleitmann zu. „Damit du es weißt, Jorgen, das hier sind alles meine Freunde, klar?" Er machte eine weit ausholende Handbewegung. „Ich hatte einen Reitunfall und sie haben mir geholfen. Also behandle die Fermins mit Respekt, verstanden?"

Gleichgültig registrierte ich den scharfen Tonfall, den er gegenüber seinem Vertrauten anschlug.

Inzwischen hatten sich alle um uns versammelt. Meine Cousine sah Geldon fragend an und der Thronfolger drehte seinen Begleitmann so, dass er mir den Rücken zuwandte. „Jorgen, darf ich dir Sitara Fermin vorstellen? Und das hier ist ihre Familie."

Teilnahmslos beobachtete ich, wie der Thronfolger darauf bestand, dass sein Begleitmann jeden einzelnen der Fermins ordentlich begrüßte, sogar die Kinder. Leftent Darbon sprach währenddessen mit einem der Grenzer, der aufstieg und im gestreckten Galopp davonritt. Ich sah zu, wie Geldon auf seinen Begleitmann einredete, wie Jertis, Cord und die anderen Fragen beantworteten, wie Vern aufgeregt selbst Fragen stellen wollte, aber von seinem Vater gestoppt wurde, wie Blana das Baby, Moren und die Zwillinge zu Broder brachte und dann selbst alles mit gespannter Aufmerksamkeit beobachtete. Mir war klar, dass Geldon mir zur Flucht verhelfen wollte, indem er seinen Mann von mir ablenkte. Und Blana – oder Chingistiril – versuchte, mich mit Blicken zum Gehen zu bewegen. Sie wedelte sogar verstohlen mit der Hand. Dennoch rührte ich mich nicht. Es war sowieso alles egal und ich hatte verdient, der Gilde übergeben zu werden.

Auch Leftent Darbon bemerkte Blanas Handbewegung. Dadurch registrierte sie zum ersten Mal meine Gegenwart. Sie kniff die Augen zusammen und zog ein gefaltetes Papier aus ihrer Brusttasche, betrachtete es, dann wieder mich, dann sprach sie mit ihren Leuten. Ihr Fühlweber kehrte den Blick nach innen und schüttelte den Kopf.

Blana kam zu mir herüber. „Verschwinde endlich!", raunte sie ärgerlich.

Vielleicht war es ja tatsächlich besser. Ich stand auf.

„Halt", sagte Leftent Darbon und gab dem Fühlweber ein Zeichen. Plötzlich hielt mich wieder die Starre fest und ich blieb regungslos stehen. Dazu kam ein wattiges Gefühl, von dem ich mal gehört hatte, dass es eine Blockade des Geistes anzeigte. Der Fühlweber stand mit geschlossenen Augen da und konzentrierte sich so sehr auf mich, dass er leicht schwankte.

„Sie sind Gavandon Barjenden aus Itelgo, richtig?" Darbon schaute noch einmal zwischen dem Papier und mir hin und her. Es war der Steckbrief, den ich schon in Hylport gesehen hatte. Ein wirklich schönes Bild von mir.

„Nein, das ist mein Neffe Barthes Fermin", sagte Blana sofort. Blana oder Chingistiril, die Geistblockade verhinderte, dass ich den Unterschied erkannte. Ich versuchte es auch gar nicht. Alles war gut, wie es war.

Darbon achtete nicht auf die Heilerin. „Gavandon Barjenden, Sie werden beschuldigt, ein unregistrierter Fühlweber zu sein und in Itelgo Svara Rogheim Lion, die Wirtin des Gasthauses *Zum Landungsstein*, mit Ihrer Gabe verletzt zu haben. Sie sind hiermit festgenommen und werden der Gilde überstellt. Haben Sie das verstanden?"

Ich starrte in die Gegend. Was für eine hervorragende Ansprache. Und sie hatte sie ohne Stocken vorgebracht.

Inzwischen waren sämtliche Unterhaltungen verstummt.

„Lassen Sie das!", befahl der Thronfolger scharf. „Dieser Mann ist niemals ein Fühlweber."

Also wirklich! Geldon log? Sandte er denn keine Lügenwellen aus?

Ein Soldat trat hinter mich, nahm meine Hände im Rücken zusammen und ließ es klicken. Wieso, bitte, hatte man hier Handschellen dabei? Wollten die Grenzer etwa Kaninchen und Ziegen damit verhaften? Und auch mit den Fußfesseln, die der Soldat mir als Nächstes anlegte? Wäre die Starre nicht gewesen, hätte ich angefangen zu kichern. Offenbar musste man gut ausgerüstet sein in diesen menschenleeren Bergen.

Als der Soldat zurücktrat, verschwanden Geistblockade und Starre, und auch das Kichern machte wieder der Apathie Platz. Gleich darauf öffnete der Fühlweber die Augen und salutierte. „Das Netz ist aufgespannt", sagte er. Natürlich, alle mussten vor mir beschützt werden. Ich hatte mit meiner Gabe bereits getötet.

Der Fühlweber salutierte noch einmal. „Leftent, darf ich sprechen?"

Darbon nickte.

Er nahm die Hand herunter und schaute kurz zu mir herüber. „Leftent, der Thronfolger hatte recht. Auch ich sagte Ihnen bereits, dass dieser Mann keine Gabe besitzt. Seine Geistflamme ist grau."

Darbon blickte noch einmal auf den Steckbrief, dann wieder zu mir. „Danke", sagte sie mit einem Nicken, „ich werde Ihre Einlassung in meinem Bericht vermerken. Aber dieses ist der gesuchte Mann. Eine Verwechslung ist ausgeschlossen. Überzeugen Sie sich bitte selbst, Hoheit." Sie reichte Geldon das Papier.

Statt seiner nahm es der Begleitmann. „Tatsächlich, es ist dieser Fühlweber, mein Prinz, ohne jeden Zweifel."

„Ist er nicht, Jorgen." Mit einem zornigen Blick befahl Geldon dem Mann zu schweigen. Dann wandte er sich Darbon zu. „Leftent, es *muss* sich um eine Verwechslung handeln. Der junge Mann dort hat mir das Leben gerettet. Ich kenne ihn. Er ist niemals derjenige, der diese bedauernswerte Frau in Itelgo angegriffen hat. Ich möchte, dass Sie Barthes Fermin die Fesseln abnehmen. Meine Dankbarkeit wäre Ihnen sicher, und natürlich werde ich meiner Mutter von Ihrem Pflichtbewusstsein berichten."

Im Hintergrund entstand Unruhe. „Lasst mich!" Sitaras Stimme klang heftig, dann kam sie nach vorn. Sie warf einen Blick auf Geldon. „Leftent, bitte entschuldigen Sie."

Darbon nickte ihr zu.

„Leftent, der Prinz ist falsch informiert. Dieses ist tatsächlich Gavandon Barjenden, mein Cousin aus Itelgo. Und er erscheint Ihrem Fühlweber nur deshalb grau, weil er ein ganz besonderes Silbernetz weben kann."

„Verdammt, Sitara!", fauchte der Thronfolger.

Blanas Ring wurde breit und leuchtend. Sie sah mich nachdenklich an. Dann murmelte sie, dass nur ich es verstehen konnte: „Keine Sorge, ich werde bei dir sein. Und dein Bruder wird kommen. Ich habe es gesehen."

Was meinte sie damit? Feuer und Holzkohlearme trafen mich wieder mit voller Wucht und ich flüchtete zurück in den Dämmerzustand.

Geldon packte Sitara so heftig am Arm, dass sie das Gesicht verzog. „Warum tust du das?", herrschte er sie an. „Er hat uns alle gerettet, schon vergessen? Warum beschuldigst du ihn?"

„Er hat fast meinen Bruder umgebracht", erwiderte sie trotzig.

„Himmel, Sitara, das war doch nicht er."

„Hoheit!", unterbrach ihn der Begleitmann mit kaum verhohlener Zurechtweisung. „Muss man das so verstehen, dass Sie genau wissen, wer dieser Mann ist?"

„Nein, das muss man nicht!", blaffte Geldon zurück. Dann wandte er sich an den Rest der Fermins. „Sagt doch auch etwas."

Doch Cord, Jertis und die anderen standen nur betreten da.

Also wandte er sich wieder der Offizierin zu. „Leftent Darbon, bitte treffen Sie die richtige Entscheidung. Ich sage Ihnen, dass Sie diesen jungen Mann verwechseln. Also steht Aussage gegen Aussage. Wem glauben Sie nun mehr?"

„Hoheit, ist das Ihr Ernst?", knurrte der Begleitmann in einem Ton, der an Respektlosigkeit kaum zu überbieten war. „Sie decken gerade einen Verbrecher, einen solchen Fühlweber, wie sie seit dem Begabtenkrieg zu Recht geächtet sind. Was wird Ihre Mutter davon halten? Und die Presse wird sich darauf stürzen. Wollen Sie das wirklich? Eines Tages werden Sie das alles bereuen und ..."

Geldon riss ihm den Steckbrief aus der Hand. „Vergiss nicht, mit wem du sprichst, Jorgen. Und du hast keine Ahnung, um was es hier geht. Verpetz mich ruhig bei der Königin, wenn dir das Freude macht, aber wenn du das tust, sind wir geschiedene Leute. Ich weiß inzwischen sehr gut, was richtig und was falsch ist. Du gängelst mich nicht länger, verstanden?"

Jorgen zuckte zusammen. „So sehen Sie mich also, Hoheit?" Er trat einen Schritt zurück. „Dann bleibt mir nichts anderes, als um Vergebung zu bitten." Mit einer fließenden Bewegung verbeugte er sich tief.

Sitara nahm Geldons Hand, mit der er immer noch ihren Oberarm umklammerte. „Er hat recht, mein Prinz. Tu bitte nichts, was später auf dich zurückfällt."

„Scheißaufpasser", fauchte Geldon in Jorgens Richtung, aber ich sah an seinem Blick, dass er aufgab.

Offenbar kannte der Begleitmann diesen Ablauf bereits. Gleichmütig nickte er Darbon zu. „Sie können den jungen Mann jetzt mitnehmen, Leftent", sagte er.

Sofort packten mich zwei Soldaten rechts und links und brachten mich zu den Eseln. Sitara zeigte ihnen das Tier, das ich ritt. Sie lösten eine Seite der Fußfessel, hoben mich in den Sattel, zogen die Kette unter dem Bauch der Stute hindurch und schlossen den Bambusring wieder um meinen Knöchel. Ich leistete keinen Widerstand.

Blana war uns gefolgt. „Vergiss nicht unser Geheimnis", raunte sie. Ihr Halo leuchtete breit. „Aber ich verspreche auch, du wirst nicht allein sein."

„Treten Sie bitte zurück, Mem", sagte Leftent Darbon.

Die Soldaten nahmen um mich herum Aufstellung und einer von ihnen band meinen Zügel an sein Sattelhorn. Die Leftent salutierte vor dem Thronfolger und nickte den Fermins zu. Dann brachte sie ihren Esel an die Spitze des Zuges, stieg auf und wir trabten an.

Ich sah nicht zurück. Außerhalb meiner Gleichgültigkeit lauerten Dinge wie Blutfontänen, Feuer, das Ausgebranntsein. Ich hatte es verdient, es war gut so, wie es war.

Siebenundzwanzig
15. April 467 n. L.

Es war, als würde ich völlig isoliert durch das All treiben. Es gab nichts, das hinter mir lag, nichts voraus. Ich stand morgens auf, duschte im Nassbereich der Zelle, machte mein Bett und setzte mich auf den Stuhl am vergitterten Fenster. Draußen gab es Sonnenschein oder Regen und durch den Ausschnitt, den ich sehen konnte, segelten die Wolken von links nach rechts über die Hylendberge.

Dreimal am Tag brachte ein Fühlweber schweigend ein Tablett. Morgens lag darauf eine Zeitung, ich blätterte sie durch. Der Thronfolger war mit einer Frau an seiner Seite nach Itelgo zurückgekehrt. Die Kricketmannschaft aus Miner City hatte die aus Hylport vernichtend geschlagen. Ein gefährlicher Fühlweber war verhaftet worden und wartete in einer Grenzergarnison auf seinen Transport nach Itelgo. Nichts davon hatte mit mir zu tun, nichts davon bedeutete etwas. Ich stand morgens auf, ich aß, ich schaute mir die Bilder in den Zeitungen an, ich sah den Wolken zu, ich schlief. Drei Tage vergingen so.

Am vierten Tag geschah etwas Neues. Jemand sprach vor meiner Zellentür, gemurmelte Worte, die die Stille unterbrachen, dann drehte sich der Schlüssel im Schloss und ein Fühlweber kam herein, den ich hier noch nicht gesehen hatte, ein Geist.

„Gavi! Dem Himmel sei Dank", sagte der Geist und lächelte.

Ich starrte ihn an. Eine Fata Morgana.

Da es keinen zweiten Stuhl gab, setzte er sich aufs Bett. „Was machst du nur für Sachen, Kleiner!", sagte er.

„Kordian", flüsterte ich. Ich war froh, dass ich saß. Meine Knie fühlten sich an wie Fruchtgelee.

Er nickte. „Ich bin so schnell gekommen, wie ich konnte. Wen hattest du denn erwartet? Wo warst du nur die ganze Zeit?"

Ich versuchte, ihn wegzuwedeln wie eine Biene. „Verschwinde", murmelte ich. „Du bist tot. Lass mich in Ruhe."

„Wie bitte?" Der Geist runzelte die Stirn.

Ich kniff die Augen zusammen und riss sie wieder auf. Er war noch da.

„Himmel, Kleiner, was ist mit dir?" Er beugte sich vor und legte eine Hand auf mein Knie. „Ich bin es doch, Kordian."

Ich starrte ihn an. Die Hand wärmte mich durch den Stoff der Hose hindurch.

Eine *warme* Hand!

Zum ersten Mal, seit ich hier eingeschlossen war, drang etwas zu mir durch. Geisterhände konnte man nicht spüren, oder? Ich schluckte meine Kehle frei. „Ich habe dich ..." Sterben sehen, wollte ich sagen, doch ich brachte keinen weiteren Ton heraus.

Kordian lächelte wieder. „Du hast mich nicht erwartet? Hättest du dir doch denken können, dass ich komme."

Ich schüttelte den Kopf. „Nein, ihr seid alle tot." Feuer, Holzkohlearme, brennendes Fleisch.

„Was? Wer behauptet denn so was?"

„Niemand. Ich ... Das Feuer ..."

„Welches Feuer?"

„Als das Gasthaus brannte. Ich habe euch gesehen, dich, Mam, Granna. Ihr seid alle tot."

„Blödsinn."

Ich konnte meinen Blick nicht von ihm wenden. Burugiyel wütete in seinem Gefängnis.

Kordian breitete die Arme aus. „Himmel, Brüderchen, sehe ich etwa aus wie eine Leiche? Komm zu dir, Gavi, nichts davon ist passiert. Du kommst mir vor, als habe dir jemand eine Gehirnwäsche verpasst."

Minutenlang musterte ich ihn, die dunklen Locken, die Falte über der Nasenwurzel, die runde Nasenspitze. Es war das vertraute Gesicht, es war Kordians Stimme. Plötzlich verblassten die Feuerbilder und ich krampfte meine Hände um die Seiten des

Stuhls. Gehirnwäsche, hatte Kordian gesagt. Gnädiges Wurmloch! Mein Bruder saß leibhaftig vor mir, lebendig und gesund. Ich schluckte, stand auf, ging zum Fenster und legte die Stirn an die kühlen Gitterstäbe. „Kordian ist hier", murmelte ich.

Er kam zu mir und legte mir die Hand auf die Schulter. „Mensch, Gavi, was ist bloß los mit dir?" Dann drehte er mich zu sich um. „So schlimm ist es doch gar nicht. Du musst dich vor der Gilde rechtfertigen, das ja, aber ich bin zuversichtlich, dass wir ihnen deinen besonderen Fall darlegen können. Ich glaube nicht, dass sie dich ausbrennen. Du hast doch den Brief von Pa, oder? Wenn wir ihnen den vorlegen …"

Ich hörte nicht zu. „Was ist mit Mam? Und mit Granna?", unterbrach ich ihn.

Kordian drückte mich aufs Bett. „Setz dich! Du siehst aus, als würdest du gleich umkippen. Brauchst du etwas? Soll ich dir etwas holen?"

Ich schüttelte den Kopf. „Was ist mit Mam!"

Er setzte sich neben mich. „Himmel, Kleiner, so habe ich dich ja noch nie erlebt. Was ist dir bloß zugestoßen?"

„KORDIAN!", brüllte ich.

Die Tür ging auf und der Fühlweber der Morgenwache kam herein. „Brauchen Sie Hilfe mit dem da?", fragte er meinen Bruder.

„Schon gut, ich komme zurecht. Aber danke schön." Kordian nickte lächelnd und winkte den Mann wieder hinaus. Als sich die Tür geschlossen hatte, sagte er: „Besser, du schreist nicht mehr, sie sind sehr nervös deinetwegen."

Meine Hände zitterten und ich verschränkte sie im Schoß. „Kordian, bitte", sagte ich im normalen Tonfall.

Er legte seinen Arm um meine Schulter. „Keine Sorge, es geht allen gut, jedenfalls so gut, wie es möglich ist. Himmel, Kleiner, du warst auf einmal verschwunden. Es war, als hätte dich der Erdboden verschluckt. Was glaubst du, wie man sich da fühlt? Mam kommt seit Tagen nicht aus ihrem Zimmer. Und Granna scheucht die Leute im Gasthaus, dass die ersten schon überlegen zu kündigen."

„Also steht es noch?"

„Was steht noch?"

„Das Gasthaus."

Er drückte meine Schulter. „Natürlich ist es noch da. Warum auch nicht."

„Aber das Feuer ..."

„Jetzt hör schon auf, Gavi! Da war kein Feuer. Nichts ist passiert, alles ist wie immer. Nur du warst plötzlich weg."

„Kein Feuer?", murmelte ich. Dann ballte ich meine Fäuste. „KEIN FEUER!" Burugiyel wütete in seinem Kokon.

„Schscht, sei gefälligst still!" Kordian boxte mich an die Schulter, dann rief er in Richtung Tür: „Keine Sorge, alles in Ordnung."

Ich hatte Mühe, meine Hände ruhig zu halten. „Wann hast du sie das letzte Mal gesehen?" Gespannt sah ich meinen Bruder an.

„Vorgestern. Sobald wir die Nachricht erhielten, sind Hani und ich losgeritten. Mam umarmt dich und lässt dir ausrichten, dass du so etwas nie wieder tun darfst. Pop meinte, dass du an die Geschichte von Meister Klarun denken sollst, was immer das bedeuten mag. Und Granna hat sich für eine ganze Stunde im Büro eingeschlossen. Danach waren ihre Augen rot. Kleiner, was hast du dir nur dabei gedacht, so mir nichts, dir nichts zu verschwinden? Das kannst du doch nicht machen."

Ich unterbrach ihn kein einziges Mal, saugte seine Worte regelrecht auf. Doch dann fiel mir ein, dass ich etwas anderes gehört hatte. „Du verschweigst dabei, dass man das Gasthaus angegriffen hat." Ich sah ihn an. „Ich weiß, du wurdest verletzt. Und außerdem hat Granna sich von mir losgesagt."

„Losgesagt?" Er kniff die Augen zusammen. „Wie kommst du denn ... Oh, ich verstehe." Er lachte auf. „Du hast diesen Artikel in die Finger gekriegt, stimmt's?"

Ich nickte.

„Tja, Brüderchen", wieder knuffte er meine Schulter, „eigentlich müsstest du dir denken können, wie es dazu kam. Immerhin bist du der Erbe und solltest wissen ..."

„Ich *war* der Erbe", warf ich ein.

„Wie auch immer, du müsstest wissen, dass Granna alles tut, um das Geschäft am Laufen zu halten. Auch so hat es Einbußen gegeben. Granna *musste* den Reportern diesen Mist erzählen. Und der sogenannte Angriff waren nur die Lions und ein paar Krakeeler. Einer von denen hat einen Stein geworfen, den ich abbekommen habe. Alles halb so schlimm. Eine Gabenheilerin logierte gerade bei uns und ich war schnell wieder auf den Beinen."

„Wie bitte? Die Lions haben das angezettelt? Meinetwegen? Also das ist ..." Die Empörung sorgte dafür, dass ich schlagartig wieder ich selbst wurde. Ich holte tief Luft. „Sie verheimlichen also immer noch, dass der Bruder von Mem Lion ein Ausgebrannter ist, oder? Mikel heißt der Kerl. Der hat mich geschubst, als er das mit meinen Fühlbändern merkte. Ohne diesen Typen wäre ich jetzt nicht hier. Und die haben einen Pöbel organisiert? Ich fasse es nicht."

„Es gibt einen Ausgebrannten bei denen?" Kordian grinste. „Das muss Granna so schnell wie möglich erfahren." Er schlug mir schmerzhaft auf den Rücken. „Die wird vielleicht Augen machen, wenn du ihr das erzählst."

„Oh ja, ich ..." Doch genau in diesem Moment füllte sich auch der letzte Sektor der Leere, durch die ich getrieben war. Meine Zukunft stürzte auf mich ein. Mein Hochgefühl verpuffte und das Zittern meiner Hände kehrte zurück. Ich schluckte und schüttelte den Kopf. „*Du* musst es ihr berichten", sagte ich. „Ich werde nichts mehr davon wissen, wenn sie mich erst ..."

Kordian packte mich mit beiden Händen an den Schultern und zwang mich, ihn anzusehen. „Nun hör mir mal gut zu, kleiner Bruder, sie werden dich *nicht* ausbrennen, verstanden? Wenn sie Pas Brief gelesen haben, werden sie wissen, dass du nichts dafür konntest. Außerdem hast du niemandem wirklich Schaden zugefügt."

Ich schüttelte den Kopf. „Das stimmt nicht, ich habe jemanden sogar getötet. Und der Brief ist verloren." Ich wollte ihn nicht anlügen. Irgendwann kam sowieso alles heraus.

Er nahm seine Hände weg. „Wie bitte?"

Ich nickte und richtete mich auf. „Es ist viel passiert in den letzten Tagen und ich musste Dinge tun, für die ich mich entsetzlich schäme. Tatsache ist, dass die Gilde jedes Recht hat, mich zu verurteilen."

Er wollte mich packen, aber dann ballte er nur die Fäuste und stand auf. Ich beobachtete ihn, wie er ans Fenster trat und minutenlang hinausstarrte. Offenbar war ich doch allein. Granna mochte neulich den Reportern etwas vorgemacht haben, aber jetzt rückte mein Bruder von mir ab und die anderen würden folgen. Burugiyel pulsierte in seiner Kapsel, voll von hämischer Genugtuung.

Kordian sog scharf die Luft ein und drehte sich wieder zu mir um. „Wieso ist deine Geistflamme grau? Und wieso umgibt sie ein schwarzer Ring?", fragte er. Diesmal hatte er Eis in der Stimme.

Ich zuckte mit den Achseln. „Grau ist sie wegen des Silbernetzes. Ich kann es genauso weben wie Pa. Und der schwarze Ring ..." Ich stockte und hob die Schultern. Von den Astralwesen durfte niemand erfahren. „Weiß ich auch nicht", sagte ich lahm.

„Löse das Netz auf", befahl er.

„Warum?" Ich sah ihn an. Weil draußen gerade die Sonne schien, nahm ich ihn nur als Silhouette wahr. Dennoch konnte ich erahnen, dass er seinen Blick nach innen kehrte.

„Weg damit", knurrte er.

Also ließ ich mein Netz verschwinden. Er war schon zornig genug.

„Dein Kanal steht offen. Schließe ihn."

Ich schüttelte den Kopf. „Das kann ich nicht. Deswegen lasse ich das Netz die ganze Zeit stehen."

Er runzelte die Stirn. „Die ganze Zeit? Was ist, wenn du schläfst?"

„Ich muss nur genügend Farben hineinmischen, dann hält

es."

„Wie bitte? Das will ich sehen."

Also wob ich ein neues Netz und flocht Fühlbänder hinein. „Das dauert jetzt etwas", sagte ich. „Je mehr Schattierungen ich verwende, desto besser."

Kordian schwieg und hielt die ganze Zeit den Blick nach innen gerichtet. Als Letztes schloss ich die Lücke, die ich für seine Beobachtungen offengelassen hatte. Er sog wieder hörbar den Atem ein, als meine goldene Geistflamme für ihn zu Grau erlosch.

„Wie lange hält das jetzt?", wollte er wissen.

„Keine Ahnung, das habe ich noch nicht ausprobiert. Mehrere Wochen, nehme ich an. Pas Netz hat sich erst nach fast zwei Monaten aufgelöst."

„Monate!", murmelte er. „So etwas müssten wir an der Grenze haben." Er sah mich an, diesmal mit klarem Blick. Da die Sonne wieder hinter Wolken verschwunden war, konnte ich ihn deutlicher erkennen. „Wer hat dir das alles beigebracht?" Seiner Stimme war nicht anzuhören, was er davon hielt.

„Niemand." Ich griff in meine Brusttasche und zog das Tagebuch heraus. „Hier drin hat Pa alles aufgeschrieben, als er noch im Nordmoor …"

„Nordmoor?!" Das kam jetzt höchst alarmiert.

Ich schwieg.

Er nahm mir das Buch aus der Hand und begann, darin zu blättern. Dann betrachtete er den Umschlag, auf dem „Tagebuch von Barthes Fermin" stand. „Pa hieß aber nicht so", sagte er.

Ich nickte. „Er hat sich vor Bur… vor jemandem versteckt. Frag Mam. Das da ist Pas richtiger Name. Sie kennt ihn, glaube ich. An dem Tag, als du im Gasthaus angekommen bist, hat jemand ihn so genannt und sie hat ganz seltsam reagiert."

Mein Bruder sah mich an, dann machte er Anstalten, das Buch einzustecken. Erst wollte ich ihn lassen, doch dann fiel mir ein, was alles über die Astralwesen darin stand. Kordian durfte es unter keinen Umständen lesen. Der Obsidianklumpen tobte. Ich

streckte die Hand aus. „Gib es mir sofort zurück", verlangte ich.
„Wie bitte?"
Kordians Stimme ließ mich frösteln. Trotzdem stand ich auf.
„Gib es mir."
„Warum?"
„Weil..." Verdammt, wie sollte ich ihm das erklären. Meine ausgestreckte Hand sank ein wenig herab. „Das darf ich dir nicht sagen. Trotzdem, gib es mir, bitte."
„Nein." Ohne mich aus den Augen zu lassen steckte er das Buch ein. „Und jetzt setz dich gefälligst. Du wirst mir die ganze Geschichte erzählen, auf der Stelle."
„Aber das kann ich nicht. Ich darf nicht..."
Tumult entstand vor der Zellentür „SCHLIEßEN SIE SOFORT AUF!" Die Macht ließ Blanas Stimme dröhnen, dass man jedes Wort verstand. Natürlich drehte der Wächter den Schlüssel. Ärgerlich machte Kordian ein paar Schritte auf die Zellentür zu, als Blana hereinkam. „Was soll das? Wer sind Sie?", herrschte er meine Tante an.

Blana ließ sich davon nicht beeindrucken. Sie lächelte mir zu, ihr Halo war breit und leuchtend weiß, obwohl Kordian es nicht zu bemerken schien. „Habe ich es doch richtig vorausgesehen", sagte Chingistiril mit Blanas Stimme. „Du hast Besuch bekommen." Dann streckte sie Kordian die Hand hin. „Guten Tag. Schön, dass ich Sie kennenlerne."

Ich machte eine Handbewegung. „Kordian, das ist Blana Fermin, die Frau von Pas Bruder."

Wieder rannte jemand draußen den Gang entlang. „Blana!", rief eine Männerstimme und eine zweite, weiter entfernt: „Kommen Sie sofort zurück, Sor!"

Der Fühlweber, der immer noch in der offenen Tür stand, versuchte, sie wieder ins Schloss zu ziehen, doch da hatte Broder die Zelle schon erreicht und drängte sich an ihm vorbei. „Blana! Bist du völlig verrückt geworden? Der Heiler hat gesagt, dass du nach dem schlimmen Ritt nicht aufstehen darfst. Oder willst du unser Kind umbringen? Du musst Bettruhe halten, verdammt noch mal."

Wie als Antwort stöhnte Blana auf, legte eine Hand auf ihren Rücken, die andere auf den vorgewölbten Bauch.

„Verdammt noch mal, Blana!" Jetzt hatte Broder Panik in der Stimme. Er schob Kordian und mich in Richtung Fenster. „Mach Platz, Gavandon! Und Sie auch, Sor, bitte." Dann drückte er seine Frau auf das Bett. „Leg dich sofort hin, Schatz, ja? Du musst jetzt …"

„Genug!" Neben dem Fühlweber erschien ein weiterer Grenzer mit zwei Sternen am Kragen, ein Leftent. „Sie machen sofort, dass Sie hier rauskommen, alle, auf der Stelle!"

Blana stöhnte und streckte sich lang auf meinem Bett aus.

Der Leftent kam drohend einen Schritt in die Zelle. Inzwischen wurde es entschieden zu eng. Ich quetschte mich mit dem Rücken gegen die Gitterstäbe am Fenster und passte auf, dass Kordian mir nicht auf die Füße trat, Broder kniete in dem schmalen Gang zwischen Bett und Tisch und streichelte Blanas Hand. Der Leftent hatte den Fühlweber halb in den Nassbereich gedrängt und nun erschien hinter ihm noch eine Frau, die neugierig über seiner Schulter einen langen Hals machte. „Liebling, was ist hier los?", fragte sie.

„Nicht jetzt, Hani", gab Kordian zurück. Dadurch erkannte ich sie, das war die Seherin, die mein Bruder zum Gasthaus mitgebracht hatte, als er mir Pas Brief brachte.

„Raus!", brüllte der Leftent.

Blana stöhnte auf, krampfte ihre Finger in das Laken. Ihr weißer Halo flackerte.

Die Seherin drängte sich an dem Leftent vorbei, schob Broder zur Seite und setzte sich auf den Bettrand.

Broder drückte Kordian noch ein Stück auf mich zu, der konnte nicht anders und trat mir auf den Fuß. „Au!", machte ich.

„Zum letzten Mal, raus hier!", donnerte der Leftent.

„Sehen Sie nicht, dass die Frau ihr Kind kriegt?", fauchte die Seherin ihn an. „Holen Sie Ihren Heiler, sofort."

Blanas Wehe war abgeklungen, ihr Gesicht schweißfeucht.

Die Seherin nestelte bereits an ihrem Hosenbund. „Helfen Sie mir, Sor", befahl sie Broder. Beide zogen Blana aus und deckten das Laken über sie.

„Sie haben die Frau gehört, Soldat." Auch der Leftent klang jetzt panisch.

„Aber, Sor", protestierte der Fühlweber mit einem Seitenblick auf mich.

Doch der Offizier war von der Situation so überfordert, dass er den Mann anfuhr: „Sofort! Das ist ein Befehl!" Offenbar vergaß er völlig, dass der Fühlweber eigentlich den Rest der Welt vor mir und meiner gefährlichen Gabe beschützen sollte.

Der Grenzer salutierte wortlos und schob sich an dem Leftent vorbei zur Tür hinaus.

„Sie hat bereits das Fruchtwasser verloren", informierte uns die Seherin und wollte Blanas nasse Hose mit spitzen Fingern zusammenlegen.

Blana packte sie am Handgelenk. „Warten Sie", sagte sie mit breitem Halo, zog die Hose zu sich und holte die Barschölflasche aus der Tasche.

„Was ist das?" Der Leftent wollte danach greifen.

Doch Blana streckte rasch den Arm zu mir und Kordian aus. „Nehmen Sie, Sor, und gurgeln Sie damit. Ein kleiner Schluck genügt. Jetzt."

„Schatz! Deswegen tust du das alles? Weil dieser Typ da Halsschmerzen hat? Bist du von allen guten Geistern verlassen?" Es schien, als ob Broder seine Frau am liebsten geschüttelt hätte.

„Ich habe keine Halsschmerzen", protestierte Kordian.

„GURGELN SIE!" Chingistirils Stimme dröhnte.

Natürlich nahm mein Bruder sofort einen Schluck. Und gleich darauf wurde er schlaff. Ich konnte ihn gerade noch halten und die Flasche auffangen.

Wieder näherten sich eilige Schritte, der Fühlweber kehrte mit dem Heiler zurück. „Die Frau dort bekommt ein Kind", informierte ihn der Leftent. Blana stöhnte genau passend auf.

Der Heiler hatte die Situation sofort im Griff. „Alle raus", befahl er. Dann zeigte er auf die Seherin. „Sie assistieren."

Kordian kam wieder zu sich, sein Halo war breit und leuchtend.

„Raus", wiederholte der Heiler, griff nach Broders Arm, zog ihn auf die Füße und schob ihn auf den Leftent zu.

Broder wehrte sich. „Das da ist meine Frau."

„Dann warten Sie draußen auf dem Gang." Der Heiler gab meinem Onkel einen Stoß in den Rücken. Als Nächstes fragte er: „Welches ist der Gefangene?"

Der Leftent deutete auf mich.

„Dann sollten sie ihn in die andere Zelle sperren, Sor", befahl der Heiler. „Ich brauche Platz."

„Und ich gehe mit meinem Bruder", sagte Chingistiril mit Kordians Stimme.

Kurz darauf waren sie und ich in der Nachbarzelle wieder allein. Von nebenan kamen gemurmelte Worte und über den Gang rannten Schritte hin und her. Ich machte mir Sorgen, um Blanas Baby und um Kordian, der so ohne Vorwarnung die Herrschaft über seinen Körper verloren hatte. Unruhig stellte ich mich mit dem Rücken zum Fenster und beobachtete Chingistiril, wie sie die unbezogene Matratze auf dem Bett ausrollte und das Kissen gegen die Wand lehnte. „Wird das Kind gesund sein?", fragte ich, nachdem sie es sich bequem gemacht hatte.

Sie nickte lächelnd. „Natürlich. Ich würde nie eine Mutter in Gefahr bringen. Sie sind mir heilig." Ihr Gesicht verzog sich vor Schmerz. Nebenan stöhnte Blana. „Ich bewundere euch Menschen dafür, welche Qualen ihr für eure Kinder auf euch nehmt." Sie keuchte. „Meine Trilgesh dagegen …" Sie keuchte wieder, krampfte die Fäuste zusammen und wartete mit verkniffenem Gesicht, bis die Wehe abgeklungen war.

„Du bist mit Blana verbunden", stellte ich fest, als sie sich wieder entspannte.

„Natürlich, sie ist meine Alte Weise, ein Teil von mir. Eine

Menschengeburt ist eine außergewöhnliche Erfahrung." Chingistiril klopfte auf den Platz neben sich. „Komm, setz dich hierher. Dir wird sogar noch eine größere Ehre zuteil. Und ich spüre, dass dein Bruder dich braucht. Hilf ihm, damit er mich akzeptiert und die Verflechtungen zwischen uns wachsen können." Dann schwankte Kordian und sein Halo wurde schmal.

Sofort war ich bei ihm.

Für einen Moment blieb er reglos sitzen, dann hob er seine Hände, bewegte die Finger, ballte sie zu Fäusten und lockerte sie wieder. Er sah mich an. „Was bitte war das gerade?", fragte er rau.

„Du bist gebunden worden", sagte ich so ruhig, wie ich konnte. „Chingistiril hat dich ausgewählt und ich bitte dich, lass es zu."

„Gebunden?"

Ich nickte. „An das Astralwesen, das über Tendris und Hylend und wahrscheinlich auch über Belged und Kondrend herrscht."

„Astralwesen?"

„Die weiße Trilgesh."

Er gab einen Laut von sich, der zeigte, was er davon hielt. Dann bewegte er wieder seine Hände, betrachtete sie und blickte mich schließlich wütend an. „Verdammt, Gavandon, erzähl mir nicht so einen Schwachsinn. Ich frage dich noch mal: Was hast du gerade mit mir gemacht?"

„Das war nicht ich. Du hast Barschöl genommen und deshalb …"

„Barschöl?" Er sprang auf. „Mit diesem Zeug habt ihr mich gurgeln lassen? Verdammt, Gavandon …" Er rang nach Luft.

Ich hielt die Flasche hoch. „Beruhige dich, es ist anders, als du denkst. Ich kann es dir erklären."

Doch Kordian fuchtelte wild mit der Hand. „Tu das sofort weg, Gavi! Du weißt, wie gefährlich das ist. Nur Heiler dürfen damit umgehen."

„Nicht so gefährlich, wie du glaubst. Immerhin lebst du

noch", sagte ich, stellte aber das Öl auf den Tisch.

Er ließ sich auf den Stuhl fallen. „Barschöl", murmelte er fassungslos.

Ich deutete auf die Wand, hinter der die andere Zelle lag. „Blana konnte es auch nicht glauben."

„Wer ist das denn?"

„Meine Tante. Sie bekommt gerade ihr Kind."

„Ach die." Er sah mich an, die Falte zwischen seinen Brauen war wie eine Schlucht. „Die, die mich damit hat gurgeln lassen?" Er kniff die Augen zusammen. „Moment, was hat sie damit zu tun?"

Ich grinste. „Sie ist auch eine Alte Weise."

„Alte Weise?"

„Sie ist gebunden wie du."

Plötzlich keuchte Kordian und presste die Hände auf seinen Bauch. „Himmel, was ist das schon wieder?"

Nebenan stöhnte Blana.

Es dauerte nur einen Moment, bis ich begriff. „Ich fürchte, eine Wehe", sagte ich so ernst wie möglich, um ihn nicht noch mehr zu verärgern.

„Wie bitte?"

Ich hob die Hände. „Nun ja, ihr beide, Blana und du, ihr tragt jetzt ein Stück von Chingistiril in euch. Könnte doch sein, dass ihr dadurch auch miteinander verbunden seid. Chingistiril hat gerade eine Wehe erlebt. Daran wirst du dich doch erinnern. Ich jedenfalls wusste alles, nachdem ..." Ich stockte. Nein, der Angriff auf Vern war kein Thema, über das ich reden mochte.

Zum Glück hörte Kordian nicht zu. „Wir sind miteinander verbunden?", knurrte er. Dann stand er auf und ging zum Fenster. „Und jetzt, Brüderchen, hör endlich auf mit diesem Unsinn, verstanden? Was passiert hier? Und wehe, du treibst weiter deine Spielchen mit mir."

Ich seufzte. Das wurde schwieriger als gedacht. „Lies in Pas Buch", sagte ich.

„Ach ja? Jetzt auf einmal?"

Ich nickte nachdrücklich. „Es gibt kein Geheimnis mehr, du bist jetzt gebunden. Lies das Buch. Mir hat es sehr geholfen." Ich wünschte, er nähme das Ganze so leicht wie Blana.

„Moment, hat Pa etwa auch mit Barschöl gegurgelt?"

„Nein, damit nicht. Bitte, lies das Tagebuch", beschwor ich ihn. Burugiyel pulsierte in seinem Kokon.

Kordian drehte mir den Rücken zu und starrte schweigend aus dem Fenster. Ich wünschte, ich wüsste, was in ihm vorging. Er war noch nicht mal gewarnt worden. Blana und ich hatten vorher wenigstens von den Astralwesen gehört, trotzdem tat ich mich schwer damit.

Na schön, mich hatte der andere gebunden, mit ein paar ziemlich schlimmen Begleitumständen. Außerdem saß ich in einer Zelle der Gilde. Da konnte man schon in Schockstarre verfallen. Aber jetzt war Kordian hier und ich hatte das Schlimmste überwunden.

Plötzlich fiel mir etwas ein, das irgendwie die ganze Zeit da gewesen war. Wo hielten sich Dressa, Shali und Jono gerade auf? Hatten sie bereits das Nordmoor verlassen, um Burugiyels Würmer nach Süden zu bringen? Oder hatte Geldon sie holen lassen? Ich wünschte, ich hätte Blana danach gefragt. Und ich wünschte, ich könnte irgendetwas tun. Aber ich saß hier fest. Und morgen würden Gildenagenten kommen und mich nach Itelgo bringen, das wusste ich vom Fühlweber der Frühschicht. War Kordian gebunden worden, weil ich Chingistiril nicht mehr zur Verfügung stand? Seit ich in dieser Zelle saß, war der Kontakt zu dem Astralwesen abgerissen, keine Visionen mehr, und Blana war nur wegen Kordian gekommen. Offenbar hatte man mich aufgegeben. Mein Magen verknotete sich. Und die Gilde würde unerbittlich sein.

Das Burugiyel-Fragment pulsierte.

Kordian drehte sich zu mir um, mit einem Gesicht so hart und entschlossen, wie ich es noch nie bei ihm gesehen hatte. „Hör zu, Gavandon", sagte er, „ich habe wirklich versucht, eine Entschuldigung zu finden für das, was du hier veranstaltest. Aber es ist mir nicht gelungen, deshalb ..."

„Warte", unterbrach ich ihn. Himmel, er durfte sich jetzt nicht von mir abwenden.

Doch er hob die Hand. „Nein, lass mich ausreden, dies hier fällt mir nicht gerade leicht. Ich habe keine Ahnung, wie du mich trotz Silbernetz manipulieren kannst, ich weiß nur, du tust es. Und das lasse ich mir nicht länger bieten, verstanden? Darum werde ich jetzt gehen. Ich wünschte, die letzten Wochen hätten dich nicht in etwas verwandelt, das ich verabscheue. Ich bin nur froh, dass du bereits in dieser Zelle sitzt, andernfalls müsste ich dich selbst der Gilde übergeben. Vergiss nicht, ich bin Fühlweber. Mit so jemandem wie dir kann und will ich nichts zu tun haben, selbst wenn du mein Bruder bist." Damit wollte er sich auf den Weg zum Ausgang machen.

Ich stellte mich ihm in den Weg und hob beschwichtigend die Hände. „Wie oft soll ich es noch sagen, ich beeinflusse dich nicht. Das würde ich niemals tun. Du solltest mir endlich zuhören."

Doch er versuchte nur, sich an mir vorbeizudrängen.

Ich ließ ihn nicht. „Hat man dich eigentlich gelehrt, Lügenwellen zu erkennen?", fragte ich stattdessen. „Dann prüfe doch, ob ich die Wahrheit sage. Du bist von einem Astralwesen gebunden worden." Ich packte beschwörend seine Schultern. „Das ist eine große Ehre. Du und Blana seid jetzt Alte Weise, die ersten bei uns Menschen, wenn man von Dressa und Shali absieht. Und genau wegen den beiden brauche ich deine Hilfe."

Er schlug meine Hände weg. „Vergiss es, Brüderchen, ich habe genug von dir, endgültig!" Dann schob er mich zur Seite und marschierte zur Tür.

„Halt sofort an!" Ich packte ihn an seiner Jacke. „Du willst also die Würmer ins Land lassen? Obwohl du Grenzer bist?"

Das immerhin stoppte ihn. Er drehte sich zu mir um.

Versöhnlich machte ich einen Schritt auf ihn zu. „Bitte, Kordian, ich weiß ziemlich genau, wie du dich fühlst. Aber du musst mir endlich zuhören. Ich brauche dich. Wenn wir Burugiyels Würmer nicht ..."

Der Obsidianklumpen explodierte geradezu in seinem Käfig. Schlagartig leuchtete Kordians Halo auf. „SCHWEIG AUF DER STELLE!" Seine Hand schlug auf meinen Mund.
Erschrocken wich ich zurück.
„SENKE DEIN SILBERNETZ!", dröhnte Chingistiril.
Ich öffnete meinen Schutz, ich konnte nicht anders.
Kordian nahm das Öl vom Tisch und hielt es mir unter die Nase. „Ich wollte dich darauf vorbereiten, Hüter-Bei, aber es muss leider sofort sein", sagte er.
Grelles Weiß drang in mich ein und schwemmte die Außenwelt davon. Meine Beine knickten unter mir weg. Ich spürte, wie Hände mich auffingen und aufs Bett legten, dann war da nichts mehr außer zahllosen Stimmen und einem überwältigenden Gefühl der Macht. Ich konnte nicht anders, ich gab mich ihm hin.

Achtundzwanzig
15. April 467 n. L.

Weiß durchströmte mich, meine Synapsen, meine Zellen, jede Nervenfaser bis hinunter zu den Fingerspitzen und Zehen. Es öffnete meinen Geist und lud mich ein, danach zu greifen. Ich schmeckte tausend Geigen, ich hörte den betörenden Duft von Ambrosiamalven, ich roch Farben wie nie zuvor, ich sah Klänge in vollendeter Harmonie und tausend kundige Hände prickelten über meine Haut, alles zugleich, alles Teil einer fulminanten Sinfonie. Macht erfüllte mich, Macht, wie ich sie noch nie zuvor in meinem achtzehnjährigen Leben gekannt hatte.

Gleichzeitig strömte Wissen in mich ein, uraltes Wissen, Kenntnisse über das Wesen dieser Welt, die Entwicklung des Lebens, über die Fähigkeiten eines Geistes und den Umgang mit ihnen. Die Grenzen zwischen uns, Hüterin und Mensch, verschwammen, ich war Chingistiril und sie war ich.

Ich erinnerte mich, wie sich der Kharvush in die Höhe faltete und wie vor Äonen der Krieg gegen Burugiyel das fruchtbare Land nördlich davon verwüstete.

Ich überspannte mein gesamtes Territorium, nicht nur meinen Dschungel weit im Süden, der den Menschen versperrt blieb, sondern auch das Bergland darüber an der Südflanke des Kharvush, östlich davon das große Flussdelta und die Meeresküste, dann das weite Tal inmitten des Gebirges, das die Menschen sich mit geflohenen Trilgesh aus dem Nordmoor teilten, und schließlich im Norden das ehemals verwüstete Land am Therion, das von den Siedlern wieder zum Leben erweckt worden war.

Ich sah zu, wie das Raumschiff landete und wie die Fremden diese Gebiete in Besitz nahmen, die ich ihnen überließ.

Ich wusste plötzlich, was das Wort Liebe bedeutete.

Ich kannte jetzt besser als jeder andere meine Gabe, wie man sie anwendete und wie man sich schützte.

Ich hatte als Erscheinungsbild eine weibliche Trilgesh gewählt, weil Mütter mir heilig waren.

Ich entdeckte, was es bedeutete, sich nur auf zwei Beinen fortzubewegen und durch Töne aus dem Mund zu verständigen.

Das meiste von all dem Neuen leitete ich in mein – unser – Unterbewusstsein. Wenn diese Verschmelzung sich wieder trennte und der Mensch in mir allein zurückblieb, sollte all das Wissen nur nach und nach an die Oberfläche seines Bewusstseins gelangen. Mein neuer Hüter-Bei war kein Trilgesh und erlebte diese Welt gerade völlig neu. Derart geballte Erfahrungen mochten ihn überfordern, weil die Hüterin in mir ihn genauso wenig hatte vorbereiten können wie seinen Bruder.

Dennoch, es erstaunte, wie leicht wir uns verbanden. Menschen waren Einzelwesen, die weder ihre Gedanken tauschten noch sich jemals mit anderen verknüpften. Hüter und Trilgesh dagegen lebten in enger geistiger Gemeinschaft. Doch jetzt plötzlich wurden auch die Ähnlichkeiten zwischen uns offenbar. Neugier, der Wunsch nach Sicherheit und Zufriedenheit, aber auch Zorn, Eifersucht und Angst leitete uns, ein fast identisches Spektrum aus Empfindungen. Ich spürte sofort diese Harmonie, dieses unkomplizierte Ineinandergleiten. Das, was unsere plötzliche Verschmelzung notwendig gemacht hatte, konnte ich auf der Stelle erledigen.

Nach nur wenigen Sekunden erreichte ich Burugiyels Fragment und umhüllte sein Gefängnis mit einem ausreichenden Vorrat meiner Fäden. Der nackte Kokon, der den Feind einschloss, sperrte nur Gavandons Gedanken aus, doch keine seiner Sinneswahrnehmungen. Mein Widersacher war immer noch in der Lage, zu hören und zu sehen. Das musste ich stoppen, um unsere nächsten Schritte geheim zu halten. Ehe Burugiyel irgendetwas begriff, begann ich bereits, ihm unverfängliche Wahrnehmungen vorzugaukeln. Jetzt konnte er nichts mehr von unseren Plänen erfahren und Gegenmaßnahmen ergreifen.

Als Nächstes versuchte ich, der Verwirrung Herr zu werden.

Mein menschliches Ich stritt mit der Hüterin in mir, was eine gewisse Spaltung meiner Persönlichkeit zur Folge hatte. Chingistiril erforschte die ungefilterten, menschlichen Sinneseindrücke, roch die Ausdünstungen, die fremd und trotzdem so vertraut waren. Sie hörte Kordians Stimme zu, als er einen Laut von sich gab, unglaublich tief und dröhnend, doch erstaunlicherweise nicht schmerzhaft in den Ohren. Und sie blinzelte vorsichtig in das grelle Licht, das man hier in die Behausungen ließ, das aber nicht den Augen wehtat.

Gleichzeitig entdeckte sich Gavandon neu. Wir, nein, ich kontrollierte meinen Alten Weisen im Augenblick genauso wie meine beiden Hände. Und es entstand ein seltsames, irgendwie aufgespaltenes Gefühl, als Kordian, mein Bruder, meine Hand, mein Mund, meine Augen, mich ansah. Einerseits beobachtete Gavandon dessen vertrautes Gesicht, andererseits durch Kordians Augen sich selbst. Plötzlich sah er sich so, wie es andere Menschen taten, seitenverkehrt. Er kannte seine Nase mit einer leichten Neigung nach rechts, jetzt strebte sie in die entgegengesetzte Richtung. Und im Spiegel wölbte sich seine linke Braue ein wenig höher, jetzt tat es die andere.

Dann blickte ich auf und sah mich um. Alles hier befand sich auf dem Boden, Sitzgelegenheiten, Tische und andere Gegenstände. Oben unter der Decke dagegen war alles seltsam nackt, nirgends ein Gitter, um sich daran festzukrallen.

Wieso ein Gitter?

Auf einmal erinnerte ich mich an die Trilgesh, die am Pass kopfüber unter den Felsen gehangen hatten. Krch-krch.

Wer beherrschte diesen Geist, Mensch oder Hüterin?

Ich beschloss, dieser Frage nachzugehen, indem ich die Spaltung noch ein wenig beibehielt. Um es dem Menschen in mir leichter zu machen, benutzte ich Wörter, anstatt mich mit meinem Alten Weisen auf die geistige Art zu verständigen. Am liebsten hätte ich Kordian sogar freigegeben, weil ihn meine Übernahmen wütend machten, aber ich brauchte ihn noch für einen Moment. „Wie fühlst du dich, Hüter-Bei?", ließ ich ihn also fragen.

„Hüter-Bei?" Wie vorgesehen nutzte der Mensch in mir zur Antwort seinen angestammten Körper.

Kordian, der Mund, sagte: „So wirst du ab jetzt genannt. Es gibt nur wenige, mit denen ich mich je verschmolzen habe." Dann holte ich das Wissen um die lange Geschichte der Hüter-Bei aus meinem Unterbewusstsein. Bei den Trilgesh verehrte man sie zutiefst, mehr noch als die Alten Weisen, denn sie waren nicht nur Werkzeuge, sondern eine Zeit lang ich selbst gewesen. Auch nach Jahrtausenden hatte man keinen Einzigen von ihnen vergessen.

„Ich bin kein Trilgesh", sagte der Mensch in mir.

„Trotzdem bist du ein würdiger Hüter-Bei." Ich rief mir die Gründe für diese Verschmelzung ins Bewusstsein. Gavandon war der Einzige, der je einem Hüter widerstanden hatte, sowohl vor als auch nach seiner Bindung. Er hatte selbst eine Barriere gegen den Feind gewoben, die sogar eine Weile standhielt. Diese unglaubliche Kraft brauchten wir, um Burugiyel entgegenzutreten. Und da er nicht mehr gebunden werden konnte, durfte ich mich mit ihm vereinigen.

„Mein Bruder soll mich also nicht ersetzen?", fragte der Mensch in mir.

„Nein, natürlich nicht", versicherte Kordian, der Alte Weise. „Heute Nacht schon werden du und ich die Garnison verlassen und zurück ins Nordmoor reiten. Die Zeit drängt. Noch hat niemand die Grenze mit Würmern im Gepäck überschritten, aber die Fermin-Schwestern, die Alten Weisen des Feindes, planen bestimmt schon ihren nächsten Angriff. Wir werden ihnen zuvorkommen und sie aus Burugiyels Gebiet holen. Und wir werden das Gestüt niederbrennen, damit nie wieder jemand verlockt wird, dorthin zurückzukehren. Doch das ist gefährlich. Kordian wurde gebunden, weil Blana jetzt Mutter ist und dem nicht mehr ausgesetzt werden darf."

Eine Wehe durchströmte mich und ich blendete sie aus. Doch dann, ohne Vorwarnung, entdeckte der Mensch in mir den Preis für diese Verschmelzung. Sein Geist krümmte sich, erstarrte so, dass ich Mühe hatte, ihn zu halten, und ließ sein Herz ein paar Schläge aussetzen, ehe ich es wieder in Gang brachte.

Sofort ließ ich Kordian versichern: „Keine Sorge, du wirst nicht scheitern, du bist der Hüter-Bei." Und wünschte, mich würden nicht diese Bilder überschwemmen, voll von Bergen aus Leichen und Tierkadavern, von zerfallenden Gebäuden, verdorrten Feldern und Hainen. Bis ins Mark wurde ich erschüttert, Empfindungen des Menschen. Ich hätte diese Spaltung nicht zulassen dürfen, jetzt riss sie weiter auf. Ich wünschte, ich besäße Gewissheit über den Ausgang unserer Expedition. Aber soweit konnte ich nicht in die Zukunft blicken.

„Versteh doch", ließ ich Kordian, meinen Alten Weisen flehen. „Würmer dürfen die Grenze nie wieder passieren. Ich bin sonst gezwungen, in meinem Gebiet Luft und Wasser für alles Irdische zu vergiften. Ich musste es schwören. Aber das wird nur geschehen, wenn wir Dressa und ihre Schwester nicht einfangen können."

Trotzdem blieb das Entsetzen. Der Mensch in mir verströmte Bild auf Bild: Mam leblos am Boden, Familien, die sich im Tod umarmten, leere Straßen, durch die führerlose Hinjets und Rennechsen stampften, von Winterstürmen beschädigte Gebäude, die niemand mehr reparierte. Nichts würde übrig bleiben, kein Mann, keine Frau, kein Tier, keine Pflanze. Und am Ende gab es nur noch Staub, den der Wind verwehte.

Der Alte Weise nahm seinen Bruder in den Arm.

Der Mensch in mir versteifte sich und kapselte seinen Geist ab.

„GENUG!", dröhnte Kordian, der Alte Weise.

Zum Glück öffnete sich der Mensch wieder unter diesem Zwang und sofort füllte ich Zuversicht in seinen Geist, lud ihn ein, wieder nach mir zu greifen. Und, beim Weltenschöpfer, ich hatte Erfolg. Meine Entschlossenheit vertrieb Gavandons Angst, langsam zwar, aber ich blieb hartnäckig. Irgendwann schließlich war es geschafft, meine beiden Teile verwoben sich wieder und wurden vollständig eins. Keine Spaltung mehr. Hüter vereint mit Hüter-Bei, wieder ein Ganzes. Höchste Zeit, meinen Alten Weisen freizugeben. Ich zog mich aus Kordian zurück, richtete mich auf und schaute ihn an.

Er schwankte leicht und sein Gesicht verfinsterte sich.

Ich hob die Hand und sagte: „Warte, ehe du mich wieder anschreist. Ich möchte mich bei dir entschuldigen. Ich weiß sehr genau, was ich dir antue, aber ich hatte keine Wahl. Du hast selbst die letzten Minuten erlebt und weißt, dass ich recht habe."

Er ballte die Fäuste. „Und du glaubst, damit kannst du dich reinwaschen? Nur mit ein paar schönen Worten? Gavi, du hast mir meinen Körper gestohlen! Weißt du eigentlich, wie sich das anfühlt?"

Ich stand auf, um ihm auf Augenhöhe zu begegnen. „Leider nur zu gut. Mir ist dasselbe zugemutet worden, nur dass ich in dem Zustand, anders als du, Furchtbares tun musste, Dinge, für die ich mich abgrundtief schäme. Du hast selbst erlebt, wie sehr mich das alles aus der Bahn geworfen hat. So gesehen bewundere ich dich, wie gut du damit umgehst."

Er sah mich an. „Deshalb warst du vorhin so neben der Spur?"

Ich nickte. „Und leider hast du mir nicht zugehört, als ich dir alles erklären wollte."

„Weil du mich manipuliert hast. Mit deiner Gabe. Obwohl ich mein Silbernetz benutze. Weshalb?"

„Himmel noch mal!" Ich schloss die Augen und atmete ein paarmal tief ein und aus. „Warum bist du nur so stur?" Ich versuchte, nicht allzu wütend zu klingen. „Du machst damit alles nur noch schlimmer. Und vergiss nicht, ich selbst muss mit ein paar Sachen fertig werden. Für mich wird nichts mehr so sein wie bisher. Und obendrein macht man mich verantwortlich für unser Weiterleben hier auf Nouworld." Ich ging einen Schritt auf ihn zu. „Ich brauche deine Hilfe. Vergiss für einen Moment, was die Gilde dich gelehrt hat. Akzeptiere endlich, dass diese Welt anders ist, als du sie kennst."

Als Antwort gab er einen Laut von sich, der mir seine ganze

Verachtung zeigte, ballte die Fäuste, schob sich an mir vorbei und machte sich auf den Weg zur Tür.

Plötzlich drangen Geräusche zu uns herein. Draußen auf dem Gang wechselte die Wache – und die vorhergesehene Zukunft änderte sich. Ein neuer Fühlweber hatte die Abendschicht übernommen, eine gute Wendung für meinen Bruder und auch für mich. Das Treffen mit dem Mann würde Kordian ablenken und beruhigen. Und mir verschaffte es eine kleine Atempause, in der ich meinen Alten Weisen nicht mit aller Kraft von falschen Entscheidungen abhalten musste. Ich war jetzt Mensch genug, um zu wissen, wie dringend ich so etwas brauchte.

Doch ganz so schnell durfte die Begegnung nicht stattfinden. Kordian war noch nicht bereit, mich zu unterstützen. Rasch bildete ich einen Geistfühler aus und senkte ihn in meinen Bruder. Wenn ich ihn nicht ganz verlieren wollte, musste ich in der nächsten Zeit unbemerkt seine Gedanken überwachen.

Wie erwartet stand sein Silbernetz wie eine Wand. Ich stieß hindurch, als bestände sie aus Nebel, und drang behutsam in sein Bewusstsein vor. Dort fand ich ein wütendes Stakkato aus Worten: *Das kann nicht sein, niemals, das kann nicht sein!* Und eine Sorge trieb ihn um, die ich zwar spüren, aber nicht zuordnen konnte. Äußerlich gab er sich ruhig, doch sein Inneres glich einem Orkan. Er hob die Hand, um an die Tür zu klopfen und dem Wächter anzuzeigen, dass er hinaus wollte.

„Geh nicht, bitte", sagte ich und pflanzte diesen Wunsch gleichzeitig in seine Gedanken.

Sofort ließ er die Hand sinken und stand einen Moment schwer atmend da. *Das kann nicht sein, niemals, das kann nicht sein!* „Also schön", knurrte er. „Dann sag, was du zu sagen hast, damit du endlich Ruhe gibst."

Ich sah ihm gerade in die Augen. Zum ersten Mal wurde mir bewusst, dass ich zu meinem Bruder nicht mehr aufschauen musste, sondern ihn mittlerweile ein Stück überragte. „Lass mich noch mal wiederholen: Ich benutze meine Gabe nicht gegen dich, das würde ich niemals tun. Das kann ich sogar beschwören", versicherte ich nachdrücklich.

Seine Fäuste lockerten sich und Hoffnung weichte seine Abwehr auf. Oh ja, er *wollte*, dass ich die Wahrheit sagte. Doch das vertrug sich nicht mit dem, was man ihm von klein auf eingetrichtert hatte. *Das kann nicht sein, niemals, das kann nicht sein!* Fühlweber wie ich durften nicht geschont werden. „Bis jetzt erlebe ich aber was völlig anderes, Brüderchen", knurrte er grimmig. „Du behauptest das Ganze doch nur. Um mich zu überzeugen, musst du dich schon etwas mehr anstrengen."

Ich nickte. „Werde ich, sobald Zeit dafür ist, versprochen. Und du solltest unbedingt Pas Tagebuch lesen. Aber zuerst muss ich dir erklären, was wir zu tun haben." Wieder zerrten Bilder von Leichenbergen an meiner Einheit. „Du bist gebunden worden, um mich ins Nordmoor zu begleiten."

Er kniff die Augen zusammen. „Ins Nordmoor? Was soll das?"

„Lies Pas Buch. Genau dahin müssen wir", sagte ich. „Zwei Frauen müssen dort herausgeholt werden, Dressa und Shali Fermin. Wenn sie dortbleiben, sind wir alle in großer Gefahr." Gleichzeitig versuchte ich, hinter sein Wort-Stakkato zu kommen.

Plötzlich weiteten sich seine Augen. „Was sagst du da?", fragte er höchst alarmiert.

Das Stakkato riss auf. Es erschien eine Erinnerung an die Seherin, die meinen Bruder begleitete. Sie umklammerte mit behandschuhten Händen ein Stück Papier, warf in Trance den Kopf in den Nacken, verdrehte die Augen bis zum Weißen und prophezeite: *Auf dieser Welt sind wir alle in Gefahr. Wer uns retten will, muss den Feind aufhalten. Der Schlüssel ist Gavandon.*

Heiliger Weltenschöpfer, mein Bruder war bereits gewarnt! Die Seherin hatte den Beschluss von uns Hütern geweissagt. Leichenberge und Verzweiflung. Allerdings ahnte Kordian davon nichts, seine Sorge galt eher mir als dem Schicksal der Menschen – oder hatte es bis heute getan. *Der Schlüssel ist Gavandon.* Wegen dieser Prophezeiung war er nach Itelgo gekommen, nicht nur wegen Pas Brief. Er hatte mir beistehen wollen.

Und dann hatte ich ihn gebunden. Kein Wunder, dass er jetzt glaubte, ich selbst wäre die Ursache. Je mehr ich ihn in der letzten Stunde überzeugen wollte, desto mehr wuchs sein Entsetzen. Sein kleiner Bruder war für all das verantwortlich. *Das kann nicht sein, nein, das kann nicht sein.* Besser ich sorgte dafür, dass er diese Angst vergaß.

Ich drang durch den Riss im Stakkato, suchte den Klumpen in seinem Geist und begann, die Verschlingungen zu glätten. Und entdeckte, dass mich neben dem Wächter der Abendschicht eine weitere Person unterstützen konnte. Um Kordian Raum zu geben, ging ich zurück zum Bett, setzte mich und sah ihn an. „WÄRE JETZT NICHT DIE PERFEKTE GELEGENHEIT, DEINE SEHERIN ZU RUFEN?", fragte ich mit fast unhörbarem Zwang in der Stimme.

Es wirkte besser als gehofft. Sehnsucht weitete seine Empfindungen. Verblüfft machte er einen Schritt auf mich zu und sah auf mich herunter. „Wie bitte?", fragte er.

Ich lächelte zu ihm hoch. „Hat sie dich nicht die ganze Zeit begleitet, weil sie mir prophezeien wollte?"

„Woher weißt du das?" Er verengte die Augen.

Ich erwähnte nicht, dass ich im Augenblick mehr als sein Bruder war. Er wollte es verdrängen, dann sollte es so sein. „Erinnerst du dich nicht mehr? Neulich im Gasthaus hast du es mir selbst erzählt", sagte ich. „Und jetzt sind wir alle wieder beisammen. Hol sie am besten gleich, die Gelegenheit ist günstig." Und spürte zufrieden, wie seine Sehnsucht weiter wuchs.

„Du überraschst mich wirklich, Gavi", sagte er. Aber dann ging er zur Tür. Diesmal ließ ich ihn klopfen.

Es öffnete der erwartete Fühlweber. Mein Bruder erblickte den Mann und riss erstaunt die Augen auf. „Ross!", rief er aus. „Was machst du denn hier? Ich denke, du bist in Brandberg stationiert."

Zufrieden lehnte ich mich zurück und senkte einen zweiten

Geistfühler in Kordians alten Freund. Ich war nicht nur Mensch, sondern auch Hüterin. Beziehungen hatten mich schon immer interessiert, besonders die, die ich nicht kannte. Und diese versprach sogar eine gewisse Exotik. Bisher hatte ich mich nie getraut, meine Geistfühler bei den Fremden zu erproben. Aber jetzt wusste ich, wie leicht der Umgang mit ihnen fiel. Solche Beobachtungen erforderten viel weniger Energie als das Sortieren all der Ereignisse, die über meine menschliche Hälfte hereingebrochen waren. Ich konnte mich auf das eine konzentrieren, ohne das andere zu lassen. Also schlug ich die Beine übereinander, wandte mich den Dingen der vergangenen Stunde zu und studierte gleichzeitig mit einem Teil meines Selbst die Geschehnisse im Raum.

„Hallo, Kordi", sagte der Fühlweber und grinste. „Ich habe schon gehört, dass du hier bist." Er kam in die Zelle und schloss sorgfältig die Tür.

Mein Bruder kannte den Mann aus seiner Internatszeit. Er freute sich über das Wiedersehen, aber es mischte sich auch ein kleiner Misston darunter, eine argwöhnische Wachsamkeit.

Der Fühlweber deutete auf mich. „Sie brauchen mich wegen dem da. Der missratene Bengel muss rund um die Uhr bewacht werden und die Kollegen hier haben noch andere Pflichten."

Unmut regte sich in Kordian. „Pass auf, was du sagst, Ross. Du sprichst über meinen kleinen Bruder", warnte er seinen alten Freund.

Diese Reaktion verwunderte meinen Wächter. Doch er wollte keinen Streit. „Tja, man kann sich seine Verwandten nicht aussuchen", gab er friedfertig zurück.

Kordian legte einen Arm um seine Schulter. „Wir sollten mal wieder zusammen einen trinken gehen, was meinst du?", sagte er. „Außerdem möchte ich dich um einen Gefallen bitten. Nebenan hilft Hanide Ulevin bei der Geburt. Würdest du sie wohl holen? Ich brauche sie hier."

Jetzt wusste ich, wieso Kordian trotz aller Freude über das Wiedersehen so argwöhnisch und wachsam war. Es hatte mit der Seherin zu tun.

Der Fühlweber starrte meinen Bruder an. „Hanide Ulevin? *Unsere* Hanide Ulevin? Die ist auch hier?"

Kordian nickte. „Ich habe sie endlich rumgekriegt. Wir werden heiraten." Es war ihm wichtig, dies so schnell wie möglich zu verkünden.

Der Fühlweber boxte meinem Bruder ehrlich erfreut an die Schulter. „Echt jetzt? Glückwunsch, Alter. Was ist passiert? Früher hast du dich doch nie bei ihr getraut."

Kordian grinste schief. „Weil du mir dazwischengefunkt hast. Aber als ich sie vor einem Jahr wiedertraf, war von dir weit und breit nichts zu sehen. Zum Glück, du alter Charmeur. Sei so nett und hole sie, ja. Und lass gefälligst deine Finger von ihr."

Der Fühlweber wurde schlagartig ernst. „Kann ich nicht. Du durftest nur zu dem da, weil du sein Bruder bist und obendrein einer von uns. Aber eigentlich soll er keinen Kontakt haben. Befehl vom Leftent."

„Och komm schon, Ross. Früher warst du lockerer. Ich versichere dir, mein Bruder wird ihr nichts tun. Glaub mir doch endlich."

Oha, Lügenwellen! Kordian war trotz seiner Beteuerungen immer noch nicht überzeugt. Schnell glättete ich weitere Knotenschlingen in seinem Geist.

Und spürte, wie solche Fähigkeiten mir zunehmend gefielen. Ich wusste, dass vieles davon mit der Verschmelzung wieder verschwinden würde, doch es blieb auch etwas zurück, das Schildnetz zum Beispiel, das ich bei unserer Flucht schätzen gelernt hatte.

Der Fühlweber fauchte wütend: „Ich – missachte – keine – Vorschriften!" Rasch dämpfte ich seinen Zorn. Dennoch wandte er sich zum Gehen.

„Ich kann mich aber noch sehr gut erinnern, wie du trotz Verbot den Gildencampus verlassen hast. Mehrere Male!", sagte Kordian.

Der Fühlweber schaute über die Schulter. „Früher war früher", knurrte er. „Heute ignoriere ich keine Befehle mehr, nicht mal für dich."

Mein Bruder verlegte sich aufs Bitten. „Himmel, Ross, du kennst mich doch. Ich bringe niemanden in Gefahr, schon gar nicht Hanide. Ich verspreche, ich weiche keinen Schritt von ihrer Seite. Komm schon, Kumpel, es ist wirklich wichtig, dass sie Gavandon prophezeit."

Der Fühlweber, der gerade seinen Schlüssel ins Türschloss stecken wollte, fuhr herum. „Wie bitte, was will sie? Krieg das endlich in deinen Schädel, Kordi! Der da braucht keine Weissagung mehr, der wird in ein paar Tagen ausgebrannt."

„Aber es ist wirklich wichtig!" Verzweifelt suchte Kordian nach einer plausiblen Erklärung, ohne zu viel preiszugeben.

Es wurde Zeit, meinem Bruder zu helfen. Mit Wucht setzte ich meine Stimme ein. „HOLEN SIE AUF DER STELLE DIE SEHERIN."

Sofort salutierte der Fühlweber. „Jawohl", sagte er und verschwand durch die Tür.

Als er weg war, ließ Kordian sich auf den Stuhl fallen. „Himmel, Kleiner, was hast du jetzt schon wieder getan?", fragte er unglücklich. „Ross und ich sind Grenzer. Wir können besser mit unseren Silbernetzen umgehen als viele andere. Und trotzdem lässt du uns nach deiner Pfeife tanzen."

Ich lächelte. „Du wirst es verstehen, das habe ich bereits versprochen. Hab nur noch ein bisschen Geduld. Denn jetzt gerade kommt deine Seherin."

Es klopfte.

Neunundzwanzig
15. April 467 n. L.

Hanide sah ein wenig abgekämpft aus. Ihre schwarzen Haare hatte sie zu einem unordentlichen Knoten zusammengenommen, aus dem sich etliche Strähnen lösten. Um ihre Augen lagen deutliche Schatten und ihre Baumwollhandschuhe, mit denen sie wie alle Seher die Hände vor zufälligen Berührungen schützte, hätten eine Wäsche dringend nötig gehabt.

Kordian war sofort bei ihr. „Alles in Ordnung, Hani?", fragte er besorgt. In seinem Geist verschwanden endgültig Wut, Entsetzen und Abwehr. Ich spürte etwas in ihm, das ich von meinen Trilgesh nicht kannte. Aber ich war auch Mensch genug, um es benennen zu können: Liebe. Ich hätte gern gewusst, ob es in der Seherin ähnlich aussah, aber bei ihr musste ich mit dem Geistfühler warten. Sie wollte mir weissagen und das interessierte mich noch mehr. Ein Geistfühler hätte möglicherweise ihre Gabe beeinträchtigt.

„Komm, setz dich hierher. Mach Platz, Gavi", sagte Kordian.

Bereitwillig rutschte ich auf dem Bett ein Stück zur Seite.

Hanide lächelte meinen Bruder an und strich ihm rasch über den Arm. „Keine Sorge, mein Großer, mir geht es gut und Blanas Baby auch. Der Heiler hat mich nur ständig hin und herrennen lassen. Danke, dass du mich gerettet hast." Mit einem Seufzer ließ sie sich neben mir auf die Pritsche sinken, rutschte ganz nach hinten an die Wand und legte die Beine schräg, dass nur noch die Fersen über die Kante hingen. „Ah, tut das gut."

Der Fühlweber war hinter der Seherin in die Zelle gekommen und hatte wieder die Tür verschlossen. „Das sollte ich melden", sagte er.

Hanide sah ihn an. „Was denn, Ross?"

Der Fühlweber grinste. „Dass du es dir hier bequem machst,

obwohl man dich nebenan braucht."

„Alte Petze." Hanide grinste zurück.

Kordian drehte den Stuhl mit dem Rücken zum Tisch, setzte sich, zog die Schuhe von ihren Füßen und begann zu massieren. „Wie du siehst, mein Lieber,", sagte er zufrieden, „hier ist alles besetzt. Besser, du machst es dir draußen auf deinem Platz vor der Tür bequem."

Der Fühlweber hob seine Brauen und drängelte sich dicht neben Hanide auf das freie Ende der Pritsche. „Was findest du eigentlich an diesem Langweiler?", fragte er sie und deutete auf meinen Bruder. „Erinnerst du dich nicht? Wir beide hatten doch viel mehr Spaß miteinander."

Sie nickte. „Tatsächlich, das stimmt." Kurz lächelte sie Kordian zu und fuhr fort: „Allerdings, alter Freund, finde ich Langweiler inzwischen richtig toll. Man muss nämlich keine Rivalinnen fürchten, was sehr erholsam ist. Die Sache mit Krista, Sabi und Nuria hast du sicher nicht vergessen."

„Die drei Schicksen?" Der Fühlweber machte eine wegwerfende Handbewegung. „Das war doch nichts. Du warst immer die Nummer eins. Och, komm schon, Hani." Er machte ein Gesicht, das einen Stein hätte erweichen können.

Die Seherin kicherte. „Herrje, Ross, du änderst dich wohl nie, was? Werde endlich erwachsen."

„Touché." Der Fühlweber fasste sich an die Brust und tat so, als würde er vom Bett kippen. Dann wurde er wieder ernst. „Und jetzt solltet ihr erklären, was wir hier tun. Wieso missachte ich meine Befehle und sitze mit euch in dieser Zelle?"

Kordian lächelte ihn an. „Das hat niemand von dir verlangt. Wie ich schon sagte, wir kommen auch ohne dich zurecht. Deshalb lass uns jetzt bitte allein."

Ich gab mir Mühe, ein unbeteiligtes Gesicht zu machen. Mein Alter Weiser sprang für mich in die Bresche. Wollte er den Mann nur deswegen wegschicken, weil er seine Konkurrenz fürchtete? Oder hatte er begriffen, welche Gefahr drohte, sollte der Fühlweber von uns Hütern erfahren? Inzwischen gab es schon genug

Menschen, die von uns wussten, alle Fermins, dazu meine beiden Alten Weisen und ich selbst. Wahrscheinlich würde auch noch die Seherin dazukommen, aber das konnte toleriert werden, sie gehörte zu meinem Bruder. Doch wenn der Kreis der Eingeweihten immer größer wurde, tilgten meine Nachbarn am Ende ohne meine Mithilfe alles Irdische von unserer Welt.

Erstaunt bemerkte ich, dass mich dieser Gedanke inzwischen weniger quälte als noch vor ein paar Minuten. Etwas Entscheidendes hatte sich in mir verändert. Wo war der Schüler geblieben, der sich wegduckte, wenn es schwierig wurde? Oder der Fühlweber, der Angst hatte, etwas Falsches zu tun? Früher hatte ich mich immer hinter anderen versteckt, aber eben hätte ich meinen Wächter selbst weggeschickt, wenn Kordian mir nicht zuvorgekommen wäre.

Leider ließ sich der Mann nicht vertreiben. Gerade wollte ich Kordians Bitte Nachdruck verleihen, als sich schon wieder die Zukunft verschob. Der Fühlweber konnte bleiben, die Seherin würde es sogar wünschen. Wenn er etwas aufnahm, konnte ich es aus seiner Erinnerung löschen, ehe es Schaden anrichtete. Und wenn er blieb, würde der Mann eine entscheidende Rolle bei meiner Flucht aus dieser Zelle spielen.

Wie erwartet beugte sich die Seherin vor und tippte an Kordians Hand. „Bitte, Schatz, ich brauche Ross für die Weissagung. Schick ihn nicht weg." Sie lächelte den Fühlweber an. „Und du, mein Lieber, weißt sicher, dass Seher und ihre Adlaten der Schweigepflicht unterliegen. Was in diesem Fall auch für dich gilt." Dann wandte sie sich mir zu. „Darf ich vorstellen, Gavandon? Der respektlose Kerl neben mir ist Rossman Kerby, ein alter Freund von deinem Bruder und mir. Da mein Adlatus nicht hier ist, brauche ich auch ihn für die Mitschrift. Ich hoffe, du hast nichts dagegen."

„Habe ich nicht." Zustimmend schüttelte ich den Kopf.

„Der da soll nur versuchen, mich rauszuwerfen", knurrte der Fühlweber. Dann sah er mit gerunzelter Stirn meinen Bruder und die Seherin an. „Was hat es überhaupt mit dieser Prophezeiung auf sich? Wieso ist sie euch so wichtig? Ich meine, er wird morgen schon abgeholt und danach ..." Er zuckte mit den Schultern.

Die Seherin grinste ihn an. „Woher willst ausgerechnet du wissen, was die Zukunft für Gavandon bereithält?"

„Ohne Weissagung kennst du sie doch genauso wenig", konterte der Fühlweber.

Hanide gluckste. „Herrje, Ross, immer noch so schlagfertig, was?"

„Und du, Hani, hast dich kein bisschen verändert." Die Mundwinkel des Fühlwebers zuckten.

„Dem Himmel sei Dank", gab die Seherin trocken zurück.

Kordian zwinkerte mir verstohlen zu, während er ihre Füße knetete.

Mit einem Wink beendete Hanide die Fußmassage, rutschte vor zur Kante der Pritsche und schlüpfte in ihre Schuhe. „Weißt du, Ross, ich muss unbedingt Gavandon prophezeien", sagte sie. „Schon seit drei Wochen jagen wir deswegen hinter ihm her."

„Aber weshalb?" Der Fühlweber schaute zu mir. „Er hat keine Zukunft, er wird ausgebrannt, verdammt noch mal."

Kordian fuhr hoch. „Das ist noch gar nicht gesagt." Er tauschte einen Blick mit Hanide. „Was meinst du, soll ich?"

Die Seherin nickte. „Auf jeden Fall. Keine Sorge, Schatz, wir können ihm vertrauen, ich weiß es."

Jetzt also musste ich aufpassen. Ich hielt beide Geistfühler in Bereitschaft. Wenn nötig, würde ich meinen Bruder stoppen und im Fühlweber die Erinnerung an Kordians Worte löschen.

Doch gleich darauf entspannte ich mich wieder. Mein Bruder hatte nicht die Absicht, über seine Bindung oder Astralwesen zu reden. Er wollte nur die Mitschrift der Prophezeiung vorlesen, die ich bereits aus seiner Erinnerung kannte. Darin stand nichts über uns Hüter.

Kordian zog ein Papier aus seiner Brusttasche, entfaltete es und las laut vor: „Auf dieser Welt sind wir alle in Gefahr. Wer uns retten will, muss den Feind aufhalten. Der Schlüssel ist Gavandon." Dann sah er seinen Freund an. „Jetzt weißt du, warum wir hier sind, Ross."

„Wow!" Die Augen des Fühlwebers wanderten zwischen uns dreien hin und her. „Stammt das aus einer Weissagung?"

Hanide nickte. „Ich trug dabei meine Handschuhe, Ross. Du weißt, was das bedeutet. Ich wollte einen von Kordians Briefen beiseite räumen und bin in Trance gefallen, kaum dass ich ihn berührte."

„Und ich war zum Glück dabei", ergänzte mein Bruder. „Ihr Adlatus hatte dienstfrei, also musste ich das Ganze aufzeichnen. Wie du siehst, war es nicht viel und der Wortlaut ist korrekt."

„Halt, langsam." Der Fühlweber stand auf. „Ihr behauptet, Hani hatte eine spontane Vision? Um was für einen Brief ging es dabei?"

„Um einen von meinem Stiefvater. Er hat ihn kurz vor seinem Tod geschrieben, aber ich konnte nicht mehr rechtzeitig darauf reagieren. Sonst säßen wir wahrscheinlich nicht hier."

Pas Brief! Natürlich!

Der Fühlweber stopfte die Hände in die Hosentaschen. „Aber wie soll das gehen ohne Adlatus? Jeder Seher nuschelt während der Trance. Und ohne Übersetzung durchblickt keiner das Gesagte."

Kordian seufzte. „Hast du mir nicht zugehört? Gerade habe ich erzählt, dass ich es durchaus konnte." Er wedelte mit dem Zettel. „Ich verspreche, man kann sie sehr gut verstehen. Wir brauchen niemand anderen. Je weniger Leute, desto besser."

Hanide nickte mit Nachdruck. Ich las in Kordians Erinnerung, dass sie dieses ebenfalls vorhergesehen hatte. Meine Hochachtung vor ihren Fähigkeiten stieg.

Der Fühlweber lehnte sich mit verschränkten Armen gegen die Tür. „Und wieso weiht ihr dann *mich* ein?"

„Du bist verschwiegen und ich brauche besser zwei Leute, die mitschreiben", sagte die Seherin.

„Und was ist, wenn du doch nuschelst, Hani?"

Gereizt wiederholte Kordian: „Sie spricht klar und deutlich."
Er betonte jedes Wort. „Du solltest sie hören, Kumpel, sie ist richtig gut. Eigentlich verschwendet sie hier im Norden ihre Gabe. Sie müsste in Itelgo arbeiten, dort würde sie reich."

Hanide kicherte. „Zu viel Stress, mein Großer. Und wie hätte ich dich treffen können, wenn ich den feinen Pinkeln in der Hauptstadt weissage."

Trotzdem blieb der Fühlweber skeptisch. Mit gerunzelter Stirn wanderte sein Blick wieder zwischen uns hin und her. Es war besser, wenn ich ein paar seiner Vorbehalte auflöste.

Sofort machte ich mich ans Werk – und spürte wieder, wie sehr ich das alles genoss. Ich beherrschte meine Gabe wie kein Zweiter und wusste inzwischen, warum diese Welt vor den Machenschaften des Feindes beschützt werden musste. Ich war sicher, dass ich die Menschen auf Nouworld retten konnte.

Kordian stand auf und sah Rossman Kerby an. „Komm schon, Kumpel, es ist wirklich wichtig. Wir sind in Gefahr und Gavandon ist der Schlüssel, das hast du eben selbst gehört. Der Schlüssel, Ross. Wir wollen wissen, was das bedeutet. Hanide *muss* weissagen. Na los, Alter, gib dir endlich einen Ruck."

Mit schief gelegtem Kopf schaute der Fühlweber ihn an. „Gut, Kordi, dann fasse ich mal zusammen. Dein kleiner Bruder ist ein Kopfbohrer, und zwar einer von der üblen Sorte. Du glaubst allerdings, dass es gar nicht so schlimm sein kann, weil er laut Prophezeiung die Welt retten muss. Richtig soweit?"

Kordian nickte. „Nicht ganz, aber fast."

Der Fühlweber machte einen Schritt auf ihn zu. „Und woher weißt du, dass diese Prophezeiung nicht das genaue Gegenteil bedeutet? Vielleicht ist dein Bruder ja selbst das Übel, von dem da gesprochen wird."

Verdammt, der Mann war schwerer zu knacken als eine Hammerfrucht. Prompt kehrte Kordians Stakkato zurück. Die Angst, dass sein Freund recht haben könnte, raubte ihm die Worte. Meine beiden Geistfühler begannen wieder, Knotenschlingen zu glätten.

„Ju-hungs!" Hanide stand auf, stellte sich zwischen die beiden und legte jedem eine Hand auf die Brust. „Schluss, ihr Streithammel. Bitte, Ross, sei so gut und tu einfach, was er sagt, ja? Und du, Liebster, beruhige dich." Sie schob beide ein Stück auseinander. Dann sah sie den Fühlweber an. „Hör zu, du Sturkopf, genau das ist die zentrale Frage. Deswegen sind wir hier. Wir müssen herausfinden, um was es geht und was Gavandon damit zu tun hat. Deshalb muss ich prophezeien."

Als Antwort darauf fixierte der Fühlweber mich. Ich begegnete seinem Blick so offen, wie ich konnte, und endlich gab mein Wächter nach. „Also schön", sagte er. „Dann solltest du dich aber beeilen, Hani, ehe jemand merkt, dass ich nicht auf meinem Platz sitze."

Die Seherin nickte. „In Ordnung. Wisst ihr, ich kann nicht arbeiten, wenn ihr beide kurz davorsteht, euch zu prügeln."

Kordian grinste. „Nie würden wir so etwas in deiner Gegenwart tun, nicht wahr, Ross?"

„Niemals", bestätigte der Fühlweber aus tiefster Überzeugung.

Hanide gluckste wieder. Dann verschob sie den Stuhl, bis seine Rückenlehne den Tisch berührte. „Gibt es hier irgendwo Stift und Papier?", fragte sie.

Der Fühlweber runzelte die Stirn. „Wozu?"

Hanide seufzte. „Das habe ich doch gesagt, für die Mitschrift natürlich. Ich muss wissen, was ich prophezeie. Und zu zweit werdet ihr bestimmt alle Details mitkriegen. Was der eine nicht aufnimmt, notiert der andere."

Der Fühlweber zuckte mit den Schultern und verschwand.

Sofort fuhr Hanide mit ihren Vorbereitungen fort. „Schatz, setz dich bitte auf den Tisch. Du weißt, wie", sagte sie.

Mein Bruder nickte, rutschte in die Mitte der Tischplatte und nahm die Stuhllehne zwischen seine Unterschenkel. Ich verstand, so konnten seine Knie Hanides Schultern stützen, wenn sie das Bewusstsein verlor.

Jetzt also war es soweit. Ich, die Hüterin in mir, würde zum ersten Mal selbst eine solche Prophezeiung erleben. Natürlich war ich Mensch genug, um den Ablauf zu kennen, aber dies hier war unmittelbarer. Ich sah voraus, dass Kordian danach uns Hüter leichter akzeptieren konnte. Und trotzdem blieb Rossman Kerby ahnungslos, wenn ich dafür sorgte.

Der Fühlweber kehrte zurück und reichte Kordian wortlos einen Stift und die Hälfte eines Papierstapels.

Hanide deutete auf das Fußende des Bettes. „Ross, bitte nimm dort Platz. Und pass auf, dass du Gavandon nicht berührst, verstanden? Das würde die Prophezeiung verfälschen."

Der Fühlweber nickte und setzte sich so dicht an den Rand, dass mein Bruder locker zwischen uns gepasst hätte.

Hanide machte es sich auf dem Stuhl zwischen Kordians Beinen bequem und streifte die Handschuhe ab. Dann deutete sie auf die Bettkante gegenüber ihren Knien. „Komm ein wenig näher, Gavandon. Bist du vertraut mit Weissagungen?"

Ich rückte zum angewiesenen Platz. „Vergangenes Jahr hatte ich eine", erklärte ich.

„Sehr schön, dann weißt du ja, dass du mich mit Fragen ein wenig steuern kannst, nicht wahr?"

Ich nickte.

Zufrieden hielt sie mir die nackten Hände hin. „Bereit?", fragte sie mit einem letzten Blick in die Runde. Dann griff sie nach mir und verschränkte ihre Finger locker mit meinen. Sie schloss die Augen, atmete tief ein und aus und ihr Oberkörper fing an zu pendeln. Ihr Griff wurde fester und fester, bis ich das Gefühl bekam, unsere Hände seien miteinander verwachsen. Plötzlich fiel sie zurück an die Stuhllehne. Ihr Kopf sank in den Nacken, aber Kordians Schoß verhinderte, dass sie den Hals überdehnte. Sie riss die Augen auf, nur noch Weiß war zu sehen. Ihr Griff wurde schmerzhaft.

Sie begann zu sprechen und sofort huschte Kordians Stift über das Papier. Neben mir raschelte es, also vermutete ich, dass auch der Fühlweber schrieb.

„Der Kampf gegen Burugiyel erfordert alle Kräfte", sagte die

Seherin mit klarer Stimme. „Grenzen müssen überschritten werden, sowohl Tabus als auch die Hylendberge. Dein Eingreifen, Mensch, Hüter-Bei und Feind in einem, wird eine wichtige Entscheidung herbeiführen. Die Bindung der Fermin-Schwestern wird mit deiner Hilfe zerschnitten."

Ich überwachte den Fühlweber und ersetzte einige der Worte durch etwas Unbedenkliches. Aber als Nächstes folgte der Teil mit dem drohenden Untergang der Menschen. Ich wünschte mir, die Seherin möge vage bleiben. Angst nützte im Augenblick niemandem.

„Und solltest du scheitern", sagte sie, „wird dadurch das Schicksal der Menschheit besiegelt."

Rasch gab ich durch meine beiden Geistfühler den Worten eine neue Bedeutung. Sowohl Kordian als auch der Fühlweber schrieben: *Solltest du scheitern, wird das Folgen nach sich ziehen.* Dann fragte ich, um das Thema zu wechseln: „Wie werde ich vorgehen?"

Wie erhofft nahm die Prophezeiung eine neue Richtung. „Du reitest mit deinem Bruder, der Seherin und deinem Onkel als Führer zum Gestüt", fuhr Hanide fort. „Als Hüter-Bei besitzt du das Schildnetz, das dir bereits geholfen hat. Ihr brennt das Gestüt nieder, damit nichts bleibt, das zur Rückkehr verleitet. Suche Burugiyels Menschen, sein Fragment wird dich leiten. Kehre mit ihnen zurück auf diese Seite der Grenze und zerstöre ihre Bindung."

Hanide schwieg, aber ihr Griff blieb schmerzhaft, ihre Haltung starr. Das Rascheln, mit dem die Stifte über das Papier glitten, erstarb.

Ich war beeindruckt, wie klar sie unsere nächsten Schritte vorhersah. Bisher hatte sie mir allerdings nichts Neues prophezeit, doch das war unwichtig. Ich hatte vielmehr gehofft, dass Kordian durch diese Weissagung endlich die Wahrheit über unsere Welt akzeptierte.

Gerade wollte ich das Ganze hier beenden, als meine menschliche Erinnerung mir zeigte, dass ich das nicht durfte. Gleichzeitig formte mein Bruder mit den Lippen: *Mach weiter.* Und Hanides Griff schmerzte immer noch. Gut, dann sollte es so sein.

„Was erwartet uns außerdem?", fragte ich und hoffte, dass der Blick der Seherin über meinen eigenen hinausging. Für mich schälte sich die Zukunft nach dem Eintreffen auf dem Gestüt erst langsam aus dem Nebel.

Die Seherin verstärkte ihren Griff. „Du kehrst zur Gilde zurück. Leben hängt davon ab", sagte sie. „Und vor dem Winter wirst du nach Winscar reisen. Du, der Hüter-Bei, wirst benötigt. Dir wurde nicht umsonst Wissen und Können geschenkt."

So tief also konnte sie in die Zukunft sehen? Menschen waren erstaunlich! Aber leider bekam ich nicht die gewünschte Antwort, vermutlich, weil ich die Frage zu ungenau gestellt hatte. Eigentlich wollte ich etwas über unser Vorgehen auf dem Gestüt wissen. Mittlerweile sah ich voraus, dass einer von uns dort sein Leben ließ, oder wenigstens fast, und dass er uns mit diesem Opfer einen entscheidenden Vorteil verschaffte. Aber ich konnte noch nicht erkennen, um wen es sich handelte, und wie ich dem begegnen sollte.

Gerade wollte ich meine Frage präzisieren, als Hanide vornübersank, ihr Griff sich lockerte und ihre Hände auf ihre Knie fielen. Es war zu spät. Kordian hielt sie, damit sie nicht vom Stuhl stürzte. Die Prophezeiung war beendet.

Schweigen breitete sich aus, dann sagte der Fühlweber: „Hat irgendjemand etwas von all dem begriffen?"

Mein Bruder achtete nicht auf ihn. Die Falte zwischen seinen Brauen war tief eingekerbt, während er seine Mitschrift studierte. Seine Augen blieben immer wieder an den Worten *„Mensch, Hüter-Bei und Feind in einem"* hängen. Ich spürte, wie sich die Puzzlesteinchen in seinem Bewusstsein neu ordneten. Sehr gut. Wenn er sich der Wahrheit weiter öffnete, würden die wenigen Verflechtungen zwischen ihm und mir bald wachsen. Doch bis dahin musste ich weiter vorsichtig mit ihm sein. Noch akzeptierte er seine Bindung nicht.

Hanide kam zu sich und streifte wortlos ihre Handschuhe über. Dann zog sie den Männern die Mitschriften aus den Händen und begann, sie aufmerksam zu lesen.

Die beiden ließen es geschehen. Kordian beobachtete mich, immer noch mit einer tiefen Kerbe zwischen den Brauen. Seine Hände lagen auf Hanides Schultern, was ihm half, ruhig zu bleiben. „Hüter-Bei", murmelte er fast unhörbar.

Der Fühlweber dagegen sah meinen Bruder an. Alles in ihm glich einem riesengroßen Fragezeichen. „Wer ist dieser Typ, dieser Bur..., wie hieß der noch?", fragte er.

Hanide antwortete, ohne von den Papieren aufzuschauen. „Geduld, Ross, ich sage es dir, sobald ich es herausgefunden habe."

Rasch senkte ich einen dritten Geistfühler in sie hinein. Und war erstaunt, wie wenig Sorgen ich mir um sie machen musste. Obwohl sie noch nicht alle Einzelheiten kannte, ahnte sie bereits eine Menge und vertraute gelassen darauf, dass sie den Rest zu gegebener Zeit erfuhr.

„Lasst uns die Mitschriften Stück für Stück durchgehen", schlug sie vor. „Auch ich verstehe nicht alles. Schatz, hast du eine Ahnung, was ‚Folgen nach sich ziehen' bedeuten könnte? Und bitte, Jungs, wir dürfen auch Gavandon nicht vergessen." Sie sah mich an. „Hast wenigstens *du* die Prophezeiung verstanden?"

Ich nickte. „Jedes einzelne Wort."

„Dann sag mir, wer der Kerl ist, nach dem Ross fragt", sie studierte die Papiere, „dieser Burugiyel. Solch einen Namen habe ich noch nie gehört."

Kordian schwang sein Bein über ihren Kopf, rutschte vom Tisch und griff nach ihrem Arm. „Hani, könnte ich dich draußen einen Moment allein sprechen? Lässt du uns bitte hinaus, Ross?"

Doch mein Wächter sprang auf und stellte sich mit verschränkten Armen vor die Tür. „Kommt nicht infrage. Erst muss ich wissen, was hier gespielt wird."

Kordian wedelte ungeduldig mit der Hand. „Alter, komm schon." Da Hanide inzwischen aufgestanden war, legte er den

Arm um ihre Taille. „Nur kurz. Wir sind gleich wieder da, versprochen."

Richtig so, er wollte ihr von der vergangenen Stunde berichten, was ihm helfen würde, mit seiner Bindung umzugehen. Ich sollte mich also besser einmischen. „*ICH ERKLÄRE IHNEN ALLES, SOR KERBY*", zwang ich den Fühlweber mit meiner Stimme. „BITTE GEBEN SIE DIE TÜR FÜR MEINEN BRUDER FREI."

Sofort machte der Fühlweber einen Schritt zur Seite und schloss auf. Im Hinausgehen warfen mir sowohl Kordian als auch Hanide einen Blick zu, mein Bruder beunruhigt, die Seherin erstaunt. Dann fiel hinter ihnen die Tür ins Schloss.

Ich sah den Fühlweber an und deutete auf den Stuhl. „BITTE NEHMEN SIE PLATZ, SOR KERBY, DIE GESCHICHTE IST EIN BISSCHEN KOMPLIZIERT", sagte ich mit leichtem Zwang.

Er setzte sich und ich vermittelte ihm die Wahrheit, die er kennen durfte.

reißig
16. April 467 n. L.

"Du hast dich verändert", sagte Kordian, während wir zu viert durch die Nacht trabten. Blana hatte genau zum richtigen Zeitpunkt ihre Tochter geboren und ihrem Mann befohlen, uns zu führen. Und Hanide begleitete meinen Bruder und mich. Wie vorhergesehen war dank Rossman Kerby unsere Flucht rasch und geräuschlos vonstattengegangen. Vier gesattelte Esel mit Proviant, Waffen und Rüstungen gegen die Steinwürfe der Trilgesh standen bereit und wahrscheinlich hatte auch der Wächter der Nachtschicht, der Kordians Freund hätte ablösen sollen, bisher keinen Alarm geschlagen. Wir hatten beide Fühlweber in der Starre gefangen zurückgelassen. Rossman Kerby hatte darauf bestanden, damit kein Verdacht auf ihn fiel.

Ich ignorierte die Feststellung meines Bruders. Viel zu sehr war ich damit beschäftigt, all das Neue um mich herum zu verarbeiten. Bisher, so fühlte es sich an, war ich blind durch die Welt gegangen. Doch jetzt registrierte ich jede Schrunde in den Rinden der Bäume, jeden Riss in den Steinen am Wegesrand. Es war aufregend und gewöhnungsbedürftig zugleich. Ich kannte selbst die kleinsten Einzelheiten von Chingistirils Land, und zwar bis in den hintersten Winkel, auch in Bereichen, in denen Trilgesh lebten und die ein Mensch noch nie hatte betreten dürfen. Ich war der Hüter-Bei, was mir inzwischen nichts mehr ausmachte, ganz im Gegenteil.

Begonnen hatte es, als mein Bruder mich kurz nach Mitternacht aus meiner Zelle holen wollte. Er hatte immer und immer wieder an meiner Schulter gerüttelt, aber mich zunächst nicht wach bekommen. Beide Teile meines Selbst bewegten sich längst durch die hellen Gefilde, die den Hütern vorbehalten waren. Ich spürte, dass die Rückkehr in meinen Körper verlangt wurde, doch ich wusste auch, dass damit die Verschmelzung endete. Nur allein, ohne meine andere Hälfte, durfte ich in meine Welt zurückkehren.

Natürlich bemerkte Chingistiril mein Zögern – und sie ließ mir keine Wahl. Ohne dass ich es verhindern konnte, begann sie mit der Trennung. Wie Öltröpfchen, die sich in einer Emulsion vom Wasser scheiden, glitt sie aus meinem Geist hinaus. Verzweifelt versuchte ich, sie festzuhalten, doch es trennte sich, was nicht zusammengehörte. Dann war ich wieder ich selbst, eine Blase im Geist der Hüterin. „Geh", sagte sie, „man braucht dich." Sie stärkte das Band, das mich mit meinem Körper verknüpfte, und es holte mich unaufhaltsam zurück. Es fühlte sich an, als würde ich vom Grund eines bodenlosen Sees an die Oberfläche gezogen.

Als ich schließlich die Augen aufschlug, erzeugte die Welt bisher ungehörte Klänge, roch und schmeckte anders, besaß Details, die ich noch nie zuvor bemerkt hatte. Ich war darauf vorbereitet, aber es tatsächlich zu erleben, war etwas ganz anderes.

Und ich wusste, ich würde mich auf völlig neue Art verständigen können. Telepathisch, so wie die Trilgesh. Am liebsten hätte ich das sofort an meinem Bruder erprobt. Er stand direkt neben der Pritsche und sah auf mich herunter. Ich hätte ihn ohne Weiteres erreichen können, er besaß die Gabe und sein Silbernetz stand nicht mehr zwischen uns. Aber Chingistiril hatte mich davor gewarnt. Kordians Bindung blieb fragil, trotz aller Versuche, ihn von den Vorteilen zu überzeugen. Außerdem war eine Mensch-zu-Mensch-Verständigung für meine Hüterin ungewohnt. Sie wollte mich begleiten, wenn ich meine ersten Versuche unternahm. Doch das ging nicht ohne Kordians Zustimmung.

Wir ritten mittlerweile recht langsam, die Esel waren erschöpft von dem scharfen Galopp, mit dem uns mein Onkel tief in die Berge getrieben hatte, immer auf der Suche nach einem Bachlauf oder einem Geröllfeld, wo wir keine Spuren hinterließen. Prim berührte bereits die westlichen Berggipfel und sein silberner Schein spendete mehr Schatten als Helligkeit. Und Seks rote Sichel hatte den Zenit ebenfalls längst überschritten. Zum Glück waren nur wenige Wolken unterwegs, sodass das erste Grau im Osten das schwindende Mondlicht ersetzte.

„Wir müssen hier entlang", sagte ich und deutete auf den Wildpfad, der nach rechts abzweigte.

Broder warf mir einen stirnrunzelnden Blick zu, bog aber ohne Kommentar auf den neuen Weg ein. Wir anderen folgten ihm. Bald darauf kamen wir an ein Geröllfeld aus losen, kleinen Schieferplatten. Wieder lenkte ich, ohne den Befehl meines Onkels abzuwarten, meine Stute weg vom Pfad und den Abhang hinauf. Ich wusste, wohin wir wollten und was hinter diesem Hügel lag.

Broder schwenkte ebenfalls vom Weg ab. „Herrje, Gavandon, wenn du dich so genau auskennst, warum habt ihr mich dann mitgeschleppt", grummelte er.

Richtig, um den Weg zu finden, hätten wir ihn nicht gebraucht. Doch ich ahnte, dass es ohne ihn nicht ging. Bei dem, was uns bevorstand, war seine Hilfe von Bedeutung, soviel wusste ich. Aber ich schwieg, ließ nur meine Stute vorsichtig neben ihm über die lockeren Steine hinaufklettern.

Oben auf der Kuppe hielten wir an, obwohl unsere Esel vorwärtsdrängten. Sie kannten den Ort, vermutete ich. Und ich konnte sie verstehen. Zu unseren Füßen öffnete sich im ersten Licht des neuen Morgens ein kleines Paradies. Wir blickten hinunter in ein winziges, windgeschütztes Tal. Links, an seinem einen Ende, speiste ein kleiner Wasserfall inmitten von Birken und Haselnusssträuchern einen Weiher, der wiederum in einen schmalen Bach überlief. Dieser floss vorbei an einer recht tiefen Nische unter einem Felsüberhang, fast schon eine Höhle, durchschnitt eine weitläufige, abgezäunte Koppel und verschwand dahinter in einem verfilzten Sterndorndickicht. Die Luft war erfüllt vom süßen Duft der blühenden Büsche und vom Murmeln des Wassers. Es war das perfekte Versteck. Hinunter gelangte man nur über den Pfad, der sich von der Kuppe aus in Serpentinen den steilen Abhang hinabschlängelte. Doch um den zu finden, musste man den Weg über das Geröllfeld kennen. Den anderen Zugang zum Tal, den entlang des Baches, versperrten zuverlässig die Sterndorne.

Broder drehte sich zu Hanide und Kordian um. „Dort unten werden wir den Tag über rasten", verkündete er. „Die Esel müssen sich erholen."

Aber nicht nur die. Auch wir Menschen waren erschöpft. Kein Wunder, Hanide war Assistentin des Heilers gewesen und hatte prophezeit, Broder hatte lange, nervenzehrende Stunden auf die Geburt seiner Tochter warten müssen und Kordian war wegen der Bindung durch ein Wechselbad der Gefühle gegangen. Außerdem hatte niemand von uns seit gestern Morgen mehr als ein bis zwei Stunden schlafen können. Wir alle brauchten dringend eine Ruhepause. Daher folgten wir bereitwillig Broders Hengst, der aus eigenem Antrieb den Weg hinabtrabte.

Offenbar wurde der Rastplatz regelmäßig benutzt. Unten angekommen entdeckte ich roh gezimmerte Sattelböcke und an der Felswand Bambusringe zum Anbinden der Esel. Den Boden hatte man großräumig geebnet, von Wurzeln befreit und es gab mehrere weiche Sandkuhlen unter dem Felsüberhang. Hinter ihnen, geschützt gegen die Witterung, lagerten zwei mit Planen abgedeckte Stapel. Brennholz, vermutete ich, denn es gab auch eine von Bänken umgebene Feuerstelle, so platziert, dass der Rauch abzog und trotzdem die Nische gewärmt wurde.

„Was ist das hier?", fragte Hanide, während sie sich am Sattelgurt zu schaffen machte.

„Hier schlafen wir, wenn wir unsere Esel zur Auktion nach Cellstein treiben", antwortete Broder und brachte seinen abgeschirrten Hengst zur Koppel. Wir anderen taten es ihm nach.

Ich war der Letzte, der seinen Esel auf die Weide entließ. Dann schloss ich das Gatter, blieb aber noch am Zaun stehen. Zum ersten Mal, seit Burugiyel mich gebunden hatte, fühlte ich mich vollkommen frei. Ich musste nicht mehr gegen die schwarze Obsidianwolke ankämpfen, man überforderte mich nicht mehr mit ungewohnten Aufgaben und die Schockstarre hatte mich endgültig verlassen. Inzwischen war ich sogar stolz auf das, was ich bei unserer Flucht aus dem Nordmoor geleistet hatte. Und meine Hüterin ließ mir die Wahl, meinen Auftrag zu erfüllen oder nicht. Als Hüter-Bei konnte ich ohne Probleme der Vernichtung entkommen.

Doch genau hier endete meine Freiheit. Ich war verantwortlich für den Fortbestand der Menschen. Wenn ich mich egoistisch vor dieser Pflicht drückte, könnte ich danach mit einer solchen Schuld niemals weiterleben.

„Ich habe erwartet, dass du so denkst, Hüter-Bei."

Die Worte, eigentlich mehr ein Strom aus Bildern und Emotionen, bildeten sich direkt in meinem Kopf, ohne dass ich etwas hörte. Telepathie, endlich.

Wissen stieg aus meinem Unterbewusstsein auf und ich begriff, dass man damit nur die äußeren Schichten erreichte. Ausschließlich bewusste Gedanken konnten gelesen werden, und das auch nur, solange kein Silbernetz den Weg versperrte. Und ich als Hüter-Bei konnte Antworten aktiv in jeden begabten Geist übermitteln. Doch Tiefen, wie ich sie als Hüter erreicht hatte, blieben mir jetzt verschlossen.

Ich drehte mich um. Mein Bruder kam lächelnd auf mich zu, sein breiter Halo leuchtete strahlend weiß. *„Versuche es selbst"*, forderte er mich auf und lehnte sich neben mich an das Gatter. Gemeinsam sahen wir den Eseln zu, wie sie am Bach soffen und sich dann weidend von uns entfernten. Eine Lerche stieg aus der Wiese hinauf in den Morgenhimmel und begann zu jubilieren.

„Ihr Menschen habt so wunderbare Geschöpfe auf unsere Welt gebracht. Ein Jammer, wenn das alles verloren ginge." Es schwang tatsächlich Bedauern in Chingistirils Worten mit. Sie blickte mich an. „Hüter-Bei, ich ahne, wie ungeduldig du auf die Erprobung der Geistrede gewartet hast. Also los, ich spüre doch, dass du ihr Wesen bereits verstehst. Menschen sind den Trilgesh viel ähnlicher als vermutet."

Ich nickte und sandte die Frage in ihre Richtung, die ich mir schon eine ganze Weile zurechtgelegt hatte: *„Wie seid ihr ausgerechnet auf mich gekommen?"*

Kordian lächelte. „Zuerst war es Zufall. Burugiyels Würmer haben uns alarmiert, weil Dressa sie nicht nur über die Grenze, sondern tief in mein Gebiet brachte. Wir fanden dich, weil du Dressa zurück ins Nordmoor begleitet hast und wir einen Spion brauchten. Du warst begabt und ungebunden, sodass wir dich ohne Gefahr über deine Träume erreichen konnten. Wir haben dich markiert, damit dies auch im Gebiet des Feindes möglich blieb. Und dann entdeckten wir, wer du bist. Sogar Pettilinas und Nimonigan hielten einen Menschen wie dich für würdig genug."

Ich schaute sie an. Mit jedem ihrer Worte stiegen entsprechende Erinnerungen aus meinem Unterbewusstsein auf. Vor meinem inneren Auge sah ich, wie das grüne Frettchen und der lila Sackfisch mit meiner Hüterin und der goldenen Schärpe diskutierten und sich schließlich einigten. Chingistiril durfte sich mit mir verbinden. Das Vorhaben wurde um die Welt getragen, von Hüter zu Hüter, und Zustimmung überwog die Vorbehalte.

Chingistiril lächelte. „Wie fühlst du dich, Hüter-Bei?"

„Weißt du das nicht?"

„Im Augenblick lese ich nur deine Gedanken. Um deinen Geist ganz auszuforschen, müsste ich mich wieder mit dir verschmelzen. Oder mit deinem Bruder, denn nur dann kann ich einen Fühler ausbilden."

„Sag mir lieber, wie es Kordian geht. Es verärgert ihn so, wenn du ihn aus seinem Körper verdrängst." Schon jetzt war diese Form der Diskussion für mich so selbstverständlich wie Atmen.

Chingistiril legte ihren Arm um mich. „Dein Bruder hat diesmal der Übernahme zugestimmt, sonst wäre ich nicht hier. Erinnere dich, Hüter-Bei, du warst ein Teil von mir, als wir seinen Traum aufsuchten und mit ihm sprachen. Vielleicht wird diese Bindung nie perfekt werden, aber dein Bruder weiß, dass wir die Geistrede mit ihm zusammen ausprobieren müssen, weil wir sie später brauchen." Sie drehte mich zu sich um. „Und nun sag mir, wie du dich fühlst."

Ich sah sie an. „Großartig, wenn du es wissen willst. Und das habe ich dir zu verdanken. Ich weiß erst jetzt, was es bedeutet, keine Angst zu haben."

„*Freu dich nicht zu früh, sie kommt vielleicht zurück.*" Dann rief sie Bilder von anderen Hüter-Bei in mein Bewusstsein, eine Trilgesh-Frau, die die Clans vor einem verheerenden Waldbrand retten musste. Sie versengte sich dabei ihre Flügel so schwer, dass sie danach flugunfähig war, das Schlimmste, was einem Trilgesh zustoßen konnte. Ein anderer Hüter-Bei wurde ausgeschickt, um in Winscar die Gründe zu erforschen, weshalb dort das Klish verschwand. Ohne Barschöl, wie wir Menschen es nannten, konnte meine Hüterin diesen Teil ihres Landes nicht mehr erkennen. Aber der Trilgesh überwand trotz seiner neuen Würde nicht die Furcht vor uns Menschen und kehrte unverrichteter Dinge zurück. Beide wurden von Angst getrieben, obwohl weder ihnen noch den anderen meiner Vorgänger je eine Verantwortung wie mir auferlegt worden war.

Chingistiril lächelte. „Ich bin jedoch sicher, du wirst nicht scheitern, Hüter-Bei."

Plötzlich schwankte Kordian und sein Halo wurde schmal. Seufzend rieb er sich mit beiden Händen über das Gesicht. „Ich werde mich nie an so was gewöhnen", murmelte er. Dann lächelte er schief und zuckte mit den Schultern. „Wie hast du bloß diese Verschmelzung ausgehalten?"

„*Weiß nicht.*" Ohne nachzudenken blieb ich bei telepathischer Verständigung.

Kordian gab einen überraschten Laut von sich. *Er kann es tatsächlich,* las ich in seinen Gedanken.

„*Und das habe ich verstanden*", fügte ich hinzu. Aufmerksam beobachtete ich ihn. Wie würde er sich dazu stellen?

Er starrte hinaus auf die Weide und ich fing eine Menge widersprüchlicher Gedanken auf: Schon wieder jemand in meinem Kopf ... Aber der Kleine kann nichts dafür ... Ich habe es Chingistiril versprochen ... Warum nur Gavandon und ich?

Um ihn nicht wieder wütend zu machen, wechselte ich zum gesprochenen Wort. „Sieh es mal so", sagte ich, „bei dem, was wir vorhaben, ist eine solche Kommunikation sehr nützlich."

Er schwieg und schaute weiter hinüber zu den Eseln. Ich las in ihm, wie er mein Argument seiner Abneigung gegenüberstellte. Geduldig ließ ich ihm Zeit und am Ende nickte er und sah mich an. „Du musst mir etwas erklären. Als du verschmolzen warst, hattest du diesen Geistfühler, richtig? Wie tief bist du in mich eingedrungen?"

Mit dieser Frage hatte ich gerechnet. Leider durfte ich ihm nicht die Wahrheit sagen, der Gedanke an Ausforschungen und Manipulationen belastete ihn viel zu sehr. Ich blickte ihm also möglichst offen ins Gesicht und log: „Keine Sorge, bei dir bin ich ziemlich an der Oberfläche geblieben. Nur in deinen Freund musste ich hinein und verhindern, dass er zu viel erfuhr." Zur Vorsicht unterdrückte ich zusätzlich meine Lügenwellen, obwohl ich sicher war, dass mein Bruder sie nicht erkennen konnte.

Er nickte. „Und wo liegt der Unterschied zwischen Telepathie und einem Geistfühler? Ich meine, mit beidem fuhrwerkt man doch in den Köpfen von anderen herum."

„Das weißt du bereits. Telepathie bleibt im Bereich der bewussten Gedanken. Und man kann sich mit dem Silbernetz dagegen verschließen."

Als Antwort grinste er mich nur an. Ich wusste, was er versuchte, aber in diesem Punkt hatte ich die Wahrheit gesagt. Trotzdem spielte ich mit und natürlich verbarg sein Schutzschirm jetzt seine Gedanken.

„Wie habe ich dich gerade genannt?", fragte er.

Ich zuckte mit den Schultern. „Keine Ahnung, aber so, wie du guckst, war es bestimmt nicht nett."

Zufrieden nickte er. „Ich habe dich gerade als ganz schön arroganten Fischfurz bezeichnet." Sein Grinsen wurde breiter. „Und du bist mir nicht an die Gurgel gegangen. Das mit dem Silbernetz stimmt also."

Ich boxte unsanft an Kordians Schulter. „Was bin ich? Ein arroganter Fischfurz? Pass auf, dass ich dir so einen nicht in den Hals stopfe, du Blödmann!"

„Aua." Mein Bruder rieb sich die schmerzende Stelle. Und ehe ich mich versah, lag ich am Boden und verknäulte mich mit ihm in einem gepflegten Ringkampf. Am Ende fielen wir lachend ins Gras. Als Kordian wieder zu Atem gekommen war, sagte er zufrieden: „Es gibt dich also noch, Gavi, trotz dieses ganzen Hüter-Bei-Mists."

Ich setzte mich auf. „Natürlich. Und du solltest aufpassen, was du sagst." Ich grinste und knuffte ihn unsanft in die Seite. Dann wurde ich wieder ernst. „Aber du hast schon recht, es hat mich verändert", sagte ich. „Und ich würde es begrüßen, wenn ihr mich nicht mehr Gavi nennt. Das klingt irgendwie kindisch."

Er sah mich an. „Gavi, das ..."

„Nenn mich Gav, in Ordnung?"

Er seufzte. „Es wird brauchen, mich daran zu gewöhnen. Du bist mein kleiner Bruder. Aber es stimmt, so klein bist du gar nicht mehr."

Ich grinste. „Ich bin der Hüter-Bei."

Er zuckte mit den Schultern und stand auf. „Weißt du, ähm, Hüter-Bei oder Gav oder wie auch immer, ein bisschen immerhin hat dieser Traum heute Nacht gewirkt. Oder vielleicht war es ja auch eine Vision. Jedenfalls finde ich diese Bindung heute nicht mehr ganz so schlimm. Und ich hoffe, ich kann mich irgendwann daran gewöhnen."

„Ich habe das auch nicht gewollt", sagte ich und erhob mich ebenfalls.

„Hast du wirklich fast einen Mord begangen, als dieser andere Hüter dich übernahm?", fragte mein Bruder.

Als Antwort sendete ich ihm Bilder und Emotionen von meinem Überfall auf Vern.

Als ich fertig war, schüttelte er sich und sagte nur: „Oh Mann." Doch ich las in ihm, dass Chingistiril ihm wieder ein klein wenig sympathischer wurde.

Plötzlich kam ihm ein beunruhigender Gedanke: Und was ist, wenn dieser Burugiyel das alles hier mitkriegt? Er ist beim Kleinen wie Chingistiril bei mir. Wenn er weiß, dass wir kommen, wird er uns erwarten. Und was dann?

„Unsere Hüterin hat dafür gesorgt, dass er noch eine Weile ahnungslos bleibt", antwortete ich laut.

Kordian seufzte frustriert. „Du hast also schon wieder gelauscht."

„Wenn du das nicht willst, halte dein Silbernetz oben", konterte ich. Dann breitete ich die Hände aus. „Keine Sorge, wir sind im Augenblick völlig sicher. Chingistiril hat den Burugiyel-Klumpen mit seinen Fäden eingehüllt. Deswegen kam diese Verschmelzung so plötzlich. Der Feind wird lange genug mit falschen Bildern und Klängen getäuscht, er sieht und hört im Moment nichts von dem, was wir tun."

„Wie lange hält das vor?"

„Bis morgen um die Mittagszeit, schätze ich. Und bis dahin haben wir das Gestüt längst erreicht."

Kordian sah mich zweifelnd an.

„Vergiss nicht, ich bin der Hüter-Bei, ich weiß es."

Ohne wirklich überzeugt zu sein, gab mein Bruder sich damit zufrieden. „Dann sollten wir jetzt schlafen gehen", sagte er und deutete hinüber zu dem Felsüberhang. „Später können wir noch einmal über alles reden."

Ich nickte. Zwei von den Sandkuhlen in der Felsnische waren bereits belegt und Broder schnarchte inzwischen hörbar. Einträchtig gesellten wir uns dazu und machten es uns bequem. Bald darauf hörte ich an Kordians Atem, dass auch er in seine Träume hinüberglitt. Ich dagegen lag noch eine Weile wach, starrte hinauf zur Unterseite des Felsüberhangs und lauschte dem Morgenkonzert der Vögel.

Am Nachmittag versammelten wir uns am Feuer. Auf der Bank mir gegenüber saß Hanide, ein Holzbrett auf den Knien, auf dem sie Brot schnitt. Kordian neben ihr blickte vor sich hin und streichelte gedankenverloren ihren Rücken. Und auf einem Schemel rechts von mir hockte Broder und wendete mit einer hölzernen Zange die mitgebrachten Würste, die auf einer rußigen Metallplatte über der Glut brieten. Das Loch in meinem Magen wurde größer bei dem Duft, aber zuerst musste ich noch eine schwierige Aufgabe erfüllen. „Wir sollten reden", sagte ich zu meinem Onkel.

Er sah mich an, eine tiefe Zwillingsfalte zwischen den Brauen. „Das sehe ich genauso", knurrte er und deutete mit der Bambuszange auf Hanide und meinen Bruder. „Allerdings nur ohne die beiden. Du weißt, warum."

Kordian schaute auf. „Aber wir kennen die Hüter bereits."

Entgeistert starrte Broder ihn an. „Sie wissen Bescheid? Wer hat ..."

Ich lächelte. „Mein Bruder wurde gebunden."

„Wie bitte?" Die Würstchenzange fiel in die Glut.

Kordian kniff die Augen zusammen. „Erschreckt Sie das? Wieso?"

Gleichzeitig legte Hanide das Schneidebrett beiseite, stand auf, fischte die Zange aus der Asche und erstickte die Glutfunken auf dem Holz mit ihren behandschuhten Händen. „Sor Fermin", sagte sie. „Sie wissen, ich bin Seherin. Und ich versichere Ihnen, dass an dieser Bindung nichts Furchtbares ist."

Broder sah sie an. „Glauben Sie das etwa? Dann lassen Sie sich Folgendes sagen: Ich habe am eigenen Leib erfahren, wie so etwas abläuft. Man hat mich zwar nicht gebunden, nur geschult, aber schon das *war* furchtbar, das Schlimmste, was ich je erlebt habe."

„Warte ...", versuchte ich dazwischenzugehen.

Er achtete nicht darauf, sondern sprach unbeirrt weiter. „Und ich weiß auch, dass jeder Gebundene hinterher so tut, als wäre alles ganz leicht gewesen. Nur, das ist es niemals, weil ..." Er schüttelte den Kopf. „Nein, ich will nicht darüber reden. Aber Sie, Sor", er deutete auf Kordian, „Sie sollten aufhören, uns etwas vorzulügen. Sie sind nicht auf unserer Seite." Er stand auf und seine Stimme klang hasserfüllt. „Tut mir leid, Gavandon, das war's. Burugiyel weiß, dass wir kommen, und es hat keinen Sinn mehr ..."

Ich war inzwischen aufgestanden, goss einen Becher Tee aus der Kanne ein, die neben den Würsten auf dem Blech vor sich hin dampfte. „Doch, es macht immer noch Sinn", sagte ich und reichte ihm die Tasse. Dann drückte ich ihn zurück auf den Schemel. „Bitte, Broder, lass es mich erklären. Du weiß doch, dass es nicht nur Burugiyel gibt."

„Was?" Mein Onkel sah mich groß an.

„Frag ihn, warum er und seine Leute schon so lange nach dem Klish suchen", erklang meine Hüterin so plötzlich in meinem Kopf, dass ich zusammenzuckte.

Ich schaute zu Kordian, ob er wieder übernommen worden war, aber mein Bruder wechselte ein paar leise Worte mit Hanide. *„Chingistiril, bist du das selbst?",* sandte ich ungläubig in dem Äther.

Ein seltsames Gefühl durchströmte mich, meine Hüterin lachte. *„Du wusstest, dass ich ab jetzt bei dir bin, Hüter-Bei. Gewöhne dich also daran. Und nun frag ihn."*

Also beugte ich mich zu Broder hinüber. „Warum sucht ihr schon so lange nach Chingistirils Droge?"

„Wie bitte?" Mein Onkel kniff die Augen zusammen.

Ich sah ihn nur an.

Er starrte zurück.

„Na schön", sagte ich und rückte meinen Schemel ein wenig näher zu ihm. „Ich vermute, ihr wolltet sie Blana und den Kindern geben, damit sie vor der Wurmasche geschützt sind, habe ich recht?"

„Woher weißt du das", fragte Broder fassungslos.

„Ich bin der Hüter-Bei."

„Und was bedeutet das nun wieder?"

„Komplizierte Angelegenheit, aber irgendwann erfahrt ihr bestimmt die Details. Im Moment musst du nur wissen, dass

Burugiyel trotz der Bindung keine Macht mehr über mich hat. Das heißt auch, er weiß nichts von dem, was wir tun wollen."

„Aber dein Bruder ..."

„Ist an Chingistiril gebunden, nicht an euren Mistkerl im Nordmoor."

Broder machte große Augen. „Ihr habt sie gefunden, die Droge?"

Ich nickte. „Blana hat sie. Du kennst sie als Barschöl."

Mein Onkel sprang auf, dass der Tee aus seinem Becher spritzte. „Was? Dieses giftige Zeug?"

Kordian stand ebenfalls auf. „Kein Gift", erklärte er. „Ich habe selbst das Öl in den Mund genommen und lebe noch."

„Das wird ja immer besser!" Mein Onkel sank zurück auf den Hocker.

Ich goss ihm Tee nach. „Das mit dem Gift ist eine Legende. Sie stammt aus der Anfangszeit, als meine Hüterin noch keine Erfahrung mit uns Menschen hatte. Damals sind wirklich einige gestorben, weil sie nicht zurück in ihren Körper gefunden haben. Aber das alles ist längst vorbei. Diese Geschichte wird nur noch gebraucht, damit wir nicht unabsichtlich in den Äther vordringen und so die Hüter entdecken."

Broder nahm einen Schluck Tee. „Weiß Blana davon?"

Oje, jetzt kam der schwierige Teil. Ich räusperte mich. „Ja", sagte ich vorsichtig.

Mein Onkel kniff die Augen zusammen. „Warum schaust du mich so an?"

„Nun ja", ich räusperte mich wieder, „weißt du noch, was sie getan hat, als ich neulich so außer Kontrolle geriet und Vern gewürgt habe?"

„Was hat sie denn getan? Ich habe geschlafen nach der Schussverletzung."

Oh Mist, das hatte ich vergessen. Ich sah ihn an. „Bitte, Broder, hör mir jetzt genau zu. Ohne Blana wäre die Sache neulich schlecht ausgegangen, für euch alle. Aber damit sie Burugiyel in Schach halten konnte, musste sie ..."

Die Zwillingsfalte über Broders Nasenwurzel kerbte sich tiefer ein. „Was musste sie?", fragte er, als ich schwieg.

„Sie ist auch gebunden, wie ich", sagte Kordian und legte seine Hand auf Broders Schulter. Und ich war mir nicht sicher, ob aus meinem Bruder gerade er selbst oder eher meine Hüterin sprach.

Wir beide hielten meinen Onkel fest, als er wieder aufspringen wollte. „Sie hat genau das bekommen, was ihr ihr geben wolltet, Chingistirils Droge", versuchte ich, ihn zu beruhigen.

Minutenlang saß Broder wie erstarrt. In seinem Gesicht arbeitete es und ich wünschte, er wäre begabt, damit ich hören könnte, was er dachte. Oder dass ich einen Geistfühler wie während der Verschmelzung benutzen könnte. So aber blieb mir nichts anderes übrig, als abzuwarten.

„Was ist mit unserem Baby?", fragte mein Onkel schließlich.

Ich lächelte. „Dem geht es gut. Meine Hüterin hat dafür gesorgt, dass nur Blana gebunden wurde."

„Wieso nennst du dieses Astralwesen so?" Broder sah mich an.

„Was meinst du?"

„Dieses *Meine Hüterin*. Was bedeutet das?"

Ich stieß den angehaltenen Atem aus, weil ich spürte, dass er ruhiger wurde. „Chingistiril ist meine Hüterin", sagte ich. „Sie und ich haben seit Kurzem eine ganz besondere Verbindung, die mich auch vor Burugiyels Machenschaften bewahrt."

„Und Blana hat das ebenfalls alles durchleben müssen?"

Kordian tätschelte Broders Schulter. „Nein, hat sie nicht. Ich habe inzwischen eine Vorstellung davon, wie euer Hüter bei einer Bindung vorgeht. Unser Gavi hier ..."

Ich räusperte mich und sah ihn böse an.

Kordian grinste. „Mhm, na schön." Er zwinkerte mir zu. „Also, unser Gav hat mir etwas davon gezeigt. Und ich versichere Ihnen, Sor Fermin, meine Bindung ist ganz anders verlaufen. Solche schrecklichen Dinge wie bei Ihnen hat es dabei nicht gegeben."

Broder sah auf. „Nicht? Aber ..."

„Frag Blana", sagte ich, „sie wird es dir bestätigen, das verspreche ich. Und noch etwas: Sie ist immer noch deine Frau und hat gerade erst deine Tochter zur Welt gebracht. Blana ist derselbe Mensch wie vorher, oder hast du eine Veränderung an ihr bemerkt?"

Hanide rückte näher. „Das alles kann ich bestätigen", sagte sie. „Und wenn Sie wollen, prophezeie ich Ihnen, damit Sie ganz sicher sind."

Doch Broder schüttelte den Kopf. „Vielleicht später", meinte er. „Ich muss erst darüber nachdenken." Doch es schien, als würde er sich langsam damit abfinden.

„Ein paar seiner Angstknoten wurden von mir entwirrt", meldete sich meine Hüterin bei mir.

Broder saß da, mit hängenden Schultern und gesenktem Kopf. „Niemals wollte ich eine gebundene Frau", murmelte er.

Ich legte ihm die Hand aufs Knie. „Dann hättest du sie nicht ins Nordmoor bringen dürfen. Und vergiss nicht, das alles ist inzwischen vorbei. Deine ganze Familie ist Burugiyels Gefangenschaft heil und sicher entkommen und ..."

Er schob meine Hand weg. „Außer Nan und denen da drüben."

„Genau deshalb müssen wir zurück, um Dressa, Shali und Jono zu holen. Nan hat so sehr gewollt, dass alle das Nordmoor und seine Schrecken verlassen. Und ich wünschte, meine Hüterin könnte entfernen, was ihr seit euren Schulungen in euch tragt, aber das ist zu tief in eurem Unterbewusstsein verankert. Doch eure Kinder werden davon verschont bleiben und Burugiyel kann kein Unheil mehr anrichten."

„Das ist wahr", meinte Hanide.

Wieder schwieg mein Onkel minutenlang. Dann sah er mich an. „Und warum gehen wir dann überhaupt zurück?"

Ich lächelte. „Habe ich doch gerade gesagt. Wegen Dressa, Shali und Jono. Außerdem müssen wir alles beseitigen, was dazu verführt, wieder im Nordmoor zu leben. Burugiyel darf uns

Menschen nicht noch einmal für seine Zwecke benutzen."

Er sah mich an und die Zwillingsfalte zwischen seinen Brauen vertiefte sich erneut. „Du klingst plötzlich so anders, Gavandon, viel erwachsener. So kenne ich dich gar nicht."

„Ich bin jetzt der Hüter-Bei."

„Und was bedeutet das?"

Ich stand auf. „Es bedeutet, dass ich alle möglichen Dinge weiß. Und ich habe Hanides Prophezeiung gehört. Deshalb müssen wir zurück zum Gestüt und es niederbrennen."

Broder fuhr auf. „Ihr wollt Feuer legen? An mein Zuhause?"

„Das ist es nicht mehr." Ich sah ihn an. „Ich habe es doch schon erklärt, niemand darf jemals wieder dort leben."

Mein Onkel erhob sich und begann hin und herzulaufen. „Niederbrennen? ... Nicht im Nordmoor leben? ... Aber Burugiyel ..." Er blieb stehen und sah auf. „Na schön, wahrscheinlich hast du recht. Aber dann sollten wir ein paar Dinge retten. Wir werden vor allem eine Herde Zuchtesel benötigen, um wieder neu anzufangen. Was meinst du, ist das möglich?"

Ich entspannte mich und nickte. „Wir werden tun, was wir können", versprach ich. Dem Himmel sei Dank, diese Klippe war glücklich umschifft. Mein Onkel wusste Bescheid und würde uns trotzdem begleiten. Wir hatten es geschafft, und das ganz ohne Geistfühler oder Fühlbänder.

„Ich wusste, du bist ein würdiger Hüter-Bei", sagte die Stimme in meinem Kopf.

Danach verging die Zeit wie im Flug. Während wir aßen, besprachen wir, was bei Dressa und Shali zu tun war. Burugiyel sollte keine Menschen mehr besitzen, die seine Würmer nach Süden brachten, aber ich wusste, wir durften es uns nicht leicht machen und sie einfach töten. Chingistiril wollte, dass wir sie stattdessen über die Grenze brachten, damit sie sie von Burugiyel trennen konnte. Was sozusagen zwei Schlammechsen zugleich erschlug. Zum einen wurden Burugiyel die Menschen genommen, zum anderen schwächte man Hüter für lange Zeit, indem man ihre Bindungen zerschnitt. Und mit ein wenig Glück löste sich Burugiyel durch diese Aktion gleich ganz auf. Zumindest Dressa war so eng mit ihm verflochten, dass er schweren Schaden davontragen musste.

Bei Shali allerdings sah die Sache etwas anders aus. Ihre Verflechtungen sollten leicht zu trennen sein. Sie war Burugiyel niemals so hörig gewesen wie ihre Schwester und ich hoffte, sie konnte ohne allzu großen Schaden von ihm befreit werden. Doch Dressa würde es hart treffen. Sie würde Burugiyel nie wieder dienen können, sie würde vermutlich gar nichts mehr tun können, sondern vollkommen auf Pflege angewiesen sein. Fast begann sie mir leidzutun, aber es musste sein. Die Drohung der Hüter, uns Menschen im anderen Fall auszulöschen, hatte sich tief in mich eingebrannt. Doch darüber wollte ich nicht reden.

Als Nächstes übten wir die Verständigung mittels Telepathie. Ohne mein Schildnetz, so zeigten es unsere Versuche, riss sie schon oben auf dem Geröllfeld ab. Wenn ich den Schild jedoch fest um alle schloss, konnte ich fast bis zu der Stelle laufen, an der wir auf den Wildpfad abgebogen waren. Also würden wir uns ohne Probleme über das ganze Gestüt verteilen können. Nur Broder sollte immer in Hanides Nähe bleiben, weil er keine Gabe besaß und nichts von mir auffangen konnte.

Schließlich saßen wir nur noch gemütlich beisammen. Erst im Morgengrauen, wenn die Trilgesh sich gewöhnlich zur Ruhe begaben, wollten wir den Pass zum Nordmoor erreichen. Wir aßen Brot und Käse, tranken Tee und erzählten Geschichten. Ich berichtete von meiner Verschmelzung und gab einige Legenden aus meinem Hüter-Bei-Wissen zum Besten. Und Kordian fragte Broder nach seiner und Pas Familie aus. Irgendwann kamen die Sterne heraus und wir legten uns für die paar Stunden bis Mitternacht wieder hin. Und dann, kurz bevor mir die Augen zufielen, suchte mich der Gedanke heim, dem ich während des ganzen Tages so erfolgreich ausgewichen war: Jemand würde sich morgen opfern, damit unser Vorhaben gelang. Vorgestern noch hätte ich deswegen nicht einschlafen können, aber jetzt hielt er mich nicht mehr wach. Ich war der Hüter-Bei.

Einunddreißig
17. April 467 n. L.

Wir erreichten den Pass wie geplant kurz nach Sonnenaufgang. Dennoch war der Himmel düster. Dicke Wolken sorgten für trübes Licht. „Verdammtes Trilgeshwetter", knurrte Broder. Und, was noch schlimmer war, ein kalter Wind blies die Wolken vorüber, ohne dass sich ihre Fracht entladen konnte. In diesem Licht hätten wir bei Regen vielleicht eine Chance gehabt, so jedoch würden wir den Trilgesh leider nicht entkommen.

Wir hielten an, kaum, dass wir die Sterndorne am Bachlauf hinter uns gelassen hatten. In dem verbrannten Gelände zeigten sich erste grüne Grasspitzen und die verkohlten Büsche trieben neue Knospen. Wir banden unsere Rüstungen von den Sätteln und begannen damit, den Schutz aus Leder und Holz anzulegen. Gleichzeitig wob ich mein Schildnetz und hüllte Menschen und Esel darin ein. „Gut ist, dass es eure Geistflammen unsichtbar macht", sagte ich, „nicht so gut, dass das Wetter uns im Stich lässt. Aber wenigstens haben wir ja dies." Ich klopfte auf die Holztafel, die ich mir gerade vor die Brust geschnallt hatte.

Hanide schloss den Kinnriemen ihres Helms. „Keine Sorge, wir erreichen das Gestüt ohne größere Verletzungen, ich weiß es", erklärte sie mit Nachdruck.

„Und dort lassen sie uns dann in Ruhe", ergänzte Broder. „Trilgesh meiden unseren Bereich und beobachten uns nur aus großer Höhe, als Burugiyels Augen sozusagen."

Ich nickte und drehte mich zu Kordian um. „Allerdings können wir auf dem Weg dorthin keine Skrupel gebrauchen. Besonders du, großer Bruder, musst alles hinter dir lassen, was man dir bei der Gilde eingetrichtert hat."

Er wollte gerade eine Beinschiene befestigen. „Wie meinst du das?", fragte er und richtete sich auf.

„Wirst du gleich sehen." Ich deutete auf einen Schleimschwanz, der in einiger Entfernung gemächlich über die Asche watschelte. „Ich möchte, dass du das Vieh dort drüben mit einer Wutlanze tötest."

„Was?" Kordian ließ fast die Schiene fallen.

„Es ist wichtig", beschwor ich ihn. „Du musst vergessen, was man dich gelehrt hat. Die Trilgesh werden uns in Scharen angreifen. Nur wenn wir sie ausreichend dezimieren, haben wir eine Chance."

Broder suchte in seinem Gepäck nach der Munition. „Lass ihn doch, er kann wie Hanide und ich das Gewehr benutzen. Letzte Woche bei unserer Flucht gab es ja auch nur dich und trotzdem sind wir alle lebend über die Grenze gekommen."

„Diesmal reicht das nicht, weil Burugiyel jetzt mit uns rechnet." Ich sah meinen Bruder an. „Kordian, ich brauche dich wirklich. Allein werde ich es nicht schaffen, das kann ich nur zusammen mit dir. Du musst deine Wutlanzen mit voller Wucht abschießen, damit du ihre Silbernetze durchdringst."

Kordian schwieg, bückte sich und begann, die Beinschiene um seinen Unterschenkel zu schnallen.

„Hör zu, es muss sein. Bitte vergiss deine Hemmungen", bohrte ich weiter und lauschte gleichzeitig auf seine Gedanken. Ich deutete wieder zu dem Schleimschwanz und wünschte, ich könnte Zwang in meine Stimme legen. „Töte das Vieh. Ich weiß, du kannst es." Doch in seinem Kopf las ich etwas anderes.

Hanide kam mir zu Hilfe. „Weißt du, er hat recht, Schatz." Sie zupfte an dem Halstuch, das meinem Bruder später als Mundschutz dienen würde. „Schon vergessen? Ich habe prophezeit, dass Grenzen überschritten werden müssen. Also zeig's ihnen, mein Großer."

„Ich weiß nicht", sagte Kordian und küsste sie flüchtig.

Sie legte ihm beide Hände an die Wangen. „Hör zu, es ist nur ein Schleimschwanz. Die stinken, sind hässlich und können nichts weiter, als unsere Felder kahl fressen. Du tust der Welt einen Gefallen, wenn du ihn erledigst."

Mein Bruder seufzte. „Also schön, ich versuch's." Dann drehte er sich zu dem Tier um und gleich darauf lag es reglos im Staub. Gebannt sah ich zu ihm hinüber, doch seine Geistflamme erlosch nicht. Sie flackerte nicht mal, sondern wurde nur ein wenig trüber.

Enttäuscht belebte ich das Tier wieder. „Los, mach weiter, du schaffst das", stachelte ich meinen Bruder an.

Aber Kordian konnte dem Vieh nicht mal durch Erschöpfung das Lebenslicht ausblasen. Nach jedem Versuch holte ich es zurück ins Bewusstsein und Kordian knockte es wieder aus. Mehr passierte nicht und ich fing langsam an zu verzweifeln.

„Herrje, Gavandon, wir können nicht ewig so weitermachen", knurrte Broder. „Hol deinen Bruder einfach aus dem Schildnetz, damit Chingistiril ihn übernehmen kann und ..."

„Nein!", lehnte Kordian ab, was niemanden verwunderte.

Doch auch meine Hüterin meldete sich bei mir. *Tu das nicht, es ist viel zu riskant.* Allerdings wusste Chingistiril immer noch nichts Genaueres. Es schien, als ob die Zukunft an dieser Stelle im Nebel steckte.

Trotzdem vertraute ich ihr. „Alle bleiben unter meinem Schild", bestimmte ich. „Sonst wäre eine Verständigung nicht möglich."

Hanide umarmte Kordian und flüsterte ihm ins Ohr. „Komm schon, Liebling, tu es für mich", las ich in den Gedanken der beiden. „Nimm all deine Kraft zusammen. Dein kleiner Bruder schafft es ja auch. Los, zeig ihm, was du kannst."

Das endlich schien zu wirken. Entschlossen nickte Kordian, kurz darauf fiel der Schleimschwanz wieder um und diesmal flackerte die Geistflamme.

„Genauso! Noch mal", feuerte ich meinen Bruder an, als das dumme Tier seinen Weg wieder fortsetzte. Und diesmal klappte es nach nur fünf weiteren Versuchen. Die Geistflamme des Schleimschwanzes erlosch und Hanide und Broder applaudierten.

Bald darauf waren wir bereit. Jeder von uns hatte sich und

seinen Esel von Kopf bis Fuß in Leder und Holz gehüllt, Munitionsgürtel hingen um unsere Oberkörper und die geladenen Gewehre steckten griffbereit in den Sattelholstern. Als Schutz gegen die Wurmasche zogen wir unsere Halstücher hinauf über die Nase. Ich prüfte wieder das Schildnetz, dann kletterten wir, behindert durch die Rüstungen, umständlich auf die Esel. Doch als wir erst im Sattel saßen, fühlte es sich weniger unbequem an als befürchtet.

Ein letztes Mal blickte ich in die Runde. „Also los", sagte ich und trabte an. Ab jetzt würde mir meine Hüterin nicht mehr beistehen können, sie musste vorsichtig sein mit dem, was sie im Nordmoor tat.

Es wurde ein mörderischer Ritt. Am Anfang blieb es noch vergleichsweise ruhig, aber dann bot Burugiyel alles auf, was einigermaßen flugfähig war. Broder und Hanide schossen so schnell, wie sie die Gewehre nachladen konnten, doch Kordian und ich hatten keine Zeit dafür. Rasch begriff ich, dass wir uns auf bestimmte Viererformationen konzentrieren mussten. Diese trugen Netze zwischen sich und wir schafften es, dass keines davon uns erreichte. Zum Glück vergaß Kordian sofort all seine Hemmungen. Ununterbrochen holten wir kupferne Geistflammen vom Himmel, während wir unsere Esel antrieben. Mehr als ein Wurfgeschoss traf mich schmerzhaft, trotz der Rüstung. Als die ersten Gatter des Gestüts in der Ferne auftauchten, war jeder von uns grün und blau geschlagen und erschöpft bis zum Umfallen. Doch wie Hanide gesagt hatte, es gab keine ernsthaften Verletzungen.

Noch nicht. Einer von uns würde sich opfern müssen.

Kurz vor dem Gestüt ebbten die Angriffswellen der Trilgesh ab. Allerdings war wohl kaum unsere Gegenwehr dafür verantwortlich, stattdessen, so vermutete ich, wechselte Burugiyel nur die Strategie. „Achtet auf euren Mundschutz", erinnerte ich die drei anderen und wir alle zogen die Tücher zurecht. Dann trieben wir die Esel wieder an.

Keine Sekunde zu früh, um uns herum zerplatzten Kapseln.

Lichtgraue Aschewolken standen in der Luft. „Augen zu!", rief ich. Keine Schleimhaut durfte mit dem Pulver in Berührung kommen. Ich wünschte, wir hätten Schutzbrillen mitgenommen, aber daran hatte niemand gedacht.

Zum Glück taumelten die Esel erst, als wir die Wolke hinter uns gelassen hatten und die Grenze zum Gestüt passierten. Bedauernd purzelten wir mehr aus den Sätteln, als dass wir abstiegen. Ab jetzt würden uns die Tiere nichts mehr nützen.

„Hat jemand etwas abbekommen?", fragte ich in die Runde.

Alle schüttelten den Kopf und das Fehlen von schwarzen Halos bewies, dass sie nicht logen. Dem Himmel sei Dank!

Jeder von uns schnappte sich sein Gewehr, dann rannten wir, unserer Erschöpfung zum Trotz, zu Fuß weiter. Der Plan sah vor, dass wir uns zunächst um die beiden Häuser von Nan und Broder kümmern wollten. Dressa, Shali und Jono hielten sich rechts vom Weiher bei Shebs Gehöft auf, das fühlte ich irgendwie durch das Burugiyel-Fragment. Wir rannten also links um das Wasser und öffneten unterwegs jede Gattertür, an der wir vorbeikamen. Bald darauf erreichten wir Nans Haus.

Dort angekommen spürte ich, dass sich Lücken auftaten in den Fäden, die Burugiyel mit Bildern und Klängen versorgten. Ab jetzt musste ich aufpassen. Noch verhielt sich das schwarze Fragment ruhig, doch das würde sich bald ändern.

Broder nickte uns zu und lief mit Hanide weiter zu seinem schiefergedeckten Haus, während Kordian und ich Nans Diele betraten. Alles war durchwühlt worden, doch davon ließen wir uns nicht aufhalten. Es gab nur eine Sache, die ich vor dem Feuer retten wollte: Pas Brief. Und als ich in Nans Schreibtisch den Riegel für das Geheimfach öffnete, lag er immer noch an seinem Platz. Ich steckte ihn ein, dann holte ich Jertis' Zeichnung der drei Fermin-Kinder aus ihrem Rahmen und rollte sie zusammen. Das Bild, das Nan so geliebt hatte, mochte ich ebenfalls nicht den Flammen überlassen.

Kordian hatte mittlerweile die Gashähne in der Küche aufgedreht und einen Kanister mit Pflanzenöl gefunden, den er jetzt in den Zimmern ausleerte. Kurz darauf verließen wir das Haus. Hinter den Fenstern flackerte es rotgolden, dicker, schwarzer Rauch kam aus dem Schornstein. Und dann flogen mit einem lauten Wusch die Fenster aus ihren Rahmen. Die Gänse auf dem Weiher kreischten wild und machten, dass sie wegkamen.

Als ich zum Haus meines Onkels schaute, stieg auch dort Rauch auf. Broder und Hanide liefen auf uns zu, jeder von ihnen bepackt mit schweren Taschen. „Blanas Essenzen", keuchte er. „Ich musste versprechen, sie zu retten, wenn ich kann."

Ich nickte. Bis jetzt war alles so verlaufen, wie Chingistiril es vorausgesehen hatte. Doch jetzt kam der Teil, über den wir beide nicht Bescheid wussten.

Plötzlich explodierte das Burugiyel-Fragment in seiner Kapsel. Alle Fäden waren aufgebraucht. Wie vorhergesehen, es musste beinahe Mittag sein. Ich blickte zu Kordian und Hanide. *„Ab sofort ausschließlich Telepathie"*, sendete ich. *„Der Feind hört jetzt mit."*

„Gut", sandte Kordian, wie wir es geübt hatten, und Hanide gab es geflüstert an Broder weiter. Der raunte ihr eine Antwort ins Ohr.

Sie sah mich an. „Broder will wissen, ob Jono und Shali tatsächlich allein bei den Ställen sind", dachte sie.

Außerhalb meines Sichtfeldes bildete ich mit Daumen und Zeigefinger einen Kreis, das vereinbarte Zeichen für *Ja*.

Hanide sah meinem Onkel an. „Dann sollten wir die beiden übernehmen", schlug sie vor. „Broder meint, das wir das schaffen können und wir wollen die Echse und ein paar Zuchttiere für die Rückkehr vorbereiten. Bist du damit einverstanden, Gavandon?"

Wieder stimmte ich per Handzeichen zu. „Perfekt, aber seid vorsichtig. Bleibt möglichst unsichtbar und meldet euch, falls ihr Hilfe braucht."

Hanide tuschelte noch einmal mit Broder, beide hoben die Hand zum Abschied und liefen den Weg zurück, den wir gekommen waren. Mein Onkel wollte offenbar außen um den Weiher herum. Gleich darauf verschwanden sie hinter ein paar Sträuchern.

Kordian und ich dagegen schlichen gebückt durch den Gemüsegarten hinüber zum Fuß des Abhangs mit seinen wild wachsenden Büschen. Allerdings vermutete ich, dass Versteckspiele inzwischen überflüssig waren, unsere Ankunft auf dem Gestüt war längst bekannt. Doch auch der kleinste Vorteil konnte nützlich sein.

Als wir Shebs Gehöft erreichten, saß Dressa wie erwartet hinter dem Haus auf einer der Bänke im Hof. Ein kleiner Haufen aus Holz und altem Laub brannte in der Feuerstelle vor ihr. Sie beobachtete die Flammen, ihr breiter Halo glitzerte nachtschwarz und ihr linker Arm lag in einer Schlinge. Doch die Schussverletzungen, die wir ihr während unserer Flucht zugefügt hatten, schienen sie kaum zu behindern. Ich wünschte, wir hätten nicht nur ihre Schulter getroffen.

Wir duckten uns hinter den letzten Strauch und ich bog zusätzlich einen Zweig so, dass er eine Lücke verdeckte. Aufmerksam spähte ich durch die Blätter. Dies war Dressas Arena. Besser, ich sondierte ihr Terrain, bevor ich etwas unternahm. *„Siehst du ihren Halo? Burugiyel hat sie übernommen"*, sendete ich an meinen Bruder. Er wollte sich um mich herumschieben, doch ich stoppte ihn. *„Bleib besser hinter mir. Der Feind sieht, was ich sehe."*

Dressa schaute in unsere Richtung. „Willkommen zurück, Gavandon", sagte sie freundlich. „Wer ist dein Begleiter? Willst du ihn mir nicht vorstellen?"

„Und was jetzt?", dachte Kordian.

Ich nahm an, dass sie gleich aufstehen und zu uns herüberkommen würde, doch sie schaute nur in unsere Richtung, bewegte sich vorsichtig und verzog leicht das Gesicht. *„Offenbar sind ihre Schmerzen schlimmer, als es scheint"*, sandte ich.

„Das ist doch gut, oder?", dachte Kordian.

„Stimmt." Ich ließ Dressa nicht aus den Augen.

Sie versuchte weiter, den Busch mit ihren Blicken zu durchdringen. „Weißt du eigentlich, wie unhöflich du bist, Gavandon?" Jetzt klang sie schon etwas ärgerlicher. „Du bringst ungeladen Fremde hierher und stellst sie uns nicht mal vor. Und wohin sind Broder und diese Frau gerade eben verschwunden?" Sie schaute zu den Rauchwolken, die hinter uns den Himmel verdunkelten. „Du weißt, ich mag dich, Junge, aber benimmt man sich so? Wir haben dir Asyl gewährt und als Dank bringst du hier alles durcheinander und zündest sogar die Häuser dahinten an."

Ich las in Kordian, wie sehr ihn ihr Auftreten erleichterte. „Glaubst du wirklich, sie wird uns gefährlich?", dachte er an mich gerichtet. „Ich meine, sie kann sich kaum rühren, das halbe Gestüt brennt und sie rastet nicht mal aus."

„Unterschätze sie bloß nicht. Aus ihr spricht Burugiyel und der tut nur so, um sein Ziel zu erreichen", gab ich zurück.

„… doch keine Sorge, wir haben uns schon geholt, was wir brauchen. Wahrscheinlich hätten wir diese Buden dort drüben bald selbst abgefackelt", sagte Dressa und hatte wieder meine ganze Aufmerksamkeit. Sie beobachtete die Flammen zu ihren Füßen, während sie redete. „Los, Gavandon, wer ist da bei dir? Kommt bitte endlich raus." Mit einem Ruck hob sie den Kopf, es schien, als ob sie mich sähe.

Ich erschrak und der Zweig, den ich vor die Lücke bog, rutschte mir aus den Fingern. Sie, nein Burugiyel starrte mich an. Sein Blick bohrte sich in mich hinein.

Plötzlich konnte ich mich nicht mehr rühren. Feuer, Schmerz. Tiefer und tiefer drang er in meinen Geist vor. Ich wollte die Augen schließen, den Kopf wegdrehen und konnte nicht. Wie erstarrt hockte ich da. Das Fragment in seiner Kapsel summte. Ich musste etwas tun, auf der Stelle, sonst würde …

Es knallte, dass ich zusammenfuhr. Der Blickkontakt brach ab. Auf einmal war ich taub, hörte nicht, wie Dressa aufschrie, sah nur, wie sie von der Bank stürzte. Sofort tränkte Blut ihre Jeans und breitete sich unter ihrem Bein aus.

Hinter mir hielt Kordian das Gewehr im Anschlag. *„Alles in*

Ordnung?", dachte er.

Ich sank ein Stück in mich zusammen. *"Himmel, das war knapp."* Langsam kehrte mein Gehör zurück und ließ meine Ohren klingeln.

„Verdammt noch mal, ihr miesen Dreckskerle!", heulte Dressa. Verzweifelt versuchte sie, mit ihrer gesunden Hand das Blut aufzuhalten. Ihr Halo war nur noch ein schmaler Strich.

„Was ist gerade passiert?", wollte Kordian wissen.

Ich schaute ihn an. „Keine Ahnung, wie sah es für dich aus?"

Er zuckte mit den Schultern. „Sie bekam plötzlich einen seltsamen Blick. Und du hast sie angestarrt und angefangen zu keuchen. Ich hatte das Gefühl, ich sollte etwas tun. Also habe ich geschossen."

Verstohlen drückte ich seinen Arm. „Du bist der Beste. Es kam mir so vor, als würde Burugiyel über den Blickkontakt direkt in mich hineinkriechen. Obwohl das Schildnetz steht. So was hat meine Hüterin noch nie erlebt." Ich spähte zum Feuerplatz. „Aber Dressa darf jetzt noch nicht verbluten, weil zuerst ihre Bindung getrennt werden muss. Und das geht nur auf der anderen Seite der Grenze." Ich deutete zur Kellertür jenseits der Feuerstelle. „Zündest du das Haus an, während ich mich um sie kümmere?"

„Vergiss es! Ich lass dich mit der da nicht allein!"

„Bemuttere mich nicht. Ich weiß, was zu tun ist, in der Schule hatten wir Erste-Hilfe-Kurse."

„Und was passiert, wenn sie wieder diesen Blick benutzt?"

„Schau genau hin." Ich deutete mit dem Kopf. „Ihr Halo ist wieder schmal. Burugiyel hat sie freigegeben. Vielleicht erträgt er keine Schmerzen. Das sollten wir uns merken, oder?" Ich grinste und trat aus den Büschen.

„Na gut, wenn du meinst." Kordian kam mir hinterher. „Aber sieh dich vor, du hast selbst gesagt, man darf sie nicht unterschätzen."

Ich machte das Zeichen für Zustimmung und gleich darauf

war er im Haus verschwunden. Vorsichtig trat ich an die Feuerstelle. „Hallo, Dressa, so sieht man sich also wieder", sagte ich und schaute auf sie hinunter. Allerdings vermied ich jeglichen Blickkontakt. Auch wenn ihr Halo schmal blieb, man wusste ja nie.

„Du mieser Fischfurz", keuchte sie. „Verdammt noch mal, steh da nicht rum. Ich verblute. Hilf mir gefälligst!"

„Ach halt die Luft an." Ich kniete mich neben sie.

Dressa presste ihre Hand auf die Wunde, aber unaufhörlich quoll Blut unter ihren Fingern hervor. „Wie lange willst du noch untätig rumhocken?", keifte sie. „Du Verräter! Du widerlicher, kleiner …"

Ich schnitt ihr das Wort ab, indem ich meine Hand auf ihren Mund schlug. „Pass auf, was du sagst, sonst überlasse ich dich deinem Schicksal", knurrte ich.

Es wirkte, vielleicht auch, weil ihr der Blutverlust zu schaffen machte.

Also schön, als Erstes musste ich ihr Bein versorgen. Suchend sah ich mich nach etwas um, das ich brauchen konnte, und wurde schnell fündig. Das Tuch für ihre Armschlinge war groß genug, in der Nähe der Kellertreppe lag ein Gartenmesser und am Feuer entdeckte ich ein passendes Holzstück. Kurz darauf hatte ich ihr mit Stoffstreifen und dem Scheit eine fachgerechte Aderpresse angelegt und die Wunde verbunden.

Allerdings schien Dressa inzwischen bewusstlos zu sein. Sie lag bleich und mit geschlossenen Augen auf dem Boden, ihr Halo blieb schmal. Nur ihre Brust hob und senkte sich im gleichmäßigen Takt. Trotzdem schnitt ich einen weiteren Streifen von dem Tuch und verband ihr zur Vorsicht die Augen. Ihre Hände verschnürte ich mit den letzten Stoffstücken und für ihre Knöchel nahm ich ihren Gürtel. Ein letztes Mal prüfte ich Aderpresse und Fesseln, dann setzte ich mich auf die Bank und wartete auf Kordian.

Mein Burugiyel-Fragment wütete.

Ich hoffte nur, dass es bei Broder und Hanide ebenfalls glatt lief. Leider konnte ich von den beiden im Augenblick nichts auffangen, aber das lag sicher daran, dass es keine bewussten Gedanken gab. Sie handelten. Sie sattelten Esel und die Echse. Und sie kümmerten sich um Shali und Jono. Wenn es bei ihnen Schwierigkeiten gäbe, hätte Hanide sich sicher gemeldet.

Plötzlich klapperte etwas hinter mir. Ich beugte mich über die Rückenlehne, um nach der Ursache zu suchen, doch ich konnte nichts entdecken. Was immer dort umgefallen war, es musste unter die Bank gerollt sein. Also hockte ich mich davor hin und angelte danach. Zum Vorschein kam der wohlbekannte Stab mit der Siebkugel daran. Und in der wand sich ein lebender Wurm.

Ich grinste. Natürlich hielt Dressa einen bereit. Doch dieser Plan war ebenso wenig aufgegangen wie die Sache mit dem Blickkontakt. Burugiyel hatte verloren, und zwar auf der ganzen Linie.

Durch die heftigen Zuckungen des Tieres bebte der Stab in meiner Hand. Noch nie hatte ich einen Wurm von so nah gesehen. Ich beobachtete Burugiyels Geschöpf. Es wandte seinen Kopf mit den drei schwarzen Punkten zum Licht, seine Körpersegmente pulsierten und sein Umfang nahm zu. Burugiyels Fragment lag ganz still in seinem Kokon. Es schien darauf zu lauern, was als Nächstes geschah.

Die Kellertür klappte. Ich blickte über die Schulter und sah Kordian zurückkommen. Plötzlich spurtete er los. „Pass auf, Gav!", rief er. Aber es war zu spät. Zwei Stiefel trafen mich im Rücken. Ich verlor das Gleichgewicht und konnte mich gerade noch an der Bank abstützen. Der Siebstab flog in hohem Bogen davon. Ich fuhr herum. Dressa war wach und hatte die Augenbinde irgendwie abgestreift. Sie stöhnte vor Schmerz. Trotzdem trat sie wieder zu, so schnell, dass ich es nicht kommen sah. Diesmal konnte ich mich nicht halten. Ich kippte zur Seite, meine Schläfe knallte gegen die Bank. Es wurde dunkel um mich herum.

Zweiunddreißig
17. April 467 n. L.

„Hüter-Bei! Hüter-Bei!"
Die weiße Trilgesh zerfaserte. Schwarze Fäden schlangen sich um ihre Erscheinung. Es gelang ihr, sie immer wieder abzustreifen, doch ständig wucherten neue. Dort, wo sie sich um sie legten, verlor ihr Weiß an Strahlkraft, wurde schmutzig und fadenscheinig.

„Hüter-Bei, ich brauche dich."

Plötzlich stürmte die Realität auf mich ein. Rauch, feuchter Modergeruch, Zaumzeugklingeln, blökende Ziegen und Schafe, tierische Ausdünstungen. Ruckartig richtete ich mich auf – und griff stöhnend an meinen Kopf. Eine dicke, blutverkrustete Beule wölbte sich unter meinen Fingern. Mir war schwindlig und speiübel.

„Hüter-Bei, komm sofort!"

Wie lange hatte ich bewusstlos gelegen? Wo waren die anderen?

Als ich zur Seite schaute – was mir eine weitere Schmerzwelle einbrachte –, sah ich Dressa neben mir liegen. Der Stoffstreifen verdeckte wieder ihre Augen, Hände und Füße waren gefesselt, das Bein nach wie vor abgebunden. Und man hatte sie mit der Starre belegt. Ihr Körper lag so steif da, dass es nicht anders sein konnte.

Ich Blödhammel! Hätte ich nur daran gedacht. Dann hätte sie mich vorhin nicht überrumpeln können.

„Beeil dich, Hüter-Bei!"

Wo war ich? Und wo die anderen?

Ohne auf die sich drehende Welt und meine Übelkeit zu achten, stand ich auf und versuchte, mir einen Überblick zu verschaffen.

Ich befand mich am Weiherufer auf einem Karren. Die Ladefläche hatte man für mich und Dressa mit Heu gepolstert und am Kopfende lagen die Taschen mit Blanas Essenzen. Überall liefen Schafe und Ziegen frei herum, ebenso ein paar Wallache. Aber es gab auch gesattelte Stuten, die man an die Uferbäume gebunden hatte, und zwei Hengste an der Wagendeichsel. Sogar die Echse wartete auf unseren Aufbruch. Hinter den Stuten hob sie plötzlich ihren Kopf und sah mich an. Alles war abmarschbereit, auch ohne mein Zutun. Selbst Shebs Wohnhaus jenseits der Rasenfläche mit den beschnittenen Büschen brannte inzwischen. Dichter Rauch quoll aus den offenen Fenstern. Doch außer Dressa und den Tieren war niemand zu sehen.

Wo versteckten sie sich? Ich versuchte, ihre Geistflammen zu orten.

Nichts.

„Hüter-Bei, wo bleibst du, Hüter-Bei?"

Die Worte drängten. Ich wünschte, sie wären ein Nachhall meines Traumes oder eine Ausgeburt meines angeschlagenen Gehirns. Am liebsten hätte ich mich wieder flach ins Heu gelegt. Mit reiner Willenskraft verhinderte ich, dass ich mich übergab. Wenigstens konnte ich scharf sehen und mich an alles erinnern.

„Hüter-Bei! Hilf mir, Hüter-Bei! Wir haben schon fast verloren."

Plötzlich rauschte Adrenalin durch meine Adern, machte Schwindel und Übelkeit den Garaus. *Wir haben schon fast verloren.* Wenn ich nur wüsste, wo ich suchen musste. Ich sprang vom Karren – was meinen Kopf dröhnen ließ, aber das war jetzt egal. Jede Deckung nutzend rannte ich hinüber zu den Stallungen. Dort brannte es noch nicht, dort mochten sie sein.

Auf dem kiesbestreuten Innenhof war ebenfalls niemand zu sehen. Dichter Rauch füllte das Geviert zwischen Wohnhaus und Stall. Ich zog das Halstuch höher über die Nase, meine Augen begannen zu tränen. Burugiyel in seiner Kapsel tobte.

Ich lauschte. Nirgends ein Laut außer dem Knacken und Fauchen des Feuers. *„Wo seid ihr?"*, sendete ich und hoffte auf eine

Antwort.

Nichts.

Die Hitze von links, vom brennenden Wohnhaus, trieb mir den Schweiß aus den Poren. Und auch die Stallmauer strahlte bereits Wärme ab. Trotzdem konnten sie dort drinnen sein.

Zusätzlich zu dem Tuch presste ich meine Hand über Mund und Nase, um nicht husten zu müssen, und rannte auf das Tor zu. Beide Flügel hatte man zur Wand hin umgeschlagen und ich spähte vorsichtig um die Kante in die Dämmerung der Stallgasse.

Auch das gegenüberliegende Tor und alle Boxentüren standen weit offen. Dahinter breitete sich das Grasland des Nordmoors aus und eine leichte Brise wehte mir ins Gesicht. Trotzdem hing im Inneren bereits ein Rauchschleier in der Luft.

Niemand war zu sehen.

Schnell lief ich weiter und lugte in alle Boxen, an denen ich vorbeikam, doch ich fand nur zerwühltes Stroh. Plötzlich fauchte es hinter mir. Eine Stichflamme schoss aus dem Wohnhaus gen Himmel. Jeden Moment konnte das Feuer übergreifen.

Wieder versuchte ich, die Geistflammen zu finden. Nichts.

„Beeil dich, Hüter-Bei!", kam es schwach von Chingistiril.

Verdammt, sie mussten doch hier sein! Wenn sie noch lebten. Ich lauschte.

Stille.

Vorsichtig ging ich weiter und warf einen Blick durch jede Tür. Dann plötzlich, auf Höhe der Box mit der zerstörten Bretterwand, rief jemand belustigt: „Da bist du ja endlich, Gavandon." Ein leichtes Donnern lag in der Frauenstimme. Das Burugiyel-Fragment pulsierte höhnisch in seiner Kapsel.

Mist, verdammter! Ich hatte völlig vergessen, dass die schwarze Obsidianwolke jeden meiner Schritte kannte. Offenbar hatte ich mein Hirn schlimmer angeschlagen als gedacht. Die einzige geschlossene Box befand sich gegenüber der Überreste der Holzwand, die die Echse vor ein paar Tagen in Trümmer verwandelt hatte. Wütend auf mich selbst riss ich die Tür auf.

Auch dieses Abteil war für Stuten und Fohlen gedacht und daher geräumiger als üblich. Auf der linken Seite lagen Hanide, Broder und Jono im Stroh, rechts standen sich Shali und Kordian gegenüber und starrten sich an. In meiner Kapsel summte es.

„Du hast ziemlich lange auf dich warten lassen, Junge!", donnerte Shali. Sie klang, als ob die schwarze Obsidianwolke aus ihr sprach.

Verdammt noch mal, Burugiyels Blickkontakt! Rasch hob ich die Hand, um mich davor zu schützen.

Kordian keuchte, stierte Shali an, stocksteif.

„Hüter-Bei! Tu etwas, Hüter-Bei!"

In den Augen von Hanide, Broder und Jono flackerte Panik, aber sie rührten keinen Muskel. Natürlich, die Starre. Ich war vorhin bei Dressa so dumm gewesen.

„NIMM DIE HAND FORT, GAVANDON", befahl Shali. Doch ich schaffte es, zu widerstehen, dem Schildnetz sei Dank.

Das Summen des Burugiyel-Fragments bekam einen wütenden Unterton, eine heftige Mentalwelle brandete heran. Und erst jetzt fiel es mir auf: Ich war allein unter meinem Schild. Es gab um Kordian, Hanide und Broder keine abgespaltenen Hüllen mehr. Großer Weltenschöpfer! Warum? Nur weil ich mein Bewusstsein verloren hatte?

Doch eine Antwort auf diese Frage bekam ich nicht. *„Hilf mir, Hüter-Bei!"* Und wieso konnte ich keine Geistflammen entdecken? Welcher Schild verbarg sie? Burugiyels? Chingistirils?

Gnädiges Wurmloch!

Dort standen nicht Kordian und Shali, sondern meine Hüterin und der Feind selbst sich gegenüber! Und schwarze Fäden schnürten die weiße Trilgesh ein! Mir wurde wieder übel, einen Moment stand ich wie gelähmt.

„Worauf wartest du, Hüter-Bei?"

Wenigstens ihre Worte erreichten mich noch.

Ich musste diesen Blickkontakt unterbrechen.

In meinem Kopf hämmerten tausend Eisenschmiede und hinderten mich am Denken.

Wo war mein Gewehr?

„SIEH MICH AN, GAVANDON", donnerte Burugiyel. Das Fragment summte drängend.

„Hüter-Bei! Hüter-Bei!"

Ich sprang vor und stieß meinen Bruder ins Stroh. Dann riss ich mein Halstuch herunter und warf es über Shalis Kopf, nutzte ihre Überraschung, schleuderte sie zu Boden und kniete mich auf ihre Brust. „Kordian, lass das Schildnetz fahren!", rief ich.

Shali wollte mich mit Händen und Füßen von sich stoßen. Ich belegte sie mit der Starre – ohne Erfolg. Sie war Burugiyel. Kurzerhand versetzte ich ihr einen harten Kinnhaken, holte ein Seil, das an der Wand hing, und verschnürte sie. Das war weniger effektiv, aber besser als nichts. Ich durfte Shali nur nicht wie Dressa aus den Augen lassen.

Und immer noch keine Geistflamme. „Los, Kordian, weg mit deinem Schildnetz!", rief ich wieder.

Keine Reaktion.

Ich zurrte die Augenbinde, mein Halstuch, an Shalis Hinterkopf fest und drehte mich zu ihm um. Mit weit aufgerissenen Augen lag er reglos im Stroh.

Shali hustete trocken und lachte hämisch. „Junge, glaubst du etwa, du könntest mich mit deinen läppischen Tricks stoppen? Es ist längst zu spät, deine Hüterin ist erledigt."

Mit einem Satz war ich bei meinem Bruder. Er zuckte nicht mal. „*Chingistiril!*", sandte ich verzweifelt.

„Zerstöre die Schildnetze, Hüter-Bei. Du kannst es", kam es zurück, deutlich schwächer.

„Wie?"

„Verwende dein eigenes. Du musst ..." Die Worte verwehten. Oh Himmel!

Zum Glück tauchte ein Wissensfragment aus meinem Unterbewusstsein auf. Sofort weitete ich meinen Schild. Als er einen anderen berührte, jagte ein Stromstoß durch meinen Körper, fremd und unangenehm, der Schild des Feindes. Erschrocken ließ ich los und mein Netz schnellte zu mir zurück.

„Tja, mein Junge, jetzt bist du ratlos, was?", höhnte Burugiyel. Shali wand sich im Stroh wie ein Schlangenfisch, doch ihre Fesseln hielten.

„*Hüter-Bei!*", kam es noch einmal sehr schwach.

Diesmal war ich auf die Stromstöße gefasst. Ich wob scharfe Spitzen an meinen Schild und fräste den anderen auf. Und dann war sie da, die erste Geistflamme, golden, ohne Halo, Hanide. Ich löste ihre Starre und umhüllte sie mit meinem Schild, danach befreite ich Broder.

Als mein Onkel wieder auf den Füßen stand, verlangte er: „Jono auch. Er ist auf unserer Seite."

Dies war nicht der Moment für Diskussionen, also vertraute ich ihm. „Verschwindet", sagte ich, nachdem auch Shalis Mann sich wieder bewegen konnte.

Jono streifte sich ein paar Halme von der Jacke und bückte sich, um Shali aufzuheben.

Ich zog ihn zurück. „Sie bleibt, das da ist gerade nicht deine Frau. Und ich brauche sie." Irgendwie musste ich Burugiyel dazu bringen, seine Fäden von meiner Hüterin zu nehmen. Ich wusste nur noch nicht, wie. Aber ich sah hoffentlich klarer, sobald ich Kordians Schildnetz entfernt hatte.

Anders als bei den drei anderen stammte es von Chingistiril, also ging ich bei ihm sorgloser zu Werke. Doch dann zwangen mich die Stromstöße fast in die Knie. Adrenalin half, standzuhalten. Welle um Welle jagte durch meinen Körper, doch ich ließ nicht locker. Meine Hüterin musste befreit werden, um jeden Preis. Ich vergaß, dass es draußen brannte, vergaß meine Gehirnerschütterung, vergaß alles. Immer und immer wieder rannte ich gegen Chingistirils Netz an, fräste mit den gewebten Spitzen. Ich durfte nicht versagen, diesmal nicht, sonst war es vorbei, mit uns allen.

Aber irgendwann kam ich nicht weiter und die Wucht meiner Angriffe ließ nach. Ich konnte nicht mehr. Mein Kopf und jede Faser meines Körpers schmerzten. Verzweifelt suchte ich nach einer Möglichkeit, doch noch durchzudringen. Vorhin war es schließlich gelungen. Lag es vielleicht daran, dass diesmal beide Schilde aus derselben Quelle stammten? Vorsichtig veränderte ich ein wenig die Schwingungen von meinem, sammelte alle Energie, die ich noch aufbieten konnte, stieß zum letzten Mal zu.

Und fiel erleichtert ins Stroh. Ich war durch! Endlich! Chingistirils Netz löste sich auf und die Geistflamme meines Bruders erschien. Sie flackerte und schwarze Fäden pressten das Leuchten aus Chingistirils breitem Halo. Mit letzter Kraft legte ich meinen Schild um Kordian und blieb einen Moment erschöpft liegen. Die Übelkeit kehrte zurück und ich wünschte, ich könnte mich ihr hingeben.

„Ich habe es dir gesagt, es ist zu spät", höhnte Shali.

Kordians Geistflamme flackerte weiter, der Halo blieb eingeschnürt und schmutzig grau. Ich zog meinen Schild enger darum, aber nichts änderte sich. Gnädiges Wurmloch!

„Gib dir keine Mühe." Shali lachte triumphierend.

Hanide kniete sich neben Kordian und streichelte seine Arme, sein Gesicht. „Was ist mit dir, Schatz? Komm zu dir, wir müssen verschwinden." Sie drehte sich zu mir um. „Was ist los, Gavandon? Warum liegt er so da?"

„Ich weiß es doch selbst nicht", sendete ich verzweifelt.

Hanide rüttelte an Kordians Schulter. „Mach schon, mein Großer, lass uns endlich abhauen." Ich sah die Angst in ihren Augen.

Mein Bruder rührte sich nicht.

Ich musste das beenden, irgendwie.

Plötzlich fiel mir ein, was vorhin mit Dressa passiert war. Hatte Burugiyel sie wirklich wegen der Schmerzen freigegeben? Und wenn er sich aus Shali ebenso zurückzog, riss vielleicht die Verbindung zu meiner Hüterin. Das musste ich versuchen.

Broder und Jono hoben Dressas Schwester gerade auf, gegen meinen Befehl. „Alles wird gut, mein Schatz", murmelte Jono beruhigend.

„Ich sagte, sie bleibt!", rief ich.

Sie fuhren zusammen und Shali fiel wieder ins Stroh. „Verdammt, Gavandon ..." Broder bückte sich und wollte wieder nach ihren Beinen greifen.

„Finger weg!" Ich stellte mich über sie und verhinderte jeden weiteren Versuch.

„Siehst du das, Junge?" Jono deutete hinauf zum Dach. Rauchschwaden quollen durch das Salzschilf, mit dem es gedeckt war. „Wir müssen hier raus, und zwar sofort."

Ich schüttelte den Kopf. „Noch nicht. Erst will ich etwas ausprobieren." Ohne Vorwarnung hob ich den Fuß und trat so heftig, wie ich konnte, auf Shalis Schienbein. Es knackte. Sie schrie auf.

„Bist du wahnsinnig?", brüllte Jono. Broder konnte ihn gerade noch festhalten, bevor er sich auf mich stürzte.

Ich achtete nicht darauf, sondern wartete mit geschlossenen Augen, was geschah. Es wirkte. Shalis Geistflamme erschien – nur mit einem schwarzen Strich als Halo.

Ich schaute zu Jono. Er stand mit geballten Fäusten da. „Tut mir wirklich leid, aber es musste sein", entschuldigte ich mich. „Warum, erkläre ich später. Und jetzt raus hier."

Wie aufs Stichwort knisterte es über uns und Funken segelten zu Boden.

„Was ist mit Kordian", rief Hanide. Sie klang panisch.

Ich drehte mich zu ihr um. Nichts hatte sich bei meinem Bruder verändert. Nur seine Geistflamme flackerte weniger stark. Und ich wusste einfach nicht, was ich noch tun konnte.

Broder und Jono trugen Shali ins Freie.

„Fass mit an", sagte ich zu Hanide.

„Was ist bloß los mit ihm? Warum wacht er nicht auf?" Ich konnte ihre Angst fast riechen.

„Ich weiß es nicht. Chingistiril hat ihn übernommen, vielleicht ist das der Grund. Ich muss versuchen, die beiden zu trennen, aber nicht hier drin. Los jetzt, raus hier." Ich deutete zur Boxentür und packte die Schultern meines Bruders.

Am Tor zum Innenhof brannte das Stroh bereits lichterloh, als wir Kordian in die Boxengasse schleiften. Hanide keuchte. Auf einmal stürzte ein riesiger Klumpen aus brennendem Salzschilf von der Decke herunter und schlug neben uns auf. Flammen schossen in die Höhe, Funken stoben, setzten sich in unsere Haare und Kleider. Ich erstickte die Glutpunkte mit meinen Händen.

Hanide schrie und zerrte an Kordian.

Ohne Vorwarnung wurden die weit offenen Augen meines Bruders lebendig und er begann sich hochzurappeln. Wir waren so überrascht, dass wir ihm nur zusahen. Er stand ohne unsere Hilfe auf, seine Geistflamme flackerte nur noch schwach. Sein breiter, eingeschnürter Halo hatte den letzten Schimmer verloren. Dann stand er da, ein schwarzer Schemen vor der roten Lohe.

Und plötzlich stürzte die Erinnerung wieder auf mich ein: Holzkohlearme, bratendes Fleisch. Ich spürte die Hitze. Ich hörte das Feuer fauchen und knacken. Kordians schwankende Silhouette vor den Flammen wurde eins mit den Bildern von meiner Bindung. „Tu's nicht!", wollte ich schreien, aber ich brachte keinen Ton heraus, konnte keinen Muskel rühren.

„Es ist zu spät", flüsterte mein Bruder. Dann ließ er sich rückwärts in die Flammen fallen. Einfach so.

Und ich bekam Flügel, sprang hinter ihm her, erwischte einen Fuß, zog. Hanide schrie.

Ein Schwall Wasser traf mich. Eine Decke wurde über Kordian geworfen. Broder und Jono zerrten uns ins Freie, weg von dem brennenden Stall.

Einer wird sich für das Gelingen opfern. Die Geistflamme meines Bruders glomm nur noch. Sein Halo war weg, komplett verschwunden, zusammen mit den schwarzen Fäden.

„Ich darf euch nicht allein lassen. Ich bin der Hüter-Bei und dies ist *meine* Aufgabe." Verzweifelt fuchtelte ich mit meinen verbundenen Armen über die Szenerie.

Wir standen bei der aufgezäumten Echse. Inzwischen brannten auch die Ställe lichterloh, auf der anderen Seite des Weihers war Nans Haus bereits in sich zusammengesunken und das von Broder würde bald folgen. Zum Glück blies der Wind heute in eine andere Richtung und verschonte uns vor der glühenden Asche und dem Rauch. Trotzdem waren die frei laufenden Esel, Schafe und Ziegen längst verschwunden.

Kordian hatte bisher keinerlei Lebenszeichen von sich gegeben. Nur das Glimmen seiner Geistflamme bewies, dass er nicht ganz tot war. Noch nicht. Obwohl ich versucht hatte, ihn wiederzubeleben. Aber wenigstens unsere körperlichen Wunden hatten wir verarzten können. Blanas Taschen stellten sich als wahre Fundgruben heraus, trotzdem schmerzten meine Arme, als steckten sie immer noch in den Flammen, die Kordian eingehüllt hatten. Und mein Bruder sah inzwischen aus wie eine von diesen eingewickelten Leichen aus den Büchern über Ägypten. So betrachtet war seine Bewusstlosigkeit sogar ein Segen. Wenn er wach gewesen wäre, hätten ihn die Schmerzen umgebracht.

Natürlich wollte ich ihn am liebsten zu einem Heiler bringen, so schnell wie möglich. Trotzdem wiederholte ich unglücklich: „Dies hier ist meine Aufgabe. Ihr braucht meinen Schutz. Ich kann euch nicht verlassen."

Broder legte seinen Arm um mich. „Und ob du das kannst. Wir wissen selbst, worauf wir zu achten haben. Vertrau mir, wir kriegen das hin." Er deutete auf Dressa und Shali. „Fesseln, Augenbinden und Knebel sind durchaus was wert. Keine Sorge, die beiden werden nichts mehr anstellen, da passen wir schon auf." Er schob mich auf die Echse zu. „Deine neue Aufgabe ist es, Kordian zu helfen. Und diese Schönheit hier ist zum Glück schnell genug dafür. Keine Widerrede, du bist der Einzige, der sie steuern kann."

„Aber was ist mit meinem Schildnetz. Wenn euch die Trilgesh ..."

„Wir haben unsere Rüstungen, Gewehre und das Netz von

Hanide. Und du sagst doch selbst, dass Burugiyel schwächer geworden ist."

Das allerdings war der einzige Lichtblick. Seit Kordians Selbstmordversuch lag das Fragment eigenartig leblos in seiner Kapsel. Trotzdem traute ich dem Frieden nicht.

Broder und Jono hatten meinen Bruder bereits auf den Passagiersessel gehievt und festgeschnallt. Hanide kniete vor ihm auf dem Sattel und versuchte, es ihm so bequem wie möglich zu machen. Jetzt schaute sie zu mir herunter. „Keine Angst, wir schaffen es wirklich ohne dich, ich weiß es. Bitte, Gavandon, tu es für Kordian. Bitte."

Ich merkte, wie mein Widerstand zu bröckeln begann. Suchend blickte ich mich um. „Wo ist eigentlich Jono?", fragte ich.

Broder deutete hinüber zum Eselskarren. „Dort, bei den Frauen."

Alarmiert sah ich ihn an. „Und wenn sie nun die Stimme benutzen und er sie befreit? Was tut ihr dann?"

Broder verdrehte die Augen. „Junge, vertrau uns endlich. Wir wissen selbst, was zu tun ist, Jono auch. Dressa und Shali sind geknebelt und das wird so bleiben, bis die Gefahr vorüber ist. Und jetzt hoch mit dir. Hanide, komm bitte vom Sattel runter."

Die Seherin zupfte ein letztes Mal an der Decke, die sie über meinen Bruder gebreitet hatte. Dann stieg sie von der Echse und half Broder, mich trotz meiner verbrannten Hände hinaufzubugsieren. Zum Glück musste ich keine Zügel halten, sondern nur meine Fühlbänder benutzen. Und Broder hatte recht, Kordian würde nicht mehr lange durchhalten. Trotzdem zögerte ich immer noch, der Echse den Befehl zu geben.

Beschwörend berührte Hanide mein Bein. „Bitte, Gavandon, lass sie rennen, so schnell es geht. Rette Kordian", flehte sie.

Gleichzeitig schlug Broder mit der flachen Hand auf die Schuppen an der Flanke. Erschrocken galoppierte die Echse an. „Hab keine Angst, wir kümmern uns um den Rest", rief er mir nach.

Für einen Moment war ich froh, dass man mir die Entscheidung abgenommen hatte, und auch, dass ich meine Gabe inzwischen beherrschte. Rasch sandte ich Blau an die Geistflamme des Tieres und Rot weit voraus auf unser Ziel zu. Die Echse nahm Fahrt auf, bis die Vegetation am Wegrand zu Strichen verschwamm. Und bei dem Höllentempo vergaß ich schnell alles andere, konzentrierte mich nur noch auf die Umgebung. Wir erreichten die Serpentine in Rekordzeit, galoppierten zu dem Tal hoch und durchquerten es, ohne anzuhalten. Burugiyels Fragment lag weiter wie ein Stein in meinem Selbst. Doch erst, als ich ein letztes Mal die Grenze nach Hylend überquerte und etwas langsamer wurde, fiel mir auf, dass während des ganzen Ritts nicht eine einzige kupferne Geistflamme aufgetaucht war.

Trotzdem konnte ich mich nicht entspannen. Jetzt, wo meine Konzentration etwas nachließ, kehrten all die unerwünschten Gedanken zurück.

Hatte ich richtig gehandelt? Oder hätte ich Broder und Hanide nicht nachgeben dürfen? Was, wenn Kordians Opfer nicht vollständig genug war für unseren Sieg? Und würde Burugiyel auch ohne mich die anderen ziehen lassen?

In der Abenddämmerung erreichten wir endlich die Straße, die entlang der Hylendberge verlief und die Garnisonen verband. Noch einmal trieb ich die Echse an. Egal, was die Zukunft brachte, jetzt war ich so weit gekommen und konnte nicht mehr umkehren. Vermutlich wurde meine Haft diesmal nicht so komfortabel, aber das war mir egal. Im Moment zählte nur Kordians glimmende und entsetzlich nackte Geistflamme.

Was die nächste Gedankenspirale in Gang setzte.

Wieso war sein Halo fort? War seine Bindung zerrissen? Und wenn ja, was tat dies mit meiner Hüterin? Sie war doch schon so sehr in Not durch Burugiyels Angriff. Kämpfte sie immer noch mit den schwarzen Fäden?

„Chingistiril!", rief ich sie, doch es kam keine Antwort. Hier auf der ausgebauten Straße benötigte die Echse kaum noch

meine Führung. Und die Spirale geriet immer mehr außer Kontrolle.

Hüter waren schon früher ausgelöscht worden, ein Gedanke, der mich fast umbrachte. Was, wenn Kordians Opfer zu spät gekommen war? Wie würden das grüne Frettchen und die anderen Hüter damit umgehen? Ihre Drohung kehrte wie eine dunkle Wolke zu mir zurück. Würden sie uns Menschen jetzt vernichten? Hatte ich endgültig versagt? Was konnte ich noch tun, um unser Schicksal abzuwenden?

Es war geradezu eine Erleichterung, als endlich die Lichter einer Garnison in der Dämmerung auftauchten.

Dreiunddreißig
18. bis 32. April 467 n. L.

Sie isolierten mich vollständig von der Außenwelt. Nachdem meine Brandwunden von einem Heiler versorgt und ich nach Itelgo überführt worden war, sperrte man mich in eine der üblichen Gildenzellen mit Bett, Stuhl, Tisch und Nassbereich. Aber es gab diesmal keinerlei Fenster, nur Lüftungsschlitze unter der Decke, keine Zeitungen auf dem Essenstablett, keine Wächter, die ab und zu hereinschauten. Man schob meine Mahlzeiten nur zweimal am Tag durch eine Klappe in der Tür, wodurch jede Frage unmöglich gemacht wurde. Ich erfuhr nichts, weder über meinen Bruder noch über Pas Brief, der mir gleich nach meiner Verhaftung abgenommen worden war. Und, am allerschlimmsten, man hatte sogar etwas in die Wände eingelassen, das meine mentalen Kräfte auf das Innere dieser Zelle beschränkte. Die Verbindung zu meiner Hüterin war vollständig abgerissen.

Zuerst rechnete ich noch stündlich damit, dass jemand kam und mich holte. Mit Sicherheit hatten die Zeitungen über meine Verhaftung berichtet und auch der Thronfolger wusste, um was es ging. Hoffte ich. Aber als nichts geschah, musste ich mich wohl oder übel mit der Leere meiner Tage, mit der dröhnenden Stille und der Einsamkeit arrangieren. Ich versuchte es mit körperlicher Bewegung – schwierig in dieser Enge und absolut nicht ausreichend, um die endlosen Stunden zu füllen. Sogar ein tropfender Wasserhahn wurde da zum Ereignis, ebenso eine Fliege, die sich zu mir herein verirrt hatte. Und leider blieb mir immer noch viel zu viel Zeit zum Grübeln.

Am meisten beschäftigte mich, wie es um Chingistiril oder um meinen Auftrag stand. Hatte Broder sein Versprechen wahr gemacht? War die Bindung der Fermin-Schwestern wie geplant von meiner Hüterin getrennt worden? Begleiteten Dressa und

Shali ganz normal die anderen nach Itelgo, um den Rest der Familie zu treffen? Oder hatte Burugiyel gesiegt? Konnten die Fermin-Schwestern sich befreien und waren immer noch gebunden? Und welchen Schaden verursachten die schwarzen Fäden bei meiner Hüterin? Stand am Ende unsere Auslöschung unmittelbar bevor? Wenn wir versagt hatten, was planten Chingistirils Nachbarn, das grüne Frettchen, der lila Sackfisch und die goldene Schärpe?

Inzwischen kannte ich ihre Sichtweise ziemlich genau. Wir Menschen waren für sie Eindringlinge, Außenweltler, die viele beunruhigende und entsetzlich fremde Dinge taten. Zum Beispiel bevorzugten wir das grelle Tageslicht und lebten am Boden, anstatt in den Wipfeln der Bäume. Dann dieser grauenhafte Lärm, den wir veranstalteten, so tief und dröhnend, dass es in den Ohren schmerzte. Und, besonders abstoßend, es war absolut unmöglich, sich mit uns zu verständigen. Die meisten Menschen besaßen so taube Hirne, dass man sie niemals erreichen konnte.

Als Einzige war Chingistiril neugierig geblieben, damals, nachdem der erste Schrecken über unser Auftauchen verflog. Und da unser Raumschiff in ihrem Gebiet gelandet war, ließ man ihr diese Spielerei. Man verlangte nur, dass wir nie die Grenzen ihres Gebiets verlassen durften. Doch jetzt hatten ein paar von uns dieses Gebot missachtet und der Feind missbrauchte sie für seine Zwecke. Das veränderte alles.

Ich wünschte, ich wüsste, wie es draußen inzwischen aussah. Hatte man schon mit unserer Vernichtung begonnen? Gab es bereits unerklärliche Epidemien oder Todesfälle? Doch dann brachte man mir das nächste Tablett und ich beruhigte mich wieder. Solange ich zuverlässig morgens und abends meine Mahlzeit bekam, war noch nichts verloren, daran musste ich mich halten. Und zum Glück änderte sich auch in den folgenden Tagen nichts daran.

Schließlich stellte sich eine gewisse Routine ein. Ich wusch mich morgens, aß und trank, erfand ein paar neue Übungen. Und für den Rest des Tages, so beschloss ich, musste Schluss sein mit den Grübeleien. Ich konnte sowieso nichts tun, solange ich hier festsaß. Und ich hatte eine Verhandlung vor mir, auf die ich mich vorbereiten musste. An Kordians optimistische Vorhersagen bezüglich des Prozesses glaubte ich schon lange nicht mehr. Ich war sicher, dass man trotz Pas Brief eine Verurteilung plante, deshalb brauchte ich eine Strategie.

Das Ausbrennen selbst bereitete mir dabei die wenigsten Kopfschmerzen. Ich war der Hüter-Bei und konnte die beiden Exekutoren ohne Probleme mit meinem Schildnetz abwehren. Weder die Farben des Fühlwebers noch die Fingerströme des Heilers würden meinen Geist erreichen. Aber ich durfte es gar nicht erst soweit kommen lassen. Nur wenige Verurteilte hatten jemals dem Ausbrennen widerstanden und jeder von ihnen war anschließend hingerichtet worden. Die Gilde zeigte sich unerbittlich, sobald sich ein Kontrollverlust abzeichnete, besonders wenn es um Fühlweber ging. Also musste meine Geschichte so gut gesponnen sein, dass man mich freisprach. Zum Glück brauchte ich keine Lügenwellen zu fürchten, die konnte ich unterdrücken. Ich musste nur Erfindung und Wahrheit geschickt miteinander verbinden.

Aber irgendwann hatte ich mir alles zurechtgelegt, tausendmal von allen Seiten beleuchtet und keinen Fehler mehr gefunden. Die leeren Tage kehrten zurück und wieder begannen meine Gedanken zu kreisen. Was, wenn man mich bis in alle Ewigkeit hier schmoren ließ? Und hatte ich den Prozessverlauf richtig eingeschätzt? Was wurde aus Mam und Granna, wenn es schiefging?

Ich wünschte, ich könnte die Zeit zurückdrehen. Erst vor einem Monat hatte ich mit Pop vorne auf dem Versorgungssteg gesessen und keine anderen Probleme gehabt als missgünstige Lehrer und boshafte Mitschüler. Doch davon war ich inzwischen so weit entfernt wie Nouworld von der Milchstraße. Was, wenn Broder es nicht geschafft hatte? Was, wenn Dressa und Shali unterwegs die Stimme benutzen konnten, wenn sie jetzt frei waren, wenn Burugiyel dadurch ...?

Es war eine riesige Erleichterung, als sie mich endlich abholten.

Zwei Gildenagenten betraten die Zelle, zwei Fühlweber. „Aufstehen!", befahl der eine, also erhob ich mich. Sofort lähmte mich die Starre und das wattige Gefühl einer Geistblockade schirmte meine Gabe ab. Natürlich hätte ich meinen Schild verwenden können, aber ich verzichtete darauf. Ich wollte ihn nur einsetzen, wenn es wirklich nötig wurde.

Die Männer würdigten mich kaum eines Blickes. Der eine legte mir Eisenketten an, die das Gehen in kleinen Schritten erlaubten, während der andere mit geschlossenen Augen die Blockaden aufrechterhielt. Dann verschwand die Starre, nur die Watte um mein Hirn blieb, und ich konnte der Versuchung nicht widerstehen. Ich wob meinen Schild zu einer Röhre, die ich durch die Geistblockade bohrte. Dabei beobachtete ich genau den Agenten, der sie erzeugte. Er schien nichts zu bemerken. Und endlich durfte ich meine Zelle verlassen.

Es war, als ob ich nach Hause käme. Alles kehrte zurück, die Geistflammen, das Gefühl von Größe und Kraft. Nur das Burugiyel-Fragment lag weiter leblos in seiner Kapsel, aber das war gut so. Doch meine Hüterin konnte ich wieder spüren, dem Himmel sei Dank. Sofort sandte ich: *„Bitte gib mir noch ein wenig Zeit. Ich bin zwar zurück, aber noch nicht frei."*

Keine Antwort, obwohl ich wusste, dass meine Worte bei ihr angekommen waren. Aber ich spürte auch, wie sehr die Macht sie verlassen hatte. Trotzdem versuchte ich es noch mal. *„Ich bin wieder da. Und ich werde bald vollkommen frei sein. Dann kann ich tun, was getan werden muss."*

Diesmal erreichte mich so etwas wie Zweifel. Großer Weltenschöpfer! Ich wünschte, ich wäre die letzten beiden Wochen nicht weggesperrt gewesen. Was wusste sie?

Der eine Agent stieß mich vorwärts, weil ich plötzlich stehen geblieben war. „Los, Bürschchen", knurrte er. „Mätzchen sind hier nicht erlaubt, verstanden?"

Also löste ich lieber die Schildröhre auf. Das musste jetzt bis nach dem Freispruch warten.

Ich wurde durch zahlreiche Gänge und Treppen hinauf und hinunter geführt. Der Boden bestand aus schwarz-weißem Terrazzo, in das man in regelmäßigen Abständen die Zeichen der drei Zünfte eingelassen hatte: die Hand der Heiler in ihrem Dreieck, das Auge der Seher im Kreis und die regenbogenfarbene Bänderwolke der Fühlweber. Ich hielt meinen Blick gesenkt, als ob ich sie zählen würde, rekapitulierte aber nur die Geschichte, die ich mir ausgedacht hatte. Schließlich öffnete einer der Agenten eine breite Flügeltür und wir betraten den Gerichtssaal.

Der Eingang befand sich gegenüber einer Empore mit einem halbhohen Geländer als Sperre zum Saal. Den Zugang erlaubten jeweils drei Stufen an den Seiten. Links gab es eine Tür, durch die die Richter kamen, rechts stand das Pult für den Protokollführer. Dazwischen wechselten sich entlang der Rückwand rot bezogene Sessel mit Tischchen ab, auf denen Schreibzeug, Wasserkaraffen und Gläser bereitstanden, sowie ein Hämmerchen für den Vorsitzenden in der Mitte.

Der Rest des Raumes, weit und fast leer, hätte genug Platz geboten für ausschweifende Bälle. Es roch nach Bohnerwachs und Holzpolitur, schräge Lichtbahnen, in denen Staub tanzte, fielen von rechts durch Fenster oben an der Wand und malten helle Vierecke auf den Parkettboden. Im Schatten darunter zogen sich zwei gestaffelte Bankreihen an der Außenmauer entlang, auf denen aber nur drei weitere Gildenagenten Platz genommen hatten. In der Mitte gab es einen erhöhten Zeugenstand mit dreiseitigem Geländer und links einen Käfig aus feinmaschigem Drahtgeflecht mit einem Stuhl darin. Dahinter versteckte sich eine gepolsterte Liege mit einem Loch an einem Ende sowie Ledergurten für Arme, Beine und den Kopf, der Ort für die Urteilsvollstreckung, aber das war alles. Es gab weder Plätze für Zuschauer noch welche für Anklage und Verteidigung.

Man brachte mich natürlich in den Käfig. „Setzen Sie sich", befahl der eine Agent. Dann ergänzte die Starre wieder meine

Geistblockade, man nahm mir die Ketten ab und schloss die Tür. Watte und Starre verschwanden und wie erwartet schirmte auch hier das Drahtgeflecht meine geistigen Kräfte ab. Ich beobachtete, wie die beiden Agenten den Zeugenstand umrundeten und sich mir gegenüber zu ihren Kollegen setzten. Stille senkte sich über den Saal. Ab und an hüstelte einer der Agenten, draußen sang eine Amsel und gelegentlich hörte man den Ruf eines Kutschers.

Endlich, nach einer gefühlten Ewigkeit, öffnete sich die Tür oben auf der Empore und die Agenten erhoben sich. Also stand auch ich auf. Zuerst betrat eine Frau mit grüner Armbinde, Handschuhen und einer dicken Mappe unter dem Arm den Gerichtssaal. Seher übernahmen oft das Protokoll, weil sie die Silbenkurzschrift beherrschten, die ein wortgetreues Festhalten des Gesagten erlaubte. Und richtig, sie schritt die gesamte Empore entlang, bis sie das Pult erreichte und sich dort aufstellte. Erst danach betraten nacheinander meine fünf Richter den Raum, jeder von ihnen gehüllt in eine Robe vom selben Rot wie die Sesselpolster. Angeführt wurden sie von den drei obersten Zunftmeistern von Tendris. Jeder von ihnen war im ganzen Land bekannt, auch ohne die Kappen ihrer Würde hätte ich gewusst, um wen es sich handelte. Die einzige Frau, Meisterin Vosin, trug das blaue Barett der Heiler, Meister Jorbed Sehergrün und Meister Klaining die bunten Streifen der Fühlweber. Die Köpfe der beiden letzten Männer waren unbedeckt, doch auch sie erkannte ich sofort: Leftent Otran, den Polizeihauptmann von Itelgo, und Kanzler Regedin, den Vorsitzenden des Staatsrates. Sie boten also die ganz große Jury auf. Wollte man etwa an mir ein Exempel statuieren? Mein Herz rutschte mir ein Stück weit in die Hose. Hoffentlich funktionierte meine Geschichte.

Heute übernahm Meisterin Vosin den Vorsitz. Sie stellte sich vor den Sessel in der Mitte, flankiert von ihren beiden Gildenkollegen. Die äußeren Stühle waren für den Kanzler und den Polizeihauptmann bestimmt. Als jeder an seinem Platz stand, wedelte die Meisterin mit der Hand und alle setzten sich. Nur ich blieb stehen und hoffte, dass man mir das Wort erteilte. Doch die Vorsitzende betrachtete mich mit einem Blick, der nichts Gutes ahnen ließ. Also räusperte ich mich. „Bitte", sagte ich so ruhig wie möglich.

Sofort schlug sie mit dem Hämmerchen auf den Holzklotz. „Setzen Sie sich, Angeklagter", herrschte sie mich an. „Wir werden Sie es wissen lassen, wenn Sie sprechen dürfen."

Trotzdem blieb ich stehen.

Wieder das Hämmerchen. „Hinsetzen, auf der Stelle! Sollten Sie nicht Folge leisten, werden Maßnahmen ergriffen."

Es blieb mir nichts anderes übrig, als zu gehorchen. Das würde ja heiter werden. Wenn man mir sogar das Sprechen verbot, wie sollte ich mich dann verteidigen? Doch möglicherweise wollte man mich erst nach den Zeugen befragen, darauf musste ich hoffen.

Als Erstes wurde Mem Lion in den Saal gebracht. Sie wies mit zitterndem Finger auf mich und redete schrill. Es folgte ihr Mann, der etwas von Betrug und Erpressung einer neuen Hose erzählte und dass ich mich an seiner Frau habe rächen wollen. Doch niemand fragte, was mich denn zu einer solchen Tat veranlasst haben mochte.

Danach musste Mirana zu diesem bewussten Tag aussagen. Sie schilderte die Geschehnisse in der Schule, nur war ich diesmal nicht das Opfer von schlechten Scherzen und Ungerechtigkeiten, sondern hatte diese durch mein seltsames Verhalten selbst provoziert, was später von Sor Borhan und Martek Gerson bestätigt wurde. Außerdem berichtete sie mit zitternder Stimme, wie ich sie manipuliert hatte, um sie in mich verliebt zu machen. Und dabei hätte ich doch genau gewusst, dass ihr Herz längst meinem besten Freund gehört. Ihre Tränen mussten jeden rühren, der nicht völlig versteinert war, mich jedenfalls trafen einige finstere Blicke. Und wenn ich nicht gewusst hätte, zu welchem Zweck diese Scharade aufgeführt wurde, hätte sich spätestens jetzt mein schlechtes Gewissen gemeldet.

Torbin war der Erste, der Mikel, Mem Lions ausgebrannten

Bruder erwähnte. Er betrat den Zeugenstand und warf mir einen eigenartigen Blick zu. Zorn lag darin, aber auch so etwas wie die Bitte um Verzeihung. Dann berichtete er, wie Mikel mich umgestoßen hatte, wodurch die Ereignisse in Gang gekommen waren. Daraufhin wurde noch einmal Gester Lion in den Zeugenstand gerufen und musste bestätigen, dass er mir zunächst Ersatz für die zerrissene Hose versprochen hatte. Erst, als ihm bewusst geworden sei, was für ein Mensch ich bin, habe er sein Angebot zurückgezogen, woraufhin ich seiner Frau mit meiner Gabe schweren Schaden zugefügt hätte. Meister Klaining von der Fühlwebergilde rügte ihn scharf wegen der Lücken in seiner ersten Aussage und der Wirt vom *Landungsstein* verließ mit eingezogenem Kopf den Saal.

Kaum, dass sich die Tür hinter ihm geschlossen hatte, schlug Meisterin Vosin mit dem Hämmerchen auf den Holzblock. „Damit ist die Zeugenvernehmung beendet, das Gericht zieht sich zur Beratung zurück", sagte sie. „Bitte erheben Sie sich."

Oh verdammt! Zumindest mit Mam oder Granna zur Entlastung hatte ich gerechnet. Ich sprang auf. „Was ist mit dem Schreiben meines Vaters? Darin wurde genau erklärt, warum mir dieser Unfall passieren konnte", rief ich in die entstehende Unruhe.

Meisterin Vosin schlug wieder mit dem Hämmerchen. „Man hat Ihnen auch jetzt nicht das Wort erteilt, Angeklagter." Sie beugte sich vor. „Doch wir sind ein ordentliches Gericht und ich will auf diesen Einwand antworten." Mit spitzen Fingern nahm sie ein Papier von ihrem Tischchen. „Meinen Sie dieses Pamphlet, Angeklagter?"

Ich nickte. „Wenn das der Brief ist, den mein Vater an meinen Bruder Kordian geschrieben hat, dann meine ich ihn." Der Stift der Protokollführerin huschte über die Seiten in der Mappe. „In diesem Brief", fuhr ich fort, „hat mein Vater ausdrücklich erklärt, warum ich ..."

Das Hämmerchen schnitt mir das Wort ab. „Ihr Vater, Gavandon Barjenden, war nachweislich ein Verbrecher. Das, was er in jenem Brief enthüllt hat, bezeugt dieses zweifelsfrei. Daher wurde das Schreiben als Beweisstück abgelehnt." Sie unterstrich das Gesagte durch einen erneuten Schlag. „Und nun erheben Sie sich, das Gericht zieht sich zurück."

Aber ich gab noch nicht auf, ich durfte nicht. „Und was ist mit Entlastungszeugen? Zum Beispiel Leute aus dem Gasthaus oder Lehrer, die mich kennen und nicht verabscheuen wie Sor Borhan?"

Meisterin Vosin sah mich an. „Sie sind unverschämt, Angeklagter, aber ich will auch hierauf antworten. Bei Subjekten wie Ihnen, Sor Barjenden, bedarf es keiner Leumundszeugen. Natürlich haben Sie viele im Vorfeld Ihrer Tat für sich eingenommen. Und natürlich würde jeder von ihnen das berichten, was Sie ihm zuvor eingegeben haben. Entlastende Aussagen würden nur die Wahrheit verschleiern und werden daher nicht zugelassen." Noch ein Schlag mit dem Hämmerchen. Die beiden Gildenmeister rechts und links der Vorsitzenden nickten. Nur Kanzler Regedin und der Polizeihauptmann sahen mich mit ausdrucksloser Miene an.

„Das Gericht zieht sich jetzt zurück", verkündete Meisterin Vosin und erhob sich. Alle standen auf. Hintereinander verließen die Richter den Saal.

Ich sank wieder auf den Stuhl. Verdammt noch mal, wo würde das jetzt hinführen? Ich sah zu der Protokollführerin hinüber. Sie hatte ihren Stift beiseitegelegt und starrte vor sich hin. Würde die Mitschrift tatsächlich zu den Akten genommen oder war das Ganze auch nur Teil dieser Farce? Jetzt verstand ich, warum Zuschauer bei diesem Prozess nicht zugelassen waren. Nie durfte der Eindruck entstehen, dass die Gilde Gesetze missachtete, und vor Publikum hätte man die Verhandlung völlig anders führen müssen. Mit Beobachtern im Saal hätte ich mich verteidigen dürfen.

Himmel, diese Idioten! Die ahnten doch gar nicht, mit welchem Feuer sie spielten.

Konnte ich einen Ausgebrannten vortäuschen und mich dann

irgendwie absetzen? Aber sie würden meine Geistflamme prüfen, also ging das nicht. Ich musste mir unbedingt Gehör verschaffen! Wenn ich nicht freikam, würden Chingistirils Nachbarn ... Meine Gedanken rasten immer noch, als die Jury nach erschreckend kurzer Zeit zurückkehrte.

Wieder stellten sich alle vor ihren Plätzen auf. „Bitte, darf ich sprechen?", fragte ich sofort, nachdem das Hämmerchen geschlagen worden war. Zur Not würde ich die Vorsitzende sogar über die Hüter aufklären. Sie musste begreifen, um was es hier ging. Ich war sicher, dass ein neuer Mitwisser unser Überleben weniger gefährdete, als wenn sie mich aus dem Verkehr zogen.

Doch niemand beachtete mich. Meisterin Vosin las von einem Blatt ab: „Im Namen des Volkes, es ergeht folgendes Urteil: Der Angeklagte Gavandon Barjenden, Fühlweber, geboren am 14. Januar 449, wohnhaft in Itelgo, angeklagt wegen Täuschung der Gilde, wegen Nichtaufnahme seiner Internatspflicht und wegen unsachgemäßer Anwendung seiner Gabe, wird in allen Punkten schuldig gesprochen. Es erfolgt hier und jetzt das sofortige Ausbrennen, um die Gesellschaft vor einem wilden Fühlweber mit gefährlicher Gesinnung zu schützen." Sie winkte den Gildenagenten. „Bitte bereiten Sie den Angeklagten unverzüglich zur Exekution vor."

Kaum ließ sie das Blatt sinken, rief ich schon wieder: „Frau Vorsitzende, meine Herren Richter, bitte. Ich muss Ihnen allen etwas sehr Wichtiges mitteilen. Bitte hören Sie mich an."

Doch Meisterin Vosin gab sich auch weiterhin taub und bedeutete allen, sich zu setzen. „Holen Sie die Exekutoren", befahl sie einem der Gildenagenten.

Meister Klaining von der Fühlwebergilde studierte konzentriert ein Papier, nur der Kanzler und der Polizeihauptmann saßen auf ihren Sesseln und blickten mich interessiert, aber schweigend an. Und Sor Jorbed, der Zunftmeister der Sehergilde, tastete stirnrunzelnd nach seiner Brusttasche.

Zwei Gildenagenten schoben die Liege in die Mitte des Raumes vor den Zeugenstand. Die beiden anderen kamen zu meinem Käfig und schlossen auf. Noch ehe die Tür ganz offenstand, hatten sie mich schon wieder mit Starre und Geistblockade belegt. Doch jetzt war keine Zeit mehr dafür. Ich streifte beides ab und stürzte zur Empore. „Bitte, ich muss sprechen dürfen, unbedingt", flehte ich und klammerte mich an das Geländer.

Plötzlich wurde es totenstill. Meister Klaining richtete sich steil auf und schloss die Augen. Alle anderen Anwesenden sahen aus wie eingefroren. Ein beeindruckendes Silbernetz erschien um ihre Geistflammen.

„Ich muss Ihnen etwas von größter Wichtigkeit mitteilen", rief ich lauter als beabsichtigt in die Stille. Mehr denn je wünschte ich, dass ich als Hüter-Bei Zwang in meine Stimme legen könnte. „Bitte, Frau Vorsitzende. Uns alle bedroht eine entsetzliche Gefahr! Ich flehe Sie an, hören Sie mir zu, bitte!", beschwor ich meine Richter so eindringlich, wie ich konnte.

Doch Meisterin Vosin sprang nur auf, hob zitternd ihren Finger und zeigte auf die Gildenagenten. „Schafft ihn sofort zurück in den Käfig. Und holt Castro Brin, auf der Stelle!", rief sie schrill.

Ein weiterer Agent spurtete los. Die restlichen drei packten mich, schleiften mich zurück und stießen mich unsanft durch die Gittertür. Ich stolperte, fiel hin und schlug mit der Stirn auf die Stuhlkante. Blut rann in mein eines Auge, das ich ärgerlich mit dem Ärmel wegwischte. Ein Wort aus Hanides spontaner Prophezeiung fiel mir ein. „Ich bin der Schlüssel!", rief ich verzweifelt. „Sie machen einen Fehler! Sie wissen nicht, was Sie tun!"

Meister Jorbed von der Sehergilde richtete sich steil auf.

„Schweig, Subjekt", schrie Meisterin Vosin.

Meister Klaining, der Fühlweber, erhob sich und legte den Arm um die Heilerin. „Deria, bitte, beruhige dich. Dies ist ein Gerichtssaal."

„Aber der Kerl da ist außerhalb unserer Kontrolle!"

Kanzler Regedin stand auf. „Und deshalb holen Sie gleich Ihren Henker?" Seine Bassstimme klang erstaunlich sanft.

Moment, Henker? Wollten sie mich etwa hinrichten lassen?

Jetzt gleich? Ich sprang auf und klammerte mich an den Maschendraht. Wenn sie das taten, war alles zu spät! Wenn ich nicht …

Doch ehe ich einen klaren Gedanken fassen konnte, ging die Saaltür auf. Fünf Leute betraten den Raum, die beiden Gildenagenten, die losgeschickt worden waren, sowie zwei Männer und eine Frau. Zwei von ihnen trugen Schärpen mit Gildenfarben über ihren Uniformjacken, eine Fühlweberin und ein Heiler, die Exekutoren. Der dritte Neuankömmling schien der Gilde nicht anzugehören. Er war muskulös, trug Lederweste, Lederhose und Stiefel und in der Hand ein aufgerolltes, geflochtenes Band mit zwei Griffen an den Enden. Oh Himmel, eine Garrotte. Sie wollten mich tatsächlich hier und jetzt erwürgen.

Meisterin Vosin winkte entschuldigend den beiden Exekutoren zu. „Es tut mir leid, dass ich Sie herbemüht habe. Doch in den letzten Minuten sind Dinge eingetreten, die Ihre Arbeit überflüssig machen. Wie Sie sehen, habe ich deshalb nach Castro Brin schicken müssen. Ich danke Ihnen sehr für Ihr Kommen, aber hiermit sind Sie wieder entlassen."

Der Polizeihauptmann sprang auf. „Halt, Frau Vorsitzende, das geht so nicht. Das widerspricht jeder Regel, die ich kenne. Sie sind nicht befugt, eine solche Entscheidung allein zu treffen. Für eine Hinrichtung muss neu abgestimmt werden. Und ich sage Ihnen gleich, bei dieser Beweislage werde ich mein Einverständnis verweigern."

„Aber Leftent Otran, Sie haben doch selbst gesehen, wie notwendig es ist." Die Zunftmeisterin der Heiler gestikulierte heftig. „Dieser junge Mann, Leftent, ist einer von den hochgefährlichen Leuten, vor denen unsere Gesellschaft geschützt werden muss. Wir wissen, dass er ein wilder Fühlweber ist. Und Sie alle haben gerade erst erlebt, dass er sich unserer Kontrolle entziehen kann. Ich frage Sie, wollen Sie ernsthaft so jemanden am Leben lassen?"

Niemand antwortete auf diese Frage, denn wieder ging die Tür auf und drei Männer betraten hastig den Saal, mit denen ich zu diesem Zeitpunkt überhaupt nicht mehr gerechnet hatte. Und sofort wurde mir ein wenig leichter zumute. Der Thronfolger höchstselbst schritt voran und umrundete den Zeugenstand. Ihm folgten Broder, der mir lächelnd zuzwinkerte, und ein mir unbekannter Seher. Was bei allen Wurmlöchern des Universums taten die drei hier?

„Guten Tag, Meisterin, Meister, Meister, Kanzler, Leftent", sagte Geldon freundlich in die Stille und nickte jedem meiner Richter einzeln zu. „Bitte entschuldigen Sie vielmals diese Störung, aber zum Glück sehe ich, dass wir noch rechtzeitig gekommen sind." Er deutete auf den Henker mit der Garrotte. „Auch wenn es knapp war, wie ich vermute." Er warf mir einen raschen Blick zu. „Dieser junge Mann dort darf nämlich auf keinen Fall verurteilt werden."

Das sorgte dafür, dass die Vorsitzende sich setzte – oder besser auf ihren Stuhl sank. Doch Meister Klaining war noch in der Lage, angemessen zu reagieren. Er trat nach vorn an das Geländer und sagte höflich: „Hoheit, welch seltener Besuch. Doch leider muss ich Sie darauf hinweisen, dass der Angeklagte seinen Richterspruch bereits erhalten hat. Einzig die Art der Vollstreckung ist noch strittig. Wir mussten feststellen, dass er Fähigkeiten besitzt, die wir im Interesse des Friedens nicht dulden dürfen." Er machte eine Handbewegung zu Castro Brin. „Deshalb haben wir den Henker dort ..."

Mit deutlichem Zorn in der Stimme unterbrach ihn der Polizeihauptmann. „Ich sagte bereits, dem verweigere ich meine Zustimmung!"

„Aber, aber, meine Herren, meine Dame", sagte Geldon lächelnd. „Noch ist zum Glück nichts Endgültiges geschehen. Und da es offenbar Diskrepanzen gibt, schlage ich vor, den Fall neu zu diskutieren. Außerdem bin ich im Besitz eines Schriftstückes, das ihn möglicherweise im ganz neuen Licht erscheinen lässt. Und bei Ihren Unterlagen müsste es einen Brief geben, der ebenfalls ein mildes Urteil ermöglicht."

Jetzt meldete sich wieder die Vorsitzende zu Wort. „Hoheit, es bedarf keiner neuen Verhandlung. Der Angeklagte, das wurde zweifelsfrei bewiesen, stellt eine immense Gefahr dar. Er hat sich selbst aus der Starre und der Geistblockade befreit, vor unser aller Augen. Sie können sich sicher denken, wie wenig so jemand beherrschbar ist. Und wer weiß, welche Taschenspielertricks er sich noch beigebracht hat. Gavandon Barjenden ist ein wilder Fühlweber mit einem offenbar besorgniserregenden Potenzial. Kein Schriftstück kann diese Tatsache ändern. Wollen Sie ernsthaft jemanden wie ihn frei herumlaufen lassen? Um des Friedens willen, Hoheit, das kann die Gilde nicht zulassen. Gavandon Barjenden muss unschädlich gemacht werden, hier und jetzt, für alle Zeit."

Doch als Antwort schnippte der Thronfolger nur in Richtung des Sehers, der ihn begleitete. Dieser zog ein Papier heraus und überreichte es Meisterin Vosin. Sie las es und gab es an Meister Klaining weiter. „Das besagt gar nichts", erklärte sie störrisch.

Meister Jorbed, der Seher, der bisher die Vorgänge nur aufmerksam beobachtet hatte, beugte sich jetzt über den Stuhl der Vorsitzenden zu Meister Klaining. „Gib mir das Papier, Karol", verlangte er. Klaining reichte es ihm. Jorbed zog ein weiteres Blatt aus seiner Brusttasche und verglich beide miteinander. Dann reichte er sie Leftent Otran, der sie, nachdem er sie gelesen hatte, an Kanzler Regedin weitergab.

„Parvos, was soll das?", fragte Meisterin Vosin den Seher.

„Das, Deria", antwortete dieser ernst, „sind Mitschriften, wie du wahrscheinlich schon bemerkt hast." Er nickte dem unbekannten Seher neben Geldon zu. „Und beide haben fast denselben Wortlaut." Er zitierte: „Die Menschheit ist in Gefahr. Ein junger Fühlweber wird der Schlüssel zu ihrer Rettung sein. Er muss überleben." Offenbar kannte er seine Mitschrift auswendig.

„Tatsächlich identisch?", fragte Meister Klaining.

Jorbed nickte. „So gut wie. Und ich vermute, dass Ihre genauso spontan war, wie die meine, nicht wahr, Prymberg? Was haben Sie berührt, als es geschah?"

Der Seher neben dem Thronfolger trat vor. „Nichts Bestimmtes, Sor. Plötzlich fiel ich ohne Vorwarnung in Trance. Zum

Glück war mein Adlat geistesgegenwärtig genug, alles aufzuzeichnen."

Meister Jorbed nickte. „Genau wie bei mir. Das kann kein Zufall sein. Ich beantrage daher eine erneute Abstimmung über das Urteil, Deria."

„Abgelehnt!", sagte Meisterin Vosin prompt und schlug mit dem Hämmerchen.

Der Thronfolger schob seinen Seher beiseite. „In diesem Fall, Meisterin Vosin, muss ich leider von meinem Hausrecht Gebrauch machen. Wie sie wissen, ist meine Mutter Ihr Souverän und ich bin ihr Stellvertreter. Daher kann ich Ihnen auch gegen Ihren Willen den Vorsitz über dieses Gericht entziehen, was ich hiermit tue. Ab jetzt übernimmt ihn Kanzler Regedin." Er nickte erst dem Kanzler zu, dann verbeugte er sich vor der Heilerin. „Bitte, Mem Vosin, verzeihen Sie diesen drastischen Schritt, aber wenn Sie alle Umstände kennen würden ..."

Die Heilerin sprang auf und stemmte wütend ihre Hände auf das Geländer. „Hoheit, das können Sie nicht ..."

„Kanzler Regedin", unterbrach Geldon ruhig, „bitte erklären Sie Mem Vosin die Gesetzeslage."

Der Kanzler erhob sich. „Ich fürchte, Mem, der Thronfolger hat recht." Er machte eine auffordernde Handbewegung zu seinem Sitz. „Wenn ich Sie also bitten darf, Meisterin Vosin?"

Die Heilerin stieß Meister Klaining an. „Karol, um Himmels Willen, warum sagst du nichts? Das ist ungeheuerlich."

Doch Klaining war offenbar ein nüchterner Mann. „Beruhige dich, Deria", sagte er, „und vergiss nicht, im Moment mag die Hinrichtung aufgeschoben sein, aufgehoben ist sie ganz und gar nicht. Wir werden diesen jungen Mann sehr genau beobachten, das weißt du. Mach dir keine Sorgen, er wird sehr bald seine Strafe bekommen. Leute wie er können uns niemals entgehen." Herausfordernd sah er den Thronfolger an.

Geldon lehnte sich an die verwaiste Liege. „Meister Klaining, das sehe ich ein wenig anders. Zunächst muss ich Ihnen sagen, dass der Vater des Angeklagten, der Verfasser jenes Briefes, der sich in Ihrem Besitz befindet, dass eben dieser Yorn Gartwin ein Mann von hohen moralischen Grundsätzen war. Nur gewisse Umstände, die mir bekannt sind, zwangen ihn zu dieser ungewöhnlichen Tat. Um welche Umstände es sich handelt, muss ich Ihnen allerdings aus Gründen der Staatsräson verschweigen."

Staatsräson? Schützte Geldon nur das Geheimnis über die Hüter oder hatte Chingistiril ihm etwas über die drohende Auslöschung verraten?

„Leider starb Gartwin viel zu früh", fuhr der Thronfolger fort. „Denn sonst, das versichere ich Ihnen, hätten Sie niemals von seinem Sohn, diesem jungen Mann hier erfahren. Gavandon Barjenden hätte völlig unauffällig unter uns gelebt, so wie sein Vater auch. Der Brief beweist, dass wir hier lediglich einen Unglücksfall verhandeln, bei dem außerdem niemand ernsthaft zu Schaden gekommen ist. Seien Sie versichert, meine verehrten Richter, Gavandon Barjenden ist mitnichten der Verbrecher, als den Sie ihn sehen wollen. Er hat nie jemanden absichtlich mit seiner Gabe verletzt. Und Sie können, da bin ich sicher, zu einem gerechteren Urteil kommen, wenn Sie alle Details einbeziehen. In dem Zusammenhang verweise ich besonders auf die beiden Prophezeiungen." Er nickte Meister Jorbed zu.

Als er geendet hatte, sagte Mem Vosin mit eiskalter Wut in der Stimme: „Ein schönes Plädoyer, Hoheit. Doch mich überzeugen Sie damit nicht."

„Ich dagegen erkenne die Logik", erklärte Kanzler Regedin. „Und so leid es mir tut, Meisterin Vosin, da der Thronfolger Ihnen den Vorsitz entzogen und auf mich übertragen hat, verfüge ich hiermit, dass über das Urteil erneut abgestimmt wird. Bitte nehmen Sie alle wieder Ihre Plätze ein." Dann setzte er sich in die Mitte.

Für Meisterin Vosin blieb nur der freie Sessel am Ende der Reihe. Geldon, Broder und der Seher blieben bei der Liege stehen und alle anderen ließen sich auf den Bänken nieder.

Erleichtert über den Aufschub sank ich auf meinen Stuhl.

Welch eine Wendung. Gespannt beobachtete ich, wie es jetzt weiterging.

Kanzler Regedin schlug mit dem Hämmerchen. „Es ergeht folgender Beschluss: Das Schreiben des Yorn Gartwin Barjenden, Vater des Angeklagten, wird als Beweismittel zugelassen. Des Weiteren liegen zwei neue Dokumente vor, Mitschriften von spontanen Prophezeiungen, deren Inhalt dem Gericht zur Kenntnis gegeben und diskutiert wurde. Daher erfolgt eine erneute Abstimmung über das Urteil, die Vorrang vor der ersten hat."

Der Stift der Protokollführerin huschte über das Papier.

Der Kanzler schaute nach rechts, wo die Heilerin auf seinem ehemaligen Sessel saß. „Meisterin Vosin?", erteilte er ihr das Wort.

Sie krampfte die Hände um die Armlehnen. „Töten. Ich bleibe dabei. Wir machen einen Fehler, wenn wir den Mann am Leben lassen. Selbst Ausbrennen ist zu milde für ihn."

„Meister Klaining?"

„Ich würde es beim Ausbrennen belassen, aber das erste Urteil muss vollstreckt werden, in dem Punkt stimme ich mit meiner Kollegin überein."

Regedin wandte sich nach links. „Ihre Stimme, Leftent Otran."

Der Polizeihauptmann sah zu mir herüber. „Ich war nie dafür, den jungen Mann die ganze Härte des Gesetzes spüren zu lassen. Wenn man alle Umstände in Betracht zieht ..." Er zuckte mit den Schultern. „Natürlich stellt das, was er hier gezeigt hat, eine Bedrohung dar. Aber bisher hat er nichts weiter verbrochen, als einer Wirtin Kopfschmerzen zu bereiten und ein junges Ding dazu zu bringen, ihn anzuschmachten. Beides kann man als Unglücksfälle werten, wie der Brief des Vaters beweist. Und der Thronfolger selbst bürgt für Barjendens Charakter. Man sollte den jungen Mann beobachten, das ist wahr, und es sollte Auflagen für ihn geben. Doch ein Ausbrennen oder gar ein Todesurteil halte ich zu diesem Zeitpunkt für viel zu verfrüht."

„Danke Leftent", sagte Regedin. „Und Sie, Jorbed?"
Der Sehermeister fixierte mich noch einmal mit einer kleinen Falte zwischen den Brauen. Dann nickte er dem Polizeihauptmann zu. „Ganz Ihrer Meinung, Otran. Und diese Prophezeiungen darf man auf keinen Fall außer Acht lassen. Ich denke, in der ganzen Sache steckt mehr, als wir im Augenblick wissen. Wie haben Sie es genannt, Hoheit? Staatsräson?"
Geldon nickte.
Daraufhin beugte sich der Sehermeister vor, um an Kanzler Regedin vorbeizuschauen. „Tut mir leid, Deria und Karol, diesmal, denke ich, müssen wir von der üblichen Praxis abweichen. Ich stimme für eine Aussetzung des Urteils."
„Es steht also zwei zu zwei", sagte Regedin. „Und ich habe den Argumenten meiner beiden Vorredner nichts hinzuzufügen. Ich stimme ebenfalls für einen Freispruch." Ein Schlag mit dem Hämmerchen. „Bitte erheben Sie sich zur Urteilsverkündung." Und als alle standen, fuhr er fort: „Im Namen des Volkes ergeht folgender Urteilsspruch: Der Angeklagte Gavandon Barjenden, Daten wie bereits protokolliert, wird hiermit abweichend zum früheren Urteil unter Auflagen vorläufig freigesprochen. Auferlegt wird oben genanntem Gavandon Barjenden, sich so zeitnah wie möglich in die Obhut der Gilde zu begeben, um seine Gesinnung und seine Fähigkeiten testen zu lassen. Bis dahin ist er der Aufsicht seines Leumundszeugen, dem Thronfolger Geldon unterstellt. Dieser Freispruch kann bei einer erneuten Missachtung der Gesetze widerrufen werden." Ein weiterer Schlag. „Damit ist die Verhandlung beendet."
Dann drängte Regedin sich an den anderen vorbei und sprang die drei Stufen von der Empore herunter. Lächelnd begrüßte er Geldon, sagte dann aber ernst: „Und jetzt, Hoheit, sollten Sie mir so schnell wie möglich erklären, was dieses ganze Theater zu bedeuten hatte. Wieso habe ich jemanden freigesprochen, der ohne Zweifel eine Gefahr für die Allgemeinheit darstellt. Das müssen Sie mir erläutern."

„Ganz bestimmt, Kanzler." Geldon hakte sich bei dem Älteren ein. „Sobald ich kann, werden Sie alles erfahren, das verspreche ich. Und ich danke Ihnen für das, was Sie eben geleistet haben. Ich glaube, Sie haben uns allen damit einen sehr großen Dienst erwiesen."

„Nicht vergessen, ich verlange eine Erklärung", sagte Regedin, machte sich los und blickte Geldon in die Augen. Und erst als der Thronfolger sein Versprechen wiederholte, drehte er sich um und folgte den anderen Richtern in den Aufenthaltsraum neben der Empore.

Ein Gildenagent schloss meinen Käfig auf, dann stellte er sich mit verschränkten Armen zu seinen Kollegen. Broder kam zu mir und zog mich auf die Beine. „Misshandelt haben sie dich also auch", knurrte er und deutete auf meine blutige Stirn.

Ich winkte ab. „Das ist nichts. Ohne euch wurde es richtig eng. Warum seid ihr so spät gekommen. Ich bin doch schon seit zwei Wochen in Itelgo."

Broder grinste. „Wissen wir, aber niemand durfte zu dir. Und Geldon kam erst vor drei Stunden zurück. Schneller ging es einfach nicht." Er zog mich mit zum Ausgang. „Los jetzt, während der Fahrt ist genug Zeit, alles zu erklären."

Ich blieb stehen und hätte ihn fast am Revers gepackt. „Was ist mit Kordian? Und mit Dressa und Shali?"

Mein Onkel klopfte mir auf die Schulter. „Keine Sorge, alles soweit in Ordnung. Und nun komm, lass uns von hier verschwinden."

Lügenwellen? Was verschwieg er?

Doch Broder ließ mir keine Zeit zu fragen, sondern zog mich in Richtung Tür, Geldon und dem Seher hinterher.

Ich drehte mich noch einmal um, aber die Gildenagenten hatten sich nicht gerührt. Gleich darauf verließen wir das Gebäude und eilten auf die Mauer zu, die den Gildencampus von Itelgo umschloss.

Vierunddreißig
32. April 467 n. L.

Auf dem Parkplatz jenseits des Tores wartete auf uns ein offener Wagen mit dem Hofwappen am Schlag. Gezogen wurde er von vier Eseln, die vom Fermin-Gestüt hätten stammen können, und nur ein Kutscher lenkte sie. Der Sitz für den Fühlweber neben ihm war frei und wurde jetzt von dem Seher eingenommen. Wir anderen stiegen hinten ein, nahmen auf den Polsterbänken Platz. Sofort ließ der Fahrer mit einem Schnalzen antraben.

Ich sah den Thronfolger an. „Hoheit, warum hat es so lange gedauert? Ich habe Sie schon viel früher erwartet."

Geldon runzelte die Stirn. „Kritisierst du mich etwa? Du solltest mir lieber danken, immerhin stand der Henker mit der Garrotte schon bereit. Vergiss nicht, ich habe dir gerade das Leben gerettet. Jetzt sind wir quitt."

Irgendetwas warnte mich bei seinen Worten, doch ich wusste nicht, woher das Gefühl kam. Der Thronfolger jedenfalls war nicht dafür verantwortlich. Er lehnte entspannt in den Polstern und redete einfach weiter. „Und um deine Frage zu beantworten, ich war nicht in der Stadt. Die Königin hofft, dass ein wenig Abstand mich von deiner Cousine heilt. Mutter nennt es Schwärmerei, aber da täuscht sie sich. Trotzdem wurde ich auf eine zeitraubende Inspektionsreise durch die Südlichen Grenzberge geschickt. Broders Hilferuf erreichte mich erst gestern und deinetwegen habe ich meinen besten Esel fast zuschanden geritten. Zufrieden?"

Ich nickte. „Bitte entschuldigen Sie, falls ich unverschämt geklungen habe."

„Schon gut, es war sicher nicht einfach, in so einer Gildenzelle zu sitzen."

„Leider nicht." Ich schüttelte den Kopf. Woher nur kam diese

Unruhe in mir? „Am schlimmsten war, dass man mich so vollständig isoliert hat", sagte ich. „Was ist in den letzten Wochen passiert? Wo halten sich Dressa und Shali auf? Wie geht es meinem Bruder? Und gibt es irgendwelche Berichte über Epidemien oder so was?"

Wir hatten inzwischen die erste Kehre der Serpentine erreicht, die vom Gildenplateau hinunter nach Itelgo führte. Vor uns öffnete sich ein grandioser Blick auf die Stadt. Die drei großen Boulevards schlängelten sich in Richtung Therion durch die Drachenzähne, deren Rückseiten, blank geschliffen von den Winterstürmen, im Mittagslicht schimmerten.

„Epidemien?" Der Thronfolger runzelte die Stirn.

Neben mir zog Broder einen Stapel kleiner Zettel aus der Jackentasche, zusammengehalten mit einem Gummiband. „Bitte verzeihen Sie, Hoheit, die habe ich vorhin in der Eile völlig vergessen. Sie sind fortlaufend nummeriert und werden Sie auf den neuesten Stand bringen." Er reichte die Papierrolle hinüber zu Geldon.

„Was ist das?", fragte ich.

„Mitschriften. Hanide fällt momentan ständig ohne jeden Anlass in Trance, und jedes Mal hört es sich an wie Anweisungen. Nur deshalb wussten wir, wann dein Prozess stattfindet, und dass wir den Prinzen benachrichtigen müssen. Und der Seher da oben auf dem Bock ist ebenfalls aufgrund der Prophezeiungen mitgekommen."

Ich wünschte, mein Onkel hätte zuerst mir diese Papiere gezeigt. Das warnende Gefühl wurde immer stärker, aber wie es schien, musste ich auf Antworten warten. Dem Thronfolger konnte ich wohl kaum die Zettel aus der Hand reißen.

Plötzlich veränderte sich die Unruhe in mir und ich entdeckte ihre Ursache. Meine Hüterin war dafür verantwortlich – was ich bemerkt hätte, wäre ich auf sie fokussiert gewesen. Mein Fehler, die Pause in unserer Verbindung war einfach zu lang gewesen und die Verhandlung hatte mich viel zu sehr abgelenkt. Die geschwächte Chingistiril musste jetzt ihre ganze Kraft aufbieten, um mich zu erreichen.

Und ich erkannte fassungslos, dass sie nicht mal mehr direkt mit mir sprechen konnte. Großer Weltenschöpfer! Deshalb diese Mitschriften? Broder bezeichnete sie als Anweisungen. Hatte meine Hüterin sich beim Trennen der Fermin-Schwestern so sehr verausgabt, dass sie jetzt nur noch auf Hanides Seherkräfte zurückgreifen konnte? Oder war alles noch schlimmer? Bekam ich diese Warnung, weil Burugiyels Bindungen noch wirksam waren?

„Wo sind Dressa und Shali?", fragte ich meinen Onkel.

Broder sah mich auf eine Art an, die meine Unruhe weiter schürte. „Die beiden sind in eurem Gasthaus", sagte er.

„Und was weiter?"

Er räusperte sich. „Deine Großmutter war sehr großzügig. Wir konnten alle dort unterkommen, bis wir ein neues Zuhause gefunden haben."

Ich machte eine Handbewegung. „Ja, ja. Was ist mit den Schwestern? Und mit ihrer Bindung?" Halb und halb erwartete ich, dass das Burugiyel-Fragment anfing zu toben. Aber es lag immer noch wie tot in seiner Kapsel, eigentlich ein angenehmer Zustand.

Broder deutete hinauf zum Kutschbock. „Dies ist kein Thema für fremde Ohren, das weißt du. Warte mit deinen Fragen, bis wir unter uns sind."

Wich er mir etwa aus? Was, verdammt noch mal, stand auf diesen Zetteln?

Plötzlich schaute der Thronfolger auf. Sein Blick traf mich und ich las etwas darin, das mich noch mehr verstörte, so etwas wie Mitleid. Schnell sah er zu Broder. „Komm bitte zu mir, ich brauche noch ein paar Erklärungen", sagte er.

Es kam mir so vor, als ob mein Onkel geradezu erleichtert die Sitzbank wechselte. Und dieses verzweifelte Gefühl in mir bekam einen Anstrich von absoluter Endgültigkeit. Ich begann zu frieren. Was wollte meine Hüterin mir sagen? Hatte es vielleicht etwas mit Kordian zu tun? Sofort vergaß ich jede Etikette. „Bitte, ich muss wissen, wo mein Bruder ist", unterbrach ich das gemurmelte Gespräch zwischen dem Thronfolger und meinem Onkel.

Beide hoben den Kopf. „Tja, der arme Kordian", sagte Broder. Dann richtete er sich auf. „Er liegt ebenfalls im Gasthaus. Man hat gehofft, dass die Heiler in Itelgo oder eine vertraute Umgebung ihm helfen können. Nicht, dass du es falsch verstehst, körperlich ist mit ihm alles wieder in Ordnung, nur ein paar Narben sind geblieben. Aber sein Geist ..." Er zuckte mit den Schultern. „So leid es mir tut, mein Junge, dein Bruder hat sich noch nicht aus dem Koma befreit. Und keiner kann sich seinen Zustand erklären. Inzwischen wird er mit einer Magensonde ernährt und das einzig Gute ist, dass er lebt. Sein Herz schlägt kräftig und er atmet, aber das ist leider alles." Unbeholfen tätschelte er mein Knie.

Wieder veränderte sich etwas in mir. Kordian lebte und irgendwie wusste ich, dass er bald aufwachen würde. Zu dem entsetzlichen Gefühl von Endgültigkeit gesellte sich Zuversicht, eine seltsame Mischung. Voller Überzeugung sagte ich: „Kordian wird gesund werden."

„Und woher weißt du das?", fragte der Thronfolger.

Ich sah ihn an. „Nun ja, ich bin der Hüter-Bei."

„Der – was?"

Broder legte den Finger auf die Lippen und deutete wieder zu den beiden Männern auf dem Kutschbock. „Bitte, nicht hier und nicht jetzt, Hoheit."

Himmel noch mal, *nicht hier und nicht jetzt*. Aber natürlich hatte mein Onkel recht. Wir sollten alles erst dann besprechen, wenn wir allein waren. Wenn mich nur nicht diese Unruhe so verrückt machen würde. Am liebsten hätte ich die Esel mit meinen Fühlbändern angetrieben.

Stattdessen wurden wir langsamer. Wir hatten inzwischen den Südboulevard erreicht und jetzt, zur Mittagszeit, drängten sich Fuhrwerke, Radfahrer und Reiter auf der Fahrbahn, ebenso wie Menschentrauben an den Garküchen auf dem Bürgersteig. Der Kutscher lenkte das Vierergespann äußerst vorsichtig durch den Verkehr. Und von überall grüßte man uns, sodass Geldon in seine Rolle als Thronfolger schlüpfen und nach allen Seiten winken musste. Leider umklammerte seine andere Hand immer noch die Mitschriften. Also blieb mir nichts anderes übrig, als ungeduldig nach der Biegung Ausschau zu halten, hinter der das Gasthaus hoffentlich bald auftauchte.

Als wir es schließlich erreichten, bestätigten sich meine Befürchtungen. Das Ganze war noch nicht vorbei. Nur auf den ersten Blick wurden wir völlig normal begrüßt. Wir betraten die Eingangshalle und Granna, Pop und Muri umarmten mich voller Freude über meine Rückkehr. Sitara dagegen beschränkte sich auf ein kurzes Nicken und stürmte auf Geldon zu, während ihre Eltern sich sehr herzlich für das Bild bedankten, das ich aus Nans Zimmer gerettet und Broder mitgegeben hatte. Soweit war alles wie erwartet, aber dann fiel mein Blick auf Mam. Sie hielt sich die ganze Zeit im Hintergrund, mit dunkel umrandeten Augen so voller Elend wie seit Pas Tod nicht mehr. Ich ging zu ihr und streichelte ihre Arme. „Was ist mit dir?", fragte ich besorgt.

Sie presste sich ein Tuch an die Lippen, das sie die ganze Zeit in der Hand zerknüllt hatte, und schluckte. Dann sah sie mich an und rang sich ein Lächeln ab. „Eigentlich nichts. Du bist endlich zurück, gesund und munter, das allein zählt." Sie machte eine Handbewegung zur Treppe hin. „Wir sollten uns besser nach oben zurückziehen, was meinst du? Sonst erkennt man noch dich oder den Thronfolger und die Presse taucht hier auf. Gehst du voraus, mein Sohn?"

Ich nickte. In der Halle hielten sich andere Leute auf und die ersten sahen bereits zu uns herüber. Trotzdem setzte ich mich nur zögernd in Bewegung. Was war los mit ihr? Gerade sagte sie etwas zu Cord und Jertis und ich sah, wie die beiden zustimmten. Geldon, Sitara und Broder stiegen bereits die Treppe hinauf, aber ich musste herausfinden, was Mam solchen Kummer bereitete. Und dann kam sie auf mich zu, allerdings allein. Sitaras Eltern hielten Granna, Pop und Muri zurück, als sie uns ebenfalls folgen wollten. Was hatte das zu bedeuten?

Während wir nach oben gingen, fragte ich Mam, aber sie sagte nichts dazu. Dann wollte ich wissen, wo sich der Rest der Fermins aufhielt, aber ich erfuhr nur, dass Vern und Moren bereits die Schulen hier besuchten. Wenigstens beruhigte mich, dass Dressa und Shali hier sein sollten.

In unserem privaten Wohnzimmer wartete Hanide auf uns. Sie stürzte auf mich zu, kaum dass wir den Raum betraten. „Gavandon? Dem Himmel sei Dank! Und heil und gesund, wie ich sehe", rief sie und machte Anstalten, mir um den Hals zu fallen. Aber dann stoppte sie mitten in der Bewegung, schwankte und warf den Kopf in den Nacken. Sofort war Broder bei ihr und stützte sie.

„Endlich bist du da, Hüter-Bei", sagte die Seherin. „Aber du musst dich beeilen, bald wird es zu spät sein. Die Zeit verrinnt und das Ende ist nah."

So unvermittelt, wie sie in Trance gefallen war, kam sie wieder zu sich und rieb sich mit der Hand die Stirn. „Wann hört das endlich auf", murmelte sie.

Da sie jetzt wieder sicher stand, führte Broder sie zurück zu ihrem Sessel. „Das war sehr unvorsichtig, meine Liebe. Du weißt doch, dass du im Moment jederzeit umfallen kannst", schimpfte er mit ihr. Dann drehte er sich zu mir um und lächelte schief. „Jetzt hast du selbst gesehen, woher diese Mitschriften kommen."

Ich ging zu der Seherin und streckte ihr die Hand hin. „Dass du das für meine Hüterin tust, ist großartig. Danke. Im Augenblick kann sie nicht mal mehr mit mir reden, aber so erreicht sie uns wenigstens noch."

Und erst dann fiel mir siedend heiß ein, dass ich das nicht hätte sagen dürfen. Meine Mutter saß auf dem Stuhl am Schreibtisch. Und sie war nicht eingeweiht. Sonst redete niemand im Raum, Broder hatte sich in den zweiten Sessel gesetzt und beobachtete Geldon und Sitara, die sich auf dem Sofa über die Mitschriften beugten. Also hatte Mam jedes Wort verstanden. Was sollte ich jetzt tun? Was konnte ich ihr erzählen, wenn sie nachfragte?

Hanides Kopf sank wieder ohne Vorwarnung in den Nacken und ihre Augen verdrehten sich. „Keine Sorge, sie weiß alles. Mütter sind mir heilig", sagte sie – oder besser Chingistiril. Dann kam die Seherin schon wieder zu sich.

Mam stand auf. „Und ich wünschte, ich könnte an diesen Unsinn glauben. Aber ganz ehrlich, Astralwesen und diese ganzen Märchen ... Ich hatte so gehofft, dass durch dich alles ein bisschen besser wird, Gavi ...", sie stockte, „oder *Gav*, wie du jetzt genannt werden willst. Du hast dich verändert, mein Sohn, und wie es scheint, nicht zum Guten." Sie machte sich auf den Weg zur Tür.

Broder sprang auf und hielt sie fest. „Gerdis, bitte. Du machst es nur dir und auch Gavandon unnötig schwer mit deinen Zweifeln."

Mam stieß seine Hand weg. „Ach ja? Und wie schwer macht man es mir? Mein Mann ist tot, mein Sohn liegt im Koma, alles nur wegen dieser verdammten Astralwesen. Und jetzt soll auch noch mein anderer Sohn sich opfern. Ganz ehrlich, ich spucke auf eure Hüter."

Sofort war ich bei ihr. „Wer sagt, dass ich mich opfern soll?"

Mam fuchtelte mit der Hand. „Gib ihm endlich die Mitschrift, Broder."

Mittlerweile beobachteten uns auch Geldon und Sitara.

Mein Onkel brummte unwillig. „Meinst du nicht, dass wir Gavandon erst ein bisschen vorbereiten sollten? Immerhin geht es um ..."

„Der Hüter-Bei wird es verstehen, die Zeit drängt", unterbrach ihn Chingistiril. Hanide hatte ihren Kopf wieder in den Nacken geworfen.

Broder seufzte und zog einen Zettel aus der Tasche, eine ziemlich lange Mitschrift, die jemand zerrissen und wieder zusammengeklebt hatte. Er wollte sie mir reichen, wurde aber vom Thronfolger aufgehalten. „Lies sie lieber vor", bat Geldon, „ich kenne sie auch noch nicht."

Mein Onkel nickte. „Und du setzt dich wieder, Gerdis", befahl er. „Du solltest deinen Sohn jetzt nicht allein lassen."

Meine Unruhe explodierte fast. Ich stand neben Mam und fragte mich, was jetzt wohl kam.

Broder drückte aufmunternd meine Schulter und ging mit dem Blatt zum Fenster, um besseres Licht zu haben. „Gavandon und ich müssen uns erneut vereinigen", begann er. „Ich brauche meinen Hüter-Bei, um dem Feind seine Werkzeuge zu entreißen. Nur zusammen mit ihm kann ich die Bindungen der beiden Frauen trennen."

Echt jetzt? Ich stieß die angehaltene Luft aus. Eine zweite Verschmelzung? Ich wollte gerade etwas sagen, als Broder schon weiterlas.

„Aber das ist leider nicht alles. Um mich nicht völlig im Äther zu verlieren, benötige ich auch seine ganze Kraft. Er wird niemals wieder in sein altes Leben zurückkehren können, weil er bei dem Versuch zu viel von sich zurücklassen müsste. Sein Körper wird sterben, doch wenn er sich von mir trennen will, um das zu verhindern, dann stirbt auch seine Seele. Trotzdem muss ich dieses Opfer verlangen. Und ihr Menschen solltet ihn dafür ehren, weil dadurch eure Auslöschung verhindert wird. Erklärt dies seiner Mutter, die sicher den größten Kummer empfindet. Sie soll sich damit trösten, dass ihr Sohn zusammen mit mir auf ewig weiterleben wird." Broder sah auf. „Das war mit Abstand die längste Prophezeiung, die wir je erhalten haben."

Mam saß wieder auf ihrem Stuhl und starrte aus dem Fenster. Geldon auf dem Sofa drückte Sitara an sich und Hanide rieb sich die Arme.

Ich ließ mir von Broder das Blatt geben. Also eine weitere Verschmelzung. Noch nie hatte ein Hüter-Bei sich zweimal vereinigen dürfen. Und neulich war ich nur unter Zwang in meinen Körper zurückgekehrt. Wieso hatte meine Hüterin mich vor so etwas Wunderbarem gewarnt?

Andererseits, ich verlor natürlich eine ganze Menge, die Sommer zum Beispiel, wenn wir am Fluss grillten und im warmen Uferwasser schwammen, oder die Winter, wenn man Gänge durch die Schneewehen graben musste und während eines Sturmes gemütlich beisammensaß, während draußen der Wind heulte. Und nie wieder würde ich zusammen mit Torbin ein Bier trinken und niemals am eigenen Leib erfahren, was das Zusammensein mit Frauen so besonders machte.

Obwohl, das stimmte nicht. Ich wäre dann die Hüterin selbst und könnte alles untersuchen, was mich interessierte. Und ich könnte mithilfe eines Alten Weisen jederzeit die treffen, die mir wichtig waren. Meine Hüterin hatte bereits Kordian und Blana gebunden und es konnte Weitere geben.

Ich sah auf. „Wieso wolltet ihr mir das hier nicht zeigen?" Ich wedelte mit dem Blatt. „Habt ihr etwa geglaubt, das würde mir Angst machen? Das tut es nicht, ganz im Gegenteil. Ich weiß genau, was auf mich wartet. Und ich freue mich darauf."

Das Gefühl von Endgültigkeit wurde schwächer, aber es verschwand nicht.

Mam zerknüllte das Tuch in ihrem Schoß. „Er freut sich sogar darauf", murmelte sie bitter.

Broder beugte sich zu ihr hinunter. „Gerdis, du weißt, es wird einfacher, wenn du aufhörst zu zweifeln."

Ich zog einen Stuhl neben ihren. „Ehrlich, Mam, wegen mir musst du nicht traurig sein, wirklich nicht. Und ich komme dich besuchen, ganz bestimmt."

„Besuchen? Wie denn? Du wirst in einem Grab verrotten."

Der Thronfolger kam zu uns und setzte sich auf die Schreibtischkante. „Mem Barjenden, leider kann ich mir nicht wirklich vorstellen, was im Moment in Ihnen vorgeht." Er nahm Mams Hände in seine. „Aber wenn Sie, wie Broder sagt, nur vertrauen müssen, um sich besser zu fühlen, dann hoffe ich, Sie vertrauen jetzt mir. Ich weiß genau, wie verdreht sich das alles anhört, aber ich habe im Nordmoor eine Menge erfahren. Und dann habe ich diese Mitschriften gelesen. Alles darin ist wahr. Es gibt diese Hüter und sie bedrohen unsere Zukunft. Nur Ihr Sohn kann uns da heraushelfen. Ich weiß, was wir von Ihnen verlangen, aber vielleicht spendet es Ihnen ein bisschen Trost, dass Gavandon uns alle damit retten wird. Und ich sage Ihnen noch etwas: Nichts von alldem hier wird je vergessen sein. Ich selbst werde alles aufzeichnen und im Archiv niederlegen. Wenn die Zeit kommt, wird der Name Gavandon Barjenden öffentlich leuchten, das verspreche ich." Er räusperte sich und drückte noch einmal Mams Hände, ehe er zu Sitara zurückkehrte.

Ich sah ihm hinterher. So kannte ich ihn noch gar nicht.

„Die Zeit vergeht, viel bleibt nicht mehr, Hüter-Bei", ließ Chingistiril Hanide sagen.

Diesmal nahm ich Mams Hände. „Du solltest auch noch wissen, dass Kordian bald aufwachen wird. Ich verspreche es. Und vergiss nicht, Orfis erwartet dein Enkelkind."

Sie sah mich mit einem Blick an, der mir wehtat. „Du willst es also freiwillig tun?"

Ich nickte. „Es gibt keine andere Möglichkeit. Aber vertrau mir, ich werde euch nicht wirklich verlassen. Es wird nur so sein, als sei ich im Gildeninternat oder stationiert in einer Grenzergarnison. Keine Angst, Mam, du wirst mich nicht verlieren, schon gar nicht unter einem Grabstein."

Doch sie schwieg, klammerte sich nur an meine Hände und schaute an mir vorbei.

„Also schön", sagte ich, als nichts mehr von ihr kam. Ich schwor mir, sie so schnell wie möglich zu besuchen, vielleicht als mein Bruder, wenn er denn noch gebunden war, oder mithilfe von Blana. Spätestens dann, so hoffte ich, würde es für sie leichter werden. Doch nun durfte ich nicht länger warten. Ich stand auf. „Bringt ihr mich jetzt zu Dressa und Shali?", bat ich.

Broder stützte die Seherin, weil wir alle wussten, dass sie dabei sein musste, und Mam ließ meine Hand nicht los. Nur Geldon und Sitara blieben eng umschlungen zurück. Und ich schob dieses beunruhigende Gefühl von Endgültigkeit beiseite. Ich war auf dem Weg, mich mit meiner Hüterin zu vereinigen.

Als wir zu den Mansarden hinaufstiegen, fiel mir plötzlich ein, dass ich ohne Klish wohl kaum etwas ausrichten konnte. „Wo ist eigentlich Blana?", fragte ich.

„Keine Sorge, ich habe das Öl", antwortete Hanide prompt. „Blana ist noch in Hylend, weil die Reise mit den Fermin-Schwestern für sie und das Baby nichts gewesen wäre. Aber sie hat uns ihren ganzen Vorrat mitgegeben."

Erleichtert nickte ich. Dann kamen wir vor dem Zimmer an, das nur in Notfällen vermietet wurde. Dachschrägen und eine einzige Gaube mochten wir unseren Gästen nicht zumuten, allerdings gab es von hier oben einen herrlichen Blick hinaus auf den Therion.

Mam umklammerte meine Hand fester und ich drückte sie beruhigend. „Ich schwöre, du verlierst mich nicht. Glaub mir doch endlich", wiederholte ich.

Sie schob mich von sich. Ihre Augen glichen Glasmurmeln und ich wünschte, ich besäße Dressas Skrupellosigkeit und könnte ihr ein paar Fühlbänder senden, die es für sie leichter machten. Aber das war etwas, das ich niemals tun würde.

Die Mansarde wurde fast ausgefüllt von drei Schlafplätzen, den beiden Betten mit dem Gang dazwischen und einer Liege vor dem Einbauschrank unter der Dachschräge, die wahrscheinlich Jono benutzte. Shali lag auf dem linken Bett, Dressa auf dem rechten. Beiden hatte man Hände und Füße gefesselt und die Augen verbunden, aber sie waren nicht geknebelt, was mich wunderte. Wir alle wussten doch, wie gefährlich der Zwang in Burugiyels Stimme sein konnte. Allerdings gab es im Moment keinen breiten Halo. Möglich, dass der schwarze Mistkerl im Augenblick nicht imstande war, jemanden zu übernehmen. Die Art, wie mein Fragment in seiner Kapsel lag, sprach sehr dafür. Trotzdem legte ich meinen Schild um alle außer um die beiden

Schwestern. Neulich im Stall hatte er mich ziemlich gut geschützt.

Jono stand auf, als wir durch die Tür kamen. Er hatte mit einem Fühlweber am Tisch beim Fenster gesessen. „Gavandon", begrüßte er mich verhalten.

Auf dem Bett bewegte sich Shali, während Dressa stocksteif blieb. Offenbar lag nur sie unter der Starre.

Ich nickte Jono zu. „Seid ihr nicht ziemlich leichtsinnig?", fragte ich und deutete auf seine Frau. „Ohne Knebel und nur mit Fesseln könnte sie euch zu Dingen zwingen, die ihr nicht wollt."

Doch Jono warf nur einen warnenden Blick zu dem Fühlweber hinüber. „Keine Sorge, ich weiß, was ich tue", sagte er, dann ging er zu seiner Frau und setzte sich auf ihr Bett.

Für einen winzigen Moment glaubte ich, mein Burugiyel-Fragment hätte sich geregt, aber das Gefühl wiederholte sich nicht. Wohl nur die Anspannung. Besser, ich behielt einen kühlen Kopf.

Hanide ging zu dem fremden Fühlweber und umarmte ihn. „Fardin, wie schön, dass du noch hier bist", sagte sie. „Du ahnst gar nicht, wie sehr ihr drei uns geholfen habt. Aber nun seid ihr erlöst." Sie deutete auf mich. „Siehst du, unser Gavandon ist endlich angekommen und wird ab jetzt übernehmen."

Der Fühlweber stand auf und beäugte mich misstrauisch. „Ist er nicht viel zu jung? Und wo ist sein Zöpfchen?", fragte er.

Hanide grinste. „Sei nicht solch ein Snob, alter Freund. Ich versichere dir, du kannst beruhigt verschwinden. Wir haben euch schon viel zu lange aufgehalten. Und vergiss nicht, kein Wort zu irgendjemandem, in Ordnung?"

Der Fühlweber nickte. „So war es abgemacht." Dann ging er zur Tür.

Hanide begleitete ihn und drückte ihm einen Kuss auf die Wange, was ihn sichtbar erröten ließ. „Alles Gute für euren nächsten Auftrag. Und grüß bitte die beiden anderen. Ihr habt etwas gut bei mir." Damit schob sie ihn hinaus und schloss die Tür hinter ihm. „So, jetzt sind wir ungestört und können offen sprechen", sagte sie. „Aber wir hatten wirklich Glück, dass die drei gerade in der Stadt und verfügbar waren. Im Internat nannte man sie ‚Stummes Dreigestirn'. Sie konnten schon immer Geheimnisse für sich behalten." Sie ging zurück zum Tisch und setzte sich auf einen der frei gewordenen Stühle.

Plötzlich wallte ohne Vorwarnung mein Burugiyel-Fragment auf. Und Dressas Oberkörper schoss trotz Starre in die Höhe. „Da bist du ja endlich, du Verräter!", fauchte sie. Zum Glück mit ihrer eigenen Stimme.

Mein Fragment erstarb wieder. „Knebelt die beiden, sofort", befahl ich. Dann zwang ich Dressa wieder unter die Starre und der Feind wehrte sich nicht. Oder noch nicht, wer wusste das schon.

„Los, Gavandon", sagte Hanide und drückte mir die Klishflasche in die Hand. „Mach dem ein Ende, ehe noch etwas passiert."

Mam hatte sich auf den anderen Stuhl gesetzt und sah uns mit ausdrucksloser Miene zu. Eine einzelne Träne rann ihr hinab. Ich stellte die Flasche auf den Tisch und nahm ihr Gesicht in beide Hände. „Broder hat dir gesagt, du sollst nicht zweifeln. Also hör endlich auf damit. Tu es für mich, bitte", beschwor ich sie.

Sie nickte. Und ein kleines Lächeln in ihren Mundwinkeln beruhigte mich. Ich küsste sie noch einmal auf die Wange. „Wir sehen uns", versprach ich, dann ging ich zur Liege, streckte mich aus, öffnete die Klishflasche und sog endlich den wundervollen, tranigen Duft des Öls tief in mich ein.

Und begriff zum ersten Mal wirklich, wie sehr meine Hüterin Stück für Stück verfiel. Zwar wurde sie nicht mehr von schwarzen Fäden eingeschnürt, aber sie war nur noch ein Schatten ihrer selbst. Wie angekündigt hatte Burugiyel sein Werk getan, jetzt vollendete es die Zeit.

Aber nun war ich zurück und öffnete alle meine Sinne, soweit ich konnte. Neulich in der Garnison war das noch nicht nötig gewesen, dort hatte Chingistiril mich mit einer Sinfonie aus Farben, Düften und Klängen erstürmt. Jetzt nutzte sie nur noch die Erinnerung daran. Sie kroch entlang des Klishgeruchs in mich hinein und es dauerte Ewigkeiten, bis wir uns wieder ganz vereint hatten. Doch je mehr wir verschmolzen, desto besser wurde sie durch meine Kraft gespeist. Und dann waren wir wieder eins und ich machte mich ans Werk, bildete einen Geistfühler aus, mit so etwas wie einem Skalpell an der Spitze. Ich richtete mich auf.

„Shali kann jetzt am Klish riechen", sagte ich.

Jono hatte seine Frau aufgerichtet und die Arme fest um sie geschlungen. Plötzlich flackerte ihr schwarzer Halo.

Ich sprang von der Liege, hielt ihr die Flasche unter die Nase und ließ mich in ihren Geist gleiten. Der Feind besaß offenbar mehr Energie, als gehofft.

Er versuchte, sich mir in den Weg zu stellen, als ich begann, seine Verflechtungen zu bearbeiten. Doch er konte gegen mich nichts ausrichten. Unser Kampf in dem Stall war auch an ihm nicht spurlos vorübergegangen. Mein Skalpell zertrennte jeden schwarzen Tentakel in Shalis Geist und legte Stück für Stück sein Fragment frei. Schneller als gedacht konnte ich es einkapseln. Nicht mal Shalis Wesen hatte ernsthaft Schaden genommen. Zufrieden zog ich mich aus ihr zurück.

Jono hielt seine Frau noch immer fest umschlungen und hatte die Stirn an ihre Schläfe gelegt. „Du schaffst das, du schaffst das", murmelte er unablässig.

Sie bewegte sich unbehaglich und schob ihn ein Stück fort.

Ich grinste und klopfte ihm auf die Schulter. „Keine Sorge, es ist vorbei. Du kannst ihr jetzt alle Fesseln abnehmen." Dann ging ich hinüber zu Mam. Sie war immer noch diejenige, um die ich mich am meisten sorgte.

Sie stand auf und sah mir entgegen. „Es ist also entschieden", stellte sie ruhig fest, dann schob sie mich beiseite und verließ den Raum.

Und plötzlich stürzten Bilder auf mich ein: Mam mit blutenden Handgelenken in einer Wanne voll rot gefärbtem Wasser. Einen Moment lang konnte ich mich nicht rühren. Großer Weltenschöpfer! Dieses Gefühl von Verzweiflung und Endgültigkeit! Der Mensch in mir hätte erkennen müssen, dass eine Verschmelzung niemals so etwas hervorrief. Dies hier war die Ursache. Meine Mam würde sich umbringen, sie war schon auf dem Weg dorthin. „Bewacht Dressa!", rief ich, ehe ich hinter ihr herrannte.

Das Bad war abgeschlossen, aber ich warf mich gegen die Tür, bis sie aufbrach. Das Wasser rauschte bereits in die Wanne. „Verdammt, Mam, nicht schon wieder!", rief ich und packte sie an den Handgelenken. Nach Pas Tod war sie schon einmal so verzweifelt gewesen.

Sie riss sich los. „Lass mich. Du hast deine Entscheidung getroffen und ich war dir völlig egal. Jetzt treffe ich meine." Vor meinen Augen sank sie zu Boden und krümmte sich zusammen.

Ich kniete mich hin, nahm sie in den Arm und wiegte sie. „Willst du mich dafür bestrafen? Willst du, dass mich das hier bis in alle Ewigkeiten quält?"

„Alle sind tot. Und ich will es auch sein", schluchzte sie.

„Kordian wird leben. Und ich auch."

„Als was?"

Und zum ersten Mal verstand ich, wie sehr Menschen sich an ihren Körper banden. Jemand wie Mam würde einen Geist niemals davon trennen, nicht mal in ihrer Fantasie. Für sie existierte ihr Sohn nur, wenn beides vereint blieb.

„Aber ich kann jetzt nicht mehr bleiben", versuchte ich, sie umzustimmen. „Ein Hüter muss frei sein. Wenn ich verschwinde, entsteht sonst eine Leere, die irgendwann der Feind füllen wird. Und die Auslöschung der Menschen wird unabwendbar."

„Dann ist mein Tod dir also egal?"

„Nein, Mam, das ist er nicht."

„Sprichst du jetzt mit mir, Gav? Aber du hast an diesem Öl gerochen und dabei nicht an mich gedacht. Dein Vater, dein Bruder und jetzt auch du." Sie klammerte sich an mich und vergrub ihr Gesicht an meiner Schulter.

Ich wiegte sie weiter und beide Teile meines Selbst suchten

fieberhaft nach einer Lösung. Dann fasste ich einen Entschluss.
„Was ist, wenn wir es versuchen?", fragte ich langsam.
Sie hob den Kopf. „Was meinst du?"
„Wir könnten die Verschmelzung trennen." Im Moment hätte ich alles versprochen, um sie zur Besinnung zu bringen.
„Dann stirbt die Hüterin, das hast du selbst gesagt."
Ich schüttelte den Kopf. „Ihre Chancen stehen schlecht, das stimmt, aber es ist trotzdem möglich."
Sie machte sich von mir los und sah mich an.
„Hör zu", sagte ich. „Wenn ich das für dich tue, musst du mir im Gegenzug etwas schwören." Ich machte eine Handbewegung durch den Raum. „Du wirst das hier vergessen, du wirst nicht mal mehr daran denken, nicht mal dann, wenn es misslingt, verstanden?" Zur Vorsicht legte ich ein wenig Zwang in meine Stimme.
„Meinst du das ernst?" Eine solche Hoffnung lag in ihrem Blick, dass es mir ins Herz schnitt.
Ich nickte. Der Mensch in mir würde zwar sterben, schon bei dem geringsten Fehler, aber jetzt konnte ich nicht mehr zurück. Ich stand auf und zog Mam auf die Füße. „Schwöre", wiederholte ich. Gleichzeitig senkte ich einen Geistfühler in sie hinein und begann, den Knoten in ihr zu glätten.
Langsam entspannte sich ihre Miene. „Und du versprichst, dass mein Sohn zurückkommt?"
Ich drückte ihre Hände. „Wenn es möglich ist. Schwöre."
Sie schluckte, dann liefen ihr wieder die Tränen hinunter. Doch schließlich nickte sie. „Also schön, ich weiß, dass du alles versuchen wirst. Und ich verspreche, dass ich es ertrage." Sie meinte es ernst, das las ich in ihr.
Ich umarmte sie. „Vertrau mir, es wird leichter, als du jetzt denkst." Zur Not musste eben ein Teil meines Selbst Gavandons Körper am Leben halten. Wenigstens ihr musste ich helfen, wenn ich schon bei meinem Hüter-Bei versagte. Ich drückte sie noch einmal und stellte das Wasser ab. „Und jetzt komm."

Natürlich erzählte ich, was passiert war. Jemand musste Bescheid wissen und Mam in den nächsten Tagen bewachen. „Das seid ihr mir schuldig", beschwor ich Broder und Hanide, während Mam Shali und Jono beglückwünschte.

Mein Onkel nickte ernst. „Junge, weißt du eigentlich, wie sehr ich dich bewundere? Wie kühl und überlegt du bei allem bleibst? Dabei bist du gerade erst achtzehn."

Ich grinste schief. „Im Augenblick nicht. Wir Hüter existieren seit Anbeginn der Zeit." Und wünschte wirklich, ich könnte nachher genug zurücklassen, damit Gavandon leben durfte. Wer hätte geahnt, zu was die Menschen fähig waren?

Erneut regte sich das Burugiyel-Fragment, vorerst nur eine kurze Warnung. Hoffte ich. Trotzdem deutete ich auf Dressa. „Die Zeit wird knapp. Und bitte, passt genau auf sie auf. Ihr dürft sie keine Sekunde aus den Augen lassen, verstanden? Seid gewarnt, der Feind hält vielleicht noch ein paar Überraschungen bereit. Los jetzt, gebt ihr das Klish."

„Wartet!" Shali kniete wieder neben ihrer Schwester und hielt ihre Hand. Jetzt stand sie auf und sah mich an. „Versprich mir, Gavandon, dass du sie ebenso vorsichtig behandelst wie mich. Ich weiß, dass es bei ihr schwieriger wird. Aber trotzdem möchte ich meine Schwester behalten, sie ist mein Zwilling."

„Ich werde tun, was möglich ist", sagte ich. „Und du musst mir auch etwas versprechen. Wenn Dressa sich nicht kampflos ergibt, musst du ihr wehtun, und zwar richtig. Du hast selbst erlebt, dass Burugiyel sich dann zurückzieht. Ich brauche im Moment jede Hilfe, die ich kriegen kann."

Shali rieb sich ihr längst geheiltes Schienbein und nickte. Dann nahm sie Hanide das Klish aus der Hand. „Lass mich das machen", sagte sie, ging zurück zu Dressa und beugte sich über sie. Und dann plötzlich überschlugen sich die Ereignisse.

Mein Fragment explodierte mit einer Kraft, die mich völlig überraschte.

Burugiyels schwarzer Halo wurde schlagartig breit und Dressas Starre verschwand. Sie schoss in die Höhe und schleuderte ihre gefesselten Fäuste mit voller Wucht gegen Shalis Schläfe. Dann verlor sie das Gleichgewicht und stürzte vom Bett.

Shali riss die Arme hoch, die Klishflasche flog aus ihren Fingern und zerschellte neben Dressas Kopf.

Jono stürzte zu seiner Frau und fing sie auf, ehe sie am Boden aufschlug.

Ich versuchte verzweifelt, wieder die Starre um Dressa zu legen, ohne Erfolg. Sie war jetzt der Feind selbst. „Haltet sie und sichert den Knebel!", schrie ich.

Mit zwei Sätzen war Broder neben ihr und presste sie mit dem Knie zu Boden. Ihr Halo funkelte tiefschwarz. Sie wehrte sich wild und schaffte es beinahe, sich zu befreien. Mit einem gezielten Hieb schickte mein Onkel sie ins Reich der Träume. Dann drückte er ihr Gesicht in die Klishlache und sah mich an.

Ich ließ mich über Dressa auf das Bett fallen, drang sofort tief in ihren Geist vor – und hatte das Gefühl, durch schwarze Tentakel zu schwimmen. Sie war Burugiyel, nicht nur im Augenblick. Ich konnte kaum sein Fragment zwischen all den Verflechtungen entdecken. Trotzdem begann ich wie mit einem Mikroskalpell, zertrennte mit meinem Geistfühler vorsichtig die Tentakel. Ich hatte es Shali versprochen.

Aber gerade mal ein Drittel war geschafft, als sich der Feind schon wieder regte. Großer Weltenschöpfer, ich brauchte mehr Zeit. Shali, wollte ich rufen, verletze sie! Füge ihr Schmerzen zu! Doch ich lag nur schlaff und reglos auf Dressas Bett, genauso still, wie sie am Boden. Weil Sprechen jetzt unnötig Energie raubte. Nur in uns, unsichtbar für die Außenwelt, tobte der Krieg. Dressas Geist glitzerte, Burugiyel schoss seine Fäden. Ich wirbelte dagegen an, sog alle Kraft aus meinem Hüter-Bei. Nur ein kleiner Teil von mir zerschnitt noch die Verflechtungen, schnell und grob. Für anderes blieb keine Zeit. Was ich besaß, warf ich in die Schlacht, das war ich den Menschen schuldig. Alles wäre verloren, für jeden hier im Raum, sollten die Fäden mich erreichen. Meine Abwehr wirbelte und ich vergaß jede Rücksicht, hackte nur noch und zertrennte. Meine Glieder begannen zu zucken. Dressa heulte auf. Und dann war es vollbracht. Das Fragment des Feindes lag vor mir, pulsierend, schwarz, hasserfüllt. Ich formte einen Hammer aus dem Geistfühler und benutzte es als Amboss. Es zersplitterte in Millionen Teile, verging und mit ihm die Reste der Tentakel. Mit letzter Kraft ließ ich mich aus Dressa hinausgleiten. Schwarz war nirgends mehr zu sehen, aber ihre winzige Flamme flackerte nur noch grau. Ich hatte sie so gründlich zerstört, dass von ihr nichts mehr blieb als eine geistlose Hülle. Ich wünschte, ich hätte sie getötet, neulich an jenem Feuer hinter ihrem Haus, ich wünschte es wirklich. Für sie. Und vielmehr noch für Shali.

Reglos lag ich da, zu erschöpft, um auch nur zu blinzeln. Meine Lider fühlten sich an, als hingen daran Zentnergewichte. Ich hörte nur, wie Jono immer wieder Shalis Namen rief. Und wie sie aufschrie, als sie zu sich kam und ihre Schwester sah. Ich wusste, sie würde mich jetzt hassen, aber das war unwichtig. Ich hatte über den Feind gesiegt. Er besaß keine Menschen mehr. Und er würde lange, sehr lange brauchen, um zu alter Stärke zurückzufinden. Ohne mein Zutun begann ich zu lächeln.

Hanide kam zu mir und berührte mich sacht am Arm. „Gavandon, bist du noch bei uns?", fragte sie.

Doch ich beschloss, dass alles gesagt war. Der Moment rückte näher, in dem ich mein Versprechen an Mam wahr machen musste. Aber dann rang ich mir doch noch ein paar Worte ab. „Achtet auf meine Mutter", murmelte ich ein letztes Mal, ehe ich meinen Geist, meine Sinne, mein Selbst öffnete, nichts mehr zurückhielt, mich nicht gegen die Teilung wehrte. Und als meine Hüterin aus mir hinausglitt und den Rest meiner Lebenskraft mit sich nahm, ließ sie das Versprechen zurück, dass vorerst die Zukunft der Menschen auf Nouworld gesichert war.

Fünfunddreißig
5. Mai 467 n. L.

Keine Ahnung, wie sie es schaffte, doch mein Herz hörte nicht auf zu schlagen. Allerdings war das schon das Beste, was man über die Tage danach sagen konnte. Meine Seele schwebte in einem tiefen Schacht, angefüllt mit quälenden Bildern. Wie ein Springbrunnen sprudelte Blut aus Mem Lions Nase und aus Shebs Hals. Gildenagenten verfolgten mich mit glühenden Blicken. Schwarzes Glitzern, das mich einhüllte, Nan, die im Todeskampf wild zuckte, brennende Menschen, Abschälen von Hautstreifen, Abhacken von Gliedmaßen, hasserfüllte Obsidianwolken, schwarze Fäden tief in meinem Selbst. Man erzählte mir später, dass ich in den ersten Tagen jedes Mal schrie und um mich schlug, wenn jemand mich berühren wollte. Heiler durften nicht ihre Hände benutzen, Pfleger mir keine Magensonde legen. Nicht einmal waschen ließ ich mich. Jeder war in heller Aufregung. Da ich noch nicht einmal Wasser annahm, fürchtete man, dass ich verdursten könnte, bevor eine Besserung eintrat.

Irgendwann jedoch lichtete sich das Chaos in meinem Kopf. Etwas Weißes rief beständig meinen Namen, ein Wegweiser aus dem tiefen Schacht. Als jemand mir wieder einmal Flüssigkeit auf die Lippen träufelte, begann ich, danach zu lecken. Dann erreichten mich die ersten Geräusche, ein zitterndes Seufzen. Jemand schob vorsichtig die Hand unter meinen Nacken und hob meinen Kopf. Etwas Kühles legte sich an meine Lippen und Feuchtigkeit stieg in meine Nase. Ich öffnete den Mund und begann zu schlucken, als etwas hineinrann. „Oh, Gavandon", flüsterte eine Stimme abgrundtief erleichtert. Dann legte die Hand meinen Kopf wieder hin und ich glitt zurück ins Dunkel. Doch diesmal quälten mich keine Bilder mehr.

Die nächsten Tage brachten eine Abfolge von Hühnerbrühe,

die mir jemand einflößte, erschöpftem Schlaf, kühlen Tüchern, mit denen man mich wusch, erschöpftem Schlaf, gemurmelten Unterhaltungen, erschöpftem Schlaf. „Siehst du, es stimmt", sagte jemand irgendwann. Und wieder berührten mich Hände, diesmal zitternd und eiskalt. „Mam", krächzte ich und bekam als Antwort ein hemmungsloses Schluchzen. Danach dauerte es noch mal drei Tage, ehe ich in der Lage war, das Bett zu verlassen und eine halbe Stunde am offenen Fenster zu sitzen. Doch ich war am Leben, ich hatte es geschafft.

Als Nächstes kamen die Besucher. Mam, Kordian und Hanide, die ersten beiden immer noch ziemlich abgezehrt, saßen stundenlang an meinem Bett. Granna sah täglich nach, wie es mir ging, Pop und Muri brachten mir selbst gebackene Schokoladenplätzchen, Cord kam und drückte mir wortkarg die Hand, Vern erschöpfte mich mit enthusiastischen Schilderungen über Itelgo. Dann schauten Geldon und Sitara vorbei. Ich durfte ihn jetzt duzen und musste ihn nie wieder Hoheit nennen. Und meine Cousine entschuldigte sich gründlich für ihr, wie sie sagte, ekelhaftes Verhalten. Und einmal saßen nur Mam und Jertis bei mir und lachten über die Ähnlichkeit ihrer Vornamen. „Ich kenne meinen Bruder", behauptete meine Tante. „Er hat dich nur gewollt, weil er es genoss, dich zu rufen."

Mam kicherte, ein wundervolles Geräusch. „Jertis und Gerdis, das ist aber auch zu verrückt", sagte sie.

Nur Torbin besuchte mich während der ganzen Zeit nicht ein einziges Mal.

Bald darauf erschienen zwei Gildenagenten, um zu prüfen, wie weit meine Genesung fortgeschritten war, danach tauchten sie täglich auf, mal in Begleitung eines Heilers, mal nicht. Doch jedes Mal verließen sie uns unverrichteter Dinge. Ich konnte immer noch nicht mehr als zwei oder drei Stunden außerhalb des Bettes verbringen, ohne anschließend in einen erschöpften Schlaf zu fallen. Das Gildeninternat musste noch eine Weile warten.

Und eines Tages kam Broder mit Blana, der kleinen Asalin und weiteren Fermin-Eseln aus Hylend zurück. Es wurde Zeit,

Abschied von Pas Familie zu nehmen. Die, die noch hier waren, hatten nur auf diese Rückkehr gewartet. Cord und Vern beaufsichtigten bereits die Bauarbeiten auf dem aufgelassenen Gehöft, das Geldon in den Südlichen Grenzbergen entdeckt hatte. Die Fermins versammelten sich also in meinem Zimmer, auch die drei Kinder von Shali und Jono.

Ich streckte die Arme nach der kleinen Hiri aus und Jertis gab sie mir. Dieses Kind war für mich etwas Besonderes, seit sein Duft mir gegen Burugiyels Übernahme geholfen hatte. „Sind ihre Eltern schon auf dem neuen Gestüt?", fragte ich, weil ich Jono und Shali nirgends sah.

„Nein", sagte Jertis bedrückt, „Shali sitzt den ganzen Tag oben an Dressas Bett und ist zu nichts zu gebrauchen. Und Jono ist in Nou Berlin und sucht ein Domizil für seine Familie und einen neuen Lebensunterhalt. Er hofft, dass Shali wieder zur Besinnung kommt, wenn er und sie anderswo ganz neu anfangen."

Ich hatte es geahnt, Shali hasste mich. Tief vergrub ich die Nase in Hiris Löckchen und sog ihren Duft ein. „Und was wird aus Dressa?", fragte ich.

Mam zuckte mit den Schultern. „Sie bleibt oben in der Mansarde. Wir haben bereits Pfleger eingestellt, die Shali unterstützen. Später dann werden sie ganz übernehmen."

Blana legte ihr eigenes Baby in Broders Hände und setzte sich auf meine Bettkante. „Lasst ihr uns für einen Moment allein", bat sie und reichte Hiri an Jertis zurück. Sie wartete, bis alle den Raum verlassen hatten, dann wurde ihr Halo breit. „Hüter-Bei", sagte Chingistiril, „endlich kann ich dir danken. Und ich bin so froh, dass unsere Trennung gelungen ist und du dich wieder erholst."

Ich nickte. „Daran bist du nicht ganz unschuldig. Du hast mich gerufen, damit ich den Weg hinausfinde, nicht wahr?"

Meine Hüterin lächelte. „Immerhin, dafür reicht es mittlerweile. Und ich konnte auch deinen Bruder zurückholen. Ich wünschte nur, er würde seine Bindung etwas mehr vermissen. Aber der Feind ist besiegt, meine Kraft wird wiederkehren und du wirst gesund, besser hätte es nicht kommen können. Wir stehen in deiner Schuld, Hüter-Bei."

Verlegen schaute ich auf meine Hände hinunter. „So großartig war das doch gar nicht. Und Mam hätte ich beinahe..."

„Nein." Sie zwang mich, sie anzusehen. „Du hast dich für die Teilung entschieden, trotz der Gefahr, nur für sie. Das ist bewundernswert. Ich habe etwas von euch Menschen gelernt. Ihr steht füreinander ein, wenn es darauf ankommt. Trilgesh sind da ganz anders. Bei ihnen gibt es diese tiefe Verbundenheit nicht."

Ein Baby begann draußen vor der Tür zu weinen und schlagartig wurde Blanas Halo schmal. „Oh nein, Asalin hat Hunger", sagte sie und drückte mir noch einmal die Hände. „Auch ich danke dir, Gavandon, im Namen von uns allen."

Dann rief sie die anderen wieder herein und das große Verabschieden begann. Nur Sitara würde bleiben. Im Augenblick könnten sie keine zehn Hinjets aus Itelgo wegbringen, sagte sie.

Drei Wochen nach jenem ereignisreichen Tag, der mit meiner Gerichtsverhandlung begonnen und mit meinem Beinahe-Tod geendet hatte, war im Gasthaus wieder Ruhe eingekehrt. Ich hatte mich soweit erholt, dass ich nur noch einen zusätzlichen Mittagschlaf benötigte. Die Fermins waren bis auf Sitara fort, die Presse hatte sich daran gewöhnt, dass meine Cousine, die künftige Königin, bei uns wohnte und täglich von Geldon besucht wurde. Und Granna hatte ein Interview gegeben, in dem sie ihre Aussagen in dem Artikel vor ein paar Wochen komplett zurücknahm. Natürlich war inzwischen bekannt, dass mein Prozess mit einem Freispruch geendet hatte, doch von den Begleitumständen war zum Glück nichts durchgesickert.

An meinem letzten Nachmittag im Gasthaus saß ich an meinem Schreibtisch. Meine Koffer standen gepackt neben der Tür und morgen würde ich ins Gildeninternat übersiedeln. Ich blätterte in meinem Buch über Xenobiologie, weil ich versäumten Schulstoff nachholen wollte. Das Graduat stand unmittelbar bevor. Doch meine Gedanken schweiften immer wieder ab. Irgendwie fand ich es seltsam, mich nach alldem wieder mit diesen Dingen zu beschäftigen. Es fühlte sich an, als ob ich zu etwas zurückkehrte, das ich längst hinter mir gelassen hatte. Ich war der Hüter-Bei. Nichts, was in diesem Buch stand, war neu für mich, und manches sogar falsch. Doch besonders das musste ich mir einprägen, um bei den Prüfungen nicht zu versagen.

Ein Klopfen unterbrach mich. Ich schlug das Buch zu. „Herein", sagte ich.

Und endlich war Torbin da. Unsicher blieb er an der Tür stehen. „Bist du beschäftigt?", fragte er vorsichtig.

Ich schüttelte den Kopf. „Wo hast du bloß so lange gesteckt?" Ich zeigte auf den Stuhl, auf dem er schon unzählige Male gesessen hatte.

Er nahm wie immer die Stuhllehne zwischen seine Beine und legte erst die Arme und dann sein Kinn darauf. „Bist du mir noch böse?", wollte er wissen.

Ich knibbelte an einem losen Faden vom Buchrücken. „Na ja", sagte ich, „als du mich da an den Teichen so übel beschuldigt hast, war ich schon ziemlich sauer. Aber dann ..." Ich zuckte mit den Achseln und sah ihn an. „Ich habe schon befürchtet, dass du gar nichts mehr von mir wissen willst. Immerhin bin ich jetzt ein Fühlweber und die magst du nicht besonders. Und ich hätte besser auf dich gehört, dann wäre vieles nicht passiert."

Torbin entspannte sich sichtbar während meiner Rede. „War das etwa eine Entschuldigung?", fragte er lauernd.

Ich grinste. „Quatsch, wie kommst du denn darauf?"

Er boxte mich an die Schulter. Dann wurde er wieder ernst. „Du glaubst gar nicht, wie viele schlaflose Nächte ich deinetwegen gehabt habe. Als die Sache mit der Wirtin vom *Landungsstein* passierte, traute ich dir auf einmal schreckliche Dinge zu. Und dann hast du dich einfach in Luft aufgelöst. Als ich schließlich von der Gilde vorgeladen wurde, war ich nur noch wütend auf dich, auf mich, auf überhaupt alles. Macht das Sinn für dich?"

Darauf konnte ich nicht antworten. Also schenkte ich ihm

stattdessen von dem Saft ein, den Mam vorhin nach oben gebracht hatte. „Es ist nicht leicht mit mir, was?", murmelte ich.

Er nahm das Glas. „Mit mir doch auch nicht, oder?" Mehr musste nicht gesagt werden. Eine Weile schwiegen wir einträchtig und tranken. Dann rempelte er mich an. „Und jetzt erzähl endlich. Wie ist es da oben im Norden? Und wie konntest du der Gilde durchs Netz gehen? Wie kommt es, dass du so dicke mit dem Thronfolger bist. Und deine Cousine wird den Kerl heiraten? Ernsthaft jetzt? Mann, was hätte ich darum gegeben, bei dir zu sein. Endlich mal ein Abenteuer."

„Pass bloß auf, was du dir wünschst", sagte ich und nahm noch einen Schluck.

Er sah mich mit zusammengekniffenen Augen an. „Du hast dich irgendwie verändert, Gavi. Ich weiß noch nicht, was es ist, aber ich kriege es raus, verlass dich drauf. Und auch das, was du noch für dich behältst."

Ich kannte ihn gut genug, dass ich das für bare Münze nahm. „Fang damit an, dass du mich ab jetzt Gav nennst, in Ordnung?", seufzte ich. „Gavi finde ich so kindisch." Vielleicht war es gar nicht so übel, dass ich ab morgen hinter den Mauern des Gildencampus verschwand. Eine Nacht konnte ich bestimmt noch dichthalten.

Doch ehe er anfangen konnte, mich zu piesacken, rannten Schritte über den Gang, meine Zimmertür wurde aufgerissen und Hanide stürmte herein. „Komm schnell, Gavandon!"

Wir beide sahen sie an. „Was ist denn los", fragte ich.

„Du wirst es nicht glauben." Sie winkte heftig, damit wir uns beeilten. „Kordian hat einen Brief bekommen, stell dir vor. Von seinem Vater. Aus Winscar. Man hat einen Falken gefunden, der ihn bei sich hatte. Deine Mutter und dein Bruder sind völlig fertig. Wir brauchen dich, sofort."

„Ein Brief? Von Kordians Vater?", fragte ich ungläubig. „Der ist doch seit dreißig Jahren tot."

„Aus Winscar?" Torbin sprang aufgeregt auf. „Echt jetzt? Wirklich aus Winscar?"

Hanide achtete nicht auf ihn. „Offenbar lebt Gostian noch. Nun komm schon. Deine Großmutter hat bereits nach Gostians Eltern geschickt. Pop und Muri werden gleich hier sein. Glaub mir, Hüter-Bei, sie alle brauchen dich dringend." Damit rannte sie den Gang wieder zurück.

„Wie hat sie dich genannt?", fragte Torbin mit einem interessierten Seitenblick.

„Das erkläre ich später." Dann rannten wir beide der Seherin nach.

Glossar

(Nennungen, die einen eigenen Eintrag besitzen, sind kursiv gesetzt.)

Personen

Familie Barjenden (Besitzer des Gasthauses „Zur Überfahrt")

- **Gavandon Barjenden**
  Schüler kurz vor dem Graduat, Icherzähler, Erbe
- **Jendra Barjenden (Granna)**
  Gavandon Barjendens Großmutter und Chefin im Gasthaus
- **Gerdis Barjenden (Mam)**
  Gavandon Barjendens Mutter, Witwe
- **Yorn Gartwin Barjenden (Pa, verstorben)**
  Gavandon Barjendens Vater (siehe auch *Barthes Fermin*)
- **Kordian Barjenden**
  Gavandon Barjendens älterer Halbbruder, Fühlweber
- **Orfis Barjenden Somms**
  Gavandon Barjendens ältere Halbschwester, verheiratet mit *Beran Somms*
- **Gostian Werman Barjenden**
  erster Mann von *Gerdis Barjenden*, Vater von *Kordian* und *Orfis Barjenden*, seit siebenundzwanzig Jahren verschollen, vermutlich tot
- **Thom und Dida Werman (Pop und Muri)**
  Eltern von Gostian Werman, leben im Gasthaus „Zur Überfahrt"

Familie Fermin (Besitzer des Fermin-Gestüts)

- **Dilis Forst Fermin (Nan)**
  Gavandon Barjendens Großmutter, Mutter von *Barthes Fermin*
- **Koron Fermin (verstorben)**
  Gavandon Barjendens Großvater

- **Barthes Fermin (alias Yorn Gartwin Barjenden)**
  Gavandon Barjendens Vater, ältester Sohn von *Dilis* und *Koron Fermin*, unerkannter *Fühlweber*, vor kurzem verstorben
- **Jertis Fermin**
  Schwester von Barthes Fermin, Gavandon Barjendens Tante
- **Cord Heist Fermin**
  Jertis Fermins Ehemann
- **Sitara, Vern und Moren Fermin**
  Kinder von Jertis und Cord Fermin
- **Broder Fermin**
  Bruder von Barthes Fermin, Gavandon Barjendens Onkel
- **Blana Neves Fermin**
  Broder Fermins Ehefrau, Gabenheilerin
- **Orla Fermin (verschollen)**
  Schwester von *Koron Fermin*, Mutter von *Dressa* und *Shali F.*
- **Sheb Leman Fermin**
  Orla Fermins Ehemann, Vater von *Dressa und Shali Fermin*
- **Dressa Fermin**
  Tochter von *Orla* und *Sheb Ferm*in, Cousine von *Barthes Fermin*
- **Shali Fermin**
  Dressa Fermins Zwillingsschwester
- **Jono Hansky Fermin**
  Shali Fermins Ehemann
- **Sylvus, Jorlan und Hiri Fermin**
  Kinder von Shali und Jono Fermin

Familie Lion (Besitzer des Gasthauses „Zum Landungsstein")

- **Gester Lion**
  Wirt des Gasthauses
- **Svara Rogheim Lion**
  Wirtin des Gasthauses, Ehefrau von *Gester Lion*
- **Mikel Rogheim**
  Bruder der Wirtin, ehemals *Fühlweber*, jetzt durch das *Ausbrennen* geistig behindert

Andere

- **Cal Blomberg**
  Gavandon Barjendens Mitschüler
- **Arbin Borhan**
  Geografielehrer
- **Karva Bredenson**
  Köchin im Gasthaus „Zur Überfahrt"
- **Castro Brin**
  Henker, unbegabter Angestellter der *Gildenpolizei*
- **Kelliann Brink**
  Gavandon Barjendens Mitschülerin
- **Naurian Brock**
  angestellter Fühlweber im *Gasthaus „Zur Überfahrt"*
- **Ludma Darbon**
  Leftent der *Grenzer*, führt einen Zug *Grenzer*
- **Elnoris III.**
  Königin von *Tendris*
- **Junis Fradin**
  angestellte Fühlweberin im Gasthaus „Zur Überfahrt"
- **Geldon**
  Thronfolger von *Tendris*, Sohn von Königin *Elnoris III.*
- **Martek Gerson**
  *Gavandon Barjend*ens Mitschüler
- **Granna**
  siehe Jendra Barjenden
- **Ria und Henner Gravned**
  Kapitäne der Fähren am Gasthaus „Zur Überfahrt"
- **Crem Grohan**
  Stallmeister im Gasthaus „Zur Überfahrt"
- **Torbin Grohan**
  Gavandon Barjendens bester Freund, Sohn von Crem Grohan
- **Urf Grumyn**
  Vertreter des Mietstallbesitzers *Bewer Millen* in *Hylport*

- **Halmand**
  Händler bei den *Handelskarawanen*
- **Parvos Jorbed**
  Zunftmeister der *Seher* in *Tendris*
- **Rossman „Ross" Kerby**
  Fühlweber, Schulfreund von *Kordian B.* und *Hanide Ulevin*
- **Karol Klaining**
  Zunftmeister der *Fühlweber* in *Tendris*
  Kurat
  Fühlweber bei den Handelskarawanen
- **Mam**
  siehe Gerdis Barjenden
- **Bewer Millen**
  Mietstallbesitzer in *Hylport*
- **Nan**
  siehe Dilis Forst Fermin
- **Milos Otran**
  Leftent, Polizeihauptmann von *Itelgo*
- **Berbra Perryn**
  Mathematiklehrerin
- **Pitter**
  Packer bei den Handelskarawanen
- **Col Prymberg**
  Seher am Königshof von *Tendris*
- **Johan Regedin**
  Kanzler von *Tendris*
- **Sejon**
  Kassierer bei den Fähren am *Gasthaus „Zur Überfahrt"*
- **Mirana Smit**
  Gavandon Barjendens Mitschülerin
- **Beran Somms**
  Gutsbesitzer, verheiratet mit *Gavandons* Halbschwester *Orfis*
- **Hanide Ulevin**
  Seherin, verlobt mit Kordian Barjenden

- Deria Vosin
  Zunftmeisterin der *Heiler* in *Tendris*
- Jorgen Ward
  Begleitmann von *Geldon*, dem Thronfolger von *Tendris*
- Pop und Muri (Thom und Dida Werman)
  Eltern von *Gostian Werman*
- „Boss" Woronzo
  Händler bei den Handelskarawanen
- Joski Zach
  Gavandon Barjendens Mitschüler

Nouworld

Ackerbau und Viehzucht
Das Siedlerraumschiff brachte an Bord alles mit, was für eine neue Kolonie nützlich sein konnte: Gerätschaften, Saatgut und eingefrorene Embryonen für den Start in einer neuen Welt. Über die Jahrhunderte entwickelte sich auf Nouworld daraus eine Balance aus einheimischer und *irdischer Flora und Fauna*.

Astralwesen (auch Hüter genannt)
Die Astralwesen aus geschlechts- und körperloser Energie treten jedoch meist in weiblicher oder männlicher Form auf. Sie besitzen gottähnliche Merkmale und kontrollieren die einzelnen Gebiete auf Nouworld. Festgelegt wird ihr Territorium durch ihr jeweiliges Tier, das nur hier existiert und den direkten Kontakt zu ihren Schützlingen herstellt.

Ausbrennen
Mit dem Ausbrennen bestraft die *Gilde* diejenigen, die ihre Gesetze der Gilde missachten. Zwei besonders geschulte Beamte dringen mithilfe der *Gabe* in das Gehirn des Delinquenten ein und zerstören die Bereiche, die für dessen *Gabe* zuständig ist. Anschließend ist der Ausgebrannte geistig behindert.

Begabtenkrieg
Vor circa dreißig Jahren übernahmen *Fühlweber* mit ihrer Gabe

die Macht, eine unvergessene Schreckensherrschaft. Erst nach mehreren Jahren und unter großen Verlusten kehrte die staatliche Gewalt zurück in unbegabte Hände. Seither werden besonders *Fühlweber* streng von der *Gilde* überwacht.

Belged
Belged liegt südlich des *Kharvush*-Gebirges an der Meeresküste am Mündungsdelta des *Therion*. Die Hauptstadt ist *Therionport*.

Bergbau
Miner City am Fuß der *Westberge* ist das Bergbauzentrum. Gefördert werden Kohle, Eisen, Kupfer und weitere Erze, allerdings nur in geringen Mengen. Metalle sind daher so kostbar, dass sie nur dort eingesetzt werden, wo es unbedingt notwendig ist. Doch einheimische Pflanzenprodukte können sie an vielen Stellen ersetzen.

Brandberg
Ort in *Hylend*, besitzt eine Telestation.

Burugiyel
Astralwesen, Herrscher über das *Nordmoor*, Widersacher von *Chingistiril*. Er zeigt sich als Wolke aus schwarzglitzerndem Obsidian, seine Tiere sind bestimmte Würmer, die zu *Wurmasche* (*Wurmpulver*) verbrannt und dann eingeatmet werden.

Cellstein
Ort für Viehauktionen in *Hylend*

Chingistiril
Astralwesen, Hüterin des Gebiets, in dem die Menschen siedeln dürfen. Sie benutzt eine riesige, weiße *Trilgeshfrau* als Erscheinungsbild. Ihre Tiere sind Glanzbarsche, aus deren Köpfen ein Öl, das sogenannte *Klish*, gekocht wird.

Eisfleet
Wildwasserstrom am Nordrand des *Kharvush*-Gebirges mit zahlreichen Stromschnellen und der ständigen Gefahr von Lawinenabgängen.

Frühling
Zeit der Schneeschmelze und des Hochwassers. Im Frühling werden Wasserreservoire für den *Sommer* und den *Herbst* gefüllt.

Fühlbänder
werden meist in den Farben Rot, Orange, Gelb, Grün, Blau und Violett verwendet. Jede Farbe symbolisiert ein bestimmtes Gefühl. Fühlweber erzeugen daraus Stränge, die zum gewünschten Ergebnis passen. Einige *Fühlweber* können jedoch einzelne Farben für denselben Effekt imaginieren.

Fühlweber
Fühlweber werden im *Gildeninternat* ausgebildet. Mit ihrer *Gabe*, einer Art Empathie, können sie jedes Lebewesen nach ihren Wünschen lenken. Benötigt wird dies, um vor allem die gefährlichen *Hinjets* unter Kontrolle zu halten. Aber auch der Begabtenkrieg, in dem sie auch die Menschen damit kontrollierten, ist noch in guter Erinnerung. Daher werden Fühlweber besonders streng von der *Gilde* überwacht.

Gabe
Die Gabe der Menschen ist erst auf *Nouworld* entstanden. In einer Welt, in der übersinnliche Fähigkeiten zum Alltag gehören, entwickelte sie sich besonders bei sensiblen Menschen ziemlich rasch. Und als sich herausstellte, dass die neuen Fähigkeiten einen Nutzen für alle haben (siehe *Hinjets*), entstand bald ein geregelter Umgang damit.

Gabenheiler
Gabenheiler sind wie die unbegabten *Kräuterheiler* Mitglied der Heilerzunft. Mit ihrer *Gabe* heilen sie Wunden und Knochenbrüche in Minuten. Darüber hinaus erhalten sie zusammen mit den *Kräuterheilern* eine allgemeine medizinische Ausbildung.

Gasthaus Zum Landungsstein
Das Gasthaus liegt am *Landungspark* in *Itelgo* und wird von der *Familie Lion betrieben*.

Gasthaus Zur Überfahrt
Das Gasthaus liegt am südlichen Ende von *Itelgo* direkt am *Therion* und wird von der *Familie Barjenden* betrieben.

Geistflamme
Für einen Begabten erscheint jedes Lebewesen vor dem inneren Auge als Flamme. Bei Unbegabten ist diese grau, bei begabten Menschen leuchtet sie golden. Die Geistflammen der (begabten) *Trilgesh* erscheinen kupferfarben.

Gilde
Die Gilde (unterteilt in Fühlweber-, Seher- und Heilerzunft) ist zuständig für Ausbildung und Überwachung der begabten Menschen. Die Ausbildung findet in *Gildeninternaten* statt und für die Überwachung wurde eine Kultur des Denunzierens etabliert, die jeden verpflichtet, Unregelmäßigkeiten in diesem Zusammenhang zu melden. Beamte der *Gildenpolizei* (Gildenagenten) ermitteln, eine eigene Gerichtsbarkeit verurteilt die Täter und vollstreckt das Urteil. Kontrolliert wird dies von staatlichen Ordnungsbehörden und traditionell vom Präsidenten beziehungsweise König des jeweiligen Staates.

Gildeninternat
Die *Gilde* betreibt in allen großen Städten Internate, in denen Begabte geschult werden. Gefunden werden diese schon als Kinder bei jährlichen Sichtungen, die jeder ab dem fünften Lebensjahr bis zum Ende der Pubertät durchlaufen muss. Bei einem positiven Testergebnis wird das Kind aus der Familie genommen und unter die Aufsicht der *Gilde* gestellt.

Gildenpolizei
Die Exekutive der *Gilden* Sie führt Ermittlungen und Festnahmen nach Meldung eines Missbrauchs der *Gabe* durch und stellt die Vollstreckungsbeamten, die nach einem Urteil den Delinquenten ausbrennen.. Die Agenten sind meist *Fühlweber*, aber auch *Gabenheiler* und *Seher*.

Grenztruppe (Grenzer)
Die Nordgrenze des *Siedlungsgebiets* muss ständig gegen Übergriffe aus dem *Nordmoor* verteidigt werden. Deshalb sind Grenztruppen in den *Hylendbergen* stationiert, die den Verlauf der Grenze überwachen und sichern.

Handelskarawanen
Seit das *Kharvushtor* versperrt ist, sorgen Karawanen für den Warenaustausch zwischen den Ländern nördlich und südlich des *Kharvush*.

Heiler
Unterteilt in *Gabenheiler* und *Kräuterheiler* (siehe dort).

Herbst
Geprägt durch zunehmende Niederschläge und die Vorbereitungen für den *Winter* mit seinen Orkanen.

Hinjets
Lasttiere, werden hauptsächlich als „Motor" für Aufgaben aller Art eingesetzt. Hinjets sind genügsam, reizbar, aber auch gefährlich. Sie müssen deshalb durch *Fühlweber* kontrolliert werden.

Hüter
siehe „Astralwesen"

Hyl
Der schiffbare Hyl entspringt in den *Westbergen* und mündet bei *Hylport* in den *Therion*. Er besitzt mehrere Nebenflüsse.

Hylend
Hylend erstreckt sich auf beiden Ufern des *Therion* von den *Hylendbergen* im Norden bis hinunter nach *Tendris*. Staatsform ist eine parlamentarische Demokratie. Die Hauptstadt ist *Hylport*.

Hylendberge
Die Hylendberge begrenzen im Norden das Siedlungsgebiet der Menschen. Wegen der Übergriffe aus dem *Nordmoor* sind dort *Grenztruppen* stationiert.

Hylport
Hauptstadt von *Hylend*

Irdische Flora und Fauna
Vieles, was die Siedler mitgebracht haben, konnte auf Nouworld nicht überleben. Tierarten wie Hunde, Katzen, Pferde, Rinder oder Schweine sind ausgestorben, andere wie Schafe, Ziegen, Esel oder Kaninchen haben überlebt und sich angepasst. Heute hat sich eine Mischung aus irdischen und einheimischen Tieren etabliert.

Itelgo
Hauptstadt von *Tendris*

Kharvush
Ein mächtiges Gebirge, das den Siedlungsraum der Menschen in zwei Teile teilt. Passstraßen für *Handelskarawanen* gibt es nur mehrere Tagesreisen östlich des *Therion*, wo die Berge niedriger werden.

Kharvushtor
Tunnel, durch den ein Teil des *Therion* die Berge unterquert. Diente früher als Verbindung zwischen den Ländern nördlich und südlich des Kharvush. Seit dem *Begabtenkrieg* vor fast dreißig Jahren wird es jedoch durch eine mentale Barriere versperrt.

Klish
Öl von *Chingistirils* Tieren, den Glanzbarschen. Man nimmt es in den Mund oder atmet den Geruch ein, wodurch sich der Geist vom Körper löst und *Chingistiril* gegenübertritt.

Kondrend
Das Gebirgsland liegt westlich von *Belged* am Südabhang des *Kharvush*. Die Hauptstadt ist *Südsteig*.

Kräuterheiler
Unbegabte, die den Heilerberuf erlernen. Sie werden bei der *Gilde* im Umgang mit Kräutern und medizinischen Gerätschaf-

ten geschult. Ein Kräuterheiler entspricht am ehesten dem irdischen Verständnis von „Arzt".

Landungspark
Der Landungspark in *Itelgo* bezeichnet die Stelle, an der das Raumschiff von der Erde aufsetzte. Eine Rasenfläche markiert dessen Umrisse und ein Obelisk mit den eingravierten Namen der ersten *Siedler* steht an der Stelle, an der *Nouworld* zum ersten Mal betreten wurde.

Leftent
Dienstgrad bei den Ordnungsbehörden)

Lisitanis
Astralwesen, Hüterin des Gebiets jenseits der *Ostwüste*. Sie benutzt eine goldene Schärpe als Erscheinungsbild.

Miner City
Bergbaustadt im Westen von *Hylend* am Fuß der *Westberge*

Mingesh
fledermausähnliche Insektenjäger

Nimonigan
Astralwesen, Hüter eines Archipels südlich von *Belged*. Er benutzt einen lila Sackfisch als Erscheinungsbild.

Norcreek
Schiffbarer Grenzfluss zwischen *Hylend* und *Tendris*, mündet in den *Therion*.

Nordmoor
Sumpfland nördlich der *Hylendberge*, in dem der *Therion* entspringt. Es wird beherrscht vom *Hüter Burugiyel*.

Nou Berlin
Zweitgrößte Stadt in *Tendris* am Zusammenfluss von *Norcreek* und *Therion*

Nouworld
Der Planet gleicht in Größe, Topografie und Zusammensetzung der Erde. Er kreist an zweiter Stelle um eine gelbe Zwergsonne und es gibt zwei Monde, *Prim und Sek*.

Ostwüste
Die Ostwüste, ein lebensfeindliches Gebiet, erstreckt sich nördlich des *Kharvush* vom *Therion* in Richtung Osten. Sanddünen und steinige Abschnitte wechseln sich ab und an ihrem östlichen Ende verläuft die Grenze zum benachbarten Hüterterritorium. Nur wenige Expeditionen erforschten sie und erst, seit das *Kharvushtor* verschlossen ist, ziehen *Handelskarawanen* entlang des *Kharvush* zu den Passstraßen im Osten.

Pettilinas
Astralwesen, *Hüterin* des Territoriums jenseits der *Westberge*. Sie benutzt ein grünes Frettchen als Erscheinungsbild.

Polger
Hauptstadt von *Winscar*

Prim und Sek
Nouworlds Monde. Der silberne Prim, etwa halb so groß wie der irdische Mond, wandert von Ost nach West, während die Bahn des kleineren, roten Sek von Nord nach Süd verläuft.

Rennechse
sensibles, extrem schnelles Reittier.

Schulwesen
Ein integriertes Schulsystem betreut alle Kinder (Ausnahme: begabte Kinder) vom Eintritt mit vier bis zum Graduat mit achtzehn Jahren. Ab einem Alter von fünfzehn Jahren kann die Schule auch ohne Graduat verlassen werden, um sich zum Beispiel im *Gildeninternat* zum *Kräuterheiler* ausbilden zu lassen. Hochschulausbildungen wie Ingenieurwesen, Rechtspflege oder höhere Verwaltung bleiben solchen Schulabgängern verwehrt.

Seher
Seher werden im *Gildeninternat* ausgebildet und können mit ihrer *Gabe* die Zukunft eines Klienten vorhersagen.

Siedler
Etwa 10.000 Menschen landeten mit *Chingistirils* Erlaubnis auf *Nouworld*, nachdem ihr Raumschiff durch einen Wurmloch-Unfall aus der heimatlichen Milchstraße in eine ferne Galaxie geschleudert worden war. Inzwischen ist die Bevölkerung auf etwa 30 Millionen angewachsen.

Siedlungsgebiet der Menschen
Ein knapp eine Million Quadratkilometer großes, immer noch dünn besiedeltes Gebiet. Es liegt auf der Nordhalbkugel von *Nouworld* und unterteilt sich in die fünf Staaten *Hylend, Tendris, Winscar, Belged* und *Kondrend*. Am dichtesten bewohnt ist die Gegend um *Itelgo*, Hauptstadt von *Tendris* und Ort der ersten Landung.

Hier gewährte vor 467 Jahren die *Hüterin Chingistiril* den gestrandeten *Siedlern* Asyl, doch die benachbarten *Hüter* verweigern eine Ausdehnung auf ihre Territorien. Stürme, Wüstenklima und die Vergiftung von Luft und Wasser sorgen seither dafür, dass die irdischen Einwanderer diese Grenzen nicht überschreiten.

Sommer
In der Regel trocken und sonnig. Bäche und Flüsse werden seichter oder trocknen ganz aus. Zum *Herbst* hin wird mehr und mehr aus den Reserven vom *Frühjahr* bewässert.

Staatsformen
Im ersten Jahrzehnt nach der Landung des Raumschiffes hatten die *Siedler* mit der Witterung und dem kargen Land zu kämpfen. Es bildeten sich Gruppen, die sich auf der Suche nach geeigneten Siedlungsflächen verteilten. Männer übernahmen die Führung und Frauen sorgten für die Kinder, die Zukunft der Kolonie. Mit zunehmender Geburtenrate entstanden aus diesen Gruppen

Staaten, nach wie vor geleitet von einzelnen Anführern. Doch mit Zunahme der Bevölkerung setzten sich regelmäßige Wahlen und ein demokratisches Rätesystem durch. Nur in *Tendris* und *Winscar* hielten sich die Anführer, die sich Könige nannten, bis auch sie von einem parlamentarischen System entmachtet wurden. Sind sie nur noch Repräsentanten, die Regierungsgeschäfte übernehmen gewählte Vertreter und es gibt mit Legislative (Parlament), Exekutive (Ordnungsbehörden) und Judikative (Gerichtsbarkeit) eine Gewaltenteilung. Eine Sonderstellung nehmen hierbei die *Gilden* ein, die, allerdings unter Überwachung, in ihrem Bereich eine eigene Exekutive und Judikative ausüben.

Südliche Grenzberge
Hügelland in *Tendris* auf der Nordseite des *Kharvush*. Intensiv genutztes Acker- und Weideland.

Südsteig
Hauptstadt von *Kondrend*

Tendris
Tendris, der am dichtesten besiedelte Staat, erstreckt sich vom *Therion* bis zu den Westbergen und von *Hylend* im Norden bis zum *Kharvush*-Gebirge im Süden. Staatsform ist eine parlamentarische Monarchie mit einem einflussreichen, aber politisch unbedeutenden Königshaus. Die Hauptstadt ist *Itelgo*.

Therion
Der Therion, auch „Der Große Strom" genannt, verbindet *Hylend, Tendris, Winscar* und *Belged* und ist die wichtigste Wasserstraße. Er entspringt im *Nordmoor*, wird auf seinem Weg nach Süden durch zahlreiche kleine und größere Flüsse und Bäche gespeist und bildet mit diesen bildet ein Wasserwegenetz, das *Hylend* und *Tendris* bis hin zu den *Westbergen* erschließt. Am Fuß des *Kharvush*-Gebirges wird der Hauptfluss zum *Eisfleet*, nur der kleinere Teil fließt als Therion durch das *Kharvushtor* nach *Winscar* und weiter nach *Belged*, wo er ein Delta bildet und ins Meer mündet.

Therionport
Hauptstadt von *Belged*

Trilgesh
Die Trilgesh bilden die einheimische Zivilisation. Sie gleichen großen Fledermäusen, sind nachtaktive, wehrhafte Flieger, verständigen sich telepathisch und lehnen jeden Kontakt zu den menschlichen *Siedlern* ab.

Westberge
Die Westberge bilden die westliche Grenze des Siedlungsgebiets der Menschen. Sie erstrecken sich von den *Hylendbergen* im Norden bis zum *Kharvush*-Gebirge.

Winscar
Winscar liegt inmitten des *Kharvush*-Gebirges und wird vom *Therion* durchflossen. Die Hauptstadt ist *Polger*.

Winter
Jeden Winter fegen schwere Stürme über das Land und bringen meterdicken Schnee. Das Leben kommt zum Erliegen und findet hauptsächlich drinnen statt.

Winterstürme
schwere Orkane, die einen Aufenthalt im Freien unmöglich machen. Man schützt sich, indem man im Windschatten von Erhebungen baut oder einheimische Sträucher als Sturmhecken pflanzt. Windräder und andere Masten werden abgebaut.

Wurmasche (Wurmpulver)
Asche von *Burugiyels* Würmern, die im Nordmoor leben. Man atmet sie ein, wodurch sich der Geist vom Körper löst und *Burugiyel* gegenübertritt.

Zeitrechnung (n. L. = nach Landung)
Sie beginnt mit der Landung des Raumschiffs vor 467 Jahren. Man behielt die zwölf Monate sowie Wochen- und Stundeneinteilungen bei. Wegen der Umlaufzeiten mussten nur die Dauer einer Sekunde angepasst werden und das Jahr hat 415 Tage.

Danksagung

Endlich ist er fertig, mein erster Roman, und es gibt so viele, bei denen ich mich dafür bedanken möchte. Wahrscheinlich fallen mir nicht mal mehr alle ein, die die Entstehung von „Asche des Feindes" begleitet haben. Sollte sich also jemand hier nicht wiederfinden, bitte ich vielmals um Entschuldigung.

Als Erstes möchte ich Andreas Eschbach für sein wundervolles Vorwort danken. Ich fühle mich sehr geschmeichelt. Andreas hat auch, zusammen mit Klaus Frick, mir wertvolle Tipps gegeben und sogar die erste Fassung gelesen und besprochen. Das alles hat mir sehr weitergeholfen. Danke dafür.

Thomas Le Blanc von der Phantastischen Bibliothek Wetzlar las sogar die ersten, unbeholfenen Versuche zu diesem Roman, die ich schon vor Jahrzenten zu Papier gebracht hatte. Damals konnte ich seine Kritik nicht verstehen, heute weiß ich, wie zutreffend sie war.

Jede Menge wertvolle Kritik kam auch von meinen beiden Schreibgruppen, der Prosaschmiede, bei der ich gar nicht mehr alle Namen nennen kann, und dem RomanTisch, also von Susanne Fletemeyer, Sabine Wedemeyer-Schwiersch, Nathalie Cassar, Maja Löwe, Angelika Öhrlein und Barbara Kaufmann-Röhrs. Immer wieder habt Ihr mir einzelne Kapitel „um die Ohren gehauen", dafür danke ich Euch.

Und natürlich danke ich meiner Tochter Juliane und Clifford De Spenser dafür, dass sie das Ganze auf literarische Tauglichkeit geprüft haben. Die Zusammenarbeit mit Euch beiden und das Lektorat, das der Roman durch Euch genossen hat, waren eine wunderbare Erfahrung.

Oktober 2022, Cathrin Block

Leseprobe
Der Fühlweber – Öl der Hüterin

Feuchtland

Die Wellen hatten sich längst verlaufen, doch die Alte Weise starrte immer noch hinaus in das grelle Abendlicht, das jetzt zu ihnen hereinflutete. Alles war gescheitert. Sie hatten Dämme gebaut, die längst überspült waren. Sie hatten Stützen an den Stamm genagelt, nutzlos in dem aufgeweichten Boden. Sie hatten sogar das Tier ihrer neuen Heimat gefunden, den Glanzbarsch der Hüterin, die hier herrschte. Voller Hoffnung hatte die Alte Weise ihr Leben riskiert, um Beistand zu erflehen. Sie verbrannte den Fisch und atmete seinen Rauch ein, um ihren Geist mit dem des Astralwesens zu verbinden. Doch es war umsonst gewesen. Das Wasser war weiter gestiegen, unaufhörlich, Nacht um Nacht, und jetzt lag ihr Wohnbaum wie all die anderen in den Fluten. Seine Wurzelscheibe ragte hoch hinauf in den Abendhimmel und die ausladende Krone mit all den Hütten und Nestern, Heimstatt des Clans seit so vielen Jahren, war nur noch ein wirrer Haufen aus zerbrochenen Brettern und gesplitterten Ästen.

Die Alte Weise schloss die brennenden Augen und wusste nicht, ob ihr die Tränen wegen des Sonnenlichts über die Wangen liefen, oder ob es daran lag, dass ihr Clan ebenso fortgejagt wurde wie all die anderen. Jetzt mussten auch sie zurückkehren in das alte Leben voller Gewalt, Unterdrückung und dem allgegenwärtigen Hunger. Dabei hatten sie und die anderen Nordmoor-Clans geglaubt, sie hätten hier ein neues Zuhause gefunden. Sie durften die Luft atmen, die mitgebrachten Samen keimten und trugen Früchte und sogar die Tiere, die sie fingen, waren schmackhaft und bekömmlich. Außerdem wuchs inzwischen eine neue Generation heran, die nicht mehr die alte Heimat in sich trug. All die Jahre hatte es so geschienen, als ob die neue Hüterin sie willkommen hieß, doch irgendwann begann der See, an dessen Ufer sie hier lebten, zu steigen und zu steigen. Inzwischen wussten sie, dass alle Bäume durch das Wasser sterben würden. Auch bei diesem hier, unter dessen Blätterdach sie Schutz vor dem grellen Tag gefunden hatten, warf die Sonne bereits schräge Lichtbahnen durch ein paar Lücken im Laub. Gesunde Bäume gab es nur noch unterhalb der Klippen auf der Abendseite. Weil der Boden zu den Felsen hin anstieg, war es dort noch trocken, was sich jedoch ändern würde, sollte die Hüterin den Fluten keinen Einhalt gebieten.

Wieder wünschte die Alte Weise, der Clan wäre hinübergewechselt zu der Felsbarriere. Vielleicht wäre ihnen dann genug Zeit geblieben, um einen weiteren Glanzbarsch zu fangen, für einen weiteren Versuch, das Bleiberecht zu erflehen. Aber die Mehrheit des Clans hatte sich dagegen entschieden. Zu nah bei den Fremdlingen. Man mied die Abendklippen, weil gleich dahinter diese flugunfähigen Zweibeiner das Land besetzt hielten.

Draußen färbte sich der Tag immer mehr rotgolden und die schneebedeckten Bergspitzen, die in den verblassenden Himmel ragten, begannen zu leuchten. „Lasst uns fliegen", sandte die Alte Weise an ihren Clan, als auch dieser Schein verging. Es hatte keinen Sinn, noch länger zu warten. Dann begann sie, die Wendeltreppe am Stamm emporzusteigen, und alle folgten ihr.

Auf der Abflugplattform oberhalb der Baumkrone, die sie in den vergangenen Nächten hastig zusammengezimmert hatten, lagen die Netze schon bereit. Die flugunfähigen Kleinsten, die noch den Beutel der Mutter brauchten, wurden warm eingewickelt und daran festgebunden, auf anderen wurden die größeren Gepäckstücke zusammengetragen, dann packten jeweils vier der Kräftigsten die Ecken mit den Greiffüßen, entfalteten ihre Schwingen und sprangen hoch. Nach und nach folgten alle anderen. Nur die Alte Weise wartete noch einen Moment, um sich zu vergewissern, dass niemand zurückblieb.

Als alle in der Luft waren und sich in langsamen Kreisen in die Höhe schraubten, öffnete sie ebenfalls vom Handgelenk bis zum Fuß die seitlichen Hauttaschen und spannte ihre Flughäute auf. Dann sprang auch sie, ließ den Wind unter die Lederschwingen greifen und folgte ihrem Clan. Sie würden eine Weile steigen müssen, um die Passhöhen in den umgebenden Bergen zu erreichen, aber dann öffnete sich dort oben der Weg nach Norden.

„Hilf uns, Hüterin!", sandte die Alte Weise ein letztes Mal hinaus in den Äther, inzwischen längst ohne jede Hoffnung auf Erfolg.

Plötzlich erfasste sie eine seitliche Bö und trieb sie in Richtung der umgestürzten Baumkrone. Sie versuchte auszuweichen, aber der Wind folgte ihr. Sie versuchte zu steigen – und wurde erneut nach unten gedrückt. Es war, als habe die Bö ein eigenes Bewusstsein. Unerbittlich schob sie ihr Opfer auf einen gesplitterten Ast zu, der hoch in die Luft ragte. Die Alte Weise sandte einen verzweifelten Hilferuf an ihren Clan, doch es war zu spät. Ihre rechte Flughaut verfing sich an dem scharfkantigen Holz und wurde mit einem hässlichen Geräusch vom Armknochen bis zum unteren Rand aufgerissen. Gerade noch rechtzeitig konnte sie sich an ein paar Zweige klammern, um Schlimmeres zu verhüten. Doch dann, als sie sah, was mit ihrer Schwinge passiert war, ließ der Schock sie erstarren.

Das silberne Licht des ersten Mondes beschien den klaffenden Riss, der die Flughaut in zwei Teile spaltete. Und, was noch schlimmer war, nirgends gab es Blut zu sehen, nicht den kleinsten Tropfen, genauso wenig, wie sie Schmerz fühlte. Bei Burugiyels Gnade! Nichts war zu spüren! Sie war zu alt, als dass ihr Flügel jemals wieder heilen konnte.

Sie suchte nach einer Astspitze, um sich hineinzustürzen und ihrem Leben ein Ende zu bereiten, aber man war schon bei ihr, hob sie aus den Baumtrümmern und trug sie zurück auf die Plattform. Wie einen flugunfähigen Beutling! Sie, die Alte Weise! Vor Scham verlor sie fast das Bewusstsein. Und sie begriff, dass dies den Untergang ihres Clans bedeutete. Niemand würde sie verlassen, im Gegenteil, man würde sie bewachen, damit sie keinen Selbstmord beging. Sie war die Alte Weise. Und wenn die Zeit gekommen war, dass auch der letzte Wohnbaum stürzte, würden sie und der gesamte Clan mit ihm in den Fluten versinken. Sie hatte versagt, auf der ganzen Linie!